1998

МИРЫ БРАТЬЕВ СТРУГАЦКИХ

С. ЯРОСЛАВЦЕВ
ДЬЯВОЛ СРЕДИ ЛЮДЕЙ

С. ВИТИЦКИЙ
ПОИСК ПРЕДНАЗНАЧЕНИЯ,
ИЛИ ДВАДЦАТЬ СЕДЬМАЯ
ТЕОРЕМА ЭТИКИ

С. ЯРОСЛАВЦЕВ
ПОДРОБНОСТИ ЖИЗНИ
НИКИТЫ ВОРОНЦОВА

издательство act
Москва

Terra Fantastica
Санкт-Петербург

УДК 882
ББК 84(2Рос-Рус)6
В54

Серия основана в 1996 году

*Серийное оформление Светланы Герцевой,
Александра Кудрявцева*

Составитель Николай Ютанов

Послесловие Сергея Переслегина

Иллюстрации Яны Ашмариной

Обложка Анатолия Дубовика

Все права защищены. Ни одна из частей настоящего издания и все издание в целом не могут быть воспроизведены, сохранены на печатных формах или любым другим способом обращены в иную форму хранения информации: электронным, механическим, фотокопировальным и другими – без предварительного согласования с издателями.

© С.Витицкий, 1995
© С.Ярославцев, 1993
© Составление. Н.Ютанов, 1997
© Послесловие. С.Переслегин, 1997
© Иллюстрации. Я.Ашмарина, 1994, 1997
© Дизайн макета. А.Нечаев, 1997
© Обложка. А.Дубовик, 1997

ISBN 5-15-000796-X (АСТ)　© ООО "Издательство АСТ-ЛТД", 1997
ISBN 5-7921-0210-4 (TF)　®TERRA FANTASTICA

С. ЯРОСЛАВЦЕВ

Дьявол среди людей

Сон совести рождает чудовищ.

Перифраз

1

Но какое допустил святотатство патер грубый! Он послать себе позволил «Таусфес-Ионтеф» к черту в зубы. «Боже, тут всему конец!» — кликнул рабби в исступленье...

ой стариннейший знакомец (ныне уже покойный), майор милиции С., как-то попросил меня написать все, что я знаю о деле Кима Сергеевича Волошина. Ему хотелось, чтобы я рассказал всю эту историю, как она представлялась мне и некоторым моим сосвидетелям, не скрывая никаких подробностей. Помнится, я принял тогда эту его просьбу за проявление некоего местного патриотизма. Он тяжело и искренне любил наш Ташлинск и всячески стремился прославить его в веках, и помню я, как бурно он радовался, когда открылось, что у нас целую неделю квартировал штаб мятежного Пугачева. Но если говорить откровенно, что представлял собою Ташлинск в дни моей юности? Не то что на карте генеральной, не во всяком атласе отыщешь. Так, большое село. Да и ныне скорее село, нежели город, хотя именуется городом. Районный центрик

в бывшей Новоизотовской, ныне снова Ольденбургской области. Маслозавод, механические мастерские, райком партии, пяток кинотеатров.

С другой стороны — майор С. Тот самый, что шестью выстрелами уложил в нашем Овраге восьмерых бродячих кошек и старуху побирушку. У него своя логика, и, боюсь, безупречная. Взять, например, Назарет. Тоже ведь не был ни вторым Карфагеном, ни третьим Римом, а ныне славен на весь мир! Так что если когда-нибудь историю с Кимом Волошиным размотают и распубликуют, то вполне возможно, что в каких-нибудь анналах, медицинских или, на крайний случай, уголовных, появится термин «ташлинский феномен». Это и требуется. И нечего, Алексей Андреевич, саботировать. Я вам в свое время посильно помогал, извольте соответствовать.

Я долго уклонялся, ссылаясь — и не ложно — то на хворости, то на занятость. А потом майор С. вдруг умер. Он был на десяток лет моложе меня; я узнал, что умер он не от тех болезней, которые за ним числились, и я понял, что это — судьба. И сел за машинку.

2

Говорят, в разгромленной кровавыми бомбежками японской столице часто находили в развалинах «черных кукол», вцепившихся друг в друга заживо сгоревших людей. Да еще в блокадном Ленинграде видели сплетшихся в смертном объятии скелетоподобных мертвецов. Было, было что-то, толкавшее в смертную минуту людей друг к другу. Да что говорить! В восемнадцатом году топили гардемаринов, мальчиков пятнадцати-шестнадцати годков. Связывали руки за спиной, навешивали на шею ржавые колосники и сталкивали за борт. Одного за другим, в общую кучу. Вода была на удивление прозрачная, и любопытствующие отметили, что в последние секунды земного существования своего утопленные копошились в груде уже мертвых, словно бы стремясь найти себе уютное место, с к л у б и т ь с я в одну общую массу.

Я ведь и не помню времени, когда впервые встретился и подружился с Кимом Волошиным. Время было тягостное. Мужчин рвало на куски германское железо, а женщины вкалывали, молились и плакали ночами до изнеможения. Время было под лозунгом «Все на Голгофу!». Вот в это время и появился в нашем Ташлинске будущий возмутитель спокойствия нашего, замурзанный и обтрепанный, с трудом владеющий человеческой речью мальчик Ким. Как появился? Да просто волею смертельно уставшей чиновницы, торопливо заполнявшей бесконечные ведомости. Уже в студенческие времена довелось мне услышать анонимную песню под гитару:

> Из краев освобожденных,
> С черной, выжженной земли
> К нам пригнали эшелоны
> И детишек привезли...

Эшелоны не эшелоны, а десяток детишек по какому-то распределению доставили в Ташлинск. Еще в первую военную зиму к нам пригнали целый детский дом из Западной Украины. И Кима угодили туда. Нет, ничего плохого про это заведение не скажу. Из детдомовцев этих вышли совсем неплохие люди. Тот же майор С., например. Или (на свою беду) первый секретарь нашего горкома... Ну, конечно, и сволочи вышли, не стану называть фамилии, они подохли уже и пусть горят вечным огнем. Все они умирали тяжело, и не мне, их врачу, вещать на весь свет то, что мне о них рассказывали и тем более в чем они в предсмертном бреду мне признавались. О мертвых, как известно, либо ничего... А почему, собственно? Впрочем, речь не о них.

Ну-с, Ким у нас угодил в этот самый детский дом к пацанам из Западной Украины. И там его, конечно, как завзятого кацапа принялись было нещадно бить. Походя оскорблять, мочиться в его постель, отнимать еду. Дело известное. Мальчишки и звери — одна потеря. Но тут не на таковского напали. Ну-с, когда его в очередной раз жестоко отлупили, отобрали у него добротные армейские ботинки и отняли за ужином миску голодной каши вместе с голодной хлебной пайкой, он среди ночи тихонько встал, подкрался к своему главному обидчику, сыто и сладко спавшему под тремя одеялами, и со всего размаху треснул его по голове табуреткой. Ирония судьбы. Этого долдона через месяц должны были призвать в армию. Но после табуреточного сотрясения он почти пять месяцев проволынил в больнице и тем, по существу, спасся. Я его видел потом: кончил войну каким-то политруком, орден, медали и харя — троим не обгадить. Инструктор нашего родного Ольденбургского... виноват, тогда еще Новоизотовского обкома. Оч-чень значительное лицо, ныне, впрочем, на пенсии.

Так вот, о Киме. Табуреточное дело в детдоме, конечно, замяли. Там и не такие дела заминали. Трех заведующих, пятерых завхозов, неучтенное число поварих и нянек отдали под суд, шайки осатаневших от голода воспитанников грабили погреба, лавки и хаты, хозяйки отбивались вилами и топорами, трупы мальчишек и девчонок тайком где-то закапывали, изувеченных увозили неизвестно куда... Это общеизвестное. А что касается Кима, то приставать к нему перестали, но и дружбы ничьей в родном детдоме он не сыскал. Все числились на Голгофе. И Ким подружился со мной.

Во-первых, в классе оказались мы за одной партой. Это само по себе сближает. Но главное — моя мама. Чем-то очень ей понравился Ким. И когда приходил он к нам делать уроки, ему всегда выставлялось угощенье: мятая вареная картошка, круто посоленная и с нарезанным лучком, залитая обратом. И мы всласть лопали. Боже мой, как мы лопали, вспомнить страшно! Только хлеба, конечно, было маловато — так, по маленькой горбушке на нос.

И изрядно было нами обговорено в ту пору, как это всегда водится между мальчишками.

3

Палач не плясал на трупах. Это бедной Каталине почудилось в бреду. Он просто утаптывал землю на свежем захоронении.

Точного возраста своего Ким не знал, пять лет ему записали на глазок. Не знал он и своей фамилии, и имени отца не знал, а знал только, что мать звали Дуня, бабушку — Вера, а деда в семье звали Старый. Отчество и фамилию дали ему от какого-то солдата, не то санитара, не то кашевара, при котором он кантовался, пока не был отправлен в тыл. Ну и спасибо неведомому Сергею Волошину, пускай земля ему будет пухом. И уж если говорить об именах, то раз Ким признался мне, что по-настоящему звали его Клим (в честь Первого Маршала, надо полагать), но, когда его расспрашивали, он еще весь трясся и пропускал буквы, так и получился у него Ким вместо Клима, так и записали...

А родом он был откуда-то с юга, то ли из Батайска, то ли из Ростова. Отец сразу же ушел на войну и сгинул, во всяком случае, у Кима о нем не осталось никаких воспоминаний. Когда немцы подошли к городу, мать подхватила сынка и перебралась к родителям. Надо полагать, куда-то неподалеку. Уже через несколько дней немцы без боя ворвались в это местечко и помчались дальше. На восток, на восток! Нах Шталинград!

Об оккупации у Кима особых воспоминаний не сохранилось. Кажется даже, что это было самое сладкое время в его маленькой жизни. Дед Старый и баба Вера души в нем не чаяли, картошки со сметаной, яиц и морковки было предостаточно, обширный двор и садик были в его полном распоряжении, вот только мать чахла день ото дня... Потом наступила та страшная зима, когда война взялась за него по-настоящему.

Вероятно, местечко это имело важное стратегическое значение, иначе чего бы две самые могучие армии в мире топтались на нем несколько дней (часов? недель?), гремели, бабахали, лязгали над головами двух стариков, молодой женщины и ребенка, в ужасе зарывшихся в кучу картошки на дне погреба? Метались по земляным стенам охваченные паникой крысы, изобильно сыпалось с потолка, и все тряслось в кромешной тьме... Выдалась тихая минутка, и дед Старый ползком вскарабкался по земляным ступеням и осторожно выглянул наружу, и сейчас же снова скатился вниз и сообщил, что хату разнесло до завалинки, а на месте сортира навалены грудой то ли мешки какие-то, то ли тела. Затем загремело, забахало, залязгало опять, да еще и сильнее. Мать легла на Кима, прикрыв его своим немощным телом, баба Вера громко читала молитвы, дед Старый кряхтел и ворочался во тьме, все старался зарыть любимых людей поглубже в картошку, а маленький Ким лежал, притиснутый телом матери, задыхался и ходил под себя... И тут снаружи вышибли дверь погреба и вбросили гранату.

Немец? Наш? Какая разница! Треснула взломанная дверь, погреб озарился серым светом, затем со стуком упало рядом, покатилось и грянуло. Целую вечность Ким лежал под трупами тех, кто мог им интересоваться. Потом еще одну вечность он выбирался из-под этих трупов. Он выбрался, залитый кровью и испражнениями, сполз на земляной пол и завыл. Он выл и никак не мог остановиться. Он не помнит, как пришли, как вытащили его наружу, смутно припоминается ему, как кто-то плачет над ним, кто-то матерится люто, потом его мыли и оттирали, и кто-то голый, стриженный ступеньками, лил на него нестерпимо горячую воду и надирал жесткой мочалкой. И вот он оказался чистенький, в подшитой, но все равно непомерной солдатской форме, с брезентовым ремнем и погонами, в громадных ботинках, набитых ветошью, в настоящих обмотках, толсто намотанных на его тощие ноги, и он был под опекой славного санитара-кашевара дяди Сережи и мчался со всей армией на запад, на запад, на Берлин!

До Берлина он не домчался, а оказался вдруг в эшелоне, в телятнике, набитом такими же возгрявыми бедолагами, котелок замечательно вкусной пшенки с говядиной (на двоих в сутки), буханка хлеба, тоже замечательно вкусного (на пятерых в сутки), Новоизотовск, распределитель, Ташлинск. Все.

4

Союзные моряки стали жаловаться, что, сойдя на берег после арктических тягот, они у нас лишены женской ласки и оттого могут ненароком исчахнуть. Тогда горком обратился к комсомолкам в возрасте от семнадцати до двадцати лет с предложением порадеть нашим славным товарищам по оружию. Те, конечно, порадеть не отказались. Что делать, времена тяжелые, а тут тебе и консервы, и шоколад, и виски, и чулочки. Однако когда война закончилась, их всех объявили изменниками Родины, погрузили на баржи и потащили в открытый океан. На остров Сальм, как им объявили. Но до острова Сальма их не дотащили, а потопили из-под воды торпедами. Светило красное полуночное солнце, белело небо над далекой кромкой вечных льдов, океан был как зеркало, и до самого горизонта виднелись по воде женские головы — русые, каштановые, черные...

Одним из первых возвратился в Ташлинск мамин брат дядя Костя. И была при нем одна нога, одинокая медаль «За отвагу» на широкой груди, тощий сидор с нехитрыми пожитками да еще великолепный аккордеон, который, по его словам (и я ему верю), он взял из подбитого им же немецкого танка.

Помнится, вечер был. Женщин к нам набилось великое множество. Вареная картошка и соленые огурцы высились на столе горами, и не было недостатка в самогоне. Нас с Кимом затиснули в угол, но в миски, что мы протискивали между женскими боками, накладывали не глядя, а нам того и надо было. Мы только перемигивались за спинами. Потом Фроська, толстая наглая девка, с самого начала липнувшая к герою, игриво осведомилась, отчего это на его широкой груди вроде пустовато. На нее зашикали, а дядя Костя, потрогав свою медаль и весь скривившись, очень внятно объяснил беспутной Фроське, что и куда дают Ваньке за атаку и за что дают Красную Звезду Тамарке. Все потупились, кто-то хихикнул, кто-то всплакнул. У Фроськи толстые щеки стали лиловые.

— Ладно, — произнес дядя Костя. — Я вам лучше спою. Может, понятнее будет.

Он достал из футляра аккордеон и запел. Странная была песня, и мотив странный — не то марш, не то тоска предсмертная.

> Справа танки, ребята, справа танки, друзья!
> Приготовьте гранаты, удирать нам нельзя.
> Эй, Сережка с Павлушкой, мочи-сил не жалей,
> Накатите мне пушку на бруствер скорей!
>
> У Сережки-студента есть фляга вина.
> Не теряйте момента, осушайте до дна!
> На закуску узнаем, не пройдет еще час,
> Есть ли небо над раем иль морочили нас...
>
> Против гадов с крестами — что мои «сорок пять»?
> И снаряды мы стали, словно мертвых, считать...
> И остался у пушки я один бить отбой.
> Спи спокойно, Павлушка, я иду за тобой.

Тишина стала в хате. И вдруг мой Ким забился рядом со мной, выронил миску и, то ли хохоча истерически, то ли икая, принялся бессвязно выкрикивать:

— Колоть их!.. С крестами, без крестов... всех! На мелкие куски! Чтобы ни одного!.. Вдребезги их! В мясо-кровь!..

Он захлебнулся криком и стал закидываться, словно бы стараясь прижать затылок к лопаткам. Женщины подхватили его, принялись дуть в лицо, лить воду через стиснутые зубы. Дядя Костя спросил брезгливо:

— Это еще кто?

Мама торопливо объяснила: Лешкин-де дружок, детдомовец, а больше ничего не объясняла, но дядя Костя и без того понял. Он опрокинул стопку, закусил огурец и пробормотал, плюясь семечками:

— Оттуда, значит... Ну, что с пацана возьмешь, и не такие заваливались... — И добавил совсем по-горьковски: — А песню он мне все-таки испортил, чтоб ему...

И вскоре получился еще один случай. Вернулось еще несколько изувеченных, и приладились они собираться у нас, выпивать и петь свои дикие и страшные песни. Мама только вздыхала, но ведь не гнать же их... А уж мы с Кимом слушали во все уши. И вот запели они раз особенно дикую и страшную:

> Мы инвалиды, калеки, убогие,
> Мы все огрызки Великой войны,
> Но унывают из нас лишь немногие,
> Мы веселиться, петь и пьянствовать должны!
>
> Так, инвалиды, пей и веселись,
> На крыльях водки подымаясь ввысь,
> Пускай гремит наш хриплый, жуткий смех —
> Нам веселиться, право же, не грех!
>
> Кто не слыхал с вонючих коек стонов раненых,
> Кто не смотрел смерти прямо в глаза,
> Тот удивится, увидев нас пьяными,
> Но так смеяться не сумеет никогда!
>
> Так, инвалиды, пей и веселись...

И все. И смолкла внезапно песня. Взвизгнул в последний раз аккордеон и тоже смолк. Тяжесть стеснила мою душу, глаза застлало слезами. Увечные молчали, скорбно и растерянно переглядываясь. У Кима же все лицо стало мокрым от пота, выпученные глаза закатились под лоб, и он медленно сползал со скамьи на пол. Минуту спустя инвалиды, так и не сказав больше ни слова, подхватились и вышли. Вот такое было происшествие.

Может, с этого все и началось? Первая ласточка? Не вем. Знаний не хватает, а врать не хочу. Да и давно это было.

Впрочем, тут вернулся и отец мой, гвардии капитан, живой и относительно невредимый, и инвалиды перестали у нас собираться.

5

Еще бабка поучала: «Как попил, ведро доской закрыл, ковшик на доску, гляди, ложи кверху донышком. А книзу донышком положишь если, гляди, беси в него насеруть...»

В классе, кажется, шестом дорожки наши с Кимом разбежались. В Ташлинске открылось ремесленное училище, и Ким сразу поступил туда учиться — то ли на слесаря по ремонту чего-то сельхозтехнического, то ли на токаря по выточке запчастей. Вообще в тот год школа наша на треть опустела: у большей части ребят повыбило отцов, а в училище как-никак питание, форма и даже приработки — крошечные, конечно, но все же живые деньги.

Ну и вот, мы почти перестали встречаться, тем более что училище располагалось на другом краю Ташлинска и вовсе на другом берегу нашей славной речушки Ташлицы. А время бежало, и летели месяцы и годы, и Усатый перекинулся, как у нас говорили, и Кукурузник на трон взгромоздился, и я невинность потерял у одной развеселой вдовушки, а Ким едва не угодил под суд за злостное хулиганство, и сделалось нам по семнадцати-восемнадцати, и вылупились мы из наших альма-матушек. И тут мы окончательно потеряли друг друга из виду. На несколько лет потеряли, и я, например, просто забыл о существовании прежнего своего приятеля Кима Волошина.

Мне удалось сачкануть от армии. Каким образом — не хочу выдавать секретов, да и речь не обо мне. Достаточно сказать, что своевременно оказался я в Томском медицинском институте и засел в нем на пять полных лет, и страха ради иудейска даже на каникулы не появлялся дома. А потом появился в качестве врача «скорой помощи». И только тогда совершенно случайно узнал, что Кима в Ташлинске нет, ибо приключилась с ним история без малого сказочная.

Поведал мне ее механик из бывшей машинно-тракторной, а ныне ремонтно-технической станции, которого довелось мне пользовать от приступа стенокардии. Оказывается, Ким тоже не попал в армию. Но его просто признали негодным, выяснилось, что у него порок сердца — скорее всего, приобретенный. Забегая вперед, скажу, что убедился в этом самолично, когда случилось мне десяток лет спустя его обследовать. Точно, ревматический митральный порок. Выйдя из военкомата, он незамедлительно двинулся в «Сельхозтехнику» и уже через день гремел железом в МТС под чутким руководством моего механика.

Работал он неплохо, находчиво, но не слишком и утомлял себя, как, впрочем, и по сей день принято у сельских механизаторов. Но важно другое: Ким начал пописывать в нашу районную «Ташлинскую правду»! И никто в те времена об этом не подозревал, потому что свои заметочки-статейки он безлично подписывал как Рабкор, и под настоящим именем знали его только редактор, ответственный секретарь да кассир.

Я не поленился провести вечер в городской библиотеке над подшивками. Старушка библиотекарша сама и не без гордости отыскивала мне опусы Кима. Ничего особенного, всякое там «Цветет земля ташлинская»,

«Верните рабочим душевую», «Куда смотрит столовая комиссия?». Но для доморощенного газетчика не так уж и слабо. Кстати, со слов библиотекарши выяснилось, что Ким был у нее завсегдатаем. Не реже раза в неделю приходил он и брал книги. Главным образом классику. От Белинского и Гоголя до Некрасова и Салтыкова-Щедрина. Собственно, больше и брать было нечего, брошюрки и всякие там бубенновы-ажаевы...

Эта газетно-машинно-ремонтная идиллия, изредка нарушавшаяся скандальчиками в общежитии (жег электричество допоздна), тянулась у Кима почти четыре года. А потом появилась она.

Она — это Нина Востокова, двадцати лет, студентка Московского института журналистики и единственная дочь Николая Васильевича Востокова.

Николай Васильевич Востоков — русский советский литературовед, профессор, весьма известный в известных кругах специалист по журналистской деятельности Ульянова-Ленина, а также один из достаточно гласных руководителей Московского института журналистики.

Нина Востокова прибыла в наш огромный Ташлинск на практику. Вероятно, ей ничего не стоило устроиться в любой газете первопрестольной, но то ли профессор счел, что дочке пора нюхнуть провинции, то ли сама она настояла на этом, но только в один прекрасный день она появилась в протабаченном кабинетике редактора нашей районки. Встречена она была с надлежащим вниманием, выразила приличествующую радость по поводу встречи и надежду на помощь со стороны столь опытных коллег, но, что делать, не смогла скрыть по молодости лет простодушного превосходства своего над ними, и даже еще менее лестных для них чувств. Коллеги обиделись, но обиды не показали, а просто свели ее с рабкором К. Волошиным. Дескать, мы здесь тоже не лыком шиты, и зреют в толще наших читательских масс активные наши помощники, и мы их активно выискиваем и привлекаем к активному сотрудничеству. А вот из вас, милочка, еще неизвестно, что получится.

Встреча с рабкором К. Волошиным произвела на заносчивую девочку огромное впечатление. У нее-то, как выяснилось, была за душой пока что одна-единственная заметочка в «Московском комсомольце», и та петитом, по пустячному поводу и без подписи, а этот работяга предъявил ей целый альбом с вырезками. Нина Востокова была изумлена. Она была восхищена. С папиной подачи она всегда верила в творческие возможности трудовых масс, но увидела творческую трудовую личность своими глазами впервые. И где! Во глубине башкир-кайсацких руд! Она, бедняжка, даже позавидовать не сумела. Она расцеловала Кима, расцеловала редактора и, не говоря ни слова, помчалась в горком комсомола. И весь свет узнал.

И конечно же, согласно всем законам этого жанра жизни они мигом влюбились друг в друга.

Вот как описал ее редактор «Ташлинской правды», старый друг моего покойного отца и мой пациент. Не шибко красивая, смуглая, скуластенькая, крепенькая, всегда в выцветшей саржевой курточке, комсомольский значок, огромный нагрудный карман, из которого торчат блокнот с авторучкой.

— Суетливая, болтливая, — раздумчиво вспоминал он. — Идеалистка. Павка Корчагин, Олег Кошевой и все такое. Энтузиастка. Глуповата. Разумеется, при таком папаше... — Тут он несколько неожиданно прервал себя, закряхтел и сообщил: — Что-то меня пучит сегодня. Не иначе как от молочной каши. Закормили меня этой молочной кашей...

Своевременно она отбыла к себе в столицу, а еще примерно через месяц Ким получил уведомление о зачислении его на первый курс Московского института журналистики. Состоялась напутственная беседа в райкоме, состоялось тихое застолье у редактора, состоялась довольно безобразная отвальная в мастерских, и Ким Волошин уехал. И очень скоро был в Ташлинске забыт. Года два в райкомовских докладах продержалась фраза: «Об уровне культурной работы в районе свидетельствует хотя бы тот факт, что один из наших механизаторов, Волошин К. С., проявивший себя в качестве постоянного рабкора нашей газеты, был замечен в Москве и принят без вступительных экзаменов на один из факультетов Московского института журналистики». Но пришел в райком новый Первый, и фраза эта нечувствительно выпала.

Так что, когда я вернулся в родную хату врачом «скорой», имя Волошина было прочно забыто, да я и сам, признаться, вспомнил о нем только из-за случайной обмолвки моего пациента-мастера. Вспомнил и, натурально, заинтересовался, стал даже расспрашивать. А годы шли, интерес мой стал угасать, и я вновь и очень прочно забыл про Кима. Настолько прочно, что, когда снова встретился с ним, не сразу понял, с кем имею дело.

6

Скоро, скоро мы ляжем
К северу головой,
Скоро, скоро укроемся
Северною травой...

К тому времени я уже несколько лет как оставил беспокойную, но столь необходимую для настоящего медика практику на «скорой помощи» и стал в нашей больнице терапевтом, причем ведущим, едва не вторым лицом после главврача. Как-то я дежурил, и дежурство, помнится, было спокойным, только вечером получился срочный вызов из РТС «Заря» на маточное кровотечение у женщины тридцати двух лет. Ночь была тихая, лунная, с небольшим морозцем. До «Зари» километров пятнадцать, так что я с легким сердцем отослал туда наш драндулет, ибо всегда считал, что лошадок наших надо поелику возможно беречь. После обхода я, как всегда, угнездился в ординаторской, приказал дежурной сестре чаю, а сам занялся приведением в порядок своей довольно запущенной документации. Не тут-то было. Мой Вася-Кот (врач «скорой») позвонил из «Зари» и сообщил, что положение больной тяжелое и он решил везти ее к нам. Ну, дело привычное, я позвонил хирургу, он же гинеколог, он же уролог и прочая, разбудил его и велел явиться, затем распорядился насчет операционной.

Через час ее привезли. Как оказалось, ее сопровождал муж, и это было кстати, потому что больная была в беспамятстве, а историю болезни надлежало заполнять. Все наличные силы мои были задействованы в смотровой, и историей болезни пришлось заняться мне самому. Я вышел в «предбанник»; на драном диване сидел там, уткнувши лицо в ладони, мужчина в потрепанном костюме, на полу возле него неопрятной грудой громоздились тулупы, невзрачных расцветок платки, еще какое-то тряпье. Поверх валялись скомканные, окрашенные кровью то ли полотенца, то ли разорванные простыни.

— Вы — муж? — спросил я громким деловитым голосом.

Он поднял голову и посмотрел на меня. Лицо у него было узкое, обтянутое, желтоватого цвета, светлые волосы острижены наголо, из-под щетины виднелись зажившие шрамы, и широкая черная повязка пересекала это лицо и череп, закрывая левый глаз. «Билли Бонс», — промелькнула у меня ненужная мысль.

— Да, — сипло отозвался он и воздвигся. Был он высок, немного выше даже, чем я, но неимоверно худой. До болезненности. И еще я механически отметил, что на потрепанном пиджаке его не хватало пуговиц. И что под пиджаком у него сероватый свитер грубой вязки с растянутым воротом.

Я завел его в ординаторскую, усадил на табурет перед собой, достал бланк и отвинтил колпачок авторучки.

— Имя? — спросил я.
— Мое? — спросил он и прокашлялся.
— Нет, пока не ваше. Имя больной.
— Да, конечно, извините. Имя — Волошина Нина Николаевна.

— Год рождения?
— Тридцать девятый.
— В браке?
— Да. Со мной. Больше десяти лет.
— Беременна?
— Нет. Нет-нет. Точно — нет.

Он заерзал на табурете, устраиваясь удобнее, и положил перед собой на стол сцепленные руки. Огромные мосластые конечности, окрашенные въевшейся ржавчиной и машинным маслом. Что-то было с ними не в порядке, с этими конечностями, но приглядываться я не стал. Я положил ручку и спросил:

— Что с нею случилось?
— Точно не знаю, — ответил он звонким голосом, и я понял, что он на грани истерики. — Наверное, подняла что-нибудь тяжелое, не под силу. У нас там в бараках... Да вы вот что, доктор. Отметьте: в шестьдесят пятом у нее был выкидыш на нервной почве, и потом она на учете... Да, и еще у нее резус отрицательный.

— Так. А на каком учете?
— Психиатрическом. Два года в психушке сидела.

Я записал и снова посмотрел на его лапы. Вот оно что... На правой руке не было безымянного пальца. Культяпка, почти под корень.

— Так, — сказал я. — А прежде у нее такие кровотечения были?

Он не успел ответить. Дверь приоткрылась, просунулась дежурная сестра и деловито произнесла:

— Алексей Андреевич, вас срочно.

Я встал.

— Вы здесь посидите, — сказал я. — Подождите минутку.

Я уже знал, в чем дело. За дверью сестра подтвердила шепотом:

— Умерла...

В смотровой уже было пусто, только хирург мылся над раковиной в углу. Когда я вошел, он повернул ко мне виновато-агрессивную физиономию и пробубнил:

— Ничего не получилось. Клиническая.

Я подошел к столу. Она лежала на спине, вытянутая во весь невеликий рост, голая, серовато-голубая, до изумления тощая, так что все ребрышки проступали сквозь кожу, и коленные мослы не давали сомкнуться прямым, как палки, бедрам, и светло-коричневые пятаки плоских сосков казались нарисованными на ребристой поверхности груди. Глаза были закрыты, личико с кулачок было совершенно кукольное, синеватые зубы сухо блестели меж полураскрытыми белыми губами, и роскошные черные волосы, разбросанные по изголовью, были пронизаны седыми прядями...

— Как ее фамилия, Алексей Андреевич, не знаете? — спросил хирург, присев у столика и раскрывая блокнот.

— Кажется, Волошина, — машинально пробормотал я. — У меня там записано...

Я еще не договорил, когда сумасшедшая, но точная догадка озарила меня, и я внезапно понял, чей это труп лежит передо мной и кто дожидается меня в ординаторской. Никогда я не понимал и не пойму, наверное, как работает подсознание. Мало ли Волошиных на свете? И ничто не было столь далеко от меня той январской ночью, как Ким Волошин, и никто не мог меньше напомнить мне о Киме, чем тощий человек в пиджаке с оторванными пуговицами, с черной повязкой через глаз, с изувеченной рукой...

— Что? — спросил я.

Сестра стояла с простыней в руках и вопросительно смотрела на меня. И хирург смотрел на меня с любопытством.

— Да, — произнес я нетвердо. — Конечно. Вывозите.

Сестра накрыла труп, отступила от стола и перекрестилась.

— Алексей Андреевич, — сказал хирург, — а как насчет анамнеза? Говорят, с нею муж приехал, хоть бы с его слов составить...

— Я сам, сам, — проговорил я поспешно. — Это я сам. А ты пока набросай диагноз и прочее, потом впишешь...

Я стиснул зубы и вернулся в ординаторскую. Когда я вошел, он поднял голову и уставился на меня своим единственным глазом. Я глотнул всухую, медленно обошел стол и сел напротив него. Затем проговорил, глядя в сторону:

— Вот, значит, как. Такое, понимаешь, дело, Ким...

Он перебил меня. Голосом чуть ли не деловитым.

— Умерла?

Я кивнул и стал торопливо объяснять, что подробности покажет вскрытие, могло бы помочь переливание крови, она потеряла массу крови, но у нее же резус, ты сам знаешь, а такой крови не то что в Ташлинске — в Ольденбурге, пожалуй, не найти, а то и в самой Москве.

Он слушал, не перебивая, прикрыв глаз тяжелым темным веком, а когда я, запыхавшись, умолк, подождал несколько секунд и сказал:

— Не надо оправдываться, Лешка. Ничто бы ее не спасло. Ни Ольденбург, ни Москва... Не сегодня, так послезавтра бы, все равно. Отмучилась бедняжка.

Я сейчас же полез в тумбочку стола, извлек емкость со спиртом и стакан, налил граммов сто, долил водой из графина и протянул ему.

— Выпей, Ким.

Он усмехнулся деревянно:

— Ну, раз медицина не против...

Он залпом выпил, вытер заслезившийся глаз, а я, суетясь, развернул прихваченные из дома бутерброды.

— Закуси.

Он отломил корочку, понюхал и стал жевать.

— В сущности, — произнес он почти рассудительно, — она была давно уже обречена. Любовь, доброта, великодушие — они жестоко наказываются, Лешка. Жестоко и неизбежно.

Я разозлился. Должно быть, уже пришел в себя.

— Это все философия, Ким. По три копейки за идейку. Но как она дошла до такого состояния? Ты что — голодом ее морил?

Он медленно покачал головой.

— Это история долгая, Леша. А в последнее время Нина почти ничего не ела. Не могла. Ничего в ней не держалось. Пытался наладить ее к медикам. Ни в какую. Там, в бараке, бабы пытались лечить ее насильно. Ворожей каких-то позвали, знахарок... травки, настойки, заговоры.... Очень ее любили. Да ничего не вышло, как видишь. Она же психическая была, что ты хочешь...

Он постучал пустым стаканом по емкости со спиртом. Я налил. Он выпил и отколупнул еще одну корочку, стал жевать через силу. Вид у него сделался задумчивый.

— И давно ты здесь? — спросил я.

— В Ташлинске? Да не так уж чтобы... Прошлым летом мы приехали. Слава Богу, в бараке сразу комнатушку дали, мыкаться не пришлось.

— А я и не знал, — проговорил я и добавил неискренне: — Так ведь не все же время ты в этой «Заре» околачивался, в город, наверное, не раз набегал... Чего же ко мне не зашел?

— А зачем я тебе? — спросил он равнодушно. — И ты мне... Конечно, если бы тетя Глаша была жива... (Покойную маму мою звали Глафира Федоровна.)

— Не сразу узнал тебя, — промямлил я, чтобы что-нибудь сказать.

— А я так сразу.

Он взял емкость, налил полный стакан и залпом выпил и с клокотанием запил из графина, прямо из горлышка. Вода полилась ему на грудь, и он, еще не оторвав горлышка от губ, стал растирать ее искалеченной рукой.

— Ну и будет, — сказал я решительно и спрятал емкость.

— Будет так будет, — вяло пробормотал он и прикрыл глаз темным веком.

Затем он сделался слегка буен и обильно слезлив, заговорил непонятно и бессвязно и вдруг на полуслове заснул, уронив голову на стол. Я кликнул сестру и Васю-Кота, и мы выволокли его на диван, устроив ему постель из тулупов и шалей. Во время этой тягостной процедуры он только раз отчетливо произнес: «А что мне на нее смотреть? Я уже насмотрелся. И попрощались мы давно уже...» Произнес и впал в глубокое беспамятство.

Утром его уже не было в больнице. Он исчез вместе со своими тулупами, да так ловко, что даже нянька не уследила. И Ким Волошин снова ушел из поля моего зрения. После того дежурства мне пришлось отлучиться из города, и как раз в это время из «Зари» приехали на санях забрать тело на похороны. Говорили, был вполне приличный гроб, и было человек десять тепло укутанных женщин — вероятно, соседок Волошиных по неведомому мне бараку. Поезд из трех саней потянулся за Ташлицу на Новое кладбище, и говорят, первые сани, те, что с гробом, вел сам одноглазый Ким, шел впереди, тяжело переставляя ноги, ведя под уздцы заиндевевшую лошадь. Похоронили Нину Волошину и, не возвращаясь в Ташлинск, уехали по правому берегу прямо на свою «Зарю».

Работы у меня, как всегда, было выше головы, и лишь иногда я вспоминал рассеянно и недоумевал, как это могло случиться, что питомец прославленного Московского института журналистики очутился в мастерских заштатной РТС в глубокой провинции, а журналистка и дочка профессора Востокова нашла себе могилу в промерзшей башкир-кайсацкой земле... И еще испытывал я нечто вроде обиды на выскочившего вдруг из небытия Кима, который вполне мог бы мне все сам объяснить, а вот не соизволил, ну и Бог с ним, насильно мил не будешь. Да и не желал я быть милым насильно.

В общем, из-за деловой текучки и этого ощущения легкой неприязни Ким, скорее всего, снова выпал бы из моей памяти, но тут получилось одно неожиданное обстоятельство.

Однако сначала я введу в рассказ еще одного героя. Имя ему — Моисей Наумович Гольдберг.

7

Летят по небу самолеты-бомбовозы,
Хотят засыпать нас землей, ёксель-моксель.
А я, молоденький мальчишка, лет семнадцать,
Лежу почти что без ноги.
Ко мне подходит санитарка, звать Тамарка:
«Давай тебя я перевяжу, ёксель-моксель,
И в санитарную машину „стундербекер"
С молитвой тихо уложу...»

Был это в те времена наш несравненный прозектор, «лекарь мертвых», талантливейший старик, неизбывная гроза новоявленных специалистов, сопляков, путающих перитонит с перитонизмом и забывающих в операционных ранах салфетки. Он умер в прошлом году, старый труженик и мученик, с закрытыми глазами и довольной улыбкой: должно быть, рад был уйти от кошмара, от фантастического дела Кима Волошина.

О прошлом его я знаю немного. Был он учеником и пользовался благосклонностью самого Давыдовского Ипполита Васильевича, главного патологоанатома Советского Союза. Того самого, добавляю для непосвященных, который был инициатором и автором знаменитого Указа от 35-го года о непременном вскрытии всех больных, умерших в лечебных учреждениях. Войну Моисей Наумович прошел от звонка до звонка. Служа под знаменами генерал-лейтенанта Кочина главным патологоанатомом армии, удостоился Красной Звезды и именного оружия за предупреждение возникшей в войсках эпидемии менингита, обнаруженной и блокированной им на основании материалов вскрытия. Надо полагать, отчетливая была работа.

После войны «Звездочку» свою он, конечно, потерял, именной пистолет у него отобрали, а тут подоспели и настоящие неприятности, и Моисей Наумович стремглав покатился вниз. И докатился, на наше счастье, до Ольденбургского облздрава, который и стряхнул его в Ташлинск. И стал он патологоанатомом больницы, а также — по совместительству и по бедности нашей — судмедэкспертом. И все четверть века, всю оставшуюся жизнь, прожил в комнатушке, отведенной ему судебным ведомством (!) в так называемом районном пансионате. Впрочем, насколько я знаю, был он совершенно одинок, без единого родственника на всем белом свете.

Довольно долгое время были мы с ним в состоянии настороженного нейтралитета. Но, слава Богу, никаких претензий к моей работе у него не случалось, и понемногу стал он захаживать ко мне домой — сыграть в шахматы, попить чайку, а то и отобедать. Я к нему привязался, а Алиса (жена моя) просто души в нем не чаяла. Но у нас с ним такие отношения сложились, повторяюсь, не сразу, а вот с так называемыми простыми людьми, в частности, со страдальцами, которых пользовала наша больница, он сходился необычайно легко. Конечно, доброе слово для больного — великое подспорье, но не одни только добрые слова имелись в бездонном арсенале Моисея Наумовича. Его, «лекаря мертвых» высочайшего класса, вызывали проконсультироваться в сложных случаях и к живым — вызывали, разумеется, те из моих коллег, что были постарше и поумнее. «Я — старый врач, Алексей Андреевич, — говаривал он мне с усмешкой. — А покойник — тот же больной, только в лекарствах больше не нуждается и в сочувствии тоже». Так или иначе, за четверть века своего служения городу он обрел множество добрых знакомых, особенно людей пожилых, и его охотно приглашали на семейные праздники, даже и на крестины всевозможных внуков и правнуков («несмотря что еврей»), а уж на похороны и поминки — непременно. К слову, популярности ему немало прибавляло и то, что он никогда не волынил с выдачей родственникам усопших патологоанатомических справок, без которых, как известно, предание земле у нас категорически не допускается.

Вот пока и все о Моисее Наумовиче Гольдберге, светлая ему память, а в тот день, в первое, кажется, воскресенье после похорон Нины Волошиной, мы с ним сидели у меня дома в кабинете и играли в шахматы. И вдруг задребезжал телефон.

8

Вынесет все — и широкую, ясную грудью дорогу проложит себе. Жаль только жить.

Звонил старый знакомый, бессменный редактор нашей «Ташлинской правды».

— Алеша, — просипел он в трубку, — ты не очень занят?

Я осторожно ответил, что не очень.

— Тут у меня один товарищ, — сказал старик, — ему очень нужно поговорить с тобой. И срочно. Полчасика не можешь уделить?

Я ответил, что могу, пожалуй, но что я не один, у меня Моисей Наумович. Редактор хорошо знал Моисея Наумовича — он несколько раз выступал в газете на медицинские и гигиенические темы.

— Моисей Наумович? Это прекрасно. Так мы к тебе идем.

Я с сожалением взглянул на шахматную доску и ответил, что жду. Деликатнейший Моисей Наумович сорвался было уйти, но я свирепо его остановил. Еще чего! Чтобы в мой законный выходной в моем собственном доме моих друзей — и так далее.

И они пришли.

К моему удивлению, товарищ оказался симпатичной шатеночкой лет тридцати, румяной с мороза, с милыми ямочками на щеках, одетой, я бы сказал, по-столичному. Оправившись от секундного шока, я кинулся освобождать гостью от роскошной меховой шубки. Шатеночка действительно оказалась приезжей из столицы, журналисткой по имени Екатерина Федоровна. Тут и Алиса моя вышла в прихожую, и запахло уже не получасиком, а банальным нашим гостевым чаепитием часа на три. Всех загнали в столовую и рассадили вокруг самовара. Я взглянул на Моисея Наумовича: вид у него был благодушный и даже довольный — во-первых, он любил чаевничать, а во-вторых, партия была отложена в тяжелом для него положении. Я едва удержался, чтобы не хихикнуть.

Но едва смолк звон ложечек, размешивающих сахар, Екатерина Федоровна, как-то вдруг помрачнев, спросила меня, правильно ли ей сообщили в больнице, что я присутствовал при смерти Нины Волошиной и говорил с ее мужем. Игривость, овладевшая мною, тут же пропала, и я осведомился, почему ее это интересует. Старый редактор пустился было в заверения, что все здесь, дескать, в порядке, но Екатерина Федоровна остановила его движением белой ручки и сказала, что все объяснит сама.

Оказалось, была она старинной, еще институтской подругой покойницы и дружила также с Кимом. Когда случилась катастрофа, она всеми силами поддерживала Нину, она даже взяла ее к себе жить, хотя это было, сами понимаете, довольно рискованно, и они расстались только в середине прошлого года, когда Ким вернулся и увез ее сюда, в Ташлинск. В прошлый понедельник она получила от Кима телеграмму, сразу кинулась на самолет, однако вылет задержался из-за погоды, и на похороны она опоздала. Вчера она была в «Заре» у Кима. Как всегда, рассказать толком он ничего не пожелал, но кое-что рассказали соседки, очень милые и добрые женщины, так что по возвращении она сразу же направилась в больницу, и там одна очень милая особа, видимо медицинская сестра, любезно вывела ее на меня...

— Ведь это вы дежурили в ту ночь, Алексей Андреевич?

Я не отрицал.

Однако обратиться прямо ко мне она не сочла удобным. Мало ли как я мог отнестись к ней, если бы она свалилась как снег на голову. И она прибегла к помощи собрата-журналиста, у которого Нина в свое время — как давно это было! — проходила практику. Нина всегда отзывалась о нем с восхищением. (Лик нашего старичка идет багровыми пятнами от похвалы, скорбно опущенные углы губ непроизвольно приподнимаются. Моисей же Наумович вне себя от восхищения.) Она изложила редактору свою просьбу, и вот она здесь.

Все это она выразила отточенными и литературно закругленными периодами. Мне пришла в голову мысль, что выступление свое она продумала и подготовила заранее. И еще одно было ясно: она считала, что мне хорошо известны обстоятельства, выбросившие Волошиных из Москвы в захолустный Ташлинск, обстоятельства, видимо, не просто трагические, но и зловещие.

В самом деле.

Что это за катастрофа, постигшая Кима и Нину?

Почему дочка профессора Востокова вынуждена была переселиться к подруге, даже и ближайшей?

Почему переселение это было сопряжено с риском для подруги?

Откуда вернулся Ким в середине прошлого года?

Не такой уж я был дурак и мамкин сын, чтобы не возникли у меня некоторые подозрения. Я кашлянул и сказал:

— Ну-с, так. И чем я могу быть вам полезен, Екатерина Федоровна?

— Собственно, — проговорила она, — мне бы очень хотелось знать, во-первых, как Нина умерла. И второе, не говорила ли она что-нибудь перед смертью. И если говорила, то что именно.

Тут неожиданно вступился Моисей Наумович. Сухим протокольным голосом он сообщил, что Нина истекла кровью, она была до предела истощена, ее привезли в больницу в бессознательном состоянии, и она скончалась, не приходя в сознание. Так что говорить она ничего не могла.

Екатерина Федоровна часто-часто закивала.

— Да-да, я так и поняла со слов той медсестры. Я просто хотела... И вот еще что. Мне сказали, что вы разговаривали с Кимом. Не могли бы вы изложить... Мне он ничего не рассказал, но, может быть, вам...

— Минуточку, Екатерина Федоровна, — сказал я, собравши в единый кулак все свое нахальство и всю свою бесцеремонность. — Я все-таки позволю себе попросить у вас некоторые разъяснения. Я охотно расскажу вам о нашей беседе с Кимом, но сперва мне хотелось бы выяснить некоторые обстоятельства. Вы намекали на них в начале разговора, но... Может быть, мой старый друг знает что-либо об этих делах?

Старый редактор поспешно затряс головой:

— Ничего, Алеша, ровно ничего!

— Вот видите, ему тоже ничего не известно. (Я не был в этом уверен, но не пронзать же мне было его проницательным взглядом, и я понесся дальше.) Сами посудите, Екатерина Федоровна. Здесь расстались с Кимом десять... нет, все двенадцать лет назад, проводили его в новую жизнь, успешную и завидную, в столицу, в престижную профессию... да еще под крылышко привилегированного лица.

Я отхлебнул остывшего чая и перевел дух. Все смотрели на меня. Мне показалось, что Моисей Наумович поощрительно мне подмигнул.

— Да... И вдруг неделю назад он появляется у меня в больнице в самом непрезентабельном виде, изрядно изувеченный и с полумертвой женой, и оказывается, что он здесь уже более полугода... А сегодня появляетесь вы и намекаете на какие-то катастрофы, и вам позарез (иначе бы вы не появились) нужно узнать, что сказала Волошина перед смертью и о чем я разговаривал с Кимом. Воля ваша, Екатерина Федоровна, извольте объясниться.

Я замолчал. Она с изумлением посмотрела на меня, затем на редактора и снова на меня.

— Вы что же, — запинаясь, проговорила она, — вы действительно не знаете, что с ними было?

Я молча покачал головой. Она опустила глаза.

— Наверное, мне не следовало обращаться к вам, — сказала она.

Я пожал плечами, а Моисей мой Наумович мягко промурлыкал:

— Обратного хода нет, душенька.. Вы слишком нас заинтриговали.

Тогда она подумала и решилась.

В Москве Волошины зажили спокойно и счастливо. Нина влюбилась в Кима как кошка. Поселились они в квартире профессора, в комнате Нины. Ким учился словно вол (в смысле упорства, конечно). Он много читал, в его распоряжении была ведь богатейшая библиотека тестя, и ему не приходилось выстаивать в очередях в Ленинку. И тесть гордился зятьком и, кажется, не раз упоминал его в беседах с институтским начальством. Пришла вожделенная пора, Нина получила диплом и поступила в «Советское искусство», а еще через два года закончил и Ким и не без некоторой подачи тестя поступил в аспирантуру. Все шло путем.

И вдруг Кима забрали.

Это было словно гром среди ясного неба. Выяснилось, что еще на четвертом курсе он присоединился к «Союзу демократической молодежи против правительственного произвола» (СДМПП, двадцать шесть человек). Выяснилось, что он был активным распространителем «Информационного листка», разоблачавшего противоправные действия КГБ, прокуратуры и партийной элиты. Выяснилось, что он участвовал в жутком заговоре против здоровья и жизни членов Политбюро. И завертелось следствие.

Нина кинулась к отцу, прося вступиться. Но специалист по журналистской деятельности Ульянова-Ленина был в бешенстве. Зятя он называл не иначе, как грязным антисоветчиком, вонючим предателем и змеей, пригретой на его, тестя, груди. Колотя себя по залысому лбу, он кричал о волке, коего сколь ни корми, а он сожрет вдвое и еще харкнет тебе же в морду. И он потребовал, чтобы

Нина немедленно подала на развод и тем самым смыла бы позорное пятно со славной фамилии Востоковых...

Нина не отреклась от Кима Волошина, и тогда отец отрекся от дочери.

Нина ушла из дома, и Екатерина Федоровна приютила ее у себя. Конечно, ей было страшновато, но страхи эти порождались не столько реальностями, сколько предубеждениями. Ведь Екатерина Федоровна нигде в штате не состояла, и ее работодатели, если и было им что-либо известно, никак этого не показывали. Вдобавок разгорелся в ней некий азарт, ощутила она в себе некое чувство протеста. Расхрабрившись, она нагрянула к Востокову и потребовала у него вещи Нины и даже часть имущества, заведомо принадлежавшего покойной Нининой матери. Востоков, осунувшийся, полинявший, не стал возражать.

А Нина металась по инстанциям, умоляла, писала бесчисленные слезницы. С работы ее, конечно, попросили, но она и не заметила этого. Бедняжка, избалованная благополучной жизнью, еще не утратившая благородно-идиотских иллюзий, не переставала надеяться, что дело кончится благополучно. Тут в одночасье и рухнуло на нее зло.

Нина была беременна. В одной из самых высоких инстанций на нее грубо наорали с ударениями кулаком по столу и с множественным топаньем ногами. И у нее получился выкидыш. И она тронулась умом. И провела почти два года в сумасшедшем доме. Екатерина Федоровна навещала ее там. Она сидела на койке, тихая, почти неподвижная, и истаивала, как свеча. Потом ее сочли выздоровевшей, и Екатерина Федоровна опять взяла ее к себе. Работать она, конечно, больше не могла, да никто бы и не взял ее на работу, и она вела их общее хозяйство, бесшумная и серая, как мышь... Материально, впрочем, все обстояло благополучно: понемногу распродавались вещички, еще довольно регулярно приходили анонимные переводы на небольшие суммы. При Нининых потребностях...

Но это о Нине. О жизни же Кима в то ужасное для Волошиных время Екатерине Федоровне известно немного и только в самых общих чертах. Он не любил вспоминать. Хотя иногда его все же прорывало.

В следственном изоляторе (знаменитая Матросская тишина) ему выбили глаз. В первом лагере (Котлаг, Волотный мыс) за отказ выходить на работы «суки» отрубили ему долотом палец («Я его там сам и похоронил». — «Кого?» — «Да палец же... Впрочем, собственный палец — это „кто" или „что?"»). В третьем лагере (Ворлаг, Медвежья свадьба) в лютых драках на выживание ему сломали половину ребер и измолотили голову палками. Один лишь Бог — или дьявол? — ведает, как ему удалось остаться в живых. С другой стороны, зная характер Кима, нетрудно предположить, что в долгу он не оставался. Как-то он вскользь упомянул, что года за два до освобождения (Сурлаг, Соплечистка) его оставили в покое («паханы распорядились, не иначе»), и он, по его выражению, смог слегка восстановиться.

Его освободили досрочно. То ли вина его была сочтена не столь уж великой. То ли угодили в немилость следователи, которые оформили его дело. То ли возымели силу ходатайства влиятельных родственников кого-то из его подельщиков. А скорее всего, шли какие-то таинственные процессы в системе карательных органов, и победившие спешили собрать побольше обвинений против проигравших, чтобы с новыми силами обрушиться на истинных, по их мнению, еретиков.

И вот он вернулся в Москву. Иссохшая, с провалившимися глазами, Нина неуверенно коснулась пальцем его груди и проговорила: «Ты?» Он заплакал, прижал ее к своей провонявшей телогрейке.

Нечего было и мечтать бывшему аспиранту устроиться в столице. Да и не хотел он оставаться в Москве. Он вспомнил, что был когда-то (давным-давно) неплохим механиком. Несколько дней беготни, несколько простынь анкет и заявлений, и они с Ниной отбыли по оргнабору в Ольденбургскую, тогда еще Новоизотовскую, область, а здесь уже не составило большого труда определиться в Ташлинский район.

— Остальное вам известно, — заключила Екатерина Федоровна. — Лучше, чем мне.

Когда она замолчала, некоторое время никто не проронил ни слова. Алиса всхлипывала и промакивала глаза платочком. Старый редактор сидел, низко опустив голову. Моисей Наумович в задумчивости рассматривал свою чайную ложечку. Наконец я решился и произнес осторожно:

— Это поистине примечательная история, Екатерина Федоровна, и все мы искренне благодарны вам... Но я по-прежнему не могу понять вашего интереса к последним словам несчастной Нины Волошиной и к моей беседе с Кимом. У меня секретов нет, и я готов передать вам эту беседу слово в слово, но если бы вы объяснились...

Она прервала меня:

— Нет. Меня больше не интересует эта ваша беседа. Но я объяснюсь. Видите ли, я приехала сюда не по своему желанию. Я, видите ли, жена Востокова. Мы поженились давно, еще когда Нина содержалась в психушке...

Она поднялась. Мы тоже все встали. Я с напускным равнодушием пожал плечами. Взглянул на старого редактора. Ну конечно, он все знал. Но какое мне дело? Екатерина Федоровна продолжала, держась за спинку стула:

— Собственно, я приехала по поручению мужа. Он очень болен, иначе приехал бы сам. Он хотел... Собственно, он хотел узнать, не вспомнила ли Нина о нем перед смертью. Видите ли, он уверен, что тоже скоро умрет. Он очень боится некоторых встреч по ту сторону Вселенной. Психоз, конечно, но я не могла ему отказать. Я-то знаю, что Бог в бесконечном милосердии своем простит ему все — и всем нам тоже... Спасибо большое за угощение, мне пора.

И они ушли со старым редактором. Когда я, проводив их, вернулся из прихожей, Алиса мыла чайную посуду. Она вдруг спросила:

— А вы, Моисей Наумович, верите ли в Бога?

Мой «лекарь мертвых» на секунду замер с посудным полотенцем в руках. Затем медленно проговорил:

— Навряд ли, душенька Алиса Игоревна. Верю я в непостижимую судьбу — функцию темперамента, обстоятельств и поступков.

9

От этого типа вечно несло противно-сладкими смрадами гниющих фруктов. Каперна ошибочно божилась, будто он потеет люизитом. На самом деле все обстояло проще: у него сыпь какая-то была, и он обмазывался тертыми яблоками и не смывал их по целым неделям.

По прошествии времени я снова потихоньку забыл о Киме (как, наверное, и он забыл обо мне). Но тут возникло одно обстоятельство, о котором мне довольно подробно поведал старый редактор. Дело в том, что в «Ташлинской правде» обозначился кадровый кризис. Хотели обратиться за помощью в Ольденбург, но редактору пришла в голову счастливая мысль. Действительно, в двух шагах от города в груде неисправимо увечной сельхозтехники копошился ценнейший кадр — дипломированный журналист, да еще ташлинец, да еще выходец из рабочих, отчетливый гегемон... Отбывал по политическому делу? Но ведь освобожден досрочно. Не на кадры его прочим, не в политические руководители, а на скромную стезю литсотрудника всего-навсего... И вообще, столько лет прошло!

Дело выгорело.

Редакция была не очень далеко от больницы, и мы с Кимом стали встречаться на улице. Чаще всего он проходил мимо, удостоив меня кивка. Много реже останавливал меня и болтал о каких-то пустяках, но это уж при очень хорошей погоде. А в плохую погоду или в мороз проходил быстрым шагом, метнув мне рассеянный, неузнающий взгляд. Он слегка пополнел, всегда был скромно, но вполне прилично одет (положение обязывает), неряшливую черную тряпку через глаз сменил на аккуратную шелковую повязку, тоже черную, но отливающую при некоторых поворотах зеленоватой искрой... Словом, простой провинциальный интеллигент. Должен сказать, что газетка наша при нем сделалась интересной, насколько может стать интересной районная газета.

А так тянулись год за годом ровные и довольно бесцветные районные будни, с понуканиями и безграмотным раздражением сверху и глухим, но устойчивым саботажем снизу, с постоянными недостачами и постоянным заунывным нытьем повсюду, с пьянством, хулиганством, бардаком. Как-то Ким зашел в больницу и пригласил меня на новоселье. Отстоял очередь длиной в девять лет и получил однокомнатную квартирку в наших бедных «Черемушках» за Большим Оврагом. Я пошел, мне было любопытно. И несколько разочаровался. Ничего особенного. (А я уже тогда ждал от Кима чего-нибудь особенного.) В комнатушку набились газетные сотрудники во главе с редактором и с десяток старых приятелей Кима по мастерским. Много пили, съели колоссального гуся, несли чепуху и орали песни из старых кинофильмов. Я ушел рано, и Ким меня не удерживал.

Но вот грянули всякие хренации, как говаривал Александр Галич. Все в Ташлинске всполошилось и затем замерло, прислушиваясь и осторожно озираясь. Принимались меры, чтобы старое стояло нерушимо. Возникали движения, имеющие целью стереть старое с лица земли. Нашего старичка редактора с фальшивым почетом отправили на пенсию, назначили (прислали из Ольденбурга) нового, и прошел слух, будто новый чуть ли не в первый же день насмерть схватился с Кимом. Я эти слухи не проверял, некогда было, сам в это время сцепился с райздравом...

А затем пришло и двадцать шестое апреля 86-го года. Господь посетил нашу страну, и совершилась страшная трагедия Полынь-города. Информация о ней влилась к нам в Ташлинск тремя последовательными потоками очень разной чистоты: сперва совершенно лживая, затем туманно-неточная и, наконец, правдивая, из первых рук. Этим, третьим, потоком окатил нас внезапно Ким Волошин.

10

И Он молвил в великой тоске: «Следовало бы всех вас, сволочей, уничтожить до одного, но я устал. Я ужасно устал».

В разгар того лета Ким исчез из города. Отставной редактор мимоходом сообщил мне, что он взял очередной отпуск, а затем еще месяц отпуска за свой счет. Испросил телеграммой, и новый редактор с удовольствием внял этой просьбе. Но преждевременным было его ликование. Оказалось, что Ким провел отпускные месяца в Полынь-городе. И не на заработки он туда ездил, как клеветали потом на него, хотя деньги в Полынь-городе работягам платили немалые и даже огромные.

А Ким там вкалывал именно работягой. Ведь был он хорошим механиком и водил все виды автотранспорта. Отправляясь туда, он немного опасался, что его не примут из-за увечий, но сомнения эти оказались напрасными. У подножия гигантских развалин атомной печи никого не интересовало, целы ли у тебя оба глаза и все ли десять пальцев у тебя на руках. Вот тебе снаряжение, вот тебе противогаз, вот тебе бульдозер. И Ким все два месяца проработал бульдозеристом: то ли забивал там какой-то тоннель, то ли, напротив, тоннель расчищал.

Через неделю после возвращения Ким поверг к стопам нового редактора большую статью (или эссе?) «В Полынь-городе упала звезда». Редактор прочёл, ужаснулся и объявил, что только через его труп. Ким перенёс статью в райком на стол Первого. Первый ознакомился, вызвал к себе Кима и редактора и холодно осведомился, кто из них тронулся умом. Присутствовавший при этом районный идеолог, носивший полузначимую-полунорвежскую фамилию Кнут, раздражённо заметил, что Ташлинскому району пока, слава Богу, нет дела до происшествий в иных республиках. Затем статья была швырком брошена Киму, рассыпалась по полу, и Ким довольно долго ползал по ковру на карачках, подбирая страницы.

Сейчас мне не совсем понятно, почему в тот день всё обошлось для Первого и Кнута, да и для нового редактора тоже. Потому, скорее всего, что ползавший на карачках Ким испытывал не возмущение и раздражение, а злорадство. Он уже знал, что сделает. Накладки бывают и в центральной прессе, о районной и говорить нечего. И уж кто-кто, а бывший аспирант института журналистики в накладках толк понимал. Так или иначе, в один прекрасный день, когда редактор отбыл на какую-то конференцию в Ольденбург, Ким исхитрился выкинуть из очередного номера нашей родной «Ташлинской правды» половину материалов и поместить на их месте статью «В Полынь-городе упала звезда», подписанную собкором К. Волошиным. И на следующее утро ташлинцы были приятно поражены.

Пересказывать здесь эту статью подробно не имеет смысла: сегодня нам известны подробности, может быть, и похлеще. И я ограничусь лишь теми, которые тогда особенно поразили моё воображение. Да и не только моё. Больница возбуждённо гудела, больные, сёстры, врачи рвали газету из рук друг у друга, посетителей нещадно гнали домой за газетой (у кого была подписка) или по немногочисленным нашим киоскам (где розницу разобрали уже к девяти утра). Надлежит тут ещё принять во внимание вечный информационно-сенсорный голод у нас в провинции...

Статья открывалась скверной по полиграфическим причинам фоторепродукцией некоего пропуска. Слева фотография три на четыре, все честь честью, с черной повязкой через глаз. Пропуск № такой-то. В черной (?) рамке: ВСЮДУ. На право въезда в закрытую зону. Организация: УС-60Б. ФИО: Волошин Ким Сергеевич. Срок действия (от руки): постоянно. Неразборчивая печать. Подпись под фото: «Такой пропуск, упакованный в прозрачный пластик, спецкор носил на шнурке на груди».

Дальше следовали поразившие меня тогда факты.

У местных жителей новое времяисчисление: до войны (то есть до двадцать шестого апреля) и после войны (то есть после двадцать шестого).

По шоссе мчит автобус. На боках по-английски выведено: «Челленджер», а над лобовым стеклом трафаретка: «Подлежит уничтожению». Автобус полон пассажиров. И похолодевшие от ужаса встречные не сразу соображают, что уничтожению подлежат не пассажиры, а сам зараженный автобус.

На крышу пустого трехэтажного дома выскочил заросший бородой до глаз человек, весь в пыли и грязи. Выскочил и, кривляясь, запел диким голосом:

В Полынь-городе упала звезда,
В Полынь-городе убитая вода.
В Полынь-городе не стало можно жить,
В Полынь-городе уж некого ложить...

И снова, и снова. Киму сказали, что никто не знает, что это за человек. Пытались его поймать и выдворить, но он бегает как заяц, а гоняться за ним по крышам в противогазе никому неохота.

Бригада Кима жила в детском садике. Крошечные шкафчики, крошечная мебель. В углу навалом игрушки. Умывались, опустившись перед умывальниками на корточки или на колени.

Уже через месяц двоих работяг увезли. У них объявилась катаракта — помутнение хрусталика под воздействием ионизирующего излучения. Позже увезли еще человек десять.

Вот такие факты. И еще другие. И ненависть к начальству. К господам из инстанций. И в заключение — реплика Кнута: «Ташлинскому району, слава Богу, нет дела до происшествий в иных республиках». Как я понял, эту манифестацию мелкопоместного патриотизма Ким включил в статью в последнюю минуту, не преминув при этом назвать полностью ФИО и должность манифестанта.

Разумеется, на ведьму напали корчи. Кима вышибли из газеты. Сгоряча исключили из партии, но выяснилось, что Ким уже почти двадцать лет беспартийный. Разгорячившись еще более, собрались подать на Кима в суд с каким-то нелепым обвинением, но получилось разъяснение, что поскольку К. Волошин уволен, то есть уже подвергнут крайней мере административного взыскания... и вообще, времена наступают странные... Лучше замять.

Замяли. Времена действительно наступили странные. Материально Ким не пострадал: денег, заработанных в Полынь-городе, ему на первое время хватило, а уж от заказов на ремонт личного автотранспорта ему отбою не стало. Но недалек уже был день, когда события его личной жизни обернулись для нашего маленького городка совершенно ошеломляющим образом. Цитируя из одного моего любимого писателя: «Последовательность событий была так стремительна, как будто развернулся свиток и со всеми иероглифами ужасов упал к ногам».

Мы с Моисеем Наумовичем не сразу сумели прочесть эти иероглифы, а когда прочли, смущение и страх овладели нами. Причастность Кима выявилась для нас не сразу, да и вообще с точки зрения современной науки вряд ли может быть доказана, но все же наступил момент, когда мы, движимые своими представлениями о гражданском долге, принялись искать истину — выявлять координаты Кима в пространстве и времени в момент свершения очередного «жестокого чуда». Многое совпало. По нашему убеждению, совпало все, а если покопаться, то открылись бы и еще многие чудеса, имевшие место вне нашего поля зрения и зарегистрированные равнодушными чиновниками или вовсе не зарегистрированные...

Для нас, как я теперь понимаю, все началось в осенний пасмурный день, первый осенний день того года, когда Ким был отлучен от официальной идеологии. Он явился в больницу и вошел ко мне в кабинет, не постучав, когда еще одевалась, покряхтывая и постанывая, одышливая бабка семидесяти с лишним лет. Я поднял голову от своей писанины, готовый разразиться раздраженной отповедью, взглянул и слегка обалдел.

— Господи... — произнес я, неверным телодвижением поднимаясь из-за стола.

Такого я не ждал даже от Кима. Он был абсолютно лыс. Как бильярдный шар. Фиолетовые шрамы на его черепе выглядели так, словно кто-то вылил на него склянку с краской. И на свободной от черной повязки поверхности его лица тоже не было ни волоска. Ни ресниц, ни бровей.

— С-слушай, — произнес я, — где твои волосы?

Он полез за пазуху, извлек пухлый пакет и положил на стол.

— Вот, — сказал он. — Все здесь. Ну, может, несколько волосинок недостает.

Бабка выбралась наконец из ворота необъятного штапельного платья и тоже уставилась на Кима, распустив беззубый рот. Я спохватился.

— Ступайте, ступайте, бабуся, — проговорил я, взял ее под локоток и подвел к двери. — Я к вам потом зайду в палату. И скажите там в коридоре, чтобы пока разошлись и вернулись через часок...

Когда я вернулся к столу, Ким уже сидел и с хладнокровным интересом разглядывал меня.

— Ну, так, — деловито сказал я, усаживаясь. — Рассказывай. Как это произошло? Когда?

— Нынче ночью. Встаю утром, а вся моя роскошь на подушке осталась. Жаль, я себе такие кудри отрастил, можешь полюбоваться... — он ткнул пальцем в пакет на столе, — роскошные кудри. И нигде на всем теле ни волосинки не осталось. Ни под мышками, ни в шагу, ни на груди. Все либо на простыне, либо в трусах...

— Раздевайся, — приказал я. — Догола.

Он разделся. Я убедился. И заодно слегка позавидовал: такой он был сухощавый, поджарый, мускулистый. Мы с ним одногодки, а у меня грешное тело дрябловатое, жирненькое, никак не спортивное.

— Физкультурой занимаешься, — пробормотал я.

Он пренебрежительно отозвался:

— Физкультурой... С какой это стати? Что я тебе — пионер?

И вдруг вытаращил свой единственный глаз.

— А ведь и то верно, Лешка! Заметил я, что худеть начал. Штаны стали сваливаться, пиджак как на вешалке... Значит, и это еще...

— Ладно, — сказал я. — Пока не одевайся. Накинь вон мой халат.

Я позвонил нашему кожнику и попросил незамедлительно зайти. Пока мы ждали, я спросил, зачем он принес ко мне свою волосню. Он осклабился:

— Как вещественное доказательство. Чудак, почем я знаю, что вам, медикам, может понадобиться?

Я кивнул согласно и развернул пакет. Лупы у меня не было, но и невооруженным глазом было видно, что волосы именно выпали, а не были, скажем, выдраны, и даже не столько выпали, сколько вылезли: дружно и одномоментно. А тут и кожник явился. Ким повторил ему свой короткий рассказ. Кожник похмыкал, осмотрел его и велел одеваться. Потом кожник взглянул на меня, а я взглянул на кожника. Кожник едва заметно приподнял и опустил плечи. Неожиданно Ким, натягивавший брюки, произнес брюзгливо:

— Да вы не гадайте, доктора, не надрывайтесь. Я сюда не за диагнозом пришел. Отчего это у меня — я и без вас знаю. Вы мне скажите, как лечиться!

Нелепость этого наглого выпада была очевидна. Во-первых, не поставив диагноза, врач не может сказать пациенту, как лечиться. Во-вторых... но и во-вторых, не может! Я буркнул недовольно в том смысле, что нечего зря языком трепать. Но кожник мой сообразил правильнее.

— А вы, стало быть, знаете, отчего это у вас?

Ким, зашнуровывая ботинок, отозвался пренебрежительно:

— Еще бы не знать... Полынь-город!

И я едва удержал мгновенный позыв гоголевского почтмейстера вскрикнуть и хлопнуть со всего размаху по своему лбу, назвавши себя публично при всех телятиной. Кожник же, в два шага оказавшись возле Кима, проговорил с придыханием:

— Постойте. Вы — Волошин? Тот самый?

— Который? — неприветливо осведомился Ким, натягивая пиджак.

— Этот... который в газете... про Полынь-город...

— Ну?

— Рад познакомиться... — стесненно промямлил кожник, слывший у нас вольнодумцем и диссидентом. — То есть не то что рад... Сожалею, конечно, что такие обстоятельства... — Тут он кашлянул, вернул себе профессиональный вид и сухо объявил: — Боюсь, Волошин, что в нашей больнице вам ничего не светит. У нас нет специалистов по радиационным поражениям.

Тут мой кожник был прав. Если судить, например, по мне, то уровень нашей осведомленности в области лучевых заболеваний — я имею в виду районный медперсонал — вряд ли выше сведений из букваря для армейского санинструктора... или как они там называются.

Я уже сидел за столом и заполнял бланки.

— Пойдешь и сделаешь все анализы, — приговаривал я на ходу. — Кровь, моча, кал, рентген... Большая часть лучевых поражений сводится к ослаблению иммунитета... Волосню твою на место мы, конечно, не водворим, но от дифтерита, дизентерии или какой-нибудь другой обычной гадости умереть не дадим.

Ким взял у меня бланки и повертел в пальцах.

— А если ничего такого не обнаружится?
— Тогда направим тебя...
— Куда?

Я замялся. Честно, я не имел представления — куда.

— Ну, например... — неожиданно произнес кожник. Он достал записную книжку, полистал и прочел: — «Москва, улица Щукинская, шесть. Шестая больница Третьего главного управления». Не возражаете?

— Ну вот, хотя бы и в Шестую, — солидно сказал я, скрывая изумление. — Оформим в райздраве, и счастливого пути.

— Москва, — произнес Ким, усмехаясь. — Далеко целоваться бегать, однако...

Он кивнул нам и вышел. Я спросил кожника:

— Слушай, а откуда ты про эту больницу знаешь?

Он хихикнул.

— Секрет. Но не от вас, конечно, Алексей Андреевич. Там один мой друг работает. Сейчас он, правда, в Полынь-городе. Богатая, пишет, практика...

В тот же день вечером я рассказал все это Моисею Наумовичу. Помнится, перед очередной партией в шахматы. Он скорбно покачал головой, вздохнул, но большого интереса не выказал. «Дрянь это — радиация, — пробормотал, помнится, он. — А слоника вашего, Алексей Андреевич, я с удовольствием беру. При всем моем к вам уважении...»

Ни с анализами, ни с просьбами о направлении в Москву Ким Волошин не явился. Признаться, я не очень по нему скучал. Не мой он был пациент, и человек он был не мой. А о Моисее Наумовиче и говорить было нечего. Для него Ким был тогда всего лишь автор скандальной публикации.

Но примерно месяц спустя произошло событие, после которого мое представление о действительности пошло сначала неторопливо, а затем все скорее и скорее переворачиваться вверх дном. Рассказ об этом событии я выслушал из первых уст: от секретарши нашего Первого. Причем в тот же день.

11

Свят Георгий во бое
На лихом сидит коне,
Держит в руце копие,
Тычет змия в жопие.

Эта тощая востроносая дамочка была древнейшей приятельницей Алисы (кажется, еще в детском садике на горшочках рядом сидели), тянула свое зрелое девичество в компании с престарелой своей матушкой неподалеку от нашего жилища и частенько забегала к нам пошушукаться насчет районного начальства, а покончив с этой волнующей темой, уединялась с Алисой в нашей спальне, где и предавались они, как я понимаю, специфическим разговорам, не предназначенным для грубых мужских ушей. Не могу сказать, чтобы она мне была противна, так, иногда смешила и слегка раздражала, сплетенки ее временами были интересны, а уж в тот вечер я слушал ее в оба уха, стараясь не пропустить ни слова.

Да и как было не слушать!

Началось с того, что сразу после обеда в свой кабинет быстрым шагом проследовал сам Первый, за ним по пятам Кнут, а за Кнутом, едва не наступая ему на задники, «этот самый, который так подвел нас с газетой, Волошин»... «Представляете, я его едва узнала! Только по этой его черной повязке на глазу. Лысый, как чайник, физиономия голая, смотреть неловко, честное слово. И глаз сверкает! Поистине, Бог шельму метит...»

В приемной уже дожидались трое посетителей, все директора совхозов, они было вскочили, но Первый поприветствовал их взмахом руки и бросил на ходу: «Сидите, товарищи». И дверь в кабинет закрылась.

Как и о чем происходил у них там разговор за закрытой дверью, секретарша не знала. Минут через десять дверь распахнулась, и в приемную вышли — сначала Волошин и почти сразу за ним Кнут. Волошин остановился у стола секретарши и оперся на его край рукой без пальца. Кнут двинулся к выходу в коридор, но приостановился возле Волошина и произнес негромко: «Вот так, Волошин. А будешь трепыхаться, возьмемся за тебя по-настоящему. Тогда взвоешь». Сказавши это, он обычной своей неторопливой походкой пересек приемную и удалился. В приемной воцарилась тишина, посетители старательно отводили глаза от Волошина, секретарша принялась перебирать какие-то бумаги. «Ей-Богу, товарищи, не знаю даже — какие. Всегда мне в таких ситуациях ужасно неловко. Двадцать лет там служу, а привыкнуть ну никак не могу, представляете?» И тут раздался звонок, призывающий ее в кабинет.

Она вскочила. Тут надо отметить одно обстоятельство. Кнут известен был в райкоме тем, что вечно забывал закрывать за собой двери. Вот и тут дверь в кабинет он за собой только прикрыл, оставив изрядную щель, а дверь в коридор оставил нараспашку. Итак, секретарша на звонок вскочила и вдруг увидела, что один из посетителей уставился на Волошина дикими вытаращенными зенками и откинулся на спинку стула, загородившись портфелем. Она тоже взглянула на Волошина. И ужаснулась. «Он был синий, товарищи! Представляете? Синий, как покойник!» Глаз его налился кровью. Лысая голова втянулась в плечи, лысина покрылась обильным потом. Губы искривились, он прошипел несколько омерзительных слов, и его всего перекосило.

По словам секретарши, у нее от ужаса потемнело в глазах. «Будто тьма рухнула». И в этот самый момент из коридора послышался грузный грохот, словно упало что-то тяжелое и объемистое. И кто-то хрипло завопил. И совершенно как эхо из кабинета Первого донесся пронзительный визг. В коридоре затопали и заголосили, а дверь кабинета распахнулась, и в приемную буквально вывалился наш Первый. Он прижимал ладонь к щеке, между пальцами бойко стекали густые красные струйки. «Врача... — пробормотал он. — Немедленно... Врача!» Его качнуло. Посетители, оправившись от столбняка, кинулись к нему и, втащив обратно в кабинет, уложили на диван. Секретарша оказалась на высоте. Выхватила из шкафчика полотенце, смочила из графина и наложила на пораженную щеку. Затем, приказав посетителям держать и прижимать этот компресс, кинулась к телефону. «И представьте, товарищи, в „скорой" уже знали! Машина уже выехала! Конечно, никакой мистики не случилось, а „скорую" вызвали минутой раньше для Кнута, который сверзился с лестницы...»

А с Первым случилось такое несчастье. У него был любимый красно-синий карандаш, толстый, всегда остро заточенный с обоих концов. Когда Волошин и Кнут удалились, он взял этот карандаш, чтобы сделать пометки в перекидном календаре. И тут ему вдруг стало дурно. Он еще успел дать звонок секретарше, потерял сознание и упал лицом вперед. И карандаш пропорол ему щеку насквозь. («Хорошо, что не в глаз!» — простодушно присовокупила наша старая дева.)

Если судить по одновременности шумов и криков, донесшихся из коридора и кабинета, Кнут пострадал в те же самые секунды. Он неторопливо поднимался по лестнице на третий этаж, снисходительно с кем-то беседуя, вдруг замолк на полуслове, слабо помахал руками и покатился по ступеням вниз.

Набежали врачи и санитары, прибыли чины из всяких органов, начались расспросы и допросы, в общем, кутерьма получилась страшная. Да и то сказать, буквально в одну секунду вышли из строя два руководителя райкома! Тут, дорогие товарищи, забегаешь.

— А что случилось с Волошиным? — спросил я, когда она, отговорившись, погрузила свой востренький нос в чайную чашку.

— С Волошиным? — переспросила она с удивлением. — А что — с Волошиным?

— Ну как же... Он же был в приемной, когда началась вся эта, как вы говорите, кутерьма. Вы же рассказывали: синий, как покойник, весь в поту... Он тоже свалился? Ему-то оказали помощь?

Секретарша поставила чашку и поглядела на меня, затем перевела взгляд на Алису.

— Н-ну, откуда я знаю? Я о нем тогда и думать забыла... Все кричат, бегают, кровь хлещет... Если он и свалился, то отлежался, надо думать... А может, и его врачи пользовали, откуда мне знать? Не до него нам там было, товарищи дорогие...

Мысль о том, что Волошин тоже претерпел в этих странных обстоятельствах, не вызывала как будто сомнений, хотя смутная идея совершенно иного толка и возникла тогда же в голове моей, такой уж одиозной фигурой представлялся мне Ким, но идея эта была поистине сумасшедшей, и я поспешно погасил ее, едва она вплыла в мое сознание...

— Ладно, барышни, — произнес я, поднимаясь. — Вы здесь чирикайте и развлекайтесь, а у меня еще срочные дела.

Я ушел к себе и позвонил на работу. Дежурный врач оказался полностью в курсе и вовсю кипел ядовитейшим сарказмом. Еще бы, одним махом два секретаря! Террористы не дремлют! Шашки наголо! Скальпели наизготовку! Примкнуть клистиры! Наш славный Первый: взялся за специально оборудованный карандаш, мгновенно отключился и очнулся с карандашом в щеке. Еще и правый клык расшатал. Проверить карандаш на ядовитость, а пролитую на боевом посту кровь — на содержание алкоголя. Доблестный Кнут: давал на лестнице руководящие указания некоему замухрышке-завклубом, был оглушен порцией нервно-паралитического газа и очнулся на нижней ступеньке со сломанной ключицей и фингалом во лбу. Фингал явно экспортный, по спецзаказу. Оба пострадавших тщательно обслужены нашей передовой медициной: рана на щеке зашита, рука на перевязи, фингал оставлен дышать свежим воздухом. В настоящее время они сидят или лежат по домам. Больницу навестил некто компетентный, понюхал, поспрашивал и удалился с физиономией, на коей явственно читалось, что дело здесь нечисто. Ким Волошин? Да, упоминался. Мало того, создалось впечатление, что, с точки зрения компетентного товарища, он столбом возвышается над кучей прочих свидетелей. В больнице не появлялся, куда делся — неизвестно. Кажется, его разыскивают. И беда не приходит одна. Недавно позвонил хмырь, заведующий райторговским складом, и сообщил, что тоже чувствует себя неважно. Происками идеологических врагов посажен на гвоздь, порвал брюки, а может, и не только брюки, а может, и совсем не брюки. Послана «скорая помощь»...

В таком духе дежурный, бывший Вася-Кот и бывший врач «скорой», мог продолжать до бесконечности, но я ему мирволил, потому что врач он был талантливый. Я обозвал его пустобрехом и положил трубку, и буквально через минуту мне позвонил Главный. Его, конечно, уже известили.

— Совпадения случаются, Алексей Андреевич, — рассудительно объяснил он мне, — двоих накрыло одновременно, хотя бы и таких значительных лиц, — то ли бывает! А помните, в прошлом году на стадионе подломилась сгнившая скамья? Тогда разом пятеро покалечились. Знаю, знаю, райком не стадион, и все же не будем паниковать, Алексей Андреевич, не будем впадать...

Ну, я и не паниковал. Но оказалось, что я не люблю совпадений. Утром выяснилось, что и Моисею Наумовичу совпадения не нравятся. Расспросив меня в подробностях, он некоторое время молчал, тихонько трубя через губу, потом проговорил угрюмо:

— Все-таки жаль, что нельзя поговорить с этим Волошиным.

Впрочем, вскоре выяснилось, что с Волошиным говорили. Мы бы об этом не узнали, если бы не С., тогда еще лейтенант милиции, тот самый, по милости которого я сейчас сижу за машинкой. Он довольно регулярно полеживал у меня по поводу своего маленького сердца. Хороший был парнишка, благожелательный и в меру доверчивый, и завоевал он меня тем, что охотно развлекал криминальной хроникой Ташлинска.

Так вот, через несколько дней после события в райкоме он явился ко мне на «чек-ап», получил обычные уколы в обе ягодицы и сообщил по секрету, что компетентным товарищам все же удалось разыскать Кима в тот же вечер. Он сидел у себя дома, пил с соседом бормотуху и ругался по-черному. Непрошеным гостям он объявил, что ежели секретарей стукнуло, то по заслугам, есть Бог на свете, а вот за что стукнуло его, Кима, он не знает и считает это упущением... Еще из беспорядочной этой беседы выяснилось, о чем шел разговор. Ким потребовал от райкома извинений за незаконное увольнение из газеты, восстановления на работе и денежной компенсации за вынужденный прогул. Ну и, конечно, где залез, там и слез.

А в скором времени случилась «собачья бойня».

12

По-русски, проказа есть ужас и отчаяние, кошмар, предвещающий горе окружающим, гибель плоти, ощутившей мерзость свою. Но не только. Проказа есть еще и радость, и наслаждение, озорство, не всегда приятное окружающим, веселие плоти, ощутившей избыток сил своих.

И опять мы ничего не видели сами, факты били по нашим умам и нашим душам через свидетелей, через слухи, через примитивные фантазии и неразбериху самоуверенных мнений.

А впрочем, мало ли слухов спокон веку ползает по Ташлинску. В ту суровую раннюю зиму, например, из уст в уста передавались достоверные сведения о том, будто из скотомогильника в девяти верстах от окраины по ночам вылезают то ли волки, то ли оборотни, воют на луну и жалуются человеческими голосами... А районная больница, как всем известно, была, есть и будет идеальным коллектором слухов. Больные, няньки, сестры, посетители, часто даже и врачи наперебой обсуждают, кто на ком попался, введут ли талоны на водку, у кого была неприятная встреча на погосте, какую пакость учинил завмаг такой-то...

И вот странные слухи о «собачьей бойне» на Пугачевке.

Надобно разъяснить, что Пугачевка у нас улица старинная, бывшая некогда слободкой. Облика своего не меняла со столыпинских времен: прочно вросшие в землю избы с небольшими окошечками, которые на ночь закрываются крепкими ставнями, плетни и заборы, ветхие скамеечки у калиток, а сама улица довольно широкая, хотя, конечно, немощеная, и не в редкость ныне видеть возле некоторых домов грузовики, пригнанные шоферами, либо отроду здесь живущими, либо снимающими углы.

И конечно же, за заборами и плетнями и просто на обочинах — несметное число собак, беспородных, ублюдковатых, часто беспризорных, постоянно озабоченных поисками продовольствия и развлечений.

Однажды примерно в час ночи шел по середине Пугачевки, поскрипывая снежком, слегка подвыпивший прохожий. Не было при прохожем ни палки, ни жердины, ни каких-либо иных средств увещевания, без которых не склонны выходить за околицы даже местные жители. Просто шагал себе по морозцу, слегка пошатываясь. И вот поодиночке, по двое, по трое стали выбираться из-под заборов, перепрыгивать через плетни и выскакивать из кромешной тьмы проулков всевозможные бобики, кабыздохи и лайки. Голов не менее двадцати возникло на улице и устремилось вслед прохожему, заливаясь злорадными и угрожающими кликами и приглашая всех желающих примкнуть к нападению.

Собравшись в стаю, собаки дичают и при малейшей провокации доводят себя до неистовства. Как люди, собравшись в толпу. Уши у них прижимаются, хвосты вытягиваются в полено, пасти оскаляются и начинают брызгать слюной. Как у людей, если говорить о пастях. Они действуют все более нагло, наскакивают, забегают с флангов и спереди, а самые нетерпеливые вцепляются сзади в пятки и в одежду, чтобы заставить жертву побежать, а уж тут-то и начнется самое главное. Веселая погоня.

Как врач я не раз попадал на этой самой Пугачевке в сходные ситуации, но меня жестоко отбивали родичи и соседи больного. Прохожий же был совершенно один и без оружия. Обнаружив себя в центре внимания, он остановился и повернулся лицом к супостатам. И моментально был окружен. Гам стоял несусветный, ибо нападавшие в два десятка глоток подзадоривали друг друга к самым решительным действиям. Прохожий попытался отбиваться ногами, но это только прибавило нападавшим азарта. Прохожий изловчился, поймал одного за шкирку и швырнул через плечо. Летящая псина, наверное, завизжала, но визга в гаме слышно не было. Уже прохожего рванули за полу и цапнули за пятку...

И вдруг наступила тишина.

Без всякой видимой причины собачий гам оборвался, как обрубленный. Без всякой видимой причины остервенение сменилось ужасом, и собаки молча брызнули во все стороны. Впрочем, не все. Около десятка кобельков и сучек остались лежать на снегу. Мертвые. Или дохлые, если угодно. На улице был только один живой — прохожий. И стояла тишина, совершенно непривычная на Пугачевке. Ни на что не похожая. Ни единого собачьего возгласа на километры вокруг.

С минуту прохожий стоял, слегка покачиваясь, над погибшими собачками. Затем громко и неприлично выругался, повернулся и пошел своей дорогой. И он шел уже вполне трезвой походкой, все убыстряя шаг, и вскоре его не стало видно.

Примерно так изложила в ординаторской эту историю сестра-хозяйка Грипа, лучшая в больнице фольклористка-сплетница. Когда она закончила, бывший Вася-Кот, а ныне Василий Дормидонтович завистливо воскликнул:

— И откуда такая чепуха берется?

В ответ Грипа метнула в него лукавый взгляд, ясно читаемый как исконный девиз всех сплетников на Руси: «За что купила, за то и продаю, не любо — не слушай, а врать не мешай».

Моисей же Наумович, к моему изумлению, отнесся к этой байке очень серьезно. Оставшись со мною с глазу на глаз, он объявил, что дело надлежит тщательно расследовать, а именно — попробовать отыскать на Пугачевке настоящих свидетелей. Стыдно признаться, но я и тогда еще был слеп, а Моисей Наумович уже прозревал. Так ведь на то и был он старым и мудрым «лекарем мертвых»... Я же, дурак, взорвался тогда:

— Да что вас встревожило, Моисей Наумович?

— Совпадения, Алексей Андреевич, совпадения... — неохотно и не совсем вразумительно ответил он.

Как и повсюду в городе, было у него несколько приятелей и приятельниц и на Пугачевке. И через них он нашел очевидцев. Оказалось их четверо. Доведенная до исступления мамаша, вышедшая из калитки с метлой в руках встречать непутевую дочку, загулявшую у подружки. Возлюбленная пара, которой часа два было никак не расстаться у порога девичьего дома. И рабочий с молокозавода: ему что-то не спалось, и он вышел на улицу покурить.

— Он у бабки своей живет, а она табачного духу не переносит.

— Почтительный внук, — заметил Моисей Наумович. — Не всякий выйдет курить на такой мороз...

— А будешь почтительным. Какую другую бабку он бы послал подальше да и дымил бы в избе в свое удовольствие. А эту не пошлешь, что ты! Она ведьма всем известная, он ее пуще смерти боится. По струночке ходит, всю получку отдает...

Поговорить удалось лишь с двумя очевидцами. Прилипчивый ухажер — из возлюбленной пары — проживал на другом конце города, а почтительный внук отбывал вечернюю смену. Зато показания мамаши и подружки ухажера удручающе точно подтвердили тревоги Моисея Наумовича. Они различались только в мелочах и в общем повторяли байку, рассказанную нашей Грипой. Добавилась одна подробность: прохожий был в обширном тулупе до пяток и в огромной меховой шапке. И попутно выяснилось любопытное обстоятельство: нынче ни одна собачонка на Пугачевке не появляется на улице и не лает, и даже свирепые цепные кобели во дворах не вылезают из своих будок... Напоследок Моисей Наумович спросил, что, по мнению очевидцев, произошло. Мамаша объявила, что собак развелось слишком чересчур много и их пора отстреливать, пока они детей рвать не начали. Девица же, несомненно, с подачи своего личарды, уверенно ответила, что таинственный прохожий выстрелил в собак из специального газового револьвера заграничного дела.

Посетив хату почтительного внука, Моисей Наумович был принят бабушкой-ведьмой, согненной старухой, облаченной в основательно потертое черное. Лик у нее, в соответствии с бытующими представлениями, был желтый и сморщенный, острый подбородок и загнутый клювом нос неудержимо стремились к встрече, передвигалась она, опираясь на отполированный десятилетиями шишковатый посох. И хотя передвигалась она довольно бойко, Моисей Наумович решил, что не бабушка она рабочему молокозавода, а по крайней мере прабабушка, а то и прапрабабушка.

Принят он был ласково и удостоен стаканчика ароматной горьковатой настойки. Ему даже показалось, что его ждали. Его попытка объясниться насчет цели визита была сразу отметена взмахом костлявой шафрановой руки.

— И не спрашивай, тебе все правильно рассказали, — хрипловатым тенорком произнесла бабушка-ведьма. — Я ведь хоть глазами не видела, а все знаю. Так бы и я смогла бы с собаками, с бессловесными, да и с людишками тоже. И могла когда-то, а сейчас уже не могу, косточки ноют, к земле клонят...

— То есть что же именно могли? — вопросил несколько сбитый с толку Моисей Наумович.

Старуха пристально на него поглядела.

— Ты вот закручинился, огорчился. И правильно, человек ты хороший и добрый, хоть и жидовин. Но ты одно в толк возьми. Бесов не Бог создает. Это человеки по грехам своим бесов рождают, а потом сами же их закрестить тщатся. Кто книгой, кто огнем, кто еще чем... А только пока закрещивают, намучиваются и опять же через муки свои новых бесов рождают и опять крестят... Так оно и ведется на свете с самого начала...

Моисей Наумович виновато пробормотал:

— Простите, бабушка, но боюсь, не совсем я понимаю...

— А и где тебе? Знаем мы, может, и одинаково, а понимаем по-разному. Твои отцы из песка да камня вышли, мои же — из родников да трав. Ну и каждому роду своя природа...

Тогда Моисей Наумович, торопливо собравшись с мыслями, спросил напрямик, без подходцев:

— Получается, бабушка, что человек этот ночной, который с собачками управился, вашей природы? Ведьмак? Колдун?

— Нет, — ответила бабушка-ведьма. — Он никакой не колдун. Разнузданный он. Аггел.

— Ангел?

Бабушка мелко затряслась, залившись дробным смехом и легонько ударяя себя по острым коленям костлявыми ладонями.

— Не ангел, добрый человек! Аггел! Ты, поди, и слова-то такого не знаешь, а?

Моисей Наумович встал, положил на стол «красненькую», чопорно поклонился и вышел. Эта беседа произвела на него большое впечатление. Склонный, как большинство прозекторов, к мистицизму, он был потрясен.

На обратном пути он зашел ко мне с подробным отчетом. И впервые на душе у меня стало тревожно. Помнится, я глядел, как Моисей Наумович прихлебывает раскаленный чай (с ложечкой коньяку на чашку, как обычно), и бормотал бессмысленно:

— Собаки, газ, ведьма, бесы... аггел какой-то... Господи, да что все это значит?

— Поживем — увидим, — со вздохом ответствовал Моисей Наумович.

Очередной иероглиф появился в нашем поле зрения уже через два дня. «Скорая» доставила в больницу известного алкоголика Тимофея Басалыгу по прозвищу Нужник. (Прозвище это не имеет отношения к месту отправления естественных надобностей, а восходит к любимому словечку Басалыги — «нужно». Нужно опохмелиться. Нужно, шеф, бутылку поставить. Нужно, гад, тебе горло перервать.) Это амбал почти кубической формы, ростом метр семьдесят, весом сто десять кило, с сизой шелушащейся рожей, всегда опухшей и небритой, с невыносимых размеров кулачищами, с изрядной плешью на маковке, даром что ему всего тридцать с небольшим. Уголовного прошлого нет, а есть множество приводов и несколько недель пребывания на больничной койке по поводу разного рода алкогольных осложнений. Нужник, одним словом.

Врач «скорой» рассказал. Вызов получился с телефона-автомата: какая-то женщина взволнованно сообщила, что тут на улице с человеком припадок, он крутится в снегу, пытается подняться и не может, нечленораздельно кричит, а мужчины все трусы, боятся подойти и помочь... Но когда «скорая» прибыла, припадочный уже не крутился и не кричал, а лежал на снегу спокойно, с закрытыми глазами, и только постанывал. Дело было перед входом в магазин, куда тянулась очередь за водкой, и возле тела стояло всего человек пять-шесть уже снабдившихся. Тело с трудом втащили в машину — причем, когда его взяли на носилки, оно колоссальным задом своим продавило брезент, — и тогда оно, переставши стенать, приоткрыло один глаз и внятно произнесло: «Нужно полежать, братцы...»

В больнице ничего серьезного у Нужника не нашли, он даже не был пьян, хотя и страдал от похмелья. Врач «скорой» впал в изумление: там, перед магазином, у больного обнаруживались все признаки надвигающейся апоплексии. Нужник лежал на топчане и окидывал всех искательными взглядами. Ему велели встать. Он встал, вытер сизую фрикадельку носа рукавом и вымолвил с надрывом: «Нужно бы спирту стаканчик, товарищи врачи...» Тут к нему протиснулась наша Грипа, сестра-хозяйка. Всем было известно, что по каким-то причинам, скорее всего матримониального свойства, она до кровомщения Нужника ненавидит. «Спирту тебе, клоп запойный? — взвизгнула она. — А этого не хочешь?» И завертела перед опухшей харей Нужника двумя кукишами. Он отклонился и солидно произнес: «В медицине нужно себя держать». Грипу оттеснили, а Нужнику предложили рассказать, что с ним произошло. Он охотно рассказал. Тихо-мирно стоял в очереди, дожидаясь, когда магазин откроется после перерыва, и вдруг его скрутило до помрачения, и больше он ничего не помнит, а очнулся только в «скорой», и это нужно понимать, а не заниматься оскорблением пострадавшего. С тем его и выпроводили.

Но дело этим не кончилось. Мстительная наша Грипа не поверила, что Нужник стоял в очереди тихо-мирно, и решила добыть на него компромат, чтобы им занялась милиция. Выяснив из книги вызовов «скорой» адрес магазина, она ринулась доискиваться. Ташлинск — не столица, цепочки знакомств у нас короткие. И невдолге вышла она на некую тетку Дусю, мать подружки жены ее, Грипиного, старшего брата. Эта тетка Дуся по маленькой спекулировала водочкой и ежедневно выстаивала очередь в магазин на нижнем этаже ее дома. В тот день ей повезло очутиться в первой десятке, а сразу за нею встал лысый одноглазый Ким Сергеевич, ее сосед по лестничной площадке. И все стояли терпеливо, как вдруг перед самым открытием откуда ни возьмись появился Нужник и стал, распихивая передних, лезть к дверям. Очередь, конечно, заворчала, но связываться было опасно. На протестующие же возгласы Нужник оборачивал свое мурло и сипло рявкал: «Нужно, понял?»

Он уже пристроился у дверей, будто там стоял всю дорогу, как вдруг Ким Сергеевич выдвинулся из очереди, подошел к нему и, схвативши обеими руками за шиворот, рванул назад. Конечно, не с его пожилыми силами было опрокинуть такой комод, однако Нужник попятился и повернулся. Он не столь разъярился, сколь озадачился. «Ты это што, дурак одноглазый?» — просипел он. А у Кима у Сергеевича лицо стало белое, аж голубое, и все заблестело от пота. И он довольно громко сказал: «В очередь встань, скотина!» Нужник выпучил на него свои бельма и говорит: «Нужно тебе последний глаз выдавить, гад». И протянул свой толстый грязный палец к лицу Кима Сергеевича. Ну, все замерли, только какая-то дамочка ойкнула.

Но не донес Нужник свой грязный палец до лица Кима Сергеевича. Что-то с ним случилось, с Нужником. Морда у него вся почернела, зашатался он, замахал руками и грянулся навзничь в снег. Полежал чуток тихо, потом забарахтался, видно было, что подняться силится, а не может, что-то его корчит и скрючивает, и что-то он такое лопочет, не поймешь что. Ким Сергеевич с минутку посмотрел, как его черти разбирают, да и пошел прочь. А тут магазин открыли, все внутрь кинулись, и когда, взявши свои законные две бутылки, тетка Дуся обратно вышла, то увидела только, как «скорая» отъезжает...

Грипа рассказывала с увлечением и злорадством, даже в лицах показывала, и невдомек ей было тогда, кто такой этот Ким Сергеевич, героически выступивший против ненавистного Нужника, и что магазин тетки Дуси помещается в том самом доме, куда в незапамятные времена Ким пригласил меня на свое новоселье. В заключение Грипа, светясь от счастья, сообщила, что было у нее намерение подать на Нужника в милицию за хулиганство, пусть бы сколько там суток в кутузке поманежился, да видать, сам Бог за подлеца взялся, наказал на месте, а милиция перед Богом что? Тьфу! И растереть... А таким смелым и справедливым людям, как этот Ким Сергеевич, надо ноги мыть и воду пить...

Когда мы с Моисеем Наумовичем удалились в ординаторскую и закурили, я сказал:

— А вот интересно, будет ли теперь Нужник появляться на улицах и лаять?

Моисей Наумович посмотрел на меня печально и строго.

— Плохая шутка, Алексей Андреевич, — проговорил он. — Не ожидал от вас...

Я устыдился.

Скоро выяснилось, что шутка моя и вправду была не очень.

13

Да что пожары, что лифты! Что там служебные неприятности! Даже с голубями его происходили странные истории. Один турман сорвался с третьего этажа и сломал ногу.

В один сумеречный вьюжный день меня позвали в приемное. «Персонально вас просят, Алексей Андреевич», — сказала сестра. И кто же поднялся мне навстречу, когда я вошел? Ким Сергеевич Волошин собственной персоной, во всей своей безволосой и одноглазой красе, совсем как полтора десятка лет назад, только сильно постаревший и очень прилично одетый. Желтый тулуп, огромная мохнатая шапка совершенно кавказского вида и еще что-то меховое и шерстяное кучей лежало на скамейке. Широко улыбаясь, он протянул мне руку и произнес своим сипловатым баском:

— Привет, Лешка. Вот, пневмония у нее. Клади к себе и лечи.

Только тогда я заметил сидящую тут же в полукреслице женщину. Была она тщедушна, маленького роста, и даже под толстым свитером угадывалось, что локти и плечи у нее угловатенькие, а ноги, утопавшие в широких голенищах валенок, казались тонкими и едва ли не безмускульными. Личико у нее тоже было маленькое, и на скулах горели пятнышки нездорового румянца.

— Это моя жена, — сказал Ким, уже не улыбаясь. — Светлова Людмила Семеновна. Ты уж как-нибудь... Режим максимального благоприятствования... по старому знакомству.

— Будь спокоен, — сухо отозвался я.

Не потому сухо, что не видел никаких оснований создавать жене Кима особенный режим, а чтобы скрыть замешательство. Как сказал бы классик, мозг мой будто мгновенно взболтали ложкой. Старый хрен, а туда же, она вдвое его моложе... Не то. Ким и женитьба — это несовместимо, несуразно, из ряда вон... Но мне-то какое дело? Но вот обширный желтый тулуп на скамье, невероятных размеров шапка... собачки... Нужник... Режим благоприятствия? Да ради Бога!

Я велел Киму дожидаться меня, а сам отправился создавать режим. Создал. С подачи нашей Грипы, которая тут же прониклась к Люсе неизъяснимой нежностью (еще бы, жена смелого и справедливого, которого она моментально вычислила по описанию тетки Дуси), новая пациентка была помещена в удобный трехместный бокс по соседству со спецбоксом для начальства.

Неисповедимы пути судеб наших. Неисповедимы, но это не значит, что они не определены кем-то заранее. Как раз в те дни в спецбоксе для начальства страдал от радикулита сам заместитель председателя горисполкома Барашкин Рудольф Тимофеевич. Вперся-таки он со своим радикулитом ко мне в терапию, а лучше было бы ему по принадлежности лежать в неврологии, пусть и тесновато там, и пованиваетт...

Когда все устроилось, я пригласил Кима в ординаторскую покурить и покалякать по душам, а заодно заполнить историю болезни. На этот раз Ким говорил много и охотно. Когда я сообщил ему, что случай банальный и есть надежда вернуть ему жену недели через три-четыре, он вздохнул и сказал:

— Жалость какая. Хотели расписаться перед Новым годом, а теперь не успеть...

Вышла она, как и он, из детдома, было ей двадцать три года, служила кассиршей в кинотеатре «Восход», заведении паршивеньком, патронируемом по преимуществу пэтэушниками, солдатней из стройбата и прочей шпаной. И угораздило ее в восемнадцать лет сойтись с бывшим одноклассником. Понесла, как водится, а тут Родина призвала его в ряды. Собрались было в загс, но бешено воспротивились родители. Он клятвенно пообещал ей жениться, как только вернется, и отбыл. Своевременно она родила дочку. Сунулась было к его родителям, но была отвергнута с брезгливым негодованием. Тогда она поселилась у какой-то старушенции, которая не то что в лавку сходить или печку истопить — до ветру выйти не всегда могла. Ну, кое-как жили втроем, старуха, молодуха и младенец. Старухина пенсия тридцать пять, да ее зарплата шестьдесят, да старуха еще маленько вязала, а молодуха продавала на базарчике... Были черные минутки, подумывала она дочку в заведение сдать, но каждый раз себя останавливала: суженый вернется, спросит, куда, дескать, дочку подевала?..

И вернулся суженый в цинковом гробу из Афганистана. Черт знает почему, но родители героя в несчастье этом обвинили ее, прогнали с ребенком с похорон и наказали впредь на глаза не попадаться. Ну, она больше и не попадалась. И то сказать, доказательств нет, в паспорте шаром покати, а щенков любая лахудра сколь хошь наплодить может, чтобы с родных средства тягать...

Было тревожно и грустно слушать эту повесть, но еще более тревожно и интересно было мне смотреть на Кима, такого необычно разговорчивого и откровенного. Голос у него то и дело ломался и менял тембр, время от времени он словно бы сглатывал всухую и раза три или четыре доставал чистенький платок и промакивал свой единственный глаз. Потом он замолчал. Я подождал немного и спросил:

— Она теперь у тебя живет?

— Конечно. И она, и девочка. На той неделе перевез. Так что теперь я сразу и муж, и отец.

Лицо его вдруг омрачилось, резко определились складки по бокам тонкогубого рта.

— Ты что? — спросил я. Почему-то мне сделалось тяжело.

— Дочка, — проговорил он. — Тася. Глухонемая она.

А теперь пора вернуться к упоминавшемуся выше заместителю председателя горисполкома Рудольфу Тимофеевичу Барашкину, влезшему со своим радикулитом в мой бокс для властьимущих.

Был он отпетым невеждой (образование, как говорится, ЦПУ плюс ВПШ), но и те жалкие крохи знаний, что чудом удержались в его черепе, ухитрялся весьма ловко приспосабливать к своим нуждам насущным. Ей-богу, своими ушами довелось услышать. На заре его туманной юности некий энтузиаст-педагог сумел заставить его заучить известные жалобно-горделивые строки: «Умом Россию не понять, аршином общим не измерить...» Из строк этих Барашкин сделал такой вывод. Раз авторитетные люди считают, что для понимания России ум не нужен, значит, так оно и есть, а нужен ум для того, чтобы понять, где и что в России плохо лежит, измерить это аршином не общим, а своим собственным и пользоваться соответственно.

И был Барашкин хамом. Сестер моих доводил до слез, непечатно ругался, а когда не мешали ему радикулитные ощущения, пытался хватать тех, кто помоложе, за разные статьи. Ходячие больные, чтобы не нарываться на его язвительные излияния, избегали ходить в туалет мимо его бокса. Однажды я пригрозил выгнать его из своего отделения. На это он ответствовал с презрением:

«А попробуй только, клистирная трубка. Я тебе такое отделение устрою, век помнить будешь». После чего загоготал и добавил: «Кинофильм „Чапаев" видел? Как он там вашему брату... Клистирные трубки, кругом марш!» Сдуру я понесся к нашему Главному, но, как и следовало ожидать, лишь подвергся невразумительным увещеваниям. Основной упор был сделан на то, что товарищ Барашкин числится не за мной, а за неврологией, из чего странным образом следовало, что надо терпеть и не обострять отношений...

Вот такое сокровище оскверняло мой спецбокс вплоть до первого января 87-го года.

Не боюсь признать, что по праздничным дням, как и во всех больницах, регламент у нас слегка нарушался. С утра шли посетители, халаты были нарасхват, вкусные запахи от авосек, корзинок и коробок заглушали больничную ароматуру, не забывались и те страждущие, которые посетителей не ждали. Медсестры забегали в палаты напомнить припозднившимся об очереди за халатами и выскакивали с подзамаслившимися губами и даже жуя на ходу. Многим и многим таким картинкам довелось мне быть свидетелем за многие годы моего докторства...

Но картинка того первого января была вдруг перечеркнута жирной черной полосой.

14

Дракон бедствовал, потому что управлялся самыми темными и стыдными органами своего тела.

Я был в тот день с Алисой у старинного приятеля, которого в свое время вытащил из тяжелого инфаркта. Резиденция в военном городке километрах в сорока. Машина на дом. Мороз и солнце. Четыре пары гостей. Встреча Нового года с шампанским. Ночная прогулка. Сладкий и удобный сон. Утром легкий завтрак. Снова мороз и солнце. Отличная прогулка на лыжах, праздничный обед, послеобеденный сон. Преферанс под коньячок. В десять расписали, слегка закусили, отбой. Раннее утро, опять мороз и солнце. Прощальные объятия: «Все же редко встречаемся, старина!» Сорок обратных километров по накатанной дороге. Останови вон у того дома, дружок. Спасибо. Пятерка в бурую от всяких ГСМ ладонь. Хорошо живет на свете Винни-Пух!

Я и не подозревал, какие напасти ждут меня. Как выразился Сэм Уэллер: «Знай вы, кто тут находится поблизости, сэр, я думаю, вы запели бы другую песенку, как сказал, посмеиваясь, ястреб, услышав, как малиновка распевает за углом»...

Я переодевался в повседневное, когда в кабинете задребезжал телефон. Звонил дежурный врач. Едва я откликнулся, он заорал дурным голосом:

— Алексей Андреич? Слава те господи, наконец-то! Главный вас обыскался...

— С Новым годом! — строго произнес я, физически ощущая, как сердце мое проваливается в желудок.

— Да-да, конечно... Вас тоже... Алексей Андреич, срочно в больницу. Тут у нас неприятность...

— Погоди. У кого это — у нас? У вас в хирургии?

— Как раз наоборот. У вас в терапии. Главный вас со вчерашнего дня разыскивает.

Я сосредоточился и перебрал в памяти самые скверные возможности. Нет, все было не то. Даже если бы половина моих старушек и инфарктников скончались в одночасье, наш Главный не стал бы тратить праздничный день на розыски заведующего терапией. Не такой он человек. Но что же тогда? Словно бы в ответ голос в трубке прошелестел:

— Барашкин вчера копыта откинул.

— Умер?

— Как есть умер, — подтвердил с придыханием дежурный.

— От радикулита? — обалдело спросил я. Конечно, я был не в себе и тут же спохватился: — Хорошо. Иду.

Все стало ослепительно ясно. Барашкин откинул копыта на моей территории, и даже если бы причиной смерти был укус гюрзы, расхлебывать эту кашу придется именно мне, и уже виделся я себе тонущим в море докладных, объяснительных, гневных жалоб родственников и зловещих запросов из инстанций. Потому что Барашкин, а не безвестный пенсионер с какой-нибудь Пугачевки... Со стесненным сердцем, на отяжелевших ногах направился я в больницу, выражаясь чуть ли не вслух по адресу покойного Барашкина, здравствующего Главного и игривой судьбы своей.

Дежурный врач уже ждал меня. Он сообщил, что Главный сидит у себя, паникует и ждет меня, чтобы обсудить некоторые вопросы. Ладно, сказал я, это потом. Что и как произошло? Дежурный деликатно напомнил мне, что заступил только вчера вечером, когда все значимое уже произошло, а в больнице царила одна лишь бестолковщина, производимая компетентными лицами, демонстрировавшими различные стадии алкоголического восторга.

Ладно, сказал я, но мне все же хотелось бы выяснить все-таки, что и как произошло. Ты же понимаешь, старина, прежде чем предстать перед Главным и обсуждать вопросы... Если спросит, скажи ему, что я у себя. И я поволок ноги в свою родную терапию. Барашкин — это Барашкин, неотвязно думалось мне, и тень прокурора реяла у меня за плечами.

Приказав нянечке разыскать старшую сестру, я забрался к себе в кабинет. Оглядел стол — истории болезни не было. Когда вошла старшая, я спросил, забыв поздороваться:

— Какой диагноз?
— Острая коронарная недостаточность.
— А где история?
— У главного врача.

Так. Я подпер щеку кулаком и приказал:
— Рассказывайте, что и как.

Она замялась: вчера она тоже праздновала, как и я. Еще одно лыко мне в строку. Но тут в кабинет ввалился весь наличный медперсонал плюс еще трое бабочек, бывших вчера свидетельницами. Эта троица явилась сегодня посмотреть, что из всего этого выйдет. Так я их понял и пропустил мимо ушей, как одна из них, старейшая наша нянька Эльвира, объяснила с недостойной прямотой: «Надо ж было поделиться радостью с подругами...» Вот они и рассказали мне, что и как.

Вчера после обеда явилась к Барашкину его супруга. Естественно, она не стала дожидаться с хамами, когда освободится халат, а вперлась прямо в котиковой шубе и расшитых валеночках-унтах. Она одарила своего страдальца гостинцами, все чин чинарем: «А там икра, а там вино, и сыр, и печки-лавочки...» Икра, точно, была, печки-лавочки были представлены балычком и буженинкой, а вместо вина одарен был страдалец бутылкой невиданного в наших широтах коньяка. И была при этом она, супруга, пьяна. («Навеселе», — сказала деликатная санитарка Симочка; «Под бухарем», — подтвердила грубая санитарка Галина из хирургии; «По самые брови налитая», — возразила тетя Эльвира.) Впрочем, пробыла жена недолго. Тяпнули, наверное, по рюмашке за Новый год, и она отчалила, оставив повелителя своего сосать в одиночестве.

Некоторое время все шло тихо и мирно, но вдруг дверь спецблока с треском распахнулась, и Барашкин возник на пороге — в роскошном халате нараспашку, в пестрой фуфайке ручной вязки и в теплых антирадикулитных подштанниках, вся аптека наружу. Больные и посетители, расположившиеся на лавочках под сенью худосочных больничных пальм, замерли от неожиданности. Барашкин же, грозно оглядев их, заговорил. А глотка у него, надо признать, была потрясающая. Когда он принимался орать, дрожали стекла, дребезжала посуда и бедные мои старушки пациентки в ужасе прятались с головой под одеяло. И все выступления его были, как правило, обличительными и угрожающими. Таким было и его последнее выступление.

Репертуар, как явствовало из свидетельских показаний, был обычный, с обычными же непредсказуемыми перескоками с темы на тему. Он не позволит таким и сяким коновалам делать над ним свои поганые опыты и писать с него свои ученые статьи. Он очень даже хорошо понимает, что больницу заполнили за взятки разные тунеядцы, которые отлеживаются здесь за государственный счет, чтобы уклониться, да еще шляются в сортир мимо его двери. Он выведет на чистую воду тех, кто обворовывает в больнице народ и кормит народ помоями...

Посетители попытались урезонить его — он пригрозил сгноить их. Санитарка попыталась водворить его обратно в бокс — он объявил, что сейчас не те времена, чтобы затыкать рот. Прибежал растерянный дежурный врач — он повелел врачу в недельный срок убраться в Израиль. Тетя Эльвира, нежно обняв его за необъятную талию, стала уговаривать его пойти и прилечь — он уперся и стал громогласно и косноязычно объяснять, кто такая тетя Эльвира и кто были ее ближайшие родственники...

И вот как все получилось. Только-только Барашкин впал в разоблачение сексуальных связей давно усопших родителей старой няньки Эльвиры, как вдруг замолк. Прямо на полуслове. Словно радио выключили. Симочка, в ужасе прятавшаяся за спиной дежурного врача, видела все своими глазами. Барашкин смолк, морда у него посинела, он икнул, всхлипнул и повалился на бок. Его даже подхватить не успели. Упал, перебрал ногами и застыл, закатив глаза. Все.

— Что сделали? — тупо спросил я.

Сделали все, что можно было и что полагалось. Дефибрилляцию. Интубацию. Ничего не получилось. Труп — он и есть труп. Все равно что укол в протез. Сдох Барашкин. И скатертью дорога. Правильно сказал Волошин, от души. Вышел, глянул и сказал — громко так, чтобы всем слышно было: «Собаке собачья смерть»...

Сердце мое дало сбой.

— Постой, постой, — коснеющим языком выговорил я. — Кто, ты говоришь, вышел?

— Волошин... Да вы знаете, с одним глазом который...
— Откуда вышел?
— Да из соседнего же бокса! Вы что, Алексей Андреевич, забыли? Там Люсенька, жена его, лежит...

Пока я собирался с мыслями, выяснилось, что Ким был очень заботливым мужем. Навещал жену чуть ли не каждый день и всегда с гостинцами. Пошил себе больничный халат, сам, видно, стирал и даже крахмалил. Часто приходил с дочкой. Тощенькая такая, конопатенькая, но ухоженная, волосики всегда расчесанные, с бантами, и платьица аккуратные. И вчера тоже с дочкой пришел. Она у них, бедная, не слышит и не говорит, но все соображает, а отца так понимает с одного взгляда. Пришли они вчера, рассказывала тетя Эльвира, и устроил он в боксе целый пир. Я им кипятку, конечно. Тасенька чай разливала и разносила. А уж бублики были — объеденье, теплые еще, видно, сам стряпал...

— Постой, тетя Эльвира, — прервал я ее. — Что ты мне про бублики... Когда Барашкин загнулся, Волошин был в коридоре?

— Не было его в коридоре, — решительно сказала тетя Эльвира. — Я же говорю, он после вышел...

— Точно, — подтвердила Галина из хирургии. — Как Барашкин грохнулся, я побежала помочь Григорию Рувимовичу, а Волошин этот как раз из бокса выходил и дверью меня в задницу толкнул...

Все они, словно почуяв что-то, с выжидательным любопытством уставились на меня. Но я только спросил:

— Что было потом?

Потом, после необходимых и бесполезных процедур, труп утащили в морг, а ближе к вечеру нагрянула компания дармоедов то ли из милиции, то ли из безопасности, большею частью по случаю праздника на взводе, и с ними жена... вдова усопшего. Та вообще лыка не вязала и только непрерывно требовала, чтобы тело мужа хоть на кусочки изрезать, а доискаться, кто совершил террористический акт. Вцепились в дежурного врача: не ударил ли он или не толкнул ли товарища Барашкина, когда тот в пылу полемики позволил себе нерекомендованные высказывания. Потом допрашивали персонал. Один добрался даже до котельной, где и был нынче утром обнаружен спящим в обнимку с пьяным нашим кочегаром...

Я слушал и не слушал. Значит, действительно Ким, лихорадочно думалось мне. Нельзя больше прятать голову в сугроб, убаюкивать себя всякой пошлятиной насчет совпадений. Совпадение раз, совпадение два, но помилуй Боже, где же воля Твоя? В свое время узнаем, конечно. Как пел много лет назад одноногий дядя Костя, кавалер одинокой медали: «На закуску узнаем, не пройдет еще час, есть ли небо над раем, иль морочили нас»...

Какое-то движение почудилось мне в пустом углу за плечом санитарки Симочки. Я вгляделся. Посиневшая, с оскаленными золотыми фиксами, с закаченными бельмами морда Барашкина была там, поторчала, скривилась безобразно и исчезла. Я вытер со лба испарину. Крещендо, вспомнилось мне. Вот как это называется. Крещендо. Сначала райком. Затем собачья бойня. Затем падение Нужника. Теперь вот Барашкин. Не просто Барашкин, а убиенный Барашкин.

Я спровадил наших девочек и тетечек из кабинета и отправился к Главному. Из мутных пучин непроглядной тайны на знакомую теплую отмель обыденщины. Глубина не выше щиколотки. Отчетливо виден каждый трилобитик, копошащийся в донном песочке. Главный — не Ким Волошин, он прозрачен как стекло: профан, подхалим и трус. Заветная мечта — лекторская должность в облздраве. И, следовательно, никаких ЧП. У него в больнице не было, нет и не будет никаких ЧП. Пока он Главный, нет никаких ЧП, а есть нерадивые, авантюристы, возомнившие о себе зазнайки, о которых он своевременно и заранее сигнализирует куда надо. Тем более такое лицо, как покойный Барашкин. Пятно на репутации больницы. Следствие будет тщательным и пристрастным. Прокуратура по головке не погладит. Слава Главному! Я наливался злостью. Веселой злостью, я бы сказал. Мертвецы перестали мерещиться по углам. Еще немного. Вот оно, коронное: «И имейте в виду, Алексей Андреевич, никто для вас каштанов таскать не будет. Когда вызовут на ковер, пойдете вы, а не я. Мне на это время заболеть ничего не стоит».

Я нагло потянулся, зевая, встал и вышел, оставив его в приятном недоумении — не сошел ли я с ума и не должно ли меня вязать и отправить куда надо с соответствующей сопроводиловкой.

Я спустился в прозекторскую. Моисей Наумович сидел на «скорбном столе» (так он прозвал это зловещее сооружение из искусственного мрамора) и курил. Едва глянув на меня, он пробубнил скучным голосом:

— Совсем был здоровый мужик. Протокол будете читать?

Я помотал головой.

— Нет. Пусть в неврологии читают. Впрочем, какой вы диагноз поставили?

Он помолчал, затем с кряхтением слез со «скорбного стола».

— Диагноз... — проворчал он. — Нормальный. Тот же, что и дежурный врач. Острая коронарная. Какой еще может быть диагноз? Вдруг ни с того ни с сего остановилось сердце. Бывает?

Я машинально согласился, что бывает. Моисей Наумович вдруг рассмеялся.

— Представляете, Алексей Андреевич, эта дамочка... вдовушка... настояла на немедленном вскрытии, и чтобы у нее на глазах. Чтобы убийцы в белых халатах чего не утаили. Попытался отговорить ее, выпереть, — куда там! Вступились эти... как их... следователи, что ли? С красными книжечками. Ну, мне с ними не тягаться. Ладно, говорю, сами напросились, на себя пеняйте... — Он снова рассмеялся — нехорошо так, непохоже на него, словно бы злорадно. — Едва я начал, как повело их. Все мне здесь заблевали и унеслись. И вдову уволокли... Слабые люди, как сказал бы товарищ Коба.

— Моисей Наумович, — сказал я, — у меня для вас новости.

— Это плохо, — сказал он. — Рассказывайте, Алексей Андреевич.

Я рассказал. Он выслушал. Лицо его закаменело. С минуту мы молчали, потом он проскрипел:

— Как это Волошин сказал? Собаке собачья смерть... Совсем получается по Фрейду, на Пугачевку указывает...

Он заторопился. Напяливая свою облезлую шубенку и кое-как обматываясь шарфом, произнес невнятной скороговоркой:

— Но ведь и опять у него ничего не вышло! Мозги изрезаны, потроха искромсаны... Видно, не предусмотрел. Значит, будем ждать следующего случая...

Смысл этой странной сентенции он объяснил несколькими днями позже.

15

Огромная гиена, пятнистая, лобастая, с янтарными глазами, катила по дебаркадеру отгрызенную человеческую голову. Как игривый котенок катает по ковру клубок шерсти.

Явившийся на очередной «чек-ап» и на уколы лейтенант С. сообщил мне (как всегда, по секрету, конечно), что у них в управлении имело место чрезвычайно чрезвычайное происшествие. Оказывается, еще со времен странной истории в райкоме милиция с подачи нашей ГБ взяла под колпак некоего Кима Сергеевича Волошина («Да вы его должны помнить, Алексей Андреевич, это тот, что в газете про Полынь-город... После райкомовских падений мы его разыскивали, я вам рассказывал...») И вот после смерти Барашкина его вызвали в управление. Беседовал с ним сам капитан в своем кабинете за закрытой дверью.

Вдруг Волошин распахнул дверь и гаркнул: «Эй, вертухаи! Ваш начальничек упаковочку дает!» Кинулись. Капитан лежал головой на столе и стонал. Выяснилось, что он навалил себе в брюки. Еще не успела подойти «скорая», как капитан очнулся, огляделся с очумелым видом, узрел Волошина и слабым голосом приказал удалить его из управления. Что и было сделано весело и беспечно. Врач же «скорой» констатировал легкий спазм мозговых сосудов и порекомендовал сотрудникам отвести злосчастного начальника отмываться.

Признаюсь, я преисполнился злорадства. (Силен враг добра в человеке!) А как же! Ничего им не стоит упечь какого-нибудь пархатого Григория Рувимовича или, скажем, завуча Второй школы (был такой эпизод), но вот столкнулись лоб в лоб с бесом — и полные штаны...

— Ну, и как? — спросил я, демонстрируя серость и невинность почти девичью. — Вы его, конечно, снова вызвали?

Но лейтенант С. тоже, видимо, подумал насчет бесов. Он считает, что с таким типом лучше не связываться. И все в управлении так считают. И капитан тоже. Нет, это не дело милиции. Об этом ведь и реляцию толком не напишешь. Представляете, Алексей Андреевич, приходит к нашему полковнику в Ольденбург бумага! Да еще о том, как наш капитан обос... А если у гэбэшников так свербит, то пусть сами и занимаются, а мы полюбуемся со стороны...

Когда С. ушел, я бросился к Моисею Наумовичу. Выслушав меня, он невесело ухмыльнулся и бесцветным голосом выразил опасение, что дальше будет еще хуже. И он оказался прав. Дальше получилось так плохо, что и вспоминать не хочется. Но из песенки этой ни единого слова выкидывать нельзя.

Узнали мы об этом страшном деле во всех подробностях от насмерть перепуганной сестры-хозяйки Грипы, а та — от пресловутой тетки Дуси, соседки Волошиных, очень прилепившейся в последнее время к Люсе и ее убогой дочке. Устойчивая информационная цепочка, я бы сказал, совсем как в случае с Нужником... и очень для нас удобная, если здесь уместно такое слово.

Так вот, Ким сидел себе дома у окна и что-то мастерил на подоконнике, поглядывая на падчерицу, игравшую во дворе. Люся и тетка Дуся стряпали на кухне и напевали, а Ким им подсвистывал и все поглядывал да поглядывал, следил, чтобы Тася, упаси Бог, не сбежала бы со двора на улицу, где машины. А денек был отменный, и собралось на дворе дюжины полторы дошкольниц и девочек-первоклашек, катались со снежной горки кто на салазках, кто на дощечках, а кто и просто так. Мальчишки, как водится, играли отдельно. Такова была диспозиция к началу трагедии.

Как известно, дети — цветы жизни. Но весьма часто без видимой причины они разом обращаются все против одного, причем, как правило, слабейшего и самого робкого или, что совсем уже предпочтительно, против увечного. В тот день дьявол науськал детей на Тасю. Начала кампанию дочка монтера, жившего этажом выше Волошиных, ученица второго класса, девочка крупная, грубоватая и задиристая. Она повалила Тасю и с торжествующим воплем: «Дура глухая, корова мычливая!» — принялась возить ее мордочкой по снегу. Веселые подружки не замедлили присоединиться. И все это увидел Ким.

Он взревел, вскочил, запутался ногами в упавшем табурете, разбил его и, оттолкнув выскочившую в прихожую жену, бомбой вылетел на лестничную площадку. Он проскочил два пролета, а на ступеньках третьего поскользнулся, с размаху сел и так и остался сидеть, стиснув голову руками, весь в поту, с фиолетовой лысиной. Наверное, именно в этот момент и произошло умертвие. Дети с отчаянным визгом брызнули в разные стороны, и на месте остались двое: ворочавшаяся на снегу, мычавшая от страха Тася и неподвижно распластавшаяся дочка монтера. Мертвая. Необратимо мертвая.

Так рассказала нам, трясясь и закатывая глаза, наша Грипа. Уже на следующий день. «Внезапная смерть», как сформулировал корифей из кардиологической бригады «скорой». «Рефлекторная остановка кровообращения», как занес в справку мертвеющей рукой Моисей Наумович.

Дальше начались последствия. Соседям и особенно родителям было как день ясно, что доктора либо не разобрались, либо морочат людям голову, что никакой такой «рефлекторной» у девочки не случилось, а была девочка убита, и убил ее непостижимым образом Ким Волошин, всем известный колдун и злодей. Тех, кто сомневался, давили прецедентами — происшествием с Нужником и смертью Барашкина. Скоро весь город кипел возбуждением, близким к панике.

Конечно, требовались объяснения, и загуляли ужасные слухи. Материалисты убеждали, будто злодей Волошин вооружен неким ручным газометом, мистики талдычили насчет дурного глаза, порчи и какого-то авестийского волшебства. Но требовались не только объяснения, требовалось и немедленное отмщение. В райком, в милицию, в газету посыпались письма. Арестовать и произвести доскональное расследование. Если потребуется, то и с применением форсированных методов допроса. А еще лучше — просто взять и повесить на площади Ленина...

И были соответствующие делегации. Ветеранов партии и труда. Общества защиты животных. Воинствующих безбожников и воинствующих патриотов. В райкоме им сказали, что проблема сложная, необходимых специалистов нет, послан запрос в область. В милиции объявили, что никакие действия Волошина К. С. ни под какую статью УК РСФСР не подпадают, попытки же самосуда над Волошиным К. С. будут пресекаться строго и беспощадно. А редактор нашей славной газеты, хоть и рад был бы свести счеты с бывшим сотрудником, самоустранился, ибо только недавно получил втык за статью о высадке инопланетян в соседней области.

Характерно, что градус гражданского возмущения не был одинаков для всего города. Больше всех волновались в районах, наиболее удаленных от «Черемушек», — за Большим Оврагом. В доме же, где жили Волошины, и ближайших окрестностях население держалось тише самой застойной воды и ниже самой низкой муравушки. Похоронив дочку, монтер немедленно увез обезумевшую от горя жену куда-то к родственникам, и все замерло. Некоторые по примеру монтера тоже вывезли свои семьи — от неведомого греха. Не играли больше детишки во дворах. Самые бесшабашные сорвиголовы, старшеклассники, пэтэушники, молодые рабочие стремглав шарахались в ближайшие подворотни, когда Ким выходил из своей берлоги в магазин или прогулять Тасю. (Люся не выходила из дому ни на шаг. Навещала ее украдкой, когда уходил хозяин, одна лишь тетка Дуся. По ее словам, Люся, осунувшаяся и поблекшая, дни напролет сидела на кровати, сложив руки на коленях, и глядела в окно, говорила мало и нехотя.)

Прошла неделя, и монтер с женой вернулись в дом. Вечером жена монтера, пьяная и растрепанная, отпихнув мужа, пытавшегося ее удержать, спустилась к дверям квартиры Волошиных и принялась колотить в нее кулаками и ногами, крича во весь голос.

— Убийца! — кричала она. — Отвори, убийца! Где моя дочь, проклятый упырь? Думаешь, убил и шито-крыто? Не выйдет! Я с тебя с живого не слезу! Ты у меня землю жрать будешь! Ты у меня сам в петлю полезешь! Отворяй, я тебе последний глаз выцарапаю!

Надо полагать, весь дом в ужасе внимал этому вызову. Тетка Дуся попыталась увести несчастную мать, но была отбита с шумным негодованием. Попытался оттащить ее муж, но только переключил внимание жены на себя и вообще на всех мужчин в этом доме.

— Отойди, отзынь, трус паршивый! — взвилась она. — Почему ты не убил убийцу твоей дочери? Почему он жив и в ус не дует? Боишься, слизняк? Я одна здесь не боюсь! А вы здесь все трясетесь, затаились, шкурники проклятые! Мужчины, называется! Алкоголики сраные! Все вместе одного упыря задавить трусят!

Так она бушевала, совсем охрипла, билась в истерике, выкрикивая уже совершенно непечатное. При некотором усилии воображения можно представить себе, что происходило тогда в квартирке Волошиных. Как Люся, чтобы не слышать, зажимала уши и прятала голову под подушку. Как недоуменно хлопала глазами маленькая Тася, отрезанная от событий своей глухотой. Как метался из угла в угол Ким, скрипя зубами, с налитым кровью лицом, и все пытался... нет, тут воображение отказывает мне. С тем же успехом могу представить себе, как он сидит у стола, потягивая водку, прикрыв глаз тяжелым синеватым веком, и даже слегка ухмыляется зловещей бесовской ухмылкой...

Жена монтера замолкла на полуслове и потеряла сознание, а очнулась через несколько минут хрестоматийным кретином, утратившим вдобавок память и речь. Час спустя кто-то догадался вызвать «скорую», и ее увезли. Потом след ее затерялся.

Весть об этом новом злодеянии (а в том, что это именно злодеяние, никто в городе уже не сомневался) обычным чудом облетела нашу публику той же ночью. Во всяком случае, когда я в девять утра пришел в больницу, о случившемся знали все больные, все сестры и няньки. Я связался с Моисеем Наумовичем. Он тоже уже все знал. Я предложил выйти потолковать под открытым небом: в больнице было полно народа и лишних ушей. Мы сошлись на середине двора и закурили.

16

И в тумане табачного дыма
Слово вымолвил старый стрелок,
Что для воина все достижимо,
Лишь бы только варил котелок!

Я решительно сказал:
— Надо что-то делать, Моисей Наумович.
Он зябко повел плечами под накинутой шубейкой. Лицо у него было измученное.
— Надо бы, — пробормотал он.

— Написать в облздрав? В министерство?
— Даже не смешно...
— Может быть, у вас в Москве кто-нибудь есть? Старые связи какие-нибудь... Нет?

Он безнадежно махнул рукой. Я сказал с раздражением:
— Люди же гибнут, Моисей Наумович! Может, в ГБ обратиться?
— Послушайте, Алексей Андреевич. Если верить этому вашему лейтенантику из милиции, в КГБ все и без нас известно... И потом...

Он замолчал и вдруг пугливо поглядел на небо, серое пасмурное небо, откуда сыпал на нас в безветрии мелкий снежок. Словно бы он ждал, что вот-вот на нас спикируют какие-нибудь «мессеры».

— Что — потом? — рявкнул я, чтобы подавить в душе страх. — Что — потом, Моисей Наумович? Говорите же, мы здесь не шутки шутим!
— Все, что мы с вами знаем, они знают и без нас. А вот с кем они дело имеют, этого они не знают...
— А вы знаете?

Он поник головой и едва ли не шепотом произнес:
— А я знаю. Но они не поверят. Не готовы они.
— Но хоть мне-то вы можете сказать? — закричал я. — Я-то уж, кажется, ко всему готов! Да говорите же, черт подери, право!..

И он заговорил, а я стал слушать, выпучив глаза и раскрыв рот. Нет, к этому не был готов и я.

Ким Волошин, объяснил Моисей Наумович, не живой человек в полном смысле этого слова. Возможно, он не человек вообще. Ким давным-давно умер, был ввергнут в ад, осужденный на вечные муки, но ему удалось бежать. Бежать совершенно так же, как в нашем мире бегут из тюрем, колоний и прочих мест, куда менее отдаленных. А беглецу из ада, как и заурядному беглецу с каторги, требуется как можно скорее смешаться с массой, затеряться в толпе. Ведь адские слуги, упустившие его, рыщут в поисках по всему миру, чтобы нагнать, схватить и вновь ввергнуть в пучину немыслимых мучений! Но тут возникает закавыка. Никто не может представить себе, какие травмы и увечья получает иномирская плоть от разных там сковородок, котлов и раскаленных щипцов, но в первую очередь, очевидно, беглец озабочен заменить свое изувеченное иномирское обличье на нормальное тело обитателя нашего мира. Иначе и у нас его не поймут, и погоня настигнет в два счета. Ну и вот...

Моисей Наумович замолчал и со значением посмотрел на меня.

— Что — ну и вот? — тупо спросил я. Я обалдел. Все-таки передо мной был один из самых умных и образованных людей, каких я когда-либо знал. Материалист, черт подери. Медик!

— Вот он и ищет себе новую плоть, — пояснил Моисей Наумович. — А это не просто. Тела убитых на войне или погибших при катастрофах сильно повреждены. Переселяться в них — все равно что менять одну драную телогрейку на другую. А добраться до тех, кто почил более или менее естественной смертью, он не успевает, ибо эти телесные оболочки почти сразу же попадают к прозекторам. Ну и вот.

— Погодите, Моисей Наумович! Ну и вот, ну и вот... Каким образом все это согласуется...

— А я не знаю, каким образом. Я никогда ни о чем подобном не слышал. Предположим, он принялся изготавливать себе трупы сам. Или ему не обязательно нужен труп, а так... живой, но безумный, скажем. И предположим, что при побеге ему удалось завладеть адским оружием своих мучителей... Бывает же, что преступники при побегах захватывали у охраны пистолеты, автоматы, не знаю, что там еще...

Я взял его за руку и мягко сказал:

— Моисей Наумович, признайтесь, где вы нахватались всей этой несусветной чепухи?

Он отвернулся и высвободил руку.

— Что ж, не буду скрывать. На идею меня навел один фильм. Американский. Фильм ужасов. Хотя в нем все совсем не так... Но это не чепуха, поверьте старику, Алексей Андреевич! Может быть, я сумбурно изложил... не все детали учел... но в главных чертах, в основном я прав, я уверен...

— Да, — сказал я с горечью. — В основном вы правы, конечно. К принятию такой версии в КГБ, несомненно, не готовы. Другое дело — наши няньки и старушки. Они уж за эту версию ухватятся, да еще подробностей добавят...

— А хотя бы няньки и старушки! — произнес он, гордо задрав свой огромный старый нос. — Глас народа, знаете ли...

Я обнял его за плечи.

— Пойдемте, Моисей Наумович. Вы совсем озябли... А знаете, какое самое уязвимое место в вашей версии?

— Знаю, — сердито пробормотал он. — Она многое не объясняет.

— Это бы еще что! Главное — ее практически нельзя применить. Понимаете, дорогой Моисей Наумович, словить бежавшего из тюрьмы какого-нибудь Фомку Блина наши доблестные органы еще смогут... А вот ущучить беглеца из ада, да еще вооруженного неведомым адским оружием... тут уж, простите, вся наша королевская рать не справится... И насчет гласа народа. Не стоит разбрасывать перлы вашего воображения направо и налево. Неровен час, еще попадете кому-нибудь не в бровь... Ручаюсь, у нас в палатах, да и в ординаторских, уже разрабатываются подобные версии. А если еще и вы с вашим авторитетом...

— Отстаньте, Алексей Андреевич, — сердито прервал он меня. — Я не ребенок и знаю, где можно, а где нельзя.

— Ну-ну, — сказал я, и мы расстались.

И все же я был заведен, и абсурдная гипотеза Моисея Наумовича, не стыжусь в этом признаться, произвела на меня впечатление. Я призывал себя к хладнокровию и здоровому скепсису, я ругал себя за впечатлительность и презрительно дивился себе, как вдруг, во время обхода, сообразил, что меня мучит. Да, сказочка моего друга была абсурдна, ни с чем не сообразна, но включала она в себя одно очень точное словечко, и словечко это было — ад. Правда, не в том смысле, в каком употреблял это словечко Моисей Наумович. Но все равно, я интуитивно почувствовал, что именно от ада надлежит разматывать этот кошмар с Кимом Волошиным. Все объясняет ад. И уже к концу обхода я объяснил себе все.

Правда, легче мне не стало. Потому что объяснение мое страдало тем же изъяном, что и версия Моисея Наумовича: оно не могло служить руководством к практическим действиям...

17

Не тушуйся, парень, заряжай женщину и стреляй из нее в белый свет. И она выстрелит пушкой или пушкарем, а они выстрелят своим чередом, тоже пушками и пушкарями, а те в свою очередь, и так оно и пойдет, выстрел за выстрелом, пока белый свет не станет черным, а тогда, глядишь, и передышка наступит. Покой наступит, парень, понимаешь? Черный свет и покой! И чем скорее ты зарядишь свою женщину, а лучше не одну, побольше их зарядишь, тем скорее он наступит, покой.

В тягостных мыслях своих протянул я почти до обеда, а тем временем город забурлил и накалился. Все смешалось в моей больнице. Руки наши наполнились, закипела вода в радиаторе «скорой помощи».

Снова пошли петиции и делегации. Кое-где митинговали. Кое-кто сбивался в дружины. У терминала межгородского автобуса разгромили пивной ларек. Двое раненых. Нужник подрался с пэтэушниками, и те всласть измочалили его приводными цепями. Возникло несколько пожаров. Трое обгорели, пятеро отравились дымом.

С лесов пятиэтажника, возводимого на улице им. писателя Пенькова, сорвался пьяный рабочий. Тяжелые переломы. Десятиклассники школы № 2 попытались обойтись бесчестно с молоденькой учительницей, недавно переведенной к нам из Еревана не по своей воле; оказалось, она владеет каратэ, четверо несостоявшихся насильников были доставлены в больницу с увечьями...

Наш мудрый Главный выразил свое общее мнение, что мораль в нашем городе резко упала, призвал нас собрать все силы и не размениваться на мелочи и укатил в исполком. И молва оказалась тут как тут и уверенно приписала весь этот бардак зловещему колдуну с черным глазом. Я-то всегда считал, что для доведения нашего города до свинского состояния вполне достаточно его собственных, внутренних сил, но теперь-то, в чем я мог быть уверен теперь?

Незадолго до конца рабочего дня в больницу поступили новые сведения. Принес их рыжий долдон с крепко обмороженным носом и изложил санитарке, своей родственнице. Выяснилось, что около пяти вечера к мосту через Большой Овраг, отделяющий город от Черемушек, приблизилась угрюмая толпа человек в тридцать, вооруженная дрекольем, топорами и даже парой охотничьих ружей. Шла эта толпа разорить проклятое гнездо, разорвать проклятого колдуна в клочья, а заодно похерить его проклятую ведьмачку-жену и проклятый его помет в лице глухонемой уродки. Никто этому смертоносному маршу карателей не препятствовал, только в отдалении опасливо прятались в сумерках двое-трое милиционеров. Должно быть, с намерением засвистеть, когда все будет кончено.

Толпа уже спускалась к мосту, но тут со стороны Черемушек появилась еще одна толпа, числом поболее, до полусотни, тоже вооруженных. Обе толпы, двигаясь навстречу друг другу, сошлись вплотную на середине моста и остановились. Полагаю, все они тряслись от возбуждения, были разгорячены, и пар от них валил, как от запаленных лошадей. Некоторое время длилось молчание, затем из толпы черемушкинцев осведомились, зачем-де пожаловали. Городские изъяснились в своих намерениях и попросили пропустить. Заречные тихо, но решительно объявили, что не пропустят. Городские занялись любезным сердцу делом — принялись сладострастно и яростно материться. Им внимали — молча и терпеливо. Когда самые отпетые ругатели повыдохлись, черемушкинцы по-прежнему негромко и внятно предложили городским поворачивать оглобли. Все равно никто здесь не пройдет.

Положим, подойдете вы к его дому. И тут он бьет вас всех скопом одним ударом. Забыли, что с собаками на Пугачевке случилось?

В ответ городские очень обидно загоготали и засвистели, и кто-то крикнул, что насчет этих собак никто не знает, правда это или нет. Было, однако, замечено, что несколько городских отделились от своей толпы и зашагали обратно в город.

С той стороны терпеливо напомнили, что, поскольку Ким Волошин является колдуном, никому не дано знать, что он может, а что не может, однако насчет убиенных известно точно...

Тут оказалось, что среди городских затесались и материалисты, и один из них совсем непоследовательно объявил, что никаких колдунов на свете не бывает и потому навести концы Волошину препятствий нет. Теперь загоготали и засвистели черемушкинцы. Каратели-ортодоксы немедленно сгрудились вокруг еретика и двух его клакеров, подвергли их укоризне и вытолкнули из своих рядов, и те, угрожающе сквернословя, поплелись обратно в город.

Между тем совсем смерклось, морозец стал пробирать до костей, на дне оврага густились угрожающие тени. И вообще пар уже ушел в свисток, и ясно стало, что к Черемушкам все одно не пропустят, и хмель повыветрился. А тут еще один из черемушкинцев выступил вперед, высморкался и произнес:

— Разве мы за вас, дураков, распинаемся? По нам, так хрен с вами со всеми, пусть бы вы все головы положили, не жалко. Но ведь он как? А вдруг по злобе и силе своей ударит не только по вам, дуракам, а разом по всему околотку? А у нас ведь здесь семьи, жены, детишки, старики... До ваших домов в городе он, может, и не достанет, а нашим наверняка конец будет. Как же нам вас пропустить, сами подумайте...

И городские разом и молча, словно бы по неслышной команде, развернулись на сто восемьдесят градусов и пошли с моста обратно в город.

Так бесславно (или благополучно?) закончился первый и последний поход ташлинцев на логово колдуна Кима Волошина.

Тем же вечером, когда больница поуспокоилась после этого несусветного дня, я позвонил домой Алисе и предупредил, что вернусь поздно. Я очень устал, но желание поделиться своими соображениями с Моисеем Наумовичем распирало меня. Топили в районном пансионате хорошо, и в аскетически чистенькой, скудно обставленной комнатке Моисея Наумовича было приятно-тепло. Старик мне обрадовался и захлопотал насчет чайку. Мы уселись за скрипучий столик, чай дымился в толстых фаянсовых кружках и разложено было по блюдечкам слегка засахарившееся варенье из черной смородины. Я сказал, зачем пришел. Он остренько поглядел на меня, произнес: «Ну-ну?» — и я принялся излагать.

Для начала я признал, что в его мистической версии содержится важное и рациональное зерно. Важное и рациональное потому, что послужило мне отправным пунктом для построения иной, вполне рационалистической гипотезы. Зерно это — представление об аде как причине и движущей силе «феномена Кима Волошина». Но ведь что такое ад? Вот у Киплинга, если, конечно, перевод адекватный: «Мы шли через ад, и поклясться я готов, что нет там ни ведьм, ни жаровен, ни чертей, там только пыль...» Действительно, пусть Моисей Наумович не обижается, какие там черти и жаровни! Но не только пыль от шагающих сапог, хотя и пыли, конечно, было по макушку. Там еще бросали гранаты в детей и оставляли бедняг выбираться из-под растерзанных трупов родителей. Там еще ввергали за колючую проволоку в беспредельную власть подонков человечества, погрязших в кровавом скотстве. Там еще бегали по крышам ядовитых пустых домов веселые сумасшедшие, распевающие дикие песенки. И много еще чего было в аду, через который прошел живым Ким Сергеевич Волошин...

Да, десятки миллионов сгинули там, и еще сгинут миллионы, а вот Волошин не сгинул. Случайность, очевидно. Очень малая вероятность, не равная, однако, нулю. Волошин не сгинул, а превратился в бомбу, начиненную сумасшедшей ненавистью и паническим ужасом. И не адских слуг он боится, а новых угроз со стороны ада человеческого. И не оснащен он адским оружием, а сам превратился в оружие. И именно это вот обстоятельство сейчас для нас самое главное и самое мучительное.

Я замолчал, собираясь с мыслями. Это обстоятельство, самое главное и самое мучительное, подлежало ведению тех мрачных наук, в которых плавает не только провинциальный терапевт, но и талантливейший «лекарь мертвых». Думать смутно о таких вещах может и абсолютный профан, а вот излагать эти мысли, да если еще голова гудит от усталости... Словно почувствовав мое состояние, Моисей Наумович пошарил в шкафчике и водрузил на столик бутыль ликера собственного изобретения и производства. Возле бутыли возникли рюмочки, которые старик аккуратно наполнил. «Лыхаим», — произнес он шепотом, и мы выпили. Было вкусно.

— Продолжайте, Алексей Андреевич, — сказал он. — Я вас внимательно слушаю. Очень внимательно.

— Очень трудно, — признался я, и рюмочки были снова немедленно наполнены.

— Да, конечно. — Моисей Наумович сочувственно покивал. — Бомба, начиненная ненавистью и ужасом, — это красиво, конечно, вроде ящика Пандоры, но это ведь только поэзия...

Я выпил и налил себе еще. Я заговорил, тщательно подбирая слова и, надо надеяться, время от времени краснея.

Воздействия адских условий, в которых выпало пребывать Волошину, а точнее — комбинация этих воздействий произвела в его организме уникальную перемену. Психофизиологическая суть этой перемены нам неизвестна. Зато известны вполне достоверные случаи ее проявления. Обретенный в аду дар позволяет Киму Волошину непонятным образом наносить удары, вызывающие: а) кратковременное выпадение сознания, б) полный или почти полный паралич памяти и, наконец, в) мгновенную смерть, диагностируемую медициной либо как следствие острой коронарной недостаточности, либо рефлекторной остановки кровообращения. (Моисей Наумович приятной улыбкой дал мне понять, что оценил мой сарказм.) Достойно упоминания и то обстоятельство, что в наблюденных нами случаях объектами ударов были лица, вызвавшие у Волошина приступы крайнего раздражения или прямой ненависти. Это, однако, еще не дает нам права утверждать с уверенностью, будто он не способен намечать и поражать жертву и с полным хладнокровием...

Я еще раз (в который уже раз?) хлебнул несравненного ликера, собрался с духом и произнес деревянным голосом небольшое эссе на тему о том, что «феномен Волошина», строго говоря, не является беспрецедентным. Всемирно-исторический опыт дает нам некоторые основания предположить, что во все века и во всех социумах существовали своего рода злые чародеи, имевшие власть при помощи неких таинственных заклинаний отдавать людям и животным приказ умереть, и люди и животные покорно умирали без признаков каких-либо повреждений. Секреты восточных магий... африканские колдуны... шаманы... Моисей Наумович сказал с мягким укором:

— Простите, что прерываю вас, Алексей Андреевич. Но я хотел бы предупредить вас, что жидкость эта очень, оч-чень коварна...

Я в смущении уставился на опустевшую наполовину бутыль. Но бес разнузданности уже овладевал мною. Я погрозил Моисею Наумовичу пальцем и плеснул себе коварной жидкости уже не в рюмочку, а в чайную кружку. Проглотив залпом и поцокав языком от удовольствия, я проговорил, старательно артикулируя:

— А вот у Лермонтова на такой случай сказано... «Вы, может, думаете, что я пьян? Это ничего!.. Гораздо свободнее, могу вас уверить...» Таким образом, что мы имеем, Моисей Наумович? А имеем мы опять же поэзию. Чудище обло и даже, может быть, стозевно... в пересчете на число жертв, которое оно способно схарчить единовременно. Собачки на Пугачевке до сих пор, наверное, об этом помнят, на что уж у собачек память ни к черту... Рассказывайте мне об адском оружии! Вот оно, это ваше адское оружие, и никакой мистики... А Ким — он сам себе и беглец из ада, и адский слуга, и адское оружие...

Тут я понял, что иссяк, очень утомлен и что мне пора домой.

По пути, стараясь ступать твердо и уверенно и напевая какую-то легкомысленную чушь, я вдруг заметил, что за мной увязалось несколько собачонок. Они следовали в отдалении, они не лаяли и, конечно же, не норовили ухватить меня за пятки. Они трусили позади совершенно бесшумно, а когда я оборачивался, с жалобным прискуливанием бросались кто куда в лунные тени...

18

По облику был он похож на непроспавшегося мертвеца: жесткие волосы дыбом, бледная с прозеленью физиономия в засохлых пятнах, неподвижные тухлые глаза. Ходил и бормотал: «Не убий, не убий, не прелюбы сотвори...» Юрод.

Дня через два Ким нанес городу ответный визит. Вспоминать об этом тоже не хочется, но тоже надо.

Около полудня он появился на проспекте Изотова в обычном своем оранжевом тулупе до пят и чудовищной своей шнурковой шапке. Облачение это было известно половине ташлинцев хотя бы и по слухам, и наиболее смелые из встречных проходили мимо, уставив взоры прямо перед собой, а малодушные торопились свернуть в переулки или занырнуть в магазины. А направлялся Ким домой в Черемушки, возвращаясь из жалкой нашей районной «Оптики», где он еще месяца три назад заказал очки для своей жены Люси. Заходил он в «Оптику», как впоследствии выяснилось, раз двадцать за это время, да все втуне: то оправы не было подходящей, то линз, а чаще всего ни того, ни другого. В тот день получился у него с продавцом такой разговор.

— Чтобы завтра очки были, — сказал он.

— Завтра будут, — хмуро, но с готовностью ответствовал продавец.

— Чтобы завтра очки были доставлены мне домой к двенадцати, — сказал он.

— Будут доставлены, — сказал продавец.

Ким указал пальцем на высунувшегося из мастерской парнишку-ученика:

— Вот пусть он доставит.

Парнишка, посинев от ужаса, отчаянно затряс головой. Продавец набычился.

— Я сам доставлю, — сказал он.

Ким безрадостно оскалился.

— Ладно, — проговорил он. — Ты сам и доставишь, старик, коль ног не жаль. И запомни: доставишь вовремя — воля; вынудишь меня снова к тебе тащиться — уже неволя; не выполнишь заказ — смерть.

Продавец побледнел, но ответил с достоинством:

— Вы меня не пугайте, гражданин Волошин. Меня немецкие танки не испугали. Сказал — доставлю, значит, доставлю.

На том они и расстались. Продавец принялся работать с великолепной оправой, предназначенной для старшей дочери начальника милиции, а Ким отправился восвояси.

Кажется, впервые повел он себя столь откровенно и вызывающе, впервые обнажил оружие. Так, с обнаженным оружием, и двинулся по проспекту Изотова. Весть уже распространилась, народу на проспекте стало немного, никому не хотелось попадаться на глаза этому бесу, и маячили отдельные фигуры шагах в двадцати позади него да поспешно расходились фланирующие шагах в тридцати впереди. И надо же было случиться, что к нему прицепился известный возмутитель спокойствия иеговист Панас Черкасенко...

Ким шел обычным своим широким шагом, а коротышка-иеговист вприпрыжку поспевал за ним и визгливо вещал. Что-то об армагеддоне. О каких-то ста сорока четырех тысячах. Об обновленной земле. Ким шел себе, словно ничего не слыша, а потом, не останавливаясь, отрывисто произнес несколько слов. Проповедник подпрыгнул, воздел руки горе, словно бы в крайнем возмущении, снова нагнал Кима и снова принялся вещать. Те, кто наблюдал эту сцену, затаили дыхание, кое-кто остановился, кое-кто попятился.

И точно. Панаса Черкасенко вдруг повело влево, как пьяного, боком-боком засеменил он на подгибающихся ногах и вывалился на проезжую часть в аккурат под громыхающий на полном ходу самосвал. Злосчастный проповедник даже не вскрикнул, лишь явственно хрустнули его сокрушаемые кости под громадными колесами. Скрежет, визг тормозов, и на проспекте Изотова воцарилась тишина. И тогда жалостливо-испуганный стон извергся из грудей наблюдателей, а Ким, даже не оглянувшись, пошел дальше и вскоре свернул на улицу им. писателя Пенькова, по которой был кратчайший путь к мосту через Большой Овраг...

Но не гибелью свидетеля Иеговы заключился его выход в город. Улица им. писателя Пенькова у нас узкая, а в те времена еще и перекопанная строителями, и прохожие-очевидцы наблюдали то, что произошло, можно сказать, в упор. Со стороны проспекта Изотова донеслись завывания сирены то ли ГАИ, то ли «скорой», когда Ким ступил на бугристую тропинку, протоптанную в снегу вдоль фасада возводимого пятиэтажника, того самого, с которого накануне сверзился пьяный строитель. Ким ступил, прошел, оскользаясь, несколько шагов и внезапно замер на месте.

Он простоял секунд пять, когда сквозь клетку лесов вылетела из оконного проема на третьем этаже страшенного вида колода — вроде тех, какими пользуются в своем ремесле мясники. Она грянулась на тропинку едва ли не под ноги Киму, подскочила и выкатилась на середину улицы. Ким на миг поднял голову и как будто взглянул в ту сторону, откуда она вылетела, после чего пошел дальше своей дорогой.

Ошеломленные прохожие-очевидцы провожали его взглядами, пока он не скрылся из глаз, и только тогда услыхали жалобные вопли и мольбы о помощи, доносившиеся из недр новостройки. Мнения разделились. Кто-то настаивал на том, чтобы позвать милицию. Кто-то предостерегал от опрометчивых поступков. Кто-то просто ушел от греха. Но нашлись и смелые. Не без трепета вступили в дом и поднялись на третий этаж, где обнаружили трех молодцов в испачканных черных полушубках. Молодцы бродили по комнатам, ощупывая стены грязными ладонями. При этом они громко рыдали, срываясь в истерику, и опухшие мордасы их были измазаны слезами пополам со строительной пылью. Они были насмерть перепуганы: никак не могли найти дверь, чтобы выйти на улицу...

Здесь необходимо маленькое отступление.

Не знаю, как в других столицах, но в нашем областном Ольденбурге эта разновидность общественных деятелей появилась вскоре после 85-го, причем в количествах, далеко превышающих желательные. Большею частью рекрутируется она из бывших спортсменов и несостоявшихся тренеров по боевым видам спорта. Зимой они щеголяют в черных полушубках, которые называют «романовскими», — это щегольство патриотическое, бросающее вызов заграничным дубленкам. Роятся они возле мебельных магазинов, в железнодорожных пакгаузах и при оптовых складах продовольствия и спиртных напитков. По вечерам любят бывать в престижных ресторанах, где при обычных обстоятельствах ведут себя спокойно и тихо. Пьют немного, закусывают деликатесно, курят только «Мальборо». Столики занимают не самые удобные, но расположенные на стратегических направлениях... Можно, конечно, гадать, кто нанял в Ольденбурге этих оболтусов с микроскопическими мозгами и чугунной совестью, но как медик я утверждаю, что больше не отираться им по мебельным делам, и не сидеть в дорогих ресторанах, и не курить «Мальборо»...

Часа в четыре пополудни, уже отягощенный всей этой информацией, я заперся в своем кабинете. Мне было худо. Если бы душевное состояние мое проявилось в телесных движениях, я бы трясся, как от сильного озноба. Но мне удавалось сдерживать себя. Мало того, я с неясным удивлением осознал, что не так уж меня поразила гибель проповедника-иеговиста и моментальное низведение сразу трех человек до уровня клинического идиотизма. Нет, всю душу мою затопил вполне эгоистический ужас за себя и за моих близких. Неуловимый, неуязвимый, непостижимый бес открыто расхаживал между людьми, и невозможно было предсказать, кто будет очередной жертвой его. И еще: он учуял опасность за несколько секунд до нападения.

А ведь еще не было известно, что произойдет этой ночью. Мало кто знал, что не трое, а целых семнадцать «черных полушубков» наехало в наш Ташлинск. Как видно, потеря троих не произвела на остальных должного впечатления, и примерно в полночь весь отряд гангстеров двинулся к мосту через Большой Овраг. И там, на середине моста, Ким их стукнул. Надо полагать, не выходя из дому. Но эти четырнадцать отделались легко. Полежали в снегу, поднялись на трясущиеся ноги и пустились без оглядки обратно. Некоторые слегка поморозились, кто-то потерял шапку... Утром они дружно погрузились в автобус и отбыли к себе в Ольденбург.

19

Козерог. Начните пожинать плоды своей работы. Это вдохновит вас на новые трудовые подвиги. Вам очень помогут друзья и коллеги. Будьте поласковее с родными и близкими, чтобы не только на работе, но и дома все было в лучшем виде.

А в тот день я сидел в своем кабинете, смотрел, как за окном сгущаются сумерки, с тоской прислушивался к сосанию под ложечкой и никого к своей особе не допускал. Потом позвонил Моисей Наумович и попросил разрешения зайти для важного разговора. Ему я, конечно, открыл, мы уселись у стола и уставились друг на друга.

— Ну что, Моисей Наумович? — спросил я наконец.
— Обыкновенная история, — горько ответил он. — Легкая эпилепсия, выпадение сознания, непослушные ноги выносят беднягу под грузовик.
— Я, собственно, не об этом.
— И я тоже хотел не об этом. Вы обратили внимание, Алексей Андреевич, что он остановился секунд за пять...
— Да. Обратил.
— Вот и я обратил. И я не понимаю, Алексей Андреевич, чем такая вот странность противоречит моей гипотезе...
— Да я уже и сам не понимаю, — рассеянно отозвался я. Спорить не было сил.
— И все равно, — пробормотал Моисей Наумович. — Все-таки это скотство — наемных убийц подсылать...
Я был изумлен.
— Моисей Наумович, ради Бога!..
— Да-да, — торопливо прервал он меня. — Вы правы, конечно.
Мы помолчали.
— Я, собственно... — нерешительно проговорил он. — Собственно, я пришел насчет совсем другого.

— Слушаю со вниманием, Моисей Наумович.
— Собственно, я решил с ним повидаться.
— С кем?

Сердце мое замерло. Я сразу понял — с кем.

— С ним, — как-то растерянно, словно удивляясь себе, произнес Моисей Наумович. — С Волошиным.
— Вы с ума сошли...
— Отчего же? Я ведь в душе против него ничего не держу. Я только за людей опасаюсь.
— И вы намерены... к нему? Прямо к нему домой?
— Да, конечно. Он ведь ко мне не пойдет, правда?

У меня голова шла кругом. Остановить! Удержать!

— А если он антисемит? — ляпнул я.
— Что ж, одним евреем в Ташлинске будет меньше.
— Да вы кокетничаете, Моисей Наумович!
— Какое там мое кокетство, милый Алексей Андреевич! Страшно мне очень, вот вам и кажется. Только что ж? Дедушка старый, ему все равно.

И тогда я собрался. Отчетливо скрежетнула, распрямляясь, моя проржавевшая, согнувшаяся в три погибели воля. И я сказал:

— Хорошо. Только пойдем вдвоем. Вы правы, надо попробовать все точки над этим «ё» поставить.

Последовала сцена. Я дошел до того, что принялся грубить. И я уломал старика. Решили отправиться к бесу в гости вдвоем, завтра же, сразу после работы. Не знаю, как спал в ту ночь Моисей Наумович. А я вряд ли провел ту ночь намного веселее, чем «черные полушубки» на мосту через Большой Овраг...

Путь был неблизкий, да и шли мы весьма неторопливо, так что вступили в Черемушки, когда уже совсем стемнело. Тихо было в Черемушках, ни голосов не было слышно, ни звонких скрипов снега под ногами прохожих, а собаки здесь словно никогда и не водились. Тишину компенсировал свет. Необычайно, непривычно ярко сияли уличные фонари, ослепительными, жуткими, как выстрелы, вспышками неисправных дневных ламп прерывисто озарялись пустые витрины магазинов, жужжали от напряжения уцелевшие лампочки над подъездами. И никого мы не видели по дороге, только раз я заметил в проулке машину с погашенными фарами и возле нее едва различимую темную фигуру. Мимолетно подумалось, что за домом Волошина наблюдают.

Наконец мы добрались. Вступили в подъезд и стали подниматься по лестнице. Поднимались медленно, через каждые пять-шесть ступенек останавливались, чтобы дать передохнуть Моисею Наумовичу, которого сразу начала мучить одышка. Лицо у него, хоть и с мороза, было серое. И я снова со страхом подумал о всяких возможных и невозможных неожиданностях, которые сейчас нас поджидали. Мы поднялись на предпоследнюю площадку и остановились.

На площадке третьего этажа стояла объемистая бабища, смотрела на нас сверху вниз и приветливо ухмылялась всем своим блиноподобным ликом. Я догадался, что это тетка Дуся, о которой рассказывала наша Грипа: кто же еще на ночь глядя мог торчать перед дверью квартиры колдуна и беса? И я произнес:

— Добрый вечер, тетя Дуся.

Она ответила, ухмыльнувшись еще шире:

— Добрый вечер, Алексей Андреевич. Добрый вечер, Моисей Наумович. А Ким Сергеевич уже ждут вас, проходите, пожалуйста...

Мы со стариком переглянулись и поспешно отвели глаза друг от друга. Удивляться? Еще чего. Пугаться? Куда уж дальше. Восхищаться? Это бы и можно было, наверное, но у меня, по крайней мере, Ким не вызывал этой счастливой эмоции. Не Кио. Не Мессинг. Бес, губитель, невнятная смертельная угроза. И вообще, если на пороге бесовского логова начинать с удивления, или страха, или тем более с восхищения, то кончать уже нужно будет целованием стоп. Или там копыт. Вон на шабашах, по слухам, беса целуют в задницу. Нет, это не для нас.

— Пошли, — сипло выдохнул Моисей Наумович, и мы без остановок одолели последний пролет.

Тетка Дуся метнулась к двери Волошиных и деликатно надавила кнопку звонка.

— Пусть войдут, — тихо отозвался знакомый голос.

Дверь распахнулась, и мы вошли в прихожую, а тетка Дуся осталась на лестнице.

— Сюда, — приказал Ким.

Обстановку в квартире Волошиных я помню смутно. Чистенько, аккуратно, занавесочки, цветные репродукции в рамочках, под ногами половички... И так же почти не задела моего сознания бледная Люся в домашнем халатике, сидевшая на кровати, и совсем почти не заметил я крошечную девчушку у нее на коленях, обнимавшую мать за шею тонкими белыми руками...

Страшное возбуждение овладело мною. Нетерпение, чтобы все поскорее кончилось. Все внимание мое сошлось на бывшем моем школьном друге Киме Волошине. Господи, когда я в последний раз видел его? — думалось мне. Два, три года? Пять лет назад? Сейчас он казался мне непомерно громадным. Он сидел у стола, зеркально лысый, с черной бархатной повязкой через лицо, в застегнутом доверху фиолетовом архалуке. Разглядывал нас воспаленным глазом и кривил в неприятной усмешке узкие сухие губы.

— Раздеваться не приглашаю, — сказал он. — Разговор будет короткий. Чаю-водки тоже не предлагаю. По той же причине...

Он повернулся к жене и произнес повелительно-ласково:

— Люся, мне тут с докторами пошептаться надо, так ты возьми Таську и посиди у Дуси, я потом позову.

Она тут же ушла с ребенком, и дверь за нею закрылась. Он помолчал, склонив голову, словно прислушиваясь. Лицо его сморщилось, и он проговорил с ужасным сарказмом:

— Следят. Стерегут. Трясутся, штаны полны, а все стерегут. Ох, боюсь, обижусь, осерчаю... Вы, как возвращаться будете, скажите им, чтобы убирались. Они рядом, за углом... Скажите, срок даю до полуночи. Дольше мне не удержаться.

Я вспомнил машину и тёмную фигуру в проулке и прохрипел:

— Я им скажу.

— Вот и ладно. Сорок грехов с меня снимешь, всё равно что паука раздавлю. Хотя, если подумать, что мне сорок грехов?..

Он поглядел на Моисея Наумовича.

— С тебя разговор начнём, старичок. Полагаешь, значит, что я из ада бежал? Ошибаешься, Мойша, брешешь. Не более я бежал из твоего ада, чем младенец при родах бежит из материнской утробы. Подробнее объяснить не умею, так что понимай как хочешь. Теперь второе твоё дело, Мойша. Проникся ты сочувствием к своим ташлинским компатриотам и пришёл упросить меня покинуть город и удалиться в иные края... А куда мне удаляться — об этом ты подумал? Хочешь просто пересадить скорпиона со своей шкуры на кого Бог пошлёт? На хохлов? На прибалтов? На эвенков каких-нибудь? Конечно, лучше бы скорпиона туда, за бугор, так поступают советские люди, ага? Ты ведь правильно понял, Мойша, я везде сам собою останусь, измениться не могу!

Он скрипуче хохотнул и повернулся ко мне.

— Помнишь, Лёшка, мы после войны фильм такой смотрели, трофейный, «Мститель из Эльдорадо»? Там один герой, мексиканский атаман, говорит: «Как увижу китайца, удержаться не могу, сразу ему уши отрезаю...» Помнишь?

— Так ты что же — мстишь? — проговорил я.

— Дурак, — ответил он, как мне показалось, разочарованно. — Ничего не понял. Я ему об ушах, а он мне о мести... Ладно, проехали.

Отчаяние овладело мною.

— Погоди, Ким! — закричал я, задыхаясь. — Постой, выслушай меня! Уши там, месть — не об этом же речь! Ким, нельзя же становиться врагом всем людям! Уходи, где тебя не знают, затаись, замри! Горе тебе, если все против тебя ополчатся! Горе и тебе, и людям! Подумай о жене, о дочке... Отрекись от силы, которой ты владеешь! Ты же был славным парнем, Ким... Вспомни о бедной Нине своей, она бы никогда тебе не простила!

Я орал, не помня себя, а его бледное голое лицо наливалось сине-багровой кровью.

— Лешка! — просипел он. — Ты меня лучше не раздражай!

Моисей Наумович испуганно посунулся вперед, словно бы вознамерившись встать между нами.

— Отзынь, Мойша, не замай! — рявкнул Волошин. — А ты, Лешка, придержи язык, худо будет!

— А что? — прошептал я, храбрясь из последних сил. — Что, поступишь со мной, как с собачками на Пугачевке? Или как с Барашкиным? Или как с девочкой соседской? Так угощайся, мой злодей, не стесняйся, мой славный!..

Я уже чувствовал это. Чувствовал приближение гибели. В ушах зазвенело, перед глазами поплыли красные пятна, противная слабость поползла от ног по всему телу. И вдруг Моисей Наумович сорвался с места.

— Одну минуточку, одну минуточку! — завопил он пронзительным фальцетом. — Ким Сергеевич! Алексей Андреевич! Ну, погорячились, и будет! Давайте прервемся! Давайте расслабимся! Давайте я вас развлеку немного!

Он сбросил свою шубенку, засунул большие пальцы костлявых рук под мышки и запел, приплясывая:

Авраам, Авраам, дедушек ты наш!
Ицок, Ицок, старушек ты наш!
Иаков, Иаков, отец ты наш!
Хаиме, Хаиме, пастушок ты наш!
Чому ж вы не просите, чому ж вы не просите,
Чому ж вы не просите пана Бога за нас?

Скрипучим старческим фальцетом пел он, потомок местечкового балагулы, эту печально-шуточную песенку, дошедшую до него из далеких времен черты оседлости вместе с варварски переиначенными тайнами каббалы и простодушно-хитрой покорностью судьбе. Я слышал ее не впервые, несколько раз он под веселую руку пел ее на семейных праздниках в моем доме, но можно было ручаться, что Ким Волошин не слышал раньше ничего подобного. Приоткрыв рот и выпучив налитый глаз, он слушал и смотрел, как пляшет старик, высоко вскидывая ноги в поношенных брючках и старомодных суконных ботах. И я ощутил, как гибель отдалилась и пропала, оставив только струйки холодного пота, стекавшего по щекам моим...

...Чому ж вы не просите пана Бога за нас?
Чтоб наши дамы выстроили, нашу землю выкупили,
Нас бы в землю отводили,
В нашу землю нас, в нашу землю нас!

— Все, — проговорил Моисей Наумович запышливым голосом, отступил к своему стулу, сел и подобрал с пола шубейку. — И консерт окончен.

И тогда Ким загоготал. Минут пять гоготал он, раскачиваясь и вытирая рукавом глаз, кашляя и богохульствуя сквозь кашель. Мы молча смотрели на него и тоже утирались. Отгоготавшись, он произнес:

— Силен. Тут ты меня сократил, Мойша, спасибо тебе. Сам догадался? Или интуиция? Ведь еще чуть-чуть...

— Не приведи Господь, — скромно отозвался Моисей Наумович. — Но я рад, что развлек вас, Ким Сергеевич. Всегда к вашим услугам.

Ким поглядел на него исподлобья.

— Больше не потребуется. Ладно, черт с вами, с докторами. Информация в порядке компенсации. Я ухожу. Совсем ухожу из городишки этого поганого. Но имейте в виду и передайте кому интересно: руки у меня теперь длинные. Я могу... — Он судорожно перевел дыхание. — Я далеко теперь могу. Откуда угодно.

Мы молчали. Моисей Наумович натягивал свою шубейку. Бес вдруг растянул безгубый рот неуютной усмешкой.

— А ты, Мойша, силен. Действительно развлек. Я даже пожалел, что Таська не видела. То-то бы повеселилась...

убогонькая... Радостей у нее маловато, а подумать если, то и совсем нет. Ну и все, доктора. Аудиенция окончена. Вопросов нет и быть не может. Разрешаю удалиться.

Мы без единого слова двинулись к выходу. Он сказал нам вслед:

— Можете сказать им, сбирам этим, что в «Урале»... гостиница «Урал», знаете?

Моисей Наумович тихонько произнес:

— Знаем. Гостиница «Урал». На площади.

Бес раздраженно махнул рукой.

— Ладно. Сами найдут. Ступайте.

Мы вышли и стали спускаться по лестнице. Я открывал с натугой наружную дверь, когда до нас донесся сверху зычный голос, звавший Люсю домой. И мы пустились в обратный путь.

Не знаю, как Моисей Наумович, а я пребывал в состоянии полной растерянности. Я был угнетен, испытывал чувство облегчения и терзался раздражением оттого, что ничего не прояснилось и ничего нового я не узнал, а только ни за понюх табаку натерпелся страха. Из этого сумеречного состояния вывел меня Моисей Наумович, осведомившийся о моих впечатлениях. Я очнулся. Я обнял старика за костлявые под шубейкой плечи. Я расцеловал его в колючие щеки.

— Моисей Наумович! — вскричал я. — Дорогой вы мой! Вы же мне жизнь спасли!

— Не отрекаюсь, — отозвался он, деликатно высвобождаясь. — Как в классике. «Старик, я слышал много раз, что ты меня от смерти спас». Что было, то было. Момент действительно был тонкий. Я подумал: пан или пропал. И угодил в десятку. Видите ли, Алексей Андреевич, я еще раньше подозревал, что спусковой механизм этого самого адского оружия...

Мы медленно шли по пустой, ярко освещенной улице, когда дорогу нам преградил не кто иной, как мой лейтенант С. Был он в ладном белом полушубке, стянутом кожаной сбруей, черная кобура была у него сдвинута к пряжке, раскрыта, и виднелась в ней рукоятка пистолета. Он набежал на нас и, схватив меня за рукав, воскликнул:

— Здравствуйте, доктора! Живы? Целы?
— Почти что, — ответствовал я.

Тут я вспомнил и огляделся. Вправо уходил проулок, там по-прежнему стояла легковушка.

— Я сразу понял, куда вы направляетесь, — продолжал лейтенант. Он так и подпрыгивал от возбуждения. — Хотел было остановить, да смутился, запрос сделал... Снова выбегаю, а вас уже нет. Ну, как там было? Что он? Грозен?

Внезапно я почувствовал страшную усталость. И Моисей Наумович тоже едва держался на ногах. А до дома километров пять.

— Слушайте, лейтенант, — сказал я. — У вас там машина. Отвезите-ка вы нас по домам.

Он растерянно посмотрел на меня, затем на Моисея Наумовича, затем снова на меня.

— Я бы с радостью, Алексей Андреевич, — промямлил он. — Но у меня здесь, видите ли, пост...

— А хоть бы и широкая масленица, — проворчал вдруг Моисей Наумович. — Сколько времени сейчас?

Лейтенант с готовностью заглянул под рукав.

— Половина двенадцатого. А что?

— А то самое, молодой человек, — сказал мой старик. — Если не хотите на мой «скорбный стол», уезжайте отсюда с максимальной скоростью. Он предупредил, что терпеть вас здесь будет только до полуночи.

Лейтенант С. прекрасно знал, что такое «скорбный стол». И он верил в медицину. Он повернулся и бегом бросился в проулок.

— Насчет машины, — сказал Моисей Наумович, глядя ему вслед, — это была прекрасная идея. А то я, признаться, несколько утомился. И зябко мне как-то... Старость — не радость... Ну, а возвращаясь к нашему разговору, позволю себе вам попенять. Вы вели себя неосмотрительно. Это благородно, конечно, — задом амбразуры затыкать... из гордости там или от особенной щепетильности, но, согласитесь...

Я во всем с ним соглашался. Я любил его. У меня слезы выступили на глазах. Я снова обнял его и похлопал от избытка чувств по лопаткам. А тут и дверца легковушки хлопнула, вспыхнули фары, и машина, выкатив на улицу, остановилась перед нами. Распахнулись дверцы, и молодой радостно-испуганный голос воззвал:

— Садитесь, товарищи доктора!

Пока мы усаживались, лейтенант С. сообщил:

— Приказано всем немедленно возвращаться.

Машина тронулась и с места взяла скорость. Мы покатили вниз, к мосту через Овраг. Я заметил, что откуда-то выползли и устремились следом за нами еще три машины...

Тем и закончился для нас этот жуткий вечер. Конечно, никуда мы с Алисой не отпустили Моисея Наумовича, а напоили огненным чаем с огненной водой и уложили в постель, навалив на него все покрывала и шубы, какие нашлись. Утром он встал здоровым, бодрым и склонным к философическим размышлениям.

20

Большой живот да тощий фаллос —
Вот все, что от него осталось.
И знает пасмурное тело:
Конец развенчивает дело.

Вот и все, пожалуй, что мне известно о ташлинском феномене, как пышно поименовал эту эпопейку покойный майор С. Так или иначе, опрометчивое обязательство свое я выполнил. В меру своих сил, памяти и суждений. Что еще?

Считается, что 29 января 87-го года Ким Волошин бесследно исчез. По-моему, никого это не огорчило. Поскольку ни в одном автобусе его не заметили, надо полагать, что он покинул наш город на попутке. Хотя, может быть, я готов и в это поверить, уплыл на облаке или передвинулся каким-нибудь еще более противоестественным образом. Но, скорее всего, думаю, уехал на попутке.

Как и следовало ожидать, город успокоился далеко не сразу. Довольно долго еще обыватели жили с опаской, оглядкой и в готовности претерпеть. Масла в огонь подливали кликуши, паникеры и вообще жаждущие популярности, утверждавшие, будто своими глазами видели злокозненного беса вчера, сегодня, неделю назад, причем в самых странных местах: то верхом на трубе райкома («и галушка в зубах»), то проезжающим на персональном лимузине нашего мэра, то даже в женском туалете театра... Словом, все это были чепуховые слухи, и возникали они в течение двух-трех месяцев, пока не смешались неразличимо в одно месиво из летающих тарелок, экстрасенсов, ходоков с кладбища, вурдалаков из скотомогильника и так далее...

Но была информация вполне достоверная.

На другой день после исчезновения Кима Волошина в номере гостиницы «Урал» был обнаружен труп. Человек средних лет с явно семитскими чертами лица, облаченный в отличного покроя костюм. Лежал на полу в нелепой позе, словно смерть накрыла его, когда он заглядывал под диван. При трупе оказался паспорт на имя Ильи Захаровича Гершзона, командировка в Ташлинскую райзаготконтору и обратный билет на авиарейс Ольденбург—Москва. Покойного доставили к нам в прозекторскую. Моисей Наумович определил время смерти: около двух суток до обнаружения. Причина смерти: острая коронарная недостаточность.

Компетентные люди провели расследование. Выяснилось, что гражданин Гершзон отметил командировку в конторе неделю назад и больше там не появлялся. Что организации, командировавшей гражданина Гершзона, в природе не существует. Что паспорт его хотя и подлинный, но не его паспорт. Еще нашлись свидетели, видевшие гражданина лже-Гершзона дня за четыре до его смерти в Черемушках в компании с пресловутым К. Волошиным. Мы посоветовались с Моисеем Наумовичем и решили с нашей информацией не высовываться. Следствию это бы не помогло, а нервы нам потрепали бы...

Вторая достоверная история касается Люси Волошиной.

Люся со своей глухонемой дочкой осталась жить в памятной нам квартирке. К чести дома, отношение к ней сложилось прекрасное. Возможно, потому, что ее сочли околдованной, обманутой и покинутой. Существовала она очень скромно, но не нуждалась. Ее прямо спросили, и она прямо ответила, что беглый муж оставил ей на прожитье небольшой вклад в сберкассе. Дом умилился: злыдень, видно, не совсем совесть потерял. И вопрос на этом закрылся. И никто не упрекал соломенную вдову за то, что не работает, а сидит дома с убогим ребенком. Ей даже кое-что подкидывали из продуктов; особенно суетилась вокруг нее тетка Дуся. Да и мы с Моисеем Наумовичем, когда наступила весна, заходили иногда с лакомствами для девочки...

Как вдруг однажды летом нагрянули к Люсе ее несостоявшиеся свекор и свекровь, родители Тасиного отца, убиенного в Афгане. Нагрянули и потребовали себе внучку, а заодно и внучкину жилплощадь. Но тут возникла тетка Дуся, и начался другой разговор. Сбежались на крик соседки и с ходу включились. Под их мощным натиском пожилая пара ретировалась, угрожая прокурором. И вот что случилось тем же вечером. Несостоявшегося свекра хватил тяжелый паралич, а несостоявшаяся свекровь по пути в отхожее место упала и сломала ногу. Узнав об этом, мы только переглянулись. Лицо у Моисея Наумовича посерело и осунулось. Мое, наверное, тоже...

Через неделю Моисей Наумович слег. Я понял, что он умирает. И он понял, что умирает. Я переселил его из районного пансионата к себе, взял отпуск. Сидел рядом с ним все последние дни и часы. В девять вечера первого июля он сиплым голосом спел: «Авраам, Авраам, дедушек ты наш...» Помолчал и спел: «Чому ж вы не просите пана Бога за нас...» И еще он спел едва слышно: «Нас бы в землю отводили... в нашу землю нас...» И он закрыл глаза и умер. Что-то вроде улыбки было на его иссохшем лице, и вот тогда я подумал, что он был рад уйти из мира, где бесы невозбранно разгуливают среди людей.

А еще через неделю ко мне в больницу пришла Люся Волошина. С Тасей, конечно. Обе аккуратненькие, чистенькие, серьезные.

— Мы попрощаться пришли, Алексей Андреевич, — сказала Люся. — Уезжаем. Совсем.

Я спросил — куда.

— Родственник у нас объявился. Вызвал нас к себе.

— Что ж, счастливо, Люсенька, — сказал я.

Она вдруг оживилась.

— А вы знаете, Алексей Андреевич, Тасенька-то моя слышит уже! И говорить будто начала... Тася, скажи что-нибудь!

Тася пролепетала непонятное, и я выразил восхищение. И они ушли. Конечно, я понял, какой это родственник у них объявился. И хорошо. Лишь бы подальше от нашего Ташлинска...

А время бежит. Вот уже и лето 89-го катится к концу. Никто не вспоминает про Кима Волошина. Сейчас все больше митинги, да еще водочный вопрос нас портит. И то сказать: довлеет дневи злоба его. Вот хоть бы я. В прошлом августе нашего Главного, дурака и труса, прибрали наконец в облздрав. А Главным назначили меня. Теперь в нашей больнице главного дурака и главного труса играю я. Хлопотливая роль, доложу я вам.

Что делать! У меня моя Алиса. У меня моя дочка. У меня умный серьезный зять, тоже врач. У меня мой любимый внук Санька. Надежды маленький оркестрик под управлением любви... Но бродит, бродит где-то по нашей планете этот жуткий бес, порождение земного ада, психобомба непрерывного действия!

А вы знаете, наша сестра-хозяйка Грипа женила-таки на себе Тимофея Басалыгу по прозвищу Нужник. Она лупит его палкой от метлы и ходит получить его зарплату.

На этом заканчиваются записки главного врача Ташлинской больницы А. А. Корнакова, выполненные по настоянию майора милиции С., ныне покойного. Записки эти, несомненно, несут на себе печать известной загадочности, но еще более загадочными представляются обнаруженные при них приложения, которые произвольно названы здесь тремя эпилогами. Авторство этих эпилогов установить не удалось.

Эпилог первый
(фантастический)

Действие происходит в жаркий летний день в Москве на конспиративной квартире. Наличествуют: полковник Титов (КГБ), полковник Плотник (Моссад), полковник Хайтауэр (ЦРУ).

Хайтауэр, изнемогая от жары, полулежит на диване и обмахивается журналом. Плотник сидит напротив него в кресле, водрузив скрещенные ноги на низкий круглый столик. Титов нервно расхаживает по комнате.

Х. (*расслабленным голосом*): Мое мнение — кто нагадал, тому и расхлебывать.

Т. (*раздраженно*): Опять двадцать пять, за рыбу деньги! Мы же не возражаем! Но тогда, полковник, на кой черт вы в Москве?

Х.: Опять двадцать пять. Нам нужна информация! Надо же нам знать, как действовать, если этот ваш бес все-таки вынырнет на Западе...

Т.: Нет у нас такой информации, полковник! Сколько можно долбить одно и то же?

П.: Пока не забрезжит истина, полковник. Он где сейчас?

Т.: В окрестностях Краснодара.

Х.: Это на Енисее?

Т.: В окрестностях Краснодара, я сказал, а не Красноярска!

Х.: Это я уловил. На Енисее?

Титов безнадежно машет рукой.

П.: Краснодар на Кубани. А на Енисее Красноярск. Вы, я вижу, тот еще знаток России, полковник.

Х.: Ага... Кубань... Минуточку!

Он достает из портфеля атлас и принимается листать. Плотник обращает лицо к Титову.

П.: Слушайте сюда, полковник, неужели здесь не найдется пары ботлов холодного пивка?

Т.: Пары... чего?

П.: Пары склянок, если так вам понятнее.

Титов идет к могучему холодильнику в углу, заглядывает в камеры, злобно оскаливается.

Т.: Все вылакали, подлецы... Водка вот есть ледяная. Будете, полковник?

П.: Временно воздержусь, полковник. Водка...

Х.: Минуточку внимания. Вот. Краснодар действительно стоит на Кубани. И что интересно, здесь имеется обширное водохранилище. Сама собой напрашивается идея. Определить точно местопребывание объекта. Затем десяток ловких ребят... У вас найдется десяток ловких ребят, полковник? Если не найдется, я пришлю своих. Они доберутся до объекта по дну этого озера, спустятся по Ени... э-э... по Кубани и все в два счета обделают.

П.: И к утру теплые воды Кубани вынесут десяток трупов в Черное море.

Т.: Не вынесут. Там плавни. Так и останутся бедняги гнить на плавнях.

Х. *(смущенно, но агрессивно):* Это почему же непременно трупы? Они же приблизятся под водой...

Т.: Засечет, полковник, как пить дать засечет. И тут же ударит. Никто и пикнуть не успеет.

Х. Но разве психоволны через воду проходят? Радиоволны, например...

П.: Радиоволны и психоволны — две большие разницы, полковник.

Х.: Это что — точная информация?

Т. *(мрачно):* Самая точная.

Х.: Ну вот видите, кое-что все-таки известно...

П.: Методом проб и ошибок, полковник.

Т.: Да уж, на пробы ничего не жалели.

Х.: А договориться с ним никто не пробовал?

Т. *(Плотнику):* Расскажите ему, полковник. Если хотите, конечно.

П.: Отчего же, полковник... Со всем нашим решпектом. Это было еще в Ташлинске. Ну-с, я подпустил к нему одного человечка с самыми широкими полномочиями: деньги, комфорт, политическое убежище... стандартный набор для российского патриота. А за все про все — деликатное порученьице. Не в России даже — в одной мусульманской странишке...

Х.: Еще в Ташлинске... «Белый верблюд», да?

П.: Не в этом дело, полковник. Вы же об договориться интересовались... Ну, поначалу все пошло гладенько, поговорили, объект не отказывается... А через день этот мой человечек отдает концы. Острая коронарная недостаточность. И привет от тети Франи. А объект сидел себе дома в шести километрах. Вот так с ним договариваться.

Т. *(мрачно):* Теперь-то мы знаем, что для него и шесть тысяч не предел.

Х.: Шесть тысяч километров... три тысячи семьсот пятьдесят миль!

П.: Вы считаете, как покойный Архимед, мой Портос.

Х.: Что? Да... *(Титову.)* А вы еще уверяете, полковник, что у вас нет никакой информации!

Т.: А вы полагаете, полковник, что такая информация вам поможет?

Х.: Ну, все-таки...

Пауза.

Х.: Одно утешение — в советские руки он тоже не дался.

Пауза.

Х.: А если ударить из космоса?

Т.: Куда ударить? По Краснодару? А если мы в ответ врежем по вашей Филадельфии какой-нибудь?

Х. *(уныло)*: Да нет, полковник, вы меня не так поняли... Но послушайте, ведь у него есть жена, ребенок...

П.: Двое детей, полковник. С прошлого года — двое.

Х.: Тем более! Я уверен, всем нам известно, что существует набор определенных приемов...

Т. *(резко)*: Это не наши методы, полковник!

П.: И шо вы, начальничек, целку с себя строите? Не ваши методы... Вы же с профессионалами говорите!

Х.: Вот именно. Стыдитесь, полковник!

Т.: Уверяю вас... О чем бишь я? Да! Краснодар!

Х.: Вот-вот. Сами-то вы были на этом Енисее?

П. *(разражаясь хохотом)*: На Кубани, полковник! Не на Енисее, не на Рейне, не на Меконге, чтоб я так жил! На Кубани!

Х.: Ладно, на Кубани... Так вы сами-то были на Кубани?

Т.: Не приходилось, полковник.

Х.: Вот и мне не приходилось, полковник. А между тем...

П.: А между тем не пора ли нам... Полковник, вы говорили, что здесь есть ледяная водка.

Т.: И я не соврал, полковник. Уберите-ка со столика ноги, что за манеры...

Он достает из холодильника водку и ставит на столик. Секунду любуется запотевшей бутылкой, затем виновато разводит руками.

Т.: Только придется, видимо, без закуски...

П.: А вот тут, батенька, мы вас и поправим!

Он ставит к себе на колени объемистый дипломат, раскрывает его и выставляет на столик солидную пластмассовую коробку.

Х.: Если уж на то пошло... *(Извлекает из портфеля несколько пакетов в пергаментной бумаге.)* Американцу не к лицу оставаться в долгу.

Т.: Нет слов.

*Он идет к буфету и возвращается с рюмками,
тарелками и вилками, после чего живо
подсаживается к столику.*

Т.: Ну-ка, ну-ка, полковник, что у вас там?

Х. *(разворачивая пакеты)*: Сандвичи, полковник. Прославленные американские сандвичи. Вот с ветчиной, вот с куриным салатом... а вот и с анчоусами...

Т.: М-м-м! Прелесть. Где вы все это достаете, полковник?

Х.: Секрет фирмы, полковник... *(Плотнику.)* А вы чем нас порадуете, полковник?

П. *(снимая крышку с пластмассовой коробки)*: У меня скромно, по-домашнему.

Х. *(подозрительно)*: Что это?

*Титов наклоняется над коробкой, нюхает. На лице
его появляется выражение восторга.*

Т.: Не может быть! Шкварки? Гусиные шкварки?

П.: Точно, полковник. Самые натуральные грибины. И заметьте, свежие. Гусь еще вчера утром гулял на птицеферме. А уж о мастерстве поварихи...

Х. *(нетерпеливо)*: К делу, к делу! Полковник, распорядитесь, будьте любезны.

Титов разливает водку, все поднимают рюмки.

Т.: Ваше здоровье, полковник. Ваше здоровье, полковник.

П.: Лыхаим, полковник! Лыхаим, полковник...

Х.: Гамбэй, полковник. Гамбэй, полковник!..

Т.: Это по-каковски, полковник?

Х.: По-китайски, полковник.

Т.: Тоже красиво. Что ж, сдвинем их разом!

Х.: Содвинем!

*Все чокаются, выпивают и набрасываются
на шкварки.*

Х.: Чудесно. Так вы говорите, полковник, у вас здесь есть знакомая птицеферма и знакомая повариха...

П.: Провокатор, чтоб я так жил...

Т.: В таком случае, по второй.

Разливает водку. Все выпивают и принимаются за сандвичи. Хайтауэр вдруг отваливается на спинку дивана.

Х.: Вот странное дело, меня потянуло в дремоту...

П.: А я так наоборот, разошелся. Как, если по третьей, полковник?

Титов с готовностью разливает.

Х. *(расслабленным голосом):* Мне не надо, пожалуй. Если не возражаете, я слегка прилягу...

Т.: Сделайте одолжение, полковник...

Хайтауэр умащивается на диване, подложив под голову свой портфель, и почти тотчас же издает заливистый храп. Плотник и Титов с недоумением глядят на него.

П.: Что это его так развезло? С двух-то рюмок...

Т.: От жары, наверное...

П.: Может, и от жары... Ничего, проспится. Послушайте, полковник, вы так мне ничего и не скажете?

Пауза.

Т.: Мне нечего сказать. Я ничего не знаю. Знаю лишь одно.

П.: Выкладывайте.

Т. *(мрачно):* На небе один Бог, на земле один его наместник. Одно солнце озаряет Вселенную и сообщает свой свет другим светилам. Все, что непокорно Москве, должно быть... *(Умолкает, словно спохватившись, торопливо опрокидывает свою рюмку и откусывает половину сандвича.)*

П.: Все, что непокорно Москве, должно быть... Понятно. Значит, бес — это ваша работа? Методом проб и ошибок, как говаривала тетя Бася.

Хайтауэр говорит, не открывая глаз.

Х.: О чем вы там шепчетесь?

П.: Я его вербую, а он не поддается, чудак...

Хайтауэр, кряхтя, принимает сидячее положение.

Х.: Нашли где вербовать... Здесь, наверное, в каждой стене по «жучку».

П.: Вы правы, полковник. Моя ошибка. А ну их к бесу, все эти дела. Предлагаю веселиться. Что бы такого... Да вот хоть бы... Сейчас я вам спою и спляшу!

Титов судорожно хохочет.

Х. *(брюзгливо):* Спляшете... В последний раз я видел, как вы плясали, в Эль-Кунтилле. С петлей на шее. И ваши божественные ножки в драных ковровых туфлях дрыгались в футе от земли...

П.: И всегда-то вы все путаете, полковник! На вешалке там плясал не я, а бедняга Мэдкеп Хью, которого вы...

Т.: Да хватит вам препираться, в самом деле!

П.: Правильно. Хватит, хватит, хватит. К черту дела! Смотрите и слушайте сюда!

Полковник Плотник вскакивает, засовывает большие пальцы рук под мышки и запевает, высоко вскидывая ноги:

Авраам, Авраам, дедушек ты наш!
Ицок, Ицок, старушек ты наш!..

Эпилог второй
(простодушный)

Внутренний монолог Кима Волошина. Ранним августовским вечером он сидит на берегу речки Бейсуг и предается бесплодным размышлениям о превратностях своей странной судьбы. Солнце клонится к закату, от речки повапивает, комары массами выходят на прием пищи, но ни один не приближается к бесу.

Хорошо было богам. Зевсу, например. Выпил, закусил, трахнул молнией кого надо, грохнул громом где надо и обратно выпивать и закусывать. Даже промашки им с рук сходили. Кормит это Геба отцовского орла и проливает, руки-крюки, громокипящий кубок, как нерадивая лахудра кастрюлю со щами на коммунальной кухне. Ну и ухмыляется — так-де все и было задумано... Ее бы в мои сапоги! А здорово было бы, кабы опрокинула она этот самый кубок папочке Зевсу на бороду! Он бы доченьке показал небо с овчинку...

Да, боги нынче повывелись. И я при всей своей мощи никакой не бог. Бедный разум мой человеческий, не поспевает он за этой мощью. С другой стороны, можно было бы и гордиться. В моем лице создался невиданный юридический прецедент. Во всем мире (и у богов тоже) принцип какой? Устанавливается преступление, и за него следует наказание. Сто тысяч лет этот принцип действовал, и тут возник я и его перевернул. Я не устанавливаю преступление. Доказательством преступления является моя кара. Казнен — значит, злоумышлял. Лишен разума — значит, преступил. В штаны навалил — значит, намеревался причинить ущерб Киму Волошину...

Но мне от этого радости мало, вообще только душевная смута. Во-первых, злоумышление злоумышлению рознь, а наказания — какие попало. Вон та девчонка Таську по снегу валяла, шалость детская, невинная... И погибла. А эти, что сговаривались меня ракетами ущучить, всего лишь поносом отделались. Правда, больше не сговаривались и, надо полагать, другим сговариваться заказали...

Чу! Ну вот, еще кому-то досталось. И крепко досталось, упокой грешную душу его. Господи... Интересно, за что это я его так? Досадно, что не всегда дано мне это знать. А впрочем, что-то, наверное, вроде инстинкта сохранения разума. Наверное, знай я все, с ума бы сошел от ужаса и злости. Много, много их, и сильны они, и все против меня... Но я хоть и один, но сильнее их всех, я для них дьявол, источник всех зол... Они сами создали дьявола, а теперь норовят загнать его в преисподнюю. Интересно, хоть это-то они соображают? Нет, по-моему. Просто как эти комары: толкутся вокруг, крови жаждут, а приблизиться не смеют...

Ладно, если хотят жить, пусть научатся вертеться. Пусть привыкают к сосуществованию с дьяволом. Хотят мира — будет им мир, а к войне я готов всегда. И не о них моя забота. Васька, Васенька, Василек мой, сыночек. Так-то все вроде хорошо. Люсенька здорова, Таська уже и слышит, и говорит довольно внятно. Васька розовый и резвый, лихо ползает по комнате, смеется-заливается, когда его к потолку подбрасываешь... И лезть к ним я отучил. Два раза лезли, вспомнить противно. А может, и больше двух раз... Да, пока все вроде хорошо. Но боязно мне, боязно, Ким Сергеевич!

Ведь Васька — моя плоть и кровь. Люся рожать боялась. Что если перешло к нему от меня все это? Нет, не боязно мне, а страшно. Бесовское отродие. Мать манной кашей пичкает — злоумышление. Тут же удар — и конец. Сестренка на прогулке в лужу не пускает — злоумышление. Удар — и конец. А удар по матери или по Таське — это моментально мой ответный удар. Мощь моя, как всегда, намного опередит мой бедный разум... Нет, страшно мне, страшно. А может быть, обойдется? Господи, глупо ведь наделять младенца такими силами!

Вот опять. Еще кто-то попался. Летят сегодня, как мошкара на огонь. Знают же, как у меня: напавшего — истреби. И все равно летят...

Точно это вырвалось из безумной души знаменитого японца: неужели никого не найдется, кто бы задушил меня, пока я сплю?

Эпилог третий
(стандартный)

Без даты. Без географии.

Машина вынеслась на взгорок, и полковник Титов резко затормозил и выключил двигатель. Впереди, шагах в полутораста, посередине проселка зияла глубокая яма, окаймленная бугристым ободом из застывшей стекловидной массы. Из ямы еще поднимался сероватый пар и несло химической вонью.

— Термофугас?.. — то ли вопросительно, то ли утвердительно проговорил Хайтауэр.

— И все-то вы знаете, полковник, — огрызнулся Титов.

— Еще бы не знать... Вы же его с нашего слизали.

Не сводя глаз с ямы, Хайтауэр выбрался из машины, извлек из заднего кармана плоскую флягу и отхлебнул. Полковник Плотник тоже вылез и остановился рядом.

— Оставьте глоток, полковник, — попросил он.

Хайтауэр, не глядя, сунул флягу в его протянутую руку.

— Все, как будто, — произнес он, вытирая ладонью губы.

— Да, бес умер, — отозвался Титов.

— И давно пора, — рассеянно сказал Плотник и тоже вытер губы. Протянул флягу Титову. — Будете, полковник?

Титов помотал головой. Плотник вернул флягу Хайтауэру. Тот, по-прежнему не спуская глаз с ямы, снова приложился.

Изувеченные, наголо ободранные деревца по сторонам ямы курились сизыми и белыми дымками, потрескивало невидимое на солнце пламя. Налетел порыв ветра, и одно из деревьев с шумом рухнуло поперек проселка. Все вздрогнули. Плотник вдруг шагнул в сторону, нагнулся и поднял из травы какую-то черную тряпицу. Тряпица тоже слегка дымилась — неширокая полоска черного бархата.

— Да, — произнес Плотник. — Конец, и Богу слава. И вовремя, вовремя, друзья мои. Мы в этом маленьком дельце уже увязли по самое «не балуйся». А теперь все шито-крыто. И никто не узнает, где могилка его.

Титов оторвал взгляд от ямы и посмотрел на небо. Небо было синее, по нему лениво ползли снежного цвета облачка. Хорошее небе. Отменная погода. И прекрасный пейзаж. Только вот яма смердит... и откуда вдруг взялось здесь столько ворон? Гляди-ка, десятки, сотни налетели! И еще летят... и не каркают, сволочи, вот что странно... Э, ерунда. Все в порядке. Конец, и Богу слава, хотя я и атеист, кажется...

И тут что-то мигнуло в огромном пространстве. И их не стало. Всех троих. Только валялась в траве полоска черного бархата. Но вскоре и она исчезла.

Москва. Июль 1990 — апрель 1991

С. ВИТИЦКИЙ

Поиск предназначения,
или
27 теорема этики

Три вопроса повторяются неизменно: что в человеке является собственно человеческим?

Как он приобрел это человеческое? Как можно усилить в нем эту человеческую сущность?

Дж. Брунер.
«Психология познания»

ОТ АВТОРА

У всех, без исключения, героев этой книги несколько прототипов. Черты этих прототипов в каждом из героев перемешаны в достаточно произвольной пропорции. То же можно сказать и о наиболее острых из описанных в книге ситуаций. Поэтому, хотя многое и даже очень многое здесь — незамысловатая калька с реальности, бессмысленно задаваться вопросами типа: «кто есть кто, что есть что, где и когда именно?»

Большинство процитированных в книге «машинных» афоризмов взяты автором из сборника «Компьютерные игры» (Лениздат, 1988). Автор пользуется случаем выразить свою благодарность и восхищение создателям соответствующих программ для ЭВМ.

Милым друзьям моим, с которыми я сегодня — чаще или реже, но — встречаюсь, и тем из них, с которыми, может быть, не встречусь теперь уже больше никогда.

Часть Первая

СЧАСТЛИВЫЙ МАЛЬЧИК

ГЛАВА 1

друг наступает такой момент, когда ты ощущаешь потребность подвести итоги, сказал тогда Станислав. И вовсе не обязательно это случается с тобой на старости лет... (Он испытывал приступ глубокомыслия.) И не обязательно тому должна быть какая-то особая причина! Происходит вот что: некто, живущий внутри и обычно занятый своими делами, вдруг отвлекается от этих дел и задумчиво произносит: «Что же, сударь мой, кажется, нам пора подводить итоги...»

Виконт выслушал этот период благосклонно, хлюпнул трубкой и произнес: «Покупаю. Записывай...» Но Станислав ничего записывать, естественно, не стал — он прислушивался к своему внутреннему ощущению, понимая уже, что это — предзнаменование. Ощущение постепенно пропадало, теряло остроту... определенность... первоначальную свою свирепую многозначительность — ясную непреложность счастливого стиха... Он так и не понял, какие, собственно, итоги понадобилось ему вдруг подводить.

Это происходило в тысяча девятьсот семидесятом году, весной, в день, когда Станиславу стукнуло тридцать семь. Точнее, вечером того дня, а еще точнее — ночью, когда гости все уже разошлись, мама принялась прибирать посуду, а Станислав вместе с другом своим Виктором Кикониным (по кличке Виконт) пошли проветриться, а проветрившись, вознамерились еще немного посидеть — теперь уже у Виконта.

Была бутылка розового «Вин-де-масэ», был крепкий кофе со сливовым вареньем, гитара тихонько звенела, и двое творцов, подлинных поэтов, двое кровных друзей, почти братьев, осторожно и с чувством выводили:

> На штурвале застыла рука,
> Мачты срезал седой туман,
> Тяжело на душе моряка,
> Впереди только ветер и тьма...

(Стихи коллективного автора: Красногоров плюс Киконин, музыка — его же.) Почему-то Станиславу вспомнилось, что он неоднократно тонул. Собственно, он тонул трижды. В первый раз — совсем маленьким, еще до войны, в каком-то пруду Лесного парка. Мама сидела на бережку и разговаривала с тетей Лидой, а маленький Слава плескался сначала на мелководье, а потом решил сходить вглубь. Сперва под ногами было твердо, потом появился тоненький и противный слой ила, потом — что-то вроде кирпичного поребрика, а потом не стало ничего. Плавать Слава не умел. От страха он широко раскрыл глаза, увидел тусклый свет вверху, колышущуюся тьму впереди и забился судорожно, уже зная, что — пропал. И вдруг под ногами снова появилось твердое с тоненьким слоем ила. Он быстро выбрался на берег и сел рядом с мамой на разостланное покрывало. Никто ничего не заметил. И ничего вокруг не изменилось. И он вдруг подумал, что на самом деле он уже утонул, а на покрывале вместо него сидит кто-то другой, но никто этого важного обстоятельства не замечает. И вот именно (и только) в этот момент он испугался по-настоящему.

Второй случай был гораздо интереснее. Это была довольно странная история. Уже во время войны, в эвакуации — они жили в деревушке Кишла Чкаловской области, — Слава с деревенскими ребятишками затеял кататься в лодке. Они залезли в лодку впятером, разобрали весла, и вдруг Толька Брунов заорал ужасным голосом и сделался белый, как молоко. Это уже и само-то по себе было страшно до судороги, а тут еще Слава увидел, ПОЧЕМУ Толька орет: на корме, на каких-то драных тряпках, сидел, оказывается, чудовищный, громадный, зеленый с красными пятнами паук величиною с кулак. Слава и вспомнить потом не мог, как очутился в воде. Все пятеро оказались в воде, а лодка не перевернулась разве что чудом. Слава к этому времени уже научился плавать, он вынырнул и только было нацелился рвануть изо всех сил к недалекому берегу, как обнаружил, что прямо перед лицом его, раскинув зеленые ноги во все стороны, качается на воде все тот же паук и смотрит на него кровавыми россыпями блестящих глазок, которых у него было — миллион. И вот тут Слава отключился. Больше он ничего не запомнил. Ребята рассказали потом, что он плавал неподвижно у самой поверхности, так что затылок торчал наружу, и был в полной отключке. Его по-быстрому вытащили и откачали. Паука больше никто не видел. Потом, много позже, уже снова в Ленинграде, уже взрослый, Слава перерыл множество определителей членистоногих и даже ходил консультироваться в Зоологический музей, и все зря — неизвестен оказался биологической науке этот странный и страшный паук. Не существовало его в природе, во всяком случае — на российских широтах...

А про третье утонутие... утопитие... «катастрофическое погружение в воду с невыходом из оной...», про третье — Станислав сколько-нибудь подробно вспоминать не любил, а тем более — рассказывать. Там тонула целая команда — шесть парней, четыре девушки:

провалились под лед на Ладоге во всем своем обмундировании, с чудовищными рюкзаками своими, с палатками... Одна девушка утонула совсем, а Слава выплыл. Не должен был выплыть, если по-честному, но — выплыл...

Так был начат отсчет. Ни с того ни с сего, по сути дела. Совершенно случайно.

Он рассказал все три случая Виконту, и Виконт (с некоторой горечью) признался, что сам он не тонул ни разу. Если не считать детского случая с подрывом на детонаторе, он вообще никогда не подвергал свою жизнь опасности. Станислав удивился. Ему в голову немедленно пришло еще три или даже четыре случая, когда он был на волоске от гибели. Это была самая простая штука — оказаться на волоске от гибели. Он не поверил Виконту. Он решил, что Виконт, по обыкновению, темнит. Виконт был темнило, темнило вульгарис.

Работал он в «ящике», и совершенно непонятно было, чем он там занимается. «А, ерундой разной...» — отвечал он обычно на расспросы и брезгливо кривил при этом свое длинное бледное личико — врал. Занимался он, надо было думать, вовсе не ерундой. За последние десять лет он успел уже раз сто побывать за границей. Причем все время в каких-то диковинных странах, куда нормальные советские люди никогда и не ездят: Бразилия, Лесото, Гайана... Почему-то — Иран. На кой хрен советскому человеку, окончившему Четвертый медицинский, ездить в Иран?

Добиться у Виконта сколько-нибудь вразумительного ответа было невозможно. Он никогда и ничего не рассказывал о своей работе. Никому. Да и некому было ему об этом рассказывать. У него не было друзей, если не считать Станислава.

Когда у Станислава собиралась обычная компания, Виконт (изредка) вдруг ни с того ни с сего принимался рассказывать о чужих странах. Рассказчик он был редкостный. Все затихали, когда на него это находило, и слушали не дыша, боясь, что он спохватится и закончит говорить так же неожиданно и беспричинно, как и начал.

Начинал он всегда с середины, с некоего непонятного пункта, представлявшегося ему, видимо, ключевым.

— ...Белый пояс вокруг горы... — начинал он, например. — Белые деревья... вернее, белые СКЕЛЕТЫ деревьев в тошнотворном, ядовитом тумане. Будто под ногами не дикая гора, а какое-то забытое богом испаряющееся кладбище... кладбище нелюдей... И в тумане — колючие остролистые растения, которые называются здесь «терновый венец Христа»... И гигантские пауки, раскинувшие паутину между растениями... Земли не видно совсем — сплошь густой уродливый мох да ямы, наполненные черной водой, а на каждом белесом стволе — омерзительные, скользкие, многоцветные грибы...

Узкое лицо его становилось серым, словно от невыносимой внутренней боли, голос садился — воспоминание мучило его как болезнь. Эти рассказы, и даже не сами рассказы, а манера рассказывания, производили на слушателей впечатление ошеломляющее. И на Станислава, разумеется, тоже. Виконт казался ему в эти минуты сверхчеловеком, или человеком из ада, или даже оборотнем — он переставал узнавать его в эти минуты... А потом он вдруг встретил один из Виконтовых рассказов в книжке, изданной Географгизом (кажется, это был Кауэлл, «В сердце леса»). Совпадение было почти дословное. В первый момент он глазам своим не поверил. Потом — разозлился. Потом восхитился. А потом подумал: какого черта он это делает, пижон задрипанный?..

Конечно, он был пижоном. Он был пижоном во всех своих проявлениях — в разговоре, в литературных пристрастиях, в обыденной жизни. Становясь в очередь к пивному ларьку, он мог спросить с неописуемым высокомерием: «Н-ну-с, кто тут не побоится признаться, что он последний?» На дрожащих с похмелья, остервенелых алкашей это производило неизгладимое впечатление...

На низеньком полированном столике у него стояла обширная деревянная чаша, черная, с золотыми драконами. С острова Минданао. Чаша была полна курительными трубками. Их там было штук тридцать — от самодельных, корявых негритянских носогреек до тяжелых, прикладистых, словно пистолет, самшитовых (?) — музейных, антикварных, именных... Он, не глядя, запускал левую свою, беспалую, руку в эту груду, в эту кучу, в эту провонявшую перегаром роскошную свалку, безошибочно извлекал искомое, привычно орудуя, набивал, раскуривал от спички, закутывался медвяным дымом — щурил левый, слепой, глаз... И вдруг произносил с подвыванием:

> Ты сидишь у камина, и отблески красного света
> Мерно пляшут вокруг, повторяя узоры портьер,
> И, рыдая над рифмой, читаешь ты мраку сонеты,
> И задумчиво смотрит на тебя твой седой фокстерьер...
>
> На козетке луи мирно дремлет мартышка из Само,
> И картины Ватто застилает клубящийся мрак,
> Ты сидишь у камина, закутавшись в шаль «димуамо»,
> На коленях твоих шевелится страницами Стак...

«Кто такой Стак?» — осведомлялся Станислав, стараясь преодолеть впечатление. «Какая тебе разница?.. — отвечал Виконт с величественным раздражением. — Ну, например: СТА-нислав К-расногоров — это тебя удовлетворяет?» — «Ладно, хорошо... А почему Само? Нет никакого Само, есть — Сомо». — «Потому что димуАмо — звучит, а димуОмо — нет». И это было совершенно справедливо: димуамо — звучало, а димуомо почему-то — нет...

Когда они познакомились (в пятом классе), это был мелкий, не опасный, но остроумный хулиган. Он ходил тогда в клешах, развалистой походкой бывалого моричмана и носил тельняшку. Он был шкодник. Мастер шкоды. Однажды они вместе дежурили в классе на перемене. Была весна сорок пятого. Класс гудел, топотал и клубился в коридоре, а они сидели на подоконнике классной комнаты на втором этаже и смотрели вниз. Сначала там не было ничего интересного, а потом вдруг на панели под самым окном объявился директор школы. В шляпе. Выдержать это было невозможно, и Виконт (тогда он был еще всего лишь Кикон, или Киконя) сейчас же харкнул на эту шляпу и, разумеется, попал.

Все было как в душном тягучем кошмаре. Как в замедленном кино. Директор остановился... аккуратно снял шляпу... внимательно изучил свисающее с нее... и принялся — неописуемо, мучительно, изнуряюще медленно — поднимать голову...

Их вихрем снесло с подоконника. Они, как две торпеды, вылетели в коридор, и тут Станиславу показалось, что Кикон совсем обезумел от страха: он вдруг подскочил к Папаше — самому страшному, беспощадному и могучему хулигану пятого «А» класса — и залепил ему по рылу!

Папаша обалдел. Он был на две головы длиннее маленького Кикона и с высоты своего роста пучил на него очумелые свои шары, совершенно, видимо, утратив сцепление с реальностью. Тогда Кикон влепил ему по морде вторично... И вот тут — началось!..

«Киконя Папаше по чавке накидал!» — пронеслось, казалось, по всей школе. Мгновенно образовалась толпа жадных зрителей и болельщиков. Папаша наконец осознал, что с ним произошло, и, ревя дурным голосом, обрушился на наглеца, работая сразу всеми четырьмя своими гигантскими конечностями... Так что, когда директор со шляпой и со всем, что с нее свисало, возник, наконец, в коридоре, на него сначала даже не обратили внимания.

«Кто это сделал?» — гремел директор, высоко воздевая шляпу, но его не слышали и не видели. «Прекратить драку!» — гремел директор, но это уже была не драка, это была воспитательная работа, спецпроцедура, и прекратить ее просто так было невозможно... И когда наконец порядок установился и в наступившей подобострастной тишине директор задал свой ГЛАВНЫЙ вопрос: «Кто дежурный?!!», Кикон радостно откликнулся: «Я!» — с кровавым носом, с подбитым глазом, в рубахе, разодранной до пупа, — и сразу же стало ясно, что это —

не он преступный грешник, что ТАМ его не было, его там просто не могло быть, он был ЗДЕСЬ, а кто был ТАМ — он не знает и знать никак не может...

«Где умный человек прячет лист? В лесу». Честертона они прочли двумя-тремя годами позже и не слишком высоко оценили его тогда — после Конан Дойла, Луи Буссенара и Понсон дю Террайля.

Летом сорок пятого Кикон подорвался на детонаторе. Он в очередной раз сгонял с огольцами за город, где на полях недавних боев еще разлагались не похороненные толком люди и погибали без всякого проку тысячи и тысячи единиц разнообразнейшего оружия. Из этой своей последней поездки приволок Киконя мешок добра, главным образом — пучки желтоватых макарон бездымного пороха, да мотки бикфордова шнура, да великое множество разнокалиберных патронов от стрелкового оружия всех видов... Добро он спрятал в подвале родного дома, а в комнату к себе взял только красивую многоцветную металлическую штучку размером с карандаш. В этом карандаше он и принялся ковырять перочинным ножом, стараясь красивую штучку развинтить на части. Штучка — рванула.

К счастью, бабушка оказалась дома, она вызвала знакомого врача из Военно-медицинской, и Кикона увезли в больницу — сюда же, рядом, в Военно-медицинскую академию... Три пальца на левой руке пришлось отнять, мизинец и безымянный уцелели. В левом глазу навсегда остался маленький осколок — он был медный, и его поэтому не сумели извлечь магнитом. Из правой ладони был выдран большой кусок мяса и кожи. Дабы возместить утраченное, врачи прирастили Киконе правую руку к животу, а возникшую перемычку каждый день разминали раскаленными щипцами, чтобы постепенно отсоединить. (Такие операции тогда, видимо, были в моде. В палате с Киконей лежал воин, которому эскулапы таким же вот образом наращивали утерянную в боях красоту: он ходил с левой рукой, соединенной кожно-мясной перемычкой с тем местом, где у него раньше, до ранения в лицо, был нос. По словам Кикони, во всех остальных отношениях воин был абсолютно здоровый и даже здоровенный мужик. Каждые полмесяца он регулярно уходил из клиники в самоход, к бабам, там обязательно ввязывался в пьяную драку, и в драке ему обязательно обрывали эту его перемычку. Утром он, весь в крови, возвращался с покаянием в палату, и врачи начинали все сначала.)

Киконя пролежал в больнице больше полугода, и, когда он снова появился в классе, это был уже совсем другой человек. В нем вдруг обнаружился интеллектуал. Оказалось, что он начитан, хорошо играет в шахматы и довольно свободно читает по-немецки и по-английски. С ним стало интересно разговаривать. О книгах. О кино. О марках. Он способен был с изысканной небрежностью толковать о Мату-Гросу, Великой Сабане и о таинственных *мезас*, послуживших прообразом Затерянного Мира. Он без запинки перечислял имена первобытных чудовищ, таящихся в трясинах Конго и Убанги-Шари: лдау, шипекве, липата, мокеле-мбембе, аилали, ба-ди-гуи, нгакуола-нгоу... Станислав обнаружил все это с некоторым удивлением, и они стали общаться регулярно. Тем более выяснилось, что Кикон с бабушкой и с дедом, медицинским генерал-лейтенантом, профессором Военно-медицинской академии, живет, оказывается, как раз напротив Станиславова дома, так что они могли через улицу обмениваться условными жестами, а также перемигиваться электрическими фонариками по системе Морзе.

ГЛАВА 2

Рукопись свою Станислав начал следующим образом:
«Свою Основную Теорему я мог бы сформулировать прямо сейчас, но это, наверное, было бы неправильно. Наверное, правильно будет, если эта Теорема возникнет из текста по мере его прочтения, как неизбежный вывод, абсолютно логичный и единственно возможный.

То обстоятельство, что я выжил и дотянул до нынешних своих без малого уже сорока лет, есть само по себе почти чудо. (Ибо что есть чудо? Суперпозиция маловероятных событий, и ничего более.)

В тридцать седьмом году отца исключили из партии. Он пришел домой в начале первого ночи, сел за стол, положил мертвые руки по обе стороны от тарелки с борщом и сидел тихо — черный, с мертвыми глазами, мертвый, он даже не дышал — так, по крайней мере, показалось матери, которая все уже поняла и молча плакала, сидя напротив него, по другую сторону стола. Потом, уже, наверное, часа в два, вдруг грянул телефон. Отец бросился. Невнятный незнакомый голос проговорил из трубки: „Зиновий. Немедленно, как есть, отправляйся на вокзал и уезжай в Москву. Немедленно, ты понял меня? Билет возьми с брони обкома..." И заныли короткие гудки.

Через час отец уже был в поезде. В Сталинград он более не возвращался никогда — до самой войны жил в Питере и боролся за свою реабилитацию — без всякого толку, впрочем, и без какой-либо пользы.

Однако, как это ясно мне теперь, в ту ночь он должен был быть арестован. И, скорее всего, расстрелян. Это называлось тогда: десять лет без права переписки. Именно такое в самом начале тридцать седьмого произошло с его братом, Афанасием: десять лет без права переписки. А жена его (вдова?) со всеми детьми была выслана в двадцать четыре часа в Стерлитамак. Старшие дети выжили, но оба младшеньких — умерли в пути от дизентерии. Соне было шесть, а Вове — пять.

Мне в это время было четыре. Я был анемичный, дохлый, золотушный ребенок. Я, разумеется, был бы обречен.

Однако отец уцелел, и я поэтому остался жив. Временно. До следующего события, как сказал бы специалист по теории вероятностей...»

Основная Теорема его могла бы звучать примерно так: «За тридцать с лишним лет своей жизни я так часто оказывался на краю пропасти, на волосок от гибели, совсем рядом с последней чертой, что пытаться объяснить сам факт моего выживания одной лишь только случайностью — значит издеваться над здравым смыслом...»

Однако, если выжил он не случайно, значит, есть некая ЗАКОНОМЕРНОСТЬ, есть в мире нечто, спасающее, оберегающее, сохраняющее его?..

ЧТО? И — для ЧЕГО?

Он честно постарался вспомнить все обстоятельства, которые приводили его на самый край пропасти, и честно попытался понять, что́ именно каждый раз останавливало его на краю. Он искал закономерность и не находил ее. Это превратилось у него в игру, и в эту игру он с удовольствием играл сам с собою несколько дней. Разумеется, ни в какую закономерность он не верил, однако, насчитав двадцать три случая своей без пяти минут гибели, двадцать три ситуации, каждая из которых грозила ему несомненной и зачастую страшной смертью, он, будучи математиком, не мог не почувствовать здесь Руки Судьбы...

«Переходя улицу, поглядите сначала направо, а дойдя до середины, — налево». Долго ли в большом городе проживет человек, который упрямо будет следовать этому простенькому правилу? Иногда он казался себе таким вот человеком, с той лишь разницей, что не ощущал за собою нарушения каких-либо правил, ни простых, ни сложных... Но что мы знаем о правилах, которые нам знать не дано и которые мы, может быть, ежедневно нарушаем?..

Виконт выслушал его рассуждения вполне благосклонно (это произошло, конечно, уже не в ту, историческую, ночь, а неделю спустя), но отреагировал поначалу лишь анекдотом из обихода преподавателей марксистской философии: «Что есть случайность и что есть, товарищи, закономерность? Если человек выходит из дому и на голову ему падает балкон, а он все-таки остается жив — что это? Правильно, случайность. А если он на другой день снова выходит из дому, и на него снова падает балкон, и он снова остается жив? Нет, это не закономерность, товарищи, это — ПРИВЫЧКА. А если в третий раз то же самое? Это уже ДОБРАЯ ТРАДИЦИЯ...»

Потом он подумал немного, шевеля толстыми своими африканскими губами, и вдруг сказал: «А ты знаешь, мой Стак, ведь это — СЮЖЕТ! Тебе не кажется?..»

На другой день Станислав начал писать.

На самом деле они оба с незапамятных времен пописывали. «Брульоны...» — говорил Виконт, боготворивший Тынянова. Начато было несколько совместных романов и рассказов — для каждого заводилась отдельная папка, и в каждой сейчас лежало по три-четыре исчирканные странички. Сочиненные — и даже до конца! — стихи исчислялись уже десятками. Большинство из них было положено на музыку. Самими авторами.

Впрочем, все это было несерьезно. Лучшим из литературного наследия Виконта считалось сочинение под названием «Эксперимент над чужой жизнью». Оно представляло собою подлинную (дневниковую) запись наблюдений, которые изнывающий от скуки девятиклассник Виктор Киконин, уложенный в постель по причине простуды, провел над одним из домашних своих тараканов (каковых в квартире генерал-лейтенанта профессора Киконина-самого-старшего было великое множество):

«12.03 — посадил тараканье отродье в банку, лишенную воздуха. Банка эдак в 50 раз больше таракана. Посмотрим, что получится.

13.34 — жив, сволочь!

14.10 — насыпал ему хлебных крошек — жрет.

14.55 — упустил сволоча!»

Станислав так и не узнал никогда, что случилось с родителями Виконта, где они, живы ли, и если да, то почему Виконт всегда был при дедушке с бабушкой? В те времена, когда никакие вопросы не считаются бестактными, его это не интересовало, а потом он ощутил во всем этом некую неприятную тайну и спрашивать не рискнул.

Сначала умерла бабушка, и Станислав увидел впервые в жизни плачущего Виконта. В первый — и в последний раз.

Дедушка протянул в одиночестве еще месяцев пять-шесть. Он был очень знаменитый — в определенных кругах. Занимался военной микробиологией. Виконт однажды (явно повторяя кого-то из взрослых) назвал его: «генерал-чума». Станиславу показалось это незаслуженно обидным, и лишь много лет спустя он догадался, как это на самом деле следовало, видимо, понимать.

(Виконт говорил, что у деда больше двух тысяч печатных работ, но Станиславу довелось прочитать только одну. Она поразила его воображение, в ней профессор Киконин доказывал замечательно парадоксальное утверждение: чем страшнее и опаснее болезнь, тем быстрее исчезает она с лица земли. Так было с древним сифилисом, так случилось со средневековыми штаммами чумных бактерий. Чем смертоноснее штамм, тем вернее он убивает своего «клиента» и — себя вместе с ним. У смертоносного штамма нет будущего. Выживают только те болезни, которые дают возможность выжить сколько-нибудь значительному числу заболевших. Бактерия, убивающая всех, убивает и себя... Воистину: хочешь жить сам, давай жить другим.)

Родителей Виконта не было ни на первых, ни на вторых похоронах. Виконт (студент четвертого курса Четвертого медицинского института) остался одиноким владельцем пятикомнатной генеральской квартиры. Теперь они могли включать «Голос Америки» на полную мощь в любое время суток. И орать свои песни под гитару. И бить — спьяну — бокалы из дедовских сервизов... И приводить баб. Но баб они не приводили в эту квартиру никогда. И никогда не выходили за пределы персональной Виконтовой комнатушки — три на два метра, кровать, стол, стеллаж с книгами и постоянно разваливающийся от старости стул полужесткий, артикул АЗ-123/47.

Журнальный столик с набором курительных трубок установлен был в ногах кровати. Виконт обычно сидел (или лежал) на этой кровати, а Станислав — за столом, на агоническом стуле. Так они выпивали. Так они сочиняли. Так они дискутировали. За дверью (всегда по привычке закрытой) тихо жила жизнью теней огромная строго-элегантная и даже по-старинному роскошная пустая квартира. Вместилище прошлого. Храм. Усыпальница. Виконт категорически отказывался там что-либо менять. Только дедовскую коллекцию древних монет он перетащил к себе и держал теперь в правой тумбе стола, извлекая иногда для изучения.

Станислав воспринимал все эти непрактичные странности как нечто самоочевидное. Хотя самоочевидного здесь было — чуть. Почему, собственно, Виконта не выселили? Квартира же была ведомственная. Почему, как минимум, не переселили в однокомнатную? В двухкомнатную? Когда, уже в новейшие времена, въедливый Сеня Мирлин задал Станиславу эти вопросы, Станислав ответить ничего толкового не сумел, а Сеня в своей классической манере произнес перед ним яркую речь на тему: только романтические ослы, вроде Станислава, ищут загадки, тайны, сюжеты и чудеса в мирах непознанного и непостижимого; нет ничего более таинственного, загадочного и потрясающего воображение, чем мир советских законов и установлений... Возразить на это Станиславу было нечего, но и разгадывать бюрократические тайны квартиросъемщика Виконта-Кикони он тоже не стал.

Довольно быстро он понял, что на самом деле никакого литературного опыта у него нет. То, чем занимались они раньше, никакого отношения, оказывается, к настоящей литературной работе не имело.

Раньше они ВЫДУМЫВАЛИ, а поэтому были свободны — вернее, воображали себя свободными — и чувствовали себя легко до тех пор, пока не наступала пора ОРГАНИЗОВЫВАТЬ выдуманное. А как только пора эта наступала, они начинали испытывать такое сопротивление материала, что тут же бросали работу: становилось ТРУДНО.

Теперь же выдумывать ничего было не нужно. Все уже было готово. Надо было только ВСПОМИНАТЬ и расставлять воспоминания в нужном порядке. То есть — ОРГАНИЗОВЫВАТЬ. Это оказалось неописуемо и необъяснимо трудно. Несколько раз он бросал работу, казалось, навсегда. Чего ради мучиться? — спрашивал он себя с раздражением. — Кому это все надо?.. Он перебирал исписанные листки, перечитывал готовый текст — все было ходульно, неестественно и тускло. И всего этого было до отвращения мало по сравнению с тем, что еще предстояло написать.

Но было несколько абзацев, которые ему нравилось перечитывать. Он даже выучил их наизусть — невольно, совсем того не желая.

Но, проглядывая снова и снова планы, он испытывал острое ощущение ПОБЕДЫ. Что-то вдруг сжимало горло, и слезы накатывали. Он стыдился себя в эти минуты, но ничего с собою поделать не мог. Да и не хотел. Все-таки он был научник, и плохо, может быть, разбираясь в литературе, он в то же время ясно ощущал НОВИЗНУ — и материала, и самого замысла. Такого еще не бывало. Он был первый на этой дороге. А значит, дóлжно было ему идти до конца.

Вдобавок именно в это время в доме вдруг появилась пишущая машинка, старинная, странная, вертикальной конструкции, с удивительно мягкими, дивно отрегулированными клавишами. И он с изумлением обнаружил, что писать стало ИНТЕРЕСНО: сам процесс писания стал доставлять ему некое противоестественное (он понимал это) удовольствие. Раньше он был способен испытывать такое, только выводя формулы и вычерчивая графики. «Бог знает, из какого сора растут стихи, не ведая стыда...» Святые слова! Но из какого мусора вырастает вдохновение!

Потом он понял, что писать надо сценами, эпизодами, картинками, совершенно не думая о связках и переходах от одного эпизода к другому. Ему сразу стало гораздо легче. Легче, да, но не легко.

Труднее всего было со словами.

Как называется эта перепонка, это место между указательным и большим пальцем, черт его побери совсем? Он не знал, и никто из знакомых этого не знал, так что пришлось, к черту, отказаться от эпизода с игрой в заглотку...

Как называется пространство между двумя дверями — внешней дверью, выходящей на лестничную площадку, и внутренней, ведущей в квартиру?.. Прихожая? Нет. Тамбур?.. В вагонах — тамбур...

Он назвал это темное пространство тамбуром и попытался описать его. В тамбуре было совершенно темно и довольно холодно — не так, разумеется, как на лестничной площадке, где стоял беспощадный мороз улицы и двора, но все же холоднее, чем в прихожей. Слева там были полки, на которых до войны хранились съестные припасы и на которых давно уже не бывало ничего, кроме наколотых дров. И пахло в тамбуре — дровами.

Мальчик стоял в тамбуре одетый. Тулупчик с поднятым воротником, ушанка с опущенными ушами, шерстяной платок поверх ушанки, валенки, рукавицы. Он всегда так одевался, когда выходил стоять в тамбур после двух часов дня.

Мальчик был маленький, всего лишь восьми полных лет, тощий, тщедушный и грязноватый. Уже несколько месяцев он не смеялся и даже не улыбался. Несколько месяцев он не мылся горячей водой, и у него водились вши...

Много дней он не ел досыта, а последние два — зимних — месяца он просто потихоньку умирал от голода, но он не знал этого и даже об этом не догадывался — он совсем не испытывал никакого голода. Есть не хотелось. Очень хотелось ЖЕВАТЬ. Все равно — что. Пищу. Любую. Долго, тщательно, самозабвенно, с наслаждением, ни о чем не думая... Чавкая. Причмокивая. Иногда ему вдруг представлялось, что жевать, в конце концов, можно все: край клеенки... бумажный шарик...

шахматную фигурку... Ах, как сладко, как вкусно пахли лакированные шахматные фигурки! Но жевать их было твердо и неприятно, даже противно... А лизать — горько.

Очень важно было выразить ту мысль, что мальчик этот В ЛЮБОМ СЛУЧАЕ был обречен на скорую и неизбежную смерть. Жить ему оставалось В ЛЮБОМ СЛУЧАЕ не более месяца, самое большее — двух.

До конца января он дотянул только потому, что всю осень они ели кошатину — и потому, что мама имела обыкновение запасаться дровами с весны, а не к зиме, как большинство ленинградцев. Поэтому в доме у них было тепло. Однако кошки были уже съедены в городе все и давно, и всё мало-мальски съедобное, что могло быть обнаружено в городской квартире (старый столярный клей, засохший клейстер с обоев, касторовое масло, сушеная морская капуста — довоенное отцово лекарство от сердца), — все это уже было обнаружено и съедено, и теперь более впереди не было ничего, кроме смерти. Разумеется, мальчик не понимал этого, ему и в голову не приходило даже — думать об этом, но положение дел совсем не зависело от его понимания или не понимания...

Чрезвычайно важно было, однако же, сделать так, чтобы суть ситуации хорошо понимал читатель (сытый, здоровый, чисто вымытый, сидящий с этим текстом в руках недалеко от теплой батареи парового отопления). А для этого надо было очень многое описать, причем сделать это как-то ловко, без нажима, по возможности естественно и непринужденно.

Сначала он попробовал писать так, что будто мальчик воображает себе разные сцены и картинки, имеющие строго информационный характер. Как выглядит лестница, залитая толстым слоем замерзшей воды и нечистот... Почему в квартире остались пригодны для жилья только маленькая комнатушка с окнами во двор-колодец, да кухня с плитой, да прихожая... Какие еще люди остались жить в доме — сколько и в каких квартирах... Все это была информация, не только создающая антураж и общую атмосферу ПРЕДСМЕРТИЯ, но и — важная для дальнейшего, для доказательства Основной Теоремы.

Но все это пришлось вымарать без всякой пощады. Мальчик не мог ничего этого ни представлять себе, ни воображать, ни вспоминать... Он думал только вот что: «Мама... почему ты не приходишь... я тебя жду... скорее приходи... почему ты не приходишь, мама... мама... мама...» Он повторял это про себя сто, триста и тысячу раз — все время одно и то же, с очень маленькими вариациями, а иногда вдруг принимался говорить это же вслух, и говорил все громче, и громче, и громче, повторяя все то же и все так же — до тех пор, пока за шумом своего же голоса не слышался ему вдруг скрежет отворяемой далеко внизу парадной двери, и тогда он обрывал себя и переставал дышать — замирал, прислушиваясь, готовый задохнуться от счастья... Но на лестнице стояла мертвая, каменная, ледяная тишина, и мальчик тихонько переводил дух и снова, но уже на более высоком градусе отчаяния заводил все сначала: «...мама... почему ты не приходишь... мама... пусть ты придешь... скорее... мама...»

ГЛАВА 3

Поражала неравномерность памяти. Воспоминания всплывали отдельными кусками, рыхлыми, бесформенными, расплывчатыми, и они всегда были обособлены друг от друга, между ними стояла глухая пустота непонятных провалов. А многое не всплывало вовсе.

Как они с мамой носили воду с Невы? Он ЗНАЛ, что воду носили с Невы, раз в два дня, мама — в ведре, мальчик — в маленьком бидончике, и все так носили, лестница была залита замерзшей водой, выплеснувшейся из разных ведер в разное время... Но он не мог вспомнить ни одной ясной и конкретной сцены добывания воды из проруби — он словно читал об этом когда-то, но не пережил этого сам...

Как мальчик какал и писал? Канализация не работала, унитаз был забит куском мутного льда. Испражнения выносили, наверное, в каком-то поганом ведре во двор, а у кого силы не хватало — выливали прямо на ступеньки этажом ниже. Он помнил загаженную лестницу, и он прекрасно помнил невообразимо, невероятно, необратимо загаженный двор... И больше ничего по этому поводу...

К счастью, все это было несущественно для Основной Теоремы. Об этом можно было не писать вовсе. Вот если бы мальчик однажды поскользнулся на краю проруби, из которой доставали воду, и свалился бы в Неву... Впрочем, тогда уж не было бы больше ничего, все бы кончилось тогда в пять-десять минут, даже если бы и удалось вытащить его из проруби... (Но ведь он МОГ бы поскользнуться, не так ли? Ведь на краю проруби было не менее же скользко, чем на лестнице? А раз мог, значит, опять же ПОДВЕРГАЛСЯ? Так? И значит, здесь снова начинается наворачивание друг на друга смертельных вероятностей, и значит, эта несостоявшаяся случайность тоже работает на Основную Теорему?.. И значит, это тоже важно и тоже должно быть вспомнено?.. Он заставлял себя рвать такого рода рассуждения на середине, иначе — по логике — он должен был в конце концов упереться в самый банальный из парадоксов: жизнь — смертоносна, ибо чревата смертью по определению.)

Но почему он совсем не запомнил ни своего лица тогдашних времен, ни маминого? Мама была для него тогда — что-то большое, теплое, живое, радостное... неколебимо надежное. Мама была — жизнь. Всё, кроме мамы, было — смерть. У мамы не было лица — как нет и не может быть лица у жизни, у тепла, у счастья... Мама была — ВСЁ.

Своего же лица он не запомнил потому, что это было нечто вовсе не существенное — как рисунок обоев... как цвет занавесок... как запах одеяла... Какая кому разница, чем пахло одеяло?.. Какая кому разница, как выглядело его лицо?.. А может быть, он просто никогда не глядел на себя в зеркало? Да и было ли в доме зеркало?..

Но он запомнил лицо Фроси. Наверное, потому, что оно было яркое. Таких лиц больше не было вокруг: красные щеки, красные губы, черные яркие брови... И громкий сытый голос. Фрося работала в хлебной лавке.

Всего на их лестнице было двадцать три квартиры. Дом был шикарный, постройки начала века, и построен был для инженеров Петербурга. (Так рассказывали.) Лестницы были широкие, пологие, удобные. Лифт. Роскошный парадный вход. Зеленым изразцом выложенная, роскошнейшая печь в нижнем вестибюле. Дворник. Стены на лестнице отделаны под мрамор. Квартиры в доме — по десять-пятнадцать комнат каждая... Высокие потолки с фигурными лепными украшениями, высокие мощные входные двери — под красное дерево...

Конечно, к началу войны роскоши поубавилось: печь внизу уж не топилась, лифт работал два дня в году, парадная не запиралась никогда. Но дворник — был, и на широких лестницах было довольно чисто, и надписей на стенах было еще не слишком много. Конечно, в каждой квартире проживала теперь не одна инженерская семья с прислугой, а семь-десять-двенадцать семей — самых разнообразных и без всякой прислуги...

В январе на лестнице оставалось жить (кроме мальчика с мамой) всего только три человека. Остальные — либо эвакуировались еще осенью, либо умерли (как бабушка мальчика) и находились сейчас в заиндевелых штабелях во дворе соседнего дома, либо исчезли как-то совсем уж бесследно — может быть, тихо лежали в своих постелях за крепко запертыми, мощными, высокими дверями своих насмерть выстуженных квартир.

Оставались в живых: Амалия Михайловна — в квартире напротив; «тетенька со шпицами», на втором этаже; и Фрося, из квартиры этажом выше. Всё.

«Тетенька со шпицами» не играет никакой роли в доказательстве Основной Теоремы, и писать о ней совершенно нечего, кроме того, что до войны у нее было четыре снежно-белых пушистых шпица, и мальчик думал тогда, что это именно о ней сочинен анекдот про дамочку с четырьмя собачками, которых звали Обся, Руся, Крендя и Лями.

Фрося некоторую роль играет определенно. Фрося громким сытым голосом говорила: «Да что вы, что вы, Клавдия Владимировна!.. Да зачем же вы... Да не надо же, ей-богу, что вы в самом деле!..» А мама говорила быстренько, маловнятно, как бы сглатывая слова, и разобрать можно было только какие-то беспорядочные обрывки: «...нет-нет... очень обяжете... умоляю... от чистого сердца...» Мама говорила УНИЖЕННО. Она силой впихивала в толстые пальцы Фроси какие-то колечки, сережки какие-то с цветными камушками... А потом оказывалось, что к ужину будет лишний кусок хлеба. Это происходило дважды — один раз в декабре, а второй — в самом начале января. Больше у мамы, видимо, не нашлось ни сережек, ни колечек, и Фрося более не появлялась в доме. Лишний кусок хлеба — тоже. Но ДВА КУСКА ХЛЕБА — что это? Два лишних дня? Пусть даже — только один. Но — ЛИШНИЙ. Которого могло бы и не быть. Кто сосчитал эти дни и кто мог бы сказать, который из них лишний, а который — последний?..

Амалия Михайловна была обрусевшая немка. В сентябре, в самом начале блокады, ее арестовали и посадили в тюрьму при Большом Доме. А в декабре почему-то выпустили. Ни мама, ни тем более мальчик не понимали тогда, что это было, на самом деле, ЧУДО. Как думала об этом сама Амалия Михайловна, осталось неизвестным.

«Нет, нет и нет, торогая Клаффтия Флатимировна! — говорила она почти торжественно. — И таже не спрашифайте меня! Умирать путу, на смертном отре сфоем никому не скашу ни слофа!..»

(На самом деле, она таки кое-что рассказала маме о Большом Доме и его обитателях. Например, она рассказала, как однажды ее привели на очередной допрос в новый, незнакомый кабинет и велели там сесть на стул у двери. Сопровождающий вышел, и Амалии Михайловне показалось сначала, что она в кабинете одна. Она сидела тихонько, боясь даже голову повернуть, только глазами позволяя себе шарить направо-налево, и вдруг увидела в дальнем углу комнаты человека. Там, в дальнем углу, у окна с решеткой, был большой железный шкаф, а перед шкафом стоял человек, в гражданской одеже, сильно заросший, руки за спиной. Этот человек стоял лицом к шкафу, почти вплотную к нему, и боком к Амалии Михайловне, и вдруг он подался вперед, поцеловал шкаф — прижался к нему губами, — а потом отстранился и снова замер в неподвижности. Амалия Михайловна совсем оцепенела от ужаса. А человек снова вдруг подался вперед, снова поцеловал шкаф и снова замер. Это повторилось несколько раз, Амалия Михайловна чувствовала, что сейчас, еще немного, и она не выдержит и грохнется в обморок, но тут дверь растворилась и вошел ее следователь. Он сразу все увидел и страшно раскричался. «Вы что — ослепли, что ли? — кричал он на конвоира. — Вы куда ее привели?.. Не видите?» Амалии Михайловне велено было встать, ее перевели в другую комнату, и далее в этот день все было уже как обычно...)

Конечно, такого рода обстоятельства и разговоры мальчик мог бы (теоретически) вспоминать, стоя в тамбуре между дверьми, но ничего этого он не вспоминал, он только плакал и умолял маму, чтобы она скорее пришла. Мама не приходила. Она опаздывала уже на час с лишним. И тогда мальчик отодвинул железную щеколду, с трудом поднял железный крюк, снял железную цепочку и повернул головку английского замка. Он сделал то, что запрещалось ему категорически, — отворил дверь и вышел на лестницу. Он больше не мог ждать, он был уверен, что с мамой случилось что-то ужасное, а значит, все запреты и вообще все остальное потеряло теперь всякий смысл.

Он спускался по ступенькам, цепляясь за перила, скользил валенками по мерзким наледям и громко плакал. С каким-то странным чувством как бы постороннего наблюдателя он слушал свой плач и свои жалобные вопли и думал, что это все равно не поможет. Он никого не встретил на лестнице, но оставалась еще надежда, что он увидит маму, когда окажется на улице. Он так ясно представил себе эту плохо протоптанную между сугробами тропинку и маму в конце этой тропинки, далеко, около самого перекрестка, что даже перестал плакать. В вестибюле, где справа и слева от парадной двери намело целые сугробы, где мертво блестел кафельными плитками обледеневший пол, где было пусто и холодно, как на улице, мальчик задержался на несколько секунд, соображая, не пойти ли все-таки через черный ход, под лестницу, — мама иногда возвращалась со службы именно этим путем, через двор, — так было короче, но противнее, потому что двор был страшно загажен.

Однако видение мамы в конце тропинки между сугробов было таким ярким, что мальчик решительно двинулся через вестибюль к парадному входу и с трудом, скользя валенками по намерзшему на кафель снегу, отворил огромную парадную дверь.

Все стекла в этой двери были выбиты еще в сентябре, когда в саду ВМА упала полутонная бомба, и, казалось бы, теперь в вестибюле должна была стоять температура наружного воздуха, но это только казалось: улица встретила мальчика таким ожогом мороза, что слезы сразу заледенели у него на глазах и он инстинктивно прикрыл варежкой рот и нос. Мороз был неистовый, режущий, бешеный, свирепый, рвущий, оскаленный, убивающий...

А в конце тропинки мамы не было. Там вообще никого не было, сколько хватал глаз. И мальчик кинулся туда, вперед, где никого не было и где все равно должна была быть мама. Потому что ей больше негде было быть...

Он дважды оглянулся. Один раз — на всякий случай, а второй раз специально, чтобы (со страхом) поглядеть на солнце.

Солнце уже ползло к закату и было у него за спиной — слепящий расплывчатый кусок ледяного тумана на белесом серо-голубом небе, перечеркнутом белым инверсионным следом немецкого самолета-разведчика. В этом солнце и в этом небе не было никакой жизни, ничего, кроме обещания скорой и неизбежной смерти, точно так же, как и в этих высоких, выше человека, сугробах вдоль тропинки, в этих мертвых, ослепших без стекол домах, бездымных, мертвых печных трубах, и в этой мертвенной тишине, и мертвенном безлюдье вокруг.

(Много лет и даже десятилетий спустя, когда уже и следа не осталось от того тщедушного, полумертвого, слезоточивого мальчика и умерла среди людей сама память об этом мертвом, в белый саван затянутом, опустелом городе, он продолжал помнить и ненавидеть: январь, белую снежную пелену улиц и пустырей, это морозное белесое небо и этот слепящий кусок тумана вместо солнца. Навсегда, до конца, до последней в себе капли жизни...)

Мальчик плелся (ему казалось — бежал со всех ног) вдоль проспекта имени Карла Маркса, миновал пересечение с коротеньким Финляндским проспектом, где в октябре упала большая бомба, почему-то неразорвавшаяся (взрослые говорили, что она оказалась набита песком вместо взрывчатки и в песке находилась записка по-русски: «Чем можем, тем поможем»), слева от него осталось серое модерновое здание, в котором до войны жила его школьная подруга красивая Галя и в котором сейчас, наверное, никто не жил, ему предстояло еще идти и идти, может быть, до самого «райсовета», где у мамы была служба в «райжилотделе», — все эти слова были мальчику знакомы и привычны, но не означали ничего конкретного, кроме большого здания, где в пустых коридорах замечательно пахло вареными соевыми бобами, и большой холодной комнаты, где мама сидела за столом, заваленным папками и бумагами...

Вокруг никого не было: снег, сугробы, деревья, мертвые дома с окнами, забитыми фанерой... слева началась глухая высокая стена, огораживающая территорию какого-то завода — до войны здесь всегда было шумно, многолюдно, катили туда-сюда грузовики, из-за стены доносились железные удары, таинственное шипение, валил пар и дым, а иногда вдруг распахивались огромные ворота и оттуда прямо на улицу, торжественно пыхтя и грохоча, выползал настоящий паровоз — дымный, грязный и огромный, — некоторое время катился, восхитительно гудя, вдоль проспекта, а потом вновь скрывался на территории завода, уже через другие ворота...

Сейчас рельсы были погребены под толстым слоем кристаллического снега, а у ворот лежала на боку женщина — неподвижная, с оцепеневшими, округло разведенными руками, и лицо ее было светло-желтым и словно бы светилось, как лакированная головка белой шахматной фигурки. Рядом с нею, в метре, не больше, лежал кулек из красного стеганого одеяла, обмотанный поверх еще и шерстяным платком. Кулек молчал, но еще слабо шевелился.

Мальчик прошел мимо, скосив только глаза на мгновение, и сразу же перестал об этом думать. Он находился в состоянии такого истерического ужаса и такой безнадежности, что никакие внешние впечатления уже ничего не могли в этом состоянии переменить. Да и не было, честно говоря, ничего такого уж особенного в том, что он сейчас увидел... разве что, пожалуй, то обстоятельство, что кулек *шевелился*...

Стена кончилась, начались красного кирпича заводские строения, а справа открылся переулок, в дальнем конце которого была школа, в которой мальчик успел отучиться в первом классе и которая теперь была превращена в госпиталь. Повернув голову, мальчик увидел там, у самой школы, движение — стояли окутанные паром автомобили и в этом пару появлялись и перемещались какие-то люди. Мамы там не было, да и не могло быть...

Он ковылял все дальше и все медленнее (а ему казалось — все быстрее), миновал поворот к Гренадерскому мосту слева и мертвую, без купола, церковь справа, начались места, которые он до войны не знал и узнал только сейчас, когда начал иногда ходить с мамой к ней на службу... Надо было *всегда* ходить с ней на ее службу, мало ли что там холодно и скучно, лучше совсем замерзнуть, чем потерять маму... лучше любая скука, лучше все на свете, чем остаться одному... Ему захотелось крикнуть изо всех сил, но сил, оказывается, не было.

Он услышал какой-то грохот... разрывы... или выстрелы. Либо начинался вечерний артобстрел... либо это зенитки начали бить по немецкому самолету... Он поглядел в небо. Да, наверное, это зенитки. Рядом с самолетом появлялись из ничего и повисали клубки рыжего, черного и белого дыма. Раньше ему было бы интересно понаблюдать за этим, но не сейчас. Сейчас ничто ему не было интересно...

ГЛАВА 4

Вот тоже любопытный — с точки зрения Основной Теоремы — вопрос: как быть с бомбежками, артобстрелами, зажигалками, осколками и прочей войной?

Около дома, где жил мальчик, в радиусе километра упало (по словам взрослых) четырнадцать бомб. Снарядов никто не считал. Как и зажигалок — хотя бензоколонка рядом с домом (совсем рядом, через улицу) сгорела, между прочим, именно под зажигалками. Во время осенних бомбежек зажигалки сыпались на крышу дома градом — дежурные едва успевали сбрасывать их вниз, и там они впивались в тротуар и умирали в ярком, праздничном костре, рассыпая разноцветные искры, расплавляя себя, асфальт, землю, камень поребрика...

Вначале все очень боялись бомбежек. Едва объявлялась воздушная тревога, как толпы людей с баулами, чемоданами, узлами, одеялами и подушками валили в бомбоубежища и терпеливо, часами, готовы были отсиживаться там, ожидая отбоя. (Страшные, надрывные, античеловеческие какие-то завывания сирен тревоги и такие веселые, торжественные, победительные фанфары отбоя... И торжественный, победный голос диктора: «Отбой воздушной тревоги! Отбой воздушной тревоги!» Словно это была последняя воздушная тревога в его жизни.)

Но уже осенью в бомбоубежища спускаться перестали, далеко, хлопотно да и опасно, как выяснилось: из уст в уста передавались страшные истории о людях, засыпанных разбомбленными домами, — о задохнувшихся, об утонувших в извержениях прорвавшейся канализации... Лучше уж сразу, чем так-то мучиться, — решил народ. Теперь во время тревоги жильцы просто выходили на лестницу и там сидели, стояли, ждали конца в свете синих ламп (которые якобы не видны были летчикам сверху). А ближе к зиме и на лестницы выходить перестали. Мальчик спал на сундуке в прихожей, и просыпался иногда от далеких бомбовых ударов, и тогда слышал характерный ЗВЕНЯЩИЙ гул немецких самолетов, и свист очередной бомбы, и очередной глухой удар, и ощущал, как дом медленно, трудно пошатывается вперед-назад всем своим телом, — и засыпал снова, не дождавшись отбоя.

Видимо, в рамках Основной Теоремы следовало, строго говоря, рассматривать только один случай — Случай с Осколком.

Однажды они с мамой возвращались вместе из райжилотдела и шли по обширному пустырю (по тому самому, по которому мальчик ковылял и сейчас, но тогда они шли в обратном направлении, домой). Время было примерно это же, и шел обычный артобстрел, но это не волновало и не беспокоило их — они были вместе, и они шли домой, и у мамы в сумке было вкусненькое — стеклянная баночка с отварной чечевицей.

Они услышали отдаленный разрыв где-то слева, но не обратили на него никакого внимания и успели сделать после него еще несколько шагов, как вдруг послышался новый незнакомый звук — странный железный нарастающий шелест. Этот шелест мгновенно надвинулся на них и вдруг прекратился сильным ударом, от которого дрогнула мостовая под ногами, и что-то большое, черное, стремительное, возникнув у обочины слева от них, гигантской страшной лягушкой в два тяжелых (земля каждый раз вздрагивала) прыжка пересекло дорогу в полуметре перед ними, нырнуло в сугроб справа и там, коротко и злобно зашипев, исчезло в снегу.

Они остановились. Мама вся словно окаменела, а мальчик, мгновенно сообразив что к чему, кинулся в сугроб и быстро выволок на свет божий осколок. Осколок был мировой — огромный, черный-синий-желтый, переливающийся цветами побежалости, колючий, тяжелый и еще горячий. Это был осколок высокой ценности! Но мама отобрала его у мальчика и с ненавистью забросила снова в сугроб. Маме никогда не нравилась эта, осенью появившаяся у мальчишек (которые были тогда еще все живы и даже не слишком голодны) повальная страсть собирать и коллекционировать разные осколки. Они немножко повздорили с мамой из-за этого осколка...

Но что было бы, если бы они успели сделать еще один шаг — до разрыва, до железного шелеста, до первого удара по земле? Всего один шаг!.. Конечно, осколок не убил бы их сразу, но он переломал бы им ноги, обоим... А это тоже была бы смерть, только медленная.

Когда мальчик ворвался в ту комнату «жилотдела», где обычно находилась мама, мамы там не было — на ее месте, укутанная во множество платков, сидела незнакомая белесая старуха. Мальчик спросил и не услышал своего голоса. Старуха поглядела на него провалившимися глазами, покачала шерстяным кочном своих платков: «Нет, — сказала она. — Давно уж как ушла...»

Мальчик знал это и раньше, мальчик ждал этого с самого начала, но все равно у него случилось что-то вроде выпадения памяти. Он больше не запомнил ничего — до того момента, как оказался на Финляндском проспекте и обнаружил, что решил, оказывается, пройти к дому через дворы. Какая-то надежда, видимо, продолжала в нем жить. Тлела. Побуждала двигать ногами. Что-то еще и зачем-то решать... Может быть, эта надежда и была сама жизнь?

Солнце пока не зашло за дома, но длинные тени легли на белый снег, и от этого, казалось, стало еще холоднее. Он прошел через дворы, и никто не встретился ему там, снег здесь превратился в желтые наледи мочи, черные головешки заледеневшего кала рассыпаны были повсюду, так что невозможно было выбрать, куда ступить. Он и не выбирал. Ему было все равно. Вдруг он вспомнил женщину с желтым лицом и красный кулек рядом с нею — вспомнил, что на обратном пути увидел их снова, с ними все было по-прежнему, только кулек уже больше не шевелился. Это была его судьба... его ближайшее будущее..

Он был уже рядом с дверью черного хода, когда откуда-то справа — из заброшенной прачечной? — наперерез ему, неестественно быстро (в этом городе люди не умеют перемещаться так быстро) надвинулся черный, очень страшный и очень опасный человек — в тулупе с поднятым воротником, шапка — со свободно болтающимися ушами, а в руке — топор, и этот топор он нес, выставив его перед собой, словно хотел сунуть его кому-то в лицо... И совершенно ясно было, что в лицо — мальчику. Кому же еще? Больше вокруг никого и не было.

Мальчик замер и обмер. Человек был уже рядом с ним и над ним — убийца с оскаленными зубами, в круглых очках, страшный, и самое страшное было, что из оскаленного рта у него пар — не шел...

Мальчик упал на спину. Он еще падал, когда с головой убийцы вдруг что-то произошло. Голова у него стала вдруг расти, раздаваться во все стороны, красные трещины появились в морщинистом лице, слетели с носа и куда-то пропали очки, лицо раскололось, брызнуло в стороны красным, желтым, белым — и мальчик перестал видеть...

Очнувшись, он обнаружил над собой старуху, закутанную так, что ни глаз, ни лица вообще у нее не было, а только торчали из темной дыры между шерстяным платком и заиндевелым воротником какие-то рыжие клочья. Старуха эта тыкала в него палкой с резиновым наконечником и бубнила въедливо: «Вставай давай... Живой? Так и вставай тогда... Сам вставай, сам... подымайся...»

Он поднялся кое-как, держась за стену, и, пока он поднимался, рядом образовался еще один закутанный человек — то ли старик, то ли еще одна старуха, но с ведром, и эти двое принялись невнятно и в то же время визгливо обмениваться бессмысленными фразами. У них получалось из разговора так, что вот, пожалуйте вам, вышел человек во двор дров наколоть, а его осколком и срезало — голову совсем оторвало, осколком этим, ничего не осталось...

Страшный человек лежал тут же, на спине, раскинув руки с окостенелыми голыми пальцами, и топор его валялся неподалеку среди желтых разводов заледеневшей мочи и замерзших какашек... а головы у него действительно теперь совсем не было — какой-то белесо-кровавый, мокро поблескивающий блин был у него вместо головы...

Старухи все продолжали скрежетать и бормотать, их сделалось уже трое — третья была с красной повязкой. Мальчик хотел сказать им, что все было не так: не было никакого осколка и, главное, человек этот вышел не дрова колоть (где вы здесь видите дрова?), он вышел меня убить и съесть, он — людоед... Но ничего этого мальчик говорить не стал, он вспомнил про маму и бросился в дверь черного хода, под лестницу, на заледенелый кафель вестибюля, и там, как в прекрасном волшебном сне, увидел маму, бегущую от парадной двери к нему навстречу... И весь этот мертвый, гнусный, безжалостный, загаженный, злобно-равнодушный и остервенело-оскаленный мир — стал сразу же нежен, ласков и бесконечно прекрасен...

Главу о блокадном мальчике он закончил примерно так. Уже поздний вечер. Тьма. Тишина. Потрескивают и свистят угли в плите. Тепло. Вздрагивает слабенький огонек коптилки. Мальчик сидит на своем месте за кухонным столом, смотрит в этот огонек, ни о чем не думает и очень медленно, по одной штучке за раз, ест вареные соевые бобы, положенные в блюдечко перед ним. Подолгу жует. Чмокает. Он прекрасно знает, что жевать надо с закрытым ртом, но нарочно жует с открытым — так гораздо вкуснее. Мама сидит тут же, рядом, справа. Мальчик не видит ее, он смотрит на желтенький язычок коптилки, но он знает, что она здесь, а значит, все — хорошо, и будет хорошо, и нет ни страха, ни мрака, ни смерти в этом мире...

«Он счастлив. Он вообще — счастливый мальчик. Ведь он ничегошеньки не знает — ни плохого, ни хорошего.

Он не знает еще, что через неделю его сразит кровавый понос — последний звоночек в его жизни. Организм его перестанет сопротивляться. Два дня он будет без сознания. Ему будет чудиться, что он — Лиса; Лиса построила домик; Лиса хочет войти в свой домик; Лиса не может войти в свой домик, потому что домик стоит у Лисы на носу... а Лисе так мучительно, так безнадежно, так страстно хочется войти... в домик, в домик... в домик... На третий день придет Амалия Михайловна и принесет пузырек с мутноватой бесцветной жидкостью. В пузырьке будет БАКТЕРИОФАГ — пожиратель бактерий. Мальчику дадут столовую ложку, и на следующий же день кошмары его прекратятся. Вместе с кровавым поносом. Мальчик опять останется жить.

(Откуда у Амалии Михайловны взялся бактериофаг? Никто никогда так и не догадался спросить ее об этом. Может быть, это и неважно, в конце концов. А может быть, наоборот, очень важно... Откуда вообще на пути мальчика взялась эта Амалия Михайловна, которую ОПРЕДЕЛЕННО должны были расстрелять еще осенью, но не расстреляли, выпустили, она пережила Большой Дом, она пережила Декабрь и Январь и вдобавок оказалась обладательницей бактериофага?.. Очень трудно и даже невозможно отделить важное от неважного, когда речь идет о суперпозиции маловероятных событий...)

Он не знает, что и он, и мама его останутся живы и будут жить еще много лет, несмотря ни на что. Он счастливый мальчик. Он не знает, что сейчас вот, именно в это время, далеко на севере города отец его, рядовой ополчения, опухший, страшный, обросший седой нечистой бородой, присыпанный свежим снегом, прислонился плечом к заваленной снегом платформе, груженной заснеженным обгорелым танком, окоченевшие руки его подворницки сунуты в рукава, под мышкой держит он, прижимая к себе, учебную трехлинейку образца 1891 года со спиленным бойком и с примкнутым трехгранным штыком (с такой же точно, но вполне боевой, конечно, хаживал он на Юденича двадцать четыре года назад), глаза его закрыты, водянка мучит его, а больное сердце пропускает каждый третий удар... Это сердце, и этот лютый голод, и равнодушный мороз догрызают его. Жить ему осталось меньше двух дней...

Ничего этого мальчик не знает.

Он не знает, что всего каких-нибудь в пяти-семи километрах от него в теплой, немыслимо чистой, большой, красивой комнате, где ярко светят многочисленные электрические лампы, а натертый пол лаково блестит, невысокий, очень полный человек с черными волосами и черными — квадратиком — усиками опускает завернутый рукав кителя и с пренебрежительной усмешкой слушает, что говорит ему другой, в белом докторском халате, человек, тоже невысокий, но худощавый и совсем седой.

— Я на вас жаловаться буду, Андрей Александрович, — говорит он с неудовольствием, скорее показным и даже театральным. — Честное слово — напишу в ЦК...

— Да ладно — „в ЦК"!.. — отвечает полный небрежно.

— А что же мне прикажете делать, ежели вы решительно не обращаете внимания на мои рекомендации! Сколько раз я уже имел честь вам докладывать, что каждый лишний фунт веса — это лишняя нагрузка на ваше сердце...

— Что же мне теперь — голодовку объявлять?

— Ну зачем же голодовку?! Ведь есть же у нас спортивный зал... Ну хотя бы тридцать минут тенниса, но — ежедневно...

— Делать мне нечего — за мячиком бегать... — ворчит толстый. Он уже не слушает своего собеседника, он листает бумаги на столе, и бледный тугой жир двойного подбородка энергично вздрагивает у него от каждого его движения.

— Нет, Андрей Александрович, воля ваша, а я вынужден буду писать о вашем здоровье в ЦК...

Мальчик ничего этого не знает и знать не может. (Да и не он один.) Он очень медленно доедает отварную сою. Ничего вкуснее этой сои он, кажется, еще не ел. И мама рядом — оранжевый огонек пляшет в ее близком глазу... И он — счастлив. Он — самый Счастливый Мальчик в Европе. А может быть, и в мире. Счастливый Мальчик».

ГЛАВА 5

Закончив историю блокадного мальчика, он вдруг почувствовал себя в тупике. Невидимые стены окружали его, невидимый, как в фантастическом романе, барьер не пускал его дальше. Какое-то истощение вдруг у него наступило, дистрофия какая-то, авитаминоз. И вовсе не потому, что исчерпались острова воспоминаний. Они исправно продолжали всплывать из небытия. Их было — целый архипелаг. Но они более ни к чему не побуждали.

Они существовали отдельно от замысла и готовы были столь же безропотно и покорно уйти в то самое небытие, из которого, незваные и необязательные, только что всплыли.

Некоторые имели даже определенное отношение к Основной Теореме. Например, как после разрыва полутонной бомбы, после плотного оглушающего, болезненного удара в уши, в мозг, в душу, в наступившей неестественной тишине одновременно, страшно и прекрасно, выпали стекла из всех окон фасада, обращенного к парку ВМА, — все двести окон разом, сверкающий ливень стекол, лавина стекол, стеклопад, — одно мгновение, и дом, семиэтажный красавец-домище, стал дырявоглазым инвалидом, обреченным на прозябание и смерть...

...Как ценились осколки бомб и снарядов? Прежде всего — длина. Чем длиннее, тем ценнее. Далее — вес. Тяжелый, округлый, как булыжник, осколок ценился выше длинного, но тощего. Далее — наличие особенностей. Высоко ценились осколки многоцветные, переливающиеся, как кристаллы марганцовки. Осколки с остатками бронзового кольца, с цифрами, буквами, какими-то черточками и значками... Но выше всего ценились целые вещи: уцелевшие стабилизаторы зажигательных бомб, сами зажигалки, почему-то не загоревшиеся... Мальчик нашел одну такую в конце сентября во дворе, она лежала рядом с помойкой — стройная, серебристая, элегантная, прекрасная, неописуемо ценная... Впрочем, это к Основной Теореме отношения не имело совсем уж никакого.

...Как ловили кошек, чтобы съесть. Как их ели. Вначале, еще брезгуя, ели исключительно и только белое мясо, а все остальное выбрасывали. Мясо — жарили. Взрослые говорили, что похоже на кроличье, но мягче, нежнее... А в конце осени — съедали уже все, до последнего клочка плоти, исключая разве что одну несъедобную шкуру да когти. И теперь уже — только варили. Только.

...Как обшаривали каждый уголок квартиры в надежде, что с мирного времени что-нибудь где-нибудь завалялось. (Сухие пыльные кусочки хлеба под диваном. Мальчик когда-то давно закидывал их туда тайком от мамы, чтобы не доедать, — жили бедно, и в семье был закон: доешь все, что начал есть.)

...Как страшно кричал какой-то человек глухой январской ночью во дворе: «Помогите ради Бога... Помогите ради Бога...» Кричал, стонал, сипел — мальчик заснул под эти жалобы. А в большой комнате, где выбитые осенью стекла не были закрыты даже фанерой, лежал в это время на диване зашитый в простыни труп бабушки, которая умерла два дня назад... Ему предстояло лежать там еще двенадцать дней.

Все это можно было бы написать. Но можно было и НЕ писать. А главное: писать об этом больше не хотелось. Что-то кончилось.

И тут вдобавок ему вдруг пришла в голову неожиданно светлая идея по поводу лингвистической программы, с которой он последнее время (вяло, совсем вяло) возился. Основная Теорема и все сопутствующие ей литературные упражнения оказались забыты. Две недели он вкалывал над программой, и в результате она отстучала ему превосходные афоризмы — новые, парадоксальные и удивительно глубокие! Никакой Шопенгауэр, никакие Паскали, Лихтенберги и Ларошфуко до таких не додумались, да и не могли додуматься. Только его новая программа была способна на такие чудеса.

«Усердие — мачеха воображения».
«Точность заменяет глупцам мудрость».
«Чувство — злейший враг опыта».
«Великолепно заменяет воспитание только одно — добродушие».

Он позвонил Виконту — впервые за две недели. Виконт не замедлил явиться. С бутылкой кюрасо. Они выпили кюрасо, и Станислав похвастался новыми афоризмами. Виконт отреагировал ворчливо-восторженно. Он был сегодня особенно похож на Пушкина — маленький, изящный, кучерявый, красивый: серые живые глаза меж черных ресниц. Виконт. Ваше сиятельство. Станислав почувствовал, что соскучился по нему. И тогда по какому-то наитию он извлек из стола последнюю распечатку «Счастливого мальчика» и сунул ее в протянувшуюся (лениво) искалеченную ладонь.

Уже через минуту, наблюдая унылый нос, уныло ползающий по унылому тексту, он пожалел о своем порыве. («Чувство — злейший враг опыта».) Но было уже поздно. И он только налил себе еще кюрасо.

Впрочем, ничего страшного не произошло.

— Недурно, — сказал Виконт, дочитав последнюю страницу. — Но этого никто не напечатает.

— Почему? — спросил Станислав, вдруг задохнувшись. Слова Виконта поразили его. Он и думать себе не мыслил о том, чтобы это напечатать.

— Потому что никто этого не напечатает никогда, — объяснил Виконт вполне безапелляционно и снова полез унылым носом своим в рукопись, явно там что-то выискивая.

Станислав молчал, забыв про сигарету, которую только что собирался закурить. Он пытался представить, как все это должно выглядеть с точки зрения какого-нибудь редактора. Ничего определенного представить ему не удавалось, но сама мысль... одна лишь слабая возможность... даже намек только на некую вероятность... Он вдруг вспомнил, как недавно совсем сказал Лариске: хоть один какой-нибудь рассказик, пусть маленький, пусть даже пустяковый, но — напечатать. И больше ничего мне не надо... Он сам удивился тогда силе своего желания.

— Однако же, по сути, ты ничего мне не доказал, — объявил между тем Виконт. — Ты обещал мне доказать теорему о своей богоизбранности. А привел от силы полдюжины случаев счастливого избавления. Этого мало, душа моя. Полдюжины случаев каждый насчитает.

Они немного поспорили.

Станислав напирал на то, что и полдюжины — немало, слабо́ тому же Виконту вот так, с ходу, насчитать полдюжины, а во-вторых, у него в запасе еще три раза по полдюжины, и беда не в полудюжинах, а в том, что вот писать как-то поднадоело...

Виконт отвечал, что на богоизбранность, в отличие от некоторых, отнюдь не претендует, однако же и у него в активе кое-что найдется: скажем, случай с детонатором или те же псевдоинфарктные приступы, которых зафиксировано уже три и которых, как известно, ждать можно в любую минуту... Сколько, собственно, ВСЕГО случаев может Станислав предложить на рассмотрение? Ах, двадцать три? А уверен Станислав, что все эти случаи могут рассматриваться без всяких натяжек? Уверен... Отлично. Персильфанс. А пробовал ли Станислав (будучи математиком) подсчитать, насколько, собственно, это маловероятно — уцелеть в двадцати трех случаях из бесчисленного, по сути, множества прочих других?.. Вот он, например, Виконт, переходил улицу гораздо больше раз, чем двадцать три, и, наверное, больше раз летал на самолетах, ездил в поездах, катывался на лошадях, и — ничего!..

Они довольно долго обсуждали эту проблему. Разумеется, никакого однозначного ответа на вопрос Виконта не было. Невозможно было применить к рассматриваемому явлению понятие вероятности в строгом математическом смысле этого термина. Однако ясно же, что если пятак двадцать три раза подряд падает решкой... или кто-то двадцать три раза подряд, без единого промаха, выигрывает в лотерею (пусть даже всего по рублю за раз)... или хотя бы двадцать три раза подряд делает шестерную на бубях — каждому же ясно, что тут не все ладно и требуется самое тщ-щательное расследование.

— Тебе придется найти место в своем романе для такого именно тщ-щательного расследования, — сказал Виконт. — Иначе никто ничего не поймет.

— А я и сам ничего не понимаю, — признался Станислав.

— Должон понять! — объявил Виконт, перефразируя известный анекдот. И они выпили еще кюрасо.

Станислав, однако же, не последовал этому совету. Ему показалось скучным заниматься стохастическим анализом того, что и без всякого анализа (а может быть, именно благодаря отсутствию такового) выглядело и странно, и загадочно, и многозначительно. В конце концов, он же писал не научный трактат какой-нибудь, а роман о человеке, который вдруг обнаруживает влияние на свою жизнь некоей загадочной Руки и постепенно приходит к мысли о некоем Скрытом Предназначении своем... В самом конце романа он догадывается, в чем именно состоит это Предназначение, и становится... Кем? И в чем состоит Предназначение?..

— Как ты считаешь, имею я право привирать? — спрашивал он Виконта озабоченно.

— Зачем?

— Во-первых, для интересу. А во-вторых, если я придумаю Предназначение, мне все равно придется все мои истории под него подгонять, а значит — выдумывать то, чего не было.

— А пока ты еще его не придумал? Предназначения своего?

— Пока — нет.

— Тогда пока и не привирай, — решил мудрый Виконт. — Чего ради? Двадцать три ситуации. На кой тебе ляд придумывать двадцать четвертую без самой настоятельной необходимости?

ГЛАВА 6

В пятьдесят шестом Виконт затащил его в археологическую экспедицию. У Виконта образовался откуда-то приятель-археолог, который каждое лето ездил в район Пенджикента копать древние кушанские (кажется) захоронения. Виконт, как вдруг выяснилось, увязывался за ним уже в третий раз. Он очень сбивчиво (и без всякого сомнения — лживо) объяснял, почему это позарез ему необходимо: якобы это связано с его новым увлечением древней историей, Сасанидами, Персией вообще и вопросами древнеперсидской ветеринарии в частности... «Уши же вянут тебя слушать!» — сказал ему тогда Станислав, потрясенный невероятным напором этого плохо продуманного вранья. «А ты не слушай! — горячо посоветовал Виконт. — Ты мне скажи: вьется над морями Черный Роджер или уже нет?» — «Ну, вьется. Но я-то тебе зачем?» — «Да какая тебе разница! Поехали, и все». И они поехали, причем Станислав удрал от своего научного руководителя, даже не позвонив ему и не соврав хоть что-нибудь — обыкновенной вежливости и приличия для.

(...Арабская, изощренно прекрасная каллиграфическая вязь, как бы вытекающая из ловкого пера — с росчерками, завитушками, многозначительно разбросанными точками... Изощренно прекрасные новые слова: «девани», «магреб», «насталик», «фарси», «ирани». Гортанная, с придыханиями речь, словно от мучительно подавляемого восторга... Откуда это взялось вдруг в Виконтовой жизни? Почему, зачем? Потому лишь, что дедушка-генерал оставил ему в наследство коллекцию древних монет? Или чтобы насладиться в подлиннике всеми этими Фирдоуси, Низами, Саади?.. Немыслимо прекрасные стихи:

> Вдали от милой жжет тоска,
> Вблизи — терзает страх измен,
> С тобой и без тебя — Печаль!
> И сердцу и уму — Печаль!
> Как тесно сердцу моему среди несокрушимых стен!
> Его повергла в эту тьму,
> Воздвигла для него тюрьму —
> Печаль!..

«Печаль!» — говорили они теперь по всякому поводу и без повода тоже. «Джя таршед ва баче нист», — говорили они теперь вместо того, чтобы сказать по-русски «только что, недавно»... Просто так, для красоты слога, они это тоже говорили, особенно при девушках. «Место еще мокро, но бача уже ушел»...

Поветрие. Блажь внезапная. Помрачение ума... Причем помрачение — благородное! Хорошо, но зачем же теперь переться через весь Союз неведомо куда — за семь верст киселя хлебать? Что это еще за древнеиранская ветеринария?..)

Копали они *тепе* (холм на месте древнего захоронения) под названием Кала-и-Муг, что в переводе означало «Крепость магов». Тепе это, по слухам, было нечистое, заколдованное, с легендами. Вокруг (по слухам опять же) имели место залегания урановой смолки, и по всем окрестным дорогам шныряли туда-сюда геологические группы, разыскивавшие то, что на их жаргоне называлось «асбест-два». (Мрачные бородатые молодые мужики в грязных войлочных шляпах, неразговорчивые, неприветливые, настороженные, с поцарапанными кобурами на поясе.)

Лагерь был разбит на берегу речки Мугиан под старым могучим тутовником. Вся местность вокруг тоже называлась Мугиан, то есть — «Магия», «Колдовство», «Страна Чудес». Разместились в палатках: две палатки научников, три большие палатки рабочих-таджиков и еще отдельная палатка, в которой расположился со своей женой Рахматулло.

Научников было двое: начальник экспедиции, приятель Виконта, археолог, он же пан-шеф-отец, — чернобородый, картавый, слегка на вид мешком трахнутый, — и археологиня — тихая старательная девушка, такая безмолвная, бесцветная и невидная, что Станислав никак не мог запомнить ее имени. (Печаль! У него вообще была затруднёнка с именами — он был невнимателен к новым знакомым.)

Виконт и Станислав числились препараторами. Они были на подхвате. А рабочих насчитывалось человек шесть или семь. Или восемь. Станислав их так и не научился различать. У них были сложные (гортанные, с придыханиями) и очень разные имена, но сами они были чрезвычайно похожи друг на друга, словно близкие родственники: на каждом — серый халат, подпоясанный грязноватым вафельным полотенцем, все — небриты, все низкорослые, все неопределенного возраста, все как один курят самокрутки с анашой и предпочитают не смотреть собеседнику в глаза. Впрочем, при этом одни из них носили на голове тюбетейки, другие — войлочные шляпы, а кое-кто — опять же вафельное полотенце, но ловко скрученное в чалму.

Рахматулло среди них выделялся. Во-первых, он был молодой, лет двадцати пяти, никак не больше. Во-вторых, он лучше всех прочих вместе взятых говорил по-русски. Ему чрезвычайно нравилось говорить по-русски, и он ко всем приставал со своими разговорами. (Более всего приставал он к Виконту, которого особенно почему-то отличал. «Ис-лушай, почему у тебя пальцев на рука нет, а? Как так ис-лучилось, расскажи, Виктор, пожалуйста?.. Пасматри: трех пальцев на рука — са-авсем нет, беда какая, откуда такая беда, ис-лушай, а?» Виконт сначала отшучивался, а потом рассвирепел: «Послушай, Рахматулло, ты знаешь, что такое БЕСТАКТНОСТЬ?!!» — «Ка-анечно, из-наю! — страшно обрадовался Рахматулло. — Это — болезнь такой: пальцы сильно болеют, ги-ниют, ги-ниют, а потом са-авсем отваливаются!..»)

В-третьих, у него была жена. Русская. Молодая. Ничего особенного, но тем не менее. Она сыграла значительную роль во всей этой истории.

Сначала все было хорошо. Рано утром вставали и, зевая, совершали церемонию подъема флага (белое полотнище с черным изображением древней согдийской монеты). При этом исполнялся гимн. Флаг сшила и вышила безымянная археологиня. Гимн сочинил Виконт, взяв за основу песню о доблестном канонире Ябурке, так что каждое утро над холмистыми просторами Мугиана разносилось:

Он флаг свой поднимал, ой ладо, гей, люли!
И песню распевал, ой ладо, гей, люли!
Снаряд вдруг принесло, ой ладо, гей, люли!
Башку оторвало, ой ладо, гей, люли!
А он все поднимал, ой ладо, гей, люли!
И песню распевал, ой ладо, гейлюли!

(Вечером процедура спуска флага сопровождалась тем же гимном, слегка, естественно, модифицированным: «Он флаг себе спускал...»)

Жена Рахматулло готовила завтрак. Все ели и шли на раскоп. Работали тишками (это что-то вроде кайла, но поменьше размером) и лопатами. Археологи — главным образом, счищали специальными щеточками с находок окаменевшую вековую глину. Находки были по преимуществу — глиняные черепки разных размеров, форм и видов — обломки разнообразных древних горшков и кувшинов, среди которых попадались и гигантские, они назывались — *хумы*. Черепки аккуратно складывались в ведра и корзины, их предстояло еще самым тщательным образом отмывать, а потом — сортировать и классифицировать... По мере того как солнце поднималось, жара становилась непереносимой, горячий ветер гнал желтые тучи лёсса, рабочие все чаще присаживались покурить свою анашу и каждый раз курили ее все дольше. И наконец пан-шеф-отец объявлял обед...

(Жена Рахматулло готовила и обед тоже. Готовила, прямо скажем, плохо. «Во-первых, мало, — сказал по этому поводу Виконт. — А во-вторых, — помои...»)

Весь этот образ жизни был уже на третий день подробно и с любовью воспет коллективным автором (Киконин — Красногоров) в бессмертной песне-поэме, исполняемой на популярный в те годы мотив:

Я не поэт и не аскет,
Как ни грустно сей факт констатировать —
Набил кишку, схватил тишку
И пошел черепки выковыривать...
Струится пот, болит живот,
От урюка не ср...ся, а мочится,

> Клубится лёсс, облазит нос,
> И ругаться по матушке хочется...
> Окончен день, тупой как пень
> До палатки своей добираешься,
> Под сенью струй промывши ХУМ,
> Черным чаем до плеч наливаешься...

Песня была длинная, куплетов там было штук двадцать — поэты щедро расплескивали свой талант, — и петь ее по вечерам, под гитару, в странных прозрачных сумерках Мугиана было одно удовольствие. Впрочем, довольно скоро начались неприятности. Сначала маленькие. Станислав объелся абрикосами (дорвался до дешевых фруктов) и заполучил желудочный удар невероятной силы. Ни бесалол, ни раствор марганцовки, ни травяной настой жены Рахматулло не возымели ожидаемого действия. (Печаль!..)

Пан-шеф-отец объявил Станиславу бюллетень. Станислав был отстранен от работ на раскопе. Теперь он вставал вместе со всеми, но оставался в лагере: в лагере была тень от гигантского тутового дерева, от лагеря было рукой подать до спасительного густого кустарника, наконец, в лагере можно было в любой момент прилечь (ибо сон — лучшее лекарство). И Станислав принялся бюллетенить. Это была горестная жизнь деда Щукаря, усугубляемая страданиями уязвленной гордости и ощущением полной своей никому ненужности. Бо́льшую часть рабочего времени Станислав проводил в кустиках, а когда болезнь отпускала, торчал внаклонку в кристальных ледяных струях Мугиана — отмывал там бесконечные кувшинные обломки. По вечерам теперь он не мог уже позволить себе наливаться черным чаем, он вообще сидел на диете и питался сухариками, так что голод, жажда, тухлая отрыжка и понос мучили его одновременно. Чтобы не будить по ночам Виконта и пана-шефа, раскладушку свою он из палатки вынес и ночевал теперь на отшибе — подальше от людей и поближе к кустикам.

На третий или четвертый день Поноса, уже после отбоя, когда все улеглись, пан-шеф отозвал Станислава в сторонку и сообщил ему интересные новости: надо что-то придумать, и срочно, потому что Рахматулло изнывает от ревности и произносит угрозы — что ни день, то все страшнее. Станислав, естественно, не понял, о чем речь, и шеф терпеливо растолковал ему, что рабочие взяли манеру хихикать по поводу Рахматулло: ты вот здесь весь день землю копаешь, дурак молодой, а там внизу Стас с женой твоей развлекается — с утра и до самого обеда. Рахматулло и на самом деле молодой и дурак, шуток он не понимает и который уже день ходит раскаленный от злобы, надо что-то придумать, а то сами знаете, Стас, как это здесь бывает...

Он на всю жизнь запомнил мучительное, как при астме, ощущение нехватки слов, мыслей, жестов, аргументов, междометий даже — ощущение, которое охватило его в тот момент. Было ясно, что на слова шефа надо реагировать, причем реагировать быстро, выразительно и точно, чтобы ни малейшей двусмысленности... никаких инотолкований, сомнений, неясностей!.. Он оказался в шоке. Он молчал, стоял столбом и, кажется, идиотски ухмылялся.

То есть нельзя сказать, конечно, что эту женщину он совсем уж не замечал. Она была молодая, привлекательная, приятная для глаза, и невозможно было не заметить, что лифчика она не носит и что грудь у нее под ситцевой кофточкой достойна всяческого внимания... Но во-первых, он был совсем сопляком еще, в том смысле, что исполнен был всевозможных романтических заблуждений по поводу женщин, брака, долга и всего прочего. Во-вторых, его любовные отношения с Лариской в это время были в самом первом своем разгаре — он, черт побери, ей письма писал через день, причем в стихах! Других женщин для него сейчас не существовало: «не более одной единовременно» — этот принцип он отстаивал тогда во всех теоретических дискуссиях на эту тему и придерживался его свято вот уже много лет... И наконец, понос, господа! ПОНОС! Да как вы себе это представляете, идиоты! — хотелось завопить ему на весь Мугиан. Одной рукой — изнеможденно придерживаю штаны, в другой — сжимаю готовый к немедленному употреблению «Советский Таджикистан», а сам при этом иду на любовный приступ?... Да я имени ее толком не запомнил, если хотите знать!..

Разговор с шефом, естественно, кончился ничем. Да и чем, мать-перемать, он мог кончиться? Шеф виновато сообщил, что послезавтра утром прибывает машина с продуктами, — может быть, Станислав согласился бы уехать с нею в Пенджикент? На несколько дней? Временно? От греха?.. Станислав с возмущением отказался. С какой это стати?..

На другое утро он украдкой, но со всею внимательностью пронаблюдал Рахматулло. Он нашел его обыкновенным: Рахматулло был весел, болтлив и одинаково ко всем доброжелателен. Жена его (ч-черт, как же ее зовут все-таки? Люся?.. Или Люда?.. Дуся, кажется...), жена Рахматулло показалась ему более грустной и озабоченной, чем обычно, и, присмотревшись, он с неприятным холодком в сердце обнаружил у нее на лице и на голой руке старательно запудренные, но явные синяки... Они снова остались в лагере вдвоем, и весь день он старательно держался от нее подальше, чувствуя себя при этом полнейшим ослом. Самое смешное — понос вроде бы отпустил его, он почти не бегал в кустики, мысли его освободились, и воображение работало... Впрочем, ничего нового в тот день не произошло.

Вечером он на радостях позволил себе плотно поужинать, и результат сказался незамедлительно. Он проснулся часа в два ночи и еле успел добежать до кустов. Все, кажется, начиналось сызнова.

Чувствуя себя изнеможденным и поганым, он возвращался, нога за ногу, к своему покинутому ложу, ничего не видя в кромешной безлунной и беззвездной темноте, когда, добравшись уже до тутового дерева, он услышал вдруг негромкие, но вполне отчетливые звуки, настолько странные, настолько ни с чем не сообразные и ничему привычному не соответствующие, что он замер в неподвижности, напряженно прислушиваясь и не решаясь двигаться дальше. Там, впереди, где должна была стоять (и стояла, надо думать!) вожделенная его раскладушка, раздавалось какое-то быстрое чирканье, звяканье, шелест... и словно бы кашель... и какое-то подскуливание — не собачье, но и не человеческое тоже... Воображение его заметалось. Он старался, но не мог представить себе ничего такого, что могло бы оказаться источником этих звуков, он прижался к теплому мощному корявому стволу и стоял неподвижно, изо всех сил вглядываясь в медленно колышущуюся тьму, осознавши вдруг, что более отсюда не сделает ни шагу, по крайней мере, до тех пор, пока не поймет, что там, около его раскладушки, происходит.

Это продолжалось, пожалуй, не так уж и долго. Несколько минут. А может быть, и несколько секунд. Звяканье, явно металлическое. Непонятное отрывистое шипение. Тоненькое, словно бы сдавленное, нытье... И вдруг все прекратилось. Наступила тишина, такая же глухая, колышущаяся и непроницаемая, как тьма. Будто ничего никогда и не было. Будто ему все это почудилось. Но он-то знал, что не почудилось, он обнаружил вдруг, что стоит весь мокрый и мышцы у него окоченели и он боится дышать.

Идти вперед он так себя и не сумел заставить, а больше ему идти было некуда, и он остался стоять рядом с деревом, мучительно вглядываясь и вслушиваясь в ночь, потом прижался спиною к стволу, опустился сперва на корточки, а затем и сел, упершись руками в сухую землю. Он по-прежнему ничего не видел, кроме каких-то смутных теней и пятен, и ничего не слышал, кроме равномерного бормотания реки. Ничего более не происходило, и он сидел так до самого рассвета.

Что, собственно, так напугало его? Он и сам не понимал этого. Он не боялся собак. Он не боялся шакалов, волков, змей, он не был трусом, но именно сегодня, сейчас и здесь он испытывал унизительный, всесокрушающий, бессмысленный и беспорядочный страх. Видимо, он, сам того не сознавая, ЗНАЛ больше, чем понимал или чем способен был вообразить...

Он дождался утренних сумерек. Стало холодно, выпала роса, обычные ночные тучи стали рассеиваться. До солнца было еще далеко, но лагерь уже сделался виден весь. Предрассветная пустота и неподвижность царили в нем. Ветерок поднялся и лениво перебрасывал страницы книжки, которую кто-то с вечера забыл на обеденном столе, и это было единственное движение в серой прозрачной неподвижности утра.

Он увидел свою раскладушку. Рядом с нею ничего и никого не было. Спальник свешивался до земли, и некоторое время он старательно вспоминал, сдвинул или не сдвигал он спальника, когда ночью торопился по своему нужному делу. Так ничего и не вспомнив, он поднялся на ноги и подошел к раскладушке. Он все время озирался, ему было стыдно за свой давешний страх, и он очень надеялся, что все в лагере спят беспробудно, — до подъема оставалось еще часа два.

Около раскладушки он остановился. Его снова прошибло по́том, и снова мышцы у него самопроизвольно напряглись и оцепенели, словно он готовился поднять неподъемную тяжесть. Он вдруг понял, что это были за ночные звуки. Он вообще сразу все понял: и свой неконтролируемый беспорядочный страх, и неспособность свою вообразить, что там происходит в темноте, — такое просто невозможно было вообразить: все изголовье раскладушки было разрезано, распорото, разодрано... и тощая, сплющенная от старости казенная подушка была проткнута, издырявлена, разворочена... и несколько яростных шрамов осталось в верхней части спального мешка.

Это был взрыв. Ненависти. Бешенства. Слепой злобы. Отчаяния... Безнадежности. Жалости к себе...

Это был смертоносный танец ослепшего, остервенелого ножа... На местном наречии нож назывался — *печак,* или *пчок*, и он сразу же вспомнил один такой знакомый печак — острее всякой бритвы, с арабесками на лезвии, с резной костяной ручкой — Рахматулло демонстрировал всем желающим, как здесь режут барана: коленом упираются в лопатки, пальцы запускают глубоко в ноздри, загибают голову с безумными глазами вверх и назад, и — по напряженному горлу — печаком, всего одно точное движение... (никто этой картинки до конца не досмотрел, все бросились кто куда и плов потом ели без всякого удовольствия)...

Замечательно, что, поняв наконец все, он испытал не новый приступ страха, как следовало бы ожидать, а — непереносимо мучительный, до лицевой судороги, стыд! Необходимо было сейчас же, немедленно, не теряя секунды даже, убрать, скрыть, спрятать, может быть, даже уничтожить все это... этого никто не должен был видеть... срам, срамотища, кошмар!.. Он в панике сгреб постель, кое-как сложил раскладушку (не только брезент изголовья — там и пружины были искромсаны и болтались) и поволок все это, кучей, подальше, с глаз долой, в большую палатку «комсостава»... Пан-шеф там спал, закутавшись до бороды, и безмятежно дрыхнул Виконт, откинув в сторону изуродованную руку (сморщенный кулачок с нелепо торчащими из него двумя пальцами)... Он торопливо, но бесшумно засунул изуродованную раскладушку под раскладушку Виконта, а сам расстелил спальник на старом своем месте, забрался внутрь, засунул в изголовье распоротую подушку, лег и затаился, как нашкодивший пес. Стыд и страх срама медленно отпустили его, и он заснул.

А утром все вдруг разрядилось.

Станислав проспал подъем — спал как мертвый, совсем отключился, не слышал ничего, — а когда проснулся, было уже двенадцать, жара набрала силу, он был в лагере один, что его несколько удивило, но и обрадовало тоже, тем более что живот его успокоился совсем. Он тут же извлек на свет изуродованную раскладушку и закопал ее поглубже — в груду лишнего оборудования, под все эти мешки, тазы, ржавые лопаты и какие-то узлы. Ах, как хотелось ему и все ночные воспоминания вот так же закопать — поглубже и — навсегда... Впрочем, при свете солнца воспоминания эти уже не казались такими отчаянно трагичными и стыдными. С ними, оказывается, можно было жить и даже радоваться жизни...

Но тут спустился с вершины тепе Виконт — готовить обед — и рассказал ему об утренних событиях. Оказывается, сразу после завтрака с Рахматулло вдруг сделался эпилептический припадок — он издал протяжный нечеловеческий звук, то ли вой, то ли рев, мягко повалился навзничь, и его начало корежить и выгибать. Зрелище было, сказал Виконт, страшноватое, но жена его (видимо, уже привычная) не растерялась, проделала все, что надо, а тут как раз и грузовик экспедиционный прикатил. Рахматулло вместе с женой и всем ихним барахлом погрузили на этот грузовик и отправили в город, рабочий день начался с опозданием, и на раскоп все пошли, исполненые дурных предчувствий...

И не зря!

Рабочие напоролись на *гунду*, так что теперь уже — всему конец. (Гунда — это особая легенда. Если верить рассказам и описаниям, это такое довольно крупное насекомое, с крыльями, черно-желтое, полосатое, — но не оса и не шершень. Живет в земле. Укус — смертелен, убивает на месте. Когда выкапывают ее случайно из земли, она *гундит* — не то издает специфический звук, не то наводит беду. Даже простая встреча с ней на раскопе предвещает несчастье.) Сам Виконт (гунда интересовала его давно и чрезвычайно) и в этот раз тоже ничего не увидел. Рабочие вдруг загалдели и всей толпой полезли из раскопа с паническими криками: «Гунда!.. Гунда!» Гунду видел только один из них, но в панике были все. С большим трудом пан-шефу удалось вернуть их к трудовому процессу, но дело, видимо, дальше не пойдет. Не будут они теперь здесь работать. Всё. Гунда!

А тем же вечером Виконта сразил очередной его псевдоинфаркт: за ужином он вдруг сделался серым, стал говорить протяжно и вдруг повалился в обморок, обрушив стол, стулья, посуду. Всё перепугались насмерть, но Станислав не растерялся (не впервой!), и все, как и раньше, обошлось... Однако теперь уже всем стало ясно, что ничего хорошего ждать здесь не приходится, и еще через день пан-шеф-отец свернул раскопки на Кала-и-Муг. Всё. Нельзя здесь работать. Гунда!

> ...Взойдет заря, и снова зря
> Машину гнать по дорогам раздолбанным,
> Не пить, не жрать, тепе искать,
> Где статьи и монеты закопаны...

Печаль! ...И никто ничего никогда так и не узнал, не заподозрил даже.

— Ты это что, братец? — спросил (уже в новые времена) Виконт, прочитав эту историю. — Привирать начавши?

— Никак нет, ваше сиятельство, — ответил Станислав, испытывая почему-то приступ самодовольства, словно подвиг какой-то ему довелось некогда скромно совершить, а теперь вот и весь мир об этом подвиге наконец узнал.

— Он хотел тебя убить? — спросил потрясенный Виконт, и Станислав ответил ему честно:

— Не знаю.

Это теперь уже невозможно было установить. Ударил ли Рахматулло в первый раз своим печаком, чтобы рассечь ненавистную глотку, пробить голову, мозг, достать сквозь ребра подлое сердце? Или ударил он именно пустоту, зная точно, что там пустота, и именно потому, что там была пустота? И потом раз за разом порол, драл, рассекал, дырявил стальным зубом в злобе и отчаянии — оттого, что первый удар оказался таким бессмысленным, или потому именно, что получилась возможность навести ужас и насладиться безнаказанно — драть и распарывать мертвую материю, наводя ужас, наслаждаясь местью и в то же время не становясь убийцей?..

Теперь это было уже неважно, наверное. Да и тогда это тоже было неважно. А вот следует ли данный эпизод включать в список доказательств Теоремы? Они обсудили этот вопрос, и было решено: можно. Эпизод был принят и зафиксирован как ДЕСЯТОЕ ДОКАЗАТЕЛЬСТВО Бытия Рока, или ВСЕГДА НАДО ЗНАТЬ СВОЕ МЕСТО.

ГЛАВА 7

Его надо было как-то называть, героя возникающего романа. Имя ему придумывать не хотелось, в этом было какое-то кокетство, потому что подавляющее большинство материала Станислав брал из собственной реальности, так что герой (пока) был он сам, без сколько-нибудь заметных примесей. Виконт предложил:

— Назови его Предназначенец... или Роководимый...

— Почему — Руководимый? — спросил Станислав.

— Не Руководимый, а РОКОводимый, то есть «водимый Роком»!

Виконт развлекался. А может быть, и нет. Роководимый — это звучало странно и неуклюже-значительно. Станислав задумался, пытаясь объяснить себе, почему это имя ему не нравится. Кофе его остыл, сигарета истлела до самого фильтра.

— Мне надо что-нибудь в прошедшем времени, — сказал между тем Виконт. — «Заглянул», «утонул»...

Они сочиняли в манере Поллака (так они это называли).

> В полусумраке плачут обои,
> Перекошены щеки окна,
> Заслонила лицо голубое
> Окровавленной лапой стена...

Станислав не слушал его. Он вдруг понял. Это было как откровение. Он увидел весь роман — до самого конца. Героя зовут Иосиф. Девушку его зовут Машка... Марья... Мария. И у них будет ребенок... Его даже в жар бросило от восторга, сердце бешено заколотилось, и тут сигарета обожгла ему пальцы.

Он резко дернулся — к пепельнице, и проклятый стул под ним развалился снова, в который уже раз. Станислав без малого грохнулся, едва успев ухватиться за край стола. Стол качнулся и поехал, все оказалось на полу — пепельницы, карандаши, брульоны... Он с проклятиями принялся собирать и заново состыковывать развалившиеся ножки, сиденье, спинку, а в голове у него стучало: «Сбереги мне сына! Сбереги нашего сына!..»

Виконт не обращал никакого внимания на эту привычную суетню.

— В прошедшем времени мне что-нибудь, пожалуйста! — потребовал он снова, слегка повышая голос.

— «Стул», — злорадно сказал ему Станислав.

Его словно прорвало. В течение недели он раздраконил еще двенадцать эпизодов.

...СЕДЬМОЕ доказательство, или НЕУДАВШАЯСЯ МЕСТЬ ПОБЕЖДЕННЫХ. История с зажигательной бомбой, уцелевшей еще с блокадных времен. От этой бомбы быстроумный Счастливый Мальчик, ставший к этому времени уже шестиклассником, настругал кухонным ножом серебристых стружек термита — полную металлическую тарелку, поставленную на подоконник, — смешал термит с сухой марганцовкой (выделяющей, как известно, свободный кислород) и сунул в образовавшуюся смесь горящую спичку. Столб белого пламени ахнул под потолок, мальчик мгновенно ослеп и шарахнулся — что его и спасло: тяжелая портьера, прикрепленная к тяжелому карнизу, рухнула, карнизом сшибло полупудовую хрустальную вазу музейной красоты (изъятую в счет репараций у немецко-фашистских захватчиков братом тети Лиды, минометчиком), и ваза эта обрушилась со шкафа точно в то место, где полусекундой раньше находился организм быстроумного испытателя природы...

...ОДИННАДЦАТОЕ доказательство, или ВОВРЕМЯ РАЗБРАСЫВАЙТЕ КАМНИ. О том, как в мокрых травянистых горах под Эльбрусом они всей группой засели в коварной ложбине, обрывающейся с одной стороны в пропасть, и полдня никак не могли вытащить свой газик наверх по размякшему склону. ...Непрерывный ледяной дождь. Грязь и вырванная с корнем мокрая трава из-под буксующих колес. Натужный мат в шесть глоток. И натужный рев двух двигателей — газика на склоне, бессильно буксующего на одном конце дико натянутого троса, и грузовика наверху, бессильно буксующего на другом конце того же троса. И обрывающие руки мокрые булыжники, которые таскали издалека, чтобы подкладывать в колею, откуда взбесившаяся машина вышвыривала их, как катапульта, крутящимися колесами. И слепящий ветер. И равнодушный туман потом. И снова ветер — с градом. И бессильная ярость при мысли, что придется теперь тащиться куда-то, неизвестно куда, за двадцать километров по мокрым горам — искать трактор, клянчить, канючить, подкупать, уламывать...

В конце концов на шестом часу этого ада трос лопнул. За рулем газика был в этот момент Станислав (Иосиф, разумеется, а не Станислав). Он ударил по тормозам, но машина не обратила на этот жест отчаяния никакого внимания. Она буквально выпрыгнула из колеи и по мокрой траве, как по разлитому маслу, юзом, тупо и молча, устремилась по склону вниз, на край обрыва, к пропасти, и ничто теперь ее уже не могло остановить... Все, кто был снаружи, завопили в ужасе, они хотели крикнуть ему: «Выскакивай!!!», но не было у них времени составить из своего ужаса членораздельное слово, и Станислав услышал только отчаянное: «А-а-а!» Самый быстрый из них, шофер Володя, рванулся гигантскими скачками, зеленый брезентовый плащ его взлетел над ним, как крылья, он успел даже ухватиться за клык бампера, но сдержать машину теперь было невозможно никому — она хотела вниз, ей надоело надрываться здесь под дождем, она хотела «умереть, уснуть и видеть сны, быть может?». «Надо прыгать, а то — кранты...» — это было все, что успел подумать Станислав, вернее Иосиф. Но схваченные судорогой пальцы его навечно впились в руль, правый сапог навечно уперся в педаль тормоза, и ни на что большее он уже способен не был. Он был уже мертвец в эти (последние свои) мгновения... И вдруг машина остановилась как вкопанная.

Оказывается, левое заднее колесо ее наткнулось на здоровенный булыжник, подложенный в колею и вылетевший оттуда еще три часа назад. До края пропасти в этот момент оставалось два с половиной метра — расстояние это начгруппы потом специально отмерил рулеткою. Высота пропасти была — метров сорок, а может быть, и больше, этой высоты начгруппы измерять не стал — нечем было, да и незачем...

И так далее...

Несколько эпизодов он решил только упомянуть, не разбирая их сколько-нибудь подробно. Он не стал разбирать историю своего поступления на физфак. Его провалили на экзамене недвусмысленно и целенаправленно и даже не пытались скрыть этого своего намерения. Почему? Анкетка подвела — репрессированные родственники? Может быть. Но не в этом дело. Вот Вовка Фролов из 10-го «Б» поступил тогда же и туда же, и где он теперь, Вовка Фролов? Сгорел от лейкемии через пяток лет после окончания — здоровенный бык, перворазрядник, атлет... Ничего сделать врачи так и не сумели, в последние его дни один лишь гной тек у него в жилах вместо крови... Толька-Дриндулет тоже поступил, хотя и со второго захода, и что теперь Толька? Инвалид второй группы, из больницы не вылазит, творец водородной бомбы... Так кому из них, спрашивается, НЕ повезло на экзаменах?..

Но он решил, что эта материя слишком скользкая, да и подробного разбора, пожалуй, не заслуживает.

Абастуманскую историю, когда он тащил и вытащил из пропасти Сережку Орловского, не стал он подробно описывать, во-первых, потому, что — опять пропасть, горы, лопающиеся тросы — сколько можно? А во-вторых, эту ситуацию было сложно описать чисто технически: где кто висел, кто за что цеплялся, как Сережка лез вверх, а Станислава (Иосифа, конечно, Иосифа, а не Станислава!) при этом сносило по отлогому каменному карнизу вниз... А, да бог с ним со всем. Вылезли кое-как, и ладненько. Могли бы и не вылезти — оба или кто-то один. Правда, высота была все же, пожалуй, не смертельная — метров пятнадцать, да и падать пришлось бы на крутой откос, а не вертикально, и на каменную осыпь, а не на валуны...

И не сумел он все-таки заставить себя подробно описать, как тонули они в Ладоге в марте пятьдесят второго. Было стыдно вспоминать это, и все время тянуло как-то облагородить ситуацию, в которой ничего благородного не усматривалось... Не помогало даже то обстоятельство, что все это должно было произойти с неким неведомым Иосифом, а не с ним, Стасом Красногоровым.

А между тем история эта была поучительная в высшей степени. И даже сыграла в некотором роде свою положительную роль (как любил говаривать по разным поводам Сеня Мирлин). Когда с Виконтом случился первый его квазиинфаркт, они были одни в квартире, дед-бабка были в отъезде, а Станислав прибежал к Виконту, услыхав по радио насчет ареста Берии. Они жадно слушали «голоса», хихикали, делали друг другу многозначительные гримасы («Это ж надо же! Ну кто бы мог подумать? Английский шпион!..»), Виконт раскопал где-то старую газету времен смерти Сталина, и они рассматривали Берию на трибуне мавзолея и говорили друг другу: «Ну видно же! Без всякого пенсне видно, что шпион...»

Виконт показался Станиславу бледнее обычного, а может быть, это только теперь, задним числом, вспоминалось — ну чего ради стал бы он разглядывать цвет лица Виконта, да еще при таких обстоятельствах. Они выпили кофе со сливовым вареньем (фирменный напиток дома), и вдруг Виконт стал мучнисто-белым, вернее серым, как второсортные макароны, все веснушки его проявились разом, и стали видны многочисленные черные пороховые точки на лице, навсегда оставшиеся после давнего взрыва детонатора. «Что это с тобой?» — спросил Станислав, не столько даже с опаской, сколько с удивлением, но Виконт на эту тему говорить не собирался — он только огрызался, хотя видно было, что ему становится все хуже и хуже. Речь его сделалась протяжной, как у пьяного, движения — неуверенны. И вдруг он, как большая кукла, повалился с кровати на пол — головой вперед.

Даже вспоминать об этом — всего передергивает. Ведь это было впервые! И ни с того ни с сего. И нипочему. Побелел, повалился и лежал ничком совершенно неподвижный, подломив под себя руки, и тело у него стало влажное и холодное, и даже вроде бы окоченение появилось...

Станислав сначала бросился делать ему массаж сердца, потом — кинулся в прихожую, к телефону, вызвал «скорую», распахнул входную дверь настежь и снова вернулся к остывающему уже, абсолютно неподвижному и бездыханному телу... к покойнику... к трупу...

Искусственное дыхание... массаж сердца... дыхание «рот в рот». Вот тут у него и заело. Белое, мокрое, холодное лицо... Абсолютно чужое, постороннее, незнакомое... и пена на губах, а первое, что надо сделать, — открыть рот и вытащить язык, чтобы не западал...

Приступ неуправляемого отвращения охватил вдруг его... Не могу, заметалось в голове, не буду, нет... И вот тут он и вспомнил, как лежал он тогда на льдине, только что выбравшись, чудом выкарабкавшись из ледяной, жадно хлюпающей каши, не чувствуя тела, вообще ничего не чувствуя, но слыша, как там, сзади, в черном убивающем месиве бьется и хрипит из последних сил Леночка Прасковникова... дура, бездарная, некрасивая, ни на что не годная, никому на свете не нужная... а ведь надо опять бросаться в ледяную кашу, плыть, захлебываясь, коченея, уходя в ледяную топь с головой... умирать, но плыть... вытаскивать эту проклятую идиотку, будь она проклята... Он знал, что обязан это сделать, и понимал, что он этого НЕ СДЕЛАЕТ, потому что ХОЧЕТ ЖИТЬ ДАЛЬШЕ, потому что выкарабкался он чудом, второго чуда ему не будет, и теперь он намерен жить, жить дальше и всегда... И тут кто-то, всевидящий и милосердный, выключил ему сознание. Но оставил память... Леночка утонула. Он пережил это. (Все они тогда пережили это.) Он и смерть Виконта переживет, не так ли? А почему бы и нет? В конце концов, что такое этот Виконт? Да это и не Виконт уже, это мокрый, коченеющий, остывший кусок мяса. И все. И боле — ничего... Какого хрена, пусть доктора разбираются, им за это деньги пло́тят...

Отвращение к себе пересилило отвращение к предстоящему — он разжал Виконту челюсти, вытащил слюнявый, весь в пене, язык и стал делать дыхание «рот в рот»... Когда прибыла «скорая», Виконт уже дышал, а Станислав без единой мысли в голове сидел рядом и держал его за скользкую от пота руку...

Труднее всего оказалось вырулить в финал. Уже все было ясно: в какой последовательности гнать эпизоды; откуда взялась Марья; как осеняет постепенно Иосифа, как осознает он свое особенное положение, как начинает искать Предназначение, перебирает варианты, ничего не может выбрать... И вдруг Марья говорит ему, что беременна. Сначала он просто шокирован: как так? Столько предосторожностей, столько самоограничения, столько неудобств и — все зря?.. Но Марию смущает вовсе не это. Она не сразу, но все-таки решается сказать ему, что тут вообще концы с концами не сходятся, не получаются сроки, ведь он последние два с половиной месяца сидел в горах, так что у них вообще ничего не было и быть не могло...

Сеня Мирлин гыгыкал, хакал и взрыкивал в приступе критического сарказма. Ну-ну-ну, приговаривал он со смаком. Да-а, да-а, соглашался он с невыносимо сальным удовольствием. Еще бы! А как же! Что первое приходит морячку, вернувшемуся из трехлетнего плавания, при виде родной жены с годовалым ребеночком? Ну разумеется, он в восторге! Он же сразу понимает, что это — редчайший случай самопроизвольного зачатия! Партеногенез! Авдотья моя, ты у меня научно-медицинский уникум, спасибо тебе за это, роднуля, бля!..

Станислав, сдерживаясь, холодно объяснил ему, что стандартные реакции не могут быть предметом литературы, все эти страсти по пустякам, все эти бытовые истерики, высосанные из пальца... «Возвращается муж из командировки, а у него под кроватью...» Анекдоты меня не интересуют, объявил он высокомерно.

А сам написал между тем именно анекдот! — гаркнул Сеня, тут же налившись кровью. И кстати, страсти по пустякам — это и есть черный хлеб великой литературы. В литературе, между прочим, известны случаи, когда из-за какого-то сопливого платочка людей убивали. А у тебя же получился сущий анекдот: он — Иосиф, она — Мария, а, значит, ребенок у них — обязательно от Святаго Духа! Неужели ты сам не ощущаешь, что это — чистейший анекдот, причем — неприличный?..

Станислав взбесился. Он, разумеется, чувствовал, что получилось у него не то и не так, как задумывалось, но при этом же он чувствовал, что прав все-таки он, а не этот циник с лошадиными зубами. Как объяснить ему, что у Марии — глаза ребенка, лицо ребенка, душа ребенка, Мария не умеет лгать — точно так же, как ты, мордатый, не умеешь красть, при всех своих прочих недостатках?.. У меня же Иосиф сначала, как и ты, как я, как все, норовит сорваться в пошлость, но у него перед глазами не твоя лошадиная морда с зубами, а ее лицо, ее испуг, ее любовь... Грязной скотиной надо быть, сальной и поганой, чтобы в этой ситуации поверить в грязное...

Сеня слушал его, оскалив желтые свои могучие зубья, словно собирался сорвать колпачок с очередной пивной бутылки, потом сказал непонятно:

— Ну да, ну да... «Отелло не ревнив, он доверчив»... — и вдруг заорал: — Так ты все это мне и напиши! Ты же ничего этого не написал, ты же мне здесь анекдот изложил, и больше ничего... Говоришь лучше, чем пишешь, а потом сам же и раздражаешься! Демосфен, пальцем деланный!.. Гомер очкастый, доморощенный...

Ничего переделывать Станислав не стал. Просто — не сумел. Перечитал, вычеркнул несколько лишних эпитетов, убрал совсем эпизод с дракой в поезде и рассуждение о том, что такое Иосиф — библейский Иосиф — в судьбе Марии и Христа, зачем он нужен и почему появился в предании. Все остальное оставил как было. «Пусть клевещут...»

Пересилил мучительный страх, дал прочитать Лариске — но чтобы тут же, при нем. Она читала, а он садил сигарету за сигаретой и украдкой, искоса, за нею наблюдал. Она поразительно была похожа на его Марию. Господи, думал он панически. Хоть бы ей понравилось. Хоть немножко. Ну пожалуйста!.. Он и сам не понимал до сих пор, оказывается, как это все важно для него — словно судьба его сейчас должна была решиться... Она перевернула последнюю страницу, посмотрела на него влажными глазами, потом встала, подошла, прижалась губами, и он ощутил приступ первобытного счастья — это было как удушье, как сладкий обморок, и он заплакал, умирая от стыда и облегчения.

Потом наступил черед Виконта. Этот — категорически отказался читать в присутствии автора, брюзжа и раздражаясь, забрал рукопись к себе домой, и Станислав до четырех утра, как полный идиот, ждал его звонка. Черта с два. Не на таковского напал...

Он позвонил вечером следующего дня, пригласил к себе, выставил настоящего «Наполеона» в бутылке неземной красоты, разлил в дедовские бокалы, поднял свой и, глядя поверх хрусталя, сказал: «Ты победил, мой Стак. Ты создал мир, в котором живут, страдают и умирают. Congratulations, Красногоров!» И бокалы тихонько прозвенели час удачи, час победы и миг славы.

Они надрались. И на этом час удачи истек безвозвратно.

ГЛАВА 8

Он отдал рукопись Сене Мирлину, и тот понес ее в журнал «Красная Заря», где у него были свои люди. Журнальчик был захудалый, молодежно-пэтэушный, полупридушенный идеологическим отделом обкома, но, во-первых, там у Мирлина был хороший знакомый завотделом прозы, человек, разумеется (по должности своей), трусливый, но вполне порядочный, а во-вторых, главного должны были вот-вот забрать в Москву на повышение, и ему сейчас все было до лампочки: физически он присутствовал и даже что-то там подписывал, но как бы уже и не служил здесь — душа его и его партийный долг находились в столице, в отделе культуры ЦК, а нового главного обком еще не назначил и даже, по слухам, не наметил. «Вчера было еще рано, а завтра будет уже поздно», — резюмировал ситуацию Сеня и ринулся в бой.

Первое время он мечтал, страдал и надеялся. Ежедневно звонил Мирлину, приставал, ныл, угрожал «сам пойти и всех там раскурочить». Сводки с поля боя поступали нерегулярно и были туманны. Какие-то никому не известные Колобродины и Околокаемовы «брали читать», «держали», «грозились забодать», потом являли милость и соглашались ничего не писать или «писали по-божески»... Вот-вот хорошую рецензию должен был дать сам Алсуфьев («...знаешь Алсуфьева? Знаменитый поэт-стукотворец. Харя — во! Кусками висит!») — совсем уже собрался было, но тут, падла, уехал в Баден-Баден и — с концами... Ничего, подсунем Каманину, этот не обидит... Каманин, брат, это — Каманин! И не обидел бы Каманин, наверное, да ушел, бродяга, сначала в крутой запой, а потом в больницу слег — с микроинфарктом...

И вдруг ему все это надоело. Да подите вы все! Сдались вы мне с вашими рецензиями, отзывами, замечаниями, дополнениями и суждениями. «Подите прочь! Какое дело поэту мирному до вас?!» Да и не поэт я никакой. Каждому свое, в конце концов, в этом концлагере. Jedem das seine! Мое дело — системное программирование. Диалог с машиной. Информатика. Мое дело, черт вас всех побери, афоризмы, каких вам никогда не придумать, хоть вы и числите себя мастерами слова, художниками жизни и инженерами человеческих душ.

«Рассуждение — это организованное подражание».
«Вера и любопытство друг с другом всегда не в ладу».
«Зависть — одежда вкуса».
«Неспособность испытывать восторг — признак знания».
«Мысль — это карикатура на чувство».

Программа по изготовлению афоризмов работала у него как оборонный завод, исправно выбрасывая в свет по два-три отменных перла человеческой мудрости еженедельно. По этому поводу он принимал поздравления коллег, друзей и каких-то совершенно даже незнакомых людей — тщеславие его удовлетворенно трепетало, и все прочие неудачи виделись как бы в радужном баюкающем тумане... Его пригласили в команду Ежеватова на тему «ЕВРАЗИЯ», это была уже подлинная победа сил разума и прогресса, еще год назад он о таком и мечтать бы не посмел. Ежеватов был фигурой в институте почти легендарной. Во-первых, он был классный профессионал, знавший в прикладной информатике все — «от и до». Во-вторых, он успевал не только наукой заниматься — он еще и с веселым пьяным бешенством берсерка воевал всю эту объединенную институтскую сволочь, «советскую власть», ядовитого змея Горыныча о трех головах — профком, партком и АХЧ. И кроме того, он был великий бабник, анекдотчик и матерщинник, каких свет не видывал. Его ненавидели, обожали и боялись. Говорили, что у него рука в КГБ. Говорили, что у него рука в обкоме. «У меня не рука, — объявлял он, не стесняясь дам. — У меня — ...», — объявлял он, как бы подтверждая таким вот изысканным образом слух о близких своих отношениях с некоей высокопоставленной леди из Большого ЦК. (В одном из доносов сказано было о нем: «...злоупотребляет нецензурными русскими словами полового значения».)

Ежеватов принял его лично, швырнул на рычаги телефонную трубку, еще горячий, еще раскаленный после очередной телефонной драки, и рявкнул ему, сверкая очами: «Б..дей надо п..дячить, правильно я понимаю, Станислав Зиновьевич!?» И только после этого перешел к делу — очертил круг задач и сферу ожиданий. Станиславу надлежало заниматься программой АНТИТЬЮРИНГ: доводить до ума машинную программу, способную опровергнуть давнюю идею Тьюринга, что-де машину можно будет назвать мыслящей тогда, когда диалог с нею (обмен письмами, скажем) невозможно станет отличить от диалога с человеком. Собственно, программа такая уже вчерне была создана, надлежало только отшлифовать ее до безукоризненного блеска и доказать окончательно, что нет и быть не может никакого разума машины, а есть только разум, ловкость и квалификация программиста... (Виконт по этому поводу произнес задумчиво: «Хм... С тем же успехом можно объявить, что нет и быть не может никакого разума у человека, а есть одна только ловкость и квалификация воспитателя-педагога...»)

И тут внезапно позвонили из «Красной Зари» и попросили зайти. Срочно. Сегодня же. Лучше бы — вчера. Но можно и завтра... Он сразу же забыл всё — афоризмы, Тьюринга, Ежеватова и даже Лариску, которой именно назавтра был обещан «день сельских наслаждений»... Он надел свой самый официальный и самый новый костюм и явился в редакцию за десять минут до назначенного срока. Ждать редактора ему пришлось всего лишь сорок две минуты.

Редактор поздоровался за руку, предложил сесть и сразу же принялся говорить. Он говорил быстро, много и неразборчиво — казалось, нарочито неразборчиво: он словно бы не хотел, чтобы его понимали. При этом он время от времени без всякой необходимости перелистывал рукопись, как будто желая как-то проиллюстрировать свои тезисы примерами из текста, но тут же подавляя в себе это желание. Станислав моментально перестал понимать, о чем идет речь, и только поражался очками редактора — это была какая-то супердиоптрийная оптика при супермодерновой оправе. Впрочем, он уловил главное: рукопись редактору нравилась, но следовало обязательно учесть замечания рецензентов. Замечания прилагались, и Станислав надеялся, что потом, в спокойной домашней обстановке, он в этих замечаниях разберется и, разумеется, их учтет. Готовность учесть нарастала в нем с каждой минутою, и поэтому он только кивал, поджимал значительно губы и вежливо улыбался, когда у него возникало ощущение, что редактор берет шутливый тон. Потом в звуковой каше промелькнуло словечко «сократить».

— Сократить? — переспросил он на всякий случай.
— Да, — сказал редактор решительно, захлопнул папку и стал завязывать тесемочки.
— На сколько страниц? — спросил Станислав, уже прикидывая, что эпизод с газиком можно будет без особых потерь выкинуть.
— До двух листов, — сказал редактор, протягивая ему папку.

— То есть? — Ошарашенное воображение предложило внутреннему взору Станислава результат такого сокращения: два жалких листочка рукописи — первый и последний.

— Н-ну, примерно до пятидесяти страниц.

Всего в рукописи было двести тридцать три страницы.

— НА пятьдесят страниц? — спросил Станислав на всякий случай.

— Нет. ДО пятидесяти. Оставить пятьдесят... — Редактор разразился новым шквалом неразборчивых слов — кажется, он доказывал, что Станислав написал на самом деле не повесть и не роман, конечно, а рассказ, и теперь надо привести форму в соответствие с содержанием. Кроме того, журнал у них тонкий, и они не имеют возможности... Станислав перебил его:

— Я правильно понимаю: вы хотите, чтобы я сократил эту повесть на сто восемьдесят страниц?

— Это не повесть, — сказал редактор утомленно и теперь уже вполне разборчиво. — Это рассказ.

Вечером они с Виконтом решили нализаться. Виконт пил, слушал жалобы и проклятия, сам — помалкивал, а потом вдруг сказал:

— Ты забыл главное.

— Я ничего не забыл, — возразил Станислав с угрозой. — И никогда не забуду!

— Забыл. Ты забыл, что всё... или почти всё, что у тебя написано, — правда. Ты забыл, что всё это произошло с тобой. Не с Иосифом твоим выдуманным, а с тобой. Лично.

Станислав уставился на него и вдруг понял.

— Да, но я-то не Иосиф, — сказал он, криво ухмыляясь. — И у меня нет Марии. У меня — Лариска.

— Не притворяйся бо́льшим ослом, чем ты есть, — посоветовал Виконт, аккуратно разливая спирт. — Ты прекрасно меня понимаешь.

— Я не притворяюсь... — проговорил Станислав медленно. — Но я ведь и в самом деле не знаю своего предназначения. Ты думаешь, мне не приходило в голову, что роман — романом, а жизнь моя — это моя жизнь? Но я не могу ничего найти в своей жизни такого, чтобы... Да я и не верю в это. Пойми, это же не роман, я не могу выдумывать такие вещи из головы... Это должно как-то само собою обнаружиться... Но нет ничего. Ничего этого в моей жизни нет!

— Ишши, — сказал Виконт, как и год назад. — Ишши: должно быть! Я нахожусь, мой Стак, при сильном подозрении, что у каждого человека есть свое предназначение. У каждого! Это — такая у меня гипотеза. Некоторые свое предназначение осознают — их имена обычно становятся потом известны всему свету. Некоторые — в своем предназначении ошибаются. Таких мы называем графоманами всех сортов. Но подавляющее большинство смертных даже и не подозревает, что у них есть предназначение. Им не подано знака! А вот тебе — знак подан. Ты — уникум. Так что — ишши! Должно что-то быть!..

Жизнь покатилась дальше, словно не было в прошлом целого года литературного безумия, словно никогда он не писал ничего, кроме совместных с Виконтом брульонов да развеселых куплетов: «Ах, девчонка-егоза — ухватила парня за! Ухватила и держала, затуманились глаза...»

Ежеватов умел выжимать из подчиненных все их содержимое досуха: в голове, как заведешь глаза перед сном, — одни только «каракатицы» всех машинных кодов сразу, и когда Мирлин загадочно намекал, что, мол, «не все еще с нашим романом потеряно», что вот-вот, мол, грянут-де его, Мирлина, главные калибры, Станислав легко и от всей души посылал его в самые интимные места.

Замечательно, что вся эта история с романом произвела, как скоро выяснилось, огромное впечатление на Виконта. То есть не то, конечно, обстоятельство, что роман никак не удавалось протолкнуть в печать, а то, что Станиславу вообще удалось его написать. Как! Двадцать лет вместе, плечо к плечу, старательно карябали бумагу, потели, страдали от мучительного творческого бессилия (одного чистейшего медицинского спирта было выпито литров сто), отчаялись уже совсем, без малого махнули рукой на безнадежное это дело, — и вдруг на тебе: этот старый проверенный импотент, в одиночку, без всяких-яких, недрогнувшей рукой выдает на-гора полноценное сочинение в десять авторских листов! Где справедливость? Где равенство? Братство — где? Или разве уже не все люди — братья? («Нет, не все, — говаривал по этому поводу Сеня Мирлин. — Более того: даже не все братья — братья...»)

Это раздраженно-шутливое (однако же не совсем и не просто шутливое) нытье закончилось тем, что в один прекрасный вечер Виконт заявился к Станиславу с пузырьком живительной влаги в одной руке и с тощей рукописью — в другой. Тощая рукопись носила название «Импровизатор» и представляла собою рассказ на двенадцать страниц из жизни иностранцев. Действие там происходило в Северной, сами понимаете, Шотландии, «...свежий пьянящий воздух, полный тугого ветра, солоноватой влаги, криков морских птиц, бесконечный пустынный берег, и вересковые поля, и купы сухих, согнутых ветрами деревьев...», гостиница «Крыло Альбатроса», лирический герой — художник (настоящий иностранец: флегма, ирония, трубка), главный герой — некто Эрик П. Доваджер, в прошлом — знаменитый футболист («Эрик Стена»), а ныне согбенный, перекошенный, изуродованный обломок человека, седой, нелюдимый, неприятный, но — настоящий джентльмен.

Особенно страшно изуродованы у него были руки (тут Виконт явно взял на вооружение одного их общего малознакомого автолюбителя, у которого обе руки были прострелены насквозь еще на Невской Дубровке). По поводу этих изуродованных рук в рассказе и возникает сюжетообразующий разговор — Эрик П. Доваджер рассказывает лирическому герою довольно загадочную историю о своем друге, пропавшем (исчезнувшем, растворившемся в воздухе) буквально у него на глазах: только что расстались в парадном, Эрик и десяти шагов по улице сделать не успел — раздался у него за спиною отчаянный крик, какой-то судорожный шум, и все — больше его друга никто никогда не видел. Без следов. Никаких улик. С концами. А когда утром Эрик шел в полицию давать показания, он был сбит огромным автомобилем, номер которого не успели заметить... Провалялся полгода в больнице, навсегда потерял здоровье, превратился в нынешнюю развалину. Исчезнувшего друга не нашли, дело прекратили. Все. Такая вот история.

Лирический герой потрясен и заинтригован, но главное еще впереди! Наутро выясняется, что Эрик П. Доваджер благополучно слинял, оставив записку, в которой он приносил свои самые изысканные извинения «за ту маленькую мистификацию, разыграть которую вчера побудила» его «отвратительная скука — спутница столь же отвратительной погоды». Скука была велика, случай показался ему удобен, и он надеется только, что «история получилась не так уж плоха». Лирическому герою остается только пожать плечами и рассмеяться.

Но это еще не конец! Ибо вся соль Виконтова замысла заключалась именно в концовке рассказа. Действующие лица встречаются снова — через год, там же, на пустынных берегах, среди скользких валунов и гниющих после отлива водорослей. Чайки крича носятся над волнами, почти касаясь их крыльями, опускаются на прибрежную гальку, близится шторм, багровое солнце уползает в черную тучу... И тут герой наш видит, как бледное изможденное лицо Эрика П. Доваджера становится еще бледнее («...становится белесым, как живот старика...»). Глаза Доваджера застывают, он тяжело опирается на мощную свою полированную трость и вдруг начинает бормотать, невнятно и как бы через силу: «...Эти птицы над волнами... и этот закат... Простите меня... Они напоминают мне одну историю... страшную историю... Это началось в Сомо...» Точка. Конец рассказа. Импровизатор вдохновился, новая история — родилась.

— Хорошая концовка, — признал Станислав честно. Он вдруг подумал, что Виконт, на самом деле, написал этот рассказ о себе. Он сам и есть этот Эрик П. Доваджер, всю жизнь выдумывающий зубодробительные истории из головы, потому что подлинные истории ему рассказывать запрещено. Впрочем, в этом его Доваджере не ощущалось, на самом деле, никакого подтекста, он получился просто выдумщик, импровизатор и артист. Больше в нем не было ничего. А ведь могло бы быть!.. Сказать это Виконту?.. Или не надо? Зачем?..

— И это всё? — осведомился Виконт. — Это — все твои восторги?

— «Неспособность испытывать восторг — признак знания», — объявил Станислав. Он вдруг решил ничего не спрашивать и ничего не говорить.

— Это какого же знания? — осведомился Виконт подозрительно.

— Вообще — знания. Но, по-моему, я нечто похожее уже где-то читал.

— Увы, — сказал Виконт со вздохом. — Я тоже. Автора не помню. Помню, что читал по-аглицки... И мне так понравилась идея, что я решил переписать всё по-своему... — Он сделал себе бутерброд с килькой и сказал грустно: — Ничего нельзя придумать. Все уже кем-то придумано... Или существует на самом деле, — добавил он вдруг, и Станислав понял, что был прав насчет него и Доваджера. — Это ужасно, мой Стак. Я больше никогда не возьмусь за перо.

— Вздор, — сказал Станислав. Он испытывал неловкость. Что-то вдруг кончилось, и, похоже, по его вине. И сделать больше ничего было нельзя. То, что сейчас кончилось, — кончилось навсегда. Какие-то пути разошлись. То, что всегда раньше было рядом, отдалилось вдруг и стало уходить.

— Знаешь, чем самый захудалый туземный божок отличается от самого гениального архитектора? — спросил Виконт. — Божок всегда может материализовать свой план, даже вполне бездарный... Во мне нет Бога, мой Стак. А значит, его нет вообще.

— Почему? — тупо спросил Станислав.

— Потому что Бог — в человеке. Или его нет вовсе. Запиши это в свою книжечку.

— У меня нет книжечки, — сказал Станислав, чувствуя, что неловкость все возрастает.

— Я знаю. Это просто цитата. Еще одна цитата... Но маленькая. И давай выпьем, мой Стак. Время звенеть бокалами.

И они выпили, чтобы сгладить неловкость, и закусили, чтобы перебить горький ее привкус. Что-то кончилось, да, увы. Но не всё же! Кое-что все-таки еще осталось! Виконт потянулся за гитарой и взял самый сложный из своих аккордов:

> Капитан, каких немного,
> Джон Кровавое Яйцо —
> Словно жопа носорога
> Капитаново лицо!..

А потом было лето. И было счастье. И было все зеленое, озаренное солнцем, шевелящееся, ходуном под ветром ходящее, прекрасное на голубом. Красный Ларискин «запорож», отцов подарок к окончанию университета, весело катил на запад, на чудесный закат, к свободе, к воле, к новым городам и весям, и они пели, и дурачились, и вдруг целовались, как молодые, на скорости сто кэмэ в час, и хохотали, подщелкивая рифмы к придорожным плакатам, идиотским и многочисленным...

МАШИНУ СТАВЬТЕ НА ОБОЧИНУ — по-пролетарски, по-рабочему.

НЕПЕРЕКЛЮЧЕНИЕ СВЕТА ВЕДЕТ К АВАРИИ — шею сломишь себе и Марье.

ОБГОН ЗАПРЕЩЕН — шофер восхищен!

БЕРЕГИ ЗЕЛЕНЫХ НАСАЖДЕНИЙ — избежишь серьезных повреждений.

НАРУШЕНИЕ ПРАВИЛ ВЕДЕТ К АВАРИИ тоже — мы на таких нарушителей со всем прибором положим.

И — венец всему, шедевр в стиле программы AFOR: ДЕРЖИСЬ ПРАВЕЕ — живешь в Рассее!

И великолепные диалоги, на какие не способна даже программа АНТИТЬЮРИНГ:

— Опять этот зеленый гнусняк — обогнал нас как!
— Какой гнусняк обогнал нас как?
— А вон тот наклажник. Наложивший целый багажник.

И частушки, радостные и глупые. Он:

> Я от ужаса дрожу, в изумлении гляжу:
> Вроде ехал по дороге, ан — на дереве сижу!..

А в ответ ему — она:

> Мой милок, меня прости, вспоминай без горести —
> Повстречалась мне береза на высокой скорости!..

И был хохот. И было счастье. И было лето. И все впереди было прекрасно.

А на дворе между тем стояло странное, мертвенное время.

Слухи возникали чуть ли не ежедневно — иногда забавные, часто страшноватые, и всегда нелепые.

...Дети пропадают, пяти-семи лет. Через месяц-другой их находят где-нибудь на окраине. Они живы, здоровы, но у них ПРООПЕРИРОВАНЫ глаза...

...Обыск произошел на квартире известного, даже знаменитого, и вполне вроде бы благонадежного писателя, вдобавок — уже покойного. Писатель умер, проводили его торжественно и в полном соответствии с его литературным чином, совсем немного времени миновало, еще урна с прахом его стояла незахороненная в доме — вдруг позвонили в дверь, явилась бригада в штатском, с ордером на обыск и почему-то с миноискателем. Прощупали стены, пол, рамы картин. Урну прощупали миноискателем. Небрежно пролистали десяток наугад выбранных томов из титанической библиотеки и удалились так же внезапно, как и возникли, унося с собой непонятный, вполне кафкианский, набор предметов: антикварный чернильный прибор старой бронзы; пачку писчей бумаги из рабочего стола; четыре столовых ножа; прижизненное издание Батюшкова... И — никаких объяснений. И никаких обвинений. Только негласное распоряжение: имя в статьях, очерках, рецензиях и предисловиях — не упоминать.

А другой писатель — Каманин, приличный человек, хотя и пьяница, тот самый, кому Сеня собирался подсунуть Станиславов роман, да так и не сумел, — по слухам, умер тоже при каких-то сомнительных обстоятельствах: не то застрелился спьяну, не то его застрелили — весь стол был залит кровищей и заброшен его мозгами, домработница, которая его первая обнаружила, слегка помешалась даже от ужаса... Дело было взято на контроль Москвой, но так ничего и не удалось объяснить толком. Что, впрочем, никого особенно не удивило. (Домработницу — и это уже точно — засадили в психушку: то ли она болтала лишнее, то ли и в самом деле потребовалось лечение — здесь тоже никакой ясности не было.)

Редакцию «Красной Зари» ни с того ни с сего наполовину разогнали. Говорят, из-за какого-то стихотворения, но из-за какого именно, никто не понимает. «Дабы карась не дремал», — многозначительно объяснил ситуацию Сеня Мирлин, и, видимо, был прав.

И разогнали Институт сверхпроводимости. Засоренность кадров. Терпение нашего обкома небезгранично. Развели, понимаешь, сионистское гнездо, понимаешь...

Появились новые анекдоты про генсека.

«Дорогой и многоуважаемый товарищ Генеральный Секретарь ЦК КПСС Леонид Ильич Брежнев!..» — «Ну, зачем так официально? Зовите меня просто Ильичом».

Впрочем, звали его теперь даже еще проще — Лёликом.

Лёлик в музее рассматривает картину «Демон». «...Хорошая картина... Красивая... — Нагибается, читает латунную табличку на раме. И недорогая! Всего В РУБЕЛЬ...»

Готовились выборы в Верховный Совет. Все подсчитывали по газетам, сколько коллективов выдвигает того или иного члена Политбюро. Утверждалось, что таким образом можно установить истинную степень влияния этих деятелей. Станислав насчитал: Брежнева выдвинули пятьдесят шесть раз, Косыгина и Подгорного — по двадцать пять, Суслова и Кириленко — по десять. Потом шел Кулаков — пять. Сеня Мирлин чертовски глубокомысленно и очень, очень убедительно комментировал полученные результаты, а Виконт кривил африканские свои губы и брюзжал: «Ерундой занимаетесь. Через десять лет их никто и помнить-то не будет...»

Вдруг волнами накатывали слухи о пришельцах из Космоса, о летающих тарелках, о филиппинских врачевателях... Возникали судорожные, похожие на торопливую склоку (скорее, скорее, пока не запретили!) дискуссии в популярных газетах. Виконт сочинил эпиграмму под Александр Сергеича:

«Пришельцы есть! — сказал мудрец брадатый. —
Они, быть может, ходят между нами». —
«Пришельцев нет!» — сказали кандидаты,
И доктора кивнули головами.

Сеня Мирлин тоже сочинил эпиграмму — про советских писателей:

Советские сатирики попрятались в сортирики,
В сортириках сатирики сидят.
А прочие писатели всё думают: «Писать — или
Покудова немного подождать?..»

И евреи уезжали, один за другим — дальние знакомые, близкие знакомые, родственники близких знакомых. Уже из одноклассников двое уехали, один — безукоризненно русский — специально для этого женился на еврейке. «Еврей — это не национальность; еврей —

это средство передвижения...» Тема для шуток была благодатнейшая, и все шутили напропалую, но стишки, которые принес откуда-то Жека Малахов, были, пожалуй, уже и не смешны.

> Я завтра снова утром синим
> Пойду евреев провожать,
> Бегут евреи из России,
> А русским некуда бежать...

И все жадно читали самиздат — будто Конец Света приближался. А может быть, он и приближался. Шли обыски. Изымались тексты Солженицына и Амальрика. За «Раковый корпус» не сажали — это считалось всего лишь «упаднической литературой». Сообщали на работу, а там уж — как кому повезет. А вот за «Архипелаг ГУЛАГ» лепили срок без всяких разговоров — статья семидесятая УК РСФСР: хранение и распространение. Следователи (по слухам) называли эту книгу «Архип», хуже «Архипа» ничего не было — даже «Технология власти» в сравнении с «Архипом» была чем-то вроде легкого насморка. Говорили, что Андропов поклялся извести самиздат под корень. «Бесплодность полицейских мер обнаруживала всегдашний прием плохих правительств — пресекая следствия зла, усиливать его причины». Наступило новое время. Об оттепели начали забывать. Самые умные уже понимали, что это — теперь уж навсегда. Об этом было лучше не думать.

И пьяный Сеня Мирлин цитировал Макиавелли: «...ибо люди всегда дурны, пока их не принудит к добру необходимость».

А трезвый Виконт, привычно разыгрывая супермена, цитировал Тома: «Познание не обязательно будет обещанием успеха или выживания; оно может вести также к уверенности в нашем конце».

А Ежеватов с мазохистским наслаждением цитировал излюбленного своего Михаила Евграфовича: «Только те науки распространяют свет, кои способствуют выполнению начальственных предписаний».

А мама говорила предостерегающе: «Плетью обуха не перешибешь. Сила и солому ломит».

Но ведь все они были еще совсем молоды и полны сил! Ощущение бесчестья мучило их и угнетало, словно дурная болезнь. Шатающийся басок Галича обжигал их совесть так, что дух перехватывало. Надо было идти на площадь. И бессмысленно было — идти на площадь. Не только и не просто страшно — бессмысленно! Они были готовы пострадать, принять муку ради облегчения совести своей, но — во имя пользы дела, а не во имя гордой фразы или красивого жеста. Они не были совсем лишены понятия о чести, но это понятие было для них все-таки вторично: двадцатый век вылепил их и выкормил, а девятнадцатый лишь слегка задел их души золотым крылом своей литературы и судьбами своих героев. Бытие мощно определяло их сознание. Дело! Дело — прежде всего. В сущности, они по воспитанию своему и в самой своей основе были — большевики. Комиссары в пыльных шлемах. Рыцари святого дела. Они только перестали понимать — какого именно.

Часть Вторая

СЧАСТЛИВЫЙ МАЛЬЧИК, ПРОЩАЙ!

ГЛАВА 1

Ивдруг умерла мама.

Соседка вызвала его с работы, он примчался, но опоздал, ее уже увезли. Ужас леденил его, била дрожь, зуб на зуб не попадал (а день был жаркий, яркий, отвратительно радостный). В маминой комнате все было разбросано и разворошено, словно сама беда прокатилась по ней беспощадными колесами. Постель осталась не убрана... Ящики стола выдвинуты, и множество бумаг разбросано по полу. И остатки завтрака отодвинуты в сторону, а на столе таз с остывшей водой. Он понял, что мама держала в горячей воде левую руку, а значит, мучилась сердечными болями с утра, они отдавали у нее обычно в плечо и в руку, но в этот раз горячая ванна ей не помогла...

...В приемном покое больницы, огромном и страшном, как Дантово чистилище, больные неприкаянно бродили по кафельным полам, их было множество, самых разных, но главным образом стариков и старух, заброшенных, никому не нужных, покорных, тихих, от всего отрешившихся... Сидеть было негде, немногочисленные скамьи заняты были все, и те, кто не мог больше ни ходить, ни сидеть уже, лежали и казались мертвыми... И мама, с разорванным сердцем, бледная, строгая, немного даже чужая, тоже бродила здесь среди прочих, изнемогая от боли в груди и в руке. «Не беспокойся, — сказала она ему строго и уверенно. — Все со мной будет в порядке. В этот раз я еще не умру. Обещаю».

...Ночью он заснуть не мог. Пришел в ее комнату, встал на колени перед постелью, которую так и не осмелился почему-то убрать (ему вдруг показалось, что нельзя этого делать, что-то нарушится, если это сделаешь, что-то пойдет не так — он стал вдруг необоримо суеверным), сунул лицо в холодное одеяло и стал молиться. Все сделаю, что ты захочешь, мысленно говорил он. Брошу курить. Клянусь. Не выкурю больше ни сигаретки. Ни одной затяжки... И не выпью больше ни рюмки... И не напишу ни строчки... Какое, к черту, предназначение? Нет у меня никакого предназначения. И не будет. И не надо. Пусть только все станет как прежде... Лариску брошу, подумал он с усилием. Он знал, что мама недолюбливала Лариску. Брошу, сказал он себе. Он знал, что это вранье. Он все время слышал себя со стороны и вспомнил вдруг грязноватого и плаксивого мальчика в холодном тамбуре, и так же, как тот мальчик, подумал, что самое страшное уже надвинулось и ничто теперь этому страшному не сможет помешать... И тогда он поднялся, пошел к себе и вышвырнул в форточку почти полную пачку сигарет.

...Это длилось девять дней. Маме становилось то лучше, то хуже. Но боли исчезли уже на вторые сутки. Первое время Лариска дежурила у нее по ночам, потом мама сказала решительно: «Не надо», — и дежурства прекратились. Каждую ночь он молился у разобранной постели. Постель он не прибирал и не прибирал в комнате, Лариска пыталась, но он так наорал на нее, что напугал до слёз. Убирать было нельзя. Ничего трогать было нельзя. Тоненькая, как паутина, но пока еще довольно прочная ниточка соединяла настоящее и будущее, и нельзя было даже прикасаться к этой нити. Так ему казалось.

...Начиная с седьмого дня улучшение стало очевидным, но врачиха не улыбалась в ответ на его искательные улыбки, она качала головой и говорила не глядя в глаза: «Инфаркт очень обширный... И возраст, не забывайте...» Он давил в себе пробуждающуюся надежду, понимая каким-то пещерным инстинктом, что надо держать себя на самом нижнем уровне сокрушенности, и он молился теперь, готовя себя к совершенно другой жизни. Не будем больше жить здесь, обещал он. Уедем в твое Костылино, купим там избу, которая так тебе понравилась, избу Соломатиных, они продадут с охотой, я уверен, и будем там жить, я научусь плотничать, починю крышу, левый задний венец поправлю, если он действительно сгнил, заведем кур, дрова буду заготавливать... ты ведь так хотела этого, тебе будет там хорошо, и каждый вечер мы будем с тобой играть в «девятку» и в «кинга»... Он так и заснул, на коленях, уткнувшись лицом в неубранное одеяло, а рано утром, в восемь часов, раздался телефонный звонок, он вскочил, словно обожженный кнутом, и он уже знал, кто звонит и почему...

...На кладбище во время похорон светило солнце, но ветер был такой свирепо-ледяной и беспощадный... Он простудился вдребезги. Весь. Все зубы у него болели. И горло. И простреленный бок, и под лопаткой. Лицо распухло, глаза сделались красными, маленькими и тоскливыми, как у больного животного. Он и был больным животным. Робко звонила Лариска — он, с трудом сдерживаясь, попросил оставить его одного. Звонил угрюмый Виконт, потом приперся вместе с заранее перекошенным от сочувствия Мирлиным — он не пустил их за порог, он хотел быть один. Он был сейчас больной или раненый зверь, которому надо заползти куда-нибудь в чащу и там либо выжить, либо сдохнуть, но — в одиночку, только в одиночку... Он читал бумаги — свидетельство о смерти, документы о захоронении, — он словно надеялся найти там нечто существенное, но не нашел ничего, кроме отстраненно удивившей его записи о причине смерти: «атеросклероз артерий мозга». Почему — мозга? Ведь это был инфаркт, мимолетно удивился он и тут же забыл об этом, его вдруг потянуло читать письма, его — к ней, ее — к нему, письма тети Лиды и других маминых подружек, которых давно уже не было на свете, и какие-то ее записки по педагогике, и несколько вариантов автобиографии... И вот тут ему стало совершенно невмоготу — он собрал всю эту гору бумаги, перетащил в ванную и принялся жечь в печке-колонке — все подряд, уже больше не читая, не желая читать, не желая ничего помнить и узнавать...

...Вот странно. Она сделала то же самое с отцовским архивом, когда получила похоронку, — сожгла все, до последнего листочка, неживая, окаменевшая, с сухими глазами... (Испуганный и зареванный, он сидел в дальнем углу и следил за нею, боясь подойти: в сумраке, в отсветах огня она казалась ему деревянной и незнакомой.) Интересно, что же такое она хотела уничтожить, когда жгла исписанную бумагу? И что хотел уничтожить он? От чего избавиться? Какой изболевшийся нерв выдернуть и самое его место выжечь? Ответа не было. Совершался акт горя и отчаяния — несомненно, но был ли в нем хоть какой-нибудь смысл? Ну хоть какой-нибудь?..

На третий день он вышел вечером из дому, купил пачку сигарет и позвонил Лариске. Всю ночь (до пяти утра) они с ней ходили по кругу: Литейный мост, мимо бывшего французского консульства (где теперь была школа для тугоухих детей), мимо пристани речных трамвайчиков (где десять лет назад напали на них хулиганы — случай, рассматривавшийся в качестве кандидата на ДЕВЯТНАДЦАТОЕ ДОКАЗАТЕЛЬСТВО, но отвергнутый), по Кировскому мосту, мимо Дома политкаторжан, мимо «Авроры», по мосту Свободы (бывшему Сампсониевскому, когда-то деревянному, уютному, узенькому, а теперь железному, широкому, важному), мимо стройки (раньше, до войны, здесь стоял так называемый Пироговский музей, огромное, то ли еще недостроенное, то ли уже разрушенное здание, в блокаду оно сгорело под зажигалками, после войны там держали несколько тысяч пленных немцев, загадивших все анфилады, залы и аркады самым неописуемым образом, а теперь здесь возводили новую гостиницу), мимо желтого бесконечного фасада Военно-медицинской академии, и снова — на Литейный мост... Говорили мало. Курили. Иногда вдруг ловили взгляды друг друга, и тогда их словно бросало друг к другу — они судорожно обнимались и стояли так по несколько минут, щека к щеке, душа к душе... Что-то происходило в нем. (Да и в ней, наверное, тоже, но он об этом не думал тогда совсем.) Угли холодели и покрывались серым пеплом. Рану затягивало розовой сочащейся пленочкой. Кончалась одна жизнь и начиналась другая. Одни страхи уходили в никуда, другие приходили из ниоткуда... Равновесие восстанавливалось...

А спустя неделю он вдруг почувствовал, что может говорить и думать о ней совсем уже без боли, даже, пожалуй, наоборот, — он таким образом как бы отрицал ее исчезновение и утверждал присутствие. Впрочем, анализировать все эти ощущения ему не захотелось, надо было сначала выздороветь до конца. Если, конечно, от такого можно выздороветь до конца. (Потом оказалось — можно. Не выздороветь, конечно, а перейти как бы на иной уровень здоровья — одноногий инвалид ведь тоже может считаться и даже быть здоровым, но — на своем уже уровне.)

И еще прошел один год, но, слава богу, спокойно, без потрясений и ударов, все успокоилось, они с Лариской поженились — тихо, без свадьбы, только Виконт, Сеня Мирлин да Жека Малахов с Татьяной сидели за столом, ели мясо по-бургундски, пили медицинский спирт и дружно исполняли отшлифованный репертуар:

> Если ты ешь кукурузу,
> Если ты ешь кукурузу,
> Если ты ешь кукурузу, —
> Значит, ты ешь кукурузу!!!
> Поцелуй свою тещу!
> Жизнь наша сложная штука,
> А-а-а-а-а!..

Ах, как давно это было! Хрущ, кукуруза, глоток свободы, оттепель... «Один день Ивана Денисовича»... И как все навсегда миновало! Ну, может быть, и не навсегда. В конце концов, должна же экономика... Слушай, какая, к шутам, экономика? Трамваи ходят? Ходят. Чего тебе еще надобно, старче? Водка продается?.. «Будет пять и будет восемь, все равно мы пить не бросим. Передайте Ильичу: нам и десять по плечу. Ну а если будет больше, тогда сделаем как в Польше...» Э, ничего они не сделают никогда!.. «Топ-топ, очень нелегки к коммунизму первые шаги!..» Слушайте, я вчера стою за пивом, а там мужичонка какой-то разоряется: робя, дела наши — кранты, с первого числа в два раза на водку поднимут, уже ценники переписывают, я вам точно говорю! А какой-то облом двухметровый ему: не посмеют! САХАРОВ НЕ ПОЗВОЛИТ!.. Слушай, ну чего ты орешь на весь Карла-Маркса?.. Виконт, перестань трястись, теперь за это не сажают... А ты знаешь, за что был сослан Овидий? Существует сто одиннадцать вполне аргументированных версий, но скорее всего — скорее всего! — за обыкновеннейшее недонесение... Ну, знаешь, шуточки у тебя, боцман... Ладно, давайте лучше споем:

> Помнишь, как вечером хмурым и темным
> В санях мы мчались втроем,
> Лишь по углам фонари одинокие
> Тусклым горели огнем.
>
> В наших санях под медвежью полостью
> Черный стоял чемодан,
> Каждый невольно в кармане ощупывал
> Черный холодный наган...

(...Черт его знает, ну почему вся нынешняя интеллигенция обожает все эти уголовные романсы? Со студенческой скамьи, заметьте! Уголовников боимся и ненавидим, а романсы поем ну прямо-таки с наслаждением!.. А это потому, братец, что у нас народ такой: одна треть у нас уже отсидела, другая треть — сидит, а третья — готова сесть по первому же распоряжению начальства... Начальство — не трогай! Начальство это святое. «Нет ничего для нашего начальника обременительнее, как ежели он видит, что пламенности его положены пределы!»...)

>...Вот подымается крышка тяжелая,
> Я не сводил с нее глаз,
> Ящички шведские, деньги советские
> Так и глядели на нас.
> Доля досталась тогда мне немалая —
> Сорок пять тысяч рублей,
> Слово я дал, что покину столицу
> И выеду в несколько дней...

Какая, черт побери, голосина у Семки все-таки... Слушай, Семен, ради нас с Лариской — разразись: «Во Францию два гренадера...» И Сема не чинясь встает и разражается. Голос его гремит так, что колыхается матерчатый абажур, а шея его раздувается и делается кирпично-красной. И все наслаждаются — кроме Виконта, который терпеть не может громких звуков вообще...

...Ребята, я вчера знаете кого встретил? Только Костылева! Он стал как слон. И важный, как верблюд. Знаете, кто он теперь? Замзавгороно! Врешь!.. Клянусь!.. Господи! Толька — завгороно! Вы помните: «Форест, форест, форест»?.. Еще бы не помнить! И — хором в три глотки:

— «Форест, форест, форест... Энималс, энималс, энималс... Винтер, винтер, винтер... Он зе миддле оф зе роуд стэйс Иван Сусанин. Немецко-фашистская гидра камз.

— Вань, Вань, вилл ю телл аз зе вей ту зе Москов-сити?

— Ай донт кнов, — сэйд Иван Сусанин.
— Вань, Вань, ви шелл гив ю мени долларс!
— Ай донт кнов, — сэйд Иван Сусанин.
— Вань, Вань, ви шелл гив ю мени рублз!
— Ай донт кнов, — сэйд Иван Сусанин.
— Вань, Вань, ви шелл килл ю к чертовой матери!
— Перхапс пробабли!!!

Энд зей килл хим. Иван Сусанин из зе нешнл хироу оф зе Совьет Юнион!!!»

...Ах, как чудесно ржется под славные школьные воспоминания!

Плевать на все и плевать! Все как-нибудь обойдется и устроится... Нет, не всё. Я с чем угодно могу смириться. С чем угодно. Пусть они жрут, хапают, пусть награждают друг друга и прославляют, пусть хоть лопнут от почестей. Но — ложь, ложь! Ведь в каждом же слове — ложь, в каждой газете — ложь, включаешь телик — ложь, открываешь любую книжку — ложь. Ложь, одна только ложь, голая ложь, и ничего, кроме лжи!.. Нет уж, голубчики мои, голубочки! Первое, что надо сделать в этом нужнике, — объявить свободу информации. Все заглушки, все затычки, все забитые отдушины — настежь!.. Все знаю, и без вас: пять лет у нас все это дерьмо будет утекать через стоки, и еще пять лет мы должны будем чистить все, и драить, и отдирать, а потом пятнадцать лет еще учиться в унитаз гадить, в унитаз, совковое твое рыло, в унитаз, а не рядом... Но первое — отдушину, окна распахнуть, от вони этой хоть чуточку самую продохнуть — без ЭТОГО ничего не будет! И никогда!.. Ну, чего ты разорался, как больной слон?.. А, да перестань ты осторожничать, Виконт, смотреть на тебя тошнит, ей-богу, — вот уж, извини, обосрался — на всю оставшуюся жизнь... Ребята, ладно, бросьте, а эту вы помните:

> Нас десять, всего только десять,
> И старшему нет тридцати,
> Не смейтесь, не надо, нас могут повесить,
> Но раньше нас надо найти...

...Это еще что такое? Это — поручик Али, начало двадцатых... Ага, помню: ее Сашка откуда-то принес, еще в университете. Да-а, Сашка ты, Сашка. До чего же жалко его, ведь талантище был!.. Э, господа! Я же новую порцию «рассыпанного жемчуга» притаранил... Давай! Народ любит «рассыпанный жемчуг»... «На поле брани слышались крики раненых и стоны мертвецов...» Здрасьте! Сто лет назад уже было! Старьем кормишь, начальник, не уважаешь... «Он подвел ее к кушетке и сел на нее...» Расстрелять!.. Нет, почему же, вполне... Подождите, вот еще: «Под кроватью лежал труп и еще дышал. Рядом рыдала трупова жена, а брат трупа находился в соседней комнате без сознания...» Это — да, недурно! Молодца! Хвалю... Вот еще про труп: «Утром на пляже был обнаружен свежий труп. Труп состоял из девушки прекрасной красоты...» Га-га-га!.. Виконт, а помнишь инвентарную опись, в пенджикентском музее: «Пункт десятый. Картина неизвестного художника. Олень, убегающий из Сталинабадской области...»? Га-га-га... «Пункт пятый. Кинжал охотничий в ножнах. Кинжал утерян, ножны не от него...» Мальчики, помогите стол разобрать, будем сейчас пить чай... Правильно! Будем пить чай с блюдца и петь народные песни — это будет у нас чистая, трезвая, истинно русская жизнь! «По реке плывет топор с острова Неверова. И куда же ты плывешь, железяка херова?..» О, этот яркий солнечный мир частушки — абстрактный, словно живопись Сальвадора Дали: «На горе стоит кибитка, занавески новеньки. В ней живет интеллигент, его дела фуевеньки!..» Слушайте, что это у вас за манера образовалась — материться при женщинах?.. А это такая новейшая московская манера: целоваться при встрече и материться при женщинах... И через посредство женщин!.. То есть как это? Ну, когда женщины сами матерятся... Семен, Семка! А ну давай грянем мамину, любимую:

— Ой ты гарный Семенэ, приди сядь биля менэ,
 И коровы в менэ е, сватай менэ, Семенэ!
 И коровы в менэ е, сватай менэ, Семенэ!

— На що ж менэ ти коровы, як у тебэ рыжи бровы!
А як вот визму в одной Лёле, тай то будэ полюбовэ!..

...Ах, Клавдия Владимировна, матушка наша! Она ж — певунья была, эх!.. Да! Как вы с ней, бывало, на два голоса! А?..

— Ой ты гарный Семенэ, приди сядь биля менэ,
И кожухи в менэ е, сватай менэ, Семенэ!
И кожухи в менэ е, сватай менэ, Семенэ!
— На що ж менэ ти кожухи, як у тебэ длинны вухи!
А як вот визму в одной Лёле, тай то будэ полюбовэ!..

...А какие пироги пекла! Оладьи какие, с абрикосовым вареньем!.. Да разве наши, нынешние, такое могут?.. Куда им! Не та школа...

— Ой ты гарный Семенэ, приди сядь биля менэ,
Карбованци в менэ е, сватай менэ, Семенэ!
— Карбованци в тебэ е?! Ах ты душка мое!..

Разошлись в три ночи. У самого дома Сема Мирлин поймал такси и обратился к шоферу с историческим вопросом:
— Вилл ю телл аз зе вей ту зе Москов-сити?
А Жека с Танькой, в ожидании конца переговоров, стояли в обнимку с Виконтом и тихонько выводили — с чувством глубокого удовлетворения:

...Когда мы все уже лежали на панели,
Арончик все-таки дополз до Розанелли
И ей шепнул, от страсти пламенея:
«О Роза, или вы не будете моею?..»

ГЛАВА 2

И вот нежданно-негаданно настало время ДВАДЦАТЬ ЧЕТВЕРТОГО ДОКАЗАТЕЛЬСТВА. У него, бывало, и раньше побаливала печенка — на Кавказе однажды так схватило, что он не чаял живым остаться, — однако все кончалось до сих пор без тяжелых последствий. Английская соль помогала, но-шпа, а еще он приспособился сахарный песок жрать во время приступов. Мама сказала как-то: «Печенка сладкое любит», вот он и взял в обыкновение — как прихватит (после выпивки, после жирного-жареного, а иногда и просто так, без какой-либо определенной и ясно видимой причины), прихватит его, бывало, так он всю ночь сидит, скрючившись, читает что-нибудь, не требующее ясных мозгов, пьет слабый чай и заедает сахарным песком. К утру обычно отпускало, и можно было жить дальше, придерживаясь, по возможности, какой-никакой диеты.

А теперь вот не отпустило. И через день не отпустило. И через два. И через неделю. Болело не так чтобы очень уж сильно (на Кавказе было пострашнее), но зато — непрерывно, упорно и как-то совсем уж безнадежно. Грызло — молча и страшно.

Лариска извелась с ним — он не хотел идти к врачу, не хотел вызывать врача, он все надеялся, что как-нибудь обойдется. Однако же — никак не обходилось.

На восьмой день Виконт, не спрашивая ни у кого и ни с кем не договариваясь, привел знакомого врача из Военно-медицинской, полковника, розового, дьявольски интеллигентного, покрытого по всем видимым местам золотистым редким пухом. Полковник обследовал красногоровский живот прохладными мягкими пальцами и сказал: «Ваша болезнь, Станислав Зиновьевич, к сожалению, миновала свою терапевтическую стадию... Из терапевтической она перешла теперь в стадию хирургическую». И сказано это было так, что Станислав тут же и сдался. Да, впрочем, у него уже и сил больше не было сопротивляться: за эту неделю он так измучился, что теперь уже был готов на все.

В больнице его быстренько (по блату, разумеется) подготовили и, не теряя ни секунды, повезли в операционную. Он лежал в каталке на спине, неяркие матовые плафоны проплывали над ним, и он думал, что, вполне возможно, вот эти плафоны — последнее, что он видит.

Над столом яростно светили хирургические юпитера, в операционной было холодно, врачи переговаривались негромко и непонятно, потом (он не стал смотреть) что-то вцепилось ему в запястье, ему показалось — какие-то железные когти, но это просто погнали ему в вену (как было объявлено) некий «курарeсодержащий» препарат, на предмет анестезии. Голоса вдруг отдалились и превратились в смутный фон, почему-то световой, а не звуковой, а потом он провалился в ничто, вынырнул, ничего уже не слыша, а видя один лишь прожекторный свет, потом снова провалился и снова вынырнул — теперь уже в последний раз.

Ослепительный свет стал тьмой, в то же время оставаясь светом. Это было так странно... так томительно странно... Но это же и принесло облегчение. Ничего больше не стало — только тьма, тьма ослепительного света и долгожданный покой...

Правда, был еще голос, он возник вдруг и ниоткуда — отвратительно громкий, гулкий какой-то, с реверберациями, напористый и неотвязный. «...Красногоров, б..., сука проклятая! Открой рот!.. Рот раскрой, Красногоров, е...й ты по голове! Рот!!!» Но было поздно: уже все умирало вокруг, даже ослепительный свет, тьма света, черная тьма... и голос тоже умирал, некуда ему было деваться в этом всеобщем умирании, он умирал... он умер... «Красногоров! Рот!.. Курва заср...я, рот раскрой!!!» И все исчезло.

Он очнулся не то ночью, не то ранним утром, было сумеречно и даже темно, какие-то белые высокие кровати виднелись в этих густых сумерках, почему-то сильно болело горло, как в разгар ангины, рот был, казалось, полон крови, и безумно хотелось пить. «Пить», — сказал, а получилось, что простонал он. Голос у него оказался сиплый и тихий, никто его не услышал, и никого не появилось рядом. Он снова позвал, и снова без толку. Он ворочал толстым шершавым языком, пытаясь хоть облизнуть губы, и вдруг обнаружил, вернее, ему показалось, что он обнаружил, что у него нет передних зубов.

Это было как в тяжелом кошмаре. Он тупо и вяло шарил языком, пытаясь разобраться, чудится ему или нет, и получалось, что не чудится: передних верхних зубов не было. Где зубы?.. Он ничего не мог вспомнить и ничего не понимал. Зубы-то где мои?.. Вдруг возникла рядом с ним и над ним белая бесшумная фигурка, и он почувствовал у своих губ прохладный фарфоровый носик какого-то медицинского сосуда — и там была вода! Он сделал несколько жадных глотков, преодолевая боль в горле, и снова спросил: «Где мои зубы?» Фигурка ничего не ответила, скорее всего не поняла, решила, что он бредит, а фарфоровый носик снова оказался около его губ. Никогда раньше простая прохладная вода не приносила ему такого наслаждения!.. И он снова заснул — словно в пропасть провалился.

Очнулся он окончательно уже днем. Он лежал в реанимационной на высокой каталке, один, никого поблизости не было. Болело горло. С правой стороны прозрачной гибкой трубкой присоединена была к его боку тяжелая бутылка с густой вишнево-красной пенистой жидкостью внутри. Зубов и в самом деле не было — двух передних верхних, — и это казалось поразительным и мучительно непонятным. И снова безумно хотелось пить.

Разумеется, со временем все разъяснилось. Веселый, энергичный, никогда, казалось, неунывающий анестезиолог все ему объяснил. Оказывается, тот самый курарёсодержащий препарат оказал на Станислава нестандартное («парадоксальное») действие: он привел все мышцы Станислава в состояние длительной судороги. Станислав, естественно, перестал дышать (оказывается, мы дышим с помощью специальных мышц) и тут же затеял отбрасывать копыта. Надо было срочно ввести ему трубку с кислородом, прямо в трахею, и подавать кислород под давлением. Но челюсти у него были сведены судорогою точно так же, как и все прочие мышцы, и сколько ему в оба уха не орали, чтобы он разинул свою пасть, толку от этих криков не было никакого, и тогда майор Черный, проводивший операцию, принял решение — выдрать ему передние зубы и в образовавшееся отверстие ввести кислородную трубку. Что и было сделано, причем с такой энергией, что и горло рассадили совершенно безжалостно, но уж это-то — сущие пустяки, завтра заживет...

По словам жизнерадостного анестезиолога получалось, что в состоянии клинической смерти Станислав пробыл всего две или три минуты, вытащили его ОТТУДА моментально, так что никаких вредных последствий не предвидится, наоборот — считай, что заново родился! Королёву, например, рассказал он, генеральному конструктору, повезло гораздо меньше: ему сделали — по поводу пустяковой операции, между прочим — такую же анестезию и с тем же парадоксальным результатом, но растерялись и откачать не сумели, распустяи, академики... Тут к Станиславу наведался, лично, майор Черный и прекратил этот поток разглашений. Он отослал анестезиолога заниматься делом, а сам вручил Станиславу на память два здоровенных — с лесной орех — черно-зеленых камня из его, Станислава, желчных протоков и с удовольствием расписал, каков был у Станислава воспаленный его желчный пузырь (с бутылку ноль семьдесят пять) и что́ со Станиславом обязательно произошло бы, если бы с операцией затянули еще хотя бы на часок...

Через месяц они уже скромно праздновали возвращение Станислава к пенатам. Виконт с Лариской наслаждались хванчкарой под божественную яичницу по-сельски, а Станислав хлебал слабый куриный бульон и заедал его сладким сухариком, очень, впрочем, довольный, что снова дома и все ужасы позади.

— А ты там — в авторитете, — сказал он Виконту между прочим.

Виконт очень удивился.

— Где? — спросил он, задирая брови.

— Ладно, ладно... Темнило гороховое. В Академии, где.

— Тебе показалось, — небрежно сказал Виконт и тут же попросил Лариску организовать еще порцию яишенки. Когда Лариска вышла, он сказал с упреком: — Охота тебе языком зря трепать.

— Ладно, ладно. Темнило. Не буду. Однако же хрен бы я выкарабкался, если бы не ты.

— Не преувеличивай, — сказал Виконт строго. — Ты лучше обрати свое внимание: это был двадцать четвертый случай, не так ли? Или я неправильно считаю?

— Правильно, правильно...

— И прошел ты по самому краю, насколько я понял доктора Черного, так?

— Инда и за край слегка заехал. Слегка!

— Преклоняюсь, — сказал Виконт. — Но скажи мне: неужели у тебя нет никаких соображений по этому поводу?

Тут вошла Лариска со сковородкой — спросить, сколько Виконту делать яиц, и они заговорили о яичнице и том, чем она отличается от омлета.

Соображений не было. Станислав пытался рассуждать примерно следующим образом. Если ПРЕДНАЗНАЧЕНИЕ реально существует, оно должно проявляться либо в сфере МОГУ, либо, как минимум, в сфере ХОЧУ. МОГУ. Могу работать с любым ПэЭлом, с любым БЭЙСИКом, на ассемблере, в машинных кодах (не говоря уже об АЛГОЛе, ФОРТРАНе и прочих древних языках). Приходилось работать на МИНСКе, на БЭСМе, работаю на IBMке, полагаю, что могу работать вообще на любой ЭВМ. Могу водить автомобиль. (Чинить автомобиль — не могу.) Могу писать стихи для стенгазеты и для Лариски, вообще любые «прикладные» стихи, например рекламные. Видимо, могу писать романы — не хуже других, но, надо полагать, и не лучше. Вообще, видимо, не дурак, но этого так мало! Нет абсолютно ничего такого, что я могу делать лучше всех или хотя бы лучше многих... Мрак. Туман. Полная неопределенность. А точнее — полная определенность: «взвешен и найден легким»...

ХОЧУ. Господи, да ничего особенного я не хочу! Ну, хочу, чтобы напечатали роман. Но если не напечатают, тоже не удавлюсь, не затоскую, не запью... Ну, хотел бы создать собственный язык программирования... с Ежеватовым хотел бы поработать так, чтоб он вдруг похвалил... Господи, да мало ли чего я хочу, но это все мелочи, это все если и важно, то важно для меня — исключительно и только для меня. Нет ничего такого ни в умениях моих, ни в желаниях, ни в намерениях, ради чего стоило бы ОБЕРЕГАТЬ и СПОСОБСТВОВАТЬ...

«Взвешен и найден легким».

Правда, были еще ОЗАРЕНИЯ. Или ЗАТМЕНИЯ. Это уж — как угодно. Размышлять на эту тему было скорее неприятно, но однажды он все-таки заставил себя это свое свойство проанализировать. Анализировать оказалось так же неприятно, как вспоминать какой-нибудь свой давний провал, или срам, или срамной провал. Какую-нибудь ослиную неуклюжесть при амурном ухаживании. Или позорный ляп на экзамене. Или постыдную ретираду при виде уголовных рож на ближних подступах... Хотя на самом деле ничего такого уж позорного в озарениях-затмениях не было. Скорее уж, наоборот. Но все-таки это было что-то вроде припадка, о котором потом ничего толком не можешь вспомнить, кроме ощущения бешенства и дикой неконтролируемой ненависти...

Впервые это, кажется, случилось еще в школьные времена, либо в самом начале студенческих, когда Виконт со своим идиотским высокомерием зацепил за живое какого-то чудовищного жлоба, пахана, уркагана, и тот, притиснув маленького кучерявого, сильно побледневшего Виконта в угол (дело происходило в трамвае), принялся, урча невнятные угрозы, бить его по глазам кожаной перчаткой, причем второй громила, ничуть не менее жуткий, стоял тут же рядом и равнодушно смотрел в раскрытую дверь на проносящиеся пейзажи. Публики в трамвае было полно, но никто и пикнуть не посмел, все старательно делали вид, что ничего не происходит. Это длилось секунд десять, Станислав оцепенело смотрел, как ходит по бледному Виконтову лицу коричневая облупленная перчатка, и тут затмение наступило... или, наоборот, озарение, ибо он вдруг ясно понял, что надлежит делать... Виконт рассказал потом, что выглядело это жутковато. Станислав издал тоненький, на самой грани слышимости, визг, прыгнул сверху, на спину, на плечи, на голову пахану, как-то страшно ловко, по-звериному, запрокинул ему нестриженую башку и несколько раз, не переставая визжать, укусил его в лицо.

Весь трамвай мгновенно ополоумел от ужаса. И пахан, естественно, ополоумел от ужаса тоже — ополоумеешь тут, когда посреди шума городского, в трамвае, а не в джунглях каких-нибудь, на тебя наскакивают со спины шестьдесят пять килограммов мускулистого веса, с воем и с визгом хуже всякого звериного, и кусают за лицо. Он судорожным усилием стряхнул с себя Станислава, словно это было какое-то ядовитое животное, и бросился вон из вагона прямо на ходу (благо в те времена автоматических дверей в трамваях не водилось). Они оба — жлобы, паханы, уркаганы — сиганули без памяти прямо в кусты, которые тут росли вдоль трамвайных путей (дело происходило на улице Горького, недалеко от кинотеатра «Великан»), а Станислав остался стоять, напряженно скрючив пальцы-когти, напружинившись, весь белый с красными пятнами, и зубы у него были оскалены, как у взбесившегося пса.

Им пришлось выйти на ближайшей же остановке, чтобы не пугать и дальше трамвайный народ... В памяти у Станислава осталось: сначала — ощущение ОЗАРЕНИЯ, неуправляемое бешенство, чувство неописуемой свободы и абсолютной уверенности в своей правоте, а потом — сразу, почти без перехода — обеспокоенные глаза Виконта и его голос: «Эй, ты что это? Ты меня слышишь или нет?..»

Таких вспышек на протяжении последних пятнадцати лет состоялось несколько. Вспоминать их было неприятно, а зачастую и стыдно. Тем паче — рассказывать о них. И дело было не только в том, что никому неохота признаваться в склонности к припадкам. Тут был и еще один нюанс.

Например, подобная вспышка спасла их с Лариской, когда нарвались они, гуляючи осенней ночью по набережной, на стаю мелких, но мерзких пацанов — штук пятнадцать шакалов окружили их, подростки, гнилозубые, грязные, исходящие злобой и трусливой похотью, Станислава прижали к парапету, а Лариску принялись хватать за разные места, ржали, гыгыкали, рвали кофточку, лезли под юбку... Станислав взорвался. Он сделался так ужасен, что шакалы брызнули в стороны без памяти и с воем, а Лариска перепугалась (по ее собственному признанию) чуть не до обморока, — он показался ей страшнее любой банды, он был как вурдалак в охоте...

Нюанс же состоял вот в чем: опомнившись, он обнаружил, что во время ОЗАРЕНИЯ обмочился и даже немножко обгадился. Не от страха, конечно же, нет — никакого страха не было и в помине, только бешенство и ясная ненависть. Но видимо, что-то происходило с организмом во время таких вот взрывов — какая-то судорога... или, наоборот, некое расслабление. (Точно так же, как, говорят, у повешенных в предпоследние секунды их жизни происходит непроизвольное и совершенно неуместное семяизвержение.)

Он попытался проанализировать все эти случаи, они были разные, общее было в них лишь то, что он за кого-то стремился каждый раз заступиться, защищал кого-то, справедливость отстаивал: то с хулиганьем воевал; то с дурой-референтшей, затеявшей графологическую экспертизу в масштабах всего института — на предмет выяснения, кто это посмел написать поперек ее статьи в стенгазете: «НЕПРАВДА!» («А вы знаете, что такое ПРЕЗУМПЦИЯ НЕВИНОВНОСТИ?!» — бешено орал на нее Станислав под испуганными взглядами членов редколлегии); то с каким-то хамом на бензоколонке, нагло пролезшем без очереди (как потом выяснилось, к стыду и позору Станислава, никакой это был и не хам вовсе и пролез он на совершенно законных основаниях — у него оказался какой-то там специальный талон, пропуск, жетон, в общем — документ)...

Каждый раз после ОЗАРЕНИЯ пересыхала глотка, язык становился большим и шершавым, и побаливала голова, и стыд мучил, и как-то неправильно — в части интимных своих отправлений — функционировал организм. Что-то происходило с ним во время этих вспышек. Какой-то перебой. А точнее говоря — сбой. Станислав наводил осторожные справки у знакомых — ни с кем из них ничего подобного никогда не случалось. Тут он был, похоже, опять уникален. Ну и что? Никаким предназначением здесь и не пахло. Пахло, скорее уж, патологией и нервной клиникой. Это было лишь еще одно доказательство его необычности, особливости и даже уникальности, но — ничего более.

Иногда он просыпался ночью от вспышки счастья, сердце колотилось восторженно, лицо распирало радостной улыбкой: он только что понял наконец ВСЁ! Обрел знание. Проникся — до самых последних закоулков... Предназначение возвышалось рядом с постелью, как прекрасный призрак. Оно было ясным, величественным и поражающе очевидным. На грани сна и яви, как эхо мгновенного обретения, счастливым воздушным шариком моталась одинокая радостная мысль: «Господи, да где же раньше глаза мои были, до чего же все это очевидно, Господи!..»

И все тут же рушилось. Лунные квадраты мертво лежали на паркете. Потрескивали рассыхающиеся обои. Со стены строго смотрела мама... Лариска рядом дрыхла — тихо и безмятежно. Он вставал, шел в маленькую комнатку и там выкуривал сигарету, не включая света. Ему казалось, что в темноте еще, может быть, получится: сформулировать, вспомнить, вернуть, сделать явным.

Это было мучительно. Наверное, на том берегу Стикса точно так же мучаются ТЕНИ, пытаясь и не умея вспомнить свое прошлое...

Виконт безжалостно повторял одно и то же: «Ишши!» Или иногда: «Жди». С некоторых пор ему явно не нравилось более рассуждать на эти темы и выслушивать жалобы Станислава. Может быть, он догадывался? Догадывался и не хотел говорить. Почему? Боялся сглазить? Он бывал иногда суеверен, причем сам себе придумывал приметы, например: нельзя мыться перед экзаменом и вообще накануне важного и решающего события. Нельзя смотреть на Луну через левое плечо. Нельзя наступать на трещины в асфальте. Нельзя, даже мысленно, напевать песенку «Моряк, забудь про небеса...». И ни в коем случае, никогда и ни при каких обстоятельствах нельзя идти из дому на работу иначе, как по Клинической улице. В свое время он начитался Леви-Стросса и придавал приметам значение особенное и чрезвычайное. «Суеверие делает сильным». Дурная примета — настораживает, хорошая — придает бодрости. Мир сложнее любого нашего представления о нем, и поэтому одного лишь разума — мало; чтобы выжить, приходится изыскивать дополнительные резервы и заключать странные союзы... Они с Жекой Малаховым могли обсуждать эту идею часами — ясный, прямой, бесстрашный, исполненный веселого яду Жека и прищуренный, окутанный дымом трубки, ускользающий от понимания и как бы всегда в тени, непостижимый Виконт...

Ни с кем, кроме Виконта, говорить о Руке Рока было немыслимо. Однако можно ведь было поговорить о Предназначении вообще.

Семену Мирлину это оказалось неинтересно.

Исполненный яду Жека посоветовал обратиться к философии.

(Жека был белокудрявый, румяный, с лазоревыми васильковыми — чудными! — глазами, от которых все попавшие под ноги особи женского полу приходили в остолбенение. Он знал об этом своем свойстве, и его от этого тошнило. Сама мысль об адюльтере вызывала у него рвотные позывы. Он весь и всегда был чистый, ясный, красивый, блестящий, словно хрустальный бокал. Ненавидел ложь. Любую. С трудом и с большими оговорками признавал ложь во спасение — называл ее нравственным наркотиком. Татьяну свою любил до неприличия. Насмешки по этому поводу — терпеливо сносил, хотя был вовсе не толстовец, умел и отбиваться, и при необходимости — бить. Он был — пурист. «ПРАВИЛА ПОЛЬЗОВАНИЯ МЕТРОПОЛИТЕНОМ! — произносил он, исполняясь яду. — Какой титан ликбеза это придумал? ПРАВИЛА ПОЛЬЗОВАНИЯ СТАДИОНОМ имени Сергея Мироновича Кирова... ПРАВИЛА ПОЛЬЗОВАНИЯ НЕВСКИМ ПРОСПЕКТОМ...» Виконт был уверен, что СНОБ — это светский лев, элита, высокомерный аристократ. Жека разубеждал его в этом мнении. Сема Мирлин полагал, что ДОВЛЕТЬ — значит оказывать давление, а Станислав был искренне уверен, что пурист — личность, страдающая мочеполовыми болезнями... «Ну, пурген же! — втолковывал он. — Ну, мочегонное же!..» Жека всех терпеливо, а иногда и ядовито поправлял. Раздраженный этими грамматико-лингвистическими поучениями, Виконт повадился отвечать ему на его замечания классической формулой: «Перед каким словом в вопросительном предложении МУЖИКИ, КТО КРАЙНИЙ ЗА ПИВОМ? надлежит ставить неопределенный артикль БЛЯ?» Пуризм вообще утомителен, и Жекин пуризм тоже иногда утомлял. Впрочем, Жека, как правило, без труда улавливал в собеседнике такого рода утомление и немедленно менял манеру — он был и чуток, и тонок. Работал он, разумеется, в «ящике» и занимался сверхчистыми материалами. Что характерно.)

Жека презирал философию. Станислав, надо признаться, тоже. Он честно и безуспешно, еще с аспирантских времен, тщился понять: что такое философия и зачем она нужна? Пустой номер. У него все время получалось, что философия — это не более чем многословные рассуждения о Мире, не подкрепляемые никакими конкретными фактами. Причем не подкрепляемые как бы из принципа. Рассуждения, важнейшим свойством коих является то обстоятельство, что их невозможно ни опровергнуть, ни подтвердить. Их даже и не пытаются ни опровергать, ни подтверждать, словно договорившись заранее, что будут иметь дело с набором исключительно и только Гёделевских утверждений и никаких других. В лучшем случае философ (Тейяр де Шарден, скажем) оставлял по себе странное и противоестественное впечатление писателя-фантаста с недурным воображением, который решил почему-то писать (на основе осенившей его фантастической идеи) не роман, а некое гигантское эссе — как Лем со своей «Суммой технологии»... Видимо, философия, по самой сути своей, не приспособлена была отвечать на вопросы, она умела их разве что обсуждать.

Однако же вскоре после разговора с Жекой (в первую же ночь, когда Лариска отправилась на машину, «в ночное») он приволок стремянку и забрался на самую далекую полку, где дремали в пыли и забвении сокровища человеческой мудрости: Маркс—Энгельс, Ленин—Сталин — это уж как водится, — но кроме них и Шопенгауэр, и Гегель, и Платон, и Кант, и Гете, и даже Ницше, и даже «Новый Завет», и даже Фихте (но — на немецком)... Многое из этого досталось ему еще от отца, многое он и сам приобрел за последние двадцать лет, а кое-что появилось неведомо когда и неведомо откуда.

Проку из этой затеи не получилось никакого. Чего, впрочем, и следовало ожидать. Мохнатая пыль была удалена влажной тряпкой, гора идеологического хлама переправлена на антресоли, а дюжина (избранных) томов — просмотрена без какой-либо надежды на успех, а потому и вполне поверхностно. Несколько записей добавилось у него в дневнике, куда не заглядывал он с прошлого года. Кое-что, показалось ему, касается его дела, а кое-что — просто понравилось, безотносительно.

Гете:
«Наши желания — предчувствия скрытых в нас способностей, предвестники того, что мы в состоянии будем совершить...»
«Чувства не обманывают, обманывает суждение».
«Ищите в самих себе и вы найдете всё».
«Лучшее счастье мыслящего человека — познать познаваемое и спокойно чтить непознаваемое».

Ницше:
«Страшно человеческое существование и все еще лишено смысла: паяц может сделаться судьбой его...»
«...человек есть мост, а не цель: он прославляет полдень свой и вечер свой, как путь к новой утренней заре...»
«Остерегайтесь также ученых! Они ненавидят вас: ибо они бесплодны! У них холодные, иссохшие глаза, перед ними всякая птица лежит ощипанной. Подобные люди кичатся тем, что они не лгут: но неспособность ко лжи еще далеко не любовь к истине. Остерегайтесь!.. Застывшим умам не верю я. Кто не умеет лгать, тот не знает, что есть истина».

Как странно было это хриплое камлание Заратустры после ясного и чистого голоса настоящего мыслителя!..

Он ничего подходящего не нашел у Шопенгауэра — и не удивительно, ибо в «Афоризмах житейской мудрости», по признанию самого автора, речь шла более о том, как обучиться искусству «провести жизнь по возможности счастливо и легко». И ничего не обнаружилось в «Новом Завете», хотя «Апокалипсисом» он зачитался, как вдруг зачитываются стихами («...пятое — сардоникс, шестое — сардолик, седьмое — хризолиф, восьмое — вирилл...»). И в Платоне — тоже не нашлось ничего, и, естественно, у Джорджа Беркли... Зато Барух Спиноза не подкачал.

«Теоремы Этики, доказанной в геометрическом порядке»:
«Теорема 26. Вещь, которая определена к какому-либо действию, необходимо определена таким образом Богом, а не определенная Богом сама себя определить к действию не может».
«Теорема 27. Вещь, которая определена Богом к какому-либо действию, не может сама себя сделать не определенной к нему».

Аминь! К этому нечего было добавить. Да и времени не оставалось уже: захрипел под окнами Ларискин «запорож» — ночь кончилась, оператор вернулся домой, и надо было срочно убирать всю эту груду мудрости на полку, и прятать дневник, и делать вид, что зачитался титаническим творением соцреализма — романом «Щит и меч» (о котором злые языки говаривали, что подан он был в редакцию под названием «Счит и мечь»)... Даже и помыслить было страшно — объясняться с Лариской насчет Предназначения, Предопределения и Руки Судьбы...
Иногда любить значит — молчать.

ГЛАВА 3

В декабре Лариска легла на сохранение.
Целый день они проторчали в больнице, пока улаживались бесконечные и бессмысленные формальности. Лариска была сосредоточена и молчалива. Он чувствовал себя виноватым, тужился ее отвлечь и развлечь, трепался, как юный ухажер, — суконно и бездарно, Лариска улыбалась иногда через силу, но думала о своем.
Возвращался он уже в темноте. Мягкий снег медленно падал в свете фонарей. Мир был тих и пуст. Мир был

чист и добр, от людей в нем остались только тающие цепочки следов на свежем снегу. А внутри себя он ощущал неприятную тишину и гнетущую пустоту, в которой плавало нечто лохматое, многослойное и противное, как китайский чайный гриб. Он робко попытался разобраться, но ничего, кроме многослойного унылого и упрямого неудовольствия, внутри у себя не обнаружил.

Он понял, что ему решительно не нравится больница, в которую легла Лариска. Конечно, было очень удобно, что больница совсем рядом с домом — пять минут неспешной ходьбы, — но ведь это была больница, в которой умерла мама. И хотя Лариску положили совсем в другой, новый, корпус, он все равно вспоминал, не мог не вспоминать, мамину палату — огромный зал, тесно уставленный койками, ДЕСЯТКАМИ коек, и растопыренные скелеты многочисленных капельниц, торчащие по всему залу, как некие тощие металлические кактусы, и равномерное гудение-бормотание-урчание множества голосов, и влажную пахучую духоту, и женские лица, лица, лица, равнодушно обращенные к нему... И этот же зал в утро смерти... почему-то пустой — десятки пустых, разобранных коек... почему? Почему всех убрали (и куда?) из этой палаты, где ночью произошла смерть?.. Может быть, так у них принято? Вряд ли... Он отогнал это неуместное сейчас воспоминание и заставил себя думать о другом.

Он честно признался себе, что ему не нравится в этой ситуации ВСЁ. Всё происходящее было неудобно и малоприятно и не обещало впереди ничего, кроме бесчисленных хлопот и осложнений. И то, что Лариске все-таки поздновато рожать: не девочка, за тридцать пять уже, а если быть точным, то все тридцать восемь. (Наверное, именно поэтому и идет все негладко, и боли эти ее, и угроза выкидыша — да и вообще, куда это годится: первые роды в тридцать восемь лет!) И то, что зачатие получилось незапланированное, дурацкое и, скорее всего, по пьяному делу — ему даже казалось, что он помнит, как все это произошло — после Ларискиного дня рождения, надрались и дали себе волю, как молодые... (Тоже, между прочим, ничего хорошего — пьяное зачатие...) И вообще, не хотел он этого ничего, не готов он к этому был совершенно и не собирался даже готовиться — чего ради?.. Ну, не люблю я детей! Или скажем мягче: равнодушен. И даже брезгаю, если уж на то пошло: пеленки, распашонки, вопли, сопли, болезни... А если врач окажется прав и их действительно будет двое?..

Тут самое гадкое, что ведь и не скажешь об этом никому и никому не пожалуешься. Особенно Лариске. Она-то, видимо, решила раз и навсегда. Или сейчас, или — уж никогда больше. У нее эта решимость на лице написана, не подступишься — слышать ничего не захочет и знать не захочет ничего. Сейчас или никогда!.. Теперь, значит, надо готовиться к переезду в Минск. Они со своей маман уже явно все обговорили, папан — в восторге и готов устроить меня к себе в институт хоть завтра. И не обидит. Отца своего внука — никогда не обидит. Тем более если внуков будет двое... Господи, все здесь бросить — квартиру, ребят, Ежеватова, — все послать к черту, все надежды, все расчеты, и, может быть, — навсегда...

Он задержал шаг и стал смотреть сквозь снег, который все густел и густел, горит ли свет у Виконта. Свет горел, но он решил идти домой — настроение было не под гостей. Настроение было — поглядеть на себя в зеркало и хватить по дурацкой морде со всей силы, чтобы юшка брызнула...

Но едва он включил свет в большой комнате, раздался телефонный звонок. Он сначала не хотел брать трубку, но тут его вдруг словно ледяной водой окатило: а вдруг это из больницы, — он кинулся, но это, слава богу, оказался Виконт. От счастья и облегчения у него даже дух занялся, и он на радостях тут же позвал Виконта пить чай.

Сразу после программы «Время», еще про погоду сообщить не успели, приперся Сеня Мирлин. Жадно выхлебал остывший чай, подобрал остатки тульского пряника, а потом, оскалясь лошадиными зубами, полез в свой мокрый от истаявшего снега портфель, вынул и швырнул на скатерть пачку листков, исписанных крупным детским почерком. «Читайте,— потребовал он, сверкая очками. — Только что закончил. Еще чернила не высохли».

Пришлось читать. Это оказалось некое эссе, «плод нощных размышлений», кровью сердца писанное, слезами окропленное и чуждое внутренней цензуры. Называлось оно «ПОКОЛЕНИЕ, ГЛОТНУВШЕЕ СВОБОДЫ», и имело перед собою эпиграфом стихи — по словам Сени, вольный перевод польской диссидентской песенки:

> Наше поколение,
> Глотнувшее свободы, —
> Недоразумение,
> Странное, уродливое...
>
> Кровью не умытое,
> В тюрьмах не распятое,
> Богом позабытое, дьяволом проклятое,
> Наше поколение...

Читали, перебрасывая друг другу уже прочитанные листки, сначала неохотно (навязался нам на голову со своими брульонами), потом настороженно-критически (ну, брат, это ты — хватанул, не так оно все происходило, а совсем даже по-другому), а начиная со второй половины — азартно, жадно, хотя и в совершенном несогласии с автором, с собою, с миром, со всей этой проклятой поганой действительностью.

— Ну, Семен... Посадят тебя к чертовой матери! — сказал Станислав, дочитав последний листок и передав его Виконту. Семен удовлетворенно ухмыльнулся и принялся собирать разбросанные листочки в папку.

Станислав глядел на него раздраженно, но главным образом — с изумлением. Семен Мирлин был трепло. Он трепал языком много, смачно, во всеуслышание и без всякого стеснения — в любой компании, с любым собеседником и на любую тему. «Ерунда! — небрежно отвечал он своим доброжелателям, пытавшимся предостеречь и спасти. — Брось! Если захотят — придут и засадят, как миленького, — и меня, и тебя, и кого угодно. И никаких обоснований им для этого не понадобится. А не захотят, так и не тронут. Неужели ты не понимаешь, что каждый из нас УЖЕ наболтал более чем достаточно для сто девяностой — один? Даже смешно...» Некоторые, особо трепетные, старались последнее время держаться от него подальше: да ну его в жопу, сам угепается, так еще и умных людей за собой потянет, придурок небитый... Некоторые (опытные) цедили сквозь зубы что-то там про подсадных стукачей на твердом окладе, но, разумеется, это уж была чушь и гнусь... Трепло он был, трепло необузданное, восторженное, вдохновенное. Но вот чтобы так, концентрированно, складно и, черт его побери совсем, точно изложить суть целого поколения, да еще в письменном виде, — нет, этого ожидать от него нельзя было никоим образом. Никто и не ожидал. Станислав поймал изумленный и даже ошарашенный какой-то взгляд Виконта, поверх последнего листочка нацеленный на Семена...

(Головка у Семена была — дулей. Огромный кривоватый нос, оседланный кривоватыми очками, черные глазки, двустволкой, спрятанные под нависшими черными бровями, вороная пакля вместо волос — хоть вилку втыкай. Аномальной длины конечности, как у паукообразного гиббона, невероятные волосатые лапищи-грабли, сорок пятого размера ступнищи и — нечеловеческая силища. На руках-ногах не было у него никакой мускульной рельефности: одни кости да жилы — как тросы. Это вообще у него были не руки-ноги, а рычаги какие-то, шатуны-кривошипы. Бороться с ним было — все равно что со скрепером или с паровозом, а штучки á la Волк Ларсен (взять сырую картофелину, скажем, и раздавить ее в кулаке до состояния грязного пюре) он демонстрировал играючи. У него было три жены и шестеро, кажется, детей. В свое время окончил он Герценовский институт, но учителем проработал всего несколько лет, на целине, а потом повело его менять профессии и занятия с невероятной энергией и жадностью, словно он хотел перепробовать их все. Вершины экзотики достигнул он, работая определителем пола цыплят на бройлерной фабрике, профессия — редчайшая, нужен особый талант, который и обнаружился, а платили недурственно, но сейчас, как и надлежало записному диссиденту, осваивал он вполне стандартную профессию оператора котельной («...светлый путь: от бройлера до бойлера»), и вообще, похоже, остепенялся: Софья — маленькая, тихая, простенькая и твердая, словно придорожный камушек, — родила ему двух девок и держала его мягко, но крепко, на коротком поводке, — он ее побаивался.)

...Так вот: до пятьдесят восьмого все они были, оказывается, — злобные и опасные дураки («Великая Цель оправдывает любые средства, или Как прекрасно быть жестоким»). От пятьдесят восьмого до шестьдесят восьмого превращались они в дураков подобревших, смягчившихся, совестливых («Позорно пачкать Великую Идею кровью и грязью, или На пути к Великой Цели мы прозрели, мы прозрели»). А после шестьдесят восьмого дурь у них развеялась наконец и пропала, но зато и Великая Цель — тоже. Теперь позади у них громоздились штабеля невинно убиенных, вокруг — загаженные и вонючие руины великих идей, а впереди не стало вообще ничего. История прекратила течение свое...

Все это было — чистая правда, и это раздражало особенно. Они сцепились — Станислав с Семеном, главным образом. Виконт же слушал, но как бы и не слушал в то же время... поминутно выходил — то чайник поставить, то в сортир, то звонить кому-то там, то заваривать новый чай. Лицо у него сделалось отрешенное, глаза обратились внутрь, он был здесь, но одновременно и где-то еще — далеко, в эмпирсях каких-то... Непонятно даже было, ЗА он, в конце-то концов, или ПРОТИВ.

— Ты что, я не понимаю, готов признать себя полным говном, как этот субъект нас всех объявляет? — спросил его в какой-то момент окончательно раздражившийся Станислав.

— Человек — кал еси и гной еси... — смиренно ответствовал Виконт, на мгновение вынырнув из своей нирваны и тотчас же норовя обратно туда погрузится.

— И ты согласен, что каждый из нас — либо подлец, либо дурак?!

— Отчего же... Возможны варианты.

— Например?

— Например — поэт.

— Ты что, издеваешься надо мной?

— Не горячись, мой Стак, печенка лопнет...

— Поэт в России больше, чем подлец... — подзуживал Семен. — Если он подлец, конечно... И больше, чем дурак.

— А Солженицын?!

— Во-первых, я — только про наше поколение. А во-вторых, да, есть список... двадцать известных имен и, может быть, еще двести никому, кроме ге-бе, не известных, — так вот о них я тоже не говорю...

— Ты совершаешь большой грех! — сказал Станислав, заставляя себя успокоиться. — Ты объявляешь всех негероев подлецами. Это нечестно, Семен. И жестоко. И грешно. Да кто ты такой, в конце концов?

— Я раб божий, взалкавший правды, если тебе угодно выражаться в таких вот терминах. Я ненавижу ложь. И это — всё обо мне.

— А откуда ты взял, что человечество нуждается в правде? — сказал вдруг Виконт жестко и тут же заторопился вдруг домой — вскочил, ни на кого не глядя, засуетился, стал искать перчатки.

Вечер оказался испорчен, и даже непонятно почему, собственно. Вроде бы не поссорились... посклочничали, конечно, поцапались, — но в меру же, в меру — без обид! Однако ощущение осталось, словно всплыло вдруг что-то угрюмое и чужое из черноты, сделалось гадко и беспросветно, и сразу же Лариска вспомнилась — лежит сейчас во влажной духоте палаты, вокруг стонут во сне и всхрапывают чужие бабы, а она — одна, с открытыми глазами, и заснуть не может — прислушивается со страхом и надеждой к тому, что совершается у нее внутри...

На улице стояла глухая ночь, снег светился, молодой, чистый, глупый, и согнувшийся маленький Виконт торопливо бежал наискосок через этот снег, по газону, к своей парадной, оставляя за собою рыхлую борозду...

И он почему-то подумал с тоской, что этот вот год — последний спокойный год в его жизни, больше таких не будет, и осталось ему этого спокойствия — три неполных дня.

Впрочем, как выяснилось, и трех дней спокойствия у него не оставалось: наутро (внезапно, без объявления войны) вторглась в его пределы дорогая теща из города Минска, Валерия Антоновна, — в натуральную величину и со всеми онёрами.

Вообще-то Станислав был вполне лоялен к своей теще, более того, он относился к ней с известным уважением, причем делал это без особенного даже труда. Теща у него была молодая, веселая («шебутная») и без всякого (обыгрываемого в соответствующих анекдотах) занудства и плешепроедства. Точнее сказать, занудство и плешепроедство, имевшие, разумеется, место быть (куда от них деться человеку на возрасте), компенсировались у нее азартно-веселым напором и лихостью в обращении с окружающими. Лариску она родила в семнадцать лет (по глупой восторженности своей тогдашней и неопытности), так что сейчас ей было всего-то пятьдесят пять, — волосы она красила под платину, макияж знала от А до Я и могла, буде захочется, привести в состояние восторженной покорности любого уважающего себя мужика в возрасте от сорока до восьмидесяти (что и проделывала иногда — на страх и в поучение окружающим).

К сожалению, она любила поговорить, и практически все монологи ее — были рассказы об одержанных победах. Она постоянно одерживала победы. Над продавщицей. Над секретарем горкома. Над бандой хиппи. Над соседом сверху. Над соседкой снизу. Над мужем...

Особенно блистательны и безоговорочны были ее победы над мужем. Скорее всего потому, что муж ее, Иван Данилыч, и не замечал никогда ни одержанных над ним побед, ни даже самих сражений. Это был здоровенный, мордастый мужик с внешностью самого заскорузлого партвыдвиженца — умница, трудяга, настоящий интеллигент. Будка у него была настолько характерная и надежная (и сам он был настолько добродушен, надежен и покладист в общении), что его при первой же возможности продвигали, назначали, повышали и награждали, хотя он не был не только членом партии, но даже и в комсомол каким-то образом ухитрился, будучи молодым, не вступить. Спохватились, уже когда его — доктора наук, орденоносца, заслуженного деятеля, почетного члена и тэ дэ — пришла пора назначать на институт... «То есть как это — НЕ ЧЛЕН ПАРТИИ?! Вы что там все внизу — офонарели? Директорская должность в этом НИИ — номенклатура ЦК, да не вашего захудалого республиканского, а Большого, Всесоюзного!.. А ну разберитесь!» Пришлось срочно вступать. Он отнесся к этому акту как к неизбежному походу в стоматологическую клинику, — покряхтел, поморщился и пошел... И теперь у него был институт, новейший, с иголочки, жутко засекреченный, оборудованный наисовременнейшей (краденой) американской вычислительной техникой, и занимались там, в частности, экономическим моделированием — тем самым, которым Станислав мечтал заниматься всю свою сознательную жизнь. Ну что ж, этой мечте его, кажется, предстояло осуществиться: тесть обещал твердо — и ставку, и руководителя, и тему. И даже квартиру он зятьку пообещал — через какие-нибудь там два-три годика и при условии.

Впрочем, сейчас речь пошла у них с тещей не об этом. Пеленки. Распашонки. Слюнявчики. Чепчики. («Чубарики-чубчики...») Вообще постельное белье. Коляска, причем не простая, а двойная. Колыбельки, две, гэдээровские. Почему в доме обваливаются обои? Так, завтра же придет человек и переклеит обои, я уже договорилась... Теперь вот что: в таких трусах мужики ходили при культе личности, это так называемые семейные трусы, современный мужчина в таких ходить не должен, он в них вянет, так что вот тебе новые — трусы, майки, носки — интересно, куда смотрит твоя жена?.. Новые одеяла, старые — выбросить. Новые занавески — старые долой. Почему в доме нет приличной посуды? Вот вам приличная посуда, не забудь обварить крутым кипятком, да шевелись, шевелись, ты, муж и отец, всем делам венец...

Он оказался разбит и побежден по всем правилам военной науки, и одновременно — походя — разбита была вдребезги соседка, сунувшаяся было со своим мнением по поводу каких-то важнейших мелочей. Тогда он пошел в сберкассу, снял заветные пять сотен и купил Лариске в палату портативный цветной телевизор — чтобы не было им всем, несчастным бабам, скучно и грустно в новогоднюю ночь...

Он устанавливал и регулировал им этот телевизор, поглядывал украдкой на них, вполне веселых, смешливых, даже склонных к кокетству, в своих цветастых халатиках, так непринужденно распахивающихся, чтобы вдруг явить миру и взору белую гладкую кожу, кружева там какие-то или просто ситцевую соблазнительную рубашечку, и вдруг ни с того ни с сего вспомнилось ему, как шофер Володя как-то говаривал: «Люблю, бля, за беременную подержаться — ОНИ у них, бля, такие пухлявенькие, мяконькие, бля, пасленовые, ей-богу...» Лариска была веселая, ничего у нее нигде не болело, глаза блестели, и губы были мягкие, сладкие... пасленовые, бля. Врачи полагали, что все обойдется благополучно — не первая она у них такая и, надо думать, не последняя. Идите и спокойно встречайте себе Новый год, папаша... И вам того же.

Встречали Новый год вдвоем: он да теща.
(Мирлин встречал, как всегда, в семье. Жека Малахов с Танькой ушли в свою институтскую компанию. А Виконт сказал: «Мой Стак, я никогда не встречаю

Новый год с тещами своих друзей. Это было бы противоестественно. Извини, но я иду к женщинам».)

Впрочем, недурно оказалось и вдвоем. Откупорили, как водится, шампанское, распили маленькую армянского коньку, вкусно поели, смотрели телевизор — «Голубой огонек», — смеялись, подшучивали друг над другом, атмосфера была — умиротворенности и взаимного доброжелательства. О политике почти не говорили — чтобы не ссориться. Валерия Антоновна была сторонница твердой власти, железной руки, костяной ноги и вообще ждала, дождаться никак не могла военного переворота. Когда Станислав попытался все-таки втолковать ей, в какой поганой стране все они живут, она ответила не задумываясь: «Ерунда, вы все живете в замечательной стране, она называется Молодость...» — «Побойтесь Бога! Какая молодость? Мне сорок два!..» — «Ах, какой это замечательный возраст — сорок два года!» — произнесла теща от всей души и тут же переехала на воспоминания. Воспоминаний оказалось довольно много, и некоторые были прелюбопытны.

Например, раскрылись кое-какие подробности, касающиеся Ларискиного отца. Что Лариска не дочь Иван Данилычу, он и раньше знал, а вот то, как складывались отношения тещи с ее первым хахалем впоследствии, узнал он только сейчас. Хахаль (он был тогда студент юридического) сначала вел себя вполне прилично, даже в роддом приносил, как это водится у людей, цветы-яблоки, торчал под окнами, махал ручкой, подпрыгивал, как бы стремясь вспорхнуть к любимой на второй этаж, но встречать любимую с младенцем, однако же, не пришел и вообще исчез, растворился, «удалился в сторону моря». Навсегда, казалось бы, но, как выяснилось, — не совсем навсегда.

В сорок девятом (то есть почти пятнадцать лет спустя) Валерию Антоновну, учительницу русского языка и литературы, вызвали к директору школы в кабинет, там сидел вальяжный мужчина с манерами высокого чиновника, оказавшийся, впрочем, не инспектором РОНО, а инспектором (или уполномоченным, или следователем, или расследователем, хрен их там разберет) МГБ, и Валерии нашей Антоновне предложено было заключить обычный договорчик о сотрудничестве, а когда она уклонилась, посоветовано ей было хорошенько подумать и через недельку явиться для серьезного разговора по такому-то адресу: улица, дом и, что странно, квартира.

И она пришла, побоялась не прийти. Это оказался обыкновенный жилой дом, очень приличный, с чистой широкой лестницей, с большими площадками на каждом этаже (детские колясочки на площадках, велосипеды, лыжи, самокаты), высокие красивые двери, лифта, правда, не было, и на пятом этаже запыхавшаяся Валерия Антоновна повернула медную ручку с медной под нею надписью «прошу повернуть», звоночек брякнул, дверь отворилась — на пороге, сами понимаете, стоял ОН. Она узнала его сразу и поразилась, как странно и как погано он изменился — он сделался старым, страшным стариком — это в тридцать-то один год! Глаза глядели тусклыми пуговицами. И волосы потускнели и поредели. Мертвый рот. Мертвая улыбка. А кожа лица обвисла, стала рыхлой, пористой и бледной, словно вымачивали ее неизвестно сколько времени в стоячей воде... На утопленника он стал похож, на ожившего почему-то, мертвого утопленника... Что там у них происходило в пустой квартире (хорошо обставленной, но совершенно нежилой — и духа человечьего там не было), что там у них происходило, теща рассказывать на этот раз не пожелала. Однако было ясно, что вербоваться она отказалась решительно, сославшись на нервность, озабоченность семейными делами и неумение держать тайны при себе. Тем не менее он назначил ей еще одну встречу, здесь же, еще через неделю, и она опять побоялась не прийти, но встретил ее какой-то совсем уж новый — молодой, лощеный, ласковый. На столе в этот раз оказалась бутылка, ваза с виноградом, бутерброды с икрой, конфеты, и лощеный этот не слишком даже делал вид, что пришел сюда работать, — совсем за другой надобностью он сюда пришел, да не на таковскую, бродяга, напал: это уже было сражение не по ихним сумрачным правилам, а по ее правилам — лихим и веселым, и не было ей в таких боях равной. Враг, разумеется, был разбит, она ушла с гордо поднятой головой, унося с собою пакет винограда и два бутерброда с икрой — для Лариски. Враг же остался, распаленный и обнадеженный, но, видно, что-то там у них заело в ихнем хваленом механизме — больше никогда не видела она ни хахаля своего, ни этого лощеного-ласкового, провалились они в безвременье навсегда, а когда бледное щупальце снова дотянулось до нее (звоночек по телефону, знакомое предложение и даже адрес тот же), — на дворе стоял уже пятьдесят четвертый, а у нее уже был Иван Данилыч, надежный, как разинский утес, она все ему рассказала, он подумал минуту и посоветовал: пренебречь — не ходить и забыть, обойдутся. Так оно и вышло...

За этой замечательной историей последовала еще одна — о победе над замминистра просвещения, но это показалось Станиславу уже не так интересно, и в два часа ночи решено было убирать со стола. Новый год состоялся и обещал быть не хуже старого... Мир был в доме, и мир был в сердце, и мир был в мире.

В это самое время, в половине третьего ночи, у Лариски открылось сильнейшее кровотечение и начались боли. Она заплакала, потеряла сознание и через два часа, не приходя в себя, скончалась на операционном столе.

ГЛАВА 4

Весь день с самого утра звонил телефон. Соседка сначала подходила, брала трубку, курлыкала что-то вполголоса, потом подкрадывалась к двери и царапала двумя ногтями. Он отвечал: «Нет дома», и она исчезала надолго. Потом он вовсе перестал ей отвечать, телефон все звонил, он считал звонки: двадцать один, двадцать два, двадцать три... Сделалось темно, лифт грохотал время от времени, во дворе пели пьяными голосами. Он курил. Красный свет разгорался на секунду, появлялась на секунду пепельница, коробок спичек, спинка стула, и все исчезало, истаивало, затягивалось темнотой.

Очень хотелось заснуть. Это стало как бы манией. Заснуть бы, повторял он про себя. Провалиться. В небытие. Хоть ненадолго. Хоть на несколько часов. Хоть на несколько минут... Он глотал какие-то пилюли, иногда ему казалось, что он уже спит и даже видит во сне что-то страшное, черное, тухлое, душное, но на самом деле он не спал уже много дней и ночей подряд. Он превратился в организм. Этот организм не принимал сна. Еды. Света. Мира...

Потом вдруг снова дошел до него голос. Встревоженный. Что-то было не так. «Станислав Зиновьевич, у вас там ничего не горит? Вы спите? Горит где-то...» Это у него одеяло горело. Большое красное пятно светилось, оранжевый муар расходился кругами, и даже быстрые язычки пробегали. И оказывается, уже дышать было нечем. «Это я курю, — сказал он громко. — Это у меня табак такой». Соседка потопталась по ту сторону дверей, неуверенно и встревоженно курлыкая, потом поверила, видимо, — успокоилась, затихла, ушла.

Он смотрел, как огонь набирает силу. Огонь был красив. Он протянул руку и положил ее на красно-оранжевое, муаровое, тлеющее, искристое... В этой боли было еще и какое-то странное наслаждение. В ней была справедливость, в этой боли. Но вот дым — мешал. Его было слишком много. Огонь был здесь в своем праве и на своем месте, а дым — нет. Дым был сейчас неуместен.

Он поднялся, вышел на кухню, взял с плиты холодный чайник и не торопясь, с удовольствием (впервые за день он что-то делал), вылил его на бегающие огоньки. Это было в точности так же, как поздно вечером, в лесу, когда перед тем, как лечь спать, неторопливо и старательно заливаешь кострище. Шипение. Белый дым. Запах гари. Ему пришлось набрать и вылить еще один полный чайник. И еще один. И еще. Теперь уже и кухня была полна дыма, и вполне можно было ожидать, что сейчас соседка набежит, и надо будет что-то ей объяснять, но соседка скрылась у себя и сидела там, притаившись, так что он спокойно набирал чайник за чайником и поливал одеяло, пока от красивого огня не осталось ничего, кроме влажной гари и вони, а дым вытянуло в две раскрытые форточки.

Рука болела. Боль эта была по-прежнему до странности не неприятна и явно обнаруживала что-то общее со справедливостью и с истиной. Строго говоря, они, в сущности, близкие родственники — истина, боль и справедливость... Он не захотел думать об этом. Да он и не сумел бы. Он был способен сейчас только на самые простые действия. Он поставил чайник на плиту. Этот чайник Лариска купила осенью, когда старый однажды весь выкипел и распаялся. Есть нечто глубоко нечестное в том, что вещи людей живут заметно дольше людей. Раньше этого не допускали. Раньше вместе с человеком сжигали все его добро — якобы для того, чтобы оно служило ему на том берегу, но на самом-то деле — во имя естественной справедливости... Об этом он тоже не стал думать.

Он пошел в ванную и умылся. Он вытирал лицо полотенцем и смотрел на себя в зеркале. Лицо было обыкновенное. Оно было в точности такое же, как всегда. Это было подло. Но ничего с этой подлостью сделать было невозможно. Подлость и здесь побеждала. Он ведь так и не сумел заплакать. Ни разу.

Он выходил из ванной, когда вдруг позвонили в дверь. Звонок был чужой, кого-то чужого черти несли, он вошел в тамбур, снял крюк и отворил дверь. Незнакомый человек быстро втиснулся и стал к нему вплотную, словно хотел его обнять. Или укусить.

— Это вы — Красногорский? — негромко, но очень напористо спросил он прямо Станиславу в лицо. Изо рта у него нехорошо пахло.

— Я — Красногоров.

— Да... Извините... Красногоров... Я вам весь день звоню сегодня. Виктору Григорьевичу очень плохо. Вам надо срочно поехать... Одевайтесь, пожалуйста.

— Зачем? — Станислав попятился от него в прихожую. От этого его запаха, от противного сине-курчавого воротника шубы, от круглых его немигающих глаз с нездоровым выражением.

Он сел на сундук. Человек продолжал что-то там говорить, время от времени трогая его за плечо. Он снова отвлекся. Теща вдруг вспомнилась почему-то. Была же теща здесь. Еще позавчера. Он сказал громко:

— Была же теща... Я точно помню. Куда делась?..

Он встал, чтобы посмотреть в большой комнате, но человек с нездоровыми глазами оказался на пути. И дверь на лестницу оставалась не закрыта, оттуда несло холодом. Он вдруг обнаружил, что у него озябли ноги в шлепанцах.

— Одевайтесь ради бога... Я прошу вас! — Человек уже держал перед ним его пальто — успел снять с вешалки и готовился подать. В глазах его слезилась тоска, совершенно собачья — вот почему они казались нездоровыми.

— Что вам надо, я не понимаю.

— Я же объясняю. Виктору Григорьевичу очень плохо. Он вас просит...

— Кто это такой? При чем тут я?

— Да Киконин же, гос-споди! Да что с вами, на самом-то деле?

— А-а... Виконт. Так бы и сказали...

— Он умирает. Он говорит, что если не вы — он умрет.

— Понятно, — сказал Станислав и снова сел на сундук.

Обстоятельства как будто прояснились, но ничего не изменилось от этого, и никуда не девался грубый, занозистый кол, воткнувшийся в грудь, точно в середину, и засевший там навсегда. Незнакомый человек продолжал говорить, держа Станиславово пальто наизготовку, у него были свои проблемы, и, видимо, — серьезные. Однако же он находился в заблуждении. Ничего серьезного не происходило. Смерть — дело вполне обыкновенное. Не надо только бояться ее, не надо от нее отшатываться со страхом и отвращением, словно бог знает от чего. Надо же понимать, что смерть есть абсолютный и окончательный покой, — и все сразу тогда станет на свои места...

Правда вот, понять это — невозможно. И думать об этом, даже если все время, — тоже не помогает.

Кол в груди пошевелился, как живой. Он не намеревался убивать, он не хотел и замучить, он просто — был. Этот кол и называется реальной жизнью. Выдуманная жизнь — замечательная штука, но в ней нельзя существовать. Существовать приходится в жизни реальной, которая есть кол, торчащий из середины грудной кости...

Человек вдруг переложил пальто в левую руку, а правой довольно сильно ударил Станислава по лицу. Станислав замолчал и опомнился. Он обнаружил, что глаза у незнакомца переменились. Это были теперь глаза человека, который умеет убивать и намерен убивать. Волчьи.

— Не хочешь — заставлю, — сказал человек с волчьими глазами. Он бросил пальто на Станислава, а сам метнулся к двери и крикнул на лестницу: «Сидоренко! Ко мне!»

Сидоренко появился — квадратный, круглоголовый, округлоплечий. Крепыш. Сержант. Или старшина... Станислав (белый билет по зрению) всегда плохо разбирался в унтер-офицерских этих полосках и нашивках.

Сидоренко на голову был его короче, но взял его поперек (вместе с пальто) и легко понес по лестнице вниз. Он не церемонился и вовсе не соразмерял своих сил, которых у него было много. У Станислава кости трещали и захватило дух, но все это длилось недолго, а внизу, у парадной, стояла черная «Волга», и дверца ее распахнулась им навстречу как бы сама собою.

Город был мрачен и темен — несколько желтых и розовых окон на много километров улиц и набережных. Машина шла быстро, даже опасно — ее заносило на поворотах, нельзя так ездить по скользким от снега, плохо вычищенным мостовым. Все молчали. Станислав сидел, держа ком своего пальто на коленях, ноги у него мерзли все сильнее. Справа Сидоренко сопел, распространяя запахи табака и казармы. Шофер тоже был в форме, и тоже какой-то унтер, — очень большой, без шеи, уши блином, сутулый, каменно неподвижный за рулем. А незнакомец с переменчивыми глазами сидел рядом с водителем, и какие глаза у него теперь были, оставалось неизвестным.

Город вокруг быстро сделался незнакомым. Кажется, это была Петроградская, но может быть, и Выборгский район. Гнали по каким-то неузнаваемым набережным, пересекали закоченевшую, в торосах, реку, тьма стояла на улицах, людей не было, и почти не встречались машины, тянулись, тянулись и тянулись каменные, с колючкой поверху, ограды, угрюмо смотрели железными переплетами строения фабрично-казарменного вида, вдруг открывался ярко освещенный прожекторами хоздвор, где в белом дыму перемещались черные, с цветными огоньками, механизмы, и снова налетала тьма, неуютность, булыжная мостовая в прыгающем свете галогенных фар... Незнакомый, неприветливый, насупленный город, в котором не живут, не существуют даже, а только тянут и тянут замасленную лямку — из последних сил, на последних жилах...

Потом круто повернули в неожиданный переулок (битая булыжная мостовая, в ущербных домах — мертвые арки во двор, одинокое желтое окошко в первом этаже за решеткой) и остановились перед проходной на ярко освещенном пятачке при железных воротах в трехметровой стене, уходящей во мрак вправо и влево.

Здесь у них получилась заминка. Через ворота их пропустили, но уже внутри, в тоннеле, заплетенном сплошь колючей проволокой, остановил их какой-то офицер — непреклонный, громкоголосый и злобный. Человек с переменчивыми глазами вылез к нему — уговаривать, и уговоры длились долго, как-то неприлично долго, даже — опасно долго.

— ...Я здесь отвечаю!..

— Нет уж, майор, здесь за все я отвечаю, а не вы!

— Это вы у себя там за все отвечаете, а здесь — я, и устав нарушать не позволю и не желаю!..

— Послушай, Константин Ефимыч, давай спокойно...

Тут голоса понижаются, и слов уже не слышно, только — умиротворяющее болботание, а в ответ — короткие непримиримые взрыкивания, и через минуту уже опять прорываются и начинают нарастать сварливые скрипы, и раздраженные всхрапы, и командный, пока еще сдерживаемый, но уже через силу, скрежет в глотках. И снова — взрыв:

— ...Не имею права без документов пропускать посторонних и не пропущу!..

— Это не посторонний, я вам объясняю, это — материал!..

— Тем более! Без документов — не положено!..

— Вы понять можете, майор, что будет, если я его вовремя не доставлю?..

— Я этого понимать не обязан, я действую по уставу и по инструкции, а вы, товарищ полковник, сами эту инструкцию писали...

Он слушал и, ему казалось, не слышал этой мерзкой суконной свары, и вдруг что-то произошло: в какой-то момент он вдруг увидел обращенные к нему в салоне лица, совсем близко, рядом, перекошенные не то страхом, не то брезгливостью, — румяное сытое лицо Сидоренки, с глазами круглыми, как у совы, и новое ему лицо — лицо водителя, темное, длинное, с продавленным носом и выдвинутыми вперед, как у громадной форели, челюстями. Оба эти унтера глядели на него испуганно и с каким-то, кажется, отвращением, словно он только что шумно обгадился при всех, и лицо ихнего начальника, товарища полковника, вдруг объявилось тут же, в салоне, — глаза у товарища полковника сейчас были настороженные и решительные, глаза хирурга, нацеленного на первый разрез...

И тут он понял, что уже некоторое время — кричит. Этот крик (вой, вопль, хрип), все последние дни сидевший колом у него в грудине, прорвался наконец, как фурункул прорывается, и густым гноем хлынул наружу. Он услышал себя и сразу же замолчал. Лица висели перед ним, озаренные неестественным и мертвым прожекторным светом, которым залито здесь было все, и страх, перемешанный с отвращением, сменялся на этих лицах недоумением и раздражением.

— Всё, — сказал он им громко. — Всё. Больше не буду.

И тут же их пропустили. Словно этот его вопль оказался последним и решающим аргументом в суконном споре об уставах и инструкциях.

Потом они быстро шли по длинному белому коридору. По бесшумному белому полу. Пахло больницей. Все и здесь тоже было залито беспощадным светом, и сухая жара стояла, и было в этом коридоре что-то неуловимо странное — какие-то странные люди вдоль стен, или что-то в раскрытых то справа, то слева дверях, или в растениях, заплетающих местами стены и потолок, или, может быть, звуки какие-то, вовсе здесь не уместные, раздавались... Не было ни времени, ни особого желания разбираться во всех этих странностях — хотелось сесть где-нибудь в темном (обязательно темном!) уголку или лучше даже прилечь, закрыть глаза и отвлечься. Но не давали ему ни присесть, ни отвлечься — впереди широко и мощно вышагивал товарищ полковник, а рядом (слева и сзади) кто-то железными пальцами держал за локоть и направлял. Все были уже в белых докторских халатах, белые полы развевались и парусили, пальто пропало куда-то, шлепанцы, не приспособленные к такому темпу, норовили потеряться, и ноги уже больше не мерзли, сделалось тепло и даже жарко.

Они вошли в комнату, которая после ослепительного коридора показалась совершенно темной, и он механически закрыл глаза, чтобы побыстрее привыкли. Комната оказалась большая, в ней было полно мигающей разноцветными огоньками аппаратуры, каких-то подсвеченных снизу пультов, слева за стеклянной выгородкой стояла молоденькая медсестра с испуганными глазами, тоже подсвеченная снизу желтым и синим, а справа в едином ряду, со щедрыми интервалами между, светились в сумраке белые высокие койки-каталки — четыре свободные, а на средней лежал Виконт.

Ему показалось сначала, что все уже кончено. (Он с самого начала убежден был и знал, что вся эта грубая казарменная суета — ни к чему: поздно, напрасно и неприлично.) Виконт лежал маленький, бело-серый, абсолютно неподвижный, белели неприятные щелочки между ресницами, какие-то тоненькие прозрачные трубочки засунуты были ему в обе ноздри, и еще одна трубочка поднималась к полупустой капельнице, и еще шнуры, тонкие и разноцветные, тянулись из-под ворота рубашки к включенному монитору, установленному на длинном (вдоль изголовий всех пяти коек) стеллаже. Но все-таки окостенелой неподвижности мертвеца не ощущалось. Виконт дышал еще. Цеплялся. На самом краешке. Отчаянно и жалко втягивал в себя тончайшие струйки жизни через все эти трубочки и провода.

Он сел рядом с койкой на мгновенно подставленный стул и привычным движением взял искалеченный сморщенный кулачок в свою левую руку. Кулачок был влажно-прохладный, совсем вялый, но живой, и два уцелевших пальца-коготка тотчас же сжались, вцепились, стиснули слабо, отчаянно и жадно, как будто ждали его здесь много и много последних часов подряд.

Он ощущал себя некоей капельницей. Что-то истекало из него и по руке, невидимой и неощущаемой струйкой перетекало в бледно-серого, маленького, кучерявого, недвижного человечка — очень одинокого в этом мире, почти уже в этом мире не существующего... Да и в этом ли мире находился сейчас Виконт... он же Киконя, бывший веселый шкодник, он же Виктор, оказывается, Григорьевич Киконин — человек в авторитете? Одинокий полутрупик в сумеречной комнате с бесшумными огоньками на пультах и мониторах. Родственников — нет. Родителей нет практически. А может быть — вовсе. Друзей нет... Есть, правда, почитатели, сотрудники, коллеги, ученики, вероятно, но это же — совсем не то. Твои друзья и твои родичи — это ты, часть твоя, плоть твоя. А ученики, коллеги, поклонники — это всего лишь плоды твоей деятельности, как написанные тобою статьи, как книги, как картины... кирпичики, из которых сложил ты дом свой, в котором живешь и умираешь... У него же никого нет, кроме меня, подумал вдруг Станислав со странным чувством не то удовлетворения, не то страха, не то радости. Только про меня одного в этом мире он может сказать: «Ты — это я»...

Но ведь и у меня нет больше никого, кроме него, подумал он некоторое время спустя. Теперь — нет. Вот уже несколько суток как нет. Никогошеньки. Мне надобно держаться за тебя, Виконт. Нам надобно держаться друг за друга, Виконт, ваше сиятельство... Что мы и делаем. Он истерически хихикнул и стесненно огляделся.

Никого не было. Даже девчушка ушла куда-то, исчезла незаметно и бесшумно, забросив свои экраны и пульты. В дверях, правда, стоял кто-то — темная фигура в ярко освещенном проеме, Станислав не стал присматриваться, кто это там и что ему надо. Новое ощущение схватило его, словно огромный невидимый паук, выскочивший из ничего. Это было ощущение ледяного одиночества. До сих пор он казался себе неким ампутированным обрубком, корявым инвалидом, у которого безжалостно и внезапно откромсали, оторвали, повыдергивали большие куски тела, души, сердца, мозга — всего, что попадало под нож и под клещи. Он валялся, кровоточа и задыхаясь, под ногами и взглядами и все тщился, мучаясь и корчась, заползти в какую-нибудь нору потемнее и потеснее... А тут вдруг ему открылось, что на самом деле он — один. Он до такой степени один, что его (как и Виконта) уже как бы и нет в этом мире. Кровавый пузырь, какие вздуваются, наверное, на месте только что отрубленной головы... («...а вместо головы — пузырь кровавый...»). Ему сделалось страшно, и он понял, что жизнь возвращается. Это не обрадовало его и не огорчило, он просто принял это к сведению: жизнь все-таки возвращается опять. Она всегда возвращается, если не приняты специальные меры.

Часов не было. Ничего не происходило. Ничего не изменялось. Но когда он пытался переменить позу, Виконтовы когти впивались ему в ладонь и становилось больно. В какой-то момент он кроме боли ощутил там влажное и липкое. Это показалось ему странным и даже встревожило, но он быстро догадался, что это прорвался водяной волдырь, образовавшийся на месте ожога.

Захотелось в уборную. Вернувшаяся жизнь брала свое. Он огляделся. Девушки за пультом не было по-прежнему, а в дверях по-прежнему стоял неподвижный, черный, неуловимо странный человек, и Станислав подумал: он ведь и позы не переменил с тех пор, вот странно. Человек этот казался манекеном, которого кто-то поставил в проеме дверей — по рассеянности или же с умыслом. Только у манекенов в витринах бывают такие ломаные линии тела. Только манекены умеют быть до такой степени неподвижными... И тут он вспомнил белый коридор, по которому они давеча шли, как в атаку. Странные люди вдоль стен... И странные люди в глубине плохо освещенных комнат... Они все были такие же — неподвижные, закоченевшие навсегда манекены... И у них были синие лица!.. СИНИЕ. Не иссиня-черные, какие бывают у негров, и не иссиня-смуглые, как у некоторых любителей загореть, а именно синие, синюшные, — лица удавленников...

Он попытался рассмотреть, какое лицо было у того, что торчал в дверях, но против света оно казалось просто черным, как и все остальное у него. Он отвлекся. Виконт вдруг задышал часто-часто, личико его покрылось испариной, толстые негритянские губы жалобно перекосились. Что-то происходило с ним. Что-то необычное. Такого раньше не бывало. Раньше он просто лежал в обмороке час или два, вцепившись Станиславу в руку уцелевшими пальцами-когтями, серый, бездыханный, с пульсом-ниточкой и с закаченными глазами, а потом вдруг приходил в себя — отпускал руку, розовел лицом, решительно поднимался на ноги — как ни в чем не бывало — живой, здоровый и очень раздраженный и недовольный... Но ведь раньше не было у него никогда ни этой капельницы, ни проводов, вообще — врачей не было поблизости и больницы этой, странной, строгой и неприятной...

Лежи, лежи, бродяга, подумал Станислав с нежностью, поразившей его самого. Вытяну я тебя, засранца. Всегда вытягивал и сегодня вытяну тоже. Кажется, это единственное, что у меня получается хорошо. Хотя почему же? Моя афоризматика. И мой Антитьюринг. И мой роман... Неужели ради этого стоит жить? Не знаю. Потому что главное сейчас не это...

Главным сейчас было то, что он ощущал себя кучей падали, рядом с которой ходят кругами стервятники. И даже не стервятники — смерть ходит кругами. Он был средоточием смертей... Говорят, на войне замечены были такие: вокруг — огонь, свинцовый ливень, земля поднимается на дыбы, люди, словно тряпичные куклы, летят во все стороны, рваные, битые, мертвые, а он посередине всего этого — как огурчик, без единой царапины, и даже не запачкается... Не любили таких. И правильно делали. За что их любить?.. «Но ведь я же не виноват!» — сказал он вслух. Виконт не ответил: его еще не было здесь.

Когда стало совсем уже невтерпеж, он, сложно изогнувшись, чтобы не отпускать руки Виконта, забрался под койку и подтянул к себе стоявшую там утку. Это было довольно-таки непросто проделать, но потом стало еще сложнее. Он пыхтел, тихонько рычал и злился. Однако справиться все же удалось, благо дело было малое (а если бы большое?). Он даже не слишком набрызгал. Потом, задвинув утку подальше и кое-как заправив рубашку в пижамные штаны (оказывается, он был в пижамных штанах), он спохватился и поглядел в сторону освещенных дверей. Там, слава богу, никого уже не было.

Он испытывал облегчение, не физическое даже, а какое-то всеобщее. Жизнь вернулась, и жить, оказывается, было можно. Можно было рассмотреть комнату. Огромные, с глухими белыми шторами, окна. Низкий белый потолок, выложенный противошумными плитами. (Все белое — цвет смерти у древних.) Сумрачные ряды выключенных мониторов с мертвыми экранами и тот единственный включенный, к которому тянулись провода от Виконта: четыре зеленые цепочки импульсов ползли по нему слева направо — монотонные, как сигналы времени... Видимо, все это вместе было палатой усиленной терапии, или, говоря попросту, — «реанимацией». А вон в ту, дальнюю, темную дверь они увозят, наверное, тех, кому помочь никакой усиленной терапией не сумели. (...Лающие, бешеные команды врача... сухой свирепый треск разряда... бедное, бледное, мертвое тело, подбрасывающее себя в бессильной судороге... и оскаленный напористый азарт на лицах под белыми круглыми шапочками...)

Вдруг кошка появилась на пороге — черная, как тень, в ярком белом прямоугольнике дверей. Стояла и смотрела, совершенно неподвижная, но в ней ничего не было от мертвой угловатости манекена — она была красива. Она была гладкая, ушастая и усатая, как Киссинджер. Лариска звала Киссинджера Ушатик — за его замечательные уши (ухи). Она звала его Умывальник — когда он принимался умываться, вылизывая какую-нибудь случайно выбранную ногу до немыслимого блеска. Она называла его Хвостун — за его выдающийся хвост, способный раздуваться (по какой-то, всегда неведомой причине) до толщины хорошего полена... Хвостун, Ушатик и Умывальник. Он выпал из окна и разбился. И никто помочь ему не сумел. Он умер ночью, в ванной, молча, один...

Почему я никак не могу заплакать? Я хочу заплакать. У меня все внутри скомкано. Я должен заплакать. Когда я смотрю в кино какую-нибудь героическую чушь, слезы навертываются, дурацкие и бессмысленные, но я не умею заплакать, когда из меня выдирают с кровью куски жизни... «Кис-синджер...» — позвал он тихонько, но кошка не пошла к нему — она села на пороге, и глаза ее вдруг сверкнули — как всегда, неожиданно и чудно.

Сестра — маленькая, тоненькая, золотые кудряшки из-под косынки — возникла бесшумно, переменила капельницу, потрогала провода, а потом заглянула под койку и сказала негромко и с удовольствием: «О! Это он хорошо отмочился!» — «Это не он, — сказал Станислав. — Это я хорошо отмочился...» Сестра даже не посмотрела на него, она уже уходила прочь, ловко подхватив и полупустую капельницу, и наполовину полную утку, и он понял, что на самом деле ничего не сказал ей, а только думал сказать, но у него не получилось почему-то.

Кошки в дверях уже не было. Импульсы бежали по монитору. После сестры остался слабый приятный золотистый запах — чистоты, здоровья, нежности. И почему-то именно сейчас он понял окончательно: все будет путем. Подъем кончился, начинается спуск. Непонятно только было: хорошо это или плохо. Однако белая мерзкая полоска между веками у Виконта исчезла. Виконт теперь просто спал. И было ясно, что он проснется.

Все произошло одновременно.

Виконт широко раскрыл глаза и улыбнулся сонно, а в дверь стремительно ворвался товарищ полковник, и еще кто-то с ним, несколько человек, толпа, группа, подразделение... Тихая сумеречная комната сразу сделалась шумной от множества энергичных движений и от торопливого дыхания, и запахи вдруг возникли, сильные и совершенно здесь неожиданные: табак, лук, крепкий одеколон... Вся эта орава мгновенно окружила койку, Станислава, встала стеной, все они были в белых халатах, и все они были военные, и Станислав поднялся, предчувствуя недоброе. Однако поначалу никто на него внимания не обратил, словно бы его здесь и не было вовсе.

— Виктор Григорьевич, голубчик, ну как вы, голубчик?! — вскричал товарищ полковник, одновременно вполне профессиональными движениями хватая Виконта за пульс, поворачивая для обследования капельницу, подкручивая что-то на мониторе, уже видя, что Виктор Григорьевич — вполне ничего себе, все с ним о'кей и скоро будет совсем как огурчик. И все прочие загалдели разом в этом же смысле, и видно было, что они и в самом деле рады все радехоньки, что, кажется, обошлось, проехало, слава тебе господи, миновала их чаша сия, и было как-то не то чтобы странно, но как-то неожиданно видеть именно на этих лицах совершенно непрофессиональную штатскую радость и обыкновенное человеческое облегчение. (Лица были вообще-то — жесткие, военные, с такими лицами — в атаку ходить, а если уж в белом халате, то — трупы вскрывать, откусывая попутно от бутерброда с котлетой.)

Виконт уже говорил что-то, отвечал, спрашивал, в голосе возникли и набирали силу знакомые сварливо-раздраженные нотки — руку Станислава он отпустил и теперь, не глядя, на ощупь, копался у себя за воротом рубашки, отсоединяя провода. Говорили несколько человек разом. Кто-то приезжает, вот-вот прибудет, кто-то очень важный, и всем немедленно надлежало быть как штык. В темпе. Виктор Григорьевич, разумеется, должен пока лежать, сейчас его перевезут в нормальную палату, но если генерал вдруг пожелает, то тогда, конечно, придется... На этом они и зациклились, потому что Виконт не собирался переходить в нормальную палату, он, наоборот, требовал свою одежду — сюда, всю и немедленно... Ему пытались втолковать, что об этом не может быть пока и речи, но речь была только об этом и более ни о чем, и тут какой-то тихий, ниоткуда возникший человек взял Станислава за локоть и потянул его за собой.

Они быстро миновали несколько темных холодных комнат, где пахло резко и остро, какой-то не медициной уже, а сангигиеной, где запустение царило, по полу разбросаны были не то тряпки, не то бинты, какие-то склянки улетали из-под ног, и стояли вдоль стен каталки со скомканными простынями, а на одной из каталок лежал белый неподвижный сверток... Потом они оказались в лифте, большом, грузовом, грязноватом, кабина медленно, с трудом, будто кто-то ей не давал двигаться, поползла вниз, и Станислав спросил наконец: «В чем дело? Почему такой пожар?» Тихий человек (небольшого росточка, но словно весь литой, в мундире у него не оставалось ни кубика свободного места, все было заполнено крепким телом, а погоны были — майорские) посмотрел на него снизу вверх прозрачными глазами без всякого цвета и сказал почти неслышно: «Сейчас, товарищ Красногорский, сейчас...» — «Моя фамилия Красногоров...» Тихий майор кивнул понимающе, даже поощрительно как-то, и тут кабина остановилась.

Дело пошло еще быстрее, чем раньше. Пробежали по ледяному цементному коридору со стенами, сплошь заплетенными кабелями, словно тоннель метро; по невидимым ступенькам невидимой лестницы спустились еще ниже; в этом тускло освещенном тоннеле уже и снег серебрился под ногами — и тут они через полуоткрытую железную амбарную дверь выскочили на двор.

На дворе все залито было прожекторным светом, но это была не та проходная, через которую они прибыли несколько часов назад, а какое-то другое место — заснеженный асфальт, колючая проволока справа-слева и бесконечные штабеля деревянных ящиков, небрежно затянутые заснеженным брезентом... За пределами прожекторного света все еще стояла ночь, а людей не было вокруг никого, одинокий автомобиль ждал их — уже не «Волга» никакая, а «Москвич», глухой безоконный пикапчик, и задняя дверь у него была распахнута.

Внутри пикапчика все было ледяное, промерзшее, и тихий майор первым делом протянул Станиславу его пальто. Пальто тоже было ледяное, промерзшее, видимо, все это время оно здесь, на стылом железе, и пролежало, но Станислав его на себя торопливо напялил, и через некоторое время стало, в смысле холода, полегче.

«Москвич» мчался, не разбирая дороги, Станислава мотало и подбрасывало, кидало на майора и опрокидывало на спину так, что туфли с ног улетали в угол, пока не ухватился он за какую-то ременную петлю. В желтом грузовом свете он еле различал майора, который тоже цеплялся за что-то там и которому это так же мало помогало. Мерзли ноги в нитяных носках. Рука, вцепившаяся в ремень, вскоре окоченела вовсе. Пар вырывался изо рта и оседал на стеклах очков. Увезут сейчас куда-нибудь на свалку и пристрелят, подумал он равнодушно. Это было маловероятно. Он был уверен, что везут его — домой.

Когда пикап остановился и мотор заглох, некоторое время стояла тишина и ничего не происходило. Станислав и майор молча глядели друг на друга. Говорить было нечего. Видимо — и тому, и другому. Потом со скрипом отворилась задняя дверь. Наверное, открыть ее можно было только снаружи, и открыла ее знакомая личность: давешний шофер с пастью форели и с носом, сложно искривленным, словно пропеллер. Майор выбрался наружу первым и вежливо протянул руку, чтобы помочь вылезти Станиславу. Станислав этой рукой пренебрег. Они стояли на мостовой напротив его парадной. Ночная улица была мрачна и пуста. Около фонаря, превратившись в сугроб, спал зимним сном Ларискин «запорож».

— Вас проводить? — спросил майор.
— Не надо. Сам дойду.

— А ключ у вас есть?
— Разберусь.
— Тогда — до свиданья? — сказал майор с явно вопросительной интонацией.

Станислав не ответил ему. Он о нем забыл. Ничего не кончилось. А если и кончилось, то началось сначала. Этот проклятый «запорож» вышиб из него все мозги. Он снова ощутил себя вурдалаком. И снова шершавый кол торчал у него в середине груди. Будьте вы все прокляты, сказал он кому-то. Я не хочу жить.

Виконт позвонил ему день спустя.
— Ты снова меня вытащил, мой Стак, — сказал он.
— Нет. Это ты меня вытащил, мой Виконт, если уж на то пошло.
— Можно, я зайду к тебе сейчас?
— Да.

Он повесил трубку и вернулся к своему дневнику, который держал на столе, не решаясь раскрыть. Потом раскрыл. Последняя запись там была: «1 января. Сегодня ночью умерла моя Лариска. Я не хочу жить». И тут он, наконец, заплакал.

ГЛАВА 5

Сеню Мирлина посадили в день рождения Ленина. Он пришел на очередной допрос, на пятый или даже уже на шестой, и сначала все шло как обычно, а потом он вдруг обнаружил, что следователь говорит что-то не то — называет неожиданные имена и рассказывает о событиях, каковые разглашению вроде бы отнюдь не подлежат. Свихнулся мой майор совсем, подумал Сеня с определенной даже тревогой. Я же домой приду — все это ребятам расскажу... Однако майор отнюдь не свихнулся и по окончании хорошо продуманной беседы предъявил обалдевшему Сене ордер на арест, так что отправился Сеня не домой — разбалтывать ребятам оперативные данные, — а в камеру, расположенную по соседству с той, где некогда сиживал за антигосударственную деятельность сам Владимир Ильич.

Все эти детали стали известны Станиславу и прочим лишь много времени спустя, а тогда — уже вечером, часов в восемь — раздался телефонный звонок, и ломающийся голос Софьи сказал в трубку: «Стас. Семена посадили». — «Сейчас приеду», — сказал он и, положив трубку, отправился выключать кипящий суп и переодеваться.

Он отметил, что руки у него суетятся, и это его неприятно поразило. Конечно, арест Мирлина был неожиданностью — как-то уже все свыклись с представлением, что сажать его не собираются, не за ним идет охота в этот раз, кому он там нужен?.. Но с другой стороны, никому ведь и в голову не пришло бы утверждать, что сажать его ТОЧНО не будут. Гэбэ это гэбэ, и предсказывать что бы то ни было, когда имеешь с ними дело, тем более бессмысленно, что они и сами, в конце концов, не знают никогда, что будут делать завтра, — что обком прикажет, то и будут делать, а обком, как известно, это — мир иной, законы коего лежат за пределами человеческого разумения... Но при всем при том неприятно было обнаружить в себе полную, оказывается, неготовность к худшему. Он вдруг с пронзительной ясностью осознал, что́ именно на самом деле только что произошло: это ведь уже — не «перелет-недолет-перелет», это уже точно к нему в окоп, и он ощущал себя контуженым...

С одним ботинком на ноге и с другим в руках он задумался, сидя на сундуке в прихожей. Основную массу своего самиздата он вывез из квартиры и спрятал у Громобоя еще в начале апреля — сразу после того, как у Семена произошел первый обыск. Однако вполне возможно, что вывез он тогда, во-первых, не все, во-вторых, впопыхах — не совсем то, что следовало, да и новое появилось кое-что за эти три недели... Поскольку за обыском у Мирлина ничего более тогда не последовало, возникло и укрепилось мнение, что ничего более и не произойдет: всё, отстрелялись зольдатики, успокоились... Однако теперь ситуация смотрится иначе. Надо что-то делать. И срочно. Хорошо еще, что «запорож» на ходу...

Воображение рисовало ему растрепанную, заплаканную Софью, сидящую, уронивши бессильные руки, у кухонного стола, и притихших девчонок с круглыми от испуга и недоумения глазами... и настороженная тишина в радиусе полукилометра... и соседи с постными лицами где-то на границе этого тихого круга...

Дверь на лестничную площадку была настежь. Гомон слышался за два этажа. Квартира была — битком. Софья, действительно растрепанная, но отнюдь не заплаканная, а только до предела взвинченная, с красными пятнами на щеках, моталась по кухне, приготовляя чай, кофе и какие-то бутерброды. Дети, чрезвычайно довольные, что не надо ложиться спать, носились среди взрослых в пятнашки — детей было штук шесть, потому что кое-кто из соседей пришел сюда со своими. Народу было много, почти все — незнакомые или малознакомые, дым стоял коромыслом, все курили, произносились нервные остроты, взрывался нервный смех, все вели себя чуточку неестественно и нарочито, только разве что Владлен оставался самим собой — спокойно сидел в уголку, помалкивал и с каждого вновь входящего брал посильную сумму: Мирлин, разумеется, оставил семью без копейки, а «за пространство, за свет, за воздух» не плачено было в этом году вообще еще ни разу.

Станислав дал ему четвертной, поймал Софью с бутербродами, приобнял ее на секунду — хотелось как-то выразить... передать хоть как-то... а-а, ничего невозможно было ни выразить, ни передать... «Ну, ты как, вообще, старуха?..» — «Да ничего...» — «Правда?» — «Да, ей-богу, ничего...» О чем можно было говорить? И зачем?.. Он отпустил ее хозяйничать, сел рядом с Владленом, размял «памирину», закурил. Он чувствовал себя здесь лишним, и это не огорчало его, а злило. Большинство присутствующих были ему несимпатичны. Он слушал их вполуха и раздражался, потому что говорили они — глупости и банальности (о бездарности, неумелости и слепоте гэбэшников), нервные глупости и колкие нервности — так же вот, вероятно, мыши у себя в подполье нервно рассуждают о тупой недалекости местного кота, только что сожравшего мадам Мышильду Двадцать Вторую... Ему хотелось вмешаться и спросить их: «Если они такие глупые и бездарные, то почему же это они вас отлавливают, а не вы их?» Впрочем, он понимал прекрасно, что вопрос его прозвучал бы так же нервно и глупо, как и все их рассуждения, да и не собирался он заступаться за господина Кота, он и сам был здесь мышью, и это сознание убивало в нем и корежило все естественное и превращало его в нечто, точно так же нервно хихикающее, мелочно-ядовитое и потирающее ручонки.

Ему было отвратительно, что из подсознания его все время лезла в сознание поганая мыслишка в адрес Семена: «Доигрался! Трепло зубатое, сто раз тебе говорено было: не трепись, заберут дурака...»

Ему было отвратительно, что он, как и все прочие здесь, чувствовал себя чуточку героем: вот я какой — не испугался, не дрогнул, пришел немедленно, без всяких колебаний, исполнил долг порядочного человека... невзирая ни на что... а ведь мог бы и отсидеться...

Ему было противно, что мысль о том, что он находится все время под тихим наблюдением, не покидала его, оказывается, с того самого момента, как он сел за руль и принялся мучить стартер «запорожа», не покидает она его и сейчас: что это там за белый «жигуль» стоял в кустах за домом? Никогда раньше не стояло там никаких машин...

Он сидел, прихлебывая крепкий, но пустой чай, который притаранила ему (по маминому наущению, разумеется) Сонюрка-младшая.

Народ вокруг оживленно галдел, обсуждалось, кому писать жалобу, какое письмо сочинить и кому дать на подписание, где и как раздобыть иностранных корреспондентов, которые вечно торчат в Москве, а в Питер их не заманишь никакой коврижкой... Слушать их всех было довольно противно, но особенно противен был один — незнакомый, толстенький, молодой старичок, лысоватый, розовый, невыносимо амбициозный и авторитетный. Он звучно, всех заглушая, распространялся насчет подбора кадров в органы — «туда идут самые тупые, самые безнадежные, самые верноподданные... чего можно ждать от таких людей? Это же — армия, казарма в самом крайнем своем проявлении: дисциплина, подчинение, оловянная исполнительность, никакой инициативы ни в коем случае!..» — «Да, — возражали ему, — но это же — машина, какие они ни есть, но они составляют единый, хорошо отлаженный механизм...» — «Да не может хорошо работать машина, собранная из плохих деталей!..» Тут Станислав не выдержал.

— Ошибаетесь! — сказал он громко. Слишком громко — все сразу замолчали и уставились на него тревожно. — Ошибаетесь, — повторил он тоном ниже. — Фон Неймана почитайте. Как создать надежную машину из ненадежных элементов...

— Вы полагаете, они там... — Толстячок сделал неопределенный жест. — ...Они там читают фон Неймана?

— Представления не имею, — сказал Станислав и поднялся. — Но я фон Неймана читаю. И никогда не стану рассчитывать на то, что противник будет делать самый дурацкий ход. Я буду исходить из того, что он сделает самый сильный...

— Но вы же не станете спорить...

— Не стану, — сказал Станислав с наслаждением. — Мне завтра вставать в шесть утра, — соврал он зачем-то. — Софья, лапушка, извини, я пойду... Если понадобится что-нибудь — ты же знаешь, так?..

В кустах по-прежнему торчал белый «жигуль», и внутри там светились красные сигаретные огоньки. Эти люди даже не слишком маскировались. Чего там? Все свои, и всем все ясно.

И тут слепое бешенство овладело им. Двигаясь как деревянный, он подошел к белому «жигулю», излишне сильно стукнул в окошко и сказал перехваченной глоткой: «Прикурить не дадите, люди хорошие?»

Прикурить ему дали с готовностью. За рулем сидел парнишка с роскошным коком на темени, слегка испуганный таким неожиданным нападением из темноты. А рядом прижималась к нему знакомая девчушка — дочка, кажется, Зои Ивановны с третьего этажа. «Пардон», — сказал им Станислав и, толком даже не прикурив, поспешно ретировался к своему «запорожу». Нервишки, думал он, ожесточенно гоняя стартер. Боимся мы, вот в чем все дело. Боимся! И вины, казалось бы, за тобой нет. И времена, казалось бы, не те, что раньше. А страх сидит в тебе, как черная заноза. Как хромосомная болезнь. Как наследственный сифилис. И ничего нельзя с этим поделать... Да и не надо, может быть? Это же, если подумать, спасительный страх. Он помогает нам не делать глупостей... Вздор. Ни от чего он не помогает — полирует в тебе раба, вот и вся от него польза. Не тебе от него польза — ИМ от него польза... Он гнал машину по сырым, плохо освещенным улицам и думал, как хорошо бы сейчас было взять командировку куда-нибудь в Тьмутаракань и сгинуть там на все это смутное время.

Дома он пошел прямо к зеркальному шкафу, выдвинул нижний ящик и уселся на пол над кучей папок. Здесь скапливалось все бумажное за годы и годы: вырезки из газет (еще мама начала заполнять эти папки), черновики его статей, рассказов и расчетов, большие, плотной бумаги, конверты с фотографиями, альбомы, юбилейные дипломы какие-то (маминых давно исчезнувших подружек), перехваченные резиночкой пачки квитанций, письма ему от Лариски и его письма к ней за много лет — всё навалом, никогда и никем не разобранное, в полнейшем и извечном беспорядке...

Самиздата здесь оказалось немного, но самиздат имел-таки место. Особенно встревожило его то обстоятельство, что о многих материалах он, оказывается, начисто позабыл. В начале апреля, когда у Мирлина вдруг — как всегда, ни с того ни с сего — произошел обыск, все они в панике попрятали свой самиздат кто куда. Печного отопления ни у кого уже, кроме Станислава, не осталось, жечь бумаги было негде, да и жалко, поэтому все они мотались по городу с тяжелыми сумками под покровом ночи и рассовывали свои папки и пакеты по родным и знакомым. (Родные-знакомые, как правило, не возражали, однако же не обошлось и без парочки крайне неприятных — своей неожиданностью — инцидентов.) Тогда Станиславу казалось, что он убрал из дома все наиболее существенное.

Оставался в доме «Раковый корпус» — неподъемная папка объемом в две Библии. Оставались еще несколько рукописей — сомнительных, но не смертоносных: «Беспокойник» Гладилина, «Собачье сердце» Булгакова, подборки стихов Бродского, на машинке распечатанные песенки Высоцкого, Галича, Кима...

Серию «Позавчера» он позволил себе оставить. Эту серию года два назад Жека Малахов привез из Новосибирска — сочинение тамошних ребят из Будкеровского ИнЯда: маленькие, по двадцать-тридцать строчек, рассказики, каждый из них начинался словом «Позавчера...», и описывались там события совершенно современные, но как бы происходящие в царской России. («Позавчега сидим это мы в „Стгельне" — Пашка Молоствов, князь Дуду и я. Спгосили дюжину шампанского, ждем. И тут, пгедставьте себе, возникает около нашего столика какой-то шпак: „А что господа гусское офицегство думают о войне во Вьетнаме?.." Пгишлось пгистгелить!..»)

Оставалась неведомо как и когда попавшая в дом парочка номеров «Ньюсуик»: один с красочным портретом Иди Амин Дада на обложке, а другой — с фотографиями Троцкого, Бухарина, Рыкова и прочих, — поперек каждой физиономии черной краской: MURDERED или SUICIDED...

Сейчас, однако, выяснилось — к неприятному его изумлению, — что оставалась в ящике также и целая папка «белого ТАССа» (совсекретно и для служебного пользования). Папку эту притащил откуда-то еще Сашка Калитин, лет, наверное, десять назад. Ничего особенного в этом «белом ТАССе» не содержалось, все это они знали либо по слухам, либо из «голосов», однако вполне мог возникнуть вопрос: а откуда у вас, собственно, эти материалы, гражданин Красногоров? И тогда либо пришлось бы врать, либо валить на Сашку. Сашки, конечно, уж нет, и ему все равно, но кто может сказать заранее, куда потянется ниточка и кого петля захлестнет, если дать им хотя бы кончик...

И сохранился, оказывается, экземпляр сахаровских «Размышлений о прогрессе, мирном сосуществовании и интеллектуальной свободе». Он тогда получил эту рукопись на один день, срочно набрал ее на машине, размножил в десяти экземплярах, файл уничтожил, экземпляры раздал, а оригинал, оказывается, так у него и остался — лежит в папке «Документы Эпохи» и дожидается своего часа... Это уже — чистая семидесятая.

Он почувствовал приступ ледяной паники при мысли о том, что всего не предусмотришь, не упомнишь и не учтешь. Гора бумаги у его ног показалась ему зловещей ловушкой, скрывающей мину.

Он, почти не видя строчек, перелистал очередную рукопись. Не сразу вспомнил, что это. Имени автора нет. Странное, неуклюжее название: «...СВОЮ ПАРТИЙНУЮ ЛИНИЮ...» — кажется, что-то из Ленина. Потом вспомнил: это была статья Сашки Калитина о событиях на Даманском. И вообще — о культурной революции в Китае. Хорошая, помнится, статья. Вполне, между прочим, верноподданная, но с таким отчетливым запашком, что напечатать ее Сашке так нигде и не удалось. Вот бедняга! Как ему хотелось пробиться! Как хотелось имя себе заработать!.. Он был готов ради этого почти на все. А может быть, и попросту на все, безо всякого «почти»... Виконт сказал ему в лицо, жестоко, но точно: «Ты готов уже лизать им жопу, Алексаша. Ты созрел. Но ты не понимаешь, что этого еще мало. Они любят, чтобы ты не просто лизал им жопу, они любят, чтобы ты делал это С НАСЛАЖДЕНИЕМ!» Бедный Сашка... Все здесь бросил, уехал в Москву, бился там как рыба об лед, пил со всякой сволочью, в партию подал, ничего почти не добился и помер от пьянства в тридцать пять неполных лет. (По пьяному делу то ли в аварию какую-то попал, то ли убили его каким-то зверским образом, темная, глухая история, изуродовали, видимо, чудовищно — хоронили в закрытом гробу.) Виконт считал его самым из нас талантливым... Что ж, очень может быть, так оно и было. (Хотя прорывалось в нем иногда что-то невыразимо плебейское, какая-то коммунальная поганая муть, и тогда Виконт, не опускаясь до свары, брезгливо говорил ему: «Пробелы в твоем воспитании, братец, сравнимы разве только с пробелами в твоем же образовании...» И Сашка словно бы осекался на полном скаку.) Теперь это уже все не важно. Что со статьей делать, вот вопрос? Сжечь?.. Нет... Хрена вам. Пусть лежит. А в чем, со-с-но, дело? Вполне партийная статья. Партия осудила культурную революцию в Китае? Вот и Сашка Калитин — тоже. И даже, насколько я помню, — С НАСЛАЖДЕНИЕМ...

...Откуда у нас это ощущение вины перед ними? Им мало, что мы молчим, пришипившись, голосуем ЗА и послушно торчим на ихних вонючих митингах. Почему они еще вдобавок требуют, чтобы мы их любили? Мы ведь никогда их не полюбим, и они это отлично знают. И напористо требуют, однако, чтобы мы ДЕЛАЛИ ВИД, что их любим. Мы обязаны делать вид, что лижем ихнюю жопу и притом — с наслаждением... Таковы правила этой интересной игры. А если тебе не нравится, выбирай: на Восток или на Запад? И скажи еще спасибо, если тебе дадут возможность сделать этот выбор самому.

Он вспомнил вдруг, как среди ночи, перебудив весь дом, позвонила из Москвы преподобная Азора, последняя Сашкина блядища, и закричала в трубку: «Слава!

Слава! Он умер! Слава! Как я теперь буду жить!..» Он бросился на вокзал, билетов было не достать, да и денег ни у кого ни черта не было — они с Семеном и Жекой добирались до Москвы на электричках (оказалось, это и в самом деле возможно!) — всю ночь и все следующее утро... Похоронили. Вернулись в Питер. А еще через два дня пришло письмо с того света. От мертвого Сашки. Написанное и брошенное в ящик за несколько, видимо, часов до смерти... Он писал в постскриптуме: «Я надыбал тебе классную работу, Стас. Приезжай немедленно. Деньги высылаю сегодня же. Подробности — не для почты и не для телефона...» Это был период (краткий, но малоприятный), когда Станислав оказался вдруг на обочине и подрабатывал, разнося газеты от своего почтового отделения. Что Сашка ему тогда надыбал? Денег, конечно, никаких не пришло. Да и само письмо было странное, отрывистое, с ерническими стихами и пустяковыми новостями. А в конце, уже после подписи, — постскриптум. Теперь никто и ничего уже более не узнает. Да и надобности особой нет. Хотя, с другой стороны, если бы Сашка прожил бы тогда еще хоть неделю и если постскриптум его не был пьяной болтовней... Жил бы я сейчас на Москве и горюшка не ведал...

Уже в начале второго ночи заявился Виконт, мрачный и раздраженный. «Архивы чистишь? — спросил он желчно. — Зря стараешься. Во-первых, не будет тебе никакого обыска, не нужен ты никому. А во-вторых, всех улик все равно не спрячешь». — «Спрячу». — «Не спрячешь. Физиономии своей кривой никуда не спрячешь. И лживых своих глазок. И речей, полностью лишенных административного восторга...» — «Ладно. На себя лучше полюбуйся...» Они препирались в этом духе минут десять, а потом Виконт спросил: «Что ты собираешься делать с романом?» — «Ничего, — сказал Станислав, несколько потерявшись. — А зачем?» — «Спрячь», — посоветовал Виконт кратко. «Да на кой ляд? Кому он мешает?» Тогда Виконт сухо, но энергично напомнил ему историю с романом Гроссмана. «Но я-то — не Гроссман!..» — «Не будь идиотом. Заберут и не вернут. Переписывать захотелось? Заново? Все сначала?..» Это было резонно. Станислав медленно закурил. Фантазия его уже работала. Виконт смотрел на него поверх своей трубки печально и строго.

— Сволочи, — сказал Станислав с горечью. — Что они с нами делают? Ведь мы же вполне добропорядочные, мирные и безобидные обыватели. Какого хрена делают они из нас подпольщиков?..

Он уже знал, кому он отвезет роман. Это должен быть человек абсолютно верный и в то же время такой, про которого никто не скажет, что он самый близкий из друзей, и к которому поэтому *не придут.*

— А ты куда свой самиздат засунул? — спросил он и тут же поправился: — Не надо, не надо, не говори. Дурацкий вопрос. Извини.

Виконт ухмыльнулся.

— Пыток боишься не выдержать? — осведомился он вкрадчиво.

И тогда Станислав вдруг спросил:

— Слушай, а почему они у тебя там все такие синие?

Он очень давно хотел задать этот вопрос, но сдерживался, понимая, что это — мягко говоря, вопрос неуместный. А сейчас вот решил не сдерживаться и тут же об этом пожалел. Глаза Виконта словно закрыло заслонками изнутри. Он замер. Несколько секунд в комнате висела тишина, совершенно неестественная, потом Виконт сказал:

— Ты рассказывал об этом кому-нибудь?

— Нет. За дурака меня считаешь?

— Не знаю, — сказал Виконт, неприятно улыбаясь. — Может быть. Я надеялся, что ты тогда ничего не видел. А если и видел что-нибудь, то забыл.

— Так оно и есть. Можешь не беспокоиться.

— Осёл. Не мне надо беспокоиться об этом, понимаешь? НЕ МНЕ.

— Ну ладно. Ну — все. Молчу. Извини.

— Хорошо, — сказал Виконт. — Будем надеяться, что ты и раньше понимал, как к этому следует относится, а сейчас понял окончательно.

Станислав кивнул. Он чувствовал себя треплом, вроде Мирлина. (Мирлин был уверен, что Виконт в своем «ящике» занимается получением практического бессмертия. Это единственное, по мнению Мирлина, чем должен заниматься каждый порядочный «ящик». «Откуда ты знаешь, сколько раз умирал Сталин? Прежде чем о его смерти все-таки объявили? А покушение на Кастро — оно же удалось, на самом деле! То-то американцы охренели, когда он через две недели снова вылез на трибуну как новенький! А сколько раз будет помирать наш Лёлик? Один раз, если хочешь знать, он уже отдавал Богу душу. И — как огурчик. Только дар речи некоторым образом поутратил — так он никогда и не был у нас Демосфеном. Я так и вижу, как лет этак через тридцать сидит наше Политбюро в полном составе: двенадцать трижды воскрешенных мертвецов, каждому по сто с гаком, лыка уже не вяжут, но — правят!..» — «Очень даже может быть, — подхватил тогда Станислав. — И все двенадцать — синего цвета». Он тут же прикусил себе язык, но Мирлин, кажется, не обратил на его реплику никакого внимания — видимо, перед глазами его стояли совсем другие картины.)

— Ладно, — сказал он, засовывая папки в полиэтиленовую сумку. — Всё. Поговорили. Все свои слова беру назад. И не беспокойся. Я трепло, но — исправимое. Поехали с Богом...

ГЛАВА 6

Лето началось жарой необыкновенной. Асфальт подтаивал уже с утра. В мутном знойном небе плавал назойливый тополиный пух — белые войлоки его жаркий ветер мотал по мостовым. В пригородных зонах горели торфяники. Приказ был отдан — не пускать никого в леса, особенно на автомобилях. На работе потные осатанелые люди страстно спорили, что правильно: держать все окна настежь или, наоборот, закрыть их плотно и еще занавесить. Белыми знойными ночами из подвалов поднимались сонмища комаров-мутантов — бесшумных и кровожадных, как пираньи. Тепловые удары стали обычным делом, словно многомиллионный город перенесло вдруг в пустыню Бетпак-Дала. Соседка грохнулась в обморок прямо на кухне — «сомлела». Станислав перепугался насмерть, но все обошлось: к вечеру прискакал ее новый хахаль — седой плотный человек с вкрадчивой повадкой квартирного вора, — принес бутыль излюбленного портвейна «Три семерки», и до глубокой ночи доносилось от них тихое, сдавленное пение: «Хас-Булат удалой» доносился, а также «Как день хорош, как солнца луч приятен...» и «Каким ты был, таким остался...».

Утром Станислав, невыспавшийся, потный и злой, был немедленно по приходу зван к Ежеватову.

— Садись писать отчет по АНТИТЬЮРИНГу, — сказал без всяких предисловий товарищ начальник, тоже потный, тоже злой и, видимо, невыспавшийся. — В темпе. Завтра чтобы был.

— Зачем это вдруг?

— А затем, что Академик наш вчера обувку поменял, — сказал Ежеватов с такой кривой ухмылкой, что Станислав сразу же понял, о чем речь, хотя эвфемизм ежеватовский был ему вовсе не знаком.

— То есть? — спросил он на всякий случай.

— То есть — коньки отбросил. Выпрямился. Дуба врезал... Наконец-то мы дождались этого печального события.

— Ясно, — сказал Станислав, не испытывая никаких эмоций. — Вообще-то он, по слухам, был — не очень?

— Он был очень даже «не очень». Если всех, кого он заложил, раком поставить, то они протянутся отсюда аж до Большого Дома. Но с ним можно было работать, понимаешь, в чем дело... У него были *минуты*, и вот тут его надо было ловить... Он почти уж согласился тебя с

Зинаидой отправить в Беркли на стажировку. И АНТИ-ТЬЮРИНГ наш ему нравился. А теперь будет на его месте мудила Всехсвятский: АНТИТЬЮРИНГ он постарается закрыть на хер, а в Беркли поедет, соответственно, не Красногоров из ВННИТЭКа, а какой-нибудь Серожопов из НИИСТО. Понял расклад?

Станислав расклад понял, но остался к нему вполне равнодушен. АНТИТЬЮРИНГ ему уже малость поднадоел, а про Беркли услышал он сейчас впервые, а потому горечь несбывшегося (самая горькая штука на свете) не могла зацепить его своими ядовитыми крючьями по-настоящему.

Он пошел писать отчет и писал его весь день, без обеда, только чаю попил с сухарями. В пять часов все из лаборатории ушли, стало тихо и даже, кажется, прохладно. В шесть заглянул перед уходом Ежеватов, полистал уже готовые страницы, рассказал байку из серии «Тук-тук. Кто там?..» («Тук-тук. — Кто там? — КГБ. — Что надо? — Поговорить. — А сколько вас там? — Двое. — Вот и поговорите!»), сообщил, что Академик завещал себя отпевать в Никольском соборе («В обкоме все на рогах стоят, яйца на себе кусают...»), и ушел, хрустя последним сухарем. Станислав остался и дописал черновик до конца. Было уже — половина восьмого.

Он подъехал к дому около восьми. Аккуратно подрулил на свое место, у фонаря (чтобы вору неудобно было взламывать хотя бы правую дверцу), выключил двигатель и посидел немного за рулем, глядя перед собой вдоль сизого от жары проспекта.

Ветер валял по мостовой белые войлоки тополиного пуха. Бухала баба на стройке суперотеля. Курсанты ВМА тощими зелеными петушками выскакивали из проходной. Небо было мутное, белесо-голубое. Было лето. Он вылез из машины и сейчас же, не успев одернуть себя, поглядел вверх на свои окна. Окна, естественно, были закрыты. Он отвел глаза и принялся старательно запирать машину: защелка правой дверцы... дворники — снять... наружное зеркальце — снять. Левая дверца...

В парадной он почти столкнулся с какой-то женщиной и отступил, давая ей дорогу. У нее было смуглое лицо и спокойные серые глаза с черными ресницами.

Она сказала:

— Здравствуй, Слава, — и только тогда он узнал ее. Это была Пола. Сорокалетняя Пола.

— Здравствуй, — сказал он.

Они стояли в парадной и глядели друг на друга. Молча. Долго. Наверное, целую минуту. Потом толпа мелких детишек высыпалась из дверей и, гомоня, стала пробираться между ними, и рядом с ними, и огибая их. Пола сказала что-то — губы ее шевельнулись, и на мгновение блеснули зубы — белые и влажные.

— Что? — спросил он поспешно.

— Я говорю: имею удовольствие читать тебя чуть ли не каждый день... — Голос у нее был прежний, чуть глуховатый, бархатный, голос покоя и свободы.

— Не понимаю, о чем ты...

— Ну, в «Смене» же... «Праздничные записки»...

— А! — до него дошло наконец. — Нет. Это не я.

— Как не ты? Эс Красногоров. «Праздничные записки»...

— Нет. Это однофамилец какой-то. Ко мне с ним все знакомые пристают, а я — ни сном ни духом...

— Жалко.

Было видно, что она и в самом деле огорчена. Это была та самая Пола: если ее что-нибудь огорчало — она огорчалась, а если ее что-нибудь радовало, каждому было ясно, что она обрадована. Золото не тускнеет. Хорошее всегда хорошо.

Они опять помолчали, а потом Пола сказала:

— Слава, я все знаю. Я только не знала, чем я могу...

— Не надо, — сказал он поспешно.

— Удивительно все-таки, — сказала она сейчас же. — Живем в одном доме, а видимся раз в десять лет...

— И даже — на одной лестнице.

— Да, вот именно — на одной лестнице... А ты где **работаешь теперь?**

— И видимся не раз в десять лет, а раз — в пятнадцать... Даже раз в семнадцать... Кошмар!.. А работаю я все там же, во ВНИИТЭКе.

— Математик?

— Да. В каком-то смысле.

— Подтяни мою Саньку по математике. Ей осенью поступать.

— Как — поступать?! Саньке — поступать!? Ты что — издеваешься надо мной? Сколько же нам лет, Пола? Старуха!

Она тоже пошутила. Тоже что-то насчет старости, насчет внуков, насчет седин и лишних килограмм. Но думала она, конечно, о другом. В глазах ее плавилась жалость. И еще что-то в них было — что-то неуместное, да и ненужное. Надо было удирать.

— Слушай, извини! — сказал он. — Мне вот-вот должны из Москвы звонить... Я побегу?

— Беги, — сказала она.

А что она еще могла сказать? Ему. Сегодня. Здесь.

Шагая через три ступеньки, он поднялся к себе на третий этаж. Не сразу заправил ключ в замочную скважину — нервы все-таки расходились, движения сделались неверными, словно он только что таскал ящики или боролся с кем-то непосильно тяжелым...

Войдя к себе в комнату, в прокуренную жару и духоту, он прежде всего подошел к правому окну, распахнул его и, высунувшись, поглядел вниз. «Запорож» был на месте — желтая крыша лаково отсвечивала, и топорщились дурацкие уши. Ветер все гонял тополиные покрывала.

— Устал, — сказал он. — Сегодня — устал. Слишком жарко. Впрочем, я люблю жару. У меня, как известно, терморегуляция — идеальная.

Он наконец повернул голову и посмотрел ей в глаза. Она, как всегда, улыбалась. И как всегда, он почувствовал, что падает. И как всегда, не упал.

— Полу сейчас встретил, — сказал он. — Почти не переменилась. Но я узнал ее не сразу... Интересно почему?

Ничего интересного, подумал он. Это все уже прошло. Давно.

— Я здорово был в нее влюблен, — признался он. — Я тебе не говорил этого никогда, потому что... потому что... Зачем? Я бы не хотел, чтобы ты когда-нибудь сказала мне про кого-нибудь, что, мол, я была в него влюблена в далеком детстве...

Он замолчал: он вдруг услышал свой голос. Это был голос одинокого истеричного мужчины в большой, светлой, пустой, неубранной и прокуренной комнате. Он сбросил куртку, повесил ее на стул и полез в холодильник.

Потом он сел за стол, спиной к портрету, и принялся без всякой охоты есть. Наполовину опустошенная банка горбуши «в собственном поту»... подсохший вчерашний батон... выдохшаяся минералка...

Он старался ни о чем не думать. О работе думать — тошнило, а думать о том, что налетало из прошлого и беспорядочно крутилось в голове, было нельзя. Он обрадовался, когда телефон зазвонил и соседка ласково-трусливым голосом, какой у нее всегда появлялся после хахаля, позвала его из коридора.

— Здравствуй, — сказал Виконт, по обыкновению официально. — Где ты шляешься так долго, я тебе в пятый раз звоню.

— Только что пришел. Работал. Штевкаю вот сейчас...

— Ты повестку получил?

— Какую еще повестку?

— Ладно, я сейчас к тебе приду, — сказал Виконт недовольно.

— Какую повестку?! — рявкнул он, но в трубке уже шли короткие гудки.

Тогда он повернулся к соседке.

— Повестку мне приносили? — спросил он таким тоном, что та даже ответить не решилась — только ткнула когтистым пальцем в сторону сундука, где стопочкой лежали газеты.

Он схватил синенькую бумажку. Это действительно была повестка. Из УКГБ, Литейный, 4. Большой Дом.

Явиться... завтра... в 10 утра... подъезд номер пять... в качестве свидетеля... следователь... что-то вроде Хроменковского... или Хромоножского...

— Кто принес? — спросил он отрывисто.

— Мужчина какой-то. Немолодой уже. В бобочке и в соломенной шляпе. Вежливый.

— Что сказал?

— Вас спросил, а потом велел передать.

— Вы что — не догадались спросить, в чем дело?

— Да спрашивала я! А он и сам не знает! Придет, говорит, там, говорит, ему все, говорит, расскажут...

Достали, подумал он. Ладно. Хорошо. Ну что ж, ничего неожиданного не произошло. Достали. Теперь будем жить так... Мысли его метались, хотя ничего такого уж неожиданного и в самом деле не произошло.

Прежде всего, еще даже не сев, Виконт изучил повестку.

— «Красногорский»... — сказал он уверенно. — Не «Красночерный» же! Значит, Красногорский. Поздравляю. Почти однофамилец. А у меня — какой-то Полещук... — Он уселся наконец на свое место, в углу дивана. — Ну, что скажешь, свидетель?

— Надо полагать, по делу Семки.

— Согласен.

— Надо полагать, будут спрашивать про эту его статью.

— Н-ну-с?

— Не читал. В первый раз слышу.

— Ну? Так уж и в первый? Что-то с памятью у вас стало! Вспомните как следует, потрудитесь... Зима, метель, и в пышных хлопьях при сильном ветре снег валит... Вспомнили? Пришел подсудимый, принес мокрый портфель...

— Не помню. Не было этого... А что, это действительно зимой было? Начисто не помню, ей-богу, ваше сиятельство.

— Я тебе не ваше сиятельство, антисоветская твоя морда! Я тебе следователь по особо важным делам полковник Красногорский!

— Ну уж нет. Дудочки! Не станет он так разговаривать. Не те времена.

— Ладно, — согласился Виконт, набивая трубку. — Не те, так не те... Но вот подсудимый Мирлин показывает...

— Не подсудимый, а подследственный.

— Подследственные на воле ходят! — гаркнул Виконт, стекленея глазами. — А если он у нас здесь сидит, значит, всё — подсудимый!

— Ну-ну! Опять в средние века заехал...

Некоторое время они развлекались таким вот образом, меняясь ролями и поминутно заезжая в средние века, потому что представления оба не имели ни о методике допроса, ни — главное — о том, что следователю Красногорскому-Полещуку известно по сути обсуждаемого дела. Семен незадолго до ареста, пока его еще только таскали на допросы, рассказывал, что поставил там себя так: о себе — все что угодно, пожалуйста, но о других — нет, нет и нет. «Имен не называю». Такая позиция выглядела вполне убедительно, хотя законное сомнение появлялось: а способен ли человек, раз начавши говорить, остановиться в нужный момент и на нужном месте? Как узнать, как успеть сообразить, что ты уже в запретной области и что именно на этот вот — невиннейший! — вопрос отвечать ни в коем случае нельзя? Ведь на их стороне — методики, десятилетия опыта, отшлифованные до окончательно блеска приемы. Это — машина, мощная надежно отлаженная программа, не знающая ни сбоев, ни усталости, ни отчаяния, ни восторгов. Это только так говорится, что машина не может быть умнее человека. Это только ангажированные придурки полагают, будто машина не способна победить человека в интеллектуальном сражении. На самом-то деле она давным-давно его уже победила. Да, есть в мире несколько сотен гроссмейстеров, которые пока еще с шуточками и прибауточками бьют любую шахматную программу, но все остальные миллионы шахматистов, всё, по сути, ЧЕЛОВЕЧЕСТВО, уже у машины выиграть не способны, и у них есть лишь один способ уйти от поражения: не садиться играть вообще...

Да, но здесь речь идет о такой игре, когда желания твои никого не интересуют. «Здесь Родос — здесь прыгай», садись и играй. И остается лишь одна возможность, приличествующая человеку: объявить свои правила игры. Открыто и твердо: ненавижу вас; все, что вы делали когда-либо, делаете сейчас и намерены делать в будущем, — все это гнусь, грязь, погань и нравственная слизь. Я во всем этом участвовать не намерен. Ни в какой мере. Ни в какой форме. Ибо ЛЮБОЕ сотрудничество с вами безнравственно и губит душу. Прошу занести это мое заявление в протокол. От дальнейшего разговора отказываюсь. Больше не скажу ни слова.

Прекрасно. Но тогда тотчас же начинается:

— Надо ли понимать вас так, что вы относитесь к «органам» враждебно?

— Комментариев не будет.

— Надо ли понимать так, что вы с одобрением относитесь к антисоветской деятельности вашего дружка-приятеля?

— Нет комментариев.

— Надо ли понимать вас так, что вы с одобрением относитесь к антисоветской деятельности вообще?

— Нет комментариев.

— Надо ли понимать вас так, что, даже обнаружив признаки диверсионно-шпионской деятельности кого-либо из ваших знакомых, вы не исполните своего гражданского долга?

Молчание.

— А не пора ли вам, в таком случае, сделать выбор: на Восток вам или на Запад? Здесь такие, как вы, ну просто никому не нужны. Что, согласитесь, вполне естественно.

Вот тут — контрапункт всей этой ситуации, все мыслимые варианты скручиваются в невыносимый жгут, и единственный честный и единственно верный путь кончается на краю пропасти. Это — объявление войны, безнадежной войны маленького одинокого человека с Государственной Машиной. Войну эту нельзя выиграть, если ты дорожишь своей свободой и своей родиной, если готов жить только на свободе и только на родине.

Все же остальные варианты — компромиссы. Более или менее ловкие. Более или менее грязные. Более или менее стыдные. И все — бесчестные. Более или менее.

— Нет, — сказал в конце концов Станислав. — Я так не могу — в лоб. Я все-таки попытаюсь рулить. Может быть, и удастся вырулить без особых потерь. Во всяком случае, имен я им не назову.

— При прочих равных.

— Да ни при каких. Это — предел. «Его же не перейдеши». Так, кажется?

— Кажется, так.

— И вообще, зря мы с тобой друг друга запугиваем. Не знают они ничего про нас и знать не могут. Нельзя же серьезно предполагать, что здесь у меня все прослушивается! Что я им — Солженицын? А Семка ничего им не скажет, так что ничего они не знают, и надо именно из этого исходить. Согласен?

— Не играет значения, — сказал Виконт и, перегнувшись через спинку дивана, снял со стены гитару.

— Что — не играет?

— Согласен я с тобой или нет. Не играет значения. И не имеет роли... — Он взял пару дребезжащих аккордов и начал проникновенно:

> Надоело говорить, и спорить,
> И любить усталые глаза...

И Станиславу ничего уже более не оставалось, кроме как подхватить:

> В флибустьерском дальнем синем море
> Бригантина поднимала паруса.

Они спели «Бригантину» — истово и с чувством, как добрые граждане какой-нибудь благословенной Гармонарии исполняют свой гимн в День Благорастворения Воздухов, — потом, без перехода, оторвали в бешеном темпе

«Зырит урка: фрайер на майданчике...», а следом, по какому-то наитию, словно призывая на помощь себе милое и вечное прошлое, собственного сочинения «Я не поэт и не аскет...» — все двадцать три куплета с припевами и с присвистом. Затем Виконт отложил гитару и сказал:

— Чаем бы, что ли, угостил, раз водки не даешь... — и добавил задумчиво: — Я у тебя давеча шпроты видел. Люблю шпроты перед сном, знаешь ли... И тебе рекомендую.

Станислав посмотрел на него, ощущая приступ немотивированного детского оптимизма. Все будет путем, подумал он. Все уладится. Что мы, в самом деле... Но вслух он сказал только мамино любимое:

— Бабушка, дай водицы испить, а то так есть хочется, что даже переночевать негде!..

Ночь он спал плохо. Почти совсем не спал.

Вдруг вспомнилось ему, что в свое время он дал почитать Семке серию «Позавчера». Семка, засранец, распечатку эту так ему, конечно, и не вернул, сейчас она у *них*, и они, наверное, уже установили, на каком именно АЦПУ распечатка была сделана. И с распечаткой сахаровских «Размышлений о прогрессе...» — та же история...

Он поднялся, сел у окна и курил до самого утра, до восхода солнца, вновь и вновь разыгрывая и проигрывая завтрашний диалог со следователем. У Виконта свет тоже горел аж до шести, когда, сотрясая город, с железным храпом и рыком поволоклись один за другим на стройку чудовищные грузовики с бетонными блоками на прицепах.

ГЛАВА 7

Позднее он неприятно удивлялся себе: до чего же капризна, прихотливо-выборочна и ненадежна оказалась его память об этом дне. Нет, запомнил он многое и, наверное даже, все наиболее существенное. Однако некоторые эпизоды словно каким-то ядовитым растворителем вымыло из мозгов. И какие-то повороты разговора.

И какие-то картинки. И какие-то мысли, возникавшие по ходу дела.

Дверь подъезда номер пять запомнилась, да так, что и до самой смерти, кажется, ее теперь не забыть, а вот что было сразу за дверью? Огромное помещение, кажется... Собственно, не само помещение было велико, а высота его — стены, уходящие в желтый сумрак к потолку, словно бы даже невидимому. Старый, краснолицый и красношеий прапор за столом с телефонами... Лестница белого мрамора, ведущая множеством ступеней куда-то вверх, где был почему-то свет — яркий, солнечный... откуда?.. (Впрочем, снаружи ведь стоял яркий, жаркий, солнечный день.)

Прапор взял у них повестки, пропуска, просмотрел их бегло и снял телефонную трубку. Тут впервые Станислав узнал, что можно, оказывается, говорить в телефон так, что стоящий рядом не слышит ничего, ни единого слова, ни единого звука даже — только шелестят перебираемые бумажки, только губы шевелятся у говорящего да глаза стекленеют как бы в процессе выслушивания приказаний.

Вот трубка положена на место, и теперь уже полная и абсолютная тишина воцарилась, и сделалось вдруг холодно, как бывает холодно в склепе или в дровяном подвале, а глаза у Виконта были прищурены, рот — нагло-брюзгливый, и руки в карманах — словно ему снова двенадцать лет и предстоит отвечать за раскоканную в классе лампочку...

Потом наверху лестницы раздались голоса, шум шагов, и из солнечного света, будто ангелы Господни, явились двое и принялись неторопливо, с доброжелательными улыбками, спускаться к ним — и здесь возникает первый провал в воспоминаниях.

Собственно, один из этих двоих был майор Красногорский, а другой — капитан Полещук. Оба они были люди молодые, лет тридцати—тридцати пяти, но майор был коренастый, плотный, круглоголовый, в довольно-таки занюханной коричневой курточке, а капитан, напротив, высокий (волейболист, наверное), красивый, щегольски одетый, в темном костюме при кремовой сорочке и крапчатом галстуке. Они весело, с какими-то даже, кажется, шуточками, разобрали своих подопечных, а вот как оказался Станислав в кабинете своего майора — на жестком стуле напротив казенного стола с пишущей машинкой на нем и грудой каких-то бумаг, — этого не сохранилось. Кажется, предварительно шли они по длинному пустому коридору, где было веселое равнодушное солнце и висела доска наглядной агитации с нарисованными знаменами, хлебными колосьями и портретами обоих Ильичей...

«Паспорт ваш, пожалуйста... Надо же — мы с вами почти однофамильцы...» И тарахтит пишущая машинка — бойко, хлестко, — ловко насобачился печатать майор, хотя и двумя только пальцами... Помещение обширное, но — узкое, длинное от двери до зарешеченного окна, и — опять же — неестественно высокое, метра четыре до потолка, а может быть, и все пять. В углу, у самого окна, — большой железный шкаф, выкрашенный коричневой краской, небрежно, с потеками... Не тот ли самый, которого касался губами несчастный псих из рассказа Амалии Михайловны?.. «Вы предупреждаетесь, Станислав Зиновьевич, об ответственности за дачу ложных показаний...» (Или что-то вроде этого.) «...Распишитесь вот здесь, пожалуйста...» И первый — вполне ожиданный — вопрос: «Вы, конечно, догадываетесь, почему мы вас вызвали?» Прямо-таки Е-два, Е-четыре — стандартное начало, домашняя заготовка. «Представления не имею». — «Так уж совсем и не догадываетесь?» — «Да. Совсем». Лгать — противно. Во рту — мерзость. Сухо и мерзость. (Семен Мирлин: «Они знают, что мы не любим врать, нам это противно! Им — хоть бы хер, а нам, слабакам, противно, тошно, и они превосходно этим пользуются...») У майора — редко мигающие прозрачные глаза, русая шевелюра пирожком и маленький, но заметный шрам на верхней губе.

— Вы знакомы с Семеном Ефимовичем Мирлиным? (Началось!)

— Да.

— Давно знакомы?

— Давно. Лет десять, наверное.

(На самом деле — все двадцать, но не будем ему потакать...)

— Какие у вас с ним отношения?

— Нормальные.

— Дружеские?

— Д-да... Товарищеские.

— Ссор, конфликтов между вами не было?

(Ч-черт, что он, собственно, имеет в виду?)

— Нет, не было. Отношения хорошие. Товарищеские.

— И он, конечно, давал вам читать свои статьи, рассказы?..

(Ха-ха. Теперь главное — небрежно).

— Да. Давал иногда.

— Какие, например?

— Н-ну, я не помню... Рецензию давал читать на Пикуля.. (Опубликована в «Красной Заре».) Н-ну, что там еще... Да! Статью про Иванова давал читать...

— Это про какого же Иванова?

— А был такой директор Пулковской обсерватории...

Поговорили о Пулковской обсерватории, об Иванове, о репрессиях тридцать седьмого года, безвозвратно осужденных партией, и вдруг:

— А статью «Поколение, глотнувшее свободы» он не давал вам почитать?

— Как вы сказали?

— «Поколение, глотнувшее свободы»!

(На лице должна быть — задумчивость, в необходимой пропорции смешанная с искренним желанием угодить: вспомнить, обрадоваться, закричать «да, да, конечно!», и — сожаление, горькое сожаление.)

— Нет. Не помню. Не давал... ТАКОЙ статьи — не давал.

— А вы вспомните. Постарайтесь. Это было недавно, с полгода назад всего, не больше...

Он настаивал, что не читал, не видел, не знает, упоминаний даже не слышал, а майор (с понимающей улыбкой, снисходительно, лениво, почти в шутливом тоне) настаивал, что, напротив, и слышал, и видел, и читал — забыл, видимо, все-таки полгода прошло, но надо вспомнить, это нетрудно: «...был зимний вечер, незадолго до Нового года... Вы сидели с вашим другом Кикониным, пили чай. Пришел Мирлин, принес рукопись, и вы принялись ее читать... Вспомнили? Листки передавали друг другу, обменивались по ходу впечатлениями... Вы тогда еще неважно себя чувствовали, простыли, наверное, кутались в халат, помните?.. А потом спорили, статья эта вам не понравилась... Статья и в самом деле нехорошая, антисоветская, и вам она, естественно, не понравилась, вы с Мирлиным спорили, а потом даже сказали ему: посадят тебя, Семен, за эту статью...»

Во рту сделалось уже совсем непереносимо сухо, губы стали шерстяные, и голос сел. Надо было бы выпить воды, и графин со стаканом стояли тут же, недалеко, на отдельном столике, но нельзя было подавать виду... Гад, откуда он все это знает? Неужели же следили через окно... подслушивали?.. Телефон?.. Или жучка подсадили, пока я был на работе?

— НЕТ. НИЧЕГО ЭТОГО Я НЕ ПОМНЮ...

...Говорят, есть теперь лазерные подслушивающие устройства — улавливают колебания оконного стекла, возникающие от разговора... Да чушь же!!! Чего ради устраивать такие сложности — чтобы Мирлина засадить? Да кто он такой, в конце концов?!. Но если не подслушали, то откуда он может все это знать?..

— НЕТ. НИЧЕГО ДОБАВИТЬ НЕ МОГУ. НЕ ЧИТАЛ Я ЭТОЙ СТАТЬИ И НИЧЕГО ПРО НЕЕ НЕ ЗНАЮ...

...Был я тогда простужен или нет? Не помню. Но, по-моему, не был. Не был я простужен. И в халат не залезал. Тут он что-то привирает... Зачем? Или — почему? Прокол? Информаторы прокололись?.. Или я всё-таки БЫЛ простужен?..

— Ну хорошо, Станислав Зиновьевич. Раз уж память вам так изменяет — почитайте вот это. Возьмите, возьмите, это собственноручные его показания. Читайте...

...Округлый детский почерк... Вроде бы ЕГО почерк. «...Читали по очереди, передавая друг другу прочитанные листки... Статья не понравилась, оба они осудили меня за этот текст, а Красногоров даже сказал: посадят тебя, Сёмка, за это...» Не может этого быть. Этого быть не может. Подделка...

— Нет-нет, дальше листать не надо, Станислав Зиновьевич!.. Читайте эту страницу, и всё... Вспомнили?

«...За несколько дней до Нового года я зашел к своему лучшему другу Станиславу Зиновьевичу Красногорову, чтобы дать ему прочитать мою статью „Поколение, глотнувшее свободы". Это был поздний вечер. В гостях у Красногорова уже был наш общий друг Виктор Григорьевич Киконин...» Били они его, что ли? Или угрожали, дочками шантажировали... Не может же этого быть! Не те времена же. Нет... Но тогда что получается? Подделка? Больно толстая пачка — страниц пятьдесят. Правда, он не разрешает мне читать дальше... Почему не разрешает? «...Красногоров был простужен, сидел в халате, они пили чай с малиновым вареньем». Не было этого! Откуда у меня в доме малиновое варенье?.. «...а Красногоров даже сказал: посадят тебя, Сёмка, за это...»

— Ну как? Вспомнили теперь? По лицу вашему вижу, что вспомнили...

— Нет, Вениамин Иванович. (Язык совершенно не желает шевелиться. Присох. Приварился. Какие-то омерзительные шкляпанья вместо слов.) Ничего не могу добавить по этому поводу. Всё уже сказал.

— Но это же собственноручные его показания! Вы что, почерка его не знаете?

— Честно говоря, не знаю.

— Так что же, мы, по-вашему, это сами написали, что ли?

— Я этого не говорил.

— Ну а как же иначе вас прикажете понимать? А?

— Не знаю... Вениамин Иванович, вы разрешите, я налью себе воды?..

Он пил воду, сдерживаясь, стараясь глотать не слишком жадно и гулко, а майор Красногорский все говорил, втолковывал, убеждал, улещал, урезонивал — вполне доброжелательно, без никаких угроз, ни-ни, наоборот: вы же понимаете, вам-то ничего же не грозит, ну читали, ну обсуждали, нет тут никакой вашей вины, нам всего-то и надо от вас, что установить истину...

— Да. Но Мирлину-то грозит!.. Вы сами все время говорите, что статья антисоветская. А у Мирлина двое детей, маленьких...

— ...Неужели же вы думаете, что если будете отказываться, то Мирлину этим поможете? Да он еще двадцати знакомым давал читать, вы же его знаете, он же человек, как бы это помягче выразиться, весьма общительный... От того, что вы уходите в отказ, дело же не меняется... А вот себе вы — вредите. Вы ведь подписку давали, а ведете себя, простите за резкость, безответственно... М-м?

— Не могу ничего вам добавить.

— То есть не читали?

— Нет.

— А как же вот эти вот его показания?

— Не знаю.

— Вы хотите сказать, что мы эти показания сфальсифицировали?

— Нет. Я этого не говорю.

— А как же тогда? Он нарочно вас втягивает в это дело, что ли? Подставляет? На это вы намекаете? Так вы же сами показали, что отношения у вас с ним хорошие. Зачем ему вас подставлять?..

— Не знаю.

— Но тогда почему не хотите вы этих его показаний подтвердить? Он же сам признается, сам, что статью эту написал тогда-то и тогда-то и давал ее читать разным людям, в том числе и вам... Зачем вам идти на явное лжесвидетельство?

Станислав сказал первое, что, наконец, пришло в голову:

— Вениамин Иванович... Может быть, он сначала написал все это вам, а потом от всего отказался... А я подтвержу... подтвержу...

— Ну, знаете! Фантазия у вас, Станислав Зиновьевич!..

Тут телефон брякнул тихонько, майор, все еще качая головою укоризненно, снял трубку и стал слушать. Потом губы его зашевелились, он говорил — Станиславу снова демонстрировали это непостижимое искусство — не слышно было ни слова. Майор положил трубку и сказал озабоченно:

— Прошу прощения, я вас ненадолго покину...

Он исчез, а вместо него в дверях мгновенно образовался старый краснорожий прапор — точная копия того, что дежурил при подъезде номер пять, а может быть, даже и тот самый. Станислав глядел на него, почти его не видя. Прапор сел на место майора и тоже глядел на Станислава без всякого выражения, как на предмет домашнего обихода. Или — как на вокзале наблюдают за чемоданом, чтоб не сперли, — внимательно, но безразлично...

Неизвестно, сколько это длилось. Станислав посмотрел на часы и сразу же забыл, что на этих часах увидел. Через некоторое время посмотрел снова: было уже почти без двадцати минут двенадцать, больше часа прошло. Надо было что-то решать. Пора уже. Но решать было нечего. Все было уже решено. Изначально. Еще дома. И — будь теперь что будет...

Дверь вдруг распахнулась, возник на пороге майор Красногорский, Вениамин Иванович. Лицо у него было оживленное и как бы искусственно зловещее. Он — прямо у дверей — подбоченился (очень коряво как-то, коряво-картинно, как неумелый артист из самодеятельности) и провозгласил:

— Ну вот! Друг-то ваш — все признал! Все! И подписал — вот, извольте убедиться...

Он оказался вдруг рядом и сунул Станиславу в руки какую-то бумагу... Протокол... «Киконин Виктор Григорьевич... паспорт...» Он пытался заставить себя прочитать этот протокол, но не понимал ни слова и ни слова в этом протоколе не видел. Он и так знал, что майор врать не станет... Хотя-а-а... Если, скажем, они подделали показания Мирлина, то ведь и показания Виконта могли бы за этот час подделать... Он знал, что никто ничего не подделывал. Он понимал, что все это подлинники. Он только никак не мог понять, откуда взялся ПОДЛИННИК показаний Мирлина. Как он мог появиться, этот подлинник? Как они сумели его заставить?.. И не было времени откинуться на спинку стула, закрыть глаза и хорошенько подумать.

— Неужели же вы и сейчас станете запираться, Станислав Зиновьевич? Ну что вы, ей-богу, в самом деле!.. Друг же ваш подписал, чего же еще надо?

— Друг — это друг, — сказал он, не заботясь даже о связности своей речи. — А я — это я... У меня — свое... Он по-своему, а я — так.

— Так что же вы — готовы протокол подписать, где сплошное «нет, не знаю, не видел, не слышал...»? Это же ложные показания.

— Ну а что делать? Вот если бы Мирлин мне в лицо сказал, тогда другое дело...

— И скажет!

— Вот пусть и скажет. Пусть будет очная ставка...

— Да очную ставку устроить — ничего не стоит...

— Вот и устройте. В чем же дело?

— Да устроим, устроим... Но вы же себе хуже только делаете... Протокол-то придется *сейчас* подписать! Без всякой очной ставки.

— Ну что ж... Подпишу... А чего же вы очную ставку устроить не хотите, Вениамин Иванович?

— Да устроим мы вам очную ставку, устроим, не беспокойтесь...

Некоторое время они так пререкались, довольно бестолково, и все это время майор тарахтел на своей пишмашинке, а потом выдернул из-под валика большой развернутый лист и протянул его Станиславу.

Все было в общем правильно: «Не знаю», «Не читал», «Не видел», «Не говорил», и только странно почему-то смотрелось в каждом вопросе: «антисоветская статья „Поколение, глотнувшее свободы"...» — и не лень ему было каждый раз печатать этот полный титул?

Станислав взял подсунутую ему ловко и быстро авторучку («...нет-нет, своей — не надо, вот этой, пожалуйста...») и подписался. На каждой странице — особо. Вернул протокол майору. Тот с явным неудовольствием снова просмотрел его, ворча: «Ну и чего добились? Только себе хуже делаете, ей-богу...» — «Да уж так, видно, нас воспитали, — отвечал Станислав. — Сам погибай, а товарища выручай...» Он почувствовал фальшь этой своей фразы и некоторое кокетство свое — этакое стремление понравиться — и замолчал сразу же, но настроение у него вдруг поднялось. Все, только что здесь происшедшее, значительно его приободрило: не хотел майор очной ставки! Явно не хотел. Почему бы это?.. А майор, сняв трубку, снова беззвучно говорил с кем-то, оставив его в покое — зализывать раны, украдкой глотать воду, молчать, ждать неизвестно чего...

Наступил некий перерыв. Перемирие. Отдых. Оба, казалось, отдыхали. Вениамин Иванович вяло упрекал. Станислав Зиновьевич так же вяло отбрехивался. Непонятно было, что, собственно, происходит и чего следует теперь ждать. Но форсировать события было опасно. Пусть все идет как идет.

Говорили о самиздате. Вяло. Станислав не читал никакого самиздата. А если и читал что-то, когда-то, то уже ничего не помнил. «Просуществует ли Советский Союз до тысяча девятьсот восемьдесят четвертого года?» — это было сказано с вопросительной интонацией, и Станислав, разумеется, этим обстоятельством воспользовался: «Странный вопрос... Конечно, просуществует!» Возникла забавная заминка. Некоторое время ушло на объяснения: это статья такая, написал известный антисоветчик Амальрик, «1984» — название романа английского антисоветчика — Джорджа Оруэлла. «...Нет, не читал. Откуда? Да ведь это что-то старинное, правильно?» — «Почему вы решили, что старинное?» — «Ну как же. Писал, наверное, в шестьдесят четвертом году...» — «Нет. Тут не в этом дело... Я же вам объясняю: был такой роман...» — «А, Оруэлл... Да, я слышал что-то. Но ведь это, говорят, вовсе и не про нас написано. Это, говорят, про Англию?..» Он валял ваньку, не особо даже заботясь, поверит ему майор или нет. Он очень устал. И — самое страшное — ему казалось (последние десять минут), что среди бумаг, разбросанных по столу, он видит экземпляр Амальриковской статьи, который он в свое он время распечатал на машине и дал почитать Мирлину...

И вдруг имя Каманина прозвучало. Небрежно. Между делом. И совсем ни к селу ни к городу. Станислав машинально заметил в ответ, что нет, никогда с Каманиным он не встречался, читать — читал с удовольствием, а вот лично повстречаться так и не довелось... И вдруг увидел глаза Вениамина Ивановича. И поразившее его выражение этого круглого простоватого лица со шрамом на губе. Что-то не то было только что сказано. Или то, но — не так.

— Станислав Зиновьевич, — мягко проговорил Вениамин Иванович, принужденно улыбаясь. — Ну, это-то зачем?

— Что? Вы о чем?

— Как же вы с Каманиным не встречались, когда вы давали ему читать свой роман.

— Какой роман? — глупо спросил он, ощутивши вдруг, что вот сейчас, только и именно сейчас, начало происходить нечто по-настоящему важное. А все, что до сих пор было, — это обрамление, антураж, декорация, фон...

— Ну вот. Теперь — «какой роман»... Вы что, так много романов написали? «Счастливый мальчик». Или это не вы его писали?

— Я, — сказал Станислав, чувствуя, как снова пересыхает во рту. — Я писал, да. Но Каманину — не давал.

Вениамин Иванович все смотрел на него, словно столкнувшись с какой-то полной для себя неожиданностью. Или пораженный некоей неожиданной догадкой. Или — еще чем-то пораженный, чем-то, описанию не поддающимся.

— Кто же тогда ему этот ваш роман дал? — спросил он наконец.

— Не знаю. Откуда мне знать? Наверное, редактор из «Красной Зари». Он собирался дать. На отзыв...

— Но не дал?

— Я думал — не дал. Но раз вы говорите...

— А вы с Каманиным не встречались?

— Никогда, — сказал Станислав, мучительно пытаясь понять, что же, черт возьми, сейчас здесь происходит. При чем тут Каманин? При чем тут «Счастливый мальчик»?.. — Вы что, и «Мальчика» моего тоже антисоветским романом считаете? — спросил он напрямик.

Вениамин Иванович всполошился:

— Нет. Нет! Ни в какой мере! Наоборот, очень недурной роман. Я его читал с большим удовольствием...

— Хм. Вот и сказали бы это в «Красной Заре».

— Ну нет. Мы в эти ваши дела не вмешиваемся. Это не наша компетенция... А вот Каманин, между прочим, о вашем романе очень хороший отзыв написал.

— Ну да? — сказал пораженный Станислав.

— Представьте себе. И даже рекомендовал вас с вашим романом на какую-то там конференцию в Калькутту... в Бомбей... Не помню. В общем, в Индию.

Станислав молчал. Потом проговорил уныло:

— И всегда у меня так. Только это повезет — и тут же все насмарку... А вы-то откуда все это знаете? —

спросил он, спохватившись. — По-моему, это вовсе не ваша компетенция.

Вениамин Иванович сделал успокаивающий жест.

— Наша. Наша, будьте уверены. Вы же знаете, как он умер...

— Ничего я не знаю. Слухи какие-то ходили, ужасающие... убийство какое-то... чуть ли не маньяк с обрезом...

— Вот именно, — сказал Вениамин Иванович значительно. — Так что будьте спокойны: компетенция — наша.

И снова пошли у них вялые разговоры о том о сем. Чего он ждет, падла, мучительно и бессильно думал Станислав. Чего добивается? К чему, гад, клонит?.. При чем здесь вообще литература? Что он мне все толкует о писателях да о романах?.. НЕТ, НЕ ЧИТАЛ. А РАЗВЕ ОН ЖИВ ЕЩЕ? МНЕ КАЗАЛОСЬ, ЧТО УЖ ДАВНО ПОМЕР... Будет очная ставка или нет? Может, они там сейчас Семку обрабатывают, доводят до кондиции, чтобы на очной ставке был как штык?.. Зачем? Неужели же это так важно?.. Я им ложные показания ведь подписал, так что теперь в любой момент: пожалуйте бриться! Статья такая-то: дача ложных показаний... Ожесточение в нем нарастало вместе со страхом и забивало страх... ШЕРСТНЕВ? НЕТ, НЕ ЗНАЮ ТАКОГО. А КТО ОН? ФИЗИК? НЕ ЗНАЮ... Что еще за Шерстнев? И почему это я должен его знать?.. Два часа уже, между прочим. Чего ждем? Тут он снова насторожился: Вениамин Иванович небрежно назвал Александра Калитина.

— Знаю, конечно. Вернее — знал. Он умер десять лет назад.

— Да. Да. Такой молодой. Такой талантливый. Вот вам и еще один пример.

...Пример — чего? Прослушал. Ладно. Надо кивнуть головой (в полном согласии с начальством) и значительно сдвинуть брови... (Лояльный гражданин. Однако если угодно тебе играть лояльного, то ты должен им обязательно стать. Хотя бы на время. Станиславский. Немирович, сами понимаете, Данченко... И ты чувствуешь, как хорошо, как славно быть лояльным. Особенно в этих стенах. Как уютно... Да. Но — тошнит.) Надо же, и Сашку, оказывается, они знают... Однако! Основательно подготовились. С частым бреднем прошли по окрестностям. Сейчас на Жеку Малахова начнет намекать...

Но Вениамин Иванович на Жеку намекать не стал. Он вдруг поднялся и сказал решительно: «Пошли. Вы хотели очную ставку? Прошу!..»

Это обед, оказывается, был у зеков. Вот почему они ждали целый лишний час.

Семен Мирлин предстал перед ним веселый, пасть до ушей, но сильно исхудавший, и одного зуба у него спереди не хватало.

Обнялись. (Под внимательными взглядами капитана и майора.) Сели. Станислав — на один из стульев, что рядком были выставлены под высоко поднятым (зарешеченным, естественно) окном. Мирлин — за отдельный специальный столик, в сторонке, у стены, рядом с входной дверью. Оживленная беседа не прерывалась ни на минуту — Мирлин беседовал со следователями. Оказывается, товарищу Андропову именно сегодня объявили в газетах присвоение высокого звания Героя Социалистического Труда. Мирлин полагал, что это — награда шефу КГБ за арест и разоблачение именно его, Мирлина, лично. Следователи смеялись и — не возражали. Шутки так и порхали по комнате, веселый дружеский смех не умолкал. Станислав тоже изо всех сил улыбался. Хотелось ему сейчас только одного — хотелось отвести Мирлина в сторонку и спросить его вполголоса: «Что произошло? КАК они сумели тебя заставить, чтобы ты дал эти показания?..»

Очная ставка покатилась как по маслу. Участники вели себя безукоризненно. Обменявшись (под благодушными, но несколько настороженными взглядами официальных лиц) бодрыми общими фразами о самочувствии, семье, погоде, они более не нарушали заранее оглашенных правил и обращались друг к другу исключительно через капитана Полещука. Подследственный Мирлин все, что от него требовалось, с шутками и прибаутками подтверждал, свидетель Красногоров, наблюдая такое благодушие и единение с органами дознания, тоже не упорствовал и без всякого сопротивления подтверждал подтвержденное. Капитан Полещук бодро тарахтел на машинке (он печатал аж четырьмя!), а майор Красногорский прохаживался туда-сюда по комнате, от подследственного к капитану, от капитана — к свидетелю, и лишь отпускал время от времени полушутливые реплики, демонстрируя таким образом свое желание не дать супу остыть в горшке. В комнате было холодно, сумрачно — то ли на воле солнце за тучу зашло, то ли окно в стену какую-то выходило, — и потолок здесь почему-то был низкий, и странно и загадочно смотрелся в углу какой-то огромный, на металлических станинах, ящик, укутанный в черную материю...

Один лишь раз в течение процессуального действия возник сбой, да и то — ничтожный. Когда в ответ на какой-то смиренно-недоуменный вопрос свидетеля подследственный вдруг радостно заорал: «Да господи, Славка! Да прослушивали они твой телефон как хотели!..» Некоторая мгновенная суета образовалась, смолкло тарахтение машинки, и свидетель, скорбно улыбаясь, осведомился у притормозившего перед ним майора: «Неужели? Вениамин Иванович, неужели вы действительно прослушивали мой телефон?» Он задал этот вопрос вовсе не всерьез, ниоткуда не следовало, что Мирлин выступает по делу, более того, скорее всего, он попросту трепался, но на лице майора Красногорского образовалась вдруг совершенно неожиданная и даже неуместная вроде бы смесь каких-то сложных и странных переживаний, майор явственно покраснел и произнес с совершенно ненужной торжественностью: «Я вас самым серьезным образом, Станислав Зиновьевич, заверяю, что телефон ваш ни раньше не прослушивался никогда, ни сейчас...»

Потом протокол очной ставки был прочитан участниками и подписан. Подследственный подмахнул все три листа почти что не глядя, а вот свидетель показал себя человеком въедливым и непростым. Чувствовал он себя при этом крайне неловко — эдакой занудой, в силу поганого характера своего отнимающей время у хороших людей, но, обнаружив однажды в протоколе, что красивый и веселый капитан Полещук приписал ему слова «...я читал антисоветскую статью Мирлина „Поколение, глотнувшее свободы"...», он возразил, что слов таких не произносил, что статью Мирлина он антисоветской не считает, что со статьей он спорил, да, но не потому, что считал статью антисоветской, а совсем по другим причинам... позвольте, вот и на следующей странице то же самое! Нет, я этого определения статье не давал... я попрошу эти слова переписать... да, заново.. Можно просто вычеркнуть? Хорошо, тогда я их вычеркиваю... и здесь вот то же... еще есть где-нибудь?... Ага, и вот здесь... А в конце я напишу, что это я их вычеркнул... А как же? Я же не говорил этих слов. Нет. Надо было дать мне, я бы сам написал свои ответы на ваши вопросы... а то что же получается?..

Он чиркал, вымарывал, вписывал свое заявление... Следователи продолжали подшучивать, хотя и казались раздосадованными и даже как бы обиженными, Мирлин смотрел на него молча, рассеянно улыбаясь... Но вот все это кончилось. Он чувствовал себя, как будто мешки пудовые грузил, руки дрожали, и тут Мирлин поднялся из-за своего столика и перестал улыбаться: «Соньке позвони, — сказал он, и лицо его вдруг перекосило. — Скажи, что... в общем... передай...» — «Обязательно. Немедленно. Ты не беспокойся, я помогаю...» И Мирлина увели в распахнувшуюся дверь, во тьму и пустоту огромного тамбура, и дверь за ним закрылась, и его не стало видно.

Потом они с майором вернулись в старый кабинет, и майор отстучал там еще один протокол. В этом протоколе объяснялось (кому-то), почему в первом протоколе

Станислав позволил себе ложные показания. Вениамин Иванович предложил такой вариант объяснения: зная о том, что у Мирлина маленькие дети, я, Красногоров Станислав Зиновьевич, опасался своими показаниями повредить ему, а вот теперь, после очной ставки, подтверждаю, что такого-то числа.... И пошло-поехало... Читали, передавая листки... Пили чай... Статья не понравилась... Сказал Мирлину: «Посадят тебя за это, Семен...»

Он подписал протокол. Третий за день. Было уже — без десяти шесть. Восемь часов без обеда. В глазах было темно, язык не ворочался. Вениамин Иванович — этот был как огурчик! — любезно проводил его до самого прапора внизу. Попрощались, пожав друг другу руки, и Станислав вышел через дверь подъезда номер пять наружу. Ленивый жар раскалившегося за день города окатил его.

ГЛАВА 8

— А какого дьявола ты так рыпался? — сердито спросил Виконт. — Неужели же не ясно тебе было, что раскололся Семен? Или ты вообразил себе, что...

— Почему? — прервал его Станислав. — ПОЧЕМУ он раскололся?

— Да какая тебе, в сущности, разница? Раскололся! Не выдержал чего-то там. Дал слабину... Испугался... Или обманули его. Или просто протрепался — он же трепло. Так чего ради, спрашивается, надо было тебе строить из себя партизана на допросе? В чем смысл?

— Не знаю, — сказал Станислав.

Виконт, конечно же, был прав.

...И Галилей был прав. А вот Джордано Бруно — нет. Только смешно было говорить об этом применительно к данному случаю... Не смешно, конечно, — смешного тут ничегошеньки не было, а — высокопарно, что ли?.. Неуместно.

— Не знаю, — повторил он.

— В результате, ты теперь у них на крючке, — продолжал Виконт по-прежнему сердито. — Статья сто восемьдесят один — дача заведомо ложных показаний. В любой момент они теперь могут тебя потянуть на цугундер.

— Срок?

— Срок там какой-то небольшой, но какого черта тебе он нужен — даже и небольшой?.. Кстати, на работе ты собираешься об этом обо всем говорить?

— А хрен его знает... Может быть, расскажу Ежеватову. А может быть, и нет.

Виконт отвернулся и захлюпал трубкой. Он не сказал более ни слова, но Станислав прекрасно понял это его хлюпание. «Некоторые недурно устроились: они могут позволить себе выбирать — говорить начальству или НЕ говорить... А вот у некоторых такого выбора нет».

— Не понимаю, — сказал он. — Какого черта они из протокола в протокол тащили эту мою фразу: посадят тебя, Сёмка... Кстати, я говорил ему это тогда или нет?

Виконт пожал плечами.

— А все остальное ты понимаешь?

— Нет. Не понимаю, зачем упоминал он про Сашку. Не понимаю, при чем тут Каманин... Кстати, ты знаешь, что Каманин, оказывается, дал на меня хороший отзыв?

— И где он, этот отзыв?

— Не знаю... Ч-черт, до чего неохота обо всем об этом на работе рассказывать, ё-маё...

Ежеватов выслушал сообщение (краткое, без подробностей), набычив могучий свой лоб с залысинами, и некоторое время потом молча шевелил желваками на впалых загорелых щеках.

— Отпуск дать тебе? — спросил он наконец с напором.

— Зачем?

— А чтоб на п... мозолей не было. Хочешь?

Станислав пожал плечами.

— Тогда — все, — сказал Ежеватов. — В Будапешт хотел тебя в сентябре отправить, теперь — х.. тебе, а не Будапешт. Никому больше ничего не говори и пошел работать. Где отчет по этому е... АНТИТЬЮРИНГу? Три дня простого отчета закончить не можешь, жопа с ручкой!

А Жека Малахов крякал, мотал румяными щеками, сморкался в огромный клетчатый платок, в глаза не смотрел.

— Ну надо же! — сказал он огорченно и озадаченно. — И вел себя вроде бы вполне прилично, а все равно — будто в говне искупался.

Станислав промолчал. Он так не считал. Ему казалось, что он вел себя хорошо. Не просто прилично, а — хорошо. Пусть не слишком, может быть, умно, но — честно. В конце концов, честность всегда глуповата. И он честно держался до самого конца, до тех пор, пока был ну хоть какой-нибудь смысл держаться... Однако никто, кажется, кроме него, так не думал.

— Понимаешь, — сказал Жека. — Им ведь надо было от тебя только одно: чтобы ты подтвердил факт РАСПРОСТРАНЕНИЯ. И ты — подтвердил.

— Это не я подтвердил, это Семка подтвердил, а я только с ним не спорил...

— Не существенно. Это для тебя важно, для меня важно: сразу или не сразу, легко или с трудом, сопротивлялся или лег, лапки кверху. А им это все без разницы, их нравственные императивы не интересуют. Распространял подследственный свои антисоветские сочинения или нет? Да, распространял, что и подтверждается показаниями свидетелей, не состоящих в родстве...

— Что же я, по-твоему, должен был делать? — угрюмо сказал Станислав. — В полный отказ уйти?

— Откуда я знаю! Ты что думаешь, я тебя критикую, что ли? Да ни в малейшей! Я только говорю, что с ними всегда так: сдаешься им — весь в говне, сопротивляешься, можно сказать, до последней капли крови — все равно в говне... Учреждение такое у них, понимаешь? Невозможно побывать там — и чтобы потом не в говне.

— В несознанку надо было уходить, вот что... — сказал Станислав с тоской. — НЕ ЗНАЮ, НЕ ПОМНЮ, НЕ ДОГАДЫВАЮСЬ... «Да, очень может быть, вы и правы, гражданин майор, может быть, все это так и было, но я-то этого НЕ ПОМНЮ! Мирлин вот помнит, а я — нет».

— Ну да, ну да. «Он говорит, что это было в экстазе, а я точно помню, что это было в сарае...» Как же, разбежался! Неужели же ты думаешь, что у них на такого вот ловкача управы не найдется? Найдется, будь спок! ОРГАНЫ!.. Знаешь что: давай Виконта позовем и надеремся. У меня Танька к мамане своей уехала, в деревню, и детей забрала, так что я человек безусловно вольный...

Так они и поступили — Станислав с Виконтом полностью в говне, а Евгений Малахов — в незапятнанно-белых одеждах.

А на третий день, вечерком, часов этак в восемь, позвонил вдруг майор Красногорский, Вениамин Иванович.

— Здравствуйте, Станислав Зиновьевич! — сказал он радостно, будто сто лет не разговаривали. — ОЧЕНЬ хотелось бы вас повидать.

— Когда? — спросил Станислав мрачно.

— Да хоть сейчас, если можно.

— Вы что, и по вечерам работаете? Я так вот — нет. Давайте тогда уж завтра, что ли, с утра... Хотя подождите, завтра суббота...

— Станислав Зиновьевич, голубчик, это я к вам не по делу. Или, говоря точнее, не совсем по делу. Это у меня к вам разговор сугубо личный.

— О чем это у нас с вами может быть сугубо личный разговор?

— Ну, Станислав Зиновьевич! Не по телефону же!..

— А почему бы и не по телефону? Вы же меня клятвенно заверили, что не прослушивается...

— Ах, Станислав Зиновьевич, ну не будьте вы таким въедливым, поверьте, это и ваших интересах тоже, не только в моих...

В общем, договорились так: через час, у Станислава дома, и чтобы недолго — Станислав человек занятой и усталый.

Когда майор ему позвонил по телефону, он валялся на диване и читал (в пятнадцатый раз) «Гиперболоид инженера Гарина». Теперь пришлось имитировать кипучую плодотворную деятельность — на письменный стол, в круг света, под фамильную лампу с зеленым абажуром, брошены были в нарочитом деловом беспорядке расчеты по давно забытому договору с Двадцать вторым СКБ, и даже казенный «хьюлетт» с программным управлением был выставлен напоказ и демонстративно включен, дабы мигали красные цифры на дисплее, и вообще...

Нельзя сказать, чтобы он как-то особенно нервничал в ожидании, но и спокойным он себя тоже отнюдь не ощущал. Было ему ясно, что готовится какая-то очередная пакость и что опять он будет весь в говне со всей своей хваленой честностью и нравственной непреклонностью шестиклассника. «Коготок увяз — всей птичке пропасть...» — крутилось в голове его — бессмысленно и обреченно. Зацепили — теперь уж не отпустят. Гасите свет, спускайте воду...

Майор явился с королевской точностью, ровно через час, и предстал не похожий на самого себя — в легкомысленной шелковой бобочке лилейно-белого цвета, в подержанных линялых джинсах, на ногах — неновые кеды, на лице — радушная, совершенно штатская улыбка, в руках — кейс. Вот только улыбка была какая-то неестественно напряженная, а кейс — излишне роскошный. И этот кейс, и эта улыбка неприятно дисгармонировали с заданным (и симпатичным) обликом простого советского кандидата технических наук, забежавшего по случаю — передать привет от ребят из ростовского ВНИИАШа. Но однако же и госбезопасностью от гостя определенно не пахло, что, впрочем, в данной ситуации отнюдь не успокаивало, а, наоборот, настораживало и даже — пугало.

Станислав молча провел его в комнату и пригласил сесть за обеденный стол со скатертью и пепельницей. Вениамин Иванович, поблагодарив, уселся, положил сверкающий кейс перед собою, как бы держа его наготове, и без всякого перехода начал свой текст на тему: я-де здесь не по службе, а по делу, которое касается вас, Станислав Зиновьевич, даже больше, чем меня...

Станислав слушал его вполуха, даже, пожалуй, вовсе не слушал, тоска охватила его и дурное ощущение неизбежной пакости и очередного унижения. Он смотрел на майора, как бы отстраненно признаваясь себе, что движения у него ловкие и точные и что, вообще, глядится майор в своем внеслужебном обличии действительно вполне даже симпатично: ладный, очень крепкий, и светлые глаза — без всякой этой непреклонной пронзительности, а, наоборот, почему-то как бы ищущие понимания и взывающие к сочувствию... Глядя на него, Станислав вдруг вспомнил навсегда, казалось бы, забытого Дядю Вову — смешного и доброго паренька, замещавшего у них в седьмом классе впавшего вдруг в запой физрука. Дядя Вова тоже был такой вот округло коренастый, простоватый, и глаза его просили о сочувствии. Он занимался каким-то странным видом спорта — он был СИЛОВИК: они там у себя приседали на одной ноге раз по триста, играли двухпудовками, подтягивались на одной руке, и все такое... Дядя Вова мог подтянуться на одной руке ДВЕНАДЦАТЬ раз — в жизни своей никогда больше не видел Станислав человека, способного сделать это даже ОДИН раз...

Вторым планом, впрочем, Станислав отмечал про себя, что в кейсе у майора, скорее всего, находится включенный диктофон, а поэтому вести себя надобно с повышенной осторожностью. Так сказать: «Снизить скорость, повысить внимание...»

Разговорам о том, что все это, мол, «не по делу» и «все это-де в ваших же интересах», он не верил, разумеется, ни малой секунды, и тем более поэтому подозрительным и даже зловещим показалось ему поведение коварного майора, взявшего вдруг сразу же после невнятного своего, явно стандартного, вступления какую-то совершенно несусветную, почти пугающую манеру объяснения.

Наш разговор имеет исключительную важность, объявил майор. МОЖЕТ БЫТЬ, имеет, поправился он тут же и раскрыл свой кейс. Я хочу записать его на пленку, потому что, вполне возможно, мы с вами, МЫ С ВАМИ, подчеркнул он, будем потом заново прослушивать этот наш разговор, и дополнять его, и анализировать. С этими словами он извлек из недр кейса маленький черный (японский, видимо) магнитофончик, включил его (красный огонек загорелся) и демонстративно положил на середину скатерти, а кейс убрал под стол.

Я знаю, что вы боитесь меня, продолжал майор, — нет, не майор, а совершенно штатский человек, Вениамин Иванович Красногорский, явно ощущающий себя сейчас не в своей тарелке, явно нервничающий, совсем ни в себе и ни в чем не уверенный. Я знаю, что вы думаете сейчас, что я хочу вас как-то обмануть, втянуть в грязное дело, завербовать... Нам с вами надо как-то проскочить этот этап. Очень скоро вы поймете, что все у нас обстоит совсем не так и что я вас тоже боюсь и имею для этого весьма серьезные основания.

Сначала беседа наша будет похожа на допрос, продолжал (становясь уже совсем непохожим на себя, — нервно постукивая костяшками обеих рук по скатерти и улыбаясь почти искательно) Вениамин Иванович. Но вы скоро поймете, что никакой это не допрос, а просто мне надо убедиться сперначалу в правильности своих догадок... То есть я и так в них убежден, иначе бы я не пришел сюда и не заводил бы с вами... Короче, сначала я хочу, чтобы вы искренне и точно ответили на несколько очень простых вопросов. Все они требуют — для начала — только бинарного ответа: да — нет. Они абсолютно вас ни к чему не обязывают. Некоторые ответы я знаю заранее, некоторые — нет, но тут возможны разные варианты, которые я не способен просчитать...

Видимо, именно неестественность, даже — противоестественность ситуации побудила Станислава сказать хоть что-нибудь — остановить этот непонятный поток слов и эмоций, который пугал даже больше, чем отвратительный (пусть!), но незамысловатый при этом нажим в целях сломать и вербануть.

— На одной руке вы сколько раз можете подтянуться? — спросил он неожиданно для себя и, уж конечно, — для майора.

Вениамин Иванович замолчал на полуслове, потрясенно мигнул, а потом обрадовался вдруг, разулыбался, засиял.

— Шесть раз! — сказал он с гордостью. — Но только на правой. А на левой — один, много — два.

— Что ж вы так... — заметил Станислав, совершенно не понимая, что ему теперь делать с полученной информацией. — Надо бы и на левой тоже...

— Не получается, — признался Вениамин Иванович со вздохом, но тут же спохватился. — Я рад, что вы чувство юмора не потеряли, — сказал с искренней доброжелательностью. — Знаете, если люди шутят — дело пойдет.

Станислав не был в этом так уж уверен (да и не шутил он вовсе — просто сорвалась с языка глупость какая-то), но спорить не стал. А Вениамин Иванович продолжал просительно:

— Ну, вы позволите?.. Несколько вопросов?.. — и, не дожидаясь согласия, спросил: — Имя такое — Калитин Александр Силантьевич — вам знакомо?

— Да, — сказал Станислав и, не удержавшись добавил: — Я же вам уже говорил.

— Он был вашим хорошим другом, правильно?
— Да.
— А почему он вдруг уехал в Москву, вы не знаете?
— Знаю. Но разговаривать об этом не буду.
— Почему?
— Не хочу.
— Но вы не поссорились с ним?
— Нет, конечно. С чего это вдруг?
— Ну, я не знаю... Всякое бывает, согласитесь... Ладно. А Шерстнева Константина Ильича вы знали?
— Уже говорил вам: нет.
— Но вы все-таки попробуйте вспомнить. Я вам сейчас напомню. В пятидесятом вы поступали на физфак, помните?
— Ну.
— Проходили собеседование, так?
— Да. И меня не приняли. Без объяснения причин.
— Но вы помните, как все это было? Попытайтесь вспомнить. Вот вы вошли в комнату. Там сидела комиссия...

Станислав честно попытался вспомнить.

— Не помню ничего, — сказал он. — По-моему, там было темно и накурено, как в пивной. Сидели какие-то люди за столом. Человек пять. Очень недоброжелательные. Я совершенно не понял, почему они на меня так наезжают, но ясно было, что дела мои — говно, простите за выражение...

— Ну, ну.
— Всё. Никто мне не представлялся, знаете ли. Так что если и сидел там этот ваш Шерстнев, то это осталось для меня тайной, покрытой мраком...

— И вы никого из них не запомнили?
— Нет, конечно. Там один на меня особенно злобно наезжал — белокурый такой, помнится, был, молодой... А все прочие — на одно лицо.

Вениамин Иванович некоторое время молчал, взгляд у него остановился, словно кто-то там у него внутри ударил вдруг по тормозам.

— Это и был Шерстнев, — сказал он наконец.
— Да? Ну и сука! Он же меня тогда совершенно зажрал. Вопросов сто, наверное, задал, гад белоглазый. Видимо, была ему дана установочка — завалить чесэвээна. Вот он и завалил, молодчага. «Красавец и здоровляга и уж наверно́е не еврей!..»
— Вы думаете, он был еврей?
— Господи, да нет, конечно. Это присловка есть такая, вот и все... Откуда в те годы еврей на физфаке?!

Он спохватился, что ведь запись идет, на пленку, и прикусил язык. Однако поздно. Идиот, сказал он себе. Кретин.

— Я хочу сказать, тогда шла борьба с космополитизмом, — пояснил он, — ныне осужденная. Культ личности.
— Да, действительно... — медленно проговорил Вениамин Иванович. — Так. Ну хорошо. Теперь — Каманин Николай Аристархович?
— Уже говорил вам. Книжки его читал. Очень люблю у него «Охотников за невозможным». Рассказы есть у него блистательные. Но лично — не знаком. И даже не видел никогда. Разве что по телику, но не помню.
— Он не любил выступать по телевидению.
— Тем более. Значит, и по телику не видел.
— Но вы ему симпатизировали, правильно я понял? Хотя и заочно, так сказать.
— Да. По всем слухам он был добрый мужик. Любил выпить, любил людям помогать, деньги у него не держались. Заступался... — он чуть было не ляпнул: «За Бродского», — ...за людей. И вообще.
— Ясно, — сказал Вениамин Иванович почему-то с разочарованием в голосе и продолжил: — Теперь — Гугнюк Николай Остапович.
— Как?
— Гугнюк. Николай Остапович.
— Первый раз слышу. Он — кто?
— А Берман Амалия Михайловна?

— Амалия Михайловна? У нас тут в квартире девятнадцать жила Амалия Михайловна. Но я не уверен, что она Берман.

— Это вы о ней пишете в вашем романе?

— Да. Только это не роман. И не повесть даже. Это — рассказ.

— Ну да? — поразился Вениамин Иванович. — Такой большой?

— Это не мое мнение. Это мнение редколлегии.

— Понятно. Значит, Амалия ваша Михайловна — это лицо реальное?

— Абсолютно. Все, что про нее написано, — сущая правда. Она умерла лет десять назад, а то могли бы у нее сами спросить.

— Да. Я знаю. И очень жалею, что ее нет. Она, наверное, могла бы нам кое-что интересное рассказать... Ну ладно. А знаком ли вам Габуния Иван Захарович?

Станислав не удержался — поморщился.

— Ну да. Ну, ходил к нам он одно время... В общем, да. Знаком. Он помер, по-моему, уже...

— Я вижу, вы не очень-то к нему благоволили?

— А вам какая разница?.. Слушайте, а к чему все эти вопросы? Может, вы мне прямо и ясно скажете, в чем дело?

Тут Вениамин Иванович словно сорвался:

— Да обязательно! — вскричал он с непонятной какой-то досадой. — Скажу, и обязательно. Только — потом. Я, можно сказать, потому и терзаю вас сейчас, чтобы понять, как... КАК, черт возьми, рассказать вам суть, чтобы вы поняли и поверили. Если я прямо сейчас вот, с ходу, все вам выложу, вы просто пошлете меня подальше и никакого разговора не получится. А мне надо, чтобы получился!

— Ё-маё... — сказал Станислав, опешив даже несколько от такого напора. — Что еще за тайны Апраксина двора? Наследство, что ли, мне засветило из-за бугра?..

— Нет. Не наследство. И вообще, не надо зря гадать. Просто отвечайте мне, и все.

— Ну хорошо, хорошо. Валяйте дальше. Кто там у вас?

— Нет, — сказал Вениамин Иванович твердо. — Сначала все-таки скажите мне: вы плохо к нему относились, к этому Габуния? Не любили?

— Слушайте, мне было тогда пятнадцать лет... Или тринадцать? Неважно. Он повадился ходить, ласковый такой, приторный, песни все с мамой пел дуэтом... Явно целился мне на роль нового папаши. А у самого — сыну уже было лет тридцать... За что мне его было любить?..

Он замолчал. Какого черта? Не хочу я об этом говорить. О мамином взгляде, который однажды поймал, брошенном на этого типа... И как он особенно противен был, нализавшись портвейна... Он любил заложить за галстук; этот обрусевший грузин (или мингрел?), — пил как грузин, а напивался как русский... К черту его.

— Ясно. Согласен... А теперь такая фамилия: Каляксин Сергей Юрьевич.

— Каляксин?

— Да. Сергей Юрьевич.

Станислав помотал головой.

— Не помню. А он кто?

— Он был проректором Четвертого медицинского.

— А. Так его Виконт... в смысле, Виктор Григорьевич, наверное, должен знать... — Он снова прикусил себе язык. Ч-черт, трепло. Решено же было: никаких имен! Трепло языкатое, невоздержанное...

— Да. Виктор Григорьевич его, скорее всего, знает, но я думал, что и вы, может быть...

— Нет. И не слышал даже про такого.

— Понятно. Но вот имя академика Хухрина вам, конечно, известно хорошо?

— Конечно. Он был мой Большой Шеф. Он умер, между прочим. Буквально несколько дней назад. Отпевали в Никольском.

— Да, я слышал... Довольно странное завещание для члена партии с «надцатого» года...

— Н-ну, это как сказать...

— Ладно, господь с ним. Значит, с академиком вы общались регулярно, правильно я вас понял?

— Ну, это как сказать, — повторил Станислав. — Он был там... в заоблачных академических высях. Но я докладывал ему пару раз по работе. Он ко мне, говорят, хорошо относился, ПРОДВИГАЛ. Зарплату повысил без всякого сопротивления... Он, говорят, был вполне приличный начальник — свое дело знал и в чужие не лез...

Вениамин Иванович покивал, тоже как бы отдавая должное ушедшему от нас вполне приличному начальнику. Потом сказал:

— А вот разрешите у вас спросить, Станислав Зиновьевич... В вашем романе... Как бы это выразиться... Насколько велика там доля вымысла?

Станислав посмотрел на него. Майор приветливо и по-прежнему искательно улыбался. Он ждал ответа. Зачем-то нужен был ему ответ на этот абсолютно здесь неуместный вопрос.

— Да как вам сказать... Какие-то мелочи, детали, психологические, знаете ли, изыски — да, это все вымысел. Но если брать сами факты... Ну, я исключаю, естественно, историю с ребенком Марии... с ребенком — это, конечно, чистая фантазия...

— Разумеется, — поддакнул Вениамин Иванович, — я так и понял.

— Да... А в остальном... А что, собственно, вызывает там у вас сомнения?

— Ну, это не сомнения... Это, как бы вам сказать... Скажем, случай с газиком, который чуть не свалился...

— Полная правда. Пятеро свидетелей.

— А случай с осколком, который упал рядом с вами? В блокаду.

— Тоже полная правда.

— А эта история с людоедом?..

— Во дворе? Тоже. Клянусь! Я иногда во сне его вижу: стальные круглые очки, седая щетина и — топор, прямо у меня перед носом...

— И так — все двадцать случаев?

— Строго говоря — двадцать четыре. Да. Ничего не выдумал.

— Но ведь это странно.

— Еще бы. Иначе бы я и романа писать не стал.

— И вы никогда не пытались как-то объяснить все это? Ну хоть как-то?

— Конечно, пытался... — Станислав насторожился. Вопросы были слишком уж невинные. И праздные даже. Тут что-то было не так. Кажется, майор готовился нанести свой главный удар.

— И что же?

— А — ничего.

— Совсем ничего? — напирал майор.

— Совсем.

— Но ведь не может же все это быть чистой случайностью!

— Наверное. Но мне надоело ломать над этим голову.

— Вы же ученый.

— Ну и что?

— Это ваша работа — ломать голову.

Станислав усмехнулся.

— Моя работа — ломать голову над системными задачами. Мне за это деньги пло́тят.

И тут, весь подавшись вперед и совершенно перестав улыбаться, Вениамин Иванович сказал севшим голосом:

— Однако же вам придется поломать голову и бесплатно тоже. Все люди, про которых я сейчас с вами говорил, — умерли. И все они умерли очень похоже — примерно так же, как ваш людоед с топором: их убил осколок, которого не было. И все они, так или иначе, связаны с вами, Станислав Зиновьевич. Все, без исключения. Понимаете, что получается? Есть десяток людей, умерших страшной смертью, какой обычно не умирают, сама причина смерти их — загадка, собственно, они не умерли, они *погибли*, и все они, в большей или меньшей степени, — ВСЕ! — связаны с вами.

— Что значит связаны? — спросил Станислав растерянно. Такого он не ожидал.

— Значит: либо они — ваши знакомые, личные, либо — знакомые ваших хороших знакомых. Все без исключения.

— И всех убило осколком?

— Вы сами же пишете: НЕ БЫЛО НИКАКОГО ОСКОЛКА!

— Ну, мало ли что мне там почудилось. Был, наверное, а я...

— Не было никакого осколка, Станислав Зиновьевич. В том-то вся и штука. НЕ БЫЛО!

Последние слова Вениамин Иванович сказал почти шепотом. Лицо его снова остановилось. Он откинулся на спинку стула и принялся вдруг совершать нервные манипуляции: сцепил пальцы и громко захрустел ими, потом сильно потер ладонями щеки, нос, словно бы вдруг зачесавшийся, шею — по обе стороны, и снова сцепил пальцы. У него вдруг сделался вид человека, глубоко во всем разочарованного и даже отчаявшегося. Станислав смотрел на него молча. Они оба молчали, и довольно долго. Потом магнитофон тихонько щелкнул, и красный огонек погас. Вениамин Иванович торопливо и жадно схватил его, извлек кассету, перевернул, сунул обратно. Красный огонек загорелся снова.

— Вы что же это — хотите меня обвинить в убийстве? — спросил наконец Станислав. На всякий случай. Он знал, что это не так.

Вениамин Иванович только косо ухмыльнулся в ответ. Ухмылка эта означала: не много же стоит твоя хваленая ученая голова.

— Я уверен, что вы ни в чем не виноваты, — сказал он. — Человек не может быть виноват в том, что он существует, верно ведь?

— Я не понимаю вас, — сказал Станислав. Предчувствие унижения и срама стремительно превращалось в нем в предчувствие какой-то беды. Холодный ком внутри пошел вдруг наматываться сам на себя, расти, леденя кишки.

— Если вы спрашиваете моего мнения, — проговорил Вениамин Иванович, тщательно подбирая слова, — то я скажу: вы ни в чем не виноваты, но, с другой стороны, если бы вас не было на свете, все эти люди были бы сейчас живы... Во всяком случае, они не умерли бы такой странной смертью.

— Но это же чушь какая-то, — сказал Станислав беспомощно. — При чем тут я?

— Не знаю. Не понимаю сам. Но хочу понять. Иначе бы я здесь с вами не сидел.

Некоторое время Станислав молчал. Конечно, известная логика в рассуждениях майора была. Но это была логика шизофренического мышления, когда из десяти возможных выводов выбирается самый неожиданный.

— Вы можете мне ясно сказать, чего вы от меня хотите? — спросил он наконец.

— Да. Я хочу, чтобы вы помогли мне разобраться в этой истории. Чтобы вы сами разобрались и мне бы разобраться помогли.

— Но я же ничего не понимаю, вы что, не видите? — сказал Станислав. — Как я могу вам помочь? И вообще... простите, конечно, но почему я вообще должен вам верить?..

— Да ничего вы мне не должны, — сказал Вениамин Иванович с досадой. — Не верите — не надо. А только я советую вам — поверить. И разобраться я вам советую. Потому что если не вы разберетесь, так разберется кто-нибудь другой, и тогда вам хорошо не будет, это вы понимаете?

— Нет.

— Очень жалко, что не понимаете. Вы человек — необычный. Вы же ПАРАНОРМАЛЬНЫЙ человек. Это хоть вы заметили? Заме-етили! Даже роман об этом написали. Только не желаете, сказавши «а», сказать и «б». Хотите, чтобы кто-нибудь другой сказал? Необычные люди на дороге не валяются, их, знаете ли, специально ищут...

— Зачем?

— Для пользы дела!

Это была угроза. Вернее, предупреждение. Доброе предостережение. Забота о. Корысть какая-то тоже здесь была, но не злая, нет. Он хочет добра — и мне, и себе, естественно. Но не «для пользы дела», а для своей и моей пользы...

— Я добра вам хочу, Станислав Зиновьевич, — сказал майор тоскливо. — Вам и себе. Нам обоим, понимаете?

— Вы что, мысли умеете читать?

— Нет. Мысли читать невозможно, — сказал майор с неожиданным каким-то удовольствием. — Но их возможно отгадывать. Как загадки. «У кольца два конца, а посередине — гвоздик».

И эти дурацкие его слова что-то решили для Станислава.

— Ну хорошо, — сказал он. — Ну ладно. Я готов подумать, пожалуйста... Но мне же материалы ваши понадобятся. Я хочу глазами прочитать: кто они, что они, как умерли, и так далее. В это же нельзя просто так вот — взять и поверить. Ведь что у вас получается — сидит злодей Красногоров как паук в паутине, а вокруг него людей как косой косит... Вы что, уверены, что знаете ВСЕ такие случаи? Ведь это очень важно, чтобы известны были именно — ВСЕ.

— Уверен.

— Откуда у вас может быть такая уверенность, я не понимаю.

— От верблюда. Ну что вы, в самом деле, как ребенок, Станислав Зиновьевич! Неужели не понимаете?!

Станислав понимал. Он просто никак не мог в это поверить. Ему никак было не расстаться с уютным (теперь оно казалось уютным) предположением, что все это — какая-то сложная провокация, имеющая целью окончательно добить Сеню Мирлина, а его, Красногорова, закатать в ковер предательства. Он понимал уже и то, что это не так, и жалел, что это не так, потому что это было бы хоть и не проще, но, по крайней мере, не так странно и жутко.

— Давайте материалы, — сказал он. Надо было кончать. Пусть оставит бумаги и уходит. Надо сесть и все тщ-щательно продумать. Виконта позвать. Немедленно.

— Договорились... — сказал Вениамин Иванович без всякого энтузиазма и с каким-то даже усталым пренебрежением. Он извлек из-под стола свой кейс и раскрыл его — так, чтобы Станислав не мог видеть содержимого. — Материалы — вот... — Он выложил на скатерть папку средней толщины. — Я, пожалуй, и магнитофон вам оставлю, хотите? Но все это ДСП. Предупреждаю заранее.

— Я вам никаких подписок не давал, — возразил Станислав. — И не дам.

— Станислав Зиновьевич, — сказал майор, закрывая глаза, как бы от утомления непонятливостью собеседника. — Прошу вас. Не надо ни с кем советоваться по этому поводу и вообще беседовать. Я ничего не имею против ваших друзей, все они милейшие люди, но — не надо.

— Утечки информации, что ли, боитесь? Так вы ее уже допустили. Сами же и допустили.

— Я не утечки информации боюсь. Хотя и ее — тоже. Я хочу, чтобы вы поняли: в этом деле могут открыться обстоятельства, которые вам самому не захочется разглашать. Потом спохватитесь, ан уже поздно.

— Что это вы имеете в виду? — Станислав нахмурился. Новый неприятный и зловещий намек почудился ему в этих последних словах майора.

— Неважно. Сами подумайте: вы что, всё про себя другим людям рассказываете? Пусть даже и друзьям? Или все-таки кое-какие нюансы оставляете при себе?

Несколько стыдных образов метнулось, как стайка нетопырей, в воображении Станислава, но застрял, так сказать, в поле внимания только один: как, морщась и кряхтя, меняет он свои трусы после очередного пароксизма ОЗАРЕНИЯ-ЗАТМЕНИЯ...

— Да. Нюансы я оставляю при себе. Действительно... — проговорил он медленно. — Но вы, кажется, имеете в виду что-то конкретное?

— Нет, — сказал Вениамин Иванович и вдруг, словно спохватившись, хищно цапнул свою папку, быстро копнув внутри, извлек, выцарапал даже оттуда, одинокий какой-то листочек. — Забыл, — объяснил он с виновато-лживой улыбочкой. — Извините, но этот материал — нельзя. Это, как говорится, не моя тайна...

Станислав только глянул на него, взял папку и принялся ее листать. «Габуния Иван Захарович»... «Шерстнев Константин Ильич»... «Каляксин Сергей Юрьевич»... Там был даже «НЕИЗВЕСТНЫЙ» — с цитатой из романа С. Красногорова «Счастливый мальчик». Всего — семь материалов. Семь.

— Вы говорили — «десять человек»?

— Нет, — быстро поправил его майор. — Я говорил «десяток», то есть — около десяти.

— А на самом деле сколько? Точно?

— Восемь, — так же быстро сказал майор.

Но это была ложь.

— Дайте мне тот листок, который вы отсюда вынули.

— Нет.

— Дайте. Я должен знать всё. В конце концов, речь идет обо мне. Лично. Это — мое личное дело.

Вениамин Иванович только головой помотал. Глядел он в сторону, рот у него сделался словно куриная гузка.

— Вы обвинили меня, — медленно, накаляясь злобой, чтобы растопить лед, застрявший в кишках, проговорил Станислав. — Вы же фактически обвинили меня в убийстве... пусть даже непреднамеренном... десяти человек, верно?

— Нет. Ни в чем я вас не обвинял. И не думал даже.

— Вы связали меня с этими смертями. Замолчите! Связали. И теперь вы смеете что-то от меня скрывать? Хотите, чтобы я разобрался, а сами разводите здесь секретность?

— Станислав Зиновьевич, я не хочу вам давать этот материал.

— Придется. Иначе я откажусь работать.

Какой бес взводил пружину его настойчивости? Какая поганая гордыня перла из него? Что он, собственно, хотел доказать этим своим упорством, упрямством и занудством? Майор смотрел на него мертвыми глазами зомби. Куда девался добрый искательный Дядя Вова? Майор смотрел, не видел, считал. Просчитывал варианты. Потом подвел черту:

— Хорошо. Берите.

Станислав, с вызовом глядя в ожившие глаза его, принял плотный гладкий листок с ясными черными строчками. И вдруг у него перехватило дыхание. Он еще не прочитал там ни слова, даже не глянул в текст, но дыхание у него уже перехватило и захотелось вернуть листок обратно. Тогда он заставил себя читать.

Он успел прочитать только самое начало. Там было написано — в заголовке... вместо заголовка... в виде заголовка: КРАСНОГОРОВА ЛАРИСА ИВАНОВНА... и еще что-то, довольно много всего, но он уже ничего не видел больше.

Жизнь Счастливого Мальчика прекратила течение свое. Позади теперь осталось ВСЁ. Существовать без этого оказалось невозможно, и Счастливый Мальчик исчез. Или умер. Или просто остался в прошлом, зацепившись там, — как утопленник останавливается, зацепившись вдруг за корягу у берега. Счастливый Мальчик исчез. В будущем его больше не стало.

Часть Третья

ЗАПИСКИ ПРАГМАТИКА

Происхождение этих записок таково.

Их принес длинный угловатый юноша с бледным лицом, покрытым одновременно и милым светлым пушком, и довольно противными прыщами. Он терпеливо, как выяснилось, ждал возвращения Станислава домой аж с трех часов и до одиннадцати вечера. Кронид советовал ему не ждать — юноша советам не внял. Кронид предлагал ему оставить свои координаты — он и от этого предложения уклонился. Он должен был передать нечто господину Красногорову из рук в руки. «Вы можете оставить это мне, я выдам расписку». — «Спасибо, нет. Из рук в руки». Так и проторчал до одиннадцати в прихожей, превращенной в приемную. (Станислав тогда еще оставался жить в прежней квартире — не совершил широко распространенной среди младополитиков глупости, не выбил себе достойную квартиру и даже не организовал для себя роскошного офиса. Только Мартьяновну, соседку, отселил на Комендантский аэродром с улучшением жилищных условий.)

Станислав вернулся усталый, злой, больной от человеческой глупости и поганости. Кронид поднялся ему навстречу, выслушал распоряжения на ночь, передал спи-

сок важнейших звонков и только потом кивнул на упорного юнца, который тоже уже стоял, правда, независимо прислонившись плечом к стенке, и по-прежнему терпеливо ждал, когда на него обратят высокое внимание.

— Слушаю вас внимательно, — сказал ему Станислав, выжимая из себя улыбку номер шесть. Он еще надеялся, что разговор можно будет закончить прямо здесь, в приемной, в хорошем деловом темпе.

— Моя фамилия Красногорский, — сказал юноша тихо. — Я — Ваня.

Станислав узнал его секундой раньше.

— Пошли, — сказал он кратко, и они прошли в кабинет.

— Садись, — сказал Станислав и сам повалился в кресло, ощущая себя некоей надувной лодкой, из которой вдруг вынули вентиль. — Извини, что не узнал тебя сразу. Все-таки больше года прошло, так? Ну, как ты? Могу тебе чем-нибудь быть полезен? Буду рад.

— Я принес вам записки отца, — сказал Ваня Красногорский тихо, и Станислав в который раз поразился, как капризно-прихотлива Природа в исполнении собственных законов: Красногорский-младший был похож на майора Красногорского гораздо меньше, чем, скажем, на Сеню Мирлина — тот, по крайней мере, тоже был длинный, тощий и угловатый.

Станислав принял грязноватую папку, на обложке которой написано было красными печатными буквами ИВАНУ, и развязал тесемки. «Ты читаешь эти записки, и это означает, что меня уже нет более в живых. Меня убили...» — прочитал он и закрыл папку.

Ваня уже стоял, готовый уходить.

— Подожди, куда же ты? — сказал Станислав, делая над собой очередное усилие. — Неужели ты не хочешь поговорить со мной?

— Очень хочу, — сказал Ваня. — И у меня — просьба к вам. Но только после того, как вы прочтете.

— Хорошо, — сказал Станислав. — Договорились. Я прочту.

— *Телефон у меня тот же, что и раньше...*
— *Понял. А где ты был все это время? Я дважды тебя искал...*
— *Уезжал,* — коротко ответил Ваня, и Станислав не захотел настаивать.

Он прочел папку в ту же ночь.

ГЛАВА 1

«...Ты читаешь эти записки, и это означает, что меня уже нет более в живых.

Меня убили.

Какая бы причина смерти ни была сообщена тебе, знай: меня убили — расчетливо, профессионально, безукоризненно чисто.

Не верь, что я скоропостижно скончался в автобусе в час пик от сердечного приступа. У меня идеальное здоровье. (У тебя, кстати, тоже.) Просто кто-то подобрался ко мне в толпе и воткнул (прямо сквозь пиджак) иглу с каким-нибудь (не знаю нынешних препаратов) кардиолеталем-А или еще с какой-нибудь подобной гадостью.

Не верь, что я был невнимателен при переходе улицы. С некоторых пор нигде я не бываю так внимателен, как при переходе улицы, миновании темных (почему-то) подъездов и на перронах вокзалов, метро и пригородных электричек.

Если я пал жертвой пьяных хулиганов, знай: мне хорошо известны их имена. Они не хулиганы, они редко пьют и никогда не напиваются. Это либо Александр Степанович Гуриков (Сука Сашка), либо Марлен Иванович

Косоручкин (он же Марлеха), либо, может быть, Серега Жучок (Сергей Сергеевич Жукованов).

Не верь никому, и никаким бумагам, и никаким фильмам и фотографиям, никаким магнитофонным кассетам и никаким видеозаписям. Верь тому, что я здесь пишу для тебя, и помни, что эти сведения сделают тебя ни для кого не досягаемым (точнее: ВОЗМОЖНО, сделают; СПОСОБНЫ сделать — в принципе, при выполнении каких-то не известных никому условий), но — только в том случае, если останутся только лишь ТВОИМ достоянием.

Это знание убьет тебя быстрее любого яда, если ты поделишься им еще хоть с кем-нибудь. Эта тайна — на одного. Двое здесь — это уже много, слишком много, непоправимо много.

Более всего опасайся тех людей, которых ты любишь.

Бойся матери. Она глупа и глупо благородна. (Никогда не доверяйся благородным — они сдадут тебя, наслаждаясь своим бескорыстием.)

Бойся Алешки — он алкоголик. (Никогда не доверяй алкоголикам НИЧЕГО.)

Бойся своей Катюхи. Она вьет из тебя веревки, тебе это нравится, я знаю, но она гораздо сильнее тебя и хорошо это сознает. (Я вообще не советую тебе доверяться женщинам: мужчина не способен понять никакую женщину до конца, это другой вид животного царства, а доверяться можно только тому, кого знаешь до самого донышка.)

Я хочу, чтобы все, что я имею, досталось бы тебе и только тебе. Ты доведешь мою затею до конца. Я не успел — раз ты читаешь эти записки.

Прочти, разберись и ровно девять месяцев не предпринимай ничего, просто живи, как жил до сих пор, и думай. Жди. Думай. Готовься принять решение. ДЕВЯТЬ МЕСЯЦЕВ! Решение должно вызреть в тебе, как ребенок вызревает в женщине. Потом поступишь, как сочтешь нужным.

Человек, который передаст тебе этот пакет, не знает ничего. Он не знает даже, что ты мой сын. Он кристально честен, по-старинному благороден и, следовательно, недалек. Однако лучше все-таки никогда более тебе с ним не встречаться.

Конечно, они могут его вычислить... Нет, не могут. Вернее, если они сумеют его вычислить, ты просто никогда ничего не узнаешь об этих записках...

ЭЙ ТЫ, ГУНЯВЫЙ! ЕСЛИ ТЫ ВСЕ-ТАКИ ДОБРАЛСЯ ДО МЕНЯ И ЧИТАЕШЬ СЕЙЧАС ЭТИ СТРОЧКИ – БУДЬ ТЫ ПРОКЛЯТ! Я СТАНУ ПРИХОДИТЬ К ТЕБЕ ПО НОЧАМ ПИТЬ ТВОЙ ГОРЬКИЙ МОЗГ И КУСАТЬ ТВОЕ ПОГАНОЕ СЕРДЦЕ.

Я раскрыл эту тайну, раскопал ее, разгадал, выдернул из мутного небытия, но я до сего дня не научился ею пользоваться. Я знаю: эта тайна несет в себе зародыш гигантских возможностей. Сила, даже мощь, и великая власть, и возможность перекраивать не тобою скроенное — все это ощущается при первом даже прикосновении к ней. Но — КАК? Не знаю.

Это что-то вроде пресловутого *термояда* из твоей любимой физики. Все о нем всё знают, на бумаге всё хорошо и даже отлично, галдёж стоит уже полвека, все гомонят, все при деле, но никто ничего так и не добился. СИЛА. МОЩЬ. ВЛАСТЬ НАД МИРОМ. Но — КАК?

Именно из-за таких аналогий я чувствую себя ученым-теоретиком, сделавшим „на кончике пера" великое открытие, из которого кто-нибудь когда-нибудь извлечет много пользы, но — не сегодня и не завтра даже. А когда не будет на свете ни меня, ни тебя, никого.

По понятным причинам я не имею возможности как следует продокументировать свое ОТКРЫТИЕ. Многое тебе придется принимать на веру. Но именно поэтому я постараюсь быть подробным, в надежде, что из подробностей моих ты сумеешь извлечь некую зацепочку, крючочек, петельку, чтобы вытянуть в свою лодку рыбину, которую я углядел в глубинах вод, но так и не сумел схватить за жабры.

(Немедленно ловлю себя на красотах слога. Меня всегда упрекали за эту склонность. Цитаты из моих отчетов приводились в качестве отрицательного примера и вызывали злорадный смех коллег-органавтов. Однако я намерен писать так, как мне пишется. Всю жизнь добиваюсь я возможности делать то, что хочется МНЕ, и так, как нравится МНЕ. Сейчас я этой возможности наконец добился. Мне не грозят ни выговор с занесением, ни вызов на ковер с последующей клизмой, ни увольнение в отставку. Мне грозит разве что — преждевременная, причем насильственная, смерть, но литературная манера моя, к сожалению, не способна ни отдалить ее, ни приблизить, вот в чем штука.)

Ты прекрасно знаешь этого человека. Его портрет много лет стоит на моем столе рядом с фотографией твоей мамы. Сейчас чуть ли не через день ты можешь видеть его на экране телевизора или прочитать о нем в газете. Он стал притчей во языцех, и я прекрасно запомнил тот разговор, который произошел у нас с тобой в прошлом году (осенью). Ты добивался у меня: как может быть моим другом и благодетелем человек таких позорных убеждений, а я отвечал, что убеждения приходят и уходят, а человек при этом остается. Мы поссорились с тобою, ты обиделся и более со мной о нем не говорил (хотя я прекрасно слышал все, что ты говорил о нем своим дружкам по телефону, — признайся, ты ХОТЕЛ, чтобы я слышал эти твои разговоры?). Что ж, прочитав мои записки, ты, я полагаю, поймешь многое, если не все.

Но началось мое исследование не с него.
На протяжении нескольких лет я работал в отделе, точнее — в особой группе, где занимались ПАРАНОРМАЛЬНЫМИ ПРОЯВЛЕНИЯМИ. Телепаты, ясновид-

цы, зомби, телекинетики, знахари, микрокиллеры, лозоходцы, вурдалаки, вещуны, колдуньи — все это были наши клиенты. Полтергейст, НЛО, некродинамика, палеоастронавтика... Многое я сейчас уже и позабыл, номенклатура у нас насчитывала более восьмидесяти позиций. И все было — СОВЕРШЕННО СЕКРЕТНО. Деятельность наша засекречена была так, что мы докладывали непосредственно Самому, и даже ни один из его замов ничего не должен был знать.

Я давно уже заметил, что, чем больше глупости в делах, тем они секретнее. В наших же делах было столько глупостей, что ни для чего другого просто не оставалось места. „Глупости сплошные!" — докладывали мы по начальству. „Давайте-давайте! Работайте, Бога не забывайте!" — „Да глупости же!" — „Американцы, по-вашему, что, глупее вас, что ли? Однако же копают что твой бульдозер, и ничего, все довольны. Денег вам подкинуть? Тогда так и скажите..."

Девяносто процентов информации у нас было — просто лажа. Девять и девяносто девять сотых — выводило нас на жулье, иногда очень толковое и даже — блестящее. Но были, были какие-то сотые процента, которые вызывали-таки недоумение, заставляли задуматься и побуждали к дальнейшим действиям.

После третьего или четвертого года я сделал для себя два вывода, достойных упоминания.

Во-первых, совершенно конкретный и прагматически полезный вывод о том, что никакой телепатии практически не существует. Читать мысли невозможно. Угадывать, „вычислять", „подглядывать" даже — да, но не читать. Этот вывод очень приободрил меня и облегчил мое существование в том мире, который называется „место работы". (Никогда и никому я об этом своем выводе не говорил. Наоборот, всегда говорил прямо противоположное. И начальство охотно давало деньги под эту противоположную точку зрения. На свете множество дураков, воображающих, что это было бы недурно — научиться читать чужие мысли. Может быть, потом я расскажу тебе одну историю — как я уцелел потому лишь, что дурак сцепился с жуликом и оба проиграли — сожрали друг друга, как те волки из детского стишка.)

Во-вторых, я понял, что паранормальные исследования требуют совершенно специфической методики. Здесь не нужны ни барометры, ни ареометры, на вольтметры, ни осциллографы. Не нужны физики, химики и даже медики. А нужны — профессиональные фокусники, для разоблачения ловкачей и жуликов. И нужны тихие, невидимые свидетели, по сути — агенты скрытого наблюдения, работающие в режиме сопереживания. Все паранормалики — ИСТИННЫЕ паранормалики, я имею в виду — способны демонстрировать результативное поведение ТОЛЬКО в условиях личного покоя, душевного уюта, вообще — ПЕРСОНАЛЬНОГО комфорта. Когда ты сажаешь такого человека в комнату, набитую аппаратурой, под яркие бестеневые лампы, опутываешь проводами и обклеиваешь датчиками, ты обрекаешь себя на полный провал, а паранормалика — на безусловную творческую импотенцию. Есть птицы, которые никогда не поют в клетке, и есть животные (и их довольно много), которые не способны размножаться в неволе, — они делаются импотентными даже в самой большой и удобной клетке или вольере. Колдуну для работы нужна его черная страшная изба (как тарантулу — его земляная норка), там сами стены помогают ему, и не в переносном, а в прямом смысле. Впрочем, современный городской колдун точно так же нуждается в своей личной, собственной, ощупанной пальцами и взглядами, знакомой, словно карман старого пиджака, жилплощади, и неважно — конура это в коммуналке или роскошные кооперативные хоромы.

Я сформулировал практическое предложение на базе этого своего вывода. Я предложил организовать спецпансионат, куда собрать всех поднадзорных и предоставить им там уютно, вольготно, совершенно свободно существовать — делать себе норки, вить паутину, лепить ласточкины свои гнезда и прочее. А в контингент внедрить опытных наблюдателей. Только, по-моему, так можно надеяться получить реальный результат. Смешно же рассчитывать, что паук станет ловить мух в пустой стеклянной банке, в которой ничего нет, кроме него, яркого света и этих самых мух.

Предложение мое было принято, пансионат создан, я проработал там больше года, мне удалось отловить двух подлинных паранормаликов, и тут в руки мне попалась папка документов, с которой все по-настоящему и началось.

Мне не удалось выяснить, кто был тот умник (я не иронизирую, я действительно считаю его чрезвычайно умным и наблюдательным человеком, с прирожденным чутьем на паранормальность), кто был тот УМНИЦА, кому впервые пришло в голову объединить в единое дело несколько разнесенных по времени и по географическому пространству трагических событий, на протяжении многих лет остававшихся без объяснений.

Объединению этому безусловно содействовало то обстоятельство, что каждое из расследуемых событий было чрезвычайно похоже на любое другое аналогичное, причина смерти в каждом случае была одна и та же (неизвестный комментатор в своей сопроводиловке назвал ее почти поэтически: „разрыв мозга"), но вот механизм явления так и остался неустановленным, причем не удалось установить даже гипотетический механизм — любому непредубежденному наблюдателю все эти смерти представлялись чем-то совершенно МИСТИЧЕСКИМ (почему названная папка и оказалась в конце концов в архиве нашей группы).

Помогло также и то, что все, без исключения, жертвы в той или иной степени сотрудничали с *органами*, так что заведенные уголовные дела оставались в системе: проходили исключительно по нашим каналам и сосредоточены были, по сути, в одном месте.

Изначально в папке было пять дел. Приведу самую краткую суть каждого, расположивши их все в хронологическом порядке совершения событий.

Октябрь 1941 года. Николай Остапович Гугнюк, 31 год, старший лейтенант НКВД, следователь. Работал в хорошо всем известном Большом Доме. Отличался напористостью, жесткостью, даже — жестокостью, был „беспощаден к врагам трудового народа". Найден в своем кабинете, за рабочим столом: лежал грудью на папках с делами, головы фактически не было — она словно взорвалась изнутри, осколки черепных костей и клочья мозга разбросаны были по всему кабинету. Сгоряча решено было тогда, что это, разумеется, фашистская диверсия, выстрел предателя-диверсанта, однако не удалось найти пули, да и не бывает пуль, способных на такие разрушения. Другая версия: самоубийство — сунул в рот палочку динамита и задействовал взрыватель. Способ экзотический, но известный в следственной практике. В те дни (и годы) самоубийства следователей не были такой уж редкостью: не выдерживали нервы, страх буквально жевал людей, хрустя их костями, — страх ареста, страх фронта, страх военного поражения, страх ответственности... Но что касается Гугнюка, то он как раз был не из слабонервных, пил — умеренно, с женщинами был на высоте, работу свою любил и не боялся ее — не было у него внутри самоубийцы. И — главное — не обнаружены были никакие следы взрывного устройства или взрывчатки.

Конечно, время было нервное и дерганое: блокада началась, бои велись уже на Пулковских высотах, в спецтюрьме ежедневно шли в расход десятки ранее арестованных — инородцев, интеллигентов, недобитых с довоенных времен спецов, военных и технарей. Не было реальной возможности провести расследование с той тщательностью, которая подразумевается при событии насильственной смерти сотрудника НКВД. И главное: не оказалось НИКАКИХ зацепок, ничего не удалось обнаружить такого, что давало хотя бы намек на объяснение происшедшего. Какой-то гигант мысли написал в заключении о причине смерти: „вероятно, случайный осколок фашистской бомбы", и дело было задвинуто в архив.

В сорок девятом, когда органы чистили в очередной раз (Ленинградское дело), папочку извлекли и снова дали ей ход: теракт, измена, подрывная деятельность... Кое-кого (кому очередь подошла) шлепнули, кого-то посадили, кого-то выгнали — за непроявленную бдительность. Папочка пополнилась замечательными показаниями: „...подойдя со спины, трижды выстрелил Гугнюку в голову из пистолета ТТ, а затем, подобрав стреляные гильзы и сами пули..." Человек, который эти показания организовал, явно не дал себе труда прочитать описание того, как выглядел мертвый Гугнюк (листы дела 3, 4, 5), — впрочем, этого от него и не требовалось.

В пятьдесят пятом папочка снова пошла в дело: по крайней мере троих уволили из органавтов — и именно тогда попадает она в поле зрения моего Умницы, в распоряжении которого к этому моменту уже было кое-что аналогичное.

В августе 1948-го полковник медицинской службы, хирург Иван Захарович Габуния в присутствии множества свидетелей умер странной и страшной смертью за две минуты до начала пустяковой операции — рядовой апендэктомии, — которую он намеревался произвести. Больной, полностью подготовленный, уже лежал на столе, а Иван Захарович не спеша, с обычными своими шуточками-прибауточками, докуривал последнюю сигаретку „перед потрошением организма", — тоже полностью готовый, с марлевой маской на груди и с обтянутыми резиной, отмытыми, разведенными в стороны, ладонями вперед, руками, так что дымящуюся сигарету держала пинцетом и подносила ему к губам молоденькая медсестра. Строго говоря, эта медсестра и была единственным подлинным свидетелем события, остальные набежали со всех сторон позже, услышав нечеловеческий вопль несчастной девчонки, совершенно обезумевшей от ужаса. А ведь она была как-никак медсестра, причем медсестра Военно-медицинской академии, всякой крови и развороченной плоти успела навидаться, но даже ей показалось непереносимо ужасным, когда у человека, который только что мирно затягивался табачным дымом из ее рук и отпускал в ее адрес плотоядные шуточки, вдруг оба глаза вылетели из орбит и смачно шлепнулись в рукомойник. Иван Захарович Габуния умер практически мгновенно, еще до того, как обездвиженное тело его оказалось на кафельном полу.

Один из врачей, производивших вскрытие, сказал мне позднее: „Такое впечатление, что в черепной коробке у него вдруг возникла некая зона высочайшей температуры, мозг — мгновенно *вскипел*, и образовался клуб раскаленного пара под большим давлением", — со всеми вытекающими из этого чудовищными последствиями, добавил бы я: кипящую смесь выбросило через все предусмотренные природой отверстия черепа, но сам череп выдержал, только разошелся поперечный шов — не помню, как он называется по науке.

Следствие было начато по всей форме, но не успело еще даже по-настоящему зайти в тупик, как дело было изъято у военной прокуратуры и передано в органы. Во-первых, Иван Захарович был старым заслуженным нашим агентом (кличка Морзе, кличка Атташе и даже кличка Зоя), а во-вторых, возник к этому событию интерес некоего научно-исследовательского учреждения, занимавшегося разработкой нового оружия. По некоторым слухам, разрабатывали они там так называемую вакуумную бомбу и, видимо, нечто знакомое по своим предшествующим экспериментам усмотрели в обстоятельствах гибели агента Зоя. Впрочем, сходство оказалось, надо думать, поверхностным, дело через месяц снова появилось у нас с научной резолюцией „интереса не представляет", и все пошло чередом. Взяли и закатали на двадцать пять лет другого полковника медслужбы, излишне гонористого и болтливого знатока радиационных поражений кожи, агент Зоя давно его уже и весьма квалифицированно разрабатывал, так что слепить дело труда не составило, надо было только выбить из него признание в террористической деятельности в отношении сотрудника органов, а это уже была чисто техническая проблема. Смертная казнь тогда была еще в отмене, но, насколько я выяснил, гонористый полковник и без нее благополучно сгинул на зоне. Дело ушло в архив.

1950-й, снова август. Шерстнев Константин Ильич, кандидат физико-математических наук, физик-теоретик, диссертация — закрытая, на момент события — председатель приемной комиссии физического факультета. Мне удалось найти одного из членов этой комиссии, который наблюдал событие воочию. Все произошло около пяти часов дня, закончилось собеседование (оно тогда называлось *коллоквиум*), группа медалистов была человек тридцать-сорок, подавляющее большинство приемных дел никаких сомнений не вызывало, почти всех благополучно приняли, двоих-троих рабиновичей-гурштейнов благополучно отклонили, работа близилась к концу, но тут возник вдруг бешеный спор между Шерстневым и, скажем, товарищем Кадровым (будем называть его так). У одного из абитуриентов (рассказывал мой свидетель) анкета оказалась не в порядке, видимо, что-то неладно было у него с родственниками, видимо, был он, бедняга, ЧСВН, то есть „член семьи врага народа", и товарищ, будем называть его Кадров, уперся: нет. Шерстнев, как председатель, к этому „нет" был готов заранее и подозрительного абитуриента во время беседы буквально досуха выжал — задал ему несколько десятков вопросов, в том числе и на сообразительность тоже, имея целью создать благоприятную базу для вполне законного отклонения. Но парнишка оказался головастый, на большинство вопросов ответил вполне удовлетворительно, а одну задачку раздраконил с ходу просто даже блистательно. И Шерстнев его полюбил! „Плевать я хотел на ваше НЕТ! — орал он товарищу Кадрову. — Вы говорите НЕТ, а я говорю ДА! Хватить устраивать здесь перебдёжь! Я же не возражаю, когда вы космополитов отгоняете, я их и сам не люблю и вредными считаю. Но обескровливать советскую физику я вам не позволю! Этот парень, может быть, лучший из всего нынешнего приема, а вы его из-за своей инструкции отклонить хотите? Мало ли что инструкция! На вашу инструкцию — моя найдется, посильнее вашей!.." Они пререкались так минут пятнадцать, и все свирепее, и все страшнее было их слышать, потому что каждому из членов комиссии ясно уже было, что столкнулись здесь два подразделения одного ведомства, одно опаснее другого, и пуганые члены комиссии кто в стол глядел, язык проглотивши, а кто только глазами молчаливо лупал то на одного из спорщиков, то на другого. И вот когда все ждали, чем же ответит товарищ, будем называть его Кадров, на очередной свирепый выпад разгорячившегося и в горячке перешедшего уже чуть ли не на открытый текст председателя Шерстнева, когда все глаза устремлены были на явно поприутихшего товарища Кадрова, готового уже, по всей видимости, уступить сильнейшему, вот тут-то это и случилось.

Раздался звук, словно огромную пробку вышибло из огромной бочки с брагой, и сейчас же — сильнейший грохот, звон и лязг разбитого стекла. В свою последнюю секунду жизни Константин Ильич Шерстнев стоял у окна, и когда череп его разлетелся вдруг, тело без головы повалилось прямо в стекло. Был Шерстнев человек крупный, плечистый, тяжелый, рама под его весом хрустнула и надломилась, а стекла вылетели полностью, ни одного из четырех не осталось.

Следователь, волочивший это дело, видимо, упоен был идеей, что Шерстнева застрелил некий снайпер извне. Следа пули в осколках стекла обнаружить не представлялось возможным, что же касается самой пули, то это, надо думать, была пуля особого типа... Завоняло шпионажем, секретным оружием, диверсией — словом, двоих посадили (в том числе одного — из членов комиссии), дело отправили в архив, уцелевшие члены комиссии дали подписку о неразглашении и впоследствии все до единого были завербованы. Это всё — несущественно. Существенно же то, что мне пришло в голову спросить моего свидетеля (кличка „Коржик"): как звали того абитуриента, из-за которого, собственно, и разгорелся скандал? И существенно, прямо-таки первостепенно важно, что у Коржика память оказалась что твой капкан: КРАСНОГОРОВ, ответил он мне не задумываясь.

Если бы он сказал, допустим, „Алексеев", я, скорее всего, и сегодня бродил бы как в тумане, хотя на память и я не жалуюсь. Но одно дело (будучи Красногорским) запомнить фамилию Алексеев, или Кузьмин, или даже Логинов, и совсем другое (будучи, повторяю, Красногорским) зацепиться за фамилию Красногоров. И я зацепился. Зацепочка была слабенькая, словно паутинка приклеилась, но эту фамилию я уже впредь забыть не мог. Первый звоночек прозвенел, хотя я еще, разумеется, этого тогда не понимал.

Весной 1955-го года гибель постигла проректора Четвертого медицинского института Сергея Юрьевича Каляксина. Свидетелей происшествия не оказалось. Тело обнаружили спустя двое суток после события смерти на Каляксинской даче в Комарово — покойный уехал на уик-энд, к назначенному времени не вернулся, родные кинулись искать (у него было неважное сердце) и нашли — в постели, с размозженной головой, уже в трупных пятнах. У Каляксина было неважное сердце, вполне развитой диабет, камни в почках, еще что-то, а умер он от „разрыва мозга" — болезни, которая науке неизвестна и, собственно, болезнью-то называться не может. На судебно-медицинской фотографии у Каляксина, лежавшего на спине под одеялом, вместо головы была какая-то беспорядочная каша и — два совершенно целых уха, справа и слева от этой каши.

Времена стояли на дворе уже вполне цивилизованные, Первая Оттепель, никого не посадили, никого даже не вербанули по случаю, дело смотрелось „глухарем" изначально, его проволочили кое-как — сначала уголовка, потом мы — и в конце концов со вздохом облегчения заморозили. Ну какое кому дело до смерти безвестного проректора? Работник он был поганый, лентяй и распустеха, терпеть его на службе не могли и терпели только из-за связей его с нашим ведомством, человечек — не ах, родственники, похоже, с облегчением вздохнули, с азартом погрузились в дележ наследства и отнюдь не рвались к высокому начальству с требованиями „немедленно найти и покарать" (наоборот — следственные действия с ними было проводить — сплошное мучение: на допросы они не являлись, заинтересованности не проявляли, показаний никаких дать были не способны, даже самых элементарных)... Он и агентишко-то был весьма посредственный — глупый, трусливый и безынициативный. И вообще, надо сказать, время было такое, что не способствовало по-настоящему азартному расследованию: шла новая волна, смена кадров, все тряслись в ожидании судьбы своей и работали спустя рукава. Так что дело заглохло быстро и прочно — в мертвую.

И целых десять лет ничего больше не происходило.

В июне 1965-го на тихой улице Москвы был найден труп Александра Силантьевича Калитина, молодого еще человека, журналиста и газетчика, довольно известного уже в профессиональных кругах. Его считали талантливым. (Мне приходилось читать его статьи — и в самом деле, интересно, он умел раскопать любопытную информацию и ловко подать ее: от него первого узнал я, например, почему в России традиционно разводят жирных свиней, в то время как в мире давно уже перешли на свинину чисто мясную, беконную.)

Он был человек, в свои еще молодые годы, уже сильно пьющий, в пьяном виде — задиристый и небезопасный, так что сама по себе его уличная смерть мало кого (из знакомых) удивила — ну надрался, ну прицепился к кому-нибудь, ну не на хорошего человека напал...

Правда, нехороший человек так его отделал, что голову отреставрировать даже мастера похоронных дел не сумели, хоронить пришлось в закрытом гробу. Но в остальном история была совершенно рядовая, улично-уголовная, типичная пьяная зверская драка, его даже не обобрали — карман у него был полон денег (кстати, так и не удалось установить, откуда он, вечно нищебродствующий журналист, надыбал в одночасье больше тысячи рублей).

Такие истории происходят — по сотне в месяц. Разве что — повышенная, гипертрофированная даже, зверскость расправы, да то обстоятельство, что был Калитин „нашим человеком", причем добровольцем: сам пару лет до того пришел, предложил свои услуги и давал вполне квалифицированные разработки на самых разных людей из кругов так называемой творческой интеллигенции.

Конечно, специалисты сразу же усекли, что нехороший человек орудовал отнюдь не ломом, не кастетом, а вообще неизвестно чем. Но все результаты следственной экспертизы оказались чисто негативными: нет, нет, не то и не это тоже. Глухарь. Архив.

Если тебя, по молодости твоих лет, удивляет, может быть, как легко и просто отправляют у нас в архив страшные и совершенно загадочные преступления, то имей в виду: во-первых, не так уж легко и просто, как я это здесь (для краткости) описываю; а во-вторых, знал бы ты, какие поразительные, ужасные и таинственные истории погребены в архивах! Если бы „разрыв мозга" зафиксирован был лишь единожды, то ничего такого уж загадочного и таинственного в этом событии не виделось бы опытному человеку, имеющему возможность сравнивать. „И не такое случается", — сказал бы он, криво ухмыльнувшись, и был бы прав.

Однако никогда не было еще замечено ранее, чтобы загадочно необъяснимые преступления шли СЕРИЕЙ! И стоило появиться на нашей сцене моему Умнице, стоило ему поймать СЕРИЮ, как сама собою возникла

ПРОБЛЕМА. Умница эту проблему ощутил, почуял, нащупал, словно большого рака под корягою, но увидеть ее так и не смог. Он не смог сформулировать ее. Он только попытался найти скрытые закономерности. В деле сохранились его разрозненные заметки, вопросы, которые он задавал себе, следы попыток ответить на эти вопросы.

„Все жертвы — сотрудники органов. Случайность? Нет ли аналогичных случаев, когда жертва с органами не связана?" И поздняя, другими — красными — чернилами приписка: „Не обнаружено. 16.02.1969".

„Все пострадавшие — ленинградцы. Даже Калитин, убитый в Москве, приехал из Ленинграда. Центр — в Ленинграде?"

„Соответствующее оружие — возможно. Но только теоретически. Практически — громоздко и непрактично".

„Ни одной женщины. Случайность?" И — красными чернилами: „Пенза, 1966. Сексуальный маньяк. Орудовал специально изготовленным молотком, мозжил головы. Восемь жертв. ТОЛЬКО женщины!"

„Из пяти случаев: три — лето, один — весна, один — осень. И ни разу — зима? Странно".

И так далее.

Кто же он был, мой Умница? Из намеков, похмыкиваний, полувзглядов, начальственных раздражений и прочих междометий опрошенных людей возникла у меня гипотеза, что драпанул он, мой Умница, в свое время за бугор. А жаль! Ей-богу, жаль.

ГЛАВА 2

Папка сразу же заинтересовала меня солидностью материала. Это было нечто добротное, крепко сколоченное и без никаких натяжек. Это было — НАСТОЯЩЕЕ. Я провозился с нею довольно долго: поискал и нашел уцелевших свидетелей, поговорил с некоторыми следователями, консультировался с оборонщиками.

От следователей ничего нового узнать мне не удалось, все они были уже в годах, все — на пенсии, все — обиженные, не оценили их заслуг перед партией, перед народом, проперли в отставку, а они ведь были тогда — в самом соку... Я и не надеялся услышать от них новых фактов. Новые версии меня интересовали, новые гипотезы, новые идеи: КАК это могло произойти? Ничего интересного я от них не услышал. „Э-э-э, капитан, а ты видел, что выделывает в человеке пуля со смещенным центром тяжести?.." Но я знал, что это была не пуля. И не лазерный луч. И не термоимпульс. Оборонщики объяснили мне (как, в свое время, и моему Умнице), что устроить такой „разрыв мозга" — можно, причем даже технически можно, а не только теоретически, но — зачем? Существует так много простых, удобных, компактных, экономных, тихих способов... Зачем нужно это варварское разбрасывание мозгов с помощью установки, которую пришлось бы монтировать на танк или артиллерийский тягач?

Теперь-то я понимаю, что пытался тогда найти ответы на вопрос, который ответа не имеет. Я понимал краем сознания своего, что на самом деле вопрос КАК ЭТО ДЕЛАЕТСЯ может вообще оказаться второстепенным, но мне казалось, что в любом случае ответ этот нужен — даже если он и не продвинет меня вперед. Я вообще искренне полагал тогда, что всякий правильно поставленный вопрос содержит в себе половину ответа. В том, что вопрос поставлен ПРАВИЛЬНО, я не сомневался ни секунды. Что может быть правильнее вопроса: „Каким именно орудием совершено преступление?" Аз и буки любого уголовного расследования... Откуда мне было знать, что расследование я затеял вовсе не уголовное, да, пожалуй, и расследованием это нельзя было называть — во всяком случае, в обычном юридическом понимании этого слова.

В 1971-м, опять же осенью, в ноябре, произошла смерть Николая Аристарховича Каманина. Эта смерть наделала шуму в городе (да и не только в городе —

Москва в конце концов тоже вмешалась) и породила множество слухов, в том числе и дурацких, но обязательно — страшных. Правдою было только то, что тело и в самом деле обнаружила приходящая прислуга, старинная знакомая Каманина, соседка его еще по коммуналке, с тех флибустьерских времен, когда молоденький Коля-петушок только начинал себя пробовать на ниве отечественной словесности, мечтая заделаться великим пролетарским писателем, потрясателем человеческих душ, ревущим рупором партии и комсомола.

Женщина (собственно — старуха, ей было под восемьдесят), крепкая, кряжистая деревянная старуха эта явилась, как обычно по средам, в девять утра, открыла парадную своим ключом и обнаружила, что Коля Аристархович опять нажравши, еще с ночи, — свет в кабинете горит, а сам лежит на столе всем телом на своих бумагах и спит, и две бутылки тут как тут — одна пустая под креслом, а вторая — на донышке — на маленьком столике, рядом с машинкой.

(К этому времени Николай Каманин был уже законченным алкоголиком. Великим потрясателем душ он не стал, хотя и числился среди первых, не знаю, было ли удовлетворено его честолюбие, но как и многие люди его поколения, прошедшие армию, верноподданические взлеты, идеологические падения, партийные проработки, вербовку в органавты, отчаянные приступы диссидентства, обращающиеся вдруг в приступы отчаянного жополизания, — люди, пережившие Великий Страх, и Малый Страх, и страх Страха, и прочие прелести эпохи строительства окончательного и бесповоротного коммунизма, он к старости сделался мягким, тихим, трусливым, в меру подловатым и сильно пьющим субъектом — из тех, про кого говорят: „Ну, этот — человек невредный, можно даже сказать — порядочный". В конце концов, все познается в сравнении. Но он и в самом деле был невредным. Ему было уж под семьдесят, он страдал ишемической болезнью сердца, отчаянно боялся рака, бросал ежемесячно курить и любил красненькое.

Собственно, больше он ничего уже и не любил — ни женщин, ни читать, ни тем более — писать, ни телевизор смотреть, ни кино, ни приемы-рауты, на которые его постоянно приглашали, — ничего он не любил, кроме красненького. Ему было безразлично, что именно: шерри это бренди, или какая-нибудь „запеканка", или саперави, или забугорный портвейн, а когда ничего этого под рукой не было, он брал обыкновенную водяру и закрашивал ее вишневым сиропом или клюквенным вареньем.)

Ворча и раздражаясь по поводу свиней, которые где живут, там и гадят, старуха принялась прибирать в кабинете, который, как ей показалось, был на этот раз не только весь замусорен, но еще вдобавок и заблеван. И тут она, потянувшись выключить настольную лампу, вдруг увидела, во что превратился ее Коля Аристархович...

Фактически дело это было спущено на тормозах. В обком доложили, что очень похоже на пьяное самоубийство, в некрологе сказано было „при трагических обстоятельствах ушел из жизни", на самом же деле никто, как и прежде, ничего не понял, но поскольку не было ни ограбления, ни орудия преступления, ни мотивов — вообще ничего не было, кроме напрочь свихнувшейся старухи, тупо повторявшей одно и то же: „...головенки-то нету, а? Нету у ево головенки!.." — поскольку ничегошеньки не было, то и сделать ничего было нельзя.

Я понял, что появилось пополнение моей папки, сразу же, как только дошли до меня слухи, распространившиеся, естественно, и по Управлению тоже. Но пришлось потерпеть-подождать пару месяцев, пока дело не пошло на списание, и тут уж я его заполучил на совершенно законных основаниях — в распоряжение нашей особой группы по соответствующему письму моего непосредственного, Дорогого моего Товарища Шефа.

Шестое дело легло в папку, как патрон в обойму — туго, ловко и на свое место. Опять Ленинград, опять не зима, опять мужчина... Опять органавт. Хотя настоящим сексотом назвать его было, пожалуй, нельзя. Он был ПРИХОДЯЩИЙ. (В сорок девятом, во время и во имя борьбы с язвой космополитизма, вызвали его куда следует и по-доброму предложили сказать что положено по поводу одного видного литературоведа. Не грозили, кулаком не стучали, тем более уж — не пытали ни в коей мере, просто попросили, как нормального советского человека, как гражданина, как исконного, коренного русака, наконец. А он — только что женился на красивой, на молоденькой, только что квартиру хорошую получил, в центре, только что на сталинскую его выдвинули... Сказал. Всего-то и сказал: вместо НЕТ — ДА. Делов! Но всю жизнь потом, бедняга, мучился. Сказанное им ДА и в ход-то не пошло: литературовед, как у поэта сказано, „возьми и перекинься башкою в лебеду" еще до окончания следствия, но подписанная бумага — осталась. И он это знал и помнил. И они знали, что он знает. И когда нужна бывала от него КОНСУЛЬТАЦИЯ — обращались. И отказа от него не было. Потому что сильнее страха зверя нет. Один раз он, правда, взбрыкнул — взял да и возвысил свой голос в защиту тунеядца Бродского. Но сразу же, на другой день уже, — притих. Погас, замолчал, прижал уши. И немедленно уехал в Болгарию, на конгресс прогрессивных деятелей искусства. „Почти не одеваясь". И Господь с ним, не мне его судить.)

Статистики прибавилось, и я уже прокручивал в мозгу совершенно идиотскую очередную „закономерность" — из шести жертв трое имеют фамилии, начинающиеся на КА и оканчивающиеся на ИН, причем КАманИН это псевдоним, а настоящая его фамилия была КАрамазИН, а Гугнюк взял себе фамилию отчима, отец же у него был — КАлабахИН, — я прокручивал эти данные, вспоминая читанное ранее по поводу магической лингвистики, теории заклинаний и прочей косноязычной самиздатовской ерунды, как вдруг натолкнулся в описи материалов, приложенных к делу Каманина, на фамилию „Красногоров". Среди прочих бумаг, заляпанных кровавой размазней, обнаружились две позиции, исключительно важные: машинописная копия романа Станислава Красногорова „Счастливый мальчик" и незаконченная рецензия мертвеца Каманина на этот роман, где сочинению пелась хвала и предлагалось автора немедленно принять в Союз писателей и уж во всяком случае — в декабре послать в Бомбей на встречу молодых писателей Евразии.

Я забегал, как ошпаренный таракан.

Несколько дней было убито на запросы, телефонные звонки, личные встречи и листание архивных папок. Основательно добавило мне путаницы, что в Питере оказался еще один С. Красногоров, журналист, регулярно пописывающий на морально-воспитательные темы, однако романа „Счастливый мальчик" он не писал, на физфак в пятидесятом не поступал и вообще оказался толстым одышливым дядькой, не подходящим к делу ни по возрасту, ни по образу жизни. И звали его — Сергей.

Но в конце концов я его нашел. И пришел к нему на работу — посмотреть. И задействовал все свои каналы и связи, чтобы собрать о нем информацию. А ведь я тогда не читал еще его романа — так, перебросил несколько страниц и отложил без интереса (не люблю самиздата). Это была ошибка. Надо было прочитать сразу же. Я сэкономил бы много времени. Впрочем, мне все равно надо было как следует РАЗРАБОТАТЬ его, а это требует месяцев и месяцев...

Не могу сказать (в отличие от какого-то литературного героя), что не верю в случайные совпадения. Наоборот, как раз верю, и был неоднократно наблюдателем совпадений поразительных и совершенно при этом случайных (одно только совпадение Красногоров—Красногорский чего стоит). Но когда обнаружилось, что перед смертью своей хороший писатель Каманин читал рукопись именно КРАСНОГОРОВА и при этом того самого, чья кандидатура обсуждалась свирепым физиком Шерстневым за секунду до его, Шерстнева, ПОДОБНОЙ ЖЕ гибели, — тут, знаешь ли, пахнуло на меня уже не простым совпадением, тут запахло ТОЖДЕСТВОМ!

Что, собственно, следовало из этого тождества? Да ничего, пожалуй. Просто появился новый связующий фактор. Человек, доселе вроде бы совершенно посторонний, оказался отнюдь не посторонним. Был в тени до сих пор, много лет был в тени, и вдруг — попал в луч прожектора... До сих пор как бы не существовал, и вдруг — возник из ничего... Симпатичный на вид, рослый, несколько склонный к полноте, хороший работник, вольтерьянец, конечно, и скрытый диссидент, но не дурак, не радикал, а — либерал, скорее; добрый товарищ, хороший сын, добрый семьянин... Он понравился мне, признаюсь, по-человечески понравился, но чем больше узнавал я о нем, тем меньше понимал, как оказался этот человек в сфере моего внимания. Что он там делает, в этой сфере? Ведь он же явно — ни сном ни духом. Живет жизнью простой и здоровой, что уже само по себе не часто встречается в наше заполошное время, любит друзей, нежно любит жену, работу свою безусловно любит. И ничего ему, помимо всего этого, похоже, и не надо. Он самодостаточен. Он спокоен. Он — из другого, спокойного, почти замкнутого, мира, со своими заморочками, разумеется, со своими тараканами и прибабахами, но — из другого... Как занесло его в мой, поганый, кроваво-слякотный, где живут, копошась, суетные сексоты и вдруг — умирают, убитые внезапно неведомой и невидимой непреклонной и слепой силой?..

Особого труда не составило узнать, что Александр Калитин был другом и притом — близким моего Красногорова. Они учились вместе, они вместе пили, вместе гонялись за девочками, читали друг другу юношеские сочинения и вместе пели совместно придуманные песни. И последние донесения свои по инстанциям посвятил Калитин именно ему, Красногорову, а также и другому члену их компашки, Киконину Виктору Григорьевичу, ученому.

Иван Захарович Габуния, военный хирург, жил, как выяснилось, в соседнем доме и хаживал в гости — имел матримониальные намерения в отношении Красногоровой Клавдии Владимировны, нацеливался вот-вот уйти в отставку, жениться на этой славной и сильной (уже немолодой тогда) женщине, увезти и ее, и сына ее, угрюмого, нелюбезного подростка Славу, к себе на родину, в Поти, где у него был дом, сад, катер...

Каляксин Сергей Юрьевич, проректор Четвертого медицинского, похоже, с моим Красногоровым знаком не был, во всяком случае, никаких прямых связующих нитей установить мне не удалось. Но он наверняка — скажем лучше, ПОЧТИ наверняка — знаком был со студентом названного института Виктором Кикониным, лучшим и ближайшим другом Красногорова.

Узел завязывался все крепче. Пустые клеточки заполнялись. И осуществлялись все маленькие предсказания, которые я позволял себе делать. Я нашел его. Это был ОН.

Может быть, именно здесь уместно, наконец, объяснить тебе, почему, собственно, все это так меня волновало и занимало. С точки зрения постороннего холодного ума мои волнения, моя беготня, мой азарт представляются — должны представляться — чем-то несерьезным, вполне нелепым, бессмысленным даже. Взрослый, солидный, семейный человек, сотрудник серьезной авторитетной организации занят черт-те чем: уголовщина, не уголовщина, фантастика какая-то, мистика, глупость... И все это — на уровне некоей клубной самодеятельности, без прямого указания, без санкции начальства, словно я не офицер на службе, а какой-то юный энтузиаст-мэнээс в поисках материала для очередной статьи.

Я знаю, ты — романтик, в самом чистом смысле этого слова, искатель необычайного, ты, я знаю, и не нуждаешься в иных мотивах, если имеет место острое желание раскрыть тайну. (По крайней мере, таков ты сейчас, когда я пишу этот текст, в конце восьмидесятых.) Но ты также знаешь, должен знать, что отец твой — сухой и равнодушный прагматик, рационалист, прикладник, работяга, для которого романтизм есть лишь удобное свойство человеческого характера, позволяющее использовать этого человека по мере служебной необходимости.

Таков я сейчас, и таким я был всегда, сколько себя помню. Прагматик. Рационалист. Ходячая ЭВМ. Никак уж не псих, свихнувшийся на паранормаликах, и не бескорыстный ученый ум, алчущий бескорыстного познания, но и не службист, впрочем, поставивший себе целью найти преступника и продвинуться по карьерной лестнице аж на три ступеньки разом вместо очередной одной.

Не хочу углубляться в историю, в глупые детские свои переживания, в стыдные отроческие, в бездарные юношеские — ничего хорошего нет там, и вспоминать все это я не люблю (гарнизоны, гарнизоны, гарнизоны, выжженные глиняные пустыни, холодные голые горы, равнодушные ковыльные степи, душные вечера, зудящие москитами, ледяные сквозняки в клопиных домишках, злобные одичалые дружки, грубая еда, солдаты куда ни глянешь, заморенные и скучные, и заморенный скучный отец — вечный, беспросветный, безнадежный капитан). Я понимаю, что я родом — оттуда, весь, целиком, со всеми своими оттенками и переливами, но не намерен, по крайней мере здесь и сейчас, заниматься самоанализом и реставрацией пережитого.

Отыскать в округе самого сильного и опереться на его силу. Эта примитивная формула управляла мною с незапамятных времен, а я управлял своею жизнью, исходя из этой формулы. Я подал и вступил в партию, ибо не было в округе большей силы, чем она, а когда мне предложили, я поступил в школу КГБ, ибо понимал уже к этому моменту, что *органы* — что бы о них ни говорили — это сила самой Силы, оберегающая и разящая. И я охотно взялся работать с паранормаликами, ибо почуял именно здесь возможности, которые не найти было более нигде.

Я убедился, что нахожусь на правильном пути, когда своими глазами увидел человека, способного, так сказать, *взглядом* расщеплять деревья и разрушать каменные стены. Разумеется, он делал это не взглядом... Строго говоря, он вообще этого не *делал*... Это долго объяснять, дружище, да и бессмысленно это объяснять: человека этого давно уж нет в живых, да и глуп он был и бездарен при всех своих поразительных потенциях...

Найти носителя Мощи! Вот задача, которая захватила меня и двигала мною на протяжении нескольких лет. Я создал спецпансионат и в стенах его чувствовал себя золотоискателем, оказавшимся вдруг посреди нового Эльдорадо. Я искал. Я ждал. Я рылся в архивах. Я верил.

Я не псих, не романтик, не мистик и не фанатик. Я — человек практики. Я хотел найти в этом мире СИЛУ, и я искал ее, и я в конце концов ее нашел.

...Я заставил себя все-таки сесть и прочесть его роман — просто для полноты картины. И все окончательно стало на свои места. Гипотеза моя — выстроилась. Никому на свете не мог бы я эту гипотезу изложить, никто не поверил бы мне, никто не принял бы меня всерьез, но я ведь и не собирался этого никому рассказывать. Это было — мое. Я шел к этому несколько лет. Я ждал этого. Я надеялся на это. И я это заполучил. Это был наконец ОН.

ГЛАВА 3

Полагаю, ты уже понял ситуацию. К середине 72-го года в моей папке было шесть достоверных случаев „разрыва мозга". Во всех этих шести случаях ближе или дальше от события наблюдался человек по имени Станислав Зиновьевич Красногоров, 1933 года рождения, русский, научный сотрудник ВНИИТЭКа, кандидат физмат наук, женат, детей нет, в быту скромен, симпатичен, очень обыкновенен, выделяется среди остальных прочих разве что этой своей бытовой скромностью, ненастырностью, антикарьеризмом, даже какой-то ограниченностью, если угодно... Но в конце-то концов таких людей хоть, может быть, относительно и немного, но в абсолютном исчислении, слава богу, не так уж и мало — сотни тысяч их и миллионы. Однако же именно эта обычность, эта абсолютная неброскость, эта спокойная и даже достойная (или — самодовольная?) обыкновенность делали совершенно уж непонятной и загадочной явную его причастность к смертоносным событиям.

Я составил таблицу. Мне хотелось свести воедино всё наиважнейшее, всё, казавшееся мне тогда наиважнейшим, я был уверен, что закономерность есть и что, найдя эту закономерность, я пойму об этом человеке ВСЁ, и тогда начнется новая эпоха — для меня, для него, для мира... Мне пришлось повозиться, прежде чем я нашел ответы на простейшие вопросы: была ли жертва знакома с Красногоровым? Если да — то насколько близко? Если нет — то какова мера связи между ними? Жертва — она вредила Красногорову? Каким-то образом мешала ему? Была ему опасна? А если нет, то, может быть, внушала ему почему-то отвращение, неприязнь, идиосинкразию какую-нибудь?.. Я поднял заново все дела из моей папки, нашел всех, кто оставался живым, переговорил с ними, изучил красногоровский роман так, словно это был не роман, а отчет о следственных действиях (в каком-то смысле это так и было), собрал агентурные сведения о САМОМ (пять человек разрабатывали эту линию, это был пик моей популярности у начальства, я получал разрешение на все, что мне было нужно: параллельно шла разработка замечательного паранормалика по кличке Вовкулак — он и в самом деле, похоже, был вовкулака-оборотень, и начальство возлагало на него большие надежды и на меня тоже — ведь отловили его в одном из МОИХ спецпансионатов). К началу 73-го таблица моя выглядела примерно так.

Николай Остапович Гугнюк, следователь НКВД.
Степень знакомства: незнаком.
Отношения: никаких.
Связь: осенью 1941-го вел дело Амалии Михайловны Берман, соседки Красногорова по лестничной площадке, вхожей в их дом.
Вредоносность: намеревался эту Берман пустить в расход, после его гибели ее почему-то (почему? — вот вопрос!) отпустили, и она спасла жизнь маленького Славы Красногорова.

Иван Захарович Габуния, военный хирург, полковник.
Знаком, друг дома. Был нелюбим по причинам самого общего характера — дети, оставшиеся без отца, как правило, не любят потенциального отчима. Желал будущему пасынку исключительно и только добра.

Константин Ильич Шерстнев, физик.
Знакомы — в том смысле, что виделись и общались. Хотел Красногорову добра, но: во-первых, Красногоров, разумеется, этого знать не знал, а наблюдал как раз обратное — человека, который всячески хочет его ущучить; а во-вторых — субъективно Шерстнев хотел добра, а объективно? Если учесть вероятные последствия: пожизненное (фактически) заточение в секретном ящике, несвободу, лейкемию, наконец?..

Сергей Юрьевич Каляксин, проректор Четвертого медицинского.
Никаких прямых связей между ними установить не удалось. Только — косвенные, через Виктора Киконина, друга Красногорова. Этот Каляксин — самое, пожалуй, слабое звено в общей цепи фактов. (Я ведь через одного человека знаком с Берией, через одного — с президентом Фордом и всего через двух — с дедушкой Лениным. Ты знаешь эту забавную игру под названием „Тесен мир". Ты и сам знаком с товарищем Сталиным всего лишь через

двух человек — через меня и моего первого начальника.) И все-таки хоть и слабая, но связь есть. А ведь могло бы и не быть никакой!

Александр Силантьевич Калитин, журналист.
Близкий и любимый друг. Отношения — не теплые даже, а горячие. Правда, Калитин стучал на своего любимого и близкого, но Красногоров никак не мог этого знать, да и стук был вполне невинный, не порождающий ни мер, ни санкций.

Николай Аристархович Каманин, писатель.
Если и были знакомы, то поверхностно: пришел, принес роман, ждал решения мэтра, не дождался. Каманин желал Красногорову только добра. Красногоров любил и ценил Каманина как писателя и как человека. Никаких других сведений (даже о шапочном знакомстве!) собрать не удалось.

Был еще неизвестный и неустановленный „людоед" из романа — фигура то ли выдуманная, то ли, может быть, вполне реальная, однако же сраженная, на самом деле, никакой не мистической силою, а самым прозаическим осколком.

И был сам роман: странное неосознанное признание паранормалика в своей паранормальности.

Никаких закономерностей не усматривалось. Среди жертв были близкие знакомые, но и люди, которых он, скорее всего, и в глаза-то не видел, не мог даже видеть в принципе! Кого-то из них он любил, а кого-то — терпеть не мог. Кто-то из них действовал во вред ему, а кто-то, напротив, — на пользу... Да и знал ли он об этой их деятельности? Вряд ли, ох вряд ли, но если даже и знал (тоже каким-то вполне таинственным способом), то почему косил их всех подряд, не вдаваясь в подробности? И главное: КОСИЛ ли?

Я более не задавался вопросом: КАК? КОСИЛ ли их он, вот в чем была проблема, были они его мишенью или умирали просто потому, что он БЫЛ, ЖИЛ, ДЫШАЛ, ЕЛ, СПАЛ, ЛЮБИЛ — как тысячи и тысячи из нас ежегодно умирают без вины и смысла, только потому, что существуют на свете вибрионы, кокки, бациллы, вирусы — живут, дышат, едят, спят, размножаются, не подозревая даже о нашем существовании, ничего не зная о нас, даже не умея этого знать... Как не задумываясь и не зная, топчем мы на лесной тропинке или на городском асфальте муравьев и букашек, как небрежным и бесцельным движением в долю секунды уничтожаем, может быть, целые микромиры.

Информации, которой я располагал, мне не хватало. И я не знал, где еще искать недостающее. То, что мне было нужно, неизвестно было никому. Даже ему самому, может быть. Скорее всего. Почти наверняка.

Это омерзительное „почти", все эти ненавистные „скорее всего", „наверное", „надо полагать" — угнетали меня и убивали. Я должен был ЗНАТЬ, а не „полагать". Все решалось для меня в эти месяцы. ДА или НЕТ. Только ДА или НЕТ, и никаких „почти".

В отчаянии я ломал голову над экспериментом, который дал бы ясный и однозначный ответ на все вопросы. (Кажется, это называется *экспериментум крусис*.) Уже тогда догадывался я, что такой эксперимент невозможен в принципе, но он был слишком нужен мне, чтобы прислушиваться к стонам измученной моей интуиции.

Сейчас мне стыдно вспоминать об этом времени. Труднее всего простить себе две вещи из прошлого: трусость и глупость. Однако я пишу здесь об этом, потому как полагаю важным, чтобы ты знал об этих моих глупостях — вдруг тебе самому придет на ум ставить подобные же эксперименты.

Сначала я организовал обыкновенный гоп-стоп. Задача: проучить, то есть ни в коем случае не убивать, не калечить, но влепить гаду так, чтобы обоср...ся. Идиот.

На что я рассчитывал? Чего, собственно, хотел? Чтобы Серегу и Сашку в одно прекрасное утро нашли в подворотне с лопнувшими мозгами? И Серега этот и Сашка — положим, мразь, подонки, не жалко ни чуть-чуть, но — ведь сразу же масса дополнительных проблем, масса отчетов и объяснительных, новое и новое вранье по инстанциям, и — для чего? Чтобы я мог сказать наконец с уверенностью: „Да, это — ОН"? Кому сказать, кретин? Я никому ничего не собирался говорить. Себе, может быть? Но я и так знал, что это — он... Затея идиотская, совершенно бессмысленная и безнадежная. Она не могла дать никакого решающего результата, и никакого результата она и не дала — только удлинила список уныло однообразных вопросов да список косвенных доказательств паранормальности, которых и без того хватало с избытком.

Агенты никак не могли выйти на контакт. Объект был словно заговорен. Либо вдруг, буквально ниоткуда, сваливались в зону контакта нежданные и даже невозможные свидетели (например: комиссия исполкома по проверке работы только что закупленной шведской дерьмососной машины — три черные „Волги", толпа сытых молодчиков с „мальборо" в зубах и мигающий тридцатью лампочками заграничный агрегат со всеми своими кишками и насосами). Либо, наоборот, все вполне тихомирно, но объект в точке рандеву не появляется: неожиданное совещание, внезапная командировка в Гатчину, а один раз даже — небольшая автомобильная авария!.. Это длилось две недели. Мне все уже было ясно, я совсем намеревался уже дать отбой, как вдруг получил доклад: все ОК, жертв и разрушений нет, процедура завершена благополучно. Сашка сияет в ожидании премиальных, потирает костлявые свои ручонки профессионального садиста, Серега сыто жмурится, довольный, словно тигр, задравший наконец своего дрессировщика, а я сижу тут же, как бы случайно присутствую при ихнем докладе, будто дерьмом накормленный, и ничего не понимаю...

А через два часа мне сообщают из ВНИИТЭКа, что объект — в полном порядке, прибыл на работу без опоздания и в настоящий момент завершает свое сообщение на семинаре, цел и невредим... Эти два жлоба отметелили *не того*: я потом специально ходил в больницу смотреть и видел пострадавшего — и в самом деле похож, во всяком случае издали. Жлобы вместо премиальных получили по одному выговорешнику каждый, а я свое задание — отменил. С легким сердцем. Но не успокоился на этом. Очень уж мне, настырному идиоту, хотелось вызвать „разрыв мозга", так сказать, искусственным путем. Ведь это же была ранняя молодость моего открытия.

Я получил разрешение на УКОЛ. Разумеется, настоящий боевой укол мне бы вряд ли разрешили, но такой был мне и не нужен. Мне нужен был хороший профессионал, который получит обычное задание „уколоть и исчезнуть". Профессионал выполнит приказ, уверенный в том, что совершает штатную ликвидацию. Начальство будет знать, что в шприце — почти безвредный коктейль спецмедикаментов. А я узнаю, может быть, как реагирует Рок на угрозу жизни.

Я ничего не узнал. УКОЛ прошел штатно. Из ВНИИТЭКа мне после обеда доложили, что объект жалуется на тошноту, глаза у него сделались красные, ладони — тоже и чешутся. Все — в соответствии с прогнозом и анамнезом. Организм отреагировал, Рок — нет. Я остался при своих — при своей лихорадочной глупости, при своем бессилии, при неумении своем и неспособности что-либо доказать.

Разумеется, каждый раз, начиная эксперимент, я в каком-то смысле шел ва-банк. В случае УДАЧИ мне пришлось бы громоздить горы вранья, чтобы вывести себя и ЕГО из зоны начальственного внимания. Я был, впрочем, готов к этому. Однозначный результат решал бы все проблемы раз и навсегда — я бы просто ушел от них к НЕМУ и сделался бы недостижим. Так мне казалось тогда. И это, в общем, было правильно. Хотя определенные нюансы безусловно присутствовали и придавали ситуации специфический акцент...»

Здесь в рукописи имела место ступенька. Она не бросалась в глаза, более того, она была незаметна и старательно, хотя и неумело, заглажена. Страница двадцать шестая благополучно заканчивалась, а потом следовали страницы (общим числом — одиннадцать), нумерация которых была ликвидирована старым добрым школьным способом, каким, бывало, голову Минина из учебника истории СССР переставляли на место головы гаттерии в учебнике зоологии (и наоборот). Далее страницы снова шли подряд, и особого труда не составляло сосчитать, что всего из текста вынуто с неизвестной и не совсем понятной целью восемь страниц — с двадцать седьмой по тридцать четвертую включительно.

Вряд ли это сделал автор записок. Скорее уж — Красногорский-младший. Что-то не показалось ему на этих страницах. Что-то такое там было, чего не захотелось ему доводить до сведения героя записок...

Установить это «что-то» представлялось пока невозможным. Да и следовало ли этим заниматься?

ГЛАВА 4

«...Мировая Линия, как я ее себе представляю, есть последовательность событий в жизни каждого человека, протянутая ОТ и ДО. Проследить ее, а тем более — предсказать, разумеется, в принципе невозможно, как невозможно даже просто перечислить все, скажем, допустимые позиции шахматной партии. Однако принципиальная эта невозможность вовсе не отрицает само СУЩЕСТВОВАНИЕ Линии. Линия — есть, независимо от нашей способности или неспособности ее прочертить, она существует реально, она протянута ОТ и ДО и, так сказать, овеществляется по мере хода времени.

Можно представить ее в виде некоего тоннеля в тумане — ты движешься, и он открывается перед тобою с каждым твоим шагом, а то, что тобою уже пройдено, вновь затягивает мгла. Но у тоннеля есть стенки, поэтому, может быть, правильнее представлять себе Линию как поток ветра в чистом поле, или напряженную струю воды в стоячей воде, и человек в этом потоке, словно большой жук, увлекаемый шквалом и ничего об этом шквале не знающий, или — рыба в этой прозрачной бесцветной струе, тоже ничего об этой струе не ведающая... Но шквал этот и справа, и слева от жука, и ниже, и выше его, может быть, валит кого-то с ног, и срывает крыши, и закручивает хоботы смерчей — жук ничего не знает об этом, знать не может и не хочет, он знай себе гудит по своим делам. („...На нем мундир сапфирный, а сам любовью тает, и к розе он летит — зум-зум, зум-зум...")

Все это, повторяю, можно было себе представить, но я не желал этого делать. Человек — не жук. Человек способен управлять своей судьбой, и свою Мировую Линию он в значительной мере протягивает ОТ и ДО сам, напрягая волю и совершая поступки, которые полагает верными. А раз так, то первый и главный вопрос: что это за человек?

Главное качество его, на мой взгляд: наивность. Простодушие, переходящее временами в сущий инфантилизм. Верность неким принципам, сформулированным и усвоенным в незапамятные времена. Абсолютная негибкость поведения, если речь идет о сопротивлении наглой силе, и при этом — чуть ли не угодливая податливость в ответ на слабость, беспомощность, неумелость. Полное неприятие „закона джунглей" — в удивительном сочетании с немедленной готовностью воспринять этот закон, если его тебе навязывают силой. На силу ответ — сила, на слабость ответ — мягкость. Он — рыцарь, вот он кто. В самом безнадежно-романтическом, вальтер-скоттовском и даже донкихотском смысле этого подзабытого слова. И как всякий рыцарь — бессилен перед ловкой слабостью и расчетливой ловкостью.

Я не предвидел с ним особенных проблем.

Проблема, еще и еще раз повторяю это, была в другом. Проблема возникала и гляделась совершенно непреодолимой в случае, если он — лишь подопечный Рока, „роководимый", как он сам называл героя своего романа, — тот самый ничего не ведающий жук, которого несет на себе невидимый и не осязаемый им шквал, сокрушающий все по сторонам и на пути.

Но у меня больше не было ни времени, ни желания выжидать и собирать еще какие-то свидетельства, косвенные улики и лукавые факты. В начале 74-го погибла его жена, погибла страшно, гораздо страшнее, чем это можно было представить себе, даже находясь на моем месте — на месте заранее осведомленного и, казалось бы, ко всякому готового наблюдателя. Сейчас я не хочу подробностей. Достаточно сказать, что случай никаких сомнений не вызывал, хотя вышел я на него по чистой случайности: мне доложили, что жена объекта скоропостижно скончалась, я — чисто механически, ни на что не рассчитывая и ничего не ожидая, — направил запрос, и вдруг получил ответ, от которого волосы встали у меня дыбом. А ведь он так любил ее, он, по моим сведениям, чуть с ума не съехал после ее смерти, и при этом — не зная, разумеется, никаких деталей!

Считаю обязанным признаться тебе: страшная мысль меня поразила, и я кинулся поднимать документы по поводу смерти его матери. Слава богу, я, видимо, ошибся: ничего там не обнаружилось по моей части, хотя, если быть совершенно объективным, ИСЧЕРПЫВАЮЩИХ сведений получить мне все-таки не удалось — времени прошло уже порядочно, свидетели ничего особенного не запомнили, архивы же больницы оказались в отвратительном состоянии: капремонт старого корпуса, последствия прорыва канализации, полная смена начальствующего состава, и тэ дэ, и тэ пэ...

(Я перечитал сейчас последние абзацы и почувствовал вдруг необходимость в следующем комментарии. На самом деле, ни ужаса, ни отвращения, ни нравственной брезгливости по поводу своих разысканий в семейных делах этого человека я тогда не испытывал. Сейчас — да. Сейчас, когда я пишу „слава богу, я, видимо, ошибся", я действительно испытываю некоторое облегчение от того, что омерзительная гипотеза моя не подтвердилась. Но это — сейчас. Сейчас этот человек — уже не чужой для меня. Это — мой покровитель. Благодетель... Друг. Хозяин. Тогда же он был лишь объектом исследования и, что еще важнее, объектом возможного использования. А кроме того, он казался мне чудовищем, монстром, я не видел в нем человека, я видел в нем прежде всего и только средство для достижения моих целей. И все исследования, с ним связанные, я вел хотя и азартно, но с холодным сердцем, профессионально расчетливо и без эмоций — без всяких там „ах!", „слава богу!", „какой ужас!..".)

Я уже писал выше о Мировых Линиях. Мировая Линия этого человека проходила через точку (область, зону, гиперобъем), которая оставалась мне недоступной и невнятной.

Рок не хотел, чтобы он становился атомным физиком и сгорел от лейкемии в каком-нибудь далеко запрятанном и никому не ведомом Арзамасе-номер-эн.

Рок не хотел, чтобы стал он писателем, уважаемым членом Союза, инженер-конструктором душ наших и наших умов. (Почему, собственно? Что тут плохого для него, для Рока, для нас?)

Рок, естественно, не хотел преждевременной его смерти от чего бы то ни было...

Рок не хотел (почему-то), чтобы у него в пятнадцать лет появился отчим. (Это уже просто чушь какая-то...)

Но чего Рок — ХОТЕЛ? Сама постановка вопроса казалась мне нелепой. Чего хочет гравитационное поле? Чтобы Пизанская башня повалилась наконец и разлетелась на тысячу кусков?..

Я добился разрешения поработать вместе с Костей Полещуком по делу одного болтливого диссидента. Имя его тебе ничего сегодня не скажет, да и нет нужды. Он был другом моего клиента, и клиент, таким образом, оказался в сфере внимания нашей организации — хотя и совсем другого ее Управления.

Вовсе не обязательно было мне входить в первый контакт с ним именно таким вот, несколько экзотическим способом: в качестве допрашивающего следователя, — но однако же и пренебрегать такой возможностью было бы тоже глупо. Он оказался передо мною — как на ладони, во всей своей красе, во всем блеске своей ограниченности, высокомерной глупости своей и своего неописуемого гордого инфантилизма. Он был напуган и беззащитен. Я мог рассматривать его хоть в лупу — он ничего бы не заметил и не насторожился бы ничуть. Я был для него — невидим. Я как бы не существовал. Я был для него — дьявол, вводящий во искушение, и не более того. Я как личность, как отдельный человек, интересовал его не более, чем какой-нибудь пьяный жлоб, привязавшийся к нему в переполненном трамвае. Надо было как-то от меня отделаться, увернуться как-то, но не ударивши при этом в грязь лицом. Только об этом он и думал: как сохранить драгоценное лицо свое, как выстоять и, упаси господь, не заделаться стукачом.

(Даже, наверное, не стукачом, а — *ябедой*. Глядя на него, я все вспоминал эту характернейшую историю из его молодости, когда в деканате назначили его вдруг старостой группы и тут же провели соответствующую с ним беседу. С каким возмущением вечером того же дня он орал в кругу своих друзей: „Суки позорные! Да за кого они меня принимают? Чтобы я — да ябедничал про своих ребят: кто чего натворил, кто какую лекцию промотал?.." Он ничего не понял. От него требовалось совсем другое. От него требовалось, чтобы он своевременно сообщал, кто чего ГОВОРИТ и не намеревается ли кто создать подпольную организацию. Но он совершенно не разобрался в обтекаемых иносказаниях своего замдекана и вообразил, что ему предлагают стать обыкновенной ябедой — как в школе... Имей в виду: он —

весь в этом, наш с тобой Станислав Красногоров! Он и сейчас такой, в свои шестьдесят лет и при всем своем „позисьён сосиаль".)

Конечно, ему было страшно. У него во рту все пересохло и запеклось — так страшно ему было, но не меня он боялся, а себя, слабости своей, трусости и глупости. Но знал бы он, каково было мне! Я же ПОМИРАЛ СО СТРАХУ. Все вопросы свои я заранее и тщательно продумал, но ведь (скорее всего) я имел дело не с человеком — я имел дело с Роком, лица и глаз которого я не видел, у Рока нет ни лица, ни глаз, ни выражения, ничего — не было никакой обратной с ним связи, я полз вслепую по этому минному полю, и с ужасом представлял я себе, как вдруг, без всякой на то видимой причины, вскипают мои бедные мозги и толстые струи дымящейся кровавой жижи вылетают у меня из ушей, из ноздрей, из глазниц... Но он ничего этого во мне не заметил, не мог заметить, он был слишком занят собой.

Он пропустил без всякого внимания добрую дюжину моих контрольных вопросов и только однажды встревожился — когда я мельком спросил его, знаком ли он был с писателем Каманиным. Я-то был уверен, что знаком он был, и отрицательный ответ его удивил и насторожил меня: зачем же врать по такому невинному поводу? (Потом все разъяснилось: рукопись его попала к Каманину кружным путем и, по сути, случайно. Бедняга Каманин. Неисповедимы пути Рока.)

Я окончательно утвердился в мысли, что он НИЧЕГО не знает о своей Мировой Линии. Это было и хорошо, и плохо. Он был „жуком" — и это было плохо, потому что невероятно осложняло путь к Силе. Но ведь он был — разумным жуком! Еще не все было потеряно. Надо было начинать сотрудничество. Еще оставался шанс. Мой последний шанс: раскрыть ему глаза и ждать, что осознание происходящего произведет некий эффект, как производит эффект психоаналитическое действо, когда застарелая порча вдруг всплывает из наболевшего подсознания в потрясенное сознание и происходит чудо.

Творцом этого чуда мог бы стать я. Именно я мог дать Разум и Силу безмозглому жуку, которого Рок нес в никуда. И тогда он стал бы воистину — МОИМ.

Так что надежда оставалась. Надежда эта была слабая, но — последняя.

Я, может быть, все-таки еще потянул бы месяцок-другой, нельзя торопиться в таких делах, особенно когда *хочется*, когда нервишки на пределе и все внутри горит от желания — рубануть разом, и будь что будет. Я хорошо знал это свое состояние, и опасался его, и готовился искусственно себя притормаживать хоть до полного изнеможения, но тут Судьба моя пришпорила гнедого, и события понеслись.

На другой же день после первого контакта меня прямо с утра вызвал к себе на ковер Дорогой Товарищ Шеф, лично, и в своей тоску наводящей, сонной манере завел прямо с порога, не здороваясь и не предлагая даже подчиненному присесть: „Ну чего там у тебя какого хрена не докладываешь почему это я должен из тебя клещами тянуть как из красного партизана чего ты там накручиваешь вокруг этого своего (тут он демонстративно заглянул в бумаги) Красногорова своего кто тебе на это санкцию давал и вообще?.."

Я ждал этого напора и готовился к нему, у меня на все вопросы ответы были давно уж сформулированы — от зубов отскакивали, — но я же знал (и ты — знай), что нет на свете ответов, которые не порождали бы новых, новых и новых вопросов. Даже если ты говоришь нагую и святую правду, новые вопросы возникают и, как ножи, полосуют эту твою правду, потрошат ее, препарируют, забираясь глубже, и еще глубже, и туда, куда ты и сам никогда еще не заглядывал (потому что страшно тебе было или — стыдно). А уж если ты рискнул и вышел в режим полуврания (о полном вранье я и вовсе не говорю), тут уж — молись. Тут, считай, тебя расчленили, распластали и по крюкам развесили. (Помнишь, как ты пытался скрыть от меня историю с листовками?)

Так что первую атаку Дорогого Товарища я благополучно отбил, но при этом и фланги свои вынужден был обнажить, и тылы, и дал ему для размышлений материала — более чем. Появись у него теперь только желание — и во втором туре посыплюсь я, словно карточная колода, а в том, что таковое желание у него вскорости появится, сомневаться не приходилось ни единой секунды. Он был полный идиот, но интуиция у него была такая, что иногда я (в хорошие наши с ним минуты) говорил ему льстиво и почти серьезно: „Ей-богу, Пал-Легыч, вас обследовать бы надо было на сверхъестественные способности. Давайте, а?"

Прямо из его кабинета (внутренне — мокрый как мышь и такой же дрожащий) направился я к себе, а там уже ждало меня донесение о печальном событии: скоропостижно скончался заслуженный деятель науки, академик Академии наук СССР, заведующий сектором ВНИИТЭКа Хухрин Лемарк Георгиевич (кличка „Бухгалтер"). Диагноз: инсульт, но вскрытия еще не было, ожидается вечером.

Я сел за телефон. Я сразу перестал внутренне трепетать и успокоился. Работа. Ничего не кончилось, все продолжалось, было горячо, и железо надо было ковать, не теряя времени. Я разыскал нужного медика и направил его на вскрытие. Я брал дело на свой контроль. Кадры — только отборные. Никакой утечки информации. В случае необходимости — подписка о неразглашении. И все такое. Мура, — но впечатление производит. Доложить мне лично — после вскрытия немедленно устно. Письменный отчет — завтра утром. Всё.

У меня тоже интуиция не из самых завалящих. Оказался, действительно, инсульт. Но — не совсем обычный инсульт. А если не стремиться обязательно использовать стандартную терминологию, то, прямо скажем, —

и вовсе не инсульт, а черт его знает что. Это был мой Номер Девять (если считать вместе с Неизвестным Людоедом из романа). Рок удалил со своего пути еще одно препятствие (или — не со своего, а с пути моего беззаботного жука, занятого своими небольшими делами?).

К моменту, когда письменный отчет о результатах вскрытия лег на мой письменный стол, я уже знал об отношениях Хухрина и Красногорова все, что можно было узнать за это время. Отношений практически не было. Виделись исключительно на заседаниях сектора и на семинарах. Академик мэнээсу благоволил, отзывался о нем доброжелательно, два раза поручал писать отчеты по своим темам, но при этом и двумя словами, наверное, не обменялся с ним о чем-либо, кроме работы, — о погоде хотя бы. Красногоров же академиком и вовсе не интересовался, он считал своим единственным начальником этого матерщинника Ежеватова, а все прочие, в том числе и академики, были ему как бы на одно лицо и до лампочки.

Я сказался больным и ушел домой. Я и в самом деле был болен. Голова у меня трещала, словно это Рок уже примеривался, как бы взять меня покруче... Я так ждал этого Девятого, я так надеялся, что стану понимать больше, когда это произойдет, и теперь испытывал что-то вроде приступа отчаяния, какие не позволял себе с самого детства, а может быть, и никогда. Впервые я пропустил в свое сознание мысль, что взялся, кажется, за дело, которое мне не по зубам. Эта мысль унижала и угнетала. Она могла и раздавить. Я старался не дать ей расцвести махровым цветом, и эти усилия делали меня больным. Еще немного, и я, может быть, сдался бы. Лег бы на обе лопатки. Махнул бы на все рукой. Что, в конце-то концов, — мне больше других надо?.. Да. Надо. Больше других. Гораздо больше. Но я уже не был в этом уверен так, как два часа назад.

Я пришел домой, мамы не было, меня встретил ты. Я сразу же понял, что ты только что плакал. И что ты сбежал из своего пионерлагеря, как я — с работы. И увидел черный кровоподтек у тебя вместо носа, и понял, что эти гады опять поймали тебя и, радостно грегоча, сделали тебе „сливу". Ненависть залепила мне глаза, жалость залила сердце, я обнял тебя, мы оба сели на пол и некоторое время так сидели, обнявшись. Ты плакал, а я леденел от ненависти, и бессилия своего, и любви, и жалости, и давал себе какие-то клятвы... Вряд ли ты запомнил этот день, тебе было тогда всего-то семь лет — возраст, когда всё переживают невероятно остро, но, слава богу, тут же и забывают. Но я этот день запомнил хорошо, и очень хорошо запомнил свои клятвы, хотя в них, по-моему, не было слов, в этих клятвах, бешеных и холодных одновременно. Это были клятвы без слов. Я более не мог позволить себе лечь на обе лопатки, махнуть на все рукой и сделаться как все. У меня был ты.

ГЛАВА 5

Вечером я позвонил ему и настоял на встрече.

Встреча произошла. Странная встреча, беспорядочная, бестолковая, по сути — безрезультатная. Но мы объяснились, по крайней мере. Все главные слова были произнесены, все (почти) секреты были раскрыты, и были раскрыты глаза.

Разумеется, он ничего не знал и не понимал ничего. Он вообще ждал от этого нашего разговора чего-то совсем иного, готовился к каким-то своим неприятностям, и ему понадобилось некоторое время, чтобы переориентироваться и осознать совершенно новую реальность, в которой он теперь оказался. Все мои надежды, что наши с ним знания, соединившись, разбудят в нем некое Сверхзнание, рухнули в первый же час разговора. Если его подсознание и содержало в себе нечто для нас с ним полезное, то оно оставило это полезное при себе. Чуда не произошло. Он не стал „ускорять". (Помнишь, у Шекли: „Он стал ускорять. Ничего не получилось". Так вот он даже не „стал ускорять".)

Я почувствовал, как отчаяние снова подбирается к моей глотке шершавыми пальцами, и решился на один поступок, которого даже сегодня немного стыжусь, хотя нет ничего проще, нежели найти ему оправдание, вполне обоснованное для того положения, в котором я оказался. Среди материалов, которые я собирался отдать ему на просмотр, был и отчет по делу его жены. Сначала я не хотел показывать ему этот отчет. Мне было его жалко: он любил эту женщину, и узнать, что ты причина смерти (вольная, невольная — какая разница?) любимого человека, это и вообще-то жестокий удар, а если при этом ты узнаёшь вдобавок, что...

Понимаешь, в чем дело. „Разрыв мозга" произошел даже не у нее. Младенцы. Двойняшки. Их буквально разнесло в утробе матери. Страшная штука. Я не хотел сначала, чтобы он это знал, а потом подумал: „Какого дьявола? Мне надо раскачать его. Если и это его не раскачает, то тогда и корячиться нечего, тогда — дело мертвое..." И я отдал ему ВСЁ.

„Читай. Читай, мать твою! Пусть нарыв лопнет. Мы начинаем с тобой серьезное дело. Надо привыкать ко всему, и притом — с самого начала..." Что-то в этом роде кувыркалось у меня в голове. Это было жестоко, конечно. Я и сейчас так считаю, и тогда считал так же. Но мне надо было разбудить его и заставить „ускорять". Другого выхода я не видел. Да его и не было, пожалуй, — другого выхода.

На другой день, как мы и договаривались, я пришел к нему в восемнадцать ноль-ноль и не застал его дома. Дверь открыла соседка, пожилая женщина, некрасивая, неряшливая да еще и хромая вдобавок. Она запомнила меня со вчерашнего и прониклась ко мне добрыми чувствами, что меня не удивило: я привык нравиться пожилым некрасивым женщинам, что-то видели они во мне непостижимо симпатичное — скрытое мое им сочувствие, может быть? Она пустила меня в квартиру и даже в комнату к Станиславу Зиновьевичу — как он и велел ей своим телефонным звонком полчаса назад.

Я получил возможность поподробнее ознакомиться с домом его, что всегда ценно, хотя в сложившейся ситуации играло роль скорее второстепенную. Типичная комната неопытного вдовца. Не холостяка, а именно вдовца, махнувшего рукой на многое и о многих необходимостях реальной жизни даже и не задумывающегося. Пыль. Крошки на полу. Заплесневелые огрызки в холодильнике. Мебель — старинная, но недорогая. Довольно богатая библиотека в двух шкафах. Малый джентльменский набор: черный двухтомник Хемингуэя, белый толстенький Кафка, серый двухтомник Уэллса, зелененький Скотт Фитцджеральд в бумажной обложке... Но тут же и разрозненный Щедрин в издании Сойкина. И несколько томиков ACADEMIA: „Дон Кихот", Свифт, разрозненный Анри де Ренье в суперах из папиросной бумаги, „Граф Монте-Кристо" — черный с золотом сафьян... И довольно серьезная подборка философов, в нынешних шкафах это нечасто увидишь: Шопенгауэр, Ницше, Беркли, „Толкование сновидений" Фрейда...

На стене — фотопортрет строгой старой дамы, видимо матери, в простенькой коричневой рамке, а в метре от него — другой фотопортрет, в такой же точно рамке: улыбающаяся милая девушка, видимо жена. Оба портрета висят здесь довольно давно — по крайней мере несколько лет, так что повешены были еще при жизни... Впрочем, я и так знал, что он любил их обеих.

На противоположной стене, над диваном, любопытный натюрмортик. (Я не заметил его при первом посещении — сидел к нему спиной, да и вообще мне было тогда не до таких деталей и наблюдений.) Очень плохая, маленькая, мутная, не в фокусе, фотография Солженицына, декорированная парой наручников, подвешенных на гвоздях так, чтобы окружить фото этаким стальным многозначительным полукругом. Наручники — стандартные, произведены, как водится, в каком-нибудь исправительно-трудовом учреждении, но почему-то — маркированы: что-то вроде трилистника вытравлено на одном из колец. Странно. Вообще-то такое не положено. И откуда они у него вообще?..

Папка моя с делами — на письменном столе. Раскрыта. Явно читана, но пометок нет. Вообще же на столе — полный бумажный хаос, всё, главным образом, распечатки с электронно-вычислительной машины, ничего простому человеку не понять, да и ни к чему мне это понимать, честно говоря... Магнитофончика моего на столе видно не было, и это мне не понравилось, но он тут же обнаружился в правом, незапертом, ящике стола. А вот левый ящик оказался почему-то заперт, и ключа нигде не оказалось. Я сел к обеденному столу и стал ждать.

Он явился минут через десять, хмурый и откровенно неприветливый. Видно было, что мои проблемы его так и не заинтересовали, у него оказались — свои, и серьезные. Говорил он отрывисто и неохотно. Но не потому, что испытывал ко мне враждебность или давешнее естественное недоверие, нет — он производил, скорее, впечатление человека занятого и сосредоточенного на своем.

Я спросил его прямо:

— Неужели вы не видите перспектив, которые открываются? Неужели они вас не увлекают?

Он только лицо скривил.

— Но вы понимаете, по крайней мере, о чем речь идет? — настаивал я. — Вы понимаете, какая сила в вас заложена?

Или что-то в этом же роде. Сейчас я уж позабыл точные слова, которые выскакивали из меня тогда. Но мне кажется, что я был по-настоящему красноречив. Я старался. Я очень хотел расшевелить его. Или хотя бы понять, что, черт возьми, с ним происходит! Почему он такой вялый, и о чем он, черт его побери, думает, о чем еще он способен думать, когда перед ним — власть над миром и судьбой, готовая прыгнуть ему в руки.

Я вообще не понимал его реакции.

Вчера реакция была смазана, извращена, перекошена до неузнаваемости тем страшным ударом, который я нанес ему, подсунув листочек с историей смерти Ларисы Ивановны Красногоровой. С тех пор прошли сутки. Он выдержал удар, устоял на ногах, но озаботился чем-то совершенно посторонним. Удар, который по моему замыслу должен был пробудить его, наоборот, его оглушил. Или оглупил. Он словно забыл о нашем вчерашнем разговоре. А может быть, попросту совсем перестал им — да и мной вообще — интересоваться. Это было непостижимо. Он и говорил как-то заторможенно, словно у него внутри все онемело после шока. Или после некоей анестезии. Он был отстраненно вежлив. Несколько раз попросил извинения — за то, что опоздал, за то, что не может, как он выразился, соответствовать — неважно себя чувствует с утра, видимо, простудился, просквозило потного на этой жаре...

Беседа наша увядала на глазах — до такой степени, что впору было мне забирать свою папочку и удаляться к пенатам, где, может быть, уже дожидался меня мой сверхпроницательный шеф, медлительный и неостановимый, как гигантский ленивец.

Мы поговорили всего минут десять (я, несмотря на его вялость и отстраненность, все пытался — отчаянно и уже совсем напрямую — обрисовать круг возможных применений его способностей: политика, власть, борьба со свинцовыми мерзостями нашей жизни...), вернее, я — говорил, а он слушал, изредка помаргивая скучными глазами, а потом снова извинился и сказал, что теперь хотел бы лечь. „Чаю с малиной выпью и лягу". Врать он не умел, да и не врал он мне, — просто не хотел притворяться и не хотел следить за собою, за своими интонациями и за своей мимикой. Он хотел, чтобы я ушел поскорее, и не имел даже намерения хоть как-то скрывать это свое желание.

Мы договорились встретиться снова послезавтра. („...Да... конечно... Обязательно. Тогда все и обговорим... Только позвоните обязательно... мало ли что... Что-то я сегодня совсем паршиво себя...") Я забрал все свои материалы и отправился восвояси. Он даже не пошел проводить меня до двери — проводила хромая соседка. Она была очень любезна и окатила меня волной приязни и запахами затхлости и одиночества.

Первый этап наших взаимоотношений неудержимо и стремительно завершался. Сделать, видимо, было уже ничего нельзя.

Назавтра я потребовал информацию, срочно: чем занимается (занимался в последнее время) объект у себя на работе. Ответ последовал довольно-таки неожиданный: накануне объект подал заявление за свой счет и весь день подбивал бабки — заканчивал отчет, писал наставления своему заместителю, довел, наконец, до ума какую-то там программу, с которой возился последние полгода... При этом выглядел неважно, жаловался на дурную голову, на дурное самочувствие и хронический недосып. Сегодня на работу не явился. Находится в отпуске.

Я дал ему два дня на реабилитацию, а потом позвонил. Ответила соседка. Станислав Зиновьевич еще позавчера уехал на машине по грибы, взял палатку, вообще всякое походное снаряжение, сказал, чтобы не ждали раньше чем через десять дней. Какие грибы в начале июля? Оказывается — „колосовики". И белые могут оказаться, и подосиновики — Станислав Зиновьевич знает *места*.

Так началась эта странная история.

Он вновь объявился спустя всего лишь два дня. (Я не поверил в десять дней и звонил ежевечерне.) Согласился встретиться. Принял меня почти радушно, угостил чаем. Был совсем другой — казался возбужденным, взвинченным даже, с порога мне почудилось, что он слегка пьян, но пьян он не был, хотя глаза блестели и волосы были взъерошены, как после душа. Еще мне показалось, что за эти дни он сильно похудел, и очень скоро выяснилось, что так оно и было. Я спросил его (из вежливости), как там в лесах с грибами, и тут он немногословно, но и не внушая подозрений в желании что-либо скрыть, рассказал мне о своих неожиданных приключениях.

Оказывается, в лесу, едва он вылез из машины, на него напали. Двое. Оба — в черном, черные куртки, черные брюки, всё на вид — форменное и наводит на мысль о лагере. Мерзкие волчьи черные лица, черная страшная речь, ножи, и даже не ножи, а какие-то остро заточенные штыри. Один держал такой вот штырь у его горла, а другой обшарил, отобрал деньги, документы, грибной нож, все выгреб из карманов до последнего медяка. Затем они пинками отогнали его в лес, а сами забрались в машину — он следил за ними из-за деревьев — и попытались уехать. Водитель, видимо, оказался некудышный: разворачиваясь, загнал машину в песок и засадил ее так, что и трактором не вытащить. Несколько минут они ревели двигателем, дико жгли сцепление, а машина у них только зарывалась все глубже и глубже. Он вдруг понял, что будет дальше, бросился бежать, но они нагнали в мгновение ока — они были быстрые, легкие и свирепые, как псы, — опять же пинками вернули его к машине и заставили выталкивать ее из песка. Один сидел за рулем и газовал, а второй вместе с ним толкал машину. Ничего не вышло, машина засела еще безнадежнее, и он подумал, что вот теперь его убьют, но они только примотали его к дереву — в глубине леса, подальше от дороги, — примотали ржавой колючей проволокой да еще приковали наручниками, так что он даже пошевелиться сначала не смог. А потом они ушли — исчезли за кустами и за стволами так же беззвучно и мгновенно, как и появились.

Он простоял прикованный двое полных суток, пока не наткнулся на него разъезд автоматчиков на БТРе, которые искали беглых и прочесывали лес. Они освободили его, перекусив и отмотавши проволоку, выдернули ему из песка „Запорожец", напоили, накормили и сдали местной милиции, на чем все и закончилось. Документы — совершенно неожиданно — обнаружились в бардачке, куда их впопыхах, видимо, забросили бандиты, ну а деньги, конечно, пропали, да и господь с ними...

Я слушал его, раскрывши рот. История эта показалась мне совершенно фантастической — по целому ряду своих параметров. Но более всего насторожило меня то обстоятельство, что на стене его гостиной — при фотографии Солженицына — не было теперь наручников. Это маленькое открытие, которое я поспешил сделать, пока он ходил в кухню заварить новый чай, меня буквально сразило, я почувствовал, что могу сейчас узнать, понять, уловить, выяснить что-то очень важное о нем, но это важное ускользнуло от меня в тот вечер, я только остался в убеждении, что вся его история есть выдумка, но — зачем? Цель? Смысл? И кого, собственно, хотелось ему обмануть?

Его должны были убить. Его не могли не убить. Это так же очевидно, как и то, что его НЕ убили. Как минимум, его должны были раздеть. Живого или мертвого. В побеге гражданская одежда, бывает, важнее документов. Важнее денег. Важнее всего. В багажнике машины они у него все перевернули, словно спрятанное золото там искали, но не взяли при этом НИЧЕГО. Палатка осталась, два крепких еще, хотя и бывалых, ватника, брезентовый плащ, удочка, спиннинг, рыбачья куртка с брезентовыми штанами — все осталось в неприкосновенности... Я узнал это уже на другой день, когда поехал туда, в Старо-Никольское, попросил у тамошних мильтонов протоколы и вообще поспрашивал у них, что и как.

Беглых к этому моменту все еще не поймали. Их было трое (а не двое), все — по сто сорок пятой, у всех пять лет, сидели в здешней спецзоне, были на хорошем счету и вдруг — сделали ноги. То, что они не решились на мокрое, само по себе не так уж и удивительно, и то, что с машиной не сумели справиться, — тоже смотрится нормально, ни у кого из них прав нет и никогда не было, а вот то, что они ничего полезного себе не взяли, только деньги одни... Куда они с этими деньгами сунутся? При своих-то бушлатах да при харях своих протокольных?..

Откуда на месте происшествия взялась колючая проволока? А там ведь танкодром рядом, и старый артиллерийский полигон, там вообще запретзона, но эти грибники полоумные лезут очертя голову, куда им не велят, а потом сами жалуются...

Наручники? Да, были какие-то... Ермолаев, куда наручники поло́жил? Ага, вот они... Те самые? Точно так. А что это за маркировка у них, не знаете? Какая маркировка? А-а... Да, листочки какие-то... или козявки... Ермолаев, покажи свои наручники... Ну-ка, ну-ка... нет, на этих нет ничего. А на этих вот — есть... Интересная картина. Никогда я такой маркировки не видел, да и вообще — никакой. А может, просто внимания не обращал?..

Я попросил, и Ермолаев, посадив меня в люльку и почтительно напяливши мне на голову шлем, отвез меня на мотоцикле к месту происшествия. Сначала тарахтели мы по шоссе, потом свернули с асфальта на лесную дорогу, хорошую, песчано-каменистую, оберегаемую от посторонних и угрюмым „кирпичом", и грозной надписью „СТОЙ! ОПАСНАЯ ЗОНА!". Там и колючка была когда-то, но от старости столбы покосились, а проволока скрутилась в ржавые мотки.

Ермолаев места знал нетвердо. Спервоначалу мы промахнулись, вынесло нас к обрыву в песчаный карьер — внизу оплывшие горы песка и глины громоздились, и блестела под солнцем вода в лужах, в канавах и в обширных ямах, оставшихся на месте танковых позиций...

Вообще лес там был везде веселый, теплый, песчано-сосновый, а между молодыми сосенками чуть не по пояс заросло все лиловым вереском, и, как водится, все полянки и все многочисленные дорожки смотрелись на одно лицо, я уже был готов рукой махнуть (ну что там можно было такое-этакое обнаружить на месте происшествия?), но Ермолаев оказался мужиком настырным и лицом в грязь не ударил — нашел-таки в конце концов район событий, так что я своими глазами увидел все: и перекопанный, пополам с сухим валежником, песок, где сидел по яйца „Запорожец", и остатки колючей проволоки по сторонам, и то дерево, к которому прикован оказался мой Красногоров...

А неподалеку от этого дерева, метрах в пятнадцати, где заросли вереска были особенно густы, обнаружил я старый, совсем трухлявый белый размером с хорошую сковороду, а рядом с ним — канистру. Канистра была двадцатилитровая, пустая и даже сухая, зеленая краска с нее пооблупилась, и ржавчина местами проступила, но у меня осталось определенное впечатление, что лежит здесь эта канистра недавно. Ермолаев был того же мнения, но он не склонен был придавать моей находке хоть какое-нибудь оперативное значение. Заливал кто-нибудь бак, облился весь и, матерясь, забросил вонючую дуру подальше, чтобы просохла и не отсвечивала тут, где люди, скажем, сидят и закусывают. А потом — забыл. Обыкновенное дело.

Я не стал с ним спорить. Я чувствовал, что дело — не обыкновенное. Я взял канистру с собой, чтобы показать ее хозяину (я уверен был, что это канистра Красногорова) и посмотреть, что будет, когда он ее увидит, и что он скажет по этому поводу. Но ничего толкового у меня из этой затеи не вышло.

Да, канистру свою он узнал, но не обрадовался ей, а скорее уж наоборот — у него даже рот повело, словно от приступа внезапного отвращения, но этим все и кончилось. Да, сказал он спокойно. Канистра пропала. Спасибо, что привезли. Наверное, эти бандюги ее зачем-то выволокли из багажника, а потом бросили, он этого ничего не помнит, не до того ему тогда было... Она вообще-то была у него пустая. Без бензина. Лежала в багажнике просто так, на всякий случай, он заправлять ее даже и не собирался, ни к чему, бак полный, а до города — всего-то километров сто, рукой подать...

И он заговорил о другом».

— Я знаю, что там на самом деле с вами случилось, — сказал Ваня, Красногорский-младший, когда они снова встретились два дня спустя. — Хотите, скажу?

Станислав смотрел на него сквозь зажмуренные веки и слушал, как сердце вдруг принялось толкаться в ребра изнутри — глухо и неровно. На хрен ты мне сдался с твоими откровениями, подумал он с неожиданной злобой, но вслух проговорил совершенно спокойно:

— Н-ну что ж... Скажи, если хочется.

— Они вас опустили... — сказал Ваня, а когда Станислав от удивления широко раскрыл глаза, пояснил: — Изнасиловали.

— Откуда ты это взял? — сказал Станислав ошеломленно.

— Знаю. Вы их нашли?

— Нет.

— Найдете?

— Не знаю.

— Надо найти. Если хотите, я возьмусь за это дело.

— Пятнадцать лет прошло, — проговорил Станислав медленно. — С гаком. Пора бы и забыть.

Многое и многое он забыл. Но несколько картинок осталось.

...Пасмурное небо. Качающиеся вершины сосен. Пустая канистра летит, кувыркаясь, и продолжает кувыркаться, подскакивая среди вереска... И вонючий холодок быстро подсыхающего бензина... И — нет зажигалки. Нет. НЕТ ЕЕ!..

Хорошо бы все-таки забыть об этом совсем, подумал он.

— Некоторые вещи забывать нельзя, — сказал Ваня, блестя глазами. — Есть вещи, за которые мало убить, надо — замучить.

Сердце снова сделало перебой.

— Откуда ты взял эти слова? — спросил Станислав, преодолевая накатившую дурноту.

— Какие?

— «Мало убить — надо замучить»?

— Не знаю, — сказал Ваня с удивлением. — Какая разница?

Разница была, и довольно существенная, но Станислав больше не желал говорить об этом.

— Ладно, — сказал он. — Продолжим. Что ты еще умеешь?..

ГЛАВА 6

«...Две темы занимали его. Во-первых, он вдруг высказал любопытнейшее наблюдение по поводу моей папки. (Я видел теперь, что он безусловно внимательно прочитал все дела, и не просто прочитал — он проанализировал их, и весьма основательно.) Он заметил нечто общее и нечто важное, некий пусть странный, но вполне определенный мотив у тех, кто хотел ему добра и к кому он сам относился как минимум нейтрально, а именно: все они хотели, чтобы он уехал из Питера.

Саша Калитин — звал в Москву.

Габуния, мамин ухажер и грядущий отчим, — намеревался всех увезти к себе в Поти (или в Батуми?).

Писатель Каманин рекомендовал его в Индию... Свежепокойный Академик — на два года в Беркли...

Тут он замолчал, терпеливо наблюдая, как я перевариваю сказанное, а потом добавил, как бы сквозь зубы: „А если бы дети родились благополучно, мы все должны были переехать в Минск..."

Переоценить это его наблюдение было невозможно. Я тут же мысленно добавил сюда физика Шерстнева, старания которого означали для Красногорова — лейкемию, может быть, и не обязательно, но уж безнадежно далекий от Питера Арзамас-16 или иную дыру той же степени отдаленности — без всякого сомнения. Было ясно, что наблюдение безукоризненно точное, но и пяти минут хватило, чтобы понять, как мало оно нам добавляет по существу.

Однако мы поговорили об этом некоторое время.

— Ну что же, — сказал я в заключение (как бы шутливо, но на самом деле вовсе не шутя), — значит, столицею вашей будет Ленинград. Замечательно. „И перед новою столицей увяла... или померкла?.. старая Москва", как что-то там какая-то вдова...

Он снова кривовато ухмыльнулся, но это была — ВСЯ его реакция.

На самом деле другая тема его сейчас интересовала гораздо больше. Мягко, осторожно, иносказаниями принялся он выяснять мое мнение по вопросу: а нельзя ли как-то поставить прямой эксперимент? Спровоцировать, скажем, нападение... или даже — организовать некое нападение... В конце концов, если определенные сверхъестественные свойства и в самом деле ему присущи, надлежит, наверное, их каким-то образом тренировать, не так ли?..

„ТАК!!! Именно ТАК!" — хотелось закричать мне во весь голос. Наконец-то, кажется, он чего-то ПОЖЕЛАЛ. Но я, разумеется, кричать не стал, а самым спокойным образом разъяснил ему положение дел. Если нападение НАСТОЯЩЕЕ, он рискует жизнью, здоровьем и так далее; если же оно, так сказать, экспериментальное, то, скорее всего, ничего не произойдет вообще — Рок не станет расходовать заряды по пустякам. Он ухватил суть дела моментально.

— А если я не буду знать, настоящее это нападение или экспериментальное? — спросил он. — Можно ведь организовать все так, чтобы я заранее не мог ничего знать сколько-нибудь определенно.

— Организовать это можно, — согласился я. — И вы ничего знать не будете. Но Рок — будет. А решения принимает Рок, а не вы... ПОКА, — добавил я по возможности многозначительно.

Он и это, оказывается, понимал. Более того — небрежно, на меня не глядя, как нечто само собою разумеющееся — он бросил:

— Да вы же, наверное, уже все эти эксперименты проделали, Вениамин Иванович... — и вдруг глянул мне прямо в глаза. — Или нет?

Черт возьми! Это был другой человек! Это был и в самом деле ОН — большими буквами, самыми большими! Наконец-то я увидел свет в конце туннеля, и свет был яркий, слепящий и обжигающий.

Я, не колеблясь, доложил ему о своих попытках провести experimentum crucis. Он поверил — и не поверил.

— Черт возьми, — сказал он, — и это все, на что способна оказалась ваша организация?

Я почтительнейше напомнил ему, что им занимаюсь я, один, единолично, организация здесь так, сбоку припёка.

— Ой ли? — Он весь скривился, и я понял, что мне предстоит решать еще одну чисто практическую задачу: надо ли убеждать его, что он имеет дело ТОЛЬКО со мной, или полезнее оставить его в подозрении, что я лишь щупальце тысячерукого спрута, специальный агент всемогущих органов. Каждая из этих позиций имела свои плюсы и минусы, и вот так с ходу, без анализа, я сделать выбор не решился.

(Анализ-матанализ. У нас очень любят это солидное и высокомерное слово, намекающее на некую элитность, особость и недоступность. Какие-то обширные машинные залы видятся за этим словом, серьезные люди в очках и в белых халатах, с рулонами вычислительной бумаги в руках, усталый Шеф над картой Европы... А на самом деле это знаешь что? Это я — в переполненном троллейбусе на одной ноге среди потных тел, а в голове у меня жужжат варианты: если я для него органавт, то я — авторитет, страх, сила, и это ценно, но, с другой стороны, если я одиночка — мне можно довериться, можно сделать меня своим, можно на меня рассчитывать полностью... Если я из органов — я в деле хозяин, органы все решают, а если я сам по себе — он в деле хозяин, он все решает... Что ему больше понравилось бы? Какой вариант? Если он любит власть, первым любит быть и желательно единственным — один вариант. Если предпочитает крепкое, надежное руководство, если он по натуре своей исполнитель, вариант противоположный... А если ему все равно? А если он и сам про себя не знает, что ему предпочтительнее?.. Не важно. Он не знает, а я знать — должен. Обязан. Намерен. Потому что не его судьба сейчас решается, а моя... Поэтому начнем сначала. Если он — такой, значит, я должен быть этаким. А если он — разэтакий, то мне надлежит то-то... Вот тебе и весь анализ.)

Анализ — это хорошая штука, но в реальной нашей жизни очень часто все идет не в соответствии, а вопреки.

Дорогой Товарищ Шеф проделал собственный анализ, и приговор мой оказался подписан даже раньше, чем я мог это себе представить. Тут все дело было в том, что ДТШ мой был человек с параноидальным складом психики. Если он верил сотруднику, то верил истово, до потери контроля, до нелепости, у него словно бы затмение наступало во время этих приступов доверия, переходящего в обожание, почти отеческое. Но уж если возникало у него сомнение, пусть даже самое ничтожное, микроскопическое, пусть даже нелепое и ни на чем серьезном не основанное, — все, конец, и никаких шансов уже не было ни оправдаться, ни объясниться. (Говорят, товарищ Сталин был такой же, с тем отличием, однако, что не любил никого никогда и не доверял никому — без каких-либо исключений.)

Абсолютно невозможно было угадать, что там в недрах сознания-подсознания (а может быть, и надсознания) слетало у него вдруг с нарезки, какие зубчики выходили из зацепления и почему начинал сбоить основательно отъюстированный, казалось бы, механизм доверия и приязни. Какой-нибудь *не такой* взгляд. Или слово, неверно им, может быть, понятое. Или неуместная улыбка... По моим наблюдениям, особо стремительные и катастрофические последствия способна была вызвать именно неуместная и несвоевременная улыбка, так что в его присутствии я старался соблюдать всегда замогильную серьезность, и даже когда в приступе хорошего настроения он принимался рассказывать анекдоты, я норовил выражать всем своим обликом отнюдь не опасное веселье, а скорее восхищение тонким вкусом и завидным чувством юмора благосклонного моего начальства.

Он и меня вот так же возлюбил в самом начале, с первого же моего ему представления, и продвигал, и дорогу мне расчищал, и перед высокими инстанциями за меня ручался, а потом — определял меня своим наперсником, и главным советником, и даже вроде бы главной надеждой своей — грядущим своим преемником... А вот теперь — крутой разворот на сто восемьдесят. И дело здесь было не в дерзкой улыбке (не было дерзких улыбок) и не в опрометчивом суждении (не было опрометчивых суждений и даже быть не могло). А просто пришла пора меня менять. Просто чудовищная интуиция его подсказала ему — не словами, разумеется, и вообще даже не голосом, пусть бы и внутренним, а — лишь легонько дохнула в ухо его вечно настороженной души, что Красногорский-то *отошел*, самостоятельный стал, ведет какую-то *свою* партию и вообще *почужел!*.. Пора менять.

(Он был человек решительно незамысловатый. И всегда это демонстрировал. И любил учить незамысловатости своих наперсников и клевретов, меня в том числе.

В этом отношении он был похож на другого великого человека, а именно — на фюрера немецкого народа: у него тоже был дефект, который у фюрера носил название Redeegoismus, а у ДТШ — недержание речи. Он учил. Самое главное в нашем деле, учил он, это доклад — вовремя подготовленный, простенько составленный и положенный на нужный стол. Остальное все — мура, остальное само пойдет. Очень любил он рассказывать — всегда одними и теми же словами, — как совсем еще молоденького направили его в посольство тогдашней Латвии. Или Литвы. Он их все время путал — то ли шутил он таким незамысловатым способом, то ли и вправду их не очень хорошо различал. Так вот там, в посольстве, все друг друга судорожно боялись и перед начальством лебезили напропалую — кто перед военным атташе, кто перед кадровиком, и все — перед послом. А он — он сразу понял, кто в этом доме главный: швейцар, он же гардеробщик, он же и охранник. Так что он этому швейцару то анекдотец новейший преподнесет, то бутылочку, а то просто с ним покурит, покалякает за жизнь... „Потом, когда наши пришли, всех их там попересажали к такой-то матери, начиная с посла. Только двое всего и уцелели: швейцар да я. Мне — лейтенанта, а ему — уж не знаю, далеко пошел...")

Первый удар, который он нанес мне, был незамысловат и прям, как штыковой выпад.

— Этого... твоего... Красногорова твоего... — сказал он мне небрежно, между делом, в середине брюзжания по поводу перерасходов и недоработок. — Его надо в Зуевку... Прям на этой неделе, чего тянуть еще?.. — и снова заговорил о перерасходе валютных медикаментов.

Собственно, все было этим сказано. Моего клиента надлежало немедленно перевести в спецпансионат „Зуево" и поставить там на довольствие и контроль. Поскольку сам я этого до сих пор не сделал, ясно ему было, что я это полезным-необходимым не считаю, а значит — выступлю против, и тогда меня можно будет вежливенько, на самых что ни на есть законных основаниях, в порядке дисциплины, от дела отстранить, а стану трепыхаться — то и вообще уволить к такой-то матери либо отправить куда-нибудь в Кзыл-Ордынск на усиление тамошних органов (почетное назначение: „посол в Зопу"). Прозрачная и незамысловатая комбинация. Но он не понимал, Дорогой мой Товарищ Шеф, в какое дело он сейчас решился ввязаться. Интуиция подвела. Интуиция всегда в конце концов подводит, если не хватает информации. А он про Красногорова знал лишь только то, что я ему нашел необходимым сказать, а точнее — наврать: сильнейшее-де подозрение на ясновидение.

— Не согласится, — сказал я ему деловито, когда покончено было с валютным перерасходом и дефицитом.

— Это кто?

— Красногоров. Обязательно откажется.

Он даже не посмотрел на меня, жопорожий, только губами сделал.

— Вот ты психолóг, — проворчал он по-отечески укоризненно, — а психологии не знаешь. Как же он сможет отказаться, если мы его хорошенько попросим? По партийной, например, линии...

— Он беспартийный.

— Тем более!

На это трудно было что-нибудь возразить. Да я и не собирался. Он же только и ждал, что я начну ему возражать. А я вовсе не хотел облегчать ему задачу. Мне надо было выиграть время. А он пусть пораскинет мозгами, как меня сожрать. Пока цел.

— ...Чего ему, спрашивается, отказываться? Полный пансион, двухкомнатный номер, телевизор, подъемные, а зарплата идет. Чего это он станет отказываться? Пейзажи там разные, березы, озеро рядом...

— Это верно, — покорно сказал я. — Я с ним поговорю.

И тут он нанес мне второй удар — пострашнее первого.

— А тебе, майор, и трудиться не понадобится, — объявил он ласково. — Я к нему Ведьмака направил. Убедит.

(Фамилия у него была — Медвяк, по имени его никто не звал, а звали все Ведьмаком, даже и в глаза. Он был маленький, тщедушный, белесоватенький, с розовыми беспорядочными проплешинами на черепе, с бесцветными суетливыми глазками. Гаденький. Не знаю, как он медкомиссию прошел, как ухитрился к нам в ряды угодить, все-таки у нас как-никак — отбор, элита. Не знаю. Полагаю, что не обошлось тут без его поразительных способностей, которых у него было две. Во-первых, он обладал буквально *магнетической* — как в прошлом веке говорили — силой убеждения. Во-вторых, у него было явно паранормальное чутье на паранормальность. Без всякого сомнения, он и сам был паранормалик. Десяти минут странной, почти бессловесной, из одних взглядов да хмыканий, беседы с объектом достаточно ему было, чтобы вынести приговор. „Жульман", — говорил он с поганой своей ухмылочкой, и это означало, что клиента надо гнать в шею — никакой он не паранормалик, а просто ловкий фокусник и престидижитатор. Или он говорил: „Псих" — про человека с заскоком, который вообразил о себе невесть что, а на самом деле ничего собою особенного не представляет — таких психов особенно много было среди всяких там уфологов, сатанистов, микрокиллеров и прочих энэлонавтов. Но иногда — редко — он говорил: „Есть такое дело!" — и быстрыми движениями острого язычка уничтожал проступившие в уголках губ белые комочки пены. Это означало, что непостижимое его чутье обнаружило в собеседнике некое действительное отклонение от реальности и этим отклонением стоило заняться вплотную.

Он был человечек поганый, грязный, бессовестный. Изощренный онанист. Мелкий подонок. Доноситель и кляузник. Влажные липкие ладошки. Гнусная манера подобраться бесшумно и вдруг объявиться рядом — как бы ниоткуда... И в то же время: жил одиноко, без друзей, без приятелей даже, без женщин, в двухкомнатной хрущобке, — в одной комнатенке он со своими мастурбаторами, а в другой, на постели, — отец его, паралитик с ...сятого года, крахмально-белый, толстый полутруп с фарфоровыми глазами идиота, — чистый, даже хорошо пахнущий, ухоженный. ВСЕГДА ухоженный. Каждый день и в любое время дня чистый и приятно пахнущий... И томик Марселя Пруста с розовой шелковой закладкой на журнальном столике рядом с постелью. „Папан мой буквально торчит от Пруста, чес-слово... Я ему читаю — не могу, на второй странице уже сидя сплю. А ему ну абсолютный наслажденец, даже урчит от удовольствия..." Никто да не суди ближнего своего — един лишь Бог.)

При первой же возможности я бросился звонить Красногорову. Опоздал. Он был холоден со мною и предельно сух. От встречи уклонился, решительно сославшись на крайнюю занятость. Я попытался объясниться, но разве по телефону объяснишься. „А я вам поверил, как это ни смешно..." — сказал он с горечью и повесил трубку.

Все внутри у меня тряслось от бешенства, глаза застилало — как хотелось бить и убивать, но остатков разума все-таки достало, чтобы заставить себя посидеть, закурить, остыть, устаканиться. В конце концов, ничего непоправимого не произошло еще. Никто не умер. „Обидно мне, досадно мне, ну — ладно..." Повторишь эту строчку раз триста, и полегчает... Полегчало. Подписал вчерашние заявки, позвонил в „Зуево", распорядился насчет пейотль-препаратов, потом связался с дежурным и попросил, чтобы отыскали капитана Медвяка — пусть зайдет.

Он зашел часа через два, я уж отчаялся его сегодня дождаться, хотел уходить домой. Он сел напротив, облизнулся, попросил сигаретку. Я решил с ним особо не церемониться.

— У Красногорова был?
— Угу.
— Ну?

Он сильно потянул в себя дым, оскалив мелкие реденькие зубы.

— Да я уж полковнику докладывал.
— Ну?
— Ну, как бы тебе сказать... Он спит. И слава богу. Не дай бог — разбудить.
— То есть?
— То есть не надо к нему приставать, и вообще...
— А кто к нему пристает?
— Полковник хочет его в Зуевку запереть. На хрен это ему понадобилось? Не понимаю. И главное, сам он тоже не понимает. Вожжа под хвост... Да и ты ему голову морочишь, я же вижу...

Лицо его вдруг сделалось малиновым, губы затряслись. Разговор взволновал его, это было ясно, но — почему? И что именно взволновало его в этом разговоре?.. С ним всегда было так: он совершенно не умел (или не желал) скрывать свои чувства, весь был как на ладони в этом смысле, но никогда нельзя было понять или даже хотя бы предположить, что это у него за чувства и почему он вдруг так разволновался? Испуган? Или рассержен? Или сексуально, скажем, возбудился ни с того ни с сего?..

Вот и сейчас. Я насел на него с вопросами, а он вдруг замолчал. Совсем. Он словно бы перестал меня слышать. Застыл с дымящейся сигареткой. Мерзкая, больная улыбочка появилась на лице его, и вдруг слюна начала пузыриться в углах рта. Он сделался неконтактен, и я понял, что ничего больше не добьюсь от него сегодня.

Мне ясно было, что свидание с Красногоровым произвело на него впечатление совершенно особенное, и это само по себе представлялось и замечательным, и многозначительным. Но меня-то сейчас занимало более всего не это. Что он сказал Красногорову? Как подал себя? Почему Красногоров после этого разговора стал со мною сух и почти враждебен? Надо было что-то предпринимать, и срочно. Я занялся своими бумагами, сейфом, столом, а он все сидел, почти не двигаясь, — голова набок, глазки застыли, и белесая пена на губах. И только когда, уже собравшись, уже плащ надевши и с кейсом своим наизготовку, я позвал его идти, он встрепенулся вдруг и сказал со странным выражением (боязливо? с тоской какой-то? или с отчаянием?): „Отстаньте вы от него, ей-богу, честное слово. Нельзя!" — „Чего нельзя?" — спросил я его тотчас же, но он уже вскочил, уже сунул торопливо погасший окурок в пепельницу и почти опрометью кинулся из моего кабинета вон.

Разговор, который все-таки в конце концов состоялся у нас с Красногоровым, разговор, которого я добивался два дня, который я у него, просто говоря, выклянчил, вымолил, вымучил, — разговор этот начался жестко, даже грубо: глаза сощурены и смотрят в сторону, слова — цедятся сквозь зубы, и сами слова — тяжелые, твердые и холодные, как куски льда.

— ...Надоела мне ваша ложь.
— Я никогда вам не лгал.
— Да бросьте вы. Надоело. Придумайте что-нибудь другое, поумнее да поновее.
— Что я вам солгал? Пример?
— Да не хочу я этого обсуждать. Что у нас — выяснение отношений, что ли? Нечего нам с вами выяснять. Вы хотели поговорить? Ну так говорите.
— Я хотел объяснить вам...
— Не надо мне ничего объяснять. Я и так все прекрасно понимаю. Работа у вас такая. Вот и работайте.
— Я хотел бы объяснить вам, что здесь — недоразумение...

— Да какое там недоразумение! Что вы, в самом деле... Я же сказал вам: все понимаю, работа специфическая, без вранья ни туда ни сюда... Я же вижу: глаза у вас как у божьего херувима, но при этом вы наш разговор пишете самым прекрасным образом...

— Нет. Я не пишу наших разговоров.

— Слушайте, хватит, а?

— Я не пишу наших с вами разговоров.

— Так. Прекрасно. Тогда покажите мне ваш кейс.

— Кейс? Зачем?

— Затем, что у вас там магнитофончик. Тот самый. Маленький, хорошенький. Только в первый раз вы сделали красивый жест, а вот сегодня...

— Вы ошибаетесь, Станислав Зиновьевич. Я не пишу наших с вами разговоров.

— Не пишете?

— Нет.

— Так тогда в чем же дело? Почему бы вам не показать мне содержимое вашего замечательного кейса?

— Пожалуйста. Смотрите. Прошу вас.

— Нет уж. Я в чужие портфели не лазаю. Сами извольте открыть.

— Нет уж! Вы меня оскорбили своим подозрением. Оскорбили. И теперь уж извольте сами... доводите уж до логического конца... Прошу, прошу!

— Ах, вот вы как все повернули! Вы воображаете, что можете подловить меня на благородстве. „Ах, нет! Ах, извините! Не надо, не надо... Я вам и так верю!" Так вот: я вам — не верю!

И тут он решительно, с самым вызывающим видом, открыл кейс. И в тот же миг проиграл, слава богу, этот наш психологический поединок, потому что магнитофона в кейсе, естественно, не было, а он-то совсем уже себя уверил, что магнитофон в кейсе есть, и когда увидел, что так страшно облажался, то сделался красный как рак и враз помягчел на порядок. Он все-таки был добрый человек. И честный. Рыцарь. Не то что я. Я сидел с постной миной и тихо про себя радовался, хотя чему тут на самом деле было радоваться? Что в очередной раз обвел вокруг пальца приличного человека? Так у меня другого выбора не было. Не этим способом, так другим. Не мытьем, так катаньем. Цель оправдывает средства. Что бы там они не говорили, ОНА всегда оправдывает ИХ. И точка. И все. Магнитофон был у меня (сегодня) в куртке, во внутреннем кармане, но я писал наши разговоры совсем не для того, чтобы впоследствии обратить запись против этого всемогущего дурачка. Наоборот. Чтобы попытаться извлечь что-то важное и норовящее ускользнуть. Важное не для меня — для нас обоих. И для будущего. Я верил в наше с ним будущее. Я был тогда другим человеком.

Оказывается, Ведьмак ему понравился! „А что такого? Тихий невредный такой человечек. Нервничал очень. Жаловался на жизнь..." Но что ему надо было? Зачем он пришел? „Он пришел познакомиться. Сказал, что вас переводят в другой город и теперь он будет меня курировать". И это все?

— Да, пожалуй что и все... Вообще-то он много чего говорил, но как-то... обо всем сразу. И очень как-то... ч-черт, слова не подберу... уютно, что ли? У меня возникло тогда вдруг совершенно дурацкое ощущение, будто мы знакомы с ним лет сто, и что все уже переговорено, и теперь можно просто так... обмениваться какими-то пустячными замечаниями и чувствовать себя при этом замечательно уютно... Слушайте, у вас есть друзья?

— Да.

— Ну, тогда вы должны меня понять.

— Я вас понимаю. Но я не понимаю вот чего... Он говорил что-нибудь обо мне, о своей задаче, о своих целях?

— Я же вам объяснил: он пришел познакомиться... Он сказал — представиться. Меня как бы передавали с рук на руки, и он старался эту процедуру, так сказать, облагородить.

— Что ему и удалось.

— Да. Представьте себе. Удалось.

— Я тогда не понимаю, почему вы так на меня, простите, взъелись? Если все, что он говорил, вы приняли за правду...

— А это что — неправда?

— Да, это неправда. И я не понимаю, почему вы обиделись именно на меня, если в эту чушь поверили?

— Господи! Да вы же мне все время твердили, прямо-таки своей честью клялись, что действуете вы в одиночку, органы здесь ни при чем, а это дело — только мое и ваше... ты, да я, да мы с тобой...

— Но вы же в это не верили! Вы же ни в какую не желали мне верить! А вот когда пришел провокатор, вы поверили ему мгновенно!..

— Откуда мне было знать, что он провокатор?

— Ладно, господь с ним...

— Я и сейчас вовсе не уверен, что он провокатор...

— Станислав Зиновьевич, я вам уже раза три повторил, что мы с вами должны верить друг другу. У нас с вами никого, кроме нас, нету. Только мы вдвоем, а против нас целый мир...

— Хм!

— Не „хм", а именно так оно и есть. Слушайте теперь, как обстоят дела на самом деле.

И я ему рассказал всё. Всё, что знал сам, и всё, о чем только лишь догадывался, и всё, что могло в ближайшее время произойти. У меня не было специальной цели его запугать, но сгущать краски я тем не менее не стеснялся. Господь с ними, с деталями и с нюансами, но по большому счету на карту сейчас и в самом деле было поставлено всё. Или почти всё.

— Да никуда я не поеду, — сказал он нервно. — Что он, сдурел, ваш начальник?

— Он не сдурел. Он просто так решил. Вы, видимо, не поняли. На вас ему, простите, глубоко начхать. Он вас использует, чтобы меня сковырнуть. Чтобы я взбунтовался, и он тогда...

— Да понял я, понял. Можете быть совершенно спокойны: никуда я не поеду, ни в какой пансионат.

— Станислав Зиновьевич, в нашем ведомстве умеют уговаривать.

— Возможно. Даже наверняка. Но это не тот случай.

— Станете невыездным.

— Плевать.

— Допуск отберут.

— Подумаешь. Им же хуже.

— Уволят. По сокращению штатов. Сейчас, между прочим, как раз идет сокращение.

— Ничего. Оно всегда идет. Не пропаду. Бог не выдаст, свинья не съест.

Я догадывался, кого и что он имеет в виду, поминая Бога. Он был отчасти прав: этот его Ежеватов — крепкий орешек, разгрызть его будет непросто даже моему Дорогому Товарищу Шефу. Особенно сейчас, когда Академик врезал дуба. Тапочки, так сказать, поменял.

На самом деле меня мало интересовала обсуждаемая проблема. Какая мне (да и нам обоим) была разница: пансионат „Зуево" или старый дом на проспекте Карла Маркса? В известном смысле пансионат даже лучше. Но я видел, что ему — очень не хочется уезжать (по каким причинам — неважно), и мне было интересно узнать, как далеко способен он зайти в этом своем нежелании.

Видимо, он внимательно наблюдал за моим лицом, но понял мою озабоченность совсем неправильно.

— Вы совершенно напрасно сомневаетесь в моей решимости, — произнес он почти высокомерно. — Если я сказал „нет", значит, так оно и будет. Меня нельзя запугать.

Это, вдруг прорвавшееся, высокомерие поразило меня. Да, он сильно переменился за последние дни. Временами я переставал понимать его. И уж во всяком случае я перестал видеть его насквозь, как это было еще совсем недавно.

— Хм, — я решил слегка подзавести его. Он сразу вспомнил свое собственное „хм" и завелся мгновенно.

— Я повторяю вам: меня нельзя запугать! — Однако он тут же спохватился и сказал тоном ниже: — Меня нечем запугать, понимаете?

— Нет.

— Ну, нет, тогда и не надо.

— Человека всегда можно запугать.

— А НЕ человека?

Это было сильно сказано. Я поднял руки.

— Сдаюсь.

Он разглядывал меня. Словно видел меня впервые. Не исключено, что так оно и было. Я тоже видел его (такого) впервые. Но ЕГО разглядывать я позволить себе не мог. Уже не мог. Я уже, кажется, знал свой шесток.

— Хорошо, — сказал он наконец. — Теперь я хотел бы узнать вот что. Что будет с Мирлиным?

— С кем?

— С Мирлиным. Вы же меня допрашивали — забыли уже? По делу Мирлина?

— Да, я вспомнил. Но я не знаю... Откуда? Я постараюсь узнать.

— Постарайтесь. Это важно для меня.

— Слушаюсь.

— Спасибо, Вениамин Иванович. А теперь, если у вас нет больше ко мне ничего... Нет? Тогда, извините, у меня еще довольно много дел. Позвоните, как только узнаете что-нибудь про Мирлина, договорились?

ГЛАВА 7

Что произошло с ним за эти дни, пока мы не виделись? Я не знал. (И до сих пор не знаю.) Но я — догадывался. Он вышел на вольную охоту, и охота оказалась удачной. Я тотчас же послал соответствующий запрос в УВД (список и описание смертельных случаев по городу за последние трое суток), но ответа получить так и не успел.

Зато я успел повидаться с Костей Полещуком и так, небрежно, между делом, поспрошал его, как там дела у этого Мирлина (или как там его?). Выяснилось, что дела у Мирлина — дрянь. У него нашли огромное количество самиздата — всех времен и народов. Это раз. На него материала по сто девяностой прим — до этого самого и даже больше. „Но это все еще — чепуха, сам понимаешь, дело ГОРАЗДО ХУЖЕЕ: он обидел обком. Ты вообще-то статью прочел, халтурщик? Надо было все-таки прочитать. Он не просто обидел обком — он задел лично мадам Круглову, представляешь, старик? Лично, персонально! Это уже — полный балдец. Такое, знаешь, не прощается. Да и времена не те, чтобы прощать. Так что — пишите письма. Сколько дадут? А — на полную катушку. Уверяю тебя! И не надейся и не проси... Если покается?.. Это смотря КАК он покается. А тебе-то что? Ты же вроде бы не им, ты — свидетелем вроде бы интересовался?.."

Я стал звонить Хозяину, но не дозвонился. Ни днем, ни вечером, ни даже ночью. Сначала подходила соседка, говорила, что ничего не знает: ушел на работу, потом вернулся на пять минут уже затемно, часов в девять, я ему сказала про ваши звонки, он ничего не ответил, поел, кажется, чаю попил и снова ушел, ничего не сказавши... После полуночи она перестала брать трубку, я делал по двадцать гудков — бесполезно. Видимо, он отсутствовал всю ночь. Я чувствовал, как теряю контроль над ним, даже самый минимальный. Что-то с ним происходило. Что-то решительное. Я становился ему не нужен. Я оставался без защиты. Дело шло к развязке...

Утром меня поймал у дверей моего кабинета Ведьмак. Весь перекошенный и словно бы в отчаянии.

— Слушай, майор, — сказал он с надрывом. — Оставьте вы его в покое!

— Кого?

— Ты знаешь кого. Скажи полковнику, что нельзя его трогать. Пусть спит. Вам же лучше будет.

— А я что? Я разве против?

— Но полковник-то — копытом землю роет! „В Зуевку!" — и никаких. Он требует, чтобы мы с тобой вместе к нему пошли и уговорили. Я ему пытался растолковать, но он же не понимает ничего...

— А я — понимаю? Я тоже тебя ни хрена не пойму. „Спит", „нельзя"... Что значит — „спит"? Чего — „нельзя"?!

Он явно не способен был объясниться. Это было нормально. Он же никогда не объяснял своих решений-озарений. „Жульман!" — и весь разговор. Почему „жульман"? Откуда, собственно, следует, что — „жульман", почему это вдруг „жульман", а не гениальный ясновидец? Никаких объяснений. Никаких комментариев. А начинаешь к нему приставать, — злится, шипит, как змея, и впадает в транс...

— Куколка, понимаешь? — Он выдавливал из себя корявые слова, корчась от напряжения. Он даже покряхтывал от натуги. — Ну, как у бабочки — уродливая такая кожа!.. Только это у него — не бабочка. Там черт-те что сидит у него в этой куколке, я же вижу, но смутно так, как бы не в фокусе... Еж твою двадцать, как это тебе обрисовать!?.. Все должно идти само собой, потому что, если эта у него штука вдруг лопнет неосторожно, — я не знаю, что тогда может получиться... И знать не хочу. Ну его. Лучше не трогать совсем. Вот я и прошу у вас: нельзя!..

Ничего толком я от него не добился, но пообещал (самым искренним образом), что приставать не буду — сам не буду и полковника попрошу не приставать. Сегодня же. Прямо сейчас. Только калоши вот надену...

А полковник в эту минуту уже лежал на пороге своей квартиры ничком, окоченев уже совсем с двух часов ночи, когда, вернувшись домой, открыл ключом дверь да и повалился головой вперед в темную квартиру. Дома никого не было, все домашние находились на даче, на лестнице стояла ночная тишина, все спали, никто ничего не видел и не слышал, но квартира, однако же, оказалась к утру обчищена. Всю электронику вынесли: телевизор японский, проигрыватель, магнитофон... Денег не тронули — по ящикам не шастали, по шкафам не шарили, брали только то, что на виду, а на виду была одна лишь эта электроника...

Впрочем, вора нашли довольно быстро. Это оказался сынок замзавотдела обкома из квартиры выше этажом — великовозрастный балбес, орясина дубовая, без руля и без ветрил, чувствилище двуногое. Будучи взят, он клялся, что нашел Павла Олеговича уже покойного — неподвижного и холодного — в пять утра, и тут его черт попутал — вынес электронику, долги карточные надо было отдавать. Он — каялся, папаня — валялся в ногах у кого положено, аппаратура оказалась в порядке и была возвращена, — дело замяли. Папаня расплатился местом, сынуля схлопотал пятерку условно и загребен был наконец-то в армию, от которой до сих пор благополучно косил. Так что справедливость восторжествовала.

А, между прочим, диагноз оказался: инсульт.

А врач сказал мне неофициально: странный, мол, какой-то инсульт — у него словно омертвело все в центре дыхания, словно бы многодневный некроз тканей Вароллиева моста (так, кажется), — и умер он почти мгновенно — от удушья.

А Ведьмак через пару дней встретил меня случайно в коридоре, перекосился весь и проговорил вполголоса: „Сказано же было дураку: НЕЛЬЗЯ!", и тут же, не дожидаясь моей реакции, махнул вдруг рукой и с криком: „Пропадешь тут с вами совсем!.." поспешил от меня прочь, оглянулся, снова перекосившись, покрутил пальцем у виска и с дробным шумом ссыпался по лестнице вниз.

В конце августа я был уже в Африке.

События развивались так стремительно, что у меня не было возможности ни проанализировать как следует происходящее, ни найти оптимальное решение, ни даже запомнить толком последовательность событий. Новый шеф, которого нам моментально прислали из Пятого Управления, молодой, чуть постарше меня, самодовольный козел, имел свои планы и ни в чем разбираться не хотел.

Видимо, ДТШ постарался от души перед своей кончиною, и на нужный стол лег вполне отчетливый доклад, из коего следовало, что майор Красногорский себя на данной должности исчерпал и надлежит его передвинуть. И новый шеф меня передвинул — с необычайной энергией и с подлинно чекистским напором. „Или Африка, или..." — многозначительная пауза. Я выбрал Африку.

К этому моменту я уже знал диагноз смерти ДТШ. Я уже понял, что к чему, но я не встречался с Хозяином несколько дней, и мне не давали возможности встретиться с ним и посоветоваться (пожаловаться, попросить *мазы*). Мне оставалось только надеяться, что — в случае чего, если я принял неправильное решение, если я ему нужен здесь, — Хозяин меня скорректирует. Отмажет. Заступится.

Он не заступился. И не стал ничего корректировать.

Мы встретились, я рассказал ему, что меня откомандировывают в джунгли, ловить колдунов, — он выслушал с рассеянной улыбкой и сказал только: „Ч-черт, я всю жизнь мечтал попасть в настоящие джунгли и отлавливать там колдунов..." И это было все. Он отпускал меня. У него не было во мне нужды.

Я рассказал ему про Дорогого Товарища Шефа. Вначале он переменился в лице — заметно побледнел, и глаза у него остекленели, — но это длилось лишь несколько секунд. Что бы там с ним и в нем ни происходило, он с этим благополучно справился. Равнодушно кивнул, принимая мое сообщение к сведению. Сонно поглядел на меня, демонстрируя, что сообщение это его не удивило... И вроде бы даже не заинтересовало... Словно это было нечто, известное ему ранее, и более того — нечто должное. Ни удивления не стало в лице его, ни испуга, ни огорчения. Он все это уже оставил позади. Дорогой Товарищ Шеф получил свое и был благополучно списан. Он уже был забыт. Причем без особых сожалений и угрызений совести — в назидание и поучение.

Я спросил на всякий случай:

— Вам не кажется, что это... м-м-м... Рок? Или...

— Или, — сказал он пренебрежительно. — Это не Рок. Это — я.

Я заткнулся. Он глянул на меня мельком и, как обычно, понял мое замешательство неправильно.

— Слушайте, Вениамин Иванович, — сказал он мягко. — Ведь я его совсем не знал. Только по вашим рассказам... Я его даже не видел ни разу. С какой стати мне по этому поводу переживать?

— Разумеется, — согласился я с наивозможной поспешностью и, чтобы немного оклематься, чтобы хоть дух, так сказать, перевести, принялся докладывать ему про Мирлина.

Он выслушал меня внимательно, горько скривился, пошевелил губами, словно хотел сказать что-то, но, когда я приостановился, он только покивал мне, чтобы я продолжал. А когда я замолчал, изложив ему все, что знал по этому поводу, и все, что думал, он задал мне вдруг неожиданный и даже странный вопрос:

— Вениамин Иванович. Помните, вы меня допрашивали. Почему вы так добивались от меня тогда, чтобы я подтвердил вам эту свою фразу: „Посадят тебя, Сенька"? Зачем это вам было так уж позарез нужно?

Я несколько даже растерялся. Я ничего подобного не запомнил.

— А что, я действительно этого так уж добивался?

— Ну, естественно! Три ведь протокола вы составили — три! — не считая очной ставки, и в каждый протокол вы обязательно вставляли: „Ох, посадят тебя, Сенька, к чертовой матери". Зачем?

— Ей-богу, не помню.

— Да бросьте.

— Ну, честное же слово! У меня был какой-то список обязательных вопросов, которые я должен был вам задать. Но я ведь не вникал, что да зачем. Меня ведь совсем другое интересовало...

— Жаль, — холодно сказал он, поджимая губы. Он явно мне не верил. Однако я ведь и на самом деле ничего этого не помнил!

— Станислав Зиновьевич! Да неважно это, поверьте вы мне! Я не помню, зачем это надо было в протокол вписывать, но вы поверьте, что это совершенно сейчас уже не существенно!..

— Это вам не существенно, а меня на суд, между прочим, потянут... свидетелем...

— Вы! Вы боитесь, что вас потянут на какой-то там суд?

— Естественно! Чего тут хорошего? Опять врать придется... Мерзко...

— Слушайте... Ну, не ходите, если не хочется.

— Приводом доставят.

— Прямо уж так — „приводом"!.. Ну, поезжайте куда-нибудь на это время... На дачу куда-нибудь... за город...

— Ладно. Не будем об этом.

— Конечно, не будем! Это же — сущие пустяки...

— Это для *вас* пустяки.

— Для вас — тоже. Разве об этом надо вам сейчас думать.

— А о чем же?

— Станислав Зиновьевич. Я уезжаю не сегодня завтра. У меня времени совсем нет. А мы с вами еще ничего не обсудили... по существу...

— По существу нам и обсуждать-то нечего. Пусть все идет как идет...

— Станислав Зиновьевич. Так нельзя. Я понимаю: вы уже почувствовали свою силу. Мощь свою почувствовали. Даже всемогущество...

— Бросьте. Это все красивые слова. Ничего этого на самом деле нет.

— А что есть?

— Защищенность. Ощущение защищенности. Ощущение полной и окончательной защищенности...

— Вам этого мало?

— Не знаю.

— Вы единственный человек на Земле, ощущающий себя полностью защищенным, и вам этого мало?

— Что же я, по-вашему, должен делать? Я вижу, вы все уже продумали. Без меня.

— Да. Я много думал над этим. Вы должны заняться политикой.

— Почему политикой?

— Потому что именно в политике вам не будет равных.

— Политика — это ложь.

— Ну и что же? Вся наша жизнь это ложь. В той или иной степени...

— Вот именно. В той или иной.

— Подумайте спокойно несколько минут подряд, и вы поймёте: в политике вам не будет равных.

— Хорошо. Допустим. С чего я должен начать?

— Вам необходимо вступить в партию. Это — первое!..

Он вдруг буквально затрясся от смеха, совершенно неуместно. Я замолчал. Я, честно говоря, даже испугался немного.

— Не обижайтесь, — сказал он, не переставая трястись. — Я просто вспомнил анекдот, как раввина спросили, чего такого хорошего в обрезании. А он ответил: „Во-первых, это красиво..."

Я вежливо улыбнулся. Я знал этот анекдот, но не понимал, при чем он тут и, вообще, что в моих словах смешного.

— Я не пойду в партию, — сказал он. — Ни во-первых, ни во-вторых.

— Почему?

— Во-первых, это не красиво, — сказал он с удовольствием. Прямо-таки с наслаждением. — Во-вторых, не все можно, что необходимо. Даже если это очень необходимо. Скажем, если бы вы уронили в деревенский нужник что-нибудь ценное, ну... я не знаю... пистолет бы свой штатный уронили — вы бы ведь не полезли за ним голыми руками. Хотя и необходимо...

— Голыми не голыми, — сказал я, — но такой случай я помню в нашей части, где отец служил. Один старлей там уронил свой пистоль в нужник, вместе с кобурой. Пришлось все дерьмо вычерпать, хотя и не голыми, конечно, руками... Между прочим, в яме нашли ДВА пистолета — был большой скандал, на весь округ... Но это я так, к слову пришлось. А если по делу...

— А если по делу, то я к этому разговору не готов. Понимаете? Не-го-тов! Я еще почти ничего не умею... Я мало что понимаю. И я не знаю, чем буду заниматься... Я не знаю, на что я годен. Я не знаю, чего я хочу. Я вообще ничего про это не знаю. Давайте не будем гнать лошадей, Вениамин Иванович.

— Давайте, — сказал я. Что я еще мог ему сказать? Ему надо было вступать в партию. Ему надо было выходить на тесный контакт с органами — на самый теснейший контакт! — без этого в нашей стране нельзя было сделать НИЧЕГО. Но как мне было сказать ему об этом? Я видел, что за эти две недели он стал другим. Прогресс был налицо (если можно это было назвать прогрессом). Он принял причастие Буйвола, но до настоящего политика ему было еще безнадежно далеко... И я ощутил давешнее отчаяние. Столько времени прошло, а мы словно бы еще и не начинали.

Тут как раз зазвонил телефон, соседка сладким голосом позвала его, и он вышел в коридор. Я слышал его голос, слов было не разобрать, но в голосе слышались озабоченность и неудовольствие. Он и вернулся озабоченный и с раздражением произнес какую-то странную фразу:

— Мне надо срочно ехать, Виконт опять загибается...

Я не понял, что это значит, и некоторое время молча смотрел, как он торопливо переодевается из домашнего. Потом, осознав, что он сейчас уйдет и мы, может быть, не сможем увидеться до моего отъезда, я торопливо принялся рассказывать ему о Ведьмаке. Я хотел, чтобы он понял: есть человек, вовсе к нам не дружественный, который многое и многое знает, может быть, даже больше, чем мы оба вместе взятые; догадывается, чует, видит скрытое... Надо быть очень осторожным с ним. Предельно осторожным... „Хорошо, — отрывисто отвечал он мне, не переставая застегивать и зашнуровывать. — Понял. Буду..."

Потом мы вышли вместе, он сел в свой красный „Запорожец" и укатил в сторону Невы. Я провожал его глазами, пока он не повернул налево, за угол Военно-медицинской, к Литейному мосту. Я вдруг почувствовал, что мы с ним не увидимся больше никогда. И что впереди у меня больше ничего нет. Что я — беспомощный старик, и остается теперь только терпеливо ждать прихода смерти, которая уже вышла за мной из своего дома...

Впрочем, я ошибался.

ГЛАВА 8

Все, что описано было мною здесь до сих пор, происходило более десяти лет назад. Я уверен, что ты дочитал мое сочинение до этого места, но я уверен также и в том, что ты уже не раз задавался вопросом: зачем он мне все это описывает — так подробно и с деталями, в которых не видно никакой для меня пользы? Где полезные советы? Где ясная инструкция на будущее? Что мне надлежит предпринять немедленно, к чему готовить себя?.. И так далее.

Не спеши. Все будет. Разумеется, тебе никто уже не помешает сразу же заглянуть в конец и найти там ответы на свои вопросы — пусть не на все, но хотя бы на некоторые. Однако мне кажется полезным для тебя и необходимым, чтобы ты прочел этот текст весь, целиком, без пропусков и перескакиваний, последовательно, эпизод за эпизодом — все, что показалось мне необходимым довести до твоего сведения, и в том порядке, который я для себя определил. Уверяю тебя: у меня здесь нет ничего лишнего. Может быть, я что-то упустил, прошлепал, недооценил из происшедшего, счел неважным и несущественным по слепоте своей, по ограниченности, даже по небрежности, — это возможно. Но ничего лишнего здесь я не написал — это уж точно, это я тебе гарантирую.

Во-первых, мне было чрезвычайно важно ввести тебя в курс дела таким образом, чтобы ты поверил мне полностью и вполне осознанно. Я знаю, ты доверчив, ты восприимчив к чуду, ты готов бы был мне поверить просто на слово. Но это была бы НЕТВЁРДАЯ вера, а я хочу, чтобы она у тебя была твердая. Чтобы это была у тебя и не вера, собственно, а твердое знание, какое бывает у добросовестного студента, прошедшего полный курс у хорошего профессора. Чтобы тебя нельзя было сбить. Чтобы всякому новому и неожиданному факту или событию ты умел бы сразу же подыскать объяснение и обоснование на базе прочного прошлого знания.

Во-вторых, я очень надеюсь, что ты поймешь ситуацию глубже меня, найдешь пропущенные мною важные детали, объяснишь то, что я вынужден до сих пор принимать на веру, используешь нечто, оставшееся мною неиспользованным. Поэтому этот текст тебе надлежит прочесть не раз и не два, и обязательно — ОБЯЗАТЕЛЬНО! — надо не раз и не два прослушать все кассеты, которые я здесь прилагаю. На этих кассетах многое покажется тебе скучным, лишним, бесполезным — это так и есть, ты прав, но я уверен, что эта навозная куча содержит жемчужные зерна, надо только набраться терпения и постараться их отыскать.

На протяжении двенадцати лет, до того как я окончательно вернулся (был возвращен) домой, я виделся с ним всего трижды. Я жадно ждал каждой из этих встреч. Не могу сказать, что я так уж изнывал в моей Африке, работа там не была лишена элементов творчества, квалификация моя росла, по сути дела я становился (и стал в конце концов) недюжинным этнографом (я ведь член четырех этнографических ассоциаций в четырех странах мира, ты, разумеется, не знаешь этого, это вообще мало кто знает), но ежедневные мысли мои о том, что я вот гнию здесь, среди роскошных трясин, когда судьба моя могла бы уже давно и мощно сложиться ТАМ, — мысли эти сверлили меня, словно больной зуб, и я ежедневно ненавидел все эти вещи, которыми вынужден был заниматься, и считал дни, оставшиеся до отпуска, потому что каждый раз, отправляясь в Питер, я радостно ждал, что вот уж теперь все у нас с ним решится — раз и навсегда.

Но ничего не решалось. Отпуск кончался, надежды прекращали кипение свое, я возвращался назад, под страшные, грозные и прекрасные своды экваториальных моих лесов, и все становилось как прежде.

Чем занимался он эти двенадцать лет? Не знаю. До сих пор я ничего не знаю об этом, можешь ты себе представить такое? Он не рассказывал мне об этом раньше, он не желает говорить об этом сейчас. По-моему, он стыдится вспоминать эти свои годы.

...Ходил на ночные охоты за подонками. Вызывал огонь на себя. Они накидывались на него, как бешеные псы, и он как псов убивал их. Стоял, трупно-зеленый, похожий на вурдалака, на зомби, ни микрокиллера в заводе, и наблюдал, медленно наслаждаясь, как лопаются поганые их башки и дымящаяся жижа разлетается по мостовой липким веером?.. Не знаю. Вряд ли. Но ведь — ВОЗМОЖНО!

...А может быть — просто пил по-черному? В отчаянии, что может убивать, а больше не может ничего. Ощущая невероятную мощь свою и — абсолютную беспомощность свою в то же время... Может быть. Очень даже может быть. Но не только же это.

...Или — спокойно, не торопясь, в охотку — разрабатывал свою ТЕОРИЮ ЭЛИТЫ, которая позже привела тебя — помнишь? — в такое негодование, почти детское. Ты ведь у нас — демократ. Но многим нравилась эта теория и нравится сейчас. А в политике ведь как? Не важно, правду ли ты говоришь, важно, чтобы как можно больше людей соглашалось считать это правдой... Да и не интересует людей правда. Они только хотят, чтобы им сделали красиво...

А может быть, вообще ничего этого не было? Работал себе по основной специальности, писал свои программы, делал карьеру — он ведь и докторскую за эти годы защитил, и завсектором сделался в конце концов... Он ведь всегда был трудолюбив, и всегда ему нравилась его работа.

А может быть, было ВСЕ ЭТО ВМЕСТЕ и еще многое, о чем я не способен даже догадаться? Не знаю.

Мы с ним расстались тогда словно навсегда и действительно не виделись долго — больше трех лет. До моего первого отпуска. Помнишь, я приехал и привез тебе щит масая и настоящее африканское копье? Это и был первый мой приезд, когда я с ним увиделся вновь. До этого мы даже не переписывались. Я не хотел рисковать, не хотел привлекать излишнее внимание к себе, не хотел привлекать к нему излишнее внимание, хотя вообще-то всегда мог бы сослаться на служебную необходимость поддерживать контакт с потенциальным ценным кадром. Но я не хотел, чтобы еще кто-то знал о нем, приглядывался к нему, брал его на контроль. Мне хватало и Ведьмака в моих ночных кошмарах. Кстати, вот с Ведьмаком я переписку как раз пытался затеять, но без особого успеха: я послал ему три письма, он ответил мне одним-единственным, с оказией, — письмецо оказалось пустяковенькое, какие-то дурацкие просьбы по поводу сувениров, а потом он, получив свои сувениры, и вовсе замолчал.

Хозяину я позвонил в первый же день. Не мог более терпеть. Словно сам черт заводил пружину моего нетерпения. (Мама твоя тогда даже заподозрила неладное, возникла масса дополнительных сложностей, но это — особая история, и здесь ей не место.)

Мне показалось, что он пополнел и обрюзг. Угостил меня не чаем, как в прежние времена, а водочкой (под вчерашнюю вареную картошку с солью). Говорил мало, больше слушал, но неразговорчивость его была явно не от неприязни ко мне или там, не дай бог, подозрений, а от какого-то добродушного равнодушия, да и внимательность его к моим рассказам питалась, пожалуй, из того же источника. Он явно попивал, и это уже начало откладывать свой отпечаток на его личность. Впрочем, при желании можно было уловить в этом добродушном равнодушии и нечто величественное. Передо мной сидел человек, очень знающий себе цену и потому — безразличный ко всему остальному.

Впрочем, когда речь заходила о политике, он несколько оживал. Он явно полюбил думать и разговаривать на эти темы. На щеках появлялся румянец, глаза разгорались, в речах появлялась небрежность и отрывистость человека убежденного и хорошо знающего, о чем говорит. Он полагал, что все мы сидим в тупике, в чулане истории, пыльном и безнадежном („вместе с метлами и помойными ведрами..."). Геронтократия. Средний возраст правителей приближается к семидесяти — возраст усталости, пресыщенности и равнодушия. Возраст смерти, по сути дела. Еще год-два — и всё окончательно посыплется: они начнут умирать один за другим, наступит смутное время, и даже не время, а безвременье. Страна постепенно вползает в агонию. Нефть иссякает, а это — кровь нашей экономики, на заводах — оборудование начала века. И никто палец о палец не ударит. К чему? Те, которые способны изменить положение вещей, вовсе не хотят этого делать, а те, которые перемен жаждут, ничего изменить не способны... Одна только остается надежда — армия. Единственная реальная сила в стране, сохранившая потенциал подвижности. Нет, разумеется, на генералов надежды мало — они такие же старые, сытые и неподвижные, как и наши политики, да они и есть уже политики, а не военные... но вот молодежь, товарищи полковники, — эти да! Молодая кровь бурлит, так хочется плечики расправить, а перспектив никаких — тупик, чулан...

Он предрекал военный переворот. Полковника Насера предрекал. Полковника Каддафи. Майора Кастро.

В общем, он говорил почти то же, что говорили во всех кухнях этой страны, — если позволяли себе говорить на эти темы вообще. Отличие было лишь в том, что ИХ разговоры были просто кухонная болтовня, а он — он явно шлифовал болванку будущей модели собственных действий, орудие свое будущее шлифовал по руке и оттачивал...

Он предрекал войну. Молодежи некуда себя девать. Комсомол превратился в тухлое болото, всякое проявление активности и „самости" карается бдительно и беспощадно. Скука! Жизнь лишена красок и смысла. Работать хорошо — бессмысленно. Работать плохо — скучно и еще более бессмысленно. Единственная отдушина — на Запад, в поп-музыку, в мелкий бизнес — тщательно затыкается старой вонючей тряпкой. Поколение идеологических компрачикосов старательно выращивает поколение идеологических уродов. У нынешнего молодого человека от рождения и навеки застыло лицо — козлиная морда с выражением идеологической преданности и бодрости...

— Вы, конечно, знаете, что Мирлина они засадили?
— Нет. Я ведь — в другом управлении...
— Они дали ему семь плюс два, представляете? Семь лет лагерей и два года ссылки. За одну-единственную статью, в которой было много резкостей, верно, но — ни одного слова лжи... Это государство не имеет права на существование...

— Государства, знаете ли, не ищут прав. Право государства — это его сила.

— О да! Это — так. Спасибо за разъяснение... А знаете, почему вы все время писали в протокол: „антисоветская статья Мирлина"? Я кричал: „не надо!", кричал, что, мол, не считаю статью антисоветской, а вы все писали, писали, упорно писали... и все время тащили из протокола в протокол „посадят тебя, Семка!" Знаете зачем?

— Не знаю. Так было положено. Определенная форма, как я понимаю...

— Нет. Ничего вы не понимаете. Либо вы врёте, либо они и вас обманули тоже. Это им было нужно, чтобы не доказывать антисоветскость Мирлина. Понимаете? Это МЫ, свидетели, доказывали, что Мирлин — антисоветчик, а суд сам и рта не раскрыл по этому поводу...

— Не понимаю.

— Я и сам-то понял буквально в последнюю минуту. Поздно понял. Но всё-таки понял и отбивался как мог... Я говорил, что не считаю статью антисоветской, а прокурор с этаким отвращением на лице заявлял мне: „Да что вы, гражданин Красногоров, ребёнок, что ли?.. Перестаньте, мол, стыдно вас слушать..." А судья — рылся в протоколах и объявлял с удовольствием: „Как же не считаете... Вот же ваши слова: «Антисоветская статья Мирлина мне не понравилась...» Ваша подпись стоит... Ваша подпись? Посмотрите!" Помните, я всё требовал от вас, чтобы вы вычеркнули „антисоветская статья"?..

— Я вычёркивал!

— Да. Но, видно, не везде. Кое-где осталось...

— Честное слово, я сам тогда не знал...

Он только махнул рукой и заговорил о другом — снова о молодёжи и о том, что победит тот, кто сумеет сделать её своей — поднять до своего уровня или, может быть, опуститься до её уровня, оставшись при этом самим собой... Он уже был на подходах к своей теории элиты. „Элита — это те, кто идёт со мной. Все прочие — люмпены или круглые дураки".

Мы проговорили часа два, выпили всю водку, и он вдруг засобирался куда-то („...прошу прощения... совсем забыл..."), и мне пришлось уйти.

Мы виделись с ним ещё пару раз в этот первый мой приезд, но всё как-то наскоро, впопыхах — вполне доброжелательно, приветливо, но без всякой обстоятельности. Один раз, по-моему, он даже намеревался как будто пригласить меня с собой в свою компанию (ему нравились мои рассказы про Африку), но, видимо, раздумал, не пригласил...

Мне удалось сохранить и даже, пожалуй, укрепить наши дружеские отношения, мы стали ближе, чуть ли не на „ты", но я ничего нового не узнал о нем, и ничем новым он меня так и не порадовал.

Однажды я выбрал время, когда его точно не было дома, и пришел специально, чтобы потолковать с соседкой. Мы просидели добрых полтора часа у них в прихожей, на старинном сундуке, и она рассказывала мне всё о нем, что ей хотелось рассказать. (Я никогда не вербовал ее, хотя такая мысль и приходила пару раз мне в голову. Зачем? Вербовка, разумеется, имеет свои плюсы, но и свои минусы она тоже имеет. Я лично всегда предпочитал словоохотливого собеседника самому старательному информатору, работающему по найму.)

Да, он пил. Особенно года два назад. Не сразу после смерти жены, а спустя почти целый год, когда появились у него какие-то еще неприятности, суд какой-то, куда его таскали свидетелем, а может быть, и еще что-то: он вдруг стал пропадать ночами, возвращался с рассветом, осунувшийся, глаза — страшные, и сразу — в ванную, растоплял там колонку и подолгу сидел в горячей воде, тихо-тихо, а потом вдруг вздыхал — со стоном, на весь дом, она от этих стонов со страху, бывало, так и обомлеет. Вот тогда он и стал попивать. Сначала не сильно, по-человечески, как все. Веселел в эти минуты, сам с ней иногда даже заговаривал, шутил, приглашал тяпнуть рюмочку. Потом — все круче, до безобразия, до полного беспамятства, падал даже иногда, однажды в ванной упал — все лицо в кровь рассадил, а кончилось тем, что как-то утром вышел от себя, еле на ногах держась, да и повалился посреди кухни, как бревно, и так весь день и пролежал. Тяжелый, опухший, ей было его ни сдвинуть, ни повернуть, так через него весь день и шагала со своей хромой ногой. И — все. С тех пор как завязал. Выпивал, конечно, помалу — все пьют, — но уж никаких безобразий больше не было...

...Да, женщины у него бывали. Но всё — разные. И недолго. Придет раза три, много — четыре, и — пропадает. А через пару недель новая. Он из них никого не любил. А одну даже выгнал — со скандалом, с криками, чуть ли не взашей...

...Друзья — как же! — ходят. И Виктор Григорьевич, и Женечка часто бывает — кудрявый, красавец сказочный, ласковый всегда такой, приветливый, обязательно поздоровается, а иногда еще цветочек преподнесет... И жена у него славная, Танечка... А еврей его, этот, носатый, куда-то запропал, не знаю, уехал, наверное, в Израи́ль... А еще иногда ходит такой маленький, шибздик такой белесоватый, поганочка такая тонконогая, тоже очень вежливый и очень любит поговорить: как вы поживаете, да что у вас слышно, Тамара Мартьяновна... Не люблю его, он какой-то весь насквозь фальшивый, не верю я ему. Но он, слава богу, редко бывает — раз в ква́ртал, никак не чаще...

Я не сразу понял, что это — Ведьмак. Но потом догадался. Маленький. Белесоватый. Поганочка. Он. (Непонятно только, как же это он обычного своего благоприятного впечатления на нашу Мартьяновну произвести не сумел? Странно даже. Казалось бы, что ему стоит такую вот женщину очаровать и приворожить? Да, видно, и на старуху бывает проруха...) Работал он теперь в другом отделе и даже в другом Управлении. Я стал искать его и нашел. Не без труда. Он сменил адрес, переехал в тот дом, где раньше проживал Дорогой Товарищ Шеф, получил там роскошную квартиру, потолки — три двадцать, не то что прежнее „место прописки", и вообще стал уже майором, даже, пожалуй, раздобрел слегка и сделался важным.

Встретил он меня настороженно — отвык, да и вообще со стороны, надо сказать, поведение мое, явная настырность и навязчивость выглядели, пожалуй, странновато. Сувенирчики несколько смягчили его, но настороженности не только не сняли, но, я бы сказал, даже усугубили. Состоялся неловкий, аритмичный какой-то и совсем пустой разговор. Он явно силился, но никак не мог понять, что это я к нему приперся, чего мне надо, чего липну, и вообще, в чем, собственно, дело... А я с натугой разыгрывал доброжелательность, искреннюю дружественность и радость общения. По-моему, он заподозрил во мне тайного гомика. Не знаю. Мы распили бутылку „мартеля", захорошели оба, но радости от разговора так и не получилось. Я рассказывал ему какие-то чудовищные мерзости про негров и ихних баб, он мне — про своего папаню, который находился в прежнем своем положении и полюбил теперь, чтобы ему читали Эмиля Верхарна... Я до сих пор с ужасом вспоминаю этот вечер. Детали не запомнились совсем, а только общее впечатление — тяжелой, стыдной и бессмысленной работы... И только когда я уже уходил, в прихожей уже, помогая мне отыскать завалившийся куда-то под вешалку берет, он спросил меня как бы между делом:

— К своему-то заходил?

— Нет, — сказал я. — К кому?

— Да к этому... к однофамильцу твоему, к Красногорову...

— Нет. А что, надо зайти?

— Не ходи. Ну его к чертям. Он... Знаешь, кто он? Монстр.

— Кто?

— Монстр.

— Ошибаешься! — сказал я с пьяной назидательностью. — Он — ясновидящий. Категория „С".

— Откуда ты это взял?

— Дорогой Товарищ Шеф сказал. А что — нет?

— Нет. Монстр.

— Тогда надо бы зайти. Это — по моей специальности.

— Не ходи. Я не хожу больше, и ты тоже не ходи. Я его теперь боюсь... — Он оборвал себя, словно опасаясь сболтнуть лишнее.

— Надо сходить! — объявил я упрямо, словно бы не слыша его. Я надеялся, что он скажет хоть что-нибудь еще. Объяснится. Поделится. Насчет „боюсь" вырвалось у него явно непроизвольно — ему захотелось чем-то поделиться со мной, с единственным, может быть, человеком, который способен был его понять... поверить ему... Помочь, может быть? Но он больше ничего не сказал, а я не рискнул спросить впрямую. Мы обнялись на прощание. С отвращением — полагаю, взаимным...»

На этом рукопись обрывалась.

ГЛАВА 9

— А где же остальное? — спросил Станислав.

— Все. Больше там ничего не было, — сказал Ваня, старательно подравнивая пачку листков в папке.

— Вот как? — проговорил Станислав медленно. — Не успел? Или почему?

— Наверное, не успел... — Теперь Ваня еще более старательно затягивал тесемки папки. Врать он не умел. И не надо. Еще научится. Все впереди.

— Ты веришь тому, что здесь написано?

Ваня не ответил. Он только пожал одним плечом, глядя при этом в сторону. И он крепко держал папку обеими руками, словно у него кто-то хотел ее отнять, а он не желал отдавать.

— Видишь ли, твой отец был человек увлекающийся... — мягко сказал Станислав. — Он был идеалист и даже — мистик. Сам-то он считал себя крутым прагматиком и всячески это подчеркивал, но это было не так. Совсем не так. Он Гумилева любил. Николая Степановича. Любил читать «Капитанов», вслух, с выражением... У него глаза загорались и голос садился от внутреннего восторга, когда он выговаривал: «Но в мире есть иные области, луной мучительной томимы. Для высшей силы, высшей доблести они вовек недостижимы...» Он читал тебе «Капитанов»?

— Да. И «Старый бродяга в Аддис-Абебе...» читал. И «Шестое чувство»...

— Он был очень доверчив. Он выбирал человека, которому хотел верить, и верил ему уже бесконтрольно и до конца.

— Зачем вы мне это говорите?

— Я не хочу, чтобы ты верил каждому слову в записках твоего отца.

— А я и не верю. Каждому слову.

— Правильно. Правильно поступаешь.

Но он, конечно, верил. Каждому слову. Что ж, это было только естественно. И это могло оказаться даже полезным.

— Как погиб отец, ты знаешь? — спросил Станислав.

— Да.

— Это был несчастный случай, как ты полагаешь?

Ваня впервые поглядел ему прямо в глаза.

— Я думал, ВЫ мне скажете, что это было.

— Несчастный случай, — сказал Станислав решительно.

Если человек отправляется по грибы на Карельский, на озы реки Волчьей, и пропадает там, и через неделю его находят под обрывом, в кроне сосны, где он висит, застряв головой в развилке самой мощной ветви этой кроны... Сорвался с края обрыва, провалился сквозь крону и насадил себя на эту развилку «зебрами» своими с такой силой, что только чудом не лопнула у него от удара шея... Конечно, несчастный случай. ПЕРВЫЙ РАЗ В ЖИЗНИ пошел человек по грибы, и с таким вот результатом. Случай. Разумеется. Несчастный.

— Ты помнишь, кого отец назвал... в самом начале рукописи, помнишь?

— Да. Александр Гуриков. Сергей Жукованов. Марлен Косоручкин.

— Правильно. Так вот названные лица в органах не работают. Я проверял специально, нет там таких... —

Станислав сделал паузу. — Уже давно нет. Несколько лет. А этого... Жукованова... уже и в живых нет. Совсем.

Ваня ничего на это не возразил, только губами шевельнул беззвучно. Однако у него явно была своя точка зрения по этому поводу.

— Ну ладно, — сказал Станислав. — У тебя, кажется, была просьба ко мне?

— Да. Я хочу работать у вас.

— Вот как? И что ты умеешь?

Снова пожатие плеча — неопределенное и почти застенчивое. Но и вызывающее одновременно.

— Убивать.

Станислав позволил себе тихонько присвистнуть.

— И где ты этому научился?

— Нигде. На улице.

— На улице ничему хорошему не научишься, — сказал Станислав.

(Он вдруг вспомнил маму — она стояла с мокрой тряпкой в руке — мыла пол — и не пускала его во двор. Он сказал какую-то дерзость в ответ на эти ее слова, она хлестнула его тряпкой по лицу и проговорила тихо: «Иди. Ничтожество». Он пошел и до темноты торчал с огольцами в вонючем тоннеле дворовой арки, но почему-то не было больше никакого удовольствия в этом торчании. Что-то с ним произошло. Что-то изменилось решающе. Стало неинтересно. Улица перестала привлекать его... Он переменил друзей и вместе с ними — систему ценностей. Он перестал курить и стал читать... Слова оказывают на нас действие непредвиденное и непредсказуемое. Как и книги, впрочем...)

— Прости, что ты сказал? — переспросил он.

— Я сказал, что я и не говорю, что это хорошо. Вы спросили, что я умею, я — ответил.

— Да. Понимаю. Однако я замечаю, что ты по-прежнему невысокого обо мне мнения. Почему ты, собственно, решил, что мне понадобится умелый убийца?

— Не знаю.

— Мне не нужны умелые убийцы. Я ведь сам — умелый убийца. Не так ли?

Ваня не ответил. Он кусал себе нижнюю губу и был пунцово-красен. Странный мальчик. Похоже, у него — здоровенная дырка в душе. И не заживает. Не рубцуется даже. Некроз души. Это мы понимаем...

— Я совсем не невысокого о вас мнения, — сказал Ваня. — Это все было когда-то. Давно. Все с тех пор переменилось. Я же вижу...

— Ладно, — сказал Станислав. — Убедил. Я приму тебя на работу. Но при одном условии. Ты отдашь мне недостающие страницы записок...

— У меня их нет.

— ...Причем — все. И те, что в самом конце, и те, которых не хватает в середине.

— Нет у меня ничего... — Теперь он побледнел, даже губы стали у него серо-голубыми, и только два пунцовых пятна остались на лице, почему-то — на лбу.

— Я все понимаю, — сказал Станислав. — Отец наверняка там тебе пишет, в самом конце, в постскриптуме: не показывай этих записок ЕМУ, незачем ему знать, что тебе о нем известно, а что нет. Но ты рассудил по-своему. Тебе показалось правильным, чтобы я знал, какие интересные вещи известны тебе про меня... Но тут есть два обстоятельства.

Он замолчал и принялся раскуривать новую сигару. Ваня ждал. Естественно. А что ему еще оставалось делать? Встать и гордо уйти? Нет, это было исключено. Этого он позволить себе не мог.

— Первое, — сказал Станислав, затягиваясь. — Три четверти того, что твой отец пишет про меня, — не есть правда. Это не факты, это артефакты. Знаешь, что такое *артефакт*? Кое-что придумал он сам — у него была богатая фантазия, он восхищал меня своей фантазией, честное слово... Кое-что подкинул ему я, развлекаясь. Например, он пишет там, что к старости я увлекся мальчиками... Пишет, пишет, не возражай мне! Обязательно пишет. Он мне этих мальчиков сам почтительнейше поставлял, а утром отправлял обратно, к месту прописки, как он любил говорить, — тихонько выпроваживал их из комнаты, чтобы не разбудить Хозяина. Он же был уверен, что Хозяин дрыхнет без задних ног после бурной, не по возрасту, ночки, а Хозяин в это время хихикал себе в подушку — свежий и хорошо выспавшийся... У Хозяина много недостатков, это верно, но ЭТОГО — не было. Хозяин вообще не сластена, а по запискам ведь выходит — сластена, а? Признайся? Запивоха, Нерон, развратник, сатир, так?..

Ваня смотрел на него, набычившись. Надо было бы остановиться, юноша был странный, явно и опасно непредсказуемый, но останавливаться не хотелось. Какого черта?..

— Мне нравился твой отец. Я вообще люблю нестандартных людей. Он развлекал меня. Он-то воображал, что необходим мне как советник и помощник... Впрочем, так оно и было — он помогал мне жить. Без него мне сразу стало скучно... тускло... И он был умён! Знаешь, почему он не советовал тебе показывать мне эти его записки? Он знал, что меня НЕЛЬЗЯ шантажировать. Лучше уж сразу застрелиться. Это — второе обстоятельство, о котором я хотел бы тебе сообщить...

— Я сжёг эти страницы, — сказал Ваня с трудом. — Там было много дурного про вас. Мне стало стыдно. За отца.

— Вот как? И что же там было?

— Я не хочу об этом говорить. Зачем? Это всё неправда... или полуправда... Я знаю о вас вещи и похуже, но никогда и никому об этом не сказал бы... и не скажу...

— Например?

И вот тут-то он и высказался по поводу того случая в лесу.

(...Когда зажигалка отказалась зажигаться. Сначала отказалась быть на обычном своём месте, а когда он, весь изогнувшись, выволок её из необычного, — она отказалась зажигаться...)

Разумеется, он ничего не знал и знать не мог. Он сказал только то, что думал об этом. То, что себе вообразил. Как сложилось все это в его в воображении. Видимо, у него самого некогда имели место определенные неприятности с «опусканием». Вероятно, в армии. Или, может быть, в тюрьме?..

Кто его за язык тянул, дурака молодого? Ох уж этот пресловутый синдром юношеской открытости... Все настроение испортил. Разговор сразу потерял всякую привлекательность. Разговор оказался скомкан и кончился не по-доброму.

— Завтра же принесешь недостающие страницы, — сказал ему Станислав на прощание. — Можешь оставить себе копии, если так уж хочется. Или наоборот: копии — мне, оригинал себе. Но — завтра.

Однако завтра Ваня не пришел. И послезавтра тоже. Он вообще не пришел. Пришлось специально его, дурака, разыскивать, его искали и нашли — в Москве, уже после путча, в начале сентября, в какой-то окраинной больнице. Он был сильно обожжен — руки, лицо, горло, — и правая ступня оказалась прострелена. Около Белого дома его видели, он был там заметен и себя не жалел. Странный юноша.

— Ты странный юноша, — сказал ему Станислав в конце концов. — Но ты мне нравишься. Я и сам странный, согласен-нет? Ладно, ты меня окончательно убедил. Иди сейчас к Крониду Сергеичу... да-да, прямо сейчас... он сделает тебе документы.

Часть Четвертая

БОСС, ХОЗЯИН, ПРЕЗИДЕНТ

ГЛАВА 1

Уже последнее совещание закончили, и уже сели ужинать.

Верхний свет выключили для уюта, остался только торшер возле стола и круг белого света под торшером: ослепительная скатерть, закуски, запотевшие бутылочки тоников и снующие над всем этим руки в белых манжетах.

Кузьма Иванович, для профилактики хвативши пол-стакана джина (водки в доме не оказалось), моментально сделался потным и красным и пошел наваливать себе на тарелку салата — первое, что на глаза попалось. Эдик обеими руками пригладил рыжие свои жесткие волосенки, вовсе не нуждающиеся ни в приглаживании, ни в причесывании, и близоруко навис над закусками, придирчиво вынюхивая, чего бы такого-этакого позволить себе, — он был гурман и разборчив. Кронид, отложивши наконец блокнот в сторонку (но недалеко, на журнальный столик, — чтобы можно было мгновенно подхватить), аккуратно, но быстро ел: насыщался, пока не затребовали.

Он смотрел на них и пил степлившуюся минералку. У него был сегодня разгрузочный день. Жрать хотелось невыносимо — кишки так и крутило, солоноватая, слабо газированная вода урчала внутри, заполняя там какие-то голодные зияющие пустоты.

Он устал. Он всегда уставал, когда после долгих разговоров, расчетов, прикидок, внезапных перебранок и столь же внезапных примирений ни к какому решению так и не приходили. Четыре утомительных часа коту под хвост. Бедный кот.

— Кинишко посмотрим? — вяло спросил он.

— Можно, — согласился Эдик, а Кузьма Иванович, с полным ртом, только пунцовыми своими щеками помотал отрицательно — он никогда не задерживался дольше необходимого, дела у него были. Всегда. И везде. Он и закусить-то остался только потому, что там, куда ему сейчас надо было ехать, не очень-то закусишь. Тем более на ночь глядя.

— Кузьма Иваныч, да плюньте, ей-богу... В самом деле. Без вас, что ли, не обойдутся.

Кузьма Иванович только саркастически перекосился: мол, как же, обойдутся они, держи карман шире. Подразумевалось: они-то без меня, конечно, обойдутся, но потом мне все сначала начинай и переделывай, чтобы ты же мне головы не отвинтил своими упреками... Обмен этот репликами был старинный и носил скорее ритуальный характер.

— Есть очень приличный «ужастик», — подал голос Кронид. — «Хохот оттуда» называется. И есть новая картина Гаранина. «Тысяча девятьсот девяносто третий»...

— Нет! — вскричал Эдик. — Только не это! Не надо Гаранина. И без него жить тошно. Давайте уж лучше про покойников...

— Там не покойники, там — ДЕМОНЫ АДА.

— Тем более! Персильфанс! Обожаю демонов!

— В кино, — вставил сейчас же Кронид.

— Разумеется. Еще чего.

— Договорились, — решил он. — Смотрим про демонов... — Кронид мгновенно дернулся — обслужить, но он остановил его: — Да куда вы, Кронид Сергеевич, в самом деле! Поешьте спокойно. Куда нам спешить теперь? Это только Кузьма Иваныч у нас вечно куда-то спешит...

— И поэтому — ТАКОЙ КРАСИВЫЙ, — сейчас же добавил Эдик. Все заулыбались. В том числе, слава богу, и сам Кузьма Иваныч. (Когда-то в хорошую минуту Кузьма Иваныч рассказал им из своего детства, как его, маленького, лупоглазого, деревенского, тетка перед гостями спросила — в насмешку, конечно: «Кузя, а Кузя! А почему это ты у нас такой красивый?» И он ответил — от обиды басом: «Бог дав!»)

Телефон за спиной у Кронида тихонько пиликнул, Кронид — словно его ветром сдуло — тут же оказался за своим столом, в закуточке у себя, в тени абажура, и заговорил там вполголоса. Голубоватые блики экрана заплясали в глазах его, и белые зубы блеснули.

Он вдруг поймал себя на том, что, оказывается, задерживает дыхание, ожидая чего-то срочного и внезапного. Неприятного. Он ждал быстрого невольного взгляда Кронида — из редкого сумрака, подсвеченного огоньками пульта и телефонных экранов, — но взгляда не было, Кронид, не отрываясь, смотрел на своего собеседника, и он тихонечко перевел дух. Политика, подумал он привычно и с облегчением. Никогда не бывает так, как ты этого ожидаешь. И всегда бывает НЕ ТАК...

— А помните, — сказал он неожиданно для себя, — как ему плохо стало на Альбертовых поминках?.. Он ведь любил нас. Всех. Я это точно знаю.

— Ну хорошо, ну хватит... — проворчал Кузьма Иванович сквозь салат. — Ну, любил... Мало ли. Он еще и песни хорошо спивал...

— И анекдоты рассказывал, — добавил Эдик с энтузиазмом.

— И бесстрашный был, дьявол. И добрый... Мало ли... Зря вы опять все это затеваете, Станислав Зиновьевич. Чего об этом сейчас говорить? Враг!

— Был друг, стал враг... — Он и сам не понимал, что он, собственно, хочет сказать. И зачем.

Эдик раздраженно отбросил вилку так, что она лязгнула по блюду с мясом.

— Господин Президент, — сказал он с нажимом. — Если у вас все-таки появилось наконец какое-то конкретное и ясное предложение, я очень рад этому и покорнейше прошу вас...

— Нет, — сказал он смиренно. — Нет у меня конкретного предложения. По-прежнему. Просто я никак не могу привыкнуть, что всё и всегда в этой долбаной политике происходит НЕ ТАК! Не могу привыкнуть! — Он, не глядя, сунул бутылку в центр стола и поднялся. — И не хочу привыкать! Вот в чем дело. Вы привыкли вот, молодые, а я, старый хрен, не могу и не хочу.

— Что значит: привыкли? — Эдик воинственно пожал плечами. — Просто мы не даем себе воли, вот и все. Просто все, что было когда-то, теперь уже несущественно. Теперь он уже не тот, теперь он предатель и враг, и надо только ясно понять, как с этим быть. А если мы начнем вспоминать и расслабляться...

— Согласен, — сказал он со всей возможной кротостью. — Вы правы, Эдик. Не будем расслабляться. Виноват, расслабился! Это у меня от невозможности придумать выход...

— Положим, выход — он всегда есть... — проворчал Кузьма Иванович, обтирая салфеткой не только губы, но и все свое обширное багровое чело: щеки, залысый лоб, уши.

— Это не выход, — сказал он ему резко. — Это — выкидыш.

— Ну, это мы теперь уже с вами по второму кругу пошли... — проворчал Кузьма Иваныч, а Эдик поправил:

— По третьему.

И тогда он сказал вслух то, о чем думал уже несколько дней:

— Он филателист.

Оба они уставились на него, не понимая.

— Старые конверты собирает, — пояснил он. — Большой знаток почтовых штемпелей восемнадцатого века.

— Ну? — сказал Кузьма Иванович.

— Ладно. Не будем больше. Хватит. — Он отмахнулся от их ожидающих взглядов, выбрался из кресла и прошелся по комнате, прислушиваясь, не болят ли колени. Колени, тьфу-тьфу, вроде бы не болели. Раздавленные колени мои, подумал он.

(«Послушайте, Хозяин, какой у вас вес?» — спросил с веселым раздражением Николас. «Ну, большой...» — «Так чего же вы хотите от своих коленей? Это же почти медицинский термин — РАЗДАВЛЕННЫЕ КОЛЕНИ». Разговор пятилетней давности. Разговор врача и пациента. Николас был врачом по образованию. Терапевтом, и притом очень недурным... А я был тогда крепким пожилым человеком, но колени у меня уже болели как проститутки. И вообще все тогда уже было, все, что есть сегодня. И уже модно было использовать на все случаи жизни всего два сравнения: «как проститутка» или «как собака». Только никто тогда не называл меня Президентом — звали Хозяином, Боссом, Шефом звали очень многие, Командиром, даже — Тренером... И Николас был тогда не предателем и перебежчиком, а — другом, личным врачом и начальником группы по связи с прессой.)

— А филатэлыст он — что? — сказал Кузьма Иванович с кавказско-турецким акцентом. — Как слон кюшает: хвостом загрэбает и сует сэбэ прямо в жопу? А головы нэт и нэ надо? — Он сам тут же над своим анекдотом со вкусом засмеялся и, не переставая смеяться, принялся натягивать пиджак.

Из карманов посыпалась всякая мелочь, закачалась задетая рукавом люстра. Это было сильное зрелище: Кузьма Иванович, напяливающий на себя пиджак. Огромный (как слон) Кузьма Иванович, и титанический, застилающий все горизонты и интерьеры, пиджак, всегда траурно-черный и лоснящийся.

— Ну ладно, — объявил он по своему обыкновению. — «Не сыт, не голоден, только бодрый», как бабуля говорила, царство ей небесное...

(Кузьма Иваныч был человек простой, военный. Еще десять лет назад он служил летчиком: штурман морской авиации, Северный флот, майор, или капитан третьего ранга, как вам будет угодно. Он был странный. И чувство юмора у него было странное. «Здесь вам не тут! — любил он провозгласить самым грозным образом. — Здесь вам быстро отвыкнут водку пьянствовать!» «Сапоги надо чистить с вечера, — это было его любимое поучение. — Чтобы утром надеть их на свежую голову...» Он был буквально набит подобными перлами сержантско-старшинского, а также мичманского творчества. «Сейчас я с вами разберусь как следует и накажу кого попало!» Забавно, что многие самым серьезным образом полагали его тупым бурбоном. Они заблуждались, а когда выходили из этого своего заблуждения, было уже, как правило, поздно. Он отнюдь не был тупым бурбоном, он был психолог и проницатель в души людей. Говорят, знаменитый Бурцев был таким же специалистом по провокаторам. А Кузьма Иваныч, побеседовав с человеком десять минут, уже знал, НАШ он, или не совсем, или же — совсем НЕ. Про Николаса он сразу же сказал ему — причем одному только ему и никому больше: «Этот у нас не задержится. Он — сам по себе. Мы ему не нужны. Ему вообще никто не нужен». Однако Николас задержался на целых пять лет. Кузьма Иваныч молчал, правда, но, видимо, все это время оставался при своем мнении, и последние события его, в отличие от всех прочих, ничуть не удивили и не озадачили.)

— Я знаю пару-другую филателистов, — сказал Эдик раздумчиво. — По-моему, они все ненормальные.

Он посмотрел на него с удовольствием.

— О том и речь, — произнес он, очень довольный, что семя, им брошенное, уже дает всходы и ничего не надо формулировать самому.

— За старый конверт — жену отдадут, причем со слезами радости на глазах, — продолжал Эдик, развивая тему.

— Умгу... — Он подошел к огромному окну и уперся лбом в ледяное стекло. За окном была ледяная сырая мутно подсвеченная туманная мгла. Ничего не было видно, кроме этого неподвижно подсвеченного тумана, — ни города, ни залива, — и вдруг все там озарилось красным, а потом зеленым — это реклама на крыше переменила текст.

— Два вопроса, — сказал Эдик. — Неужели это правда? И второй: где взять кучу старых конвертов?

— Очень старых: сто, двести лет. — Он снова повернулся лицом в комнату.

Кузьма Иванович осознал наконец, что разговор идет вполне серьезный, прекратил процедуру надевания и присел на краешек своего стула. Спросил с огромным сомнением:

— Перекупить его за кучу старых конвертов хотите? Да вы сдурели. Или это я сдурел?

Он поправил его:

— Не перекупить. ОТКУПИТЬСЯ!

— Да уж, — сказал Эдик злобно. — Перекупать его еще — зачем он нам теперь нужен?

Это как сказать, подумал он. Еще как нужен... Он представил себе вдруг, что Николас сидит здесь, сейчас, по ту сторону стола — тощий, лохматый, веселый, никогда не унывающий, не умеющий унывать, некрасивый, почти даже уродливый, редкозубый, смахивающий то на ящерицу, то вдруг на обезьяну... держит на уровне уха своеобычную полурюмку водки и неудержимо разглагольствует о неизбежности победы умных над дураками... или обосновывает необходимость учреждения Министерства Проб и Ошибок... Поехать к нему и извиниться, подумал он вдруг, ощутив за грудиной холодную боль налетевшего решения. Прямо сейчас. Не одеваясь. В шлепанцах. «Прости мой ядовитый язык... Вернись. Я не хотел... я не хотел тебя так сильно уязвить...» Ложь. В тот момент он хотел не просто уязвить, он хотел его уничтожить...

Чего в конечном счете и добился: его нет. По крайней мере — здесь... И больше никогда не будет.

— Станислав Зиновьевич, — сказал неожиданно Эдик незнакомым и неприятным голосом. — Господин Президент. Ведь вы его любите. До сих пор. Правда?

Он отшатнулся от этого прямого взгляда его зелено-радужных и задохнулся от неожиданности и от невозможности прямо ответить на этот прямой вопрос. Но он понимал, что ответить придется, и — сейчас.

— Вы же его всегда больше всех нас вместе взятых любили, — продолжал Эдик, и в голосе его теперь была печаль и печальная зависть. — Чего там. Здесь же все свои. Мы об этом между собой уже десять раз переговорили...

— Э! Э! За себя говори! — предупреждающе взрыкнул Кузьма Иваныч, и строго посмотрел на Эдика недовольный Кронид, который уже, оказывается, сидел здесь же и даже держал наготове нож и вилку.

— Да ладно, ладно вам... Лояльные вы мои, — сказал им Эдик. — Ну, не говорили, так думали... Думали ведь? Думали, думали!.. Поэтому у нас и не получается с ним ничего — третий раз обсуждаем проблему и третий раз впустую балабоним. Как собаки... И я вам прямо скажу, господин Президент: пока вы его из сердца своего не выкините... Пока вы его не выдерете, с корнем, с кровью, пока вы его, прошу прощения, не разлюбите, до тех пор ничего у нас с вами не выйдет...

— Прекрати, — сказал ему Кронид тихо. Тихо-тихо сказал, но ТАК, что Эдик моментально заткнулся. Словно его выключили. Оборвал себя на полуслове, на полужесте, на полувзгляде — потянулся через весь стол за бутылочкой тоника, зубами сорвал колпачок и стал пить из горлышка, ни на кого не глядя.

Возникла тишина, и тишина эта утверждала правильность сказанного и содержала в себе еще множество невысказанных упреков, а равно и приторный привкус той натужной деликатности, какую проявляют обычно в адрес заслуженных, но безнадежных инвалидов и маразматических, но уважаемых стариков. Он слушал эту тишину, и справиться с ней казалось ему потруднее, чем со сварливым шквалом ядовитых упреков, но он с ней справился в конце концов.

— Все правильно, — сказал он, стараясь улыбнуться и надеясь, что улыбка получается не слишком фальшивая и не слишком жалкая. — Mea culpa. Mea maxima culpa. Однако вам придется простить мне эту мою старческую слабость. Я ведь действительно люблю вас. Всех. Я сам вас выбрал, я сам вас назначил своими любимчиками, и отказываться от вас мне дьявольски трудно. Даже когда вы ведете себя дурно... И всё! — Он оборвал себя. — И хватит сегодня об этом!.. Кстати, по-моему, уж полночь состоялась, или нет?

— Состоялась, — сейчас же подхватил (с явным облегчением) Эдик. — Уже пятнадцать минут как.

— Превосходно! Разгрузочный день кончился. Начинается погрузочный...

— Распущенность и никотин! — провозгласил Эдик.

— Именно так. Кронид Сергеевич, передайте мне, пожалуйста, вон то мясо, пока его наш Кузьма Иваныч окончательно не упупил.

ГЛАВА 2

Около часу ночи, когда решено было уже расходиться по койкам, ввалился вдруг министр печати — очень веселый, рот до ушей, громогласный и велеречивый. И сразу же всем стало очевидно: имеется хорошая новость. Наконец. И вопреки всему. Первая за весь день.

— Ну?! — сказано было ему навстречу чуть ли не хором.

Впрочем, оказалось всего-то навсего: шестое издание «Счастливого мальчика». Подарочное. Десять тысяч экземпляров. Яркая черно-синяя лакированная суперобложка. Иллюстрации Аракеляна. Предисловие Некрасавина. Элегантно. Скромно. В высшей степени достойно.

— Фу-ты, ну-ты, три креста, — произнес, повертев в руках книжку, Кузьма Иванович — с уважением, но довольно, впрочем, равнодушно. Он был безнадежно далек от изящной словесности и вообще от пропаганды пополам с агитацией, хотя и допускал, что данное литературное произведение вносит в политический имидж обожаемого Президента некий неуловимый, но существенный нюанс.

— А-ат-менно!.. А-а-тменно!.. — пел Эдик, листая мелованные страницы с голубым обрезом. Бледно-конопатое лицо его вдохновенно светилось: этот томик был — его затея, его забота, его трепетная редактура. Он чувствовал себя как бы теневым соавтором. У книг политических деятелей всегда есть соавтор, почтительно и скромно скрывающийся в титанической тени величественного монумента, — Эдик был безусловно и радостно согласен на такую роль.

А Кронид так же радостно, но совершенно уж бескорыстно сиял, оставаясь, по обыкновению, в сторонке. И сиял, потирая огромные белые ладони, гордый собою министр печати — Добрый Вестник. Все было прекрасно. Все было ОЧЕНЬ ХОРОШО. И при этом — всё было схвачено. Тираж завтра же, в четырех крупнейших магазинах Санкт-Петербурга и в трех Москвы. И завтра же самые серьезные рецензии — «Невское время», «Петербургские ведомости», а в столице — «Известия», «Общая» и — обязательно! — «Путь правды»... А там уже и радио на подхвате, и телевидение, и рекламно-коммерческие структуры, само собой... Схвачено — всё. У нас так: если уж схвачено, то — схвачено... Мы (у нас) — такие.

Галдели, хватали друг у дружки из рук, листали, любовались, гордились, отпускали уважительные шуточки, пока наконец, уловив в ласковых и теплых волнах всеобщей эйфории ледяные струйки усталой скуки, он не отобрал у них решительно книжку со словами:

— Все. Хватит. Иду в горизонталь... И если какая-нибудь падла осмелится побеспокоить меня раньше десяти — молитесь!..

Нестройный хор пожеланий доброй ночи проводил его и остался за дверью на жилую половину.

Он прошел через биллиардную, темную, холодную, пропахшую хорошим табаком, одеколоном и еще чем-то, мелом, наверное. За целиком стеклянной стеной слева и здесь тоже стоял непроницаемый туман, подсвеченный красным. Поблескивали в сумраке лакированные поверхности, слабо светлели шары, тяжелые и неподвижные на сукне стола.

Он уже миновал стол и стойку для киев и уже взялся за теплую деревянную дверную ручку, как вдруг испытал шок, мгновенный и болезненный, — вздрогнул, обомлел, даже пóтом, кажется, его окатило: кто-то тихо сидел в самом темном углу, в «курительной», за столиком, где стояла пепельница, окруженная пачками сигарет и пакетами табака, — кто-то угольно-черный, темнее тьмы, с выставленной вперед бешеной бородкой Грозного царя... Николас. Про него доносили, что бородку отпустил... бороденку... и сделался он якобы сразу же похож на Иоанна Грозного в исполнении артиста Николая Черкасова... И блестели влажные во тьме, неподвижные глаза.

Не было там никого. Морок. Угрюмая игра теней и отсветов. Господь с ним, нельзя о нем так много думать, не стоит он того. Ей-богу, не стоит...

Он передохнул, преодолев судорогу, и вышел в гостиную — на свет, в тепло, мягкость и уют Золотой гостиной.

Здесь все было белое и золотистое, нарядное, несколько помпезное и казенное... Министерство иностранных дел... Он не любил эту комнату. Это было помещение для дипломатических отправлений — вместилище роскошной мебели, золотистых драпировок и пригашенных бра, похожих на полузакрытые в распутной неге глаза. Но — красивое, красивое помещение, ничего не скажешь.

Он, торопливо и не слыша собственных шагов по обтянутому сукном полу, миновал Золотую и, совсем уже собравшись повернуть в анфиладу, в последний момент раздумал и повернул в кабинет.

Здесь снова оказалось темно и прохладно, даже холодно. Слабо мерцал звездным небом экран компьютера на рабочем столике, и компьютер на большом столе тоже работал — модемы бесшумно и стремительно качали информацию — мегабайты, гигабайты и что там еще идет за «гигами» (и все тут же запускалось в обработку, которой он теперь уже не понимал, даже и не пытался: там работали какие-то незнакомые, сумасшедшей сложности программы и принципы) — в прорву, в невообразимые свалки, склады, кладбища информации, — и все это могло оказаться полезным, могло понадобиться ему в любой момент, и никогда почти не становилось полезным, и никогда не надобилось, оставаясь навеки в невидимых и неосязаемых штабелях, грудах, рулонах, пластах...

Сама мысль об обладании этой неописуемой сокровищницей возбуждала. Или — делала глупым? Или не глупым, а просто ребенком? Ведь все компьютерщики — будь они программеры, хакеры или простые юзеры-чайники — все они дети: они играют. Всегда. Чем бы они ни занимались — они играют, играют роскошной умной игрушкой. Самозабвенно играющие, счастливые дети...

Он решительно уселся за пульт и вызвал программу PERS. На экране появилось: ФАМИЛИЯ. Он набрал: КРАСНОГОРОВ, и машина тотчас высветила новый вопрос: ИМЯ, и еще красную семерку рядом. Это означало, что Красногоровых у нее в памяти теперь уже семеро и она просит уточнения, который именно из них нужен. В прошлый раз Красногоровых значилось пятеро, а давно ли, казалось бы, это было?

— Размножаются, как проститутки... — проворчал он, набирая свое имя. Машина откликнулась неожиданно и как-то даже странно:

— СТАС, — появилось на экране и: — СТАНИСЛАВ.

— Что такое? — спросил он у нее недовольно, но тут же понял: сам и виноват — набирая свое имя, снебрежничал и набрал СТАСЛАВ. — Понятно, понятно, — пропел он, — значит, какой-то еще Стас у нас теперь объявился. Посмотрим, что это за Стас такой... — И он выбрал СТАС.

Оказалось тут же, что это некий Стас Красногоров, настоящая фамилия — Кургашкин Сергей Андреевич, 35 лет, рок-певец, руководитель группы «Хозяин», автор знаменитого шлягера того же названия.

— Это уже — слава, — сказал он, саркастически улыбаясь. — Если уж твое имя псевдонимом делают, это — слава... А рейтинг — падает между тем... «Осрамимся, провалимся», — процитировал он привычно и прошелся пальцами по клавиатуре — наугад.

Вполне бессмысленное УФЖКАН появилось на экране, компьютер задумался на секунду, но и тут не ударил в грязь лицом.

— УФЖКАН — НЕТ ДАННЫХ. ВАРИАНТ: УВАЖКАН АЛЕКСЕЙ БАРЕЕВИЧ.

Но ему мало дела было до этого неожиданного Уважкана, он вдруг ни с того ни с сего вспомнил и набрал: КИКОНИН ВИКТОР ГРИГОРЬВИЧ — как он там поживает, давно что-то не виделись...

Этого человека машина, конечно же, знала, но, видимо, не близко. Она знала вполне добропорядочного, унылого и суконно-скучного членкора, сотрудника двух Академий (Военно-медицинской и Сельскохозяйственной), директора Института генетики сельскохозяйственных животных, почетного члена трех международных фондов и тэ дэ, и тэ пэ в том же роде на весь экран. Кому это интересно и кто это захочет прочитать? Где сведения о пристрастиях и предрасположениях? Где интим? Где привычки, грехи и спотыкания? Где компромат? Ниточки с крючочками, за которые потянешь человека, и он твой? У Кузьмы Иваныча наверняка все это есть. Вот бы заглянуть!.. Не даст ведь ни за что. «Ни-ни-ни, Станислав Зиновьевич! И думать не моги! Зачем это вам? Три дня потом не отмоетесь... Да и нет у меня ничего. Сами же запретили копромат использовать, а если его не использовать, то хрена ли его в памяти держать, спрашивается? Только место занимать...»

Все и непрерывно — лгут. Точнее: все МЫ непрерывно и ожесточенно лжем. Одни — с кривой виноватой ухмылкой, другие — рвотный спазм мучительно преодолевая, а третьи — не без лихости даже, с вызовом и с боевым напором. Но — все...

Мирлина выписать, подумал он. Семку сюда выписать и поставить над всеми нами, чтобы не давал врать. Мысль эта воспламенила его, но только на мгновение — холодный голос как бы извне тотчас напомнил: он же старый хрен, ему же за семьдесят сейчас, опомнись, его, может быть, уже и на свете-то нет... Давай-давай, старое чудило, набери его имя, набери: Мирлин Семен Батькович... видишь, даже отчества его не помнишь... а может быть, и не знал никогда... Семен Батькович: ЮАР, редактор газеты такой-то (на африкаанс газетка-то, тоже не упомнишь, хуже любого отчества)... помер тогда-то и там-то... Этого тебе хочется? Нет. Не этого. Только не этого, ради бога... Совесть чужую над собой захотелось поставить? Своя — не справляется? Да, неплохо бы. Так вот: обойдешься. Раньше обходился и далее — тоже обойдешься. И всё. Минуту слабости предлагается считать благополучно истекшей...

Но он все-таки еще позволил себе набрать Николаса.

Конечно, здесь материалов было полно. И компромат был тоже, но почти все место занимали подробные пересказы последних его выступлений — перед ветеранами, перед абстинентами, перед феминистками, перед генштабистами — с точными цитатами и подробным перечислением сопутствующих обстоятельств: численность аудитории, возрастной состав, как реагируют, на что НЕ реагируют... Разумеется, в аналитическом разделе было отмечено то, о чем сегодня говорил Эдик: неожиданно повышенное внимание объекта к дружбе Станислава Зиновьевича с Виктором Григорьевичем. («Может ли поссориться Станислав Зиновьевич с Виктором Григорьевичем?» Какого черта? При чем здесь Виконт? Почему вдруг всплыл во всех этих речах, эссе, спичах и тостах

Виконт? Случайность? Случайностей не бывает, заметил по этому поводу простой человек Кузьма Иваныч, и никто не решился его оспорить.)

Здесь было много любопытного хлама, но вот самого Николаса во всем этом хламе — не было. Не было уродливого, неуклюжего, туповатого, косноязычного, феноменально БЕСПЕРСПЕКТИВНОГО человечка, который однажды (почему? что побудило? как случилось?) вдруг взял себя за шкирку, встряхнул, словно пса дрожащего, и в несколько лет сотворил над собою чудо...

(Звали его, между прочим, изначально — Никита. Это он звал себя Ник: начитался Хемингуэя — «Трехдневная непогода», «Что-то кончилось», «Какими вы не будете» и тому подобное — «Пятая колонна и Двадцать восемь рассказов». Насмешники в институте переделали Ника в Николаса — так это и прилипло к нему, осталось на всю жизнь. Но только ЭТО. Все же остальное — изменилось. И не само собою изменилось, не по щучьему веленью, ничего сказочного в этом изменении не было, кроме того, конечно, что не бывает так у нормальных людей. Нормальные люди слабы, вялы и безвольны. Нормальные люди удовлетворяются тем, что им Бог дал, а если ничего Он им не дал, то лакают пивко и тихо злобствуют по поводу тех, блин, которым больше других нужно. А Ник-Николас был не нормальный, он был типичный self-made-man. Таких и нет в природе вовсе, никогда не было и скоро совсем не будет.

...Косноязычный? Демосфен тоже был, по слухам, косноязычный. Если ты хочешь стать оратором, надо говорить — много, громко, долго. Год. Два. Маме, сестренке, зеркалу. Ежедневно и по нескольку часов...

Если хочешь, слуха почти не имея, научиться играть на гитаре, надо купить самоучитель, гитару и играть. Долго. Много. Год. Два. Ежедневно. Сестренке, сестренкиным подружкам-насмешницам. Ритчи Блэкмора из тебя не получится, но порадовать общество, при необходимости, ты сумеешь...

Еще в школе физрук, оглядев его с некоторым даже изумлением, сказал озабоченно: «Прыгать ты не будешь — бабки короткие. И в баскет не будешь... и в волейбол... Может быть, гранату метать?..» У него реакция была — ни к черту. И неуклюж он был, как чайник. Он был от рождения и навсегда заторможен самим Господом Богом. Он был не просто неспортивен, он был АНТИспортивен. И тогда он стал играть в пинг-понг. Много. Часто. Каждый вечер. Под сдавленный хохот партнеров и хорошеньких зрительниц. Уже в институте, в коридоре на третьем этаже. До обалдения. Вы знаете, как это выглядит: чайник, пытающийся играть в пинг-понг?.. До отвращения. В ущерб науке... Первой ракеткой курса он не стал, но третьей, между прочим, — таки да, сделался. И отхватил вдруг при сдаче норм разряд на пять тысяч метров. А десять тысяч пробежал так, что его послали было на спартакиаду студентов, но он отказался ехать — ему сделалось неинтересно, ведь он уже добился своего: в очередной раз преодолел в себе чайника и заполучил то, чего недодал ему Господь Бог...

Да и времени не было совсем. Ему предстояло еще преодолеть абсолютную неспособность свою к языкам, к танцам, к плаванию и к живописи... И он все это преодолел — весь свой почти музейный набор прорех, антиспособностей, дыр и убожеств, доставшийся ему от природы. Так что к тридцати годам остались в нем от природы только: костлявое личико, морщинистая, жилистая, черепашья шея, землистая кожа, да кривоватый гигантский нос, да серые, вечно больные зубы, да глазки-буравчики без ресниц и без бровей — этого роскошного набора не сумел преодолеть даже он.)

Какого черта он глаз на нее положил, спрашивается? Других девок по сторонам не нашлось? Да квантум сатис, хоть жопой их ешь. Нет, влюбился, дурак, в девушку Хозяина. В любовницу. В жену. Может быть, она его поощряла? А хоть бы и поощряла. Она же молоденькая, дурочка еще, ягненок блеющий... («Он что — нравится тебе?» — «Да». — «Господи, да что тебе в нем может нравиться?!» — «Он — веселый...» — «Так. А я, значит, — скучный?» — «Нет. Ты — великий». О господи! Они не люди все-таки. Они — женщины.) Это было непереносимо. Это было срамно. И гадкое что-то в этом было. Блуд. Соблазн какой-то дьявольский. И — абсолютная безысходность.

— ...Ну, куда ты лезешь, в любовники? Ты же уродлив, малыш, ну кому ты такой нужен... У тебя изо рта несет, как из выгребной ямы, и шея плохо помыта. Ты что, не видишь — она же принцесса, а ты — Щелкунчик. И не более того... Щелкунчик из помойки. Подбери слюни, щенок беспородный, или пойди к блядям...

Идея была правильная. Отбить хотелку раз и навсегда. Молотком. Чтобы онемела и отсохла. Помучается с недельку, но — придет в себя. Оклемается. Минует «кратковременное безумие», и все будет как раньше. Нет. Перегнул палку. Перегнул и сломал. Ревность. Проклятое чудовище с зелеными глазами...

Впрочем, тут была не только сама по себе ревность (старика к молодому, собственника к неимущему), — была ведь еще и болезненная обида за этого великолепного уродца, такого умного, такого безгранично сильного, блестящего, шагающего через две ступеньки и вдруг унизившего себя до состояния ошалевшего суетливого кобелька, на все готового ради подвернувшейся не ко времени текучей сучки... Хотел остудить и образумить, как сына, а получилось — оскорбил и унизил, как врага. Насмерть. Навсегда.

— Прости меня, Ник, — сказал он в пустоту.

Поздно. Теперь уже — поздно. И нет на свете таких слов, которые здесь могут что-нибудь поправить...

Он рассеянно вызвал на экран последний текст, над которым работал, и без всякого удовольствия прочитал:

«Я прекрасно понимаю, зачем нужны люди творческие — ученые, писатели, архитекторы, живописцы, философы, поэты, композиторы... Этих набирается —

тысячи, десятки тысяч, ну — сотни тысяч, если брать по всему свету. И не обязательно творческие — вообще талантливые люди. В том числе и слесаря Божьей Милостью, Божьей Милостью токари, гончары, дантисты, шоферы, сантехники, змееловы, кулинары, врачи — все, кто способны делать свое дело ХОРОШО. Этих набирается еще больше, может быть, даже и миллионы. Пусть — десятки миллионов.

Но куда мне девать СОТНИ миллионов и миллиарды тех, кто творческой жилки от Бога не заполучил, а ремесло свое знает плохо — не способен или даже не желает делать свое — или хоть какое-нибудь — дело ХОРОШО? Как с ними быть? Зачем они? На что имеют право? И — имеют ли? Что полагается человеку просто и только за то, что он человек? Не жук, не лягушка, не лось какой-нибудь, а — человек?

Лосю, например, ничего не полагается за то, что он лось. В лучшем случае — соли ему насыпать в деревянный желоб, чтобы посолонцевал. А человеку? Хлеб, соль, покой? Уважение? За что? А — по справедливости...

А что это вообще такое: справедливо устроенный мир? Это мир, в котором ВСЕМ ХОРОШО? Однако же что это за справедливость: когда хорошо и трудяге, и бездельнику, и тому, кто дает другим много, и тому, кто вообще ничего не дает (не может, не умеет, не хочет), а только берет? Каждому по труду? Но если труд твой — со всем его пóтом, надрывом, с кровавыми мозолями — НИКОМУ не нужен? (Классический пример: адов труд графомана или — труд Сизифа.) Ничего тебе такому не давать? Сизифу этакому. Но ты же РАБОТАЛ, работал, КАК ПРОКЛЯТЫЙ!..»

Все было правильно. Но — не интересно. Ему не было сегодня до этого никакого дела. Какая, в самом деле, может быть на свете справедливость, если одно-единственное слово, сказанное сгоряча, сжигает целый город добрых отношений... Спать пора, вот что, хоть завтра и свободный день...

Но прежде чем идти спать, он включил настольную лампу и несколько секунд сидел неподвижно, глядя в раскрытый форзац своего «Счастливого мальчика» с собственной фотографией на весь разворот. Радовался чудной золотистой бумаге и значительному лицу своему с горькими брыльями — не то пророка, не то американского генерала. И прикидывал: чего бы ей такого написать?.. Он плохо думал о ней только что — несправедливо, обидно и жестоко — и теперь чувствовал себя виноватым. Надо бы что-нибудь теплое. Смешное. Что-нибудь такое, чего еще никому не писал... И чтобы она расхохоталась...

Он вдруг вспомнил надпись, которую сделал Лариске на своей фотографии минский таксист. Сто сорок пять лет назад. В позапрошлом существовании. Когда все еще были живы, молоды и незнакомы. Когда все еще было впереди, а позади пока не было ничего... Таксист — лихой, только что из армии, с чубчиком, с прозрачными глазами ласкового негодяя, Жора, — написал молоденькой, заливающейся смехом Лариске:

> Пусть милый взор твоих очей
> Скользят по карточке моей
> И может быть в твоем уме
> Проснется память обо мне.

Это было то, что надо. Самое что ни на есть ТО. И обязательно — с сохранением особенностей правописания.

Не оценит, с сожалением подумал он, корябая золотым «паркером» по роскошной бумаге. Не в коня корм. Эхе-хе-хе-хе, а я так люблю, когда она хохочет...

ГЛАВА 3

Он лежал на спине с закрытыми глазами и вполуха слушал ее щебетание. Это была обыкновенная милая чепуха — что-то там о макияже (половины слов он не понимал), о хулиганском Тимофее (Тимофей тоже все это слушал и время от времени гавкал и бухал из-под кровати, словно отругивался), о дядь-Шуре, который опять приставал насчет дачи в Усть-Луге... У нее всегда была в запасе масса замечательно пустяковых сообщений, восхитительно ни к чему не обязывающих. Потом она спросила:

— Ты меня не слушаешь?

— Еще как слушаю, — возразил он. — «...А я ему тогда сказала честно...» Что ты ему сказала честно? Напрямки, так сказать. Резанула правду-матку. По-нашему, по-стариковски.

— Да ну тебя.

Он не возражал. Хорошо было лежать с закрытыми глазами под ее кружевной шалью, пахнущей тонко и сладко, и ничего не думать, и ничего не видеть. Засыпать.

— О чем вы так долго совещались? — спросила она. — Или — нельзя?

— Отчего же. Можно.

— Я почему спрашиваю: ты какой-то выжатый сегодня. Как лимон.

— Грейпфрут. Гораздо вкуснее. Но — старый. Горьковатый.

— Не хочешь рассказывать?

— Не очень. Надоело. О Николасе опять.

Она хмыкнула, и он посмотрел на нее сквозь прижмуренные веки. Она озабоченно морщила малозначительный свой лобик, и это делало ее трогательно-некрасивой.

— Чего вам от него надо — я никак не пойму? Он что, выдает какие-нибудь ваши тайны?

— У нас нет тайн. Выдавать нечего.

— Тогда что же? Выступает против вас?

— Против меня.

— Ну да? Вранье. Он же тебя обожает.

— Обожал когда-то.

— Все равно. Он честный. Он не станет про тебя врать.

— А он и не врет...

Как ей объяснить это? Она никак не способна была понять, хотя и пыталась самым честным образом: читала все газетные вырезки про его выступления и все его статьи в «Обозревателе» и смотрела видеозаписи. Ее совершенно сбивало с толку то обстоятельство, что он никогда не врал. Он рассказывал правду, одну только правду, хотя и не всю правду. Он умел это делать. Он был профессионал, профессионал-самоучка. «Мои встречи с Хозяином». Забавные случаи. Поучительные истории. Заметки к портрету Великого Человека. Великого? Великого, великого — без всяких сомнений Великого... Но при этом, когда он выступал, скажем, перед алкашами, перед Партией, скажем, Любителей Пива, он рассказывал им, какой утомительно нудный и высокомерный трезвенник этот Хозяин. А выступая перед трезвенниками, с веселым смехом и тонко разыгранным комическим огорчением — о единственном известном ему (и всему миру) случае, когда Хозяин перебрал малость джину с тоником и оскорбил действием британского культурного атташе... (А теперь вот: «Может ли поссориться Станислав Зиновьевич с Виктором Григорьевичем? Нет, нет и еще раз нет. Ибо к тому есть серьезные причины. Например, святость старой дружбы». И дальше — на две минуты об отношении Хозяина к дружбе... Зачем? Что он имеет в виду? Намекает на что-то? На что?)

Он почувствовал ее пальцы у себя на лице.

— Только не убивай его, — прошептала она ему в самое ухо. Едва слышно. На пределе слышимости. Он не столько услышал ее, сколько догадался. — Не надо. Пожалей. Ведь ты его обидел.

Страшная штука — ревность, подумал он отстраненно. Подлая и коварная. Все видно. Ничего не скроешь. И — ни от кого.

— Лапка, — сказал он. — Что за мысли у тебя. Я и не думаю об этом. Клянусь.

— Я знаю. Но ты говорил, что тебе и думать не надо... что это само собой у тебя получается...

— Когда я это тебе говорил?

— Ну, не ты. Кто-то из твоих. Я подслушала.

— Меньше глупостей подслушивай. Они все — дурачки суеверные. Они эти глупости друг другу повторяют, когда им страшно становится. «Хозяин не выдаст. Хозяин всех врагов разразит и повергнет...» Они ничего не понимают.

— А ты — понимаешь?

— Нет. Тут и понимать-то нечего.

— Не обижай его, — снова сказала она. — Пожалуйста.

— Хорошо. Обещаю. — Он снова закрыл глаза. — Рейтинг, черт его подери, все время падает... — пожаловался он. — Второй месяц подряд. Никто не может понять, в чем дело, вот и мучаемся, чепухой головы себе забиваем... Осрамимся, провалимся. Вот увидишь.

— А я знаю, откуда это, — сказала она радостно. — Это из «Каштанки».

— Точно. Молодца!

— Я в детстве думала, что он говорит: «Осрамимся, провали́мся», а они надо мной смеялись...

Она замолчала, тихонько массируя ему веки, и вдруг сказала:

— Это потому, что ты стал думать о себе.

— То есть?

— Рейтинг падает. С самого начала ты думал о них и только о них, и они это чувствовали. Это сразу чувствуется. Тебе было все равно, что будет с тобой. А теперь... а теперь стало не все равно.

— И это тоже чувствуется?

— Да.

Он помолчал, пораженный ее словами. Потом спросил:

— И что мне теперь с этим делать?

— Не знаю. Вообще-то каждый нормальный человек должен думать о себе. Просто обязан. Как же без этого?.. Не знаю, что тут делать.

Что это у нее работает там, за витражами этих чудных многоцветных леденцовых глаз? Интуиция? Или — ум?.. Откуда у нее ум? Или ей вообще не восемнадцать лет, а все двадцать восемь, и кто-то ловко подложил ее под меня, а точнее будет: ловко подложил ее МНЕ, — как бомбу замедленного действия, обведя вокруг пальца всех: и меня, и Николаса, и Кузьму нашего Иваныча?..

Эй, эй, прикрикнул он на себя. Ты что это? Совсем оборзел? Это же Дина твоя, Динара. Последняя любовь. Верность. Нежность. Счастье... Очухайся. Подбери свой поганый язык... При чем тут, впрочем, язык? Как раз язык-то знает свое место и лежит тихо-тихо... Тут, брат, не язык, тут хуже, тут в мозгах порча завелась... И даже не в мозгах, а в душе, в душонке твоей, обремененной трупом...

Он чувствовал, что засыпает. И лень было встать и перебраться в свою спальню. И лень было по-настоящему, с пристрастием и беспощадно, заняться этой гнилью, которая последнее время завелась внутри и принялась помаленьку выедать все, что пока еще уцелело от прошлого: ум, честь, совесть... нашей советской эпохи... преобразований и побед, всегда в единстве с народом...

Он заснул.

Он проснулся (или очнулся?), словно от внезапного крика. Сердце дергалось и корчилось, будто повешенный на веревке. Но было совсем тихо, и он ничего не слышал сначала, а потом догадался, что это — интерком в соседней комнате, в его спальне.

Никаких резких движений, привычно вспомнил он. Медленно. Плавно. В три разделения... Он осторожно освободился от шали и не торопясь сел. Дина тихонько посапывала у него под боком, по-кошачьи прикрыв лаково-когтистой лапкой глаза. Бесшумно мерцал экран телевизора. И снова закурлыкал интерком — вежливый, но настойчивый и неотступный, как сам Кронид.

— Да, — сказал он, нажимая клавишу. В спальне у него было холодно, и сразу же, даже на пушистом ковре, озябли босые ноги.

— Извините, господин Президент, — сказал тихий голос Кронида. — Это — генерал Малныч. Срочно. Настаивает.

Так. Опять что-то с Виконтом... Господи, да почему же «что-то»? Ясно, ЧТО может быть с Виконтом. Не приглашение же на день рождения. Три тридцать на часах.

— Давайте его.

На экранчике появилось скуластое молодое лицо и раскосые, с азиатчинкой, глаза. Почему-то он был в форме, даже и при фуражке. Для важности, что ли? Он был осел.

— Станислав Зиновьевич, у нас очередной приступ.
— Ясно. Сильный?
— Очень сильный. Как позапрошлой зимой, и может быть, даже еще хуже. Нам никак не удается стабилизировать мерцания...
— Хорошо. Я буду готов через пятнадцать минут. Высылайте машину.
— Уже выслали. Вертолет.
— Что?
— Вертолет, — повторил генерал Малныч. — Он будет у вас через тридцать—тридцать пять минут...
— Что за черт. Где вы?
— Мы на базовом участке. Это недалеко. Сорок минут лёту.

Дина была уже здесь — принесла носки, штаны, туфли. Он принялся одеваться. Раздражение одолевало его все круче и наконец одолело.

— Черт бы вас всех подрал! — рявкнул он, как на митинге. — Чего вы все сто́ите с вашими капельницами! Без знахарства — ни на шаг!.. Нашли, понимаешь, исцелителя себе! Парацельсия!.. Тошнит меня от вашей медицины, блевать хочется. Дармоеды, черт вас всех подери!..

Генерал молчал, смиренно и преданно поедая его глазами. Все шло, как обычно идет, если приступ случается в неудобное время. А он всегда случается в неудобное время. На то он и приступ.

Одной ногой в штанине, свирепея все больше, он отключил к чертям драным этого идиота в медицинских погонах и гаркнул Крониду:

— Слышали? Подготовить посадку!

— Есть подготовить...

— Полечу один. Все встречи на завтра — отменить... — Он увидел странное выражение на лице Кронида и спросил: — В чем дело? Что там еще?

— Ничего, — поспешно сказал Кронид, приводя лицо в порядок. — Ничего существенного.

Было ясно, что он уклоняется, что еще какая-то гадость там произошла — поймали кого-нибудь на взятке (в Липецком отделении), или пасквиль очередной вышел, или предал кто-нибудь, паскудник проворовавшийся... к черту, к черту, к свиньям собачьим... или — опять какую-нибудь мерзость запустили про Динару... Не желаю сейчас этим заниматься, завтра, завтра, послезавтра.

Он злобно натягивал сорочку, жилет, не глядя загонял ноги в туфли, Динара торопливо застегивала ему запонки на манжетах, сердце бухало так, что в виски отдавало, и голова была мутная, дурная, и, как всегда в такие нехорошие минуты, он вдруг обнаружил, что хуже видит.

Ему было страшно.

Очень не хотелось в этом признаваться самому себе, он беспощадно давил в себе поганые видения, но ему было ПО-НАСТОЯЩЕМУ страшно, как не бывало, может быть, с того, самого первого, Виконтова приступа (случившегося еще до новой эры)... Какие там еще мерцания? Что за мерцания такие? Почему? Не было раньше никаких мерцаний... Он, натужно кряхтя, зашнуровал туфли, распрямился, прикрывая веки, чтобы избавиться от проклятых звездочек и блесток перед глазами, и протянул руки назад, в рукава куртки, которую держала наготове Динара.

— Спасибо, лапка, — проворчал он ей, стараясь смягчить голос, все еще норовящий у него сорваться то ли на команду, то ли на истерику. — Не обращай внимания. Это я... того-этого... волнуюсь маленько, если по-честному...

— А ты не волнуйся, — сказала она спокойно и даже, пожалуй, властно. — Все обойдется очень хорошо, вот увидишь.

И он снова мельком подумал: да вправду — восемнадцать ли ей лет, этой спокойной властной женщине? Не похоже ведь. Совсем не похоже... Он тут же снова отогнал от себя эту кривую мыслишку, но он знал, что теперь уже никогда не сможет отставить ее навсегда.

— К обеду меня завтра ты не жди, не успею, — сказал он. — То есть, может быть, и успею, но лучше уж не жди. Неизвестно, как там все развернется... Впрочем, я тебе позвоню, как только освобожусь.

— Конечно. И не волнуйся так. Я же тебе говорю: все обойдется.

Он наклонился и чмокнул ее в красивую бровь. И в самом деле, подумал он, неожиданно успокаиваясь. Чего это я? Конечно же, все обойдется. Всегда обходилось, и сегодня обойдется. Профессионал же! Единственный в мире.

— Профессионал! — сказал он ей значительно.

— Да. Единственный в мире.

— Именно. Ну, я пошел. Ложись спатеньки.

— А любовь? — спросила она требовательно.

— Никогда не умрет! — отрапортовал он. И чмокнул ее в другую красивую бровь.

ГЛАВА 4

В штабе оказалось полно народу, причем половина — незнакомые. Сидевшие — тут же повскакали и встали руки по швам. Стоявшие спиною развернулись с поспешностью и приняли почтительный вид. У всех моментально сделался почтительный вид, даже у нахального Артема, который, будучи командиром внешней охраны, единственный здесь позволял себе курить, стряхивая пепел в ладошку.

Он сделал им всем вместе и никому в особенности приветственный жест и сразу прошел к своему креслу под торшером.

— Так, — сказал он, усаживаясь. — Спасибо за внимание. Членов штаба прошу остаться, остальные — пожалуйте по местам... Что тут у нас происходит? — спросил он у Кронида. — Переворот? Бунт? Землетрясение? Ночь на дворе... Почему сборище?

Вообще-то ночные сборища в штабе были делом довольно обыкновенным и не требовали для себя повода ни в виде бунтов, ни тем более землетрясений. Ночная смена очень даже частенько собиралась здесь, пока его не было на посту, — потрепаться, попить кофейку, ОБМЕНЯТЬСЯ. Но сегодня ощущалось что-то необычное в атмосфере, смутная аура некоего события, быстро угасающее эхо каких-то нервных обсуждений... И непонятно было, почему Кузьма Иваныч все еще (или опять-снова) здесь, и Эдик, оказывается, не спит еще (либо — почему-то разбужен и встал), да и Крониду нечего здесь, в штабе, делать в четыре утра. При прочих равных.

Он прищурясь наблюдал, как быстро и почти без шума освобождается помещение, взгляды ловил, обращенные к нему, быстрые и раздражающе неопределенные, и замечал уклончивость Кронида, который ни на какие вопросы Хозяина отвечать не стал, а принялся с чрезмерной деловитостью наливать ему горячий кофе в персональную чашечку, и странное, неуместное, пожалуй, удовлетворение на бледном лице Эдика с застывшей полуулыбкой, и сосредоточенное сопение Кузьмы Иваныча, вдруг принявшегося изучать пачку каких-то «корочек», которые он извлек из кармана пиджака и разложил на скатерти...

Кроме них остались в комнате только Артем (пригасивший-таки ввиду присутствия начальства свою вонючую сигаретку) да здоровенный бык Шалима, начальник транспорта вообще и вертодрома в частности (плечищи, шея, мерно жующая челюсть и сонные глаза со светлыми ресницами).

Он отхлебнул кофе, благодарно кивнул Крониду и спросил у Шалимы:

— Подыматься мне не пора уже? Когда там вертушка ожидается?

— Выходили на связь в три тридцать девять, — доложил Шалима голосом сиплым и в то же время неожиданно высоким. — Ожидаются в четыре ровно. Плюс-минус.

— Ладно, — сказал он. — Тогда можно спокойно кофейку попить... Кронид Сергеевич, напомните, пожалуйста, я забыл: у меня встречи какие-нибудь были запланированы?..

— Только вечером. День мы освободили. А в девятнадцать часов — Ротари-клуб.

— Умгу. Спасибо. Вспомнил. Жалко, придется, скорее всего, извиниться.

— Слушаюсь, — сказал Кронид, и снова он поймал на себе его тайный взгляд, быстрый и неопределенный.

— Господин Шалима, — сказал он, улыбаясь по возможности приветливо (Шалима ему не нравился — слишком уж был груб и самодоволен, настоящий мужчина: пьет все, что горит, и трахает все, что шевелится). — Кофейку не хотите? Нет? А то — давайте. Горяченький... Нет? Ну хорошо, спасибо. Я буду ждать ваших распоряжений. Хотелось бы минут за пять до посадки уже быть в курсе... Спасибо.

Он проводил глазами широчайшую спинищу, обтянутую черным блестящим кожаном, и повернулся к Артему.

— Кофейку не хочу, — сейчас же объявил тот бодро и нагло. — Выметусь отсюда немедленно, но предварительно хотел бы получить разрешение сопровождать вас на базу...

— На какую еще — базу?

— На военную, — возразил Артем. — Я так понял, господин Президент, что вы сейчас вылетаете на военную базу под Красной Вишеркой. Прошу разрешения сопровождать.

— Это где же это такая — Вишерка?

— Красная Вишерка, — бодро и деловито доложил Артем. — Километров сто шестьдесят отсюда... Там у них, как я понял, база...

Карта-двухкилометровка тут же появилась и легла перед ним поверх кофейных чашек и вазочек с печеньем. Он нашел Красную Вишерку и убедился, что да, пожалуй, километров сто шестьдесят-семьдесят, но никакой базы, разумеется, на карте нет, а есть болота (Лушино болото, например, а также Дубровский Мох, Лебединый Мох и даже — Подвитчий Мох) и леса, — надо полагать, не слишком в этих местах приветливые.

Он принялся расспрашивать про базу, но никто ничего толком не знал, все либо *догадывались*, либо *подозревали*, либо *так поняли* из переговоров с той стороной.

— Ну ладно, — сказал он наконец, возвращая карту Артему. — Не суть важно. Скоро все сам увижу. Интересно, конечно: что это там может быть за база? У медиков? У ветеринаров?.. А сопровождать меня не надо, Артем, спасибо. Ей-богу, раз уж вертолет выслали, значит, сопровождающих там хватает, будьте уверены. Генерал Малныч — мужчина серьезный, хоть и медицинской службы. Я его давно знаю... Всё! — сказал он Артему, который, кажется, намеревался и дальше приставать на эту тему. — Всё. Не люблю.

Они прекрасно знали, что он НЕ ЛЮБИТ, но им это обстоятельство всегда крайне не нравилось, и случались поэтому между ними споры и даже ссоры. Они и сейчас смотрели одинаково укоризненно и недовольно. Но они обойдутся. Нечего.

Он оглядел их всех по очереди, как бы дополнительно осаживая, а потом сказал спокойно:

— Так. А теперь — быстро и без вранья — что еще стряслось? Что вы все от меня скрываете?

Мгновение — и они снова сделались разными. Теперь все они были смущены и оказались в неловкости, и в этом состоянии смущения-неловкости они были очень непохожи. Тут они были уже — каждый сам по себе.

— Николас... — прокряхтел наконец, по-прежнему не глядя в глаза, Кузьма Иваныч. Видимо, решил (и совершенно справедливо), что по должности полагается говорить именно ему. Впрочем, он тут же и замолчал.

— Так, Николас. Очень хорошо. Ну и что — Николас? Чего вы мнетесь? Чего он еще натворил, этот предатель? Бандит этот... Ну?

Однако Кузьма Иванович такого тона не принял. Он снова закряхтел, почти даже жалобно, и сделал несчастное лицо, словно у него вдруг прихватило зуб.

И тогда он — понял.

— Неправда, — сказал он, преодолевая мгновенное удушье.

— Правда, Станислав Зиновьевич.

Странно, но он ничего не почувствовал. Пустота какая-то возникла внутри, и сделалось зябко. А ведь я, пожалуй, ждал этого, подумал он как о чем-то постороннем. А может быть, даже хотел? Подлость... Подлость!

— Когда? — спросил он через силу. Все это теперь было уже неважно. Несущественно. Детали.

— Сегодня. Вернее, вчера. В десять вечера.

— Каким образом?

— Инсульт.

— Что?!

— Инсульт.

— Вздор! — сказал он. — Откуда у вас сведения?

Кузьма Иваныч ответил что-то — что-то в том смысле, что сведения абсолютно надежные, но он его уже больше не слушал.

«...Только не убивай его... Пожалуйста... Ведь ты его обидел. Пожалей...»

...Вот КАК они на меня все смотрели, подумал он. Я-то вообразил, что смотрят они (взглядывают украдкой, грустят глазами, чуть ли не всхлипывают) с сочувствием, с сожалением, удрученно и жалостливо. Ничего подобного. С восхищением они на меня смотрели — с опасливым восхищением, гордясь и ужасаясь, робко и радостно, с жадным испуганным любопытством, с изумлением и облегчением, — оттого с облегчением, что все, слава богу, уже кончилось и теперь позади... Так, наверное, урки украдкой взглядывают на своего пахана, только что запоровшего очередного соперника...

...Спокойнее. Спокойнее надо, сказал он себе. Они правы: все теперь уже позади. Нет человека — нет проблемы (это — Эдик, наверняка, по физиономии видно). Обошлось как бы само собой, и — ладненько (Кузьма Иванович). Он должен был знать, на что идет (Кронид — этот предательств не прощает, он просто не понимает их). Ну, Старикан! Ну дает копоти! (Общее мнение). И — общий вздох облегчения. (Что, между прочим, убедительно мне доказывает: я Николаса недооценивал. И напрасно. Он вызывал СЕРЬЕЗНЕЙШИЕ, оказывается, опасения, раз все это так воспринято, раз не сочтено это СОБЫТИЕ стрельбою из пушки по воробью.)

(«...Только не убивай его... Пожалуйста... Ведь ты его обидел. Пожалей...» Мне предстоит еще ей об этом рассказать. Нет, нет, только не сейчас, потом... И лучше — не я).

...Все кончилось. Все всегда кончается, надобно только потерпеть. В политике, как в науке: побеждает не тот, за кем истина, а тот, кто дольше живет. Где вы все теперь, потрясатели душ, вожди и ораторы, полководцы и крикуны? А я — вот он я, высокий и стройный... Цинизма, цинизма больше — очень хорошо помогает от печени... Надо же, как они на меня смотрят, собаки! Всё. Я уже справился. Теперь главное — верный тон.

— Кронид Сергеевич, — произнес он и мельком порадовался, что голос у него звучит вполне как обычно — голос распоряжений. — Я попрошу вас вот что. Вдове — пенсию. Из спецфонда...

— Он развелся, — сказал Кронид негромко. — Но, правда, остались дети.

— Значит, пенсию — детям... Вам придется присутствовать на похоронах, вас все знают. Венок. Речь. И все такое, сами знаете.

— Понял. Буду.

— Далее. В газетах — хорошую статью: «Ушел от нас один из самых славных зачинателей Движения Честных»...

— Обязательно, — сказал Кронид.

— Я напишу, господин Президент, — вставил Эдик с удовольствием, которого уже не скрывал.

— Хорошо. Спасибо, Эдик. Далее... Что еще? Я ничего не пропустил?

— Не беспокойтесь, господин Президент, — сказал Кузьма Иванович. — Мы сами все сделаем. Как надо. Не подведем.

— Облегчение испытываете? — не надо было этого говорить, но сказал.

— Хм... А что? Ну, и испытываю... Баба с возу — кобыле легче. Слыхали такую народную мудрость?

Видно было, что Кузьма Иванович рассердился не на шутку. Поспокойнее, снова сказал себе он. Нечего тебе с ними ссориться. Их не переделаешь. И никого не переделаешь. Ничего нельзя изменить, и никого нельзя переделать...

— Господин Президент, — сказал Эдик примирительно. — Мы все вам соболезнуем. Но мы же ведь и понимаем, что иначе было — нельзя. Я знаю, вы на эту тему говорить не любите...

— На какую это тему я говорить не люблю?

— Н-ну... Прошу вас, господин Президент. Не надо. Эту проблему по-другому решить было просто невозможно. А этот путь, ей-богу, не самый плохой. Кронид правильно сказал: он должен был знать, на что идет.

— И на что же? На что он «идет»?

Эдик оскорбленно поджал губы и замолчал. Самое смешное было, что он и в самом деле ведь хотел прийти, так сказать, на помощь... выразить соболезнование таким вот образом... поддержать... оправдать...

— Бабы, — сказал он им, не желая больше сдерживаться. — Сколько же раз вам объяснять? За кого вы меня держите, ребятки мои? За монстра?..

— Господин Президент!.. — вскричал, сейчас же всполошившись и весь побледнев, Эдик.

— Да ну вас к собакам, всех! Мне это надоело, в конце концов. Неужели вы не понимаете, что это унизительно? Каждый раз вы смотрите на меня как дети на злого волшебника, как уркаганы на своего пахана.. И перестаньте называть меня президентом! — гаркнул он. — Что за манера такая, в самом деле? Я никакой не президент пока еще! И никогда не стану, если команда у меня будет — суеверные бабы с придурью! Как не стыдно! Верите дешевым байкам, слухам верите... и сами же эти слухи плодите. Думаете, так будет лучше? Не будет! Правда как гвоздь — из любого мешка торчит...

Он замолчал. Это было бесполезно. Пора бы ему понять, что такие речи — абсолютно бесполезны. Они верят так называемым фактам, а не ему. Они убеждены, что от него ничего не зависит, что он просто ТАКОЙ — и это хорошо. Это им нравится. Это удовлетворяет их и укрепляет в вере. Потому что это — на пользу дела. А все, что идет на пользу делу, — хорошо. «Таков наш мир — от пуповины разодран на две половины» — на «хорошо для дела» и «плохо для дела», на наше и не наше, на пользу и во вред. Середины нет. И не надо. К чему усложнять вещи, и без того достаточно сложные?..

...Почему, собственно, меня это так бесит? Почему не принять ситуацию как данность? Ведь с некоторой точки зрения, причем весьма естественной, они совершенно правы. Кто я им такой, в конце-то концов? Я не отличаюсь ни умом сколько-нибудь особенным, ни знаниями своими, в людях неважно разбираюсь, ошибаюсь часто, прогнозист — никудышный, интуиции — никакой, политическую ситуацию ощущаю хуже многих... Просто я первый в истории политик, который подбирает себе команду по принципу честности и бескорыстия. И который всегда честен с избирателями — даже во вред своему делу, потому что избирателю надо ВРАТЬ, избиратель предпочитает, когда ему врут, — правда холодна, неприветлива, отталкивающе безнадежна. Только ложь одна и согревает нас в этом ледяном мире... А я не лгу. И этим своим ТАРАЩЕГЛАЗЫМ лгать не велю...

«...Здравствуйте, я — Честный Стас. Я готов продать свою честность за ту единственную валюту мира, за которую можно ее купить, — за ваше доверие...»

...Честность в политике — это что-то вроде однополой любви, что-то ненастоящее и во всяком случае — неестественное. «Честный политик» — это явный оксиморон. Если честный, то — не политик. Если политик, то — какая уж тут честность. А если даже все-таки честность, то уж — не та. Другого свойства. Из других, наверное, молекул. Неподлинная. Впрочем: «честный вор» — вполне определенное понятие. «Честный вор», «честный битый фраер»... Другой мир. Тоже реальный. Так что дело не в словах... В конце концов, честность — это всего лишь способность совершать благородные, то есть бессмысленные, поступки...

...Честный политик в реальном мире просто невозможен, его съедают обычно, и очень скоро, но меня охраняет мой Рок: всем известно, что каждый, кто встанет мне поперек пути, будет повержен. Мой путь — путь Рока, и сам Фатум освобождает мне дорогу. Это общенародное знание идет из дремучих времен начала перестройки, и теперь уже не установишь, кто первый пустил слух и породил поверье... может быть, и я сам. Вполне возможно... Время было горячее, а я и сам тогда в это верил... или хотел верить... НО ВЕДЬ ОНИ И В САМОМ ДЕЛЕ УМИРАЮТ!.. Все они. Посмевшие. Или не знавшие. Или знавшие, но не поверившие. Или рискнувшие... Все они повержены и ЛЕЖАТ. Одни в могилах, другие в больницах. Списки уже давно составлены (и друзьями, и врагами), и опубликованы давно, и тридцать три раза уже обсуждены, просчитаны на вероятность, опровергнуты или подняты до уровня Нового Мифа...

Все молчали. Каждый думал свое, а может быть, все они думали одно и то же. Но тут дверь распахнулась, и на пороге возник Шалима, и по кривому лицу его сразу стало ясно, что дела пошли наперекосяк.

— Вертушка таки грохнулась, — сказал он сипло и сглотнул. — Похоже, их подстрелили. Ракетой. И связи нет.

ГЛАВА 5

Генерал Малныч оказался на поверку не таким уж и серьезным мужчиной. Он был в панике и даже не пытался это обстоятельство как-то скрыть или хотя бы приукрасить. Говорил он теперь исключительно в повышенных тонах, иногда срываясь почти уже и в крик. Лицо у него сделалось мокрое и несчастное, воротничок был — расстегнут, жесты — нелепые и жалкие.

Толку от него было немного.

Вторая вертушка у него в хозяйстве есть, но стоит в ремонте и готова будет, может быть, к четвергу.

Машины питерской автороты — сплошь грузовики-фургоны, или бэтээры, или на крайний случай — БМП. И, главное, связи с ротой нет. Похоже, там в дежурке все опять перепились, и теперь порядку уже обычными мерами не добьешься.

Рискнуть и перетоптаться (с Виктор Григорьевичем, авось, само собой как-нибудь обойдется) — это невозможно. Даже и говорить об этом страшно, не то что помыслить. (Так и было сказано, вернее — выкрикнуто с надрывом и таращеньем косых глаз.)

— Вызывайте Ивана с машиной, — сказал он, всю эту истерику выслушав, Крониду. — Поеду на «броневичке». И давайте искать вертолет.

Он ощутил себя вдруг молодым и полным энергии. Будто ему и шестидесяти нет. Как в августе девяносто первого. На трибуну — так на трибуну. На баррикаду — ради бога, можно и на баррикаду, причем с удовольствием. И в штабе у него сразу все забегали. Нужна была связь. Нужна была информация. Вертолет надо было попытаться найти — неужели в огромном городе, где располагаются филиалы всех без исключения российских коммерческих структур и где в окрестностях войск — не протолкнешься, невозможно деятельному человеку найти вертолет?

Все у него сели на рации и телефоны, а он, словно на плацу находясь, гаркнул на генерала, привел его в состояние беспрекословного повиновения и заставил взять карту.

Через несколько минут стало ясно, что добраться до базы («до объекта») ничего не составляет: сто шестьдесят километров по роскошной скоростной автостраде, да потом — двенадцать километров вбок по бетонке, старой, но основательно недавно подремонтированной, да еще (вначале) десяток кэмэ по самому Питеру (самый медленный участок, надо признаться, но тут уж ничего не поделаешь). На автостраде — местами туман и гололед, но ничего такого уж особенно страшного. В Питере — туман, очень сильный, но зато почти нет движения, одни патрули утюжат улицы.

...Пустяки. Через два часа можно быть на месте. Продержитесь два часа? Нет уж, генерал, вы извольте все-таки продержаться, иначе вам всем и вовсе тогда грош цена. Да, сопровождающего можете выслать к повороту на автостраду, это не помешает, это — правильно. Что? Кто там у вас «шалит»? «Вакулинцы»? Это еще что за овощи такие? Ах, фермеры... Нет уж, голубчик, это уж вы извольте мне обеспечить — безопасность прежде всего. Так вы полагаете, что это они и сбили ваш вертолет? Ну и порядочки там у вас, в провинции... Хорошо, я возьму охрану. Спасибо, генерал, и вам того же. Действуйте. Связь я буду с вами держать через спутник, по этому же коду, правильно? Ну, до встречи, я отбываю минут через пять... На машине — точно, а может быть, и на вертушке.

Однако все оказалось не так просто.

Вертушки в городе для него не нашлось. Командующий округом, разумеется, отдыхал, и будить его ради такого пустяка никто не собирался, а без его санкции дать вертолет пусть даже и самому Хозяину армия рискнуть не могла. Не положено. (На самом деле — просто дежурный попался нехороший человек, генерал Суковалов, ядовито-вежливый хам, старый, из самых что ни на есть кроваво-фекальных, подлый, как собака, и злопамятный, как проститутка, но — в авторитете, и ссориться с ним никому из молодых офицеров не хотелось.) Коммерческие структуры — подкачали. Одни были всей душой за, но не имели под рукой вертушки, у других же вертушка была, но зато не было возможности ее дать, у третьих были еще какие-то обстоятельства, а четвертые — и вовсе не откликались, по ночному времени... Оставался «броневичок». Не самый, между прочим, плохой вариант, как могло бы показаться. Но только до тех пор, пока не объявился Ванечка.

Ванечка стоял в дверях, и одного взгляда было достаточно на его блудливую бледную улыбочку, чтобы понять: пьян мерзавец. Скотина. Опять гулял всю ночь.

Кровь бросилась ему в лицо, зазвенело в ушах, и он сказал, не желая сдерживаться:

— Скотина. Сто же раз было говорено...

— А чего такого? — Мерзавец попятился на всякий случай и перешел на плаксивый тон: — Чего я сделал-то?..

— Сто раз было тебе говорено: не напиваться в будний день!

— Да кто напился-то? Подумаешь, пивка выпил немножко...

Но он уже справился с бессмысленным своим бешенством. Все происходит не так, как задумано... Вертушки нет, Ванечка — нализамшись... («...Мальчишку увезли, дельфина — отравили...») И это уже даже не политика, подумал он мельком. Это просто у меня — всегда так. Всегда. Не одно, так обязательно другое.

— Спускайся и прогрей машину, — сказал он спокойно.

— Прогрета.

— Подготовь к длинной поездке. Километров триста.

— Если на подушке, горючего может не хватить.

— На подушке — вряд ли.

— Тогда — о'кей.

— Иди. Я сейчас же спускаюсь.

Ванечка исчез в мгновение ока. Как не было.

— Я вызвал Боба с ребятами, — доложил тут же Кронид деловито и снова пошел нажимать клавиши на своем селекторе. — Они уже внизу.

— Не надо, — сказал он. — Никого не надо.

Они все разом уставились на него. Три очень разных и сразу очень одинаково встревожившихся человека, и все трое сейчас думали одно и то же: опять капризничает старикан, опять чудит. Ему стало смешно, и он захихикал, глядя на них.

— Надулись, — сказал он. — Как мышь на крупу... Ну, не надо мне никого! Сто пятьдесят километров туда, столько же обратно. По хорошей автостраде. Зачем мне охрана? На автостраде — безопасно, а по бетонке поедем с генераловым эскортом. Да и зачем мне ВООБЩЕ охрана, чудики вы мои? Будьте же хотя бы последовательны в своих суевериях!

— Конечно, — сказал деловитый Кронид. — Я и Ванечка — вполне достаточно. На любой случай.

— Нет, Кронид Сергеевич. Хватит мне одного Ивана. А вы, Кронид Сергеевич, останетесь в городе и будете держать крепость. Потому что так получается, что сейчас все, с похоронами связанное, падает на вас. И хватит об этом. Эдик, идите к себе и займитесь статьей и прочим... Кузьма Иваныч, вы заметили: когда я уезжаю, всегда что-нибудь здесь у нас происходит... Понятно, да? Только на вас вся надежда... Динаре Алексеевне объясните, пожалуйста, что к чему. И расскажите про Николаса. Она его любила, так что — помягче как-нибудь... Ну, обнимаю и жму! Связь по радио.

В вестибюле, как водится, дрыхло в креслах и на диванах штук пятнадцать журналистов — под бдительными взорами мальчиков Боба (и самого Боба, разумеется), а также — муниципальной охраны (в черных кожаных костюмах, распухших от бронезащиты, в касках с рацией, с коротенькими смертоносными ОСАми на изготовку). Журналисты немедленно все повскакали, как по тревоге, и с топотом кинулись со всех сторон наперерез. Засверкали блицы, грянули вопросы в дюжину дюжих глоток.

— Правда ли, что ваша встреча с президентом отменяется?

— Нет, неправда.
— Вы направляетесь к мэру?
— Нет.
— А куда?
— По личным делам.
— Какие могут быть личные дела в четыре утра?
— Самые разные.
— Почему падает ваш рейтинг?
— Это знают только аналитики.
— А ваше мнение?
— Что-то делаем неправильно. Станем делать правильно — рейтинг повысится.
— Может быть, вам все-таки следует быть лучшим патриотом?
— Лучшее — враг хорошего.
— Правда ли, что ваша супруга ждет ребенка?
— Нет, неправда.
— Какая ваша база находится под Красными Станками?

Так. Красные Станки какие-то. Сволочи, явно уже что-то пронюхали! Как? Кто? Когда успели?

— Представления не имею. У нас там нет никакой базы.
— Говорят, вы всегда говорите только правду. Это правда?
— Да.
— Зачем?
— Мне так нравится.
— Правда, что вы отказались войти в блок с Демсоюзом?
— Нет, неправда.
— Вы допускаете приход к власти фашистов?
— Я не допущу этого, если сумею.
— Что означают намеки Никиты Акимова на вашу якобы зависимость от академика Киконина?

(Блин. Опять. Да что за наваждение?)

— Представления не имею. Вам лучше спросить об этом самого Акимова.

(Ах, черт. Это я — ляпнул. Нельзя горячиться, нельзя.)

— Вы продолжаете поддерживать отношения с Никитой Акимовым или уже нет?

...Уф-ф! Дверь. Наконец-то. Боб распахивает стеклянные створки. Мальчики его встают стенкой на пороге. Галдящая толпа остается за этой твердой, неприязненной и небезопасной стенкой. Прорвался! Правда, здесь, вокруг подъезда, опять толпа, но это уже не страшно. Во-первых, сейчас их немного — человек сто, не больше. Во-вторых, это, главным образом, любопытствующие интуристы да безвредные фанаты. Эти сразу же узнали его и подняли обычный гвалт — взлетели фосфоресцирующие лозунги и вспыхнули изумрудно-зеленые огоньки «фонариков удачи», дорогу перегородили протянутые блокноты, алчущие автографов... Нет. Нет, друзья. Простите, ради бога, — не могу сегодня, очень спешу. Люблю вас, спасибо вам, но — спешу!.. Клянусь, честное слово, ни минуты сейчас не могу задержаться...

(Динара вот так же с пятнадцати лет своих ходила на такие встречи, вечно в первом ряду, сияющая, радостная, по-марсиански прекрасная — с огромными радостными глазами на пол-лица. А потом напросилась на прием, очередь выстояла двухмесячную, прорвалась и сказала: «Я вас люблю, и не могу без вас, и не хочу...» Ему не слишком нравилось вспоминать эти дни, и все равно, а может быть, именно поэтому он вспоминал их каждый раз, когда оказывался в галдящей, улыбающейся, излучающей преданную любовь и беззаветную преданность толпе... Там, в прошлом, остались некие подробности, которые вспоминать теперь было не то чтобы стыдно, но как бы неловко, а они ни в какую не забывались, не желали угомониться, не желали раствориться навсегда.)

Иван ждал его у распахнутых дверец «броневичка», и он жестко взял его за плечо и приказал брезгливо: «Назад. На заднее сиденье пошел!» Лицо Ванечки плаксиво перекосилось, но спорить не посмел — исчез в недрах салона и затаился там, пришипившись. А он сказал Бобу: «Спасибо, дружок. Все ОК. Пожелай мне удачи». — «Удачи вам, господин Президент», — немедленно откликнулся Боб, неулыбчивый, всегда озабоченный и послушный, как рука. «Спасибо еще раз. Удача мне сегодня очень понадобится...» — Он ласково ткнул Боба пальцем в железные ребра и, покряхтывая, полез за руль. Дверца едва слышно чмокнула, захлопываясь.

В салоне было тепло, тихо и стоял свежий здоровый запах — в проспекте утверждалось: запах кедра. Очень может быть. Машина была экстра-класс, уника — фантастическое творение фантастической фирмы «Адиабата», возникшей из небытия пяток лет назад и сразу же ставшей знаменитой, — он был без ума от этой машины, никак не мог к ней привыкнуть и с некоторым даже стыдом по-детски радовался каждому случаю посидеть за рулем.

Двигатель был уже хорошо прогрет и работал, но узнать об этом можно было только по приборам — никаких звуков, ни малейшей вибрации, только россыпь доброжелательных разрешающих огоньков на пульте. У этой машины двигатель можно было услышать только во время форсажа, когда автомобиль превращался в ракету. Но тогда уж и звук у нее делался как у ракеты.

Он включил фары и осторожненько, нежно, с затаенным наслаждением взял с места — прямо на беззвучно галдящую толпу, озаренную белым и желтым светом. Толпа подавалась неохотно и туго, как вода, как жадная трясина — не пуская, не желая отпускать, и все-таки подаваясь, открывая дорогу, давая волю, — и вот уже нет никого впереди, пустая площадь, мокрый асфальт в бело-желтом свете, и только тут стало видно, какой плотный, какой слепой и безнадежный стоит в городе туман.

Города как бы и не было вовсе. Смутно светили оранжевые огни неразличимых фонарей, вдруг витрина выплывала справа из молочного мрака, расплывающаяся, словно нелепо яркая акварель, тускло отсвечивали мокрыми крышами ряды темных унылых автомашин, забивших обочину... Пару раз с воющим клекотом выскочили, ослепляюще мигая желтым и синим, патрульные машины, опасно подрезали справа-слева и снова пропали в шевелящемся молоке, словно хищные животные, промахнувшиеся по намеченной жертве.

На углу Большого и Первой их остановил патруль: мрачные, необъятно толстые (из-за бронежилетов) фигуры... Фосфоресцирующие пятна на плащ-накидках... светящиеся жезлы... мокрые стволы с отблесками, наведенные откровенно и неприязненно прямо тебе в лоб... Проверили документы, подсветили лицо, откозыряли... напряженно-угрюмые глаза на мгновение утратили свирепость: «Счастливого пути, Хозяин...» И — снова пустые улицы, набережные, черный провал справа, где Нева.

Он вспомнил анекдот, который ходил по Питеру уже несколько лет. Патруль останавливает машину, старший проверяет документы и отпускает, откозыряв. Второй номер спрашивает: «Это кто был, на „мерсе"?» — «Не знаю, — отвечает старшой в ошеломлении. — Не знаю, кто там на „мерсе" был, но водилой у него — сам Хозяин!» На самом деле анекдот был старинный, еще застойных времен, а может быть, даже и — сталинских: начальство всегда любило, особенно в поддатом виде, посидеть за рулем служебной машины. Но все равно ему нравилось, что про него если не сочиняли еще новые анекдоты, то хотя бы приспосабливали к нему старые... Что-то я последнее время частенько оказываюсь в ситуации анекдота, подумал он вдруг. Как нарочно. Вот и Ванечка спросил, сразу после свадьбы: «Не понимаю, ей-богу, Босс. Ведь ей сейчас шестнадцать... Вам будет восемьдесят, а ей — двадцать шесть. И что вы будете делать?» Он тотчас же вспомнил соответствующий анекдот и ответил почти с наслаждением: «А проще простого: разведусь и снова женюсь на шестнадцатилетней...» Тогда он еще колебался: а не сотворил ли он глупости с этой женитьбой, и все они колебания эти его очень хорошо чувствовали и позволяли себе шутить, а он всё отшучивался. Потом, впрочем — и довольно скоро, — надоело, и шутки замерли. Шутить на эту тему стало неприлично, приличным сделалось — демонстрировать подчеркнутое уважение и окружать деликатным вниманием... И он больше уже не колебался — он знал, что поступил странно, но правильно. У него появилось ощущение защищенной спины. Он перестал быть один...

— Ведет нас кто-то, — подал с заднего сиденья Ванечка тихий деликатный голосок. — Ей-богу, Стас Зиновьич.

— Вижу, — сказал он. — Еще у Дворцового прицепились.

— А я знаю, кто это. Это Майкл. У него левый фонарь слабее правого.

— Точно! — Он нашарил рукой микрофон и сказал, нажав клавишу: — Кронид, Кронид, я — Первый. Как слышите?

— Слышу отлично вас, Первый. Слышу отлично.

— Дело дрянь, Кронид Сергеевич, — сказал он трагическим голосом. — Нас преследуют. Вынужден ставить огневую завесу. Иван, доставай пушку.

— Есть — пушку! — радостно откликнулся Ванечка и захихикал в своей дурацкой манере, словно задыхаясь.

— Первый, Первый! — тревожно позвал Кронид, но тут же все понял и сказал сконфуженно: — Господин Президент, ну что вы, в самом деле? Ну нельзя же иначе.

— Конечно же нельзя, — тотчас вставил Ванечка. — Одна машина — миллион стоит...

— Ладно, — сказал он. — Бог вам судья, непослушным. Будь все по-вашему. Конец связи.

После этого он связался с Майклом и сказал ему, чтобы держался поближе, раз уж увязался без спросу, без приказу. «Как же — без приказу? — немедленно обиделся обидчивый Майкл. — Имеем письменный приказ начальника охраны». — «Ладно-ладно, орлы боевые... Чего уж теперь. Кто у тебя вторым номером?» — «Константин Балуев». — «Привет ему передай, и пусть поменьше курит. Распущенность и никотин! Здоровье пусть бережет. Здоровье дороже всего...» — «Это как сказать...» — «Цыц! Не спорить с начальством! Конец связи. Over».

Выплыла из тумана слева светящаяся, вся в рекламах, словно титаническая новогодняя елка, арка Московских ворот. На закруглении проспекта торчала поперек дороги перекошенная набок «коррида» с задранным капотом. Какие-то люди, отчаянно размахивая руками, кинулись наперерез, пришлось круто принять влево, взвизгнули, негодуя, покрышки. «Полегче! — предостерегающее клекотнул Ванечка. — Разобьемся — не собрать...» — «А ты — помалкивай, — сказал он ему, не оборачиваясь и даже в зеркальце на него не глянув. — Меньше пьянствовать надо было...» — «Да кто пьянствовал-то, гос-с-с... Пивка выпил с ребятами...»

Он не стал с ним разговаривать. Взял микрофон, набрал код генерала. Тот откликнулся моментально — словно руку держал на трубке.

— Я у Московских ворот. Как дела?

— Плохо, — сказал генерал Малныч да таким голосом, что мог бы дальше и не продолжать, и так все стало ясно. Но он продолжил: — Очень плохо, господин Президент. Я почти уж ни на что не надеюсь. Он в коме сейчас. У него сердце совсем отказало...

— Тихо! Короче: он жив?

— Почти уже и не жив. Я не знаю, как...

— Жив или нет?!

— Он в коме...

— В коме? Вы, засранцы мудацкие, говно бездарное, п...ки, долбо..ы, срань зеленая... А ну взять себя в руки! Я буду через час. Понятно-нет? Через час! Если вы его не продержите до меня на этом свете, всех вас перестреляю к корявой матери. Все! Конец связи!

Он швырнул микрофон на соседнее сиденье и дал газ. Турбина взвыла, словно пинком разбуженная сука, машину рванули вперед так, что голова туго уперлась в «подзатыльник» и щеки оттянуло вниз и назад. «Эй-эй! — закричал сзади Ванечка в ужасе и отчаянии. —

Нельзя! Нельзя так!..» Молчи, дурак, гаркнул он. А может быть, и не гаркнул — не до того ему было: он уже не смотрел больше вперед — там все равно ничего не было видно, кроме клубящегося молока, он смотрел на экран локатора, где дымились невнятные зеленые контуры, а потом спохватился и врубил все внешние средства оповещения: красные и синие маячки, и оба прожектора, и сирену, тотчас бешено заклекотавшую, словно дьявол, которому выкручивают с корнем хвост.

— Молчи, дурак, — повторил он уже спокойно. — Молчи и молись.

ГЛАВА 6

На автостраде, слава богу, не было тумана. Посредине третьей, самой популярной, полосы там было даже сухо, хотя и левее, и правее блестели опасные наледи. Шел, правда, снег, и даже не снег, а ледяная мелкая мерзость сыпала из черноты, тотчас сметаемая с асфальта свирепым боковым ветром. Видимость, впрочем, была хорошая, метров двести, и он выключил локатор.

Майкл шел сзади, как привязанный, жестко держал дистанцию и помалкивал. Он молчал даже во время бешеной гонки по городу, когда все вопили, как прирезанные: ошалевший от страха Ванечка с заднего сиденья, перепуганный, ничего не понимающий Кронид из радиофона и маленький, вчистую обгадившийся Славочка Красногоров из мрачных глубин подсознания (он с такой безжалостной ясностью представил себе, как броневичок врезается в какой-нибудь самосвал, что хотел жить любой ценой, немедленно и, разумеется, вечно).

Теперь все это было позади, хотя он по-прежнему шел, нарушая все скоростные режимы, — на спидометре было двести.

«...Давайте, давайте... — зловеще зудел сзади Ванечка. — Поддайте еще малость и — взлетим нá хрен... как эти... птички, в жопу трахнутые...» — «Не выражайся». — «Ну да — ему, конечно, можно, он большой, а простому человеку уже и слова сказать нельзя...» — «Да кто тебе слова сказать не дает, п..да маринованная? Не ругайся только, тебя просят...» И прочие глупости. Это крутой давешний страх из них сочился, то жидкой струйкой, то вылетая мелкими капельками, они словно кашляли страхом, да только легче все равно не становилось: слишком его много скопилось в трахеях души — болтовней не откашляешь...

...Главное, ничего он уже не мог вспомнить об этой инфернальной четвертушке часа. Ничего. Полный почти провал. Будто этой четвертушки и вовсе не было никогда. Ты же писатель, мудило. Вспомни. Восстанови... Опиши... Ничего не восстанавливалось.

...Зеленый, слегка оконтуренный дым на экране локатора (хрен знает что обозначающий), косматая беложелтая мгла за лобовым стеклом — вдруг расступающаяся, и в черной дыре — запоздало высвеченная мрачная титаническая задница какого-то муниципального чудовища с грязными красными огоньками... Все, конец... тормоз... левее!.. поздно!.. Сейчас... Нет. Уф-ф, б-блинище! Пронесло... (Да перестань визжать, ты, свиненок, а то за руль сейчас посажу... прямо на полной...) И снова молочная слепота... В никуда. В ничто. В рваное оскаленное железо, которое ждет и вот — дождалось. Шатер разноцветных бликов, вспышек и полыханий на косматом молоке, клекот генеральской сирены и — остолбенелые фосфоресцирующие сине-красно-желтые статуи патрульных, отдающих проносящемуся с воем и клекотом чудовищу честь своими огромными белыми перчатками...

Вот и все тебе воспоминания. Они же, блин, — впечатления...

— Стас Зиновьич! Ради бога. Пустите за руль.
— Нет. Ты пьяный.
— Да какой я сейчас пьяный. Ей-богу, весь хмель со страху выветрился...
— Будешь знать, как в будний день надираться.

— Да не надирался я, что вы, в самом деле. Пивка немножко выпил с ребятами...

...Как, интересно, Майкл удержался на хвосте во время этой гонки? Локатора у него никакого нет. Рванул я — с места, сразу ушел в отрыв, ему ведь еще среагировать надо было... И как он сейчас на обычной «керосинке» за мной поспевает?.. Правда, у него мотор усиленный. Э, да при чем здесь мотор усиленный — ПРОФИ!..

Он нашарил микрофон.

— Майкл?
— Я, господин Президент.
— Как дела?
— Все о'кэй. Сушим подштанники помаленьку.
— Артему, конечно, уже наябедничал?
— А как же? Доложил, как положено.
— «Как положено», «как положено»... На хвосте-то у меня хорошо висишь? Со своей керосинкой?
— Тянем помаленьку, — бодро ответствовал Майкл. Слишком уж бодро.
— Ясно. Но если все-таки отстанешь, помни: поворот на Красную Вишерку, сто пятьдесят девятый километр. А дальше — по указателям...
— Я знаю маршрут, господин Президент... Да и не отстану я, вы не беспокойтесь.
— Ох, ох, ох — какие мы уверенные! Ладно. Надеюсь на тебя... Over.

Надо было бы связаться также и с генералом, но он — боялся. Он вообще старался не думать о Виконте, и он не думал о нем — Виконт присутствовал где-то неподалеку — тоскливо и безнадежно, словно свернувшаяся в клубок боль, оглушенная анальгетиком. Очень хотелось поддать еще газку, вообще перейти на воздушную подушку — в режим полета, — но тогда появлялся риск сожрать задолго до цели все горючее и остаться уж вовсе на бобах. Конечно, если быть уверенным, что на повороте обязательно встретит эскорт, тогда можно было бы и рискнуть, но он решил теперь ни в чем не быть уверенным. У него было ощущение, что лимит удачи на сегодня (и на много дней вперед, наверное) он уже исчерпал... А может, дозаправиться? Бензоколонки — каждые пятьдесят-сто километров, скоро должна быть очередная. Это — можно было бы. Но — время... ВРЕМЯ! Времени нет совсем. Как денег. Как здоровья. Либо его — не хватает, либо нет совсем...

Бензоколонка возникла вдали в мерцающей метели, словно маленький рай местного значения, — сверкающая огнями, ласковая и заманчивая. Надо решаться. Заправка — это пять минут минимум. Со всеми рекламными штучками, неизбежными и вязкими, как сладость рахат-лукума.

— Заправляться будем? — спросил он.
— А сколько в баке?
— Четверть бака, чуть больше.
— До Луны хватит, — произнес Ванечка в той плебейской манере, которую усвоил себе в последнее время — исключительно для тех моментов, когда они ссорились.
— Хватит ваньку валять, — сказал он постному личику в зеркале заднего вида.
— А я и есть — Ванька.
— Ты не Ванька. Ты — Иван. В крайнем случае — Ванечка.

Ванечка сказал:
— А мне не нравится, Стас Зиновьич, когда вы со мной разговариваете как с вашим холуем.
— Неправда. Как с сыном. Но — с дурным.
— Так с сыном не разговаривают.
— А тебе, интересно, откуда знать, КАК с сыном разговаривают?
— Оттуда же, откуда и вам. Прошу прощенья.
— Слушай, неужели ты так и не осознал своего окаянства?
— Ну осознал, осознал я уже все! — отчаянно возопил Ванечка. — Но только что же мне теперь — жабу съесть?

— Не надо есть жабу... — машинально сказал он. Кто-то бежал наперерез по дороге. В белом. Появившись у обочины справа. Бежал как-то странно. Нелепо как-то. Наполовину бежал, а наполовину словно бы полз. Человек. Похожий на большое искалеченное насекомое.

— Эй!.. — успел крикнуть над ухом Ванечка.

Тормозить уже поздно было. Сейчас перевернемся, спокойно подумал он, словно это было кино, которое они вместе смотрели. Человек стоял на коленях. Совсем уже близко. Тянул руки. Хотел, наверное, чтобы его подобрали. Или убили...

Надо было повернуть руль на некую долю градуса, и тогда удалось бы пройти рядом, на расстоянии в один волосок, и при этом остаться на колесах. Ванечка успел еще раз вскрикнуть — не то «ай!», не то «мать!». И всё. Не стало больше никого впереди. Серебрилась и мерцала там только совсем близкая теперь бензоколонка, заманчивая, словно ледяной бокал с искрящимся — для пересохших губ... В зеркале заднего вида белый человек на коленях стоял с поднятыми руками. Теперь он вспомнил, что человек этот был белый потому, что в белье: полотняная белая рубаха и полотняные кальсоны, каких не носят уже, наверное, с полвека. Лица у человека не было. Волосы были — клочьями и космами, кальсоны были, а лицо как бы отсутствовало вовсе...

Майкл прошел левее — сверкнул, ослепительно и грозно, всеми своими шестью фарами-прожекторами, и вот они уже снова одни на шоссе, нет странной, жалкой и страшной фигуры без лица, ничего и никого нет, кроме двух автомобилей, свирепо и мощно впивающихся в ледяную редкую метель.

Бензоколонка придвинулась, озарила правый глаз разноцветными мигающими огнями (несколько десятков разнокалиберных автомобилей, шевелящиеся черные фигурки между ними и — на фоне сияющих витрин — десятиметровые стереоизображения крутых парней, закуривающих «вортекс») и сгинула позади. Он вдруг осознал, что едет гораздо медленнее, чем раньше, — меньше ста пятидесяти, — попытался надавить на газ, но нога отказалась его слушаться. Это было что-то вроде безболезненной, но несомненной судороги. Нога не хотела ехать быстрее.

— Я ведь его чуть не убил, — сказал он сквозь зубы.

— Да уж, — откликнулся Ванечка. — Псих ненормальный...

— Это ты о ком?

Ванечка поперхнулся хохотком.

— Оба хороши.

— Я боюсь звонить генералу, — признался он неожиданно для себя самого. — Я боюсь, что он скажет: зря, блин, стараетесь, поздно. А я тут дурака какого-то чуть не размазал по радиатору...

— Стас Зиновьич, ну что вы, ей-богу? Вы посчитайте, сколько раз вы так вот уже мчались...

— Обычно — меня мчали.

— Ну, или вас мчали... Раз двадцать, наверное?

— Наверное. Я сначала считал, а потом перестал — из суеверных соображений.

— Вот видите. И каждый раз все было о'кей. Он крепко за вас держится, наш Виктор Григорьевич.

— Как за последнюю соломинку...

— Как за пароход, — сказал Ванечка. — Или — как за берег. Это будет еще точнее.

— Ты меня успокоил, — сказал он, и они замолчали.

Потом он заставил все-таки себя взять микрофон.

— Сто второй, — откликнулся молодой голос. Незнакомый. Вполне холуйский и в то же время — дьявольски самодовольный. Штабной.

— Красногоров. Генерала Малныча мне, — скомандовал он. Он знал, как следует обращаться с такими голосами.

— Генерал Малныч в процедурной.

— Доложите ситуацию, Сто второй.

Голос дал паузу, потом последовало осторожное:

— Ваш код, пожалуйста.

— Плоховато слышите? Я — Красногоров, — сказал он по возможности веско, но он уже ощущал, что прозвучало все это у него недостаточно убедительно и что маленькое это сражение им проиграно.

— Я доложу генералу о вашем звонке, господин Красногоров.

— Сопровождение к шоссе выслано?

Снова пауза. Малюсенькая. Микроскопическая. Однако же — весьма информативная.

— Сведениями не располагаю.

— Так выясните! Я должен точно знать, ждут меня на перекрестке или нет.

— Слушаюсь.

— Выполняйте!

— Ваш код, пожалуйста?

Станислав бросил микрофон.

...Не думать. Не фантазировать. Не воображать себе ничего. Гнать. Накручивать километры. «Мотая километры двадцать первый час подряд, на рулевой баранке мы клянемся вчетвером: пока не домотаем мы до Жекиных ребят, не будем жрать, не будем спать и в кустик не пойдем...» Кто были эти «Жекины ребята»? Какие-то славные физики-химики на маленьком хуторке близ незабвенного Гинучая... Хорошо. Вот об этом и думай. Очень хорошо. Гинучай. Зеленые, чистые холмы Литвы. Оранжевые огоньки лисичек на лесистом склоне. Жека — румяный и безукоризненно чистый, внутри и снаружи, милый Жека... Все уходят. И первыми — самые лучшие. Почему именно он должен был подхватить лейкемию — в своем сверхсуперчистом институте, занимающемся Сверхчистотой? Потому что так захотела Судьба... Эти дурачки мои любимые воображают, что я управляю Судьбой. Молодые. Молодость глупа и самонадеянна. Самонадеянна, ибо глупа. Человек может управлять автомашиной. Танком. Собой. Другим человеком (в очень малой степени). И — всё. Судьба же — это равнодействующая миллионов сил (совсем по Льву Николаевичу). Управлять судьбой значит управлять миллионными толпами людей да еще и миллионными стаями разнообразных случайностей вдобавок... Такое может только сама Судьба — слепая могучая бабища с мозгами крокодила и с его же этическими представлениями...

...У Николаса нервы были — ни к черту. Спазмы сосудов. Рука вдруг начинала трястись, когда он волновался (а волновался он — частенько, но умел это скрыть: «трясенье рук, трясенье ног, души трясенье...»). Жрал постоянно какие-то нейролептики... Нет, неправильно нейростатики, кажется. Спазмолитики... Ч-черт, да разве в этом дело? Просто: лучшие уходят первыми. А те, что похуже, — продолжают существовать дальше. Те, что сортом пониже и классом пожиже... И так — всегда. Почему и не улучшается никак род людской. Несмотря на все победы сил разума и прогресса. Сколько веков оптимисты твердят: дальше будет лучше, хуже уж некуда. Хрена.

...Но дурачки-то мои верят. «Чаша терпения Хозяина переполнилась, и он сделал своего врага мертвым». Моя работа. Mea, опять же, кульпа... Вряд ли Кузьма Иваныч так думает. Кузьму Иваныча на кривой не объедешь. Среди Кузьмы Иваныча дураков нет. Но он считает, что все такие разговоры да плюс сюда же еще и суеверия — на пользу дела. Ад майорем MEA глориа. И ладушки. Ибо в конечном итоге всё держится на страхе, всякая власть стоит — на страхе, и только на страхе, и ничего она не стóит вне страха. Всё же прочее — чушь: любовь, восхищение, уважение, личная преданность, фанатичное преклонение — чушь, эфемерида, фантомы, пыль шагов. Страх. ТОЛЬКО СТРАХ. И ничего, кроме страха. Честь, говорите? Ум? Совесть? Правда? Страх сильнее правды. Правда побеждает, это верно, правда кого угодно способна победить — это орудие мощное и гордое. Но Страх никогда не исчезает, вот в чем дело. Его можно победить, но он остается, он только пригибает свою уродливую серую голову, пока правда неистовствует над ним, как праведная буря. Потом буря эта истощается, изматывает сама себя, утомленно затихает, отправляется на заслуженный отдых, и вот тут-то и выясняется вдруг, что всё неправедное сметено, расплющено и обращено в прах — всё, кроме, оказывается, Господина Страха. Тихая загадочная жизнь разлагающегося трупа — вот что такое Господин Страх... Тень Госпожи Смерти на грязном белом саване экрана...

— Стас Зиновьич, куда это они?

Он отвлекся. Справа и слева на небольшой высоте, сверкая красным и синим, прошли, неспешно обогнав, длинные, как осы, полосатые вертолеты дорожной полиции... Какая разница, куда? Не тронули, и на том спасибо. Впрочем, скорость была — почти разрешенная: сто шестьдесят. Строптивая нога по-прежнему не желала делать больше. Он заставил ее работать. Сто семьдесят... восемьдесят... девяносто... («Стас Зиновьич, ну ей-богу же, пустите за руль...») Двести. Хватит. Пока.

...Бесстрашных людей не бывает, вот в чем штука. Природа такого не предусмотрела, и даже, пожалуй, наоборот: заложила страх в гены, в клубки ДНК, в первичную безмозглую и, казалось бы, бесчувственную слизь... Господи, да разве один только страх? Все люди испытывают природное отвращение к алкоголю, к куреву, к крови, к дерьму, к трупу, к плачу... Но ко всему этому можно привыкнуть, и ко всему привыкают. Как миленькие. Нужда — заставит. Но, кажется, Амундсен сказал: «Нельзя привыкнуть к холоду». Правильно, подтверждаю. И нельзя привыкнуть к страху. На чем и стоим.

...Николас, между прочим, был абсолютно бесстрашен. То есть он умел скрыть страх, довести его до состояния полной невидимости... Как некоторые умеют скрывать боль. А некоторые — ум. (Очень, между прочим, и очень не простое умение!) Или, скажем, — горе... Но на самом-то деле он боялся. Я знаю точно: он боялся. Он боялся оказаться слабее себя. Он боялся пауков (это называется арахнофобия). И он до смерти боялся, что на прямой его вопрос она ответит ему: «Нет» — коротко и с удивлением. Он боялся потерять смысл своего существования. Он был поразительно слаб, этот потрясающе сильный человек. Он был словно мифический атлет с микроскопически маленьким сердцем. У него под ногами была — зыбь. Он был танк на тонком льду. Нельзя так ошибаться в выборе смысла существования. Фундамент должен быть прочным, пусть даже стены — жидкие. А у него было наоборот. Всегда. С самого детства. С того самого момента, как он вдруг осознал, что не может ничего, а сможет — всё, и это сознание стало его modus operandi, и modus vivendi, и модус-всего-на-свете... Нельзя ставить все деньги на одну лошадь. Даже если это — Буцефал...

...Вот что. Через час я вытяну обратно на этот свет Виконта, а в декабре я всех побью на выборах. Удивительно, как я мог в этом сомневаться еще полчаса назад? Против лома — нет приема. Против Рока — нет зарока. Слепая бабища с мозгами крокодила — не подведет. И все будет так, как ей угодно. Не надо только ей мешать. Не нужно лишних движений. Не нужно выкриков и выпадов. Не нужно фокусов и ярких эскапад. Кузьма Иваныч — прав, Эдик — нет. Эдик считает, что лягушка в крынке со сметаной должна работать лапками до последнего, а великолепный Кузьма-Ваныч отвечает ему на это (величественно): а откуда ты взял, что мы в крынке со сметаной?..

— Иван, кто на выборах победит?

— Нацисты. — Ванечка не задумался даже на малую секунду. Словно ждал этого вопроса. Словно только что (и всегда) об этом думал.

— Вот это да! Но почему?

— Время пришло.

— Но ведь это же — война?

— И очень хорошо. Мир всем уже надоел. Скучно.

— Да чего же ради? Разве плохо живем?

— Живем — средне. Но за них голосовать будут не те, кто живет средне, а те кто — плохо, и все те, кто живет скучно. А те, которые средне, голосовать, как всегда, не придут.

— Оригинальничаешь, Иван Вениаминыч, — сказал он, самым неприятным образом пораженный.

— Ни в малейшей. Доказать ничего не могу, это верно. Но — в воздухе же носится. И время подошло: десять лет после путча. Как это и было в Веймарской Республике, помните? Так что — «настал момент такой»...

— Однако мы все-таки — не совсем все же немцы.

— Еще какие немцы! Будьте благонадежны! Когда доходит до желания подчиняться — еще какие немцы! Подчиняться и подчинять. Тут мы все — самые что ни на есть немцы. Раса господ тире рабов...

— Ты, однако же, у нас философ, — ему не хотелось спорить с самим собой.

— Ага. Красногорова наслушался.

— Вот именно. Любишь ты, как я посмотрю, «отрывистые банальности», а?

Ванечка ничего на это не ответил, а спустя пару секунд вдруг сказал встревоженно:

— Стас Зиновьич, что это там? Зарево какое-то...

Он выключил фары. Впереди действительно было зарево — прямо поперек дороги, и не очень далеко: видно было, как летят искры и еще какие-то горящие легкие клочья, и все это — на фоне смоляного огненно подсвеченного дыма, более черного, чем сама ночь.

Ну вот, подумал он.

До поворота по карте оставалось еще больше десяти километров.

ГЛАВА 7

— А чего вы так волнуетесь, господин Президент? — сказал Большой Мент. — Через час прибудут саперы. Через два, много через три, поедете себе, по гладенькой дорожке...

— С кочки на кочку, — радостно подхватил Малый Мент, — в ямочку — бух!.. — и заржал по-лошадиному, очень довольный всем на свете: и мотающимся по ветру вонючим дымным огнем, и заискивающей, напуганной толпой осиротелых без автострады водителей, и всеобщим вниманием к своей особе, и тем, главное, что разговаривает по-свойски с самим Хозяином.

— Да уж, да уж... — поддакнул ему Хозяин с самым светским видом. Огненные руины ворчали, дыша жаром и гарью, словно глотка издыхающего дракона. Он старался не смотреть в ту сторону и все норовил повернуться спиною к этой, все еще корчащейся гряде раскаленного металла — все еще жадно пытающейся быть, существовать, даже шевелиться...

(Что там было в этой гряде? Вертолет. Два бензовоза. Сколько-то автомашин, залетевших с ходу уже в огненное жерло... Трясущийся от ужаса очевидец, пьяный не то от счастья, не то водки успев где-то надыбать, с остекленелыми глазами и с улыбкой умалишенного, снова и снова, каждому вновь подъезжающему повторял свой нехитрый рассказец о шести тачках, влетевших ТУДА предсмертным юзом одна за другой, а он был — седьмым и успел затормозить на самой границе огня... Жена его тихо лежала у себя в машине на переднем сиденье, откинув голову с мокрой, в черных пятнах, салфеткой на разбитом лице.)

Дорога была завалена по всей своей сорокаметровой автострадной ширине. Справа, уже за пределами и дороги, и даже кювета, где чадил вверх горелыми колесами какой-то прицеп с развороченным контейнером, занимались огнем все новые, все более отдаленные кусты и голые деревья. Но вот слева в дыму виднелся вроде бы малый просвет между огнем и краем автострады, и туда он непроизвольно то и дело поглядывал, боясь раньше времени разоблачить свой замысел. Впрочем, замысел этот был прозрачен и лежал на поверхности. Оба мента прекрасно понимали, чего хочет невесть откуда взявшийся здесь легендарный Хозяин, и реакция у них на это хотение была совершенно однозначная: ни-ни. Со всем нашим уважением и пониманием, но даже и разговору быть об этом не может. Ни, ни и еще раз ни.

Ментов толклось в шеренге поперек дороги многое множество: два полных вертолета. Но эти двое — Большой и Малый — были здесь (по сю сторону) главными, особенно — Малый, в звании полного лейтенанта и очень противный. Но самым на месте ДТП наиглавнейшим был майор, которого видно сейчас не было, поскольку с двумя другими вертолетами он находился по ту сторону ДТП, где и функционировал, присутствуя по сю сторону лишь в виде некоей начальственной эманации.

Можно было плюнуть на закон и порядок, сесть за руль и рвануть напролом — визжа горящей резиной, наискосок, сквозь шеренгу ментов, в дымную дыру слева, на авось... может быть, даже ставши при этом на подушку, некоторой подстраховки для... Кривая вывезет.

Можно попытаться пройти по целине, болотом, понад редкими рыжими кустами, сквозь унылую поросль замученных ржавой водой ив и осин... и тоже встать на подушку, в крайнем-то случае...

Можно прыгнуть через огонь. В лоб. Повыше огня, но пониже дыма...

Все можно. Но.

Будут гнаться и, может быть, даже стрелять. От вертолета не уйдешь... Может пукалки не хватить — прыгнуть-то прыгнем, а вот каково будет приземляться? И все горючее в одну минуту — ф-фук!.. И что там за дымом? Кто мне скажет, что там за дымом и за огненной грядой?.. «По гладенькой дорожке... в ямочку — бух!»

...Почему? Почему всю свою жизнь я натыкаюсь на дикие, невообразимые, ни с чем не сообразные препятствия каждый раз, когда хочу сделать нечто совершенно естественное, обыкновенное, ДОБРОЕ?.. Идешь в политику — без особой на то охоты, не идешь даже, а заносит туда тебя, как щепку в водоворот, и ведь глупостями вроде бы там занимаешься — какой-нибудь бюрократомахией, или, скажем, гидру фашизма сражаешь, или несчастную свою Россию вытаскиваешь из очередной колдобины (занятия все неестественные, дикообразные, обыкновенному человеку отнюдь не присущие и с ним даже как-то и не совместимые вовсе), — и при этом все у тебя идет путем: добрые люди у тебя оказываются на подхвате и всегда готовы, злые люди — как бы сами собою низвергаются во прах, идешь себе торной дорогой, внушая почтительный ужас и весь в белом... Но стоит только захотеть сделать что-нибудь человеческое, обыкновенное, от природы тебе данное — и вот торчишь, как куча говна, перед немыслимой и непредсказуемой огненной преградой, и нет тебе никакого пути к твоей простой человеческой цели, и светоносной Судьбы никакой и нигде не обнаруживается... Мент, маленький и противный, — вот и все, что тебе предлагается к рассмотрению, он и есть твоя Судьба сегодня, Рок твой, сумрачный твой Фатум...

А толпа вокруг между тем все росла, новые и новые машины со стороны Питера прибывали, гомон стоял, Малый Мент разглагольствовал все развязнее, Большой ему с удовольствием подгавкивал, и все их комментарии сводились к тому, что ничего с вами со всеми не стрясется, подождете как миленькие, сам Хозяин, между прочим, стоит вот, и ждет, и только Богу молится, что не занесло его в огненную кашу...

Утомившись светски улыбаться и окончательно осознав, что поддерживать разговор на этом уровне бессмысленно, ничего это ему не даст, только время зря пережевываем, а пора бы уже и за ум взяться по-настоящему и выход — найти, совсем он уже было решил откланяться и покинуть этот озаряемый воняющим пожарищем раут, как вдруг, разрезав толпу, на него обрушился, внезапно материализовавшись, невесть откуда взявшийся почти мифический майор с ТОЙ СТОРОНЫ.

Майор этот, огромный и громогласный, как генерал, с ходу вообразил себе (не разобравшись и даже разобраться не попытавшись), что оказавшийся здесь Хозяин — пресловутый, жульем и интеллигуями зацелованный кандидатишко в русские президенты, Хапуга Номер

Один, не пойманный до сих пор органами только по недоразумению, — торчит тут с единственной целью: развратить вверенный ему, майору, контингент, купить, обольстить, обдурить, заговорить, глаза им залепить, чтобы пропустили они его, распустяи, нарушив долг и честь, где пропускать не велено. (Сквозь огонь.) Он был слегка пьян, разило от него сладковатым запахом спиртяшки на добрые метр двадцать, и он был громогласен, неподкупен, бесстрашен, ни в какие эти слухи и мистические разговорчики не верил ни на грош, никого на свете не боялся, ненавидел жулье и поганых дерьмократов и ничего этого от народа не скрывал, а резал правду-матку беспощадно, ломтями, под одобрительный ропот толпы, впавшей, как водится, при виде этого окончательного здесь начальства в состояние предупредительной льстивости. Большой и Малый менты, оба, начальственные инвективы эти выслушивали с обиженным видом незаслуженно заподозренных честных битых фрайеров, помалкивали, но поглядывали теперь на Хозяина с естественным осуждением и неудовольствием. Делать здесь стало совсем уж нечего.

— В письменном виде, пожалуйста, — сказал он майору и сунул ему в нагрудный карман свою визитку. — Я принимаю заявителей по нечетным дням, с двенадцати до четырнадцати...

Майор поперхнулся на полуслове — не потому, что ядовитые вежливости эти его сколько-нибудь задели, а потому как раз, что ничего он за собственным рыком и ревом не расслышал, а расслышать ему их хотелось: Хозяин все-таки, не каждый день с ним разговариваешь. Однако Хозяин повторять ему ничего, разумеется, не стал, а повернулся тут же и пошел сквозь толпу, которая расступалась почтительно и охотно, источая при этом и льстивость, и неприязнь, и изумление, и одобрение, и еще довольно много других, противоположных между собою чувств, которые сами по себе редкими, пожалуй, не были, но редко, однако же, встречались все вместе, разом, в одном букете и в таких концентрациях.

Спокойный, хотя и профессионально настороженный Майкл (он шел впереди, и именно пред его каменным квадратным ликом толпа раздавалась «в стороны, в мрак») проводил его к машинам. Ванечка, как водится, прикрывал собою тылы, ухитряясь каким-то чудесным образом совсем при этом не наступать на пятки.

У машин (они, обе, поставлены были цугом на обочине) имели место какие-то не совсем штатные события. Костя Балуев почему-то был при машинах не один — стоял между ними и крепко придерживал за предплечье некоего мелкого мужичка, который слабо, как бы формально, дергался, норовя освободиться, и при этом смотрел злобно — с видом насмерть перепуганного животного, залетевшего вдруг в западню.

— В чем дело? — осведомился он, подойдя. — Кто таков?

— А вот такая интересная фигура, — пояснил Костя, продолжая придерживать и осаживать. — Сам подошел. С хитрым видом. Подсказал дорогу в объезд — через Сплавной и Некрасово. Примерно десять кэмэ. Но почему-то — шепотом. И вообще явно чего-то скрывает, жлобина. По-моему, так он — наводчик.

— Чей наводчик? — спросил он с естественным недоверием.

— А вот этого, ихнего, Стеньки Разина. Гроб Вакулин которого зовут.

— Гроб?

— Ага. Имя у него по паспорту — Герб, но зовут его в народе ласково — Гроб.

Он пожал плечами и, отворяя дверцу машины, спросил у наводчика:

— Дорога-то хоть приличная?

— Ну! — ответил наводчик. — Нормальная дорога. Как на нее станешь, так и попрешь до самого Некрасова... — говорил он плохо, несвязно, и каша у него была во рту, чтобы понять его, надо было напрягаться, словно он был иностранцем. — И нечего меня хватать, будто я ворюга какая-то... Пусти! Чего ты меня, в самом де...

— Цыц, — негромко сказал Майкл, и наводчик замолчал, словно его заткнули пробкой.

Он включил курсограф, нашел карту района, и тут же обнаружилась и дорога. От того места, где они сейчас стояли на обочине, надо было сдать назад метров пятьсот. Там имело место малоприметное ответвление от автострады вправо: третьесортная дорожка (щебенка с гребенкой) на нежилое ныне селение Сплавной, а потом по краю болота Дубровский Мох на опять же нежилое селение Красная Вишерка. Было там где-то сбоку и названное Некрасово, а далее эта дорога шла на Поддубье, мимо Лушина болота, на Горнецкое, Климково и заканчивала свою тридцатикилометровую дугу у населенного пункта Добрая Вода, совсем рядом с автострадой. Весь объезд этот словно нарочно был кем-то построен на случай огненной баррикады поперек пути Петербург — Москва на отрезке Большая Вишера — Малая Вишера.

— А вы сами-то откуда? — спрашивал между тем снаружи у наводчика подчеркнуто вежливый Ванечка.

— Да с Маловишеры я. Местный.

— А здесь как оказались?

— Так... это... Авария! Я и приехал.

— На чем?

— Как на чем? На этом... на мотоцикле... — Что-то не ладилось у наводчика не только с дикцией, но и с внутренней логикой, говорил он и вообще-то не совсем уверенно, а тут и вовсе его заклинило. — На велосипеде! — поправился он. — А велосипед сперли. Вот я тут и отираюсь. Хотел вам как лучше. Думал вам надо. Срочно. Подсказать хотел, я же знаю места. Местный...

(Или что-то в этом роде. Чем дальше, чем он сильнее обижался, завирался и волновался, тем труднее становилось его разбирать.)

Он высунулся из машины и спросил его:

— Раз вы местный, что там у вас в Красной Вишерке?

— Известно, что: вэче.

— И что там за ВЧ?

— Да откуда нам знать? Солдаты. Машины. Колючка по стене. Говорят, какой-то секретный институт, а нам-то знать — откуда?..

— Вы и в самом деле наводчик?

— Да какой же я наводчик? Да господи! Я же как лучше хотел... Я же вижу: люди в затруднении...

— Цыц, — сказал Майкл.

Он взял микрофон и принялся вызывать генерала Малныча. Генерал откликнулся быстро, и голос у генерала теперь снова был самодоволен, бодр и энергичен — как в самые лучшие времена. У него сразу отлегло от сердца. Видимо, дела если и не улучшились, то по крайней мере перестали ухудшаться. Генерал между тем доложил, что кризис удалось, слава богу, купировать, из комы пациент выведен, хотя состояние и остается пока еще тяжелым. Что-то в его интонациях настораживало, и «Я нужен?» — спросил он впрямую. «Да, конечно», — ответил генерал, но с некоей заминочкой, которая его удивила и насторожила еще более. «Нужен или нет?» — повторил он тоном выше. «Да! Да!» — страстно откликнулся генерал Малныч на этот раз уже без всяких там заминочек, и он решил, что не станет сейчас ничего уточнять и выяснять. Он просто рассказал генералу о своих обстоятельствах и спросил, что тот думает по поводу дороги на Сплавной, Некрасово и дальше. Генерал замялся — на этот раз совершенно уже явственно — и сказал: «Опасно это, Станислав Зиновьевич. Я же докладывал вам — там вакулинцы шалят». — «А если выслать мне кого-нибудь навстречу? На всякий пожарный?...» — «Это можно! — оживился генерал. — Давно пора им по мордам надавать! Я вышлю БТР, Станислав Зиновьевич, прямо сейчас...»

Он вылез наружу и спросил у всей своей команды сразу:

— Ну что? Рискнем?

— Конечно! — немедленно откликнулся Майкл. — Только вот этого с собой прихватим.

— Не имеешь такого права! — подал голос наводчик — малоразборчиво, но с напором.

— Права не имею? — сказал ему Майкл вкрадчиво. — Так вон же милиция. Чего же ты не кричишь караул? Хочешь, пойдем сейчас к ним, обсудим там все вопросы? Не хочешь? Тогда помалкивай в теплую тряпочку и делай, что тебе велят. Иван, блин, Сусанин маловишерский...

Тогда он сказал:

— Отпустите его, Костя.

— Господин Президент! — вскричал Майкл.

— Стас Зиновьич, нельзя! — вскричал Ванечка одновременно и в том же тоне.

А Костя ничего не стал вскрикивать, но приказ начальства тут же выполнил и даже слегка отпихнул от себя подозрительного мужичонку — иди, мол, счастье твое...

— Господин Президент! — наседал Майкл, растерявший в эти секунды все свое чувство юмора. — Я категорически настаиваю. Я, в конце концов, здесь старший охраны. Вы должны прислушиваться ко мне, господин Президент!.. Константин, держи этого жлоба, возьми его, пока он не удрал...

И тут его схватило. Как всегда, ни с того ни с сего и, как всегда, абсолютно некстати. Зазвенело в ушах, мир отдалился, отодвинулся, словно нарисованные мрачные декорации, и отдалились голоса: только на самом краю слышимости гудело, рокотало, ворчало, булькало — взволнованно-настырный Майкл, и бормочущие на холостом ходу двигатели, и по-генеральски взрыкивающий совсем рядом майор... этот-то откуда здесь взялся, он же далеко, где огонь холодеет... задыхается, умирает и никак не умрет, несытый, слабо шевелящийся, уже некрасивый... жалко... А ведь могу сейчас и подковы отбросить, надо же, как глупо... вот будет смешно: ехал друга вытаскивать из темноты на эту сторону да сам в ту же темноту и провалился... Нет. Не сейчас. Не сегодня. Еще. Обещаю... Кто это сказал мне?

Давно. Не помню. Но обещание это было тогда нарушено, это — помню...

Среди бормотания, шелеста, тоненького звона и эфирного свиста раздался вдруг — совсем над ухом — напряженный голос Ванечки:

— Подожди. Заткнись. Видишь — его схватило. Пусти... Ч-черт, до чего же не вовремя...

— Это всегда не вовремя, — сказал он одеревенелым ртом, непослушным языком, онемелым горлом. — Всё. Спокойно. Проехало... — Оказывается, он сидел уже на водительском месте, и ему было холодно. — Где мои пилюли? Надо — две... А можно и три.

Онемелые пальцы сами собой нащупали непослушную трубочку с пилюлями и привычно отвинтили крышечку. Знакомая освежающая горечь оживила язык, нёбо, придвинула мир, поставила его на место, отсортировала звуки: далекие стали слабыми, близкие — громкими. Стало слышно, как тяжело и быстро дышит Майкл. Будто загнанный. А пальцы Ивана, оказывается, ловко и быстро расстегивали ему воротник, массировали шею под затылком, держали за пульс — и все это вроде бы одновременно.

— Всё. Всё, — сказал он, преодолевая удушье. — Обошлось. Я же сказал: еще не сегодня. Извольте верить. Я, как известно, никогда не лгу... Честный Стас...

— Ну, Хозяин! — сказал Майкл. — Ну, с вами не соскучишься...

Он все еще шумно дышал. Как после схватки. Он, видимо, был основательно потрясен, а может быть, даже и напуган. Никогда раньше не видел, как Хозяина схватывает... И никогда до сих пор не называл своего Господина Президента — Хозяином: считал это почему-то жлобством и плебейством. (Он происходил из хорошей интеллигентной семьи, способен был наслаждаться Томасом Манном и Германом Гессе, восхищался Бюнюэлем, писал потихоньку диссертацию на какую-то заумную филологическую тему и в бодигарды пошел исключительно из идейных соображений. Артем относился к нему с некоторым профессиональным пренебрежением, но в то же время и уважал — за образованность и хорошую природную реакцию.)

— Всё, — повторил в ответ ему Честный Стас. — Всё! По машинам. Нечего нам тут больше... Поехали.

Но поехали они, однако, не сразу. Во-первых, его еще не вовсе отпустило. Вести машину — об этом и речи быть не могло, а передвинуться с водительского места на пассажирское — руки-ноги словно онемели, не слушались и не двигались. Не желали. Чтобы скрыть это обстоятельство, он затеял обсуждать порядок движения: кто впереди, кто сзади, какая там может быть засада, какую машину будут в первую очередь уязвлять, переднюю или заднюю, — но и дискуссия на удалась: возникла вдруг ситуация совсем неожиданная и даже странная.

Как выяснилось, мужичонка-наводчик, которого держать перестали и за суматохой совсем забыли, и не подумал никуда удирать. До этого момента он стоял как вкопанный тут же, на заднем плане, и только головой подавался вправо-влево, чтобы получше видеть, что там происходит внутри машины. Он и сейчас лупал глазами на него, будто чудо какое-то чудесное вдруг перед ним распустилось пышным цветом, но дело, видимо, было не в любопытстве его и не в естественном для провинциального человека желании поглазеть на халяву (сенсорная депривация, информационное голодание, то-се). Он, видимо, все это время осознавал, сопоставлял, мучительно анализировал и, подведя наконец свои итоги, вдруг разразился целым шквалом звуков и телодвижений. Он сорвался с места, попытался протиснуться к центру события поближе и, не переставая дергаться, протискиваться, хватать окружающих за руки, заговорил быстро, горячо, брызгаясь мелкой слюной, многословно и совершенно почти неразборчиво. Только отдельные словосочетания (главным образом — на языке межнационального общения) угадывались вдруг в этой бурлящей и булькающей каше: «Хозяин... ни в каком разе... страшное, бля, дело... не разберешь, на́-муй... Герб Ульяныч... за что, бля?.. сынки ведь, двое...»

Сначала он понял так, что мужичонка, будучи и в самом деле вакулинским наводчиком, уловил из разговоров, что имеет дело с самим Хозяином, страшно устыдился своего окаянства и теперь вот тужится, пробиваясь сквозь телохранителей и собственное проклятое косноязычие, убедить: не ехать, отказаться, остаться тут... далеко ли до греха?.. смертоубийство же, страшное дело... шестнадцать человек... И так далее. Опознанный Хозяин мельком даже отметил в себе пробудившееся на мгновение сладкое чувство политического тщеславия («вот и в провинции нас знают... ценят... а ведь казалось бы, кто я ему?..»), но стыдное это чувство он в себе тут же привычно подавил — и вовремя: новый и совсем другой смысл страстных речей вдруг дошел до него, и хотя полной уверенности в том, что Иван-блин-Сусанин имеет в виду именно это, у него так и не возникло, но уже трудно и даже невозможно теперь стало отделаться от предположения, что мужичонка беспокоится вовсе не о драгоценной жизни свалившегося вдруг ему на голову Хозяина (лучшего друга всех маловишерцев), — о судьбе засады Герб Ульяныча Вакулина он переживает, о шестнадцати своих сотрудниках-соратниках-подельниках, из коих двое, кажется, его сыновья.

— ...пожалеть надо... — кипело в горячей каше, выныривало, как кусок сала, и снова тонуло в бульканье и вязких пузырях, — ...тоже ведь люди... А за что?.. налогами задавили... а ему без машины куда?.. ё-н-ть... бля... на́-муй...

(Страх. Только страх управляет этим миром. И ничего кроме. Не обманывайте ни себя, ни меня. И не разглагольствуйте при мне, пожалуйста, о подвигах, о доблести, о славе. О чести, доблести и геройстве. Об уме, чести и совести. О красоте, которая спасет мир. И о семи праведниках. И об иронии-жалости. И о милосердии-доброте...)

— Что, обосрался? — спрашивал Ванечка, сладострастно-злорадно ухвативши и забирая в мосластую свою жменю воротник мужичонки. — Вот беги теперь к своему Гроб Ульянычу и передай: всем вам скоро будет окончательный ...ец, ...дец и перебздец!

(...И о безумстве храбрых не говорите вы мне, пожалуйста. И о презревших грошовый уют. И о вере-надежде-любви и матери их — Софии. И о вечных ценностях культуры, о корнях-листьях, о крови-почве. И даже о православии-самодержавии-народности вы мне не толкуйте... И ради самого Господа Бога не убеждайте меня, что честность — лучшая политика, что не за страх, мол, а за совесть и что народ истосковался по семи, блин, праведникам... СЕМЬ ЧАШ ГНЕВА! И СЕМЬ ПОСЛЕДНИХ ЯЗВ! Семь аргументов, семь символов последней веры... СТРАХ. Только страх. И ничего, кроме страха...)

ГЛАВА 8

...Ну почему это так меня задевает каждый раз, когда я с этим сталкиваюсь? Ну не пора ли уже и притерпеться: ведь всё понято, осознано, сформулировано и (с горечью) принято к сведению много лет тому назад. Много печалей тому назад. Много разочарований, пароксизмов уныния и в огорчении заломленных рук тому назад. Ну не нужна никакому массовому человеку ни твоя честность, ни порядочность твоя и ни кристальная чистота твоих намерений! Не верит он тебе. И не хочет верить. А бы если даже и хотел, то не может. Не умеет. А если верит, то лишь по привычке и до первого промаха... «Придите и володейте нами». Господи, да сколько же еще веков будет коряво висеть над миллионными нашими толпами этот уныло-покорный, анемичный лозунг? Приди и володей. Ими... Ты ими володей, а они будут тебя (с удовольствием) бояться (с гордостью даже, с горделивым чувством неописуемой и необъяснимой своей особости).

Но — обязательно и в первую голову — бояться. Потому что, как только мы перестаем бояться, у нас просыпается какой-то специфический аппетит и мы тут же принимаемся тебя поедать. Как это водится у некоторых стадных или стайных животных... Экая вековая пошлость, однако же: съедай, дабы не быть съеденным...

...Не хочу думать об этом. Пусть ОНИ об этом думают. Да только они об этом не думают никогда. Они вообще не часто думают. Прикидывают, кумекают, мозгуют, фурычат, схватывают, секут, врубаются — да. Но не думают. Зачем?.. Я великолепно помню это замечательное состояние духа, когда думать полагалось как бы НЕЭКОНОМНЫМ. Экономным полагалось — верить. А потом, спустя некоторое время, столь же экономным сделалось НЕ верить. Никому. Ни во что. Ни за какие коврижки...

Он молчал, Ванечка тоже. Ему — говорить не хотелось, да и не о чем было. А Ванечке было не до того. Ванечка держал скорость около сорока. Ничтожная скорость эта казалась огромной и опасной, быстрее ехать было — по этой дороге — просто нельзя. Дорога была узкая, извилистая и разбитая. Ее не чинили лет, наверное, двадцать, а может быть, и вообще никогда. Угрюмые, черные заросли, мокрые и голые, озарившись оранжево-белым, угрожающе выскакивали из тьмы навстречу и, напугав, уходили во тьму, вспыхнувши на прощание красными и синими огнями проблесковых маячков. Трясло и подбрасывало все время — не покачивало, не баюкало, а бросало, трясло и швыряло — никакие суперрессоры «адиабаты» не помогали, а когда Ванечка, после очередного зубодробительного ухаба, пытался перейти на подушку — та́к вдруг заносило, что казалось уже — все, конец, доигрались-допрыгались...

Впереди иногда появлялись из-за поворота и снова за поворотом исчезали мрачно-красные огни Майкла. На этой дороге его преимущества были очевидны — сказывался класс ПРОФИ. Ванечка был хороший водитель, даже, наверное, отличный, но Майкл был — ВОДИЛО.

Догнать его здесь было невозможно, хотя Ванечка, видимо, и тужился (тайком): поддавал на прямых участках, ювелирно вписывался в повороты, ужом проползал меж рытвинами, но — куда там. «Что? — спросил он его, не удержавшись. — Кисла курятина?» — «Да ну, — ответил Ванечка небрежно, но мгновенно. — Да имел я его одну тысячу раз...» А рубиновые широкие полосы Майкловых фонарей впереди мигнули очередной раз пренебрежительно и вновь исчезли за поворотом.

Места здесь были дикие, но не вовсе необитаемые. Вдруг то влево, то вправо уходили прямые, военной чистоты и прямизны, просеки — с хорошим покрытием, двухрядные, но — в никуда. Тьма была там в перспективе, или же моргали желтые невразумительные огоньки: то ли мрачные замки здешних фермеров-латифундистов, то ли хоздворы какие-то неведомые — полулегальные плантации конопли и мака, оранжерейные поля, загадочные баскер-фермы... Один раз на обочине попался вдруг полусъехавший в кювет подбитый и выгоревший бронетранспортер с люками, распахнутыми в ужасе и отчаянии. Не посланный ли это был генералом Малнычем БТР? Да нет, вряд ли — это было нечто старое, заметно обросшее дикими кустами, след какой-то старинной, основательно подзабытой уже разборки. Странные места. Странные у нас в России попадаются места, причем совсем недалеко, рукой подать, от цивилизации...

...Интересно, как Ванечка, например, представляет себе движение Кривошипа Судьбы? Хозяин стоит, окаменев лицом, сосредоточившись и нацелясь взглядом, а в фокусе — негодяй, подлежащий размозжению. Беззвучный ход блестящего от смазки Рычага, и — череп разлетается на куски, мозги — веером, подламываются ставшие тряпичными ноги безголового трупа, и негодяй — повержен. По-моему, что-то вроде этого представлял себе Веник Иваныч — папаша его, царство ему небесное. А Ванечка прочитал папин дневник и — поверил...

...Любопытно, что Рок мой словно натренировался с годами и стал работать по принципу максимальной экономичности. (Опять — экономичность. Принцип Гамильтона—Оккама. Всякое отсутствие широты натуры.) Даже когда я вышел «на вольную охоту»... Нет, это вспоминать я не хочу. Какого черта я должен копаться в навозе собственных идиотизмов?.. Во всяком случае, теперь это все выглядит совсем не так, как в прежние, молодые годы. Теперь это выглядит более чем экономично: маленький некрозик, микроскопическая язвочка в Варолиевом мосту — и все дела... Да только я тут ни при чем, вот чего вы все понять не желаете, лапушки вы мои доверчивые, мистики материалистические, религиозные вы мои прагматики...

(В последний раз это было так: глаза у него выпали — словно ВЫЛИЛИСЬ — из глазниц и повисли на ниточках... или прилипли... к щеке, к шее под подбородком... Вот тут-то меня и вывернуло наизнанку... Но это было один всего лишь раз, в первый и в последний — летней, жаркой, душной, больной, горячечной, белой еще ночью, когда безумие мое бродило во мне, круто замешанное на бессильной ненависти к судьбе, к миру, к себе, ко всему на свете...)

...Ничего, скоро вы все это увидите в натуре, адепты вы мои лохматые. Минут через десять-пятнадцать, никак не более. Не будет там, конечно, никакого завала, и даже простого бревна поперек дороги не будет, и уж тем более не будет там противотанковой мины: Вакулину, Гроб Ульянычу-Адихмантьичу, машина нужна, в натуральном виде, а не горелые трупы вперемешку с горелым железом. Будет, скорее всего, как и предсказывает наш отважный Иван-блин-Сусанин, старенький, невесть с каких бдительно-секретных времен задержавшийся здесь шлагбаум, и — угрюмые плохо выбритые мужики выйдут вдруг из ледяной темноты и станут поперек дороги. Вот тут-то и заработает безжалостный Кривошип моего загадочного Фатума.

...Вряд ли. С чего это вдруг? Где опасность? Где преграда моим планам и каким?.. Да отдам я им машину!

Одну — вообще без разговоров. А настаивать будут, так и обе. До базы — пяток километров, пешком дошкандыбаем как миленькие. Неужели убивать друг друга станем из-за этого?.. Вот то-то и оно: «неужели». Это я в такой вот ситуации не стал бы никого убивать, а что решит мой Фатум, один только Фатум и знает. Если. If anybody. А может быть, и Он не знает. (Знает ли монетка, орлом или решкой она сейчас упадет?) Рука Судьбы — полезная штука, но иногда раздражает и унижает, как и всякая Рука — чужая, волосатая, бесцеремонно отеческая, опекающая, проталкивающая и поддерживающая.

...Странно, что я ничего не боюсь. Вот уже много лет. Это неправильно. Правильно, если Родитель Страха сам испытывает страх, и чем больше страха он внушает, тем страшнее становится ему самому. Так всегда было, и это нормально. Я — исключение. Тут что-то неладно. Патология какая-то. Я давно это чувствую, но сам понять ни причин, ни сути не могу, а посоветоваться не с кем. Нет на свете того врача, которому можно было бы пожаловаться на такие симптомы...

Черт подери, где же этот шлагбаум, наконец? Пора бы уже... «Или в лоб шлагбаум влепит мне... какой-то инвалид...» Какой? «Усталый»... Нет. «Унылый»? Нет. «...Мне беспечный инвалид...» Нет. Вот черт. «Иван, ИЛИ В ЛОБ ШЛАГБАУМ ВЛЕПИТ МНЕ какой-то ИНВАЛИД. Какой инвалид?» Ванечка, вовсю орудуя органами управления, только фыркнул: «Мне бы ваши заботы, гражданин начальник», и тут Кронид позвал:

— Первый, Первый, я Кронид, как слышите меня?
— Хорошо вас слышу, Кронид. Говорите.
— Докладываю данные по Вакулину. «Герб Ульянович. Шестьдесят третьего года рождения. Образование среднее, специальное, слесарь...»
— Давайте только самое существенное.
— Слушаюсь. Афганец. ВДВ. Сержант. Участник военных действий в Карабахе, Приднестровье, Боснии и так далее. Последнее участие — Кандым. Зачинатель

«белого движения». Сопредседатель Союза фермеров, организатор боевых фермерских дружин. Крупный землевладелец, организатор сети баскер-ферм. Числится в розыске. Дважды был под следствием, каждый раз отпускался под залог, а следствие прекращалось за недостаточностью улик. Обвинения...

— Стоп, — сказал он. Он увидел шлагбаум. — Спасибо. Все. Вхожу в контакт.

— Удачи вам.

— Спасибо. Отбой. — Он не глядя, но осторожно положил черное яйцо микрофона в гнездо.

...Так. Майкл стоит. Мертво вспыхивает синий маячок. Фары. Прожектор. Несколько прожекторов, может быть, все... В белом свете полосатый шлагбаум. Закрыт. Людей не видно. Вообще никого и ничего не видно, кроме шлагбаума и мрачной массы зарослей. Никакого движения. И тишина. Только двигатель шелестит. «Или мне шлагбаум влепит в лоб угрюмый инвалид...» Нет, имеет место все-таки какое-то движение — слева от Майкла. Красные отсветы какие-то... Или это блики на стекле?.. «...В лоб сейчас шлагбаум влепит мне бездарный инвалид...»

И вдруг — словно мерзлые кусты сдвинулись и поплыли — пошли перемещаться по-над дорогой — вертикальные светлые и темные полоски, будто это голова закружилась и в глазах повело. «Гос-с-с...» — едва слышно просвистел Ванечка над ухом.

...Чудовищное, неестественных размеров, животное. Почти невидимое. Вернее — почти неразличимое. Желто-серое в черную поперечную полоску — оно останавливалось и тотчас же сливалось с пейзажем. Воображение отказывалось воспринимать его как реальность. Бред — да. Галлюцинация — да. Игра смутных теней на мерзлом голом ивняке. Страшная Лошадь... Конь Блед. Что угодно, только не реальность. Не бывает такого, и быть не может...

Но это была реальность. Оно было. Здесь. Рядом с машиной. Оно СМОТРЕЛО. Башка. Тускло-красные тлеющие глазки исподлобья. Кривой неприятный рот... Не пасть, а рот. Не голова, не череп, а — башка... И запах вдруг откуда-то появился. Запашок. Гнили. Или смерти... Или страха. Если бы у страха был запах, он был бы именно таким... Запашок, от которого леденит скулы... Значит, у страха ЕСТЬ запах...

— Кто это, Босс? — прошептал Ванечка — губастенький, маленький и враз осунувшийся, как перепуганный школьник.

— Молчи, — сказал он ему, еле шевеля губами. — Это — баскер. Молчи, он слышит...

...Говорили, что их надо кормить человечиной. Трупами. Которые уже тронулись.

Говорили, что клыками они рвут железо, а когтями вышибают лобовые стекла автомобилей. Одним небрежным движением лапы.

Говорили, что они понимают человеческую речь. Что они слышат биение сердца на расстоянии больше километра. Что они видят сквозь туман, как локаторы. Что они могут дышать под водой. Но зато обоняния у них, говорили, нет. Совсем. И у них нет голоса. Они молчат. Только иногда — редко — СМЕЮТСЯ.

Говорили, что они слушаются только детей, не старше тринадцати лет. Взрослых они не считают хозяевами, взрослых людей они считают едой. Невкусной, правда. Взрослых они считают — КУЛИНАРНЫМ СЫРЬЕМ.

Говорили, что они в каком-то смысле разумны. Но дело, видимо, обстояло даже хуже того: «Разумны? — сказал однажды Виконт, угрюмо усмехаясь. — Они не разумны. Они — БЕЗУМНЫ».

Баскеры были выведены специально для охраны. Они были идеальными охранниками. Их с большой охотой покупали некоторые страны строгого режима. Прекрасная статья экспорта! Баскеры не размножались. Баскера можно было только ВЫВЕСТИ, создать, сформировать, СЛЕПИТЬ — штучная работа, и как это делается, знали только владельцы баскер-ферм, причем далеко не все.

В России вот уже пяток лет торговля баскерами была запрещена. Сами баскер-фермы существовали где-то на крайнем краешке юридического пространства. Но фермеры не знали лучшей защиты от бродяг и бомжей, от шустрых напористых спецбригад, опустошающих поля, и от мафии, стремящейся взять под контроль каждого вольного земледельца. Дело в том, что баскера практически невозможно было убить. Он ВИДЕЛ пули. И снаряды. И тем более — медленные самонаводящиеся ракеты...

Разумеется, их надо было запретить. Еще вчера. Пока не поздно. Пока мы еще целы в наших домах. Пока мы их еще не заинтересовали по-настоящему. Пока они еще не научились пользоваться нами. Пока все они еще не сообразили, что свежее, которое им так не нравится, совсем нетрудно превратить в протухшее, которое они обожают...

Баскер все смотрел на них тлеющими глазами — высокомерно и равнодушно, а где-то там, на окраине обморочного мира, надрывался криком Иван Сусанин: не надо... Хозяин... жуткое же дело... добром надо разойтись, добром!.. И вдруг мегафонный голос проговорил ниоткуда:

— Хозяин, коли ты здесь, так откликнись. Чего в молчалку играешь?

Он медленно, как в воде, протянул руку и включил внешнее оповещение.

— Я здесь, — сказал он.

— Здесь он, видите ли, — произнес голос язвительно. — А зачем ты здесь, спрашивается? Чего тебе от нас понадобилось?

— Ничего.

— Так а чего тогда приехал? Предвыборную агитацию среди нас проводить намылился? Так это — мертвый номер.

— Нет. Я вообще не к вам. Я — в институт.
— Зачем?

Все тебе объясни, подумал он. Все тебе расскажи... Баскер тоже внимательно слушал. Он подошел совсем близко и вдруг — опустил башку, положил ее косматым подбородком на капот, не отводя страшного своего взгляда ни на секунду. На кого он смотрел? И что он, собственно, видел, что он мог видеть сквозь фотохромное стекло?..

— Эй, Хозяин? Чего замолчал? Неужели же соврать собрался? А ведь про тебя в газетах пишут, что, мол, никогда не врешь.

— Там мой друг. Он умирает. Я могу его спасти.

Он вдруг понял, по наитию какому-то внезапному, что сейчас можно и нужно говорить все, что захочется. Без размышлений и расчета. Что слова сейчас ничего не решают. Решает что-то другое... Собственно, все уже решено, и при этом — еще до начала разговора. Сейчас поедем дальше...

— Ничего себе, придумал! Да ты разве врач?

— Нет. Но я умею его вытаскивать. Оттуда — сюда.

— Экстрасенсор, что ли?

— Да, пожалуй.

— Меня экзема вот замучила, — сказал голос с усмешкой. — Не поможешь?

— Нет. Я умею помогать только одному человеку.

— Хе. Чего же ты тогда в президенты целишься? Это же надо миллионам помогать...

На это он отвечать не стал. Он смотрел в красные глаза зверя и старался отогнать привязавшуюся вдруг мысль, что это ОН говорит, баскер, а никакой не Гроб Ульяныч. Нет на свете никакого Гроб Ульяныча с мегафоном — сидит Зверь и разговаривает железным шелестящим голосом, насмешливо и равнодушно-язвительно, — только влажные кривоватые губы слабо шевелятся...

— Молчишь? А вдруг выберут? Что тогда делать будешь, Честный Стасик? Налоги дальше задирать?

— Не знаю. Может быть.

— А с ценами на зерно что будет? А с баскерами что будешь делать? Запретишь?

— Не знаю пока. Это все мелочи, Герб Ульяныч. Буду искать оптимальное решение.

— А с чиновниками? Тоже — оптимальное?

— Разгоню к черту. Я люблю их не больше вашего.

— Скорее уж они тебя разгонят... Хотя у тебя — сила! Не очень-то тебя разгонишь, пожалуй... Что это, кстати, за сила такая, господин Красногоров? Объясните простому человеку.

— Судьба, — сказал он, глядя в тлеющие глаза Зверя. — Предназначение. Фатум. Рок.

— Не понимаю. Поподробнее.

— Господин Вакулин, — сказал он. — Я прошу прощения, но, может быть, в другой раз как-нибудь это обсудим? Я спешу.

Голос помолчал, а потом произнес, растягивая слова:

— Оборзе-ел, однако... Ты мне чего-то не нравишься, Хозяин!

— Взаимно, ГРОБ Ульяныч.

Сейчас поедем, снова подумал он. Всё. Сейчас. Еще только несколько фраз, и поедем...

— А жалко. Давно с тобой поговорить хотел. Давненько... А вот — спешишь, оказывается...

Он промолчал снова. Никак не отделаться было от ощущения, что разговариваешь со зверем, а не с человеком. Наваждение. Морок. А глаза рдели, как огонь, который никак не мог для себя решить: разгореться сейчас во всю силу или, напротив, тихо умереть...

— Ладно, — сказал голос. — Договоримся так. Завтра жду тебя к себе. Поговорить хочу. Как следует, спокойно, без спешки.

— Не возражаю.

— Вот и хорошо. Завтра, как поедешь, мой человек тебя встретит на дороге, договорились?

Он повторил терпеливо:

— Не возражаю.

— Еще бы ты возражал!.. Только не вздумай лететь на вертолете... — Голос усмехнулся. — Не советую.

Он промолчал и на этот раз. Он смотрел, как медленно пошел к черному небу полосатый журавль шлагбаума. «Иль мне в лоб шлагбаум влепит... НЕПРОВОРНЫЙ инвалид...» Непроворный. Вспомнил... «Непроворный», — хотел он сказать Ванечке, но тут отчаянно завопил впереди Иван Сусанин Маловишерский:

— Герб Ульяныч, ну, ей-богу! Скотину убери! Она ж тут бродит где-то... Как я выйду?

И тотчас же тоненький детский голосок на всю мрачную ледяную округу чистенько вывел: «Куковала та сыва зозу-уля...» — и замолчал, резко оборвав. Это была любимая мамина песня. Песня из детства. Она прозвучала — здесь и сейчас — внезапным заклинанием Зверя. Она и была заклинанием...

Баскера не стало. Он не ушел, не умчался, не скользнул и не канул во тьму. Его попросту больше не было. Нигде. «Гос-с-с...» — снова просвистел Ванечка и глянул на Станислава мелко моргающими своими глазками, все еще осунувшийся, но уже заметно веселеющий и приободривающийся.

— «Непроворный инвалид», — сказал он ему. — Всё. Отмучились. Вперед, газу. Газу, Иван!

ГЛАВА 9

Почему, откуда взялось вдруг у него ощущение беды? Почему вдруг цепеняющая ясность возникла: ничего еще не кончилось, ничего неладно, самое гадкое по-прежнему впереди?

И ничего не значит, что приняли с распростертыми — распахнули мрачные неприступные ворота в грязно-белой угрюмой неприступной стене, вылупившейся, словно опухолями, обманными выпуклостями, за которые нельзя зацепиться и на которые нельзя опереться —

да и что толку, если даже и можно было бы: по верху густая колючка, явно под током...

И ничего не значили враз смягчившиеся при виде высокого гостя усатые унтер-офицерские морды и приветственно вспыхнувшие огни над главным подъездом плоского грязно-серого здания института (без окон, совсем ни одного, а сам парадный вход — словно лаз в капонир).

И ничего хорошего не обещали широкие приветственные жесты возникшего вдруг из недр генерала Малныча, безмерно радушного, будто перло из него все радушие всех генералов России вместе взятых...

Была — опасность. Была — угроза. Были: ложь, страх, паутина в темных углах. Было — обещание беды. Почему? Откуда?

Может быть, он впервые почуял это, поймав ненароком стеклянный лютый взгляд начальника караула, такого усердного и почтительного всего секунду назад?

Или не понравилась ему мягкая, вполне вежливая и, в конце концов, закономерная перепалка, возникшая в вестибюле, когда генерал Малныч радушно, но непреклонно предложил сопровождающим «задержаться и отдохнуть» именно в вестибюле. «Вот здесь и диванчики установлены на такой случай, очень удобно».

— Отлично, генерал, — сказал он бодро и, обратившись к Майклу, распорядился: — Я полагаю, майор, вам лучше будет вернуться к машинам. Доложите там обстановку. В штаб.

(Зачем он назвал Майкла майором? Майкл и в армии-то никогда не служил. Но он назвал бы его и полковником, если бы Майкл был ну хоть чуть-чуть похож на кадрового военного. Инстинктом старого лиса чувствовал он, что здесь уместна была бы именно АРМИЯ... Но Майкл тянул в лучшем случае на сержанта. На сержанта спецназа. Спецухи...)

— Ну, зачем же — к машинам? — тут же среагировал радушный генерал Малныч. — Господам офицерам будет гораздо удобнее здесь. И потом, вы знаете, Станислав Зиновьевич, у нас тут — определенный порядок... Не хотелось бы нарушать... А доложить в штаб — это сию же минуту, я вас немедленно провожу, чтобы вы могли связаться...

— Отлично, генерал! Благодарю вас.

(В вестибюле — кремовом, матовом, уютно освещенном скрытыми лампами — было три двери, и около каждой стоял унтер с деревянным лицом и с кобурою, сдвинутой в боевое положение и расстегнутой. В этом тихом монастыре был свой устав, и его умели здесь навязать — непреклонно и безоговорочно.)

Взгляд Майклу. (Этот — в порядке, не подведет.) Взгляд Косте. (Пустой номер, ничего не понимает малыш, слишком много курит, чтобы соображать быстро и ясно, «распущенность и никотин»). Взгляд Ивану. (Полная безмятежность. Даже видеть это страшно. Бедный, бедный генерал Малныч...)

...Плохо. Плохо здесь. И пахнет чем-то поганым. Что с Виконтом? Почему не докладывает, гнида скуломордая?..

— ...Однако связь — это не к спеху, генерал. Я хочу видеть Виктор Григорьевича.

— Разумеется! Но заверяю вас с радостью: он — в полном порядке! Вы можете быть совершенно спокойны...

— И тем не менее.

— Обязательно. Понимаю вас. Сам измучился. Не поверите, всю ночь, как проклятый... Виноват, сударь (это — Ивану). Я же просил остаться...

— Генерал, — сказал веско господин Президент. — Это — мой ЛИЧНЫЙ телохранитель. Он ОБЯЗАН меня сопровождать. Даже в сортир.

Возникла драматическая пауза. Генерал Малныч мучительно боролся с инструкцией. С монастырским уставом. А может быть — проще, проще! — с нежеланием каких-то неведомых осложнений?.. Это было непонятно. Здесь все было непонятно. Здесь были порядки спецтюрьмы, а никакого не института, пусть даже и самого закрытого. Порядки домзака для обладателей «вялотекущей шизофрении». Вот почему здесь было так мерзко и погано, несмотря на кремовые эти панели, на бархатистые уютные диванчики и на добротную копию картины «Русь изначальная», повешенную умело и на место. Тюрьма.

— Ценю ваш юмор, господин Красногоров, — сказал наконец генерал, оскабляясь с очевидной натугой. — Однако же внутрь, я извиняюсь, сортира даже ему, наверное...

— Ну, генерал, — сказал господин Президент, теперь уже благодушно. — Ну, мы же все-таки с вами не в сортир идем?..

— Хе-хе... И однако же вы должны согласиться...

— Безусловно. И соглашаюсь! Двух мнений здесь и быть не может, генерал. Вы — хозяин, я — всего лишь гость...

— Да. Но с другой стороны... Определенные правила...

— Причем гость — званый, не так ли? Или я ошибаюсь?..

— Естественно, естественно, хотя, согласитесь, уставы не нами писаны, но — для нас... хе-хе...

— Основной вопрос философии: человек для устава или устав для человека?..

— Вот именно, вот именно... Но мы — люди военные, представьте себе, несмотря на наши совершенно мирные занятия, и устав для нас важнее, я извиняюсь, конституции...

Переговариваясь таким образом, фальшиво и натужно, проследовали они из вестибюля (мимо неприязненно закаменевшего унтера) в глубь укрепрайона, в длинный кремовый коридор, пустой, стерильно чистый, голый, припахивающий больницей (валерьянка, лизол, слегка подгоревшая кашка), а затем через ниоткуда вдруг взявшуюся в гладкой стене дверь — в другой кремовый коридор, не отличимый от первого, и Ванечка, неслышимый и даже почти, можно сказать, невидимый (как и надлежит настоящему ниндзя — невидимке), следовал в почтительном отдалении с постным личиком конфидента и приживалы, а в третьем коридоре возник вдруг перед ними и молча присоединился длинный и длиннолицый человек в синем хирургическом халате задом наперед, представленный без всякой помпы как «доктор Бур-мур-мур-шин», но из-под халата виднелись у этого доктора бриджи с полковничьим кантом и зеркальные форменные штиблеты...

Все было плохо, плохо, тревожно, фальшиво, Ванечка прикрывал тылы, но не с тылу грозила беда, а непонятно откуда... натужная болтовня генерала... неприкрытое неудовольствие в желтых глазах длинного доктора... и этот странный шум, на самом краю слышимости, словно предобморочный звон в ушах, — то ли танцы где-то за тремя стенами происходили, то ли работал машинный зал, то ли толпа статистов на какой-то угрюмо-безумной сцене твердила, шептала, бормотала, временами вскрикивала: «О чем говорить, когда не о чем говорить»... И он понял вдруг, почему генерал Малныч, человек скорее молчаливый и уж отнюдь не светский, болтает непрерывно и какие-то пустяки: генерал находился в состоянии крайнего нервного напряжения и, видимо, тщился как-то заглушить этот фоновый, но явственный шум. (Так нервные домочадцы, принимая уважаемого гостя, тщатся заглушить собою жуткие мычания домашнего дауна из соседней комнатенки.)

— А где же обещанная вами военная помощь, генерал? — спросил он, чтобы прервать этот натужный и неестественный поток словес.

— Какая помощь? — Генерал прекрасно понял, о какой помощи спрашивает его Хозяин, и откровенно заметался, не находя готового ответа и не зная что сказать.

— Обещали же БТР навстречу выслать. Ай-яй-яй, хорошо, что миром все обошлось...

— Да... Бэтээр... Разумеется. Но представьте себе...

— Дисциплинка, — подал вдруг голос длиннолицый доктор и уставился на Хозяина желтыми круглыми глазами кота. Этакого помойного непредсказуемого кошкана — бойца и вора.

— Вот как? — вежливо сказал ему Хозяин.

— Дисциплинка у нас ни к черту здесь, господин Красногоров. Какие уж тут бэтээры. Водогреи работают, и на том спасибо.

Хозяин счел необходимым внимательно посмотреть на него и провозгласил (из неисчерпаемого репертуара Кузьмы Иваныча):

— «Комбат пешком не ходит — берет с собой бэтээр или зампотеха».

— Вот именно, — с готовностью подтвердил помойный кошкан, ничего, как видно, не поняв, а генерал Малныч торопливо предложил: «Сюда, прошу вас» — и простер белую свою, холеную длань в сторону отъехавшей вбок дверцы лифта, а бесшумный Ванечка вообще ничего не сказал, но неуловимым движением скользнул между ними всеми и оказался в незнакомом и замкнутом помещении первым.

В лифте пахло уже не больницей, а казармой. Сапогами. Ружейным маслом. Суконной безнадюгой всеобщей воинской повинности.

Все молчали. Он боролся с навалившейся вдруг клаустрофобией и сквозь прижмуренные веки следил за генералом. В сущности, это был совершенно ему не знакомый и малоприятный человек. Встречались несколько раз. Говорили о медицине. Виконт помыкал им, как холопом. Считал ослом и солдафоном. Но почему-то продолжал держать при себе. Для пользы дела. Виконт всегда был великим и безусловным адептом Пользы Дела...

Генерал Малныч временно перестал говорить, но губы его продолжали шевелиться, а взгляд остекленел. Он был — далеко отсюда. Он словно бы объявил себе антракт и теперь то ли отдыхал, то ли сочинял текст для второго действия. Длиннолицый доктор посапывал волосатым носом. От него мощно и неодолимо несло табачищем. Ванечка стоял индифферентно. Интересно, что ВАНЕЧКА думает о ситуации?

(Он вдруг вспомнил, как однажды, находясь в раздражении, сказал ему сварливо: «Интересно, что ты испытываешь, зная, что любого человека можешь убить сию же секунду...» Ванечку эта фраза задела совершенно необъяснимо и почему-то весьма болезненно: «А вы что испытываете, когда знаете, что любому человеку можете дать по рылу? И вообще жизнь ему покалечить?» — «Я не могу — любому». — «И я не могу — любого». — «И потом, я всегда думаю о последствиях». — «А я тоже всегда думаю о последствиях...» Он тут же сложил оружие и самым смиренным образом принес свои извинения. Замечательный получился разговорчик. Ванечка наверняка его уже не помнит. Он — злой парнишка с короткой памятью добряка...)

Они вышли из лифта и оказались в кремовом тупичке с затхлым воздухом жилконторы. Дверь там была, закрытая плотно, а рядом с дверью — стул, а на стуле развалившийся (длинные ноги — далеко вперед) унтер в десантной форме и, разумеется, с усами. Увидевши начальство, он вскочил с грохотом и принял уставное положение, но, что хоть и мельком, однако поразило, — ел глазами он вовсе не генерала Малныча и, уж конечно, не господина возможного президента, а этого самого желтоглазого доктора Дыр-бур-шихина, который вдруг выдвинулся из-за спин, оказался впереди всех и буркнул унтеру что-то отрывистое, что-то вроде: «открыть», или «пропустить», или вообще «брысь!». Во всяком случае, дверь тут же распахнулась сама собою, и господин возможный президент оказался в помещении, сплошь заставленном аппаратурой и обширном, но это была вовсе не палата усиленной терапии, как он ожидал, это было что-то сугубо военное, вся аппаратура была цвета хаки, и люди здесь все были — военные, и светились какие-то огромные экраны, похожие на локаторные... Это была радиорубка, или пункт связи, или как это там у них называется...

— Куда вы меня привели? — спросил он генерала.
— Как? — поразился тот. — Вы же хотели связаться... Вы, так сказать, выразили намерение... пожелали...

...Не хочет он вести меня к Виконту. Не хочет, и все. В чем дело?.. Он отогнал вновь нахлынувший на него страх и сказал спокойно: «Хорошо-хорошо. Спасибо. Куда прикажете?..»

Его тут же препроводили, какой-то офицерик моментально выскочил из своего кресла, уступая место, он сел и назвал офицерику код вызова.

— Это я, голубчик, — сказал он Крониду. — Я уже здесь, на месте. — Он говорил медленно, нарочито растягивая слова, как никогда раньше и ни при каких обстоятельствах с Кронидом не говорил. — Все прекрасно. Все в полнейшем порядке. Я вами доволен, голубчик... — Он усмехнулся мысленно, представив себе, как лезут на лоб глаза у Кронида, слушающего эту галиматью. — Готовность «зеро» приказываю отменить. Жду вас здесь, как и договаривались, но можно и пораньше, поскольку ВСЕ ПРЕВОСХОДНО... Можно и пораньше. Как вы меня поняли?

— Понял вас хорошо, — сказал Кронид — тоже медленно и тоже не похоже на себя. — Приказано прибыть, как договаривались, но можно и пораньше, поскольку все обстоит превосходно.

— Выполняйте, голубчик, — сказал господин Президент утомленно.

— «Зеро» отменяю, — сказал Кронид.

— Отменяйте, дружок, отменяйте. Оно теперь ни к чему. Я жду вас в течение двух часов.

— Есть, — сказал Кронид.

Поднимаясь из кресла, он поймал взгляд Ивана. Иван был готов. Иван был в полном и безукоризненном порядке. Я тоже в порядке, и я тоже вполне готов. Но к чему именно?.. Да к чему угодно, подумал он. Я готов к чему угодно...

Диковинная и нелепая мысль вдруг вынырнула из глубин его смутных и невнятных опасений. Никакого Виконта здесь нет. Виконт вполне здоров, ничего знать не знает и находится в самом дальнем далеке отсюда. В Питере, например. Дома у себя, на Сампсониевском.

Сидит, положив вечно мерзнущие свои, закутанные в плед, конечности на «козетку луи», сосет холодную похрипывающую трубку и тупо смотрит на экран с очередным Шварценеггером... А здесь происходит что-то совсем другое. Совсем не то. Меня сюда просто заманили. Эта скуломордая падла использовала Виконта как наживку. Они знали, что я могу отказаться от любой затеи, от любого приглашения, от любой встречи. Но не от этого...

Ловко. Кто? Кто?! Военные? Вполне возможно. Они не любят меня. Так же, как и я их. И даже больше: я, в конце концов, готов их терпеть и терпеливо терплю...

...Нет. Не проходит. Не получается. Если бы это был военный заговор, командующий округом уж как-нибудь обеспечил бы мне вертолет лететь сюда. Вертолет бы уже стоял готовенький, с разогретым движком. Нет. Слишком уж все сложно в этом предположении получается. Авария на автостраде. Гроб Вакулин... Да и чего они от меня хотят? Убить? Давно бы уже убили. Прямо во дворе, по сю сторону стены. Сразу. В плен меня взять? Для чего я им сдался, пленный? И наконец, я ведь им не хрен моржовый, я — ХОЗЯИН. Что у них — по семь жизней отмерено?.. Он одернул себя.

— Никогда не надо суетис-са, — сказал он вслух с китайским прононсом, ни к кому специально не обращаясь — разве что к Ванечке. — Никогда не надо волновас-са: можно под машиной очутис-са или под трамваем оказас-са... Так. Где Виконт? — спросил он у генерала Малныча. — Где тут у вас мой Виктор Григорьевич?..

Он больше не испытывал страха. Беспокойство — было. Неприятное удивление — несомненно. Раздражение. Неудовольствие. Дискомфорт. Господи, вспомнил он, пошли мне трудную жизнь и легкую смерть... Любимая присказка Николаса. Которого уже нет и жизнь которого была трудной, а смерть, кажется, — легкой... Если это заговор, подумал он вскользь, значит, с Виконтом все о'кей. Не самый плохой из вариантов, между прочим...

Они уже шли по очередному кремовому коридору — впереди целеустремленный генерал Малныч, за ним Хозяин и где-то рядом, за пределами видимости, бесшумный Иван. А вот желтоглазого доктора в полковничьих бриджах уже с ними не было. Что любопытно. Зато невнятный многоголосый шум — нарастал, он уже не звучал на краю сознания, он заглушал шаги, но ни одного слова в этом человеческом гуле разобрать было по-прежнему нельзя. Гам. Это был гам.

Кремовый коридор вдруг сделался — белый. Взметнулся на пару лишних метров потолок, а вдоль коридора по потолку пошли на разумном друг от друга расстоянии белые матовые шары обыкновенных электрических ламп, висящие на белых же штырях. Возникла вдруг больница — не слишком шикарная, но вполне достойного образа, чистенькая, малонаселенная, белые халаты медсестер замаячили в отдалении, и медсестры эти вели себя тихо и не перекликались зычно и властно, как это у них водится в муниципальных заведениях для полудохлых пензиков. Все сделалось вокруг вполне пристойно и даже, пожалуй, роскошно, если бы не этот, гигантской подушкой задавленный, но явственный гам...

— Сюда, — пригласил генерал Малныч, отворяя перед высоким гостем аномально широкую белую дверь. — Нет-нет, — сказал он Ванечке. — Вы останьтесь здесь... извольте подождать... здесь больница, сударь!

Ванечка без труда преодолел его неумелое сопротивление, сунулся в дверь, только голову просунул и левое плечо, и тотчас же вернулся в коридор все с тем же меланхолически постным видом и прислонился к белой стене, словно он и не нарушал только что никаких запретов и вообще здесь ни при чем — тихий, послушный, безвредный парнишка, которого каждому ничего не составит обидеть.

Генерал сделался красен, но от свары удержал себя и, придерживая дверь, снова пригласил Хозяина внутрь, теперь уже без всяких слов, а лишь кивком и движением косматых своих бровей.

Он вошел и сразу же увидел Виконта.

Виконт спал — маленький, усохший старичок, лилипутик, морщинистый несчастный карлик, лысоватенький, плюгавый, жалкий. Он подумал: нельзя нам так подолгу не видеться. Мы убиваем в себе любовь. Я не могу любить этого старикашку, я его не знаю...

Это была — неправда. Он вдруг почувствовал, что плачет. Он ЗНАЛ этого человека. Он любил его, и жалел, и хотел бы умереть за него, словно им обоим снова было по двадцать лет. К черту, к черту, расквасился, глупость какая, все же в порядке: жив, спит, сопит себе в две щелочки... Он стеснялся вытереть слезы и поэтому плохо видел, он вообще плохо видел в минуты сильного душевного волнения, он двинулся к Виконту почти на ощупь, там кто-то сидел рядом с койкой, кто-то большой, в грязно-голубом фланелевом халате, он обогнул этот халат, встал над Виконтом, ощутил стул у своих ног и с облегчением опустился на него, привычно нашаривая поверх одеяла бессильную искалеченную руку.

Оказалось — вот странно! — что там были и еще чьи-то пальцы, на этой руке. Раздраженно отпихнув их, он завладел пальцами-крючочками, и когда они, неожиданно горячие и сильные, сжались, цепко ухватив его, словно цыплячья лапка, вцепились, ища жизни и защиты, только тогда он ощутил себя на месте и, уже не стесняясь, свободной рукою промокнул себе глаза. Все было правильно. Все заняли свои места и делали свое дело. Еще один круг замкнулся, и теперь уже совершенно ясно стало, что — обойдется. Теперь — обойдется.

Он поглядел на того, кто сидел рядом, и испытал вдруг беспокойство, сначала смутное, а потом — острое, как внезапная боль в кишках. Крупный вислоплечий парень. Молодой. Странно и тревожно знакомый. Очень бледное, голубоватое даже (словно гжельский фаянс) лицо, сонное, сонно-усталое, лишенное выражения лицо... хуже: лицо дебила... и все выражение его опущенной вялой фигуры и вялой руки, лежащей на одеяле там, куда он эту руку с раздражением отпихнул... приоткрытый губастый рот... глаза без всякого выражения... Молодой идиот сидел перед ним, и он — знал этого идиота. Он видел его много раз. Хотя и в давние, кажется, времена... Сейчас я его узнаю, подумал он — почему-то со страхом. Сейчас. Ох, лучше бы мне его не узнавать. Ну его к чертям. Какое мне до него дело... Поздно. Узнал. Господи.

Стас Красногоров сидел перед ним на стуле, вялый и безмозглый. Молодой, совсем молодой, двадцатилетний, Стас Красногоров, спортсмен, красавец... «красавéц и здоровляга, и уж навернóе не еврей...». Этот навсегда исчезнувший человек почему-то оказался здесь, и снова существовал, и был омерзителен и ужасен. Он был — идиот, безнадежный и несчастный идиот...

Он встал, не помня себя. Он понял: вот оно. Состоялось. Всё. Мерзость, которая — сегодня, здесь, обязательно — должна была произойти, произошла. И что-то надо было срочно делать, и никакой возможности даже не предвиделось понять, что же именно надо делать и как.

ГЛАВА 10

— Что это значит? — спросил он. Он не услышал своего голоса. И он не слышал, что говорит ему генерал Малныч, он видел только, что генерал сделался невероятно, противоестественно оживлен, горд и сияет. Что-то замечательное здесь произошло, пока он прорывался сюда сквозь все препоны, что-то эпохальное. Великое открытие. Победа. Фантасмагория и фейерверк.

— Какого черта! — сказал он громко, во всю свою глотку, изо всех сил, стараясь навести страх и прекратить балаган. — Прекратите этот балаган! Как прикажете мне все это понимать?

Генерал замолчал на несколько мгновений, на лице его проступило замешательство, но сиять он не перестал.

Победа была слишком велика и абсолютна, и радость победителя трудно было замутить.

— Как понимать? Да как чистую случайность! Если угодно — продукт отчаяния. Что мне оставалось делать? Он умер. Совсем. Сначала кома, потом смерть... И я вспомнил, как он сам любил говорить: не помогает врач, зовите шамана!..

— Какого шамана? При чем здесь шаман? Я не об этом вас спрашиваю.

— Ну, «шаман» — это просто фигура речи... иносказание... Разумеется, никакого шамана не было. Просто я подумал вдруг... меня словно озарило: ведь полная же идентичность генотипа! И не только генотипа, но и фенотипа, сомы... Ведь вся суть идеи именно в этом и состояла: обеспечить ПОЛНУЮ идентичность...

Он слушал его и не слышал. Он смотрел в одутловатое молодое сонное лицо, бледно-голубое, болезненное, без кровинки, в мутно-бессмысленные глаза человека, видимо, ночь не спавшего, а может быть, и несколько ночей. Этот человек не видел его и не замечал его, а может быть, даже и не догадывался о его присутствии здесь. Может быть, он просто устал, смертельно устал, измотался, иссяк, замучился и вообще ничего теперь не видит и не соображает. Молодой, сильный, но смертельно измотавшийся человек. «Красивый, но вЬялый»...

Это был идиот.

Двадцатилетний Стас Красногоров был некогда глуп — да, самодоволен и фанатичен до идиотизма — да. Но он был нормальный комсомолец начала пятидесятых, оптимист и сталинист, один из сотен тысяч. Он был НОРМА. А этот был — идиот... Дебил. Имбецил. Кретин. «Клиника»... Зачем? Откуда он здесь? Кто это?

— Кто это?! — крикнул он наконец генералу. — Заткнитесь и отвечайте на вопрос!

Но генерал Малныч никак не мог понять, на какой именно вопрос ему надлежит отвечать. Он казался растерянным и вконец озадаченным. И он был обижен. Все происходило не так, как он надеялся. Какие-то титанические старания его шли на пропасть. Какие-то легендарные подвиги отметались, не то чтобы не оцененные, но вообще без даже какого-либо рассмотрения. Генерал Малныч оказался вдруг в мире бреда и кошмара, причем в момент наивысшего своего торжества, в тот как раз момент, когда ожидал кровью-потом заработанной начальственной ласки, награды, кровью своей и потом заработанной, и поощрения...

Все эти чувства и даже мысли отчетливо читались на скуластом лице, сделавшемся вдруг плаксивым и обиженным, он все это угадывал, легко расшифровывал и понимал так ясно, как будто генерал жаловался ему вслух или в письменном виде. Но больше, но кроме этого он не понимал НИЧЕГО. Какое-то огромное недоразумение происходило. Какой-то титанический «мизандерстендинг». Взаимонепонимание. Сшибка неясностей... И он вдруг снова стал слышать на краю сознания давешний странный и тошнотворный гам, и вдруг уловил в нем ритм, мелодию, и могучий сдавленный рев Шаляпина он вдруг в этом гаме различил: «...Мне страшно. Я взгляд его встречаю! В лучах луны... узнаю... САМ СЕБЯ!..»

— Я не понимаю, однако ж... — бормотал между тем генерал Малныч. — Казалось бы, согласитесь... Казалось бы, можно было в этой ситуации... А-а! — Лицо его на мгновение озарилось улыбкой счастливой догадки. — Да вы же, должно быть, еще не видели его? Раньше? Не видели ведь? Ну да, конечно же! А я-то ума не приложу... Это «резерв-три», Станислав Зиновьевич. Самая последняя инкубация! Виктор Григорьевич теперь полагает, что упор надо делать именно на возраст восемнадцать—двадцать пять... Оптимум! Максимум лабильности и минимум... э-э-э... шлаков...

Он не понимал ничего. Какой резерв? Какие шлаки? Но он неожиданно понял другое и, наверное, главное: по мнению генерала, он ДОЛЖЕН все это понимать. Ему говорят про что-то очень хорошо ему известное, многажды с ним обсужденное и даже, скорее всего, им одобренное... И он вновь ощутил смутное приближение опасности, причем — никакой мистики, никакого абсурда, никакого кафкианства: приближалась самая обыкновенная, физическая, военно-полицейская опасность, когда могут грубо схватить за лицо, ударить сапогом в промежность и поставить к стенке. Прямо здесь. Не выводя наружу. Без суда и следствия... Нельзя, категорически и ни в коем случае нельзя было признаваться в непонимании говоримого ему и вообще происходящего! Спрашивать было можно, но каждый вопрос становился при этом опасной миной и грозил оторвать тебе руку, челюсть, язык. Каждый вопрос мог сейчас оказаться пулей в голову. Однако и молчать тоже было нельзя — слишком много взаимонепонимания и подозрений успело накопиться за эти несколько бредовых минут...

— Где остальные? — спросил он отрывисто. Он догадывался, что раз сидит перед ним «резерв-три», то должны же быть или ВПОЛНЕ МОГУТ БЫТЬ «резерв-два», «один» и, возможно, — «четыре».

— Да здесь же... — сказал генерал в полном изумлении. — В рекреации, как и положено...

— Ведите.

— Но... э-э-э... зачем?

— Ведите, я сказал!

Мельком он отметил, что голуболицый идиот уже снова держит Виконта за руку, а тот вцепился в грязно-синие его пальцы (пальцы покойника) доверчиво и привычно, словно так и должно было быть, словно так оно всегда и было. Ревность и отвращение кольнули в сердце, сдавили горло, тошно стало на мгновение, но он сразу же забыл обо всем этом, потому что ощущение опасности, исходящей от бессмысленно шлепающего губами генерала, снова сделалось сильнее. Сильнее всего.

Генерал никак не мог осмелиться и принять очевидное: ближайший друг боготворимого начальника, второй человек Мира, без пяти минут президент — ничего не понимает, ничего знать не знает, ни сном ни духом во всех этих делах, а значит — НЕ ДОПУЩЕН!.. Принять такую истину, впустить ее в сознание, РЕАЛИЗОВАТЬ — означало для генерала взвалить на себя такую неподъемную ответственность, о которой он и помыслить боялся. Тут начинались предусмотренные уставом и инструкцией, хорошо отработанные и внутренне согласованные цепочки действий и мер, крутых и недвусмысленных, но — слишком уж недвусмысленных и непоправимо крутых. Картины, встающие беспорядочно пред мысленным взором генерала, были слишком энергичны и слишком несообразны, чтобы можно было их немедленно реализовать. Они несли на себе страшную печать казенной необратимости. Они, коль скоро реализация началась, уже не позволяли вернуться на старт. Начать — означало: идти до конца, пан или пропал, грудь в крестах или голова в кустах. Но это была психология засидевшегося не на своей должности полковника. Или даже подполковника. Авантюриста. Прохиндея... А генерал был серьезный человек. Он был осел.

А тут еще:

— Извольте показывать дорогу! — возвысил свой гневно изменившийся голос господин Президент.

Он не видел выхода иного, кроме наступления, он готов был даже схватить генерала за обшлага и тряхнуть его, как щенка, но он чувствовал, что это был бы уже — перебор. Нельзя было переигрывать. Он включился в какую-то сумасшедшую игру, ни правил, ни цели которой не понимал, но он знал, что переигрывать никак нельзя, а надобно строить перед ополоумевшим генералом величественного, брюзгливого, всем на свете недовольного вельможу, каким он, к сожалению, не был и быть даже толком не умел, но каким он выглядел (сомнения в этом не было ни малейшего) в глазах этого опереточного военного, глупого, самодовольного, холуеватого, но дьявольски в чем-то опасного... что-то страшненькое умеющего делать, причем очень хорошо... за что-то же держит его Виконт при себе... Может быть, как раз за умение круто распорядиться, когда пришла пора кого-то поставить к стенке?..

Генерал шарахнулся к двери. Он, видимо, так пока и не сумел разобраться в ситуации — слишком опасной и слишком немыслимой, чтобы разобраться в ней быстро, — и пока продолжал следовать военным своим инстинктам: подчиняться и исполнять.

Он в дверях задержался и поглядел через плечо. Что-то заставило его сделать это. Предчувствие какое-то? Потребность бросить прощальный взгляд? Или просто неясная надежда, что Виконт раскрыл глаза, смотрит сердито и готов уже подняться с обычными своими раздраженными словами: «Ну вот, опять! Какого черта? Давайте сюда портки!..» Но Виконт продолжал находиться НЕ ЗДЕСЬ. Тяжелоплечий, слегка перекошенный набок, неподвижный силуэт заслонял его почти целиком, но лицо было видно — брезгливое худое старое лицо мирно спящего очень старого человека, которому все уже обрыдло.

...Домой, подумал он, поддаваясь на секунду вдруг налетевшему, словно пыльный ветер, порыву паники. Какого черта? Все решено уже здесь... я не нужен... надо рвать когти... Почему я должен вмешиваться во все это? «О, двойник мой! Мой образ печальный! — ревел сдавленный нечеловеческий голос у него в мозгу. — Зачем ты воскрешаешь вновь?..»

...Ноги сами несли его вслед за рьяно поспешающим генералом. Иван, осунувшийся хищно, полностью растерявший всю свою постную индифферентность, неслышно двигался рядом, посверкивая исподлобья глазками, сделавшимися теперь совершенно паучьими — маленькими и блескучими. Нечеловеческий голос ревел все страшнее, и все страшнее становился, надвигался, подкатывал невнятный ритмический гам...

А к ним все присоединялись и присоединялись новые, ниоткуда появляющиеся молчаливые люди, мужчины и женщины, деловитые, очень решительные, — в синих халатах, в белых халатах, в маскировочной форме и просто в пиджаках и при галстуках. Их стало уже человек восемь, когда генерал Малныч, не задержавшись ни на секунду, вошел вдруг прямо в кремовую стену, в неожиданно (как все здесь) возникшую широкую дверь, шквал звуков взревел и обрушился, и ударил в лицо теплый парной воздух, какой встречает тебя, когда выходишь на самолетный трап в аэропорту Сочи—Адлер, и сразу запахло — густо, странно, неуместно — вареным луком! — и он оказался в этом зале, под самым сводом его, на балюстраде, у барьера, в полусумраке, а внизу он увидел ИХ.

Они были внизу. Много. Сначала показалось — сотни, но на самом деле, может быть, два-три десятка. Во фланелевых, грязноватых на вид больничных пижамах — серо-коричневых, грязно-лиловых, розовато-белесоватых. Большинство — ходило по кругу. Руки за спину, как заключенные в тюремном дворе... взявшись за руки, как детсад на прогулке... солидно и плавно руками жестикулируя в степенной беседе, как театральные зрители в антракте. («...Зачем ты воскрешаешь вновь, что пережил я здесь когда-то?.. Любовь мою, страдания мои?..») Были среди них и давешние, казалось бы, давно забытые, черно-синие (забытые, задвинутые навсегда в пыльные чуланы, как ненужная мебель), но большинство были люди как люди, только очень бледные, голубоватые даже, или серые, как мыши. Больные. Нездоровые люди. Без воздуха, без солнца. Без жизни.

Они — все — были идиоты. Сонные, тупые, деревяннолицые.

Они были рядом, рукой подать, особенно те, что проходили под балюстрадой. Он узнавал. Не сразу, не всех, каждый раз умирая от страха и отвращения, мучительно подавляя нарастающую тошноту, узнавал: Виконта... себя... нынешнего премьера... нынешнего гэбэшника... снова себя... снова Виконта...

Виконт был в трех экземплярах, все — разные, один — пожилой, лет шестидесяти, другие — совсем молодые (пятьдесят четвертый, колхоз имени Тойво Антикайнена, комсомольская стройка, телятник, грязища, дождь... пьянка, ноябрьские... пьяный Виконт ломится выйти вон через печку... девки какие-то, которых необходимо со страшной силой драть... пьяный дурной Сашка: «Не хочется, ребята, — надо!..»).

Он сам был здесь — сам-три. И было два президента, которых он узнал с трудом и не сразу — они были моложе ныне действующего лет на двадцать, — он вспомнил их по фотографиям из досье, он вспомнил это досье... И была супруга президента — оттуда же, из того же досье... Породистая голландская корова с благородным выменем... И самый главный русский фашист с повязкой на левом глазу... и самый главный кабардино-балкарец... (Он сразу вспомнил, что полгода назад фашисту проломили башку на митинге, но ГЛАЗ УДАЛОСЬ СПАСТИ!..)

...А потом он увидел Динару. И все забыл.

...Кружение негибких, деревянных, больных тел. Гам. Стоголосые стоны, крики, вои — жалобные, отчаянные, страстные, грозные. Как они плакали, как горевали!.. Бесшумный некрасивый, деревянный танец манекенов... и ласковые сплетения рук, тел, лиц... Они были люди. Они были люди. Они все равно были люди... Зачем вы их сделали, вурдалаки? Вурдалаки безжалостные, со своим гадюшником... Гадюшник здесь у меня развели под носом?..

...Он смотрел на Динару. Она была тихая, грустная, голубая. Марсианские глаза — словно у католической статуи. Неуклюжий огромный молодой Стас держал ее за руку, деревянно глупый и не способный улыбнуться. Он тихо выл... А она, казалось, слушала...

— Господин Красногоров! — ужасно завопил генерал, хватая его руками и страшно мешая. — Нельзя! Туда нельзя, убьетесь!..

— Гадюшник развели? — сказал он ему, уже не в силах управлять собою, уже проваливаясь в никуда, уже ничего почти не видя. Исчез безумный хоровод голубоватых нелюдей, остались кремовый потолок над головой и отрывистые вспышки света у самого края сознания, и рыдающий гам.

Потом:

— Никаких уколов! — сказал страшный голос Ивана, скребучий голос наемного убийцы. — Руки оборву, ты, краснорожий!..

Сейчас он его убьет, подумал он с отстраненным удовлетворением, и наступил обморок.

...Была обширная светлая комната, сплошь завешанная бельем — простынями, полотенцами, кальсонами, кажется, и рубахами. Пахло сыростью и свежестью, Виконт курил, но запаха табака как раз и не было.

...Сон, сказал ему Станислав, но Виконт хмуро потряс головою и поправил: обморок. Не заблуждайся, ради бога. Это — обморок.

...Смотри, сказал ему Станислав. Смотри — Сенька!.. Семен Мирлин сидел к ним спиною и боком и играл с кем-то в карты, с кем-то невидимым — от него только рука с веером карт то появлялась из-за простыней, то вновь там исчезала. А Семен выкладывал карту за картой, собирал взятки, рокотал вполголоса: «Ауф айн припечек брент а файр'л...», и местечковая эта пустенькая песенка в его исполнении становилась значительной, словно песня Сопротивления. Пол Робсон. «Миссисипи». «Джо Хилл»... Потом Станислав узнал того, кто сидел напротив Семена, — это был Сашка Калитин, они все снова были в колхозе имени Тойво Антикайнена, но не было никаких девок — только Лариска вдруг прошла мимо, строго-неприступная, и сразу стало горько и неловко.

...Ты знаешь, сказал он Виконту, когда маме снились мертвые отец мой или тетя Лида, — она говорила мне совершенно серьезно: ждут, знают, что скоро уже... Это правильно, заметил Виконт, но у нас же не сон, у нас — обморок...

...Хорошо, сказал ему Станислав. Но ответь мне, пожалуйста: кто всегда правил этой страной? Всегда. Изначально... Ну, изначально — ладно. Изначально — по всему миру и все без исключения были хороши. Но возьми времена новые и даже новейшие. Кто были эти люди? Равнодушные сыновья. Распутные мужья. Бездарные отцы. Рассеянные братья-дядья... И вот человек, очевидно не способный устроить хоть как-то по-людски, сорганизовать, осчастливить собственную маленькую семью (мать, жена, двое детей, сестра, брат, племянник — десяток БЛИЗКИХ, всего-то — ДЕСЯТОК!), — этот человек берется сорганизовать, устроить, осчастливить двухсотмиллионную страну!..

...Ты мне все это говорил уже, напомнил Виконт.

...Да, да. Я и не претендую на новизну. Ты, между прочим, тоже постоянно повторяешься...

...Я не повторяю-СЯ. Я цитирую. Я люблю цитировать. Это гораздо безопаснее.

...Хорошо, хорошо. Я только пытаюсь тебе как следует объяснить свой основной принцип... Конечно, этот так называемый Великий человек, никем он в результате не управляет, кроме кучки таких же, как и он, ничтожностей, которых властен убивать и унижать, но не властен сделать лучше — не знает, как их сделать лучше, да и не хочет он этого... Откуда же тогда, скажи, наша извечная жажда преклонения перед великой личностью? Я тебе отвечу: просто мы хотим верить, что историю можно изменить одним-единственным, но грандиозным усилием — за одно поколение, «еще при нас». Но великие люди не меняют историю, они просто ломают нам судьбы.

...И так будет всегда, до тех пор, пока они не научатся МЕНЯТЬ ПРИРОДУ ЧЕЛОВЕКОВ...

(Кто это сказал? Виконт?..)

...Не люди спасут людей, сказал Виконт вразумляюще, а нелюди. Люди не способны на это, как не способны киты спасти китов или даже крысы — крыс.

...Суть и главная примета нашего времени, сказал Виконт, — естественность неестественного и даже — противоестественного... Единственный способ иметь дешевую колбасу — делать ее из человечины...

...Ты обратил внимание, сказал Виконт, как трудно в наших джунглях найти бюрократа: вокруг одни только жертвы бюрократизма и ни одного бюрократа!..

...Ты мне лучше скажи, на кой ляд ты держишь при себе этого Малныча? Он же идиот.

...А он мне нравится. Он полезный человек. Если бы к нему в кабинет заглянул вдруг кентавр, знаешь, что бы он ему сказал? «Заходите. А лошадь оставьте в коридоре».

(Сделалось пусто и мрачно в комнате, только что такой светлой. Душно сделалось, а было так свежо. И не осталось в ней больше никого, кроме Виконта. Виконт лежал в постели, он гриппповал, а Станислав пришел его навестить, сидел на полуобморочном стуле, и оба курили. Произносились слова, имеющие двойной и тройной смысл. Никто словно бы не хотел быть понят. Но каждый хотел высказать то, что наболело, потому что наболело — нестерпимо.)

...Я вовсе не друг человечества, возразил Виконт. Я враг его врагов.

...Опять цитата? Скажи, наконец, хоть что-нибудь свое.

...Но зачем? Если ты хочешь понять, кто есть кто и зачем, неужели тебе небезразлично, какими словами я тебе объясню? Своими? Чужими? Вообще — на пальцах? Сапиенти сат.

...Я не могу верить цитатам. Цитаты всегда лгут, потому что они, по определению, суть ПАРАПРАВДА. Они — безопасны. Если бы ты хотел быть откровенным, ты бы говорил своими словами — корявыми, маловразумительными, может быть, но своими. Если б ты вознамерился...

...Если б гимназистки по воздуху летали, все бы гимназисты летчиками стали...

...Молодец. Умница. Лихо отбрил. Как врага.

...Ты все еще ТАМ, мой Стак. Ты все еще проживаешь «в той стране, о которой не загрезишь и во сне». Нет этой страны, и никогда не было. «Но всегда, и в радости, и в горе, лишь тихонечко прикрой глаза: в неспокойном, дальнем, синем море бригантина поднимает паруса...» Флибустьеры были обыкновенные уголовники, мой Стак, морская шпана, кровавая и подлая. А автор этих строчек умер самой обыкновенной страшной смертью — он был убит на войне... Ты все воображаешь, что есть где-то Рай, мой Стак, а где-то — Ад. Они не ГДЕ-ТО, они здесь, вокруг нас, и они всегда сосуществуют: мучители живут в Раю, а мученики — в Аду, и Страшный суд давно уж состоялся, а мы этого и не заметили за хлопотами о Будущем...

...Иногда мне кажется, что я тебе абсолютно не нужен, Виконт. Ты отвратительно самодостаточен — тебе никто не нужен.

...Ошибаешься. Ты мне очень нужен. Я поставил на тебя. Ты моя армия, моя ударная сила. Так что изволь соответствовать...

...А разве ты не считаешь, что мое Предназначение больше, чем ты... или чем я... или чем мы оба?

...Нет. И не будем больше говорить об этом.

...Виконт, я ведь только хочу разобраться... я хочу понять...

...Не надо, сказал Виконт раздраженно. Не надо. Есть вещи, которые лучше знать, чем понимать. «Я вспоминаю солнце... и вотще стремлюсь забыть, что тайна некрасива». Тайна — некрасива, мой Стак. Тайна — всегда некрасива...

ГЛАВА 11

Он очнулся и сразу же попытался сесть, но Иван придержал его за плечо:

— Подождите. Не торопитесь... Голова закружится... — Иван говорил очень тихо и все время озирался — странными вздрагивающими движениями дикого животного, ожидающего нападения.

Он не стал спорить. Он чувствовал себя неважно. Подниматься не хотелось, хотелось перевернуться на бочок, завести глаза и подремать. Минуточек шестьсот. Он чувствовал себя не больным даже, а вконец усталым и разбитым, словно ящики грузил. Но лежать было неудобно. И почему-то было трудно и жарко дышать. И голове было жарко. И все лицо — особенно лоб и рот — стягивало что-то, да так, что кожа съеживалась, будто усыхала.

Он поднял руку и потрогал.

Волосы. Грубая незнакомая пакля под носом. Грязная сальная пакля на голове. И запахло вдруг — паклей.

— Какого черта?.. — проговорил он и попытался эту паклю сорвать... отодрать... Мерзко же, гадость какая-то, зачем? Но пакля оказалась приклеена и — основательно.

Иван перестал озираться и уставился на него. В его бешеных блестящих глазках промелькнул смех.

— Ну и видик у вас, — проговорил он, напряженно улыбаясь. — Не знал бы — ни за что не узнал бы.

— Какого черта? Зачем?

— Не знаю. По-моему, этот ваш генерал совсем сдурел от страха. Он вам параморфина закатал в капельницу. Я не уследил сначала, а потом смотрю...

— Зачем? Зачем, черт его побери?

Он все-таки сел — заставил себя — и огляделся сквозь подступившую тут же дурноту. Вокруг была сумрачная большая палата с низким потолком и рассеянным светом, попавшим сюда неизвестно откуда и неизвестно каким образом. Высокие, аккуратно застеленные кровати-каталки вдоль дальней стены. На одной из этих каталок — неподвижное тело: острый, задранный подбородок, голые ступни из-под одеяла...

Он снова попытался отодрать фальшивые свои усы, и у него снова ничего не получилось — только слезы из глаз брызнули. На сон все это похоже уже не было, на бред — тем более. Это было похоже на абсурдистскую пьесу, какую ему всегда хотелось написать. Сейчас вот откроется дверь, и войдет средневековый рыцарь в валенках с калошами... Все было до такой степени нелепо, что даже страх куда-то испарился. «Нет страха, ибо абсурдно»...

Впрочем, страх был. Он просто еще не проснулся окончательно. Он пока еще оставался там — в бараке с развешанным мокрым бельем, где было понято нечто более страшное, нежели абсурдность жизни.

— Который час?
— Пять сорок две.
— Кронид должен быть вот-вот.
— Не «вот-вот», а может быть, еще только через час. И вообще, на него надежды мало. Его подстерегут и не пропустят. А будет прорываться — уничтожат...

Оба говорили быстро и деловито, понимая друг друга с полуслова, и он вдруг подумал, что оба они хоть не сговаривались, но уже определили для себя свое положение. Ничего не зная о нем. Ничего не понимая. Не разбираясь и даже не пытаясь разобраться. Инстинктивно. Как загнанные животные. Было ясно: дело — дрянь; надо вырываться отсюда немедля; силой; добром не выпустят; слабая надежда — на Кронида...

— Что с Майклом?
— Не знаю. Мне туда пробиться не удалось. Тут везде патрули, как на военной базе. Надо уходить отсюда, Стас Зиновьевич. Вы — как?
— Удовлетворительно, — ответил он, прислушиваясь к зудению в висках... и в правом ухе... и к буханью перевозбужденного сердца... и к тошноте, накатывающей после каждой экстрасистолы... Потом он спустил ноги с постели. Кровать-каталка была высокая, ноги не доставали до полу. Выяснилось тут же, что на нем — фланелевые кальсоны... портки грязно-сиреневого цвета. Самораспахивающаяся ширинка без пуговиц. Рубаха с завязочками у воротника. Серая. Но чистая. И грязно-сиреневая пижамная куртка на спинке кровати.

— Ч-черт. Куда я пойду в таком виде? Где мои шмотки, ты не знаешь?

Иван ответил — медленно, словно подбирая слова:

— Я знаю, где ваши шмотки. Но туда теперь мне не прорваться. Они там меня ищут. Лучше мне там не показываться.

— Ты что-нибудь натворил?

— Да. Они меня ищут. Давайте уходить, Стас Зиновьевич. Потихонечку. В другую сторону. Где они меня не ищут.

Он смотрел на Ивана, борясь с сильнейшим желанием устроить допрос с пристрастием, и немедленно. На Иване почему-то был маск-комбинезон цвета осеннего листа. На макушке — десантный малиновый берет. Правая щека расцарапана, и глубокий порез сочился — на тыльной стороне левой ладони...

А у себя на ногах он вдруг обнаружил — тапочки. Черные, без задников. Основательно стоптанные. Он, оказывается, лежал под одеялом в тапочках... Абсурд нарастал. Абсурд уже громоздился на абсурд. Было несколько вариантов: как все объяснить и что делать дальше. Ни один из них никуда не годился. Каждый был сейчас — опасной потерей темпа. Нельзя разбираться, находясь в окружении. Нельзя ставить условия, находясь под шахом. Этот ополоумевший генерал явно приготовился идти ва-банк. Он не намерен разбираться, и торговаться ему — поздно... Ивана пришибут из автомата (слишком уж он шустрый), а меня напичкают химией — впредь до рассмотрения. Вот и вся будет разборка... Надо уходить отсюда, а уже потом диктовать условия или хотя бы задавать вопросы. Беда в том, однако, что и генерал это тоже понимает, и так же хорошо.

— Ты знаешь, как уйти?

— Да.

— Откуда?

— Времени зря не терял.

— Учти, я не умею быть невидимым. Из меня ниндзя — никакой.

— А вам и не понадобится. Вы — больной человек. Идете себе в сортир.

— А если кто-нибудь встретится?

— Идите себе дальше, а я его уговорю.

Он глубоко вздохнул перед предстоящим усилием и, задерживая дыхание, слез с кровати. Ноги — держали. Звон в ухе прекратился, только сердце продолжало бухать и подскакивать, как плохо отрегулированный движок.

Иван подставил плечо и ловко обхватил его за талию. От него пахло казармой. Чужой запах. Запах, взятый в качестве трофея...

— Иваниндзя, — сказал он ему с нежностью. — Мы тут с тобой основательно влипли. Ты хоть понимаешь, что происходит?

— Ни хрена не понимаю, — сказал Иван. Они медленно, стараясь шагать в ногу, двинулись к выходу. — Но я чую, что это — поганое место. Вы Динару Алексеевну видели? В толпе этой?.. Заметили?

Он не стал отвечать. Его снова замутило при одном только воспоминании... Как они плакали! Как они любили друг друга и как боялись потерять! И теряли. Все время теряли. Они все были — одноразового использования...

— Ничего, — сказал Иван, не дождавшись ответа. — Мы от них уйдем, это я вам гарантирую. А потом уж вы с ними разберетесь...

Оптимизм, подумал он, старательно передвигая ноги. Главное и единственное оружие побежденных.

— Они тут колбасу делают из человечины, — сказал он вслух. — Они нас не выпустят. Считай, мы уже погибли. Знаешь, как мы с тобой погибли? Мы с тобой... и с Майклом, конечно, и с Костей... мы в засаду попали к вору-злодею Гешке Вакулину и в засаде — геройски погибли...

— Да имел я их всех одну тысячу раз! — возразил Иван. — Да вы же им всем башки разнесете. В крайнем случае.

— Неужели ты в это веришь? Брось. Глупости все это. Просто везуха. Которая всегда, рано или поздно, но кончается...

Они были уже у выхода. Иван высвободился и, сделав предостерегающий жест, выскользнул вон.

Оставшись один, он оперся было о стену, но потом обнаружил, что ноги держат вполне надежно — можно стоять, можно идти, а если уж очень приспичит, то можно и бежать. Трусцой.

Слева от дверей лежал на спинке казенного вида стул, а чуть подальше из-под кровати торчали ноги в десантных бутсах. Ничего прочего видно не было. Уговорил, подумал он с жестким злорадством, поразившим его самого. Ладно. Наше дело правое. Я вам гадюшники тире гнидники разводить не позволю. НИ ПОД КАКИМ СКОЛЬ УГОДНО БЛАГОРОДНЫМ ПРЕДЛОГОМ. Вызову к себе Виконта, и все спокойно обсудим, подумал он с надеждой. И сейчас же: что обсудим? Что? «...и вотще стремлюсь забыть, что тайна некрасива...» Вотще.

Ванечка появился вновь и поманил за собою. Ванечка был в этих коридорах как у себя дома, — шел на шаг впереди, не оглядываясь, и показывал дорогу. Комбинезон сидел на нем недурно, но модные штиблеты несколько портили картину.

Повсюду здесь было пусто. Одни только огнетушители да еще какие-то непонятные аппараты в застекленных шкафах попадались. Ритмичный гам опять находился на пределе слышимости и оставался, кажется, сзади. Вдруг две санитарки вынырнули навстречу, фыркнули в адрес Ванечки, немедленно соорудившего подходящий к случаю жест, равнодушно скользнули накрашенными глазами по больному, бредущему в туалет, и снова исчезли из поля зрения. (Сердце только пропустило удар и — второй, следом, но ничего, все обошлось.) Он тут же представил себя со стороны: всклокоченный, на голове пегая пакля, под носом — пегая пакля, старик в грязно-сиреневой больничной хламиде, ковыляет кое-как по стеночке вдоль коридора, грузный, задыхающийся, мокрый от нездорового пота, неопрятный, дикий. Очень убедительно. Больной старый человек идет до ветру. «А где, братец, здесь у вас нужник?..»

Нужник оказался на вполне приличном уровне. Не «Интерконтиненталь», разумеется, совсем НЕ, но, однако же, без особой вони и прочих следов предыдущего пребывания. Четыре писсуара. Четыре кабинки. Без дверей. И без стульчаков, разумеется, но — чисто. Задом наперед здесь, видимо, не принято было усаживаться... (Поразительно, какая чушь лезет в голову в такие вот минуты. Это из-за того, что я боюсь прыгать, а он же, паршивец, сейчас заставит меня прыгать из окна...)

Иван, уже встав ногами на крайний, под высоким горизонтальным окном, унитаз, орудуя ловко и почти беззвучно, выворачивал с корнем заплетенную сеткой раму. Поставил (бесшумно) раму в угол, оглянулся — лицо мокрое, белое, нацеленное, — махнул рукой.

— Хорошо, хорошо... — сказал он этому мокрому и бешеному сейчас человеку. — Но учти — прыгать я не смогу... — (Какого черта — прыгать? Да мне просто не пролезть в эту щель, не протиснуться!) — То есть я прыгну, конечно, но все свои старые кости тут же и переломаю...

— Не придется, — сказал Иван, слегка задыхаясь. — Не понадобится вам прыгать... Давайте... Смелее, я вас держу. Пошел, пошел, смелее!..

Это было унизительно. Бессильные руки не умели больше подтягивать грузное тело, вялые, как макаронины, ноги безнадежно шарили по кафелю в поисках опоры... карамора на оконном стекле... старая больная безмозглая карамора... Подпираемый и выпираемый вон, подсаживаемый и подталкиваемый, он карабкался, елозил по скользкой кафельной стене, цеплялся ни за что, задыхался, хрипел, обливался мучительным потом и в конце концов, сам не понимая как, оказался: сначала — в узком лазе окна, а потом, отчаянно отпихнувшись от воздуха, — в какой-то неглубокой сырой яме с цементным полом и цементными же, на ощупь, стенками... Задыхаясь и скорчившись, он сидел, неестественно переплетя онемелые ноги, не чувствуя рук, не чувствуя ничего, кроме выкипающих легких... у него не было сил даже закрыть глаза, и он видел невысоко над собою смутное пятно слабо подсвеченного тумана, перечеркнутое решеткой. Ну, все, думал он. Это — мой последний рубеж. Все. Укатали сивку крутые горки... Сейчас какая-нибудь жила лопнет, и — карачун...

Видимо, на какое-то время он таки отключился: вдруг рядом оказался Иван, сосредоточенный, как хирург, и холодные влажные пальцы его — повыше ключицы, где, кажется, еще что-то там билось, хлопотало, дергалось и жило.

— Ничего, ничего... — сказал он настороженно-внимательным глазам. — Держусь пока. О'кей. Что там у тебя дальше в программе?

— Вставайте, — сказал Иван и сам поднялся, а потом наклонился над ним, подхватывая поудобнее под руки. — Вот так... Хорошо... Видите там — свет?

Они оба стояли теперь в этой цементной яме, головы у них были выше среза, и он мельком отметил, что решетка, только что закрывавшая яму сверху, теперь отсутствует. Он видел и свет, о котором говорил Иван, но более, честно говоря, он не видел ничего. Все вокруг было заполнено ледяным густым туманом, слегка подсвеченным в трех местах, причем ярче всего именно там, куда показывал Иван.

— Вот здесь — стена, — продолжал между тем Иван, негромко, но и не шепотом. — Там, где свет, там главный вход. Там стоят наши машины, обе, «броневичок» поближе, «керосинка» — подальше. Охраны нет... Вы меня слушаете?

— Да, — сказал он. — Но не понимаю. Пока.

— Сейчас поймете. Дело нехитрое. Они нас никак здесь не ждут, поэтому риска — никакого. Главное — темп...

...Это тебе только кажется, что главное — темп, подумал он. Главное — не нагородить глупостей. И так уже нагорожено — вчетвером не разгребешь. Сам Хозяин, лично, совершив, понимаете ли, побег, словно распоследний псих, из больницы, вылез через сортирное окно во двор и теперь стоит заледенелыми ногами в сырости, одетый в сиротскую хламиду, обклеенный чужими волосами, дышит ртом, чтобы не вырвало, и готовится идти на прорыв... Зачем? От кого побег, от какого врага? Из какого такого окружения — на прорыв?.. Ни на один из этих вопросов ответить он был не способен, даже и не пытался. Но еще менее способен он был представить себе, как возвращается сейчас в койку, ложится (в тапочках) под одеяло и с тихим терпением ждет появления генерала Малныча или, того похуже, странного доктора Бур-мур-щихина...

— Я не пойму, Босс: вы слушаете меня или нет? — сказал Иван с раздражением, прервав самого себя на полуслове.

— Я тебя слушаю. Но мне этот твой план не нравится. Ты разобьешься вдребезги, а ворот не вышибешь. Мне все равно тогда придется прыгать через стену, а ты останешься у них, и они тебя прикончат. На вполне законных основаниях. Не задумываясь, понимаешь?..

— Вы не обо мне думайте, вы о себе думайте...

— Нет. Я буду думать о нас обоих. И о Майкле, который сидит там сейчас и вообще ничего не знает...

— И о Крониде, которого они ждут в засаде не дождутся...

— Откуда ты знаешь про засаду?

— А вам какая разница, откуда? Я так и знал, что обязательно начнутся споры и разговоры. Можете вы мне хоть раз в жизни довериться? Без разговоров?

— Я тебе всю жизнь доверяюсь.

— Вот и делайте, что я сказал.

— Нет. Мы садимся оба в «броневичок» и прыгаем через стену...

— Их же надо задержать, вы понимаете?

— Понимаю. За рулем — ты. Мне такой прыжок не сделать.

— Поймите: они сразу бросаются вдогонку, и нам не уйти. По такой дороге.

— Ничего. По бетонке — уйдем. По бетонке надо уходить, понимаешь? Кронид прибудет — по бетонке, надо его там встретить... А главное: мне на три с половиной метра не прыгнуть, понимаешь? Я разобьюсь.

— Они ж не станут нас догонять, они будут стрелять.

— Ничего. Если за рулем будешь ты — уйдем. И вообще: кто не рискует, тот не пьет шампанского.

Иван молчал несколько секунд, громко и агрессивно сопя коротким своим носом. Потом сказал:

— Терпеть не могу шампанского.

— Я тоже. А вот Кронид — обожает!

— Если б не Кронид, хрен бы я пошел на эту авантюру.

— А уж я бы!.. Лежал бы сейчас себе в коечке...

— И ждал бы, пока они вас тихо прирежут. На вполне законных основаниях.

— Ничего подобного. Как же тогда моя Таинственная Сила?

— Эх, Стас Зиновьич, — сказал Иван. — А может быть, ее здесь-то как раз и делают, вашу Таинственную Силу? А?

Это было, по меньшей мере, логично. Ай да Иван! На такое заявление невозможно было ответить сразу. Ни да ни нет. И не сразу — тоже.

— Ладно, — сказал наконец Иван решительно. — Держитесь за мной, я иду первым.

Все произошло довольно быстро и — поначалу — без никаких приключений. Короткое бесшумное путешествие сквозь туман. Вдоль шершавой стены здания. По остаткам сухой травы, пробившейся сквозь асфальт и в трещины между бетонными плитами. Было холодно. Туман садился на лицо, как влажная паутина. Где-то играла музыка, голоса раздавались, и никому не было до них дела.

Они были уже рядом с машинами. Уже стремительный профиль «адиабаты» можно было различить на фоне оранжевого свечения, десять шагов до нее оставалось, — как вдруг в светящемся тумане возникло движение, и объявился там энергичный силуэт: крутые плечи, фуражка с длинным козырьком, выпуклые усы и коротенькая трубка-носогрейка, модная с недавних пор в унтер-офицерских кругах некоторых родов спецвойск.

Это был очередной прапор из охраны. Что-то понадобилось ему здесь, у машин, что-то он там искал. Или проверял. Или намеревался стибрить по-быстрому. Пока суд да дело. Под покровом ночной темноты. Чем-то он там тихонько лязгал, металлически крякал и позвякивал. Сгибался, исчезая во тьме и тумане, и снова распрямлялся. Шевелились крутые плечи. Иван следил за ним, окаменев лицом и телом. Иван сделался неузнаваемо страшен. Мертвенная угроза угадывалась в нем сейчас — зародилась вдруг и зажила своей, отдельной и опасной жизнью.

Он хотел сказать Ивану: не надо, господь с ним, не судьба, вернемся, и будь что будет, но Иван, не глядя, положил на мгновение ледяную ладонь свою ему на губы и — исчез. Как давешний баскер. Без шороха, без малейшего движения воздуха, вообще без всякого предварительно движения. Как тень на стене исчезает, когда выключают за ненадобностью сильную лампу.

Несколько тошных мгновений протекло, а все никак ничего не происходило. Энергичный прапор стоял теперь, привалившись задом к «адиабате», и чиркал зажигалкой — словно сверчок за печкой. Синевато-оранжевый огонек озарял его сосредоточенный нос. Трубка не желала разгораться.

Глупо, подумал он. Глупо вот так умирать, своим последним желанием имея — раскурить упрямую носогрейку. Не хочу об этом думать. Я же знаю, что все это — рядом: последняя минута, последнее желание, последняя судорога жизни... Он прикрыл глаза, не желая ничего видеть, а когда вновь раскрыл их, видеть уже было нечего. Прапора не стало. Дверца машины была уже распахнута, Иван звал его, делая невнятные знаки рукою, и надо было снова идти — передвигать заледеневшие ноги и надеяться на лучшее в постоянном ожидании наихудшего.

По-прежнему играла в отдалении музыка, и слышался кашляющий смех, а больше — ничего за последние двадцать восемь секунд он так и не услышал. Собственно, звуков стало даже меньше — зажигалка теперь уже не чиркала простуженным сверчком... Сверчок предвещает смерть. По слухам. И согласно преданию. Вот только — чью?

ГЛАВА 12

«Адиабата» прыгнула легко и мягко, словно гигантская механическая кошка, и он на несколько мгновений увидел под собою залитый туманом предутренний мир: черную щетину кустов и деревьев вокруг здания, торчащую из белесой, слабо подсвеченной пелены; колючее ограждение поверх стены; какую-то усеянную мигающими красными и рыжими огоньками башню в отдалении... Слой тумана был — всего-то метра четыре, а над этим слоем знай себе мирно сыпал редкий снежок и светил мутноватый старый огрызок луны. Потом машина снова упала в туман, коротко и мощно рявкнули форсажные двигатели, Иван каким-то чудом сумел смягчить удар до терпимого предела — машина словно ввалилась на скорости в метровую выбоину — суперрессоры ухнули, но выдержали, у него лязгнули челюсти, и руки беспомощно и болезненно всплеснули как бы сами собой, а машина уже шла юзом, вопили и воняли горящие покрышки: Иван входил в крутой вираж, целясь в плохо различимый среди зарослей узкий коридор бетонки — прочь, дальше, быстрее, еще быстрее, пока они там не очухались, пока еще не поняли ничего, пока не выслали погоню и не оповестили свои патрули.

Затея была дурацкая, мальчишеская, мальчишкой спланированная, а потому и провалилась, даже и не начавшись толком, — через пять минут отчаянной гонки. Кончилось горючее.

Они сидели рядом в кабине и молчали. Прыгали красные и зеленые огоньки на пульте. Горел красным указатель расхода топлива — строго, непреклонно и осудительно. Остывал двигатель. Остывал салон. Надо было выбираться наружу и идти к автостраде. Десять километров. Может быть, пять. Наобум. Может быть, получится — избежать патрулей. Может быть, получится — не нарваться на мальчиков Гроб-Вакулина. Может быть, удастся перехватить и остановить Кронида, который сейчас уже должен быть на подходе... если его уже не остановили и не перехватили. Все было удивительно неуклюже, глупо и бездарно.

— Рацию — прапор выдрал? — спросил он. Не потому, что это имело хоть какое-то значение, а потому, что вылезать наружу решительно не хотелось, а в салоне было все-таки еще довольно тепло.

— Нет, не думаю, — ответил Иван обстоятельно. — Я полагаю, они ее еще раньше демонтировали. А прапор, он более — по мелочам. В свою личную пользу... Подождите, Стас Зиновьич, не вылезайте пока. У меня в багажнике есть кое-что, размер, может быть, и не совсем подходящий, но все-таки получше будет, чем это ваше больничное хламьё...

— Хорошо, — сказал он послушно. — Жду.

Надо было еще разок попробовать просчитать ситуацию. В одиночку. Без Эдика. Без Кузьмы Иваныча. Без Николаса. Без команды, которую он любил сейчас больше всего на свете. (Без ансамбля. Сам, бля. Один, бля...) Без знаменитого своего Министерства Проб и Ошибок, дороже которого ничего у него никогда не было и быть не могло... Где-то я просчитался, подумал он. Чего-то очень важного я не понял вовремя (давно, очень давно!) и именно поэтому оказался сегодня в этой холодной луже.

...«Колбаса из человечины...» Нет, это не то, это лишь фигура речи. Что-то другое он сказал мне давеча. Не давеча, конечно, а много лет назад, когда ничего еще не было решено, когда все еще только начиналось и ничто еще не выглядело окончательным. (У президента Красногорова — начиналось, а у членкора Киконина уже все решено было и шло полным ходом.)

...«Предназначение даруют боги. И тот, кто получил этот дар, сам становится одним из них... Ты даже и представить себе не можешь, мой Стак, какая это редкая вещь — ПРЕДНАЗНАЧЕНИЕ!..»

...Виконт, дружище, ты остался теперь у меня один. Как же так могло случится, что ты оказался среди моих недругов? Да, ты не друг человечества, ты враг его врагов. Но ведь и я — тоже! Как мог оказаться между нами генерал Малныч — спиной к тебе, лицом ко мне — скуластым своим холуйским ликом прохиндея и лжеца?.. И почему мой дар богов бессилен против него?..

Он не видел ответа.

Строго говоря, он и вопроса не видел толком. Происходило нечто смутное, необъяснимое и скользкое, как кусок льда. Он давно отвык от такого — он стал избалован. Он чувствовал себя непривычно старым, слабым и бессильным. Он был сейчас — Черномор без бороды. Это было мучительное и тошное ощущение, какое бывает в дурном сне, когда силишься и никак не можешь проснуться...

Он прислушался. Какой-то хруст послышался вовне и сзади. Словно расправляли там мятый пластикатовый плащ. Кто сейчас помнит, что это такое: пластикатовый плащ? Впрочем, Ванечка прав: лучше это, чем сиреневые кальсоны... Плащ еще раз хрустнул, и вдруг кто-то засмеялся рядом. Кто-то незнакомый. Не Ванечка.

...Он шарахнулся, ударившись головой о стекло правой дверцы: через левую, мерцая исподлобья красными угольками, на него смотрел баскер.

Было мгновенное удушье ужаса. Судорога, свернувшая душу в крючок. Безумие, оцепенение, потеря себя. Баскер все смотрел, неподвижный, словно мрачный эскиз Франсиски Гойи, и такой же неправдоподобный.

...Говорили, что они обладают взглядом василиска — под таким взглядом намеченная жертва превращается в мягкий камень. Она теряет голос, и кровь у нее останавливается. Говорили, что некоторые из них делают так: откусывают человеку ноги и уходят прочь на денек-другой, а когда возвращаются, едят труп, уже тронутый разложением. Говорили: им, на самом деле, не нравится убивать, они не любят свежатины. Говорили: хорошо успеть застрелиться, если не видно другого выхода...

Первый шок его прошел, он был весь в ледяном поту, но уже все понимал и снова стал собой. Он снова был старый, обуреваемый гордыней, желчный и властный человек, привыкший подчинять и отвыкший подчиняться. Он не хотел ни умирать мучительно, ни стреляться во избежание мук. Он хотел жить. (Как много потерь за одни только сутки!.. Проклятая ночь. Проклятая невезуха...) Он, не глядя, не отрывая глаз от мрачного видения за стеклом, протянул руку и откинул крышку «бардачка». Пистолета на месте не оказалось. Прапор успел-таки попользоваться. (По мелочам...) Впрочем, пистолет все равно был газовый — парализатор НП-04, удобный и милосердный, но против баскера такой же бесполезный, как и самый современнейший ОСА... (Сколько потерь. Сколько невозвратимых потерь за одну только ночь!..) Сволочь, прошептал он баскеру одними губами. Ненависть вдруг налетела, как приступ неудержимой рвоты, и разом забила все остальное — боль, плач, страх. Он пошарил под сиденьем, где у него была заначка... не у него, собственно, а у Ванечки, который всегда полагал, что береженого Бог бережет, и держал там в тайне от всего света осколочную гранатку — «на всякий пожарный и при условии, что».

Гранатки глупый прапор не нашел, и теперь он сжал ее в кулаке, зубами выдернул чеку и потянулся свободной рукой к кнопке — опустить переднее левое стекло.

Но баскера уже не было — белесый туман стоял там снаружи и мелкими каплями садился на стекло.

Сволочь умная. Я ж тебя!.. Он выбрался наружу и осторожно пошел вокруг машины, держа гранатку в отведенной руке, готовый бросить или, по меньшей мере, просто разжать пальцы. Он шел сквозь туман, сделавшийся вдруг совершенно непроницаемым. Ничего не было видно. Совсем. Только подфарники да стояночные огни тускло светились, не освещая ничего, кроме пустой мглы.

Он обошел машину и увидел: распахнутый багажник, тусклый свет внутри и Ванечку, который лежал там неподвижно и смотрел ему в лицо. Ванечка был совсем маленький. Черная, липкая, поблескивающая лужа окружала его, заливши внутри багажника все, что там было. Ванечка был в сознании, но молчал. У него не было ног.

Потом он заговорил. Голос у него был — как зудящая струна.

— Хоз-зяин-н-н... — прозудел он. — Добей...те... — и умер.

Он увидел, как жизнь ушла из черных неподвижных глаз и как обмякло тело, которое только что было пружиной, взведенной болью и ужасом до последнего предела.

Несколько секунд он стоял неподвижно.

(Он никогда не умел обращаться с мертвыми. Десятки людей проводил он ТУДА, но так и не научился: склонить голову; прикоснуться губами к ледяному лбу; подняться с колен и снова склонить голову... Все это казалось ему — театром. Дешевой самодеятельностью. Все это была показуха — неизвестно, для чего и перед кем.)

Потом он протянул руку, свободную от гранаты, и потрогал шею Ванечки, там, где должна была пульсировать жилка. Шея была теплая, чуть липкая, но жилки уже не было. Ванечки больше не было здесь. И никогда не будет.

Он захлопнул крышку багажника и вдруг — словно очнулся. Окружающий мир, только что существовавший отдельно и как бы вдалеке, обрушился на него без пощады и милосердия. В этом мире (кроме ледяного тумана) был ледяной холод с ветром, ледяное безнадежное одиночество и мертвенная вонь потустороннего зверя, который только что был здесь и, может быть, оставался где-то неподалеку: смотрел, ждал, оценивал, решал...

Он ощутил дрожь, пробивавшую его от пяток до макушки. Судорогу, которая сводила руку с гранатой. Металлический привкус от чеки, все еще зажатой в зубах. Он ощутил себя и вспомнил, что именно ему надлежит сейчас делать.

Чеку поставить на место он не сумел. Пришлось ее выбросить. Взведенную гранату он решил нести с собой. На всякий случай. И не против баскера — он вдруг сделался уверен, что зверь ушел, что нет его здесь больше, что вернется он сюда теперь только через пару дней, стальными когтями вспороть сталь багажника и добраться до того, что находится внутри. Уже только для того, чтобы помешать этому, надлежало сейчас: заставить себя, в очередной раз одолеть себя — идти, брести, ползти, если понадобится, искать людей, любых, каких угодно, но желательно все-таки — своих.

Он шел медленно, почти не чувствуя вялых своих, закоченевших ног, которыми неуверенно, как слепой, нащупывал под собою бетонку, не видя почти ничего перед собою, выставив вперед свободную руку и бережно спрятав на груди кулак с гранатой. Он не думал ни о чем. Если бы он сумел каким-то образом вернуть себе способность размышлять, он, наверное, думал бы только о том, что эта ночь — проклята и ее ему ни за что не пережить.

Страх тихо глодал его, и он пел: «Куковала та сыва зозуля... ранним-ранцем да ой на зари...» Он пел, стараясь подражать интонациям мамы, он не знал украинского, он просто помнил все это наизусть — и слова, и мотив, и интонации. «Ой заплакалы хлопцы-молодцы... гей-гей, тай на чужбине, в неволи-тюрмы...» Здесь он забыл слова и начал сначала. Он верил, что это должно ему помочь. Страх в нем уже сделался сильнее рассудка.

И ничего не происходило. Видимо, заклинание имело силу.

Потом, когда туман вдруг начал рассеиваться, когда проявилась на небе и повисла над черной стеной зарослей обгрызенная мутная луна, он — ни с того ни с сего — вспомнил давно сочиненную им и давно забытую песенку на какой-то туристский мотивчик:

> На небе озеро луны блестит, как алюминий,
> Кругом медведи и слоны, а мы — посередине...

...Почему там оказались вместе медведи и слоны? Кто такие эти «мы»? Когда-то песенка эта была совершенно конкретна, он это ясно помнил, но теперь все стерлось, все выветрилось, все стало — ни о чем. Или — о чем угодно. Например, о нем. Об этой бетонке. Об этом тусклом огрызке космической беды над косматыми зарослями. И о самих этих зарослях, где водится кое-что похуже медведя, хотя, слава богу, и поменьше слона...

> Ни крошки десять дней во рту, собак давно поели —
> Идем к Медвежьему хребту четвертую неделю.

...Какие собаки? Охотничьи? Или упряжные?.. Где он — этот Медвежий хребет (а также послушно всплывающие по ассоциации: Вшивый Бугор, Грибановская Караулка, Сто Вторая Разметка)?.. В каком году хотя бы, вспомнить, все это было?.. Я никогда в жизни не ходил на охоту. Сашка Калитин был у нас охотник, но большей частию — на уток да глухарей, при чем тут медведи?..

> Мой друг, голодная свинья, намедни плюнул в душу:
> Стрелял в слона, попал в меня и целится покушать.

...А что, если это — про нас с Виконтом? Он ухмыльнулся и вдруг снова почувствовал фальшивые свои усы — мокрую вонючую паклю под носом. «Стрелял в слона, попал в меня...» Недурно. В этом явно что-то есть. Виконт всегда считал, что наше воображение больше нашего мира: все, что придумано, — существует. Каждый стих — вместилище Истины. Просто нам не всегда дано понять, какой именно и о чем... Мы ведь знаем гораздо больше, чем понимаем. Это и беда наша, и счастье в одно и то же время...

Тускнеет золото костра, дымит и угасает.
Дожить бы, братцы, до утра — мой друг меня кусает!..

...Вот уж это — точно. Как закон природы. Ни убавишь, ни прибавишь: кусает. Не надо, Виконт, попросил он. Я все равно с тобой, я твой навсегда. Хотя гадюшню эту твою, если Бог даст, растопчу. Потому что — нельзя. Потому что есть вещи, которые — нельзя. Есть вещи, которые нужно, очень нужно, но в то же время душераздирающе нельзя. Мы не всегда умеем объяснить. Понять. Сформулировать. Надо стараться. Обязательно надо стараться. Но даже если ни понять, ни сформулировать не удалось, надо почувствовать (просто грубой шкурой души): это — нельзя.

Песня его кончилась. Он начал ее сначала, пропел всю подряд почти в полный голос, а когда она кончилась вновь, пошел дальше один, без песни. Видно было все как на ладони. Туман остался позади, впереди оставалась всего лишь обыкновенная тьма с мелким снежком, а луна, хоть и побитая своими годами, как валенки — молью, светила недурно и позволяла выбрать, куда надо ставить ногу (полумертвую, с больным, раздавленным коленом), а куда — ни в коем случае. Тапочки он потерял, ноги были босы, он не знал этого...

Теперь он освоился здесь, как всегда осваивался — везде и в любой ситуации, и знал, что пройдет ровно столько, сколько понадобится, и никому не даст себя остановить, и ничему. Он всегда стремился быть честен, и в первую очередь — с самим собой. Он знал себя как довольно черствого, не столько доброго, сколько порядочного человека, не умеющего и не желающего обманывать и придающего этому обстоятельству чрезмерно большое по всеобщему понятию значение. Однако честность есть валюта нравственности. Политика этой валюты не принимает, у нее своя валюта, но до тех пор, пока миром будут править бесчестные или, в лучшем случае, умеренно честные люди, до тех пор мир будет бесчестным или, в лучшем случае, умеренно (по обстоятельствам, от случая к случаю, если это полезно для дела, деван-лез-анфан, для прессы и телевидения) честным. Или — или. Виконт, разумеется, относится сейчас и всегда относился к этой идее скептически. Честность — это нечто вроде ума у красивой женщины: неплохо, но любим мы ее не за это... Виконт циник. Но он — ученый. Он знает цену честности. Он знает, что честность не имеет цены. Как жизнь. Она просто или есть, или ее нет. Она самоценна...

Он опомнился. Что со мной? С кем я говорю? Или это не я... Но кто-то же был рядом только что. Сидел в кресле и смотрел на огонь сквозь длинный стакан со скотчем...

Ничего не происходило вокруг. Он шел. Он передвигал ноги с раздавленными коленями, лающими и воющими болью. Он почти ничего не помнил, он забыл о Николасе, о Ванечке, о Майкле... и уж разумеется, он совсем, начисто, забыл о тех незнакомых людях, которые этой ночью были так или иначе «уговорены»... Он ясно помнил только, что: если впереди покажутся неизвестные, надо броситься в кусты, а когда это не поможет — разжать пальцы правой руки; если же впереди покажутся фары и проблесковые маячки, это будет Кронид, — надо тогда выйти на середину дороги и сделать руки крестом... Он только не был уверен, что у него хватит силы сделать руки крестом. И он очень сомневался, что сумеет при необходимости разжать пальцы, — если быть до конца честным, он был даже уверен, что НЕ сумеет этого сделать...

...Фары появились неожиданно и совсем близко. Он очнулся, кинулся к ним, замахал свободной рукой. Низкая горячая машина с ревом и скрежетом тормозов вильнула, словно отшатнувшись от него с отвращением, и промчалась мимо, он никого не успел заметить в салоне, а следом ревела и перла вторая — маленький штабной БТР, подарок прежнего министра обороны, — набитая ребятами Артема, слепая и глухая в своей зеленой мокрой броне, вонючая в облаке выхлопов и горящих покрышек...

Его отбросило воздухом, он не сумел удержаться на ногах и упал на бетон, не почувствовав боли и даже не поняв, что упал.

(— Алкаши, Богом проклятые, — нервно сказал Кронид, сидевший за рулем «паккарда». — Я же его чуть не убил, подонка...
— А может быть, он хотел, чтобы его убили? — проворчал Артем, мрачно грызя мундштук с сигаретой. — Видел, он какой?
— Какой?
— Патлатый-усатый. Из психушки явно сбежал. Смерти искать.
А Кузьма Иванович проговорил меланхолично: «Все умрем». Это прозвучало у него как прогноз, но никому и в голову не пришло, насколько этот прогноз получился краткосрочный.
— Черт, опаздываем, — сказал Кронид.
— А чего ты беспокоишься? — спросил Кузьма Иваныч. — Он же у нас — заговоренный?
— Береженого Бог бережет.
— Да его и так Бог бережет... — заметил Кузьма Иванович, а Динара вдруг, впервые за все время, сказала с заднего сиденья незнакомым, словно сорванным, голосом:
— Да перестаньте вы болтать!.. Заткнитесь, ради бога!
И тут все они увидели на обочине «адиабату» с распахнутой правой дверцей.)

Ничего этого он не видел и не слышал. Он не мог бы этого услышать, даже если бы находился совсем рядом с ними, в ихнем салоне, под капельницей и с кислородной маской на лице. Ему казалось, что он сидит на старом, полуразвалившемся стуле, в маленькой четырехметровой комнатенке Виконта, рядом с самим Виконтом, копающимся в древней чаше, полной курительных трубок, антикварные бокалы отсвечивают рубином (или топазом), позади половина жизни, впереди — другая, полная скрытого смысла, и Виконт говорит в своей обычной пренебрежительной манере: «Можно знать свое предназначение и — не понимать его. Так даже лучше, ибо сказано: Я ВСПОМИНАЮ СОЛНЦЕ... И ВОТЩЕ СТРЕМЛЮСЬ ЗАБЫТЬ, ЧТО ТАЙНА НЕКРАСИВА. Тайна некрасива, мой Стак. Тайна всегда некрасива. И если ты хочешь иметь дешевую колбасу, тебе придется делать ее из человечины...»

— Нет! — сказал он решительно, и в ту же секунду маленькое, почти микроскопическое, пятнышко омертвленной ткани Варолиева моста остановило его дыхание.

...Пальцы сожми, успел он подумать беспорядочно, уже задыхаясь, уже совсем без воздуха. Крепче. Виконта не задеть... Пальцы.

С.-Петербург
1992—1994

С. ЯРОСЛАВЦЕВ

Подробности жизни
Никиты Воронцова

> — Это не мысли, — отвечает художник, — это мимолетные настроения. Вы сами видели, как они рождались и как исчезали. Такими мыльными пузырями, как эти настроения, можно только удивлять и забавлять глупых ребятишек, вроде вашей милости.
>
> *Д. И. Писарев*

ХОЛОСТЯЦКИЙ МЕЖДУСОБОЙЧИК

ак случилось, что дождливым июньским вечером одна тысяча девятьсот семьдесят восьмого года на квартире довольно известного в Отделе культуры ЦК писателя Алексея Т. загремел телефонный звонок. Взявши трубку, Алексей Т. к удовольствию своему обнаружил, что звонит старинейший его приятель, ныне уже следователь городской прокуратуры Варахасий Щ. Между ними произошел примерно следующий разговор.

После обмена обычными, не очень пристойными приветствиями, восходящими к студенческим временам, Варахасий спросил:

— Твои еще на юге?

— Через неделю возвращаются, — ответил Алексей. — А что?

— А то! Я своих баб тоже в Ялту отправил. Три часа назад. Может, повидаемся? Холостяцкий междусобойчик, ты да я. Тряхнем стариной?

— Прямо сейчас?

— А чего ждать? Случай-то какой!

Алексей Т. оглянулся на распахнутое окно, за которым с низкого от туч неба лило, плескало и рушилось.

— Случай — это, конечно, да, — сказал он. — Только льет же ливмя... И в дому у меня хоть шаром покати, а магазины уже...

— Ни-ни-ни, — закричал Варахасий. — У меня все есть! Гони прямо ко мне! И не бойсь, не растаешь...

Так они сошлись на кухне в уютной трехкомнатной квартире в Безбожном переулке, и раскрыты были консервы (что-то экзотическое в томате и масле), и парила отварная картошка, и тонкими лепестками нарезана была салями финского происхождения, и выставлены были две бутылки «Пшеничной» с обещанием, что ежели не хватит, то еще кое-что найдется... Что еще надо старым приятелям? Так это в жилу иногда приходится — загнать жен с детишками на лазурные берега, а самим слегка понежиться в асфальтово-крупноблочном раю.

После первой об этом поговорили писатель Алексей Т. с мокрыми волосами и в варахасинском халате на голое тело и следователь Варахасий Щ. в шортах и распахнутой рубашечке, умиленно поглядывая друг на друга через стол под плески и прочие водяные шумы снаружи.

После второй, опустошив наполовину банку чего-то в томате и обмазывая маслом картофелину, Алексей Т. объявил, что вообще-то большинству людей вполне довлеет девятнадцатый век и даже восемнадцатый, а двадцатый век им непонятен и ужасен, они его просто не приемлют. Проглотив картофелину, он даже высказал предположение, будто бамовцы, что бы там ни говорилось, в сущности, в глубине души движутся теми же побуждениями, что казаки Ермака Тимофеевича и Семена Дежнева.

Хлопнули по третьей, и Варахасий признал, что в какой-то степени готов с этим согласиться. Он предложил взять хотя бы его тещу. Старуха пережила первую мировую войну, революцию, гражданскую войну, разруху и голод, затем террор, затем Великую Отечественную и так далее. Она принадлежит к поколению, принявшему на себя всю тяжесть чудовищного удара двадцатого века. И конечно же, как ей понимать и как ей не ужасаться? Но с другой стороны...

После четвертой Варахасий предложил проиллюстрировать свою мысль наглядным примером и включил роскошный цветной телевизор, установленный на специальной подставке в углу кухни. По-видимому, давали что-то вроде концерта зарубежной эстрады. Выступали немцы. Дюжина девиц в чрезвычайно сложно устроенных бюстгальтерах и в длинных панталонах с кружевами ниже колен размахивала ягодицами вокруг клетчатого молодого человека, распевавшего про любовь... Ах, это немецкое, неизбывное со времен Бисмарка, нагло-благонамеренное! Вертлявые девицы в панталонах и клетчатые пошляки, а за ними — мрачная харя под глубокой железной каской. Абахт! И выпученные солдатские зенки, как у кота, который гадит на соломенную сечку.

Алексей Т. зарычал от ненависти, и Варахасий торопливо выключил телевизор. Он признал, что этот пример неудачен, и открыл вторую бутылку. Но все равно, упрямо сказал он, много есть людей, которые живут и мыслят категориями двадцатого века, и таких становится все больше с каждым днем, и число их с приближением конца двадцатого века увеличивается по экс... экспо... в общем, в геометрической прогрессии.

(«По экспоненте, — выговорил наконец он, разливая по пятой. — Черт, я совсем нить потерял. О чем бишь мы?»)

Держа перед собой стопку, как свечу, Алексей Т. мрачно провозгласил, что самое омерзительное в мире — это культ силы. Именно поэтому отвратителен оккупант. Шайка хулиганов, напавшая на улице на беззащитного прохожего, — это те же оккупанты. За их погибель! В утешение ему Варахасий сейчас же рассказал, как была ликвидирована хулиганская группа, долгое время бесчинствовавшая в Сокольниках, а Алексей Т., чтобы не ударить лицом в грязь, поведал Варахасию, как одного сотрудника Иностранной комиссии уличили в краже бутылок с банкетного стола.

Неудержимо надвигалась меланхолия, и после шестой Алексей Т. попросил Варахасия спеть. Варахасий отказываться не стал, спеть ему давно уже хотелось. Он сходил в кабинет за старой своей, испытанной семиструнной и сказал, усаживаясь поудобнее:

— Спою тебе новую. Месяц назад в компании один адвокат знакомый ее пел. Очень мне понравилась. Она по-украински, но все почти понятно. Вот послушай...

И он запел негромко низким приятным голосом:

> Поспишаймо
> Здалека в тот край,
> Дэ умиють
> Вично нас чэкаты...
> Дэ б не був ты, дружэ,
> Дэ б не був ты, дружэ,
> Памъятай, памъятай:
> Журавли — и ти лэтять до хаты!
> Мы всэ ридшэ
> Пышэмо лыс ты
> И витаем
> Поспихом из святом.
> А лита за намы,
> А лита за намы —
> Як мосты, як мосты,
> По якым нам бильше не ступаты...

Странно хороша была эта песня, и чудилось в ней некое колдовство, но и слух у Варахасия был отменный, и гитара его звенела томительно-вкрадчиво, да и водяные шумы на дворе вроде бы попритихли. Алексей Т. кашлянул и попросил:

— Еще разок, пожалуйста...

Варахасий, усмехаясь, потянулся было к нему с бутылкой, но он помотал головой, накрыл свою стопку ладонью и повторил:

— Еще разок...

И спел Варахасий еще разок, а затем опять взялся за бутылку и взглянул на приятеля вопросительно, но Алексей Т. опять помотал головой и сказал:

— Пока не надо. Давай лучше чайком переложим.

Варахасий отложил гитару и поставил на плиту чайник. У Алексея же Т. стояли в глазах слезы, он хрипловато прокашлялся и произнес сдавленным голосом:

— Как это верно... «А лита за намы — як мосты, по яким нам бильше не ступаты...» И как это грустно, в сущности...

И ощутилось беспощадно, что им уже катит за пятьдесят и не вернуть больше молодой уверенности, будто все лучшее впереди, и пути их давно уже определились до самого конца, и изменить пути эти может не их вольная воля, а разве что мировая катастрофа, а тогда уже конец всем мыслимым путям. Грустно, конечно. Но с другой стороны — было время брать, настало время отдавать...

— Нэ журысь, — ласково сказал Варахасий. — Давай я лучше тебе твою любимую спою.

И спел он любимую и еще одну любимую, и «Кони привередливые» спел и «Подводную лодку», и спел «По смоленской дороге» и «Ваше благородие, госпожу Разлуку».

Потом они надувались крепчайшим чаем (оба признавали только крепчайший), и Алексей Т. рассказал о своих последних приключениях в отечественной литературе. Это было его сладостно-больное место, его радость и страдание, его боевой конек, и он азартно орал:

— Какого черта? Всякий чиновник-недолитератор будет мне указывать, о чем надо писать, а о чем не надо! Я сам знаю в сто раз больше него, а чувствую, может быть, в миллион... Ну, думаю, погоди, сукин ты сын! И написал в ЦК, в Отдел культуры...

Варахасий слушал, подливая в чашки. Ему было интересно и несколько смешно. Когда Алексей замолчал, отдуваясь, он покачал головой и проговорил, как всегда:

— Да, брат, кипучая у тебя жизнь, ничего не скажешь.

На что Алексей Т., как всегда, проворчал:

— Я бы предпочел, чтобы она была не такой кипучей.

Приятели помолчали. Было уже изрядно за полночь, в доме напротив не светилось ни одно окно. Ливень унялся, и небо как будто очистилось. Алексей Т. вдруг произнес со спазмой в горле:

— «А лита за намы — як мосты, по яким нам бильше не ступаты».

Варахасий быстро взглянул на него, а он вздохнул прерывисто и промокнул глаза рукавом халата. Тогда Варахасий сказал:

— Слушай, литератор, ты еще спать не хочешь?

Алексей Т. слабо махнул рукой:

— Какое там — спать...

— Ты трезвый?

Алексей Т. прислушался к себе — выпятил губы и слегка свел глаза к переносице.

— По-моему, трезвый, — произнес он наконец. — Но это мы сейчас поправим...

Он потянулся было к водке, но Варахасий его остановил.

— Погоди, — сказал Варахасий Щ., следователь городской прокуратуры. — Это успеется. Сперва я хочу кое-что тебе показать.

Он вышел, ступая неслышно босыми ногами, из кухни и через минуту вернулся с красной конторской папкой. Такие папки были знакомы писателю Алексею Т. — фабрика «Восход», ОСТ 81-53-72, арт. 3707 р, цена 60 коп., белые тесемки. Алексей Т. встревоженно проговорил:

— Ты что — тоже в писательство ударился? Так это я лучше дома, на свежую голову...

— Не-ет, — отозвался Варахасий, развязывая белые тесемки. — Тут другое, полюбопытнее... Вот, взгляни.

Он извлек из папки и протянул приятелю общую тетрадь в черной клеенчатой обложке весьма неопрятного вида. Алексей Т. принял тетрадь двумя пальцами.

— Это что? — осведомился он.

— Ты погляди, погляди, — сказал Варахасий.

Черная клеенка обложки была покрыта пятнами весьма противного на вид беловатого налета, впрочем, совершенно сухого. Алексей Т. поднес тетрадь к носу и осторожно понюхал. Как он и ожидал, тетрадь пахла. Точнее, попахивала. Черт знает чем, прелью какой-то.

— Да ты не вороти морду-то, — уже с некоторым раздражением сказал Варахасий. — Литератор. Раскрывай и читай с первой страницы.

Алексей Т. вздохнул и раскрыл тетрадь на первой странице. Посередине ее красовалась надпись печатными буквами противного сизого цвета: ДНЕВНИК НИКИТЫ ВОРОНЦОВА. Тетрадь была в клеточку, и буквы были старательно и не очень умело выведены высотой в три клетки каждая.

Алексей Т. перевернул страницу. Действительно, дневник. «2 января 1937 года. С сегодняшнего дня я снова решил начать дневник и надеюсь больше не бросить...» Чернила блеклые. Возможно, выцветшие. Почерк аккуратный, но неустоявшийся, как у подростка. Писано тонким стальным перышком. Алексей Т. сказал недовольно:

— Слушай, это, конечно, интересно — дневник мальчишки тридцать седьмого года, но не в два же часа ночи!

— Ты читай, читай, — напряженным каким-то голосом произнес Варахасий. — Там всего-то семь страничек...

И Алексей Т. стал читать с видом снисходительной покорности, подувая через губу, однако на третьей уже странице, на середине примерно ее, дуть перестал, задрал правую бровь и взглянул на Варахасия.

— Читай же! — нетерпеливо прикрикнул Варахасий.

На седьмой странице записи, точно, кончились. Алексей Т. полистал дальше. Дальше страницы шли чистые.

— Ну? — спросил Варахасий.

— Не вижу толка, — признался Алексей Т. — Это что — записки сумасшедшего?

— Нет, — сказал Варахасий, усмехаясь. — Никита Воронцов не был сумасшедшим.

— Ага, — сказал Алексей Т. — Тогда я, пожалуй, прочту еще разок.

И он стал читать по второму разу.

ДНЕВНИК
НИКИТЫ ВОРОНЦОВА

апись, вероятно, пером «рондо», повернутым слегка влево, почерк аккуратный, но неустоявшийся, подросточий, чернила порыжели:

«2 января 1937 года. С сегодняшнего дня я снова решил начать дневник и надеюсь больше не бросить. С утра Серафима и Федя взяли Светку и уехали куда-то к Фединым родственникам. Я вызвал своего лучшего друга Микаэла Хачатряна, и мы играли сначала в „Бой батальонов". Потом пошли гулять, играли в снежки. Микаэл неосторожно попал мне в лицо и чуть не разбил мне очки. Гуляли до обеда, потом пошли к Микаэлу и пообедали. После обеда заперлись у него в комнате и спорили о девочках. Микаэл сказал, что останется всегда верен Сильве Стремберг, а я признался ему, что влюбился теперь в Катю Михановскую. Микаэл сказал, что мало ли что, Катя ему тоже нравится, потому что она белокурая и красивая, но он все равно будет любить Сильву, что бы с нею ни случилось, а иначе получается предательство. Мы поругались, и я ушел домой. Сейчас я один дома и начал вести дневник. Впредь обязательно надо вести дневник.

3 января 1937 года. Вчера наши вернулись поздно, Федя был сильно выпивши, Серафима ругалась, а Светка хныкала и спала на ходу. Утром Серафима с Федей ушли на работу, а я до десяти часов валялся в кровати и читал „Крышу мира". Здорово написано. Я бы и дальше читал, но проснулась Светка и заныла, что хочет есть. Мы встали, позавтракали, и она ушла к подружкам. Я еще почитал немного, но потом мне стало скучновато, и вдруг пришел Микаэл. Он сказал, что вчера погорячился. Короче, мы помирились. Честно признаться, я очень люблю Микаэла. Он мой лучший друг. Мы пошли гулять и договорились, что запишемся в секцию бокса, но никому об этом не скажем, а в один прекрасный день встретим Мурзу с его фашистами, и пусть над ними смилуется Бог! После обеда растопил печку и рассказывал Светке страшные истории. Свет я нарочно не включал. Очень смешно, как она боится, а все равно просит, чтобы дальше рассказывал.

4 января 1937 года. Утром хотел опять поваляться и почитать, но Светка поднялась в восемь часов, будто и не каникулы вовсе. Пришлось вставать и кормить ее. В сердцах дал ей подзатыльник. Сколько раз зарекался!

Она ведь не ревет, только губы выпятит и смотрит на тебя круглыми глазами. Я этого не могу перенести. Пришлось рассказать ей сказку, да еще взять с собой гулять, а после гуляния взять с собой к Микаэлу. Что тут было! Сусанна Амовна, мама Микаэла, как закудахтала над нею, как принялась ее причесывать, оглаживать, пичкать разными вкусными вещами, хоть святых выноси. Впрочем, нам же было лучше. Удалось и в шахматы сразиться, и разобраться в наборе „Химик-любитель", который вчера купил Микаэлу отец. Завтра будем делать опыты.

. . . .

Запись, вероятно, тем же пером «рондо», но без поворота, твердые печатные буквы, те же порыжелые чернила:

«проба проба проба»

«никак мне не мретCя»

«кого вверх, кого вниз, а меня опять назад, начинай все сначала»

«Я умру 8 (восьмого) июня 1977 (семьдесят седьмого) года в 23 часа 15 минут по московскому времени».

. . . .

Запись тем же пером, торопливая скоропись с брызганьем и царапаньем бумаги, те же рыжие чернила:

«Сашка Шкрябун (лето 41, с родителями в Киев, без вести)»

«Борис Валкевич»

«Сара Иосифовна»

«Костя Шерстобитов (ранен на Друти, июнь 44; женился на Любаше из Медведкова, осень 47)»

«Гришка-Кабанчик, сапер»

«мл. л-т Сиротин»

«серж. Писюн»

«Громобоев, трус»

«с бородавкой на веке, руч. пул. (+под Болычовом)»

«Фома, запасливый, с полным сидором»

«санинструктор Марьяна (+на Рузе под Ивановом)»

«комбат Череда (+у Ядромина?)»

«чистюля наводчик (Ильчин? Ильмин? Илькин?)»

«Капитонов (в 55 начальником цеха)»

«Стеша (умрет сын, самоубийство, проследить)»

«Бельский, бездымная технология, патент (несколько формул, наспех набросанный чертеж)»

«Тосович, каратэ»

«Верочка Корнеева, она же Воронцова, она же Нэко-тян»

. . . .

Снова твердые печатные буквы теми же порыжелыми чернилами:

«Бесполезно. Память».

«Я воскресну 6 (шестого) сентября 1937 (тридцать седьмого) года в ночь на седьмое в постели. Внимание! Не суетиться! Лежа неподвижно, досчитать до ста, затем перевернуться на живот, свесить голову через край кровати, разинуть рот и сделать несколько глубоких вдохов и выдохов, высунув язык».

«Светкина кровать по левую руку, Федя с Серафимой через коридор».

. . . .

Запись тупым карандашом, огромные буквы вкривь и вкось, едва разборчиво:

«Новый год, Новый год»

«Интересно, Гурченко уже родилась?»

«Черные косы, задумчивый взгляд»

«Сексуально-алкоголические эксцессы в пятнадцать лет»

«Ах, какой ты! Ой, что ты! Ой, куда ты! Ой, зачем ты! Ай! Ох!»

«Воронцов! Прекрати болтовню!»

«Три пятнадцать, шесть двенадцать, и Светке на эскимо».

«Ай-яй-яй, Галина Родионовна!»

«Неточность. В прошлый раз было: если можно, я у вас еще немного посижу, Галина... А нынче прямо: ты как хочешь, а я у тебя останусь. Впрочем, и тогда остался, и нынче остался. И в позапрошлый раз, кажется, тоже. Сходимость вариантов».

«А в это время Бонапарт, а в это время Бонапарт переходил границу!»

«Ай-яй-яй, Галина Родионовна!»

. . . .

Запись отличными черными чернилами, явно авторучка:

«21 августа 1941 года. Дневник прячу в обычное место до 46-го».

«На Западном фронте опять без перемен».

«Да помилуй же меня хоть на этот раз! Что за охота тебе так со мной играться!»

. . . .

Запись скверным стальным перышком, скверные лиловые чернила:

«9 апреля 1946 года. Осталась еще целая жизнь, 31 год. Поживем!»

«Гришу-Кабанчика, сапера, раздавило танком под Истрой. И семья его вся погибла, отдавать медальон некому».

«Федя, как всегда, убит в 42-м при отступлении от Харькова. Серафима высохла, одни мощи остались. А Светка вымахала в красивейшую кобылу».

УМЕРТВИЕ НА ПРОСПЕКТЕ ГРАНОВСКОГО

лексей Т. закрыл тетрадь и осторожно положил ее на край стола.

— Странная манера, — рассудительно произнес он. — Что это может значить — «убит, как всегда»? Слушай, это не мистификация?

— Нет, — ответил Варахасий. — А тебя только это удивляет?

— Н-нет, конечно... Слушай, ты уверен, что это не мистификация?

— Уверен. К сожалению, уверен.

— Почему же — к сожалению? — удивился Алексей Т.

— А потому, дорогой, что я не литератор, а следователь прокуратуры, и я не люблю в жизни неразрешимых задачек.

Приятели помолчали. За окном сделалось совсем светло, небо очистилось над домом напротив и стало бледно-голубым. И тихо было, тихо отчетливой тишиной июньской белой ночи.

— Ладно, — сказал Алексей Т. — Ты своего добился. Ты меня поразил. Можешь быть доволен. Теперь, если позволишь, по порядку. Можно вопросы?

— Изволь, — сказал следователь городской прокуратуры Варахасий Щ. — Любые. Даже такие, на которые мне не ответить.

Невооруженным взглядом было видно, что он доволен. Алексей Т. собрался с мыслями.

— Так, — произнес он. — Во-первых. Кто такой этот Никита Воронцов? Или нет, расскажи сначала, как эта тетрадочка попала в прокуратуру. Так будет интереснее.

— Изволь, — согласился Варахасий и рассказал.

Поздно вечером восьмого июня прошлого года на проспекте Грановского произошло убийство. Свидетели, пенсионерка имярек и пожилой артист имярек же, прогуливавшие собак неподалеку, описали это происшествие так. На тротуаре под окнами одной из шестнадцатиэтажных громадин пятеро великовозрастных молодых людей возились с мотоциклом. Мотоцикл ревел ужасно, и уже в окна стали высовываться и возмущенно кричать полуголые граждане и гражданки, и уже свидетели, по их словам, совсем собрались было подойти к этим молодым людям и попенять им за нарушение тишины и спокойствия, как вдруг к мотоциклетной компании подошел откуда-то пожилой мужчина в белом полотняном костюме и с тростью и что-то сказал. Наверное, по поводу шума, который производила компания. Сейчас же все пятеро великовозрастных молодых людей угрожающе сомкнулись вокруг пожилого человека. Как там у них шло толковище — свидетели не слышали, грохот мотоцикла все заглушал. Они увидели только, как пожилой человек упер трость в грудь одного из молодых людей, особенно напиравшего на него, последовал обмен неслышными репликами, после чего пожилой человек опустил трость, а молодой человек развернулся и с большой силой толкнул его кулаком в лицо. Тут, как нарочно, мотоцикл замолк. Опрокинутый толчком пожилой человек прямо, как палка, упал навзничь, и в наступившей тишине было отчетливо слышно, как его голова с треском ударилась о край тротуара. На этом, собственно, все и кончилось. Великовозрастные мерзавцы постояли с полминуты в нерешительности, а затем, убедившись, что жертва их не двигается, без слов кинулись врассыпную, за исключением одного, который замешкался у злосчастного мотоцикла. Через минуту бешено терзаемый мотоцикл завелся, и оставшийся тоже умчался прочь. Только тогда остолбеневшие от неожиданности и ужаса свидетели одновременно подбежали к пожилому человеку. Он лежал на асфальте вытянувшись, раскинув руки, с широко раскрытыми глазами. Он был мертв. И только тогда подслеповатая пенсионерка опознала в убитом соседа по подъезду, жившего в двухкомнатной квартире на шестнадцатом этаже.

— Это был... он? — полуутвердительно произнес Алексей Т., постучав пальцами по дневнику.

— Да, это и был Никита Сергеевич Воронцов, — сказал Варахасий. — Любопытная подробность, курьез, если хочешь. Свидетельница показала, что ее собака, королевский пудель Кинг, за несколько минут до происшествия скулила и рвалась на поводке, тянула хозяйку к месту будущей трагедии. А свидетель, напротив, вспомнил, что его собака, беспородная дворняга Агат, точно так же тянула хозяина прочь. Но это, конечно, к делу не относится.

— Мерзавцы, — проговорил жаждущий возмездия Алексей Т. — Но их хоть поймали?

— В ту же ночь, — охотно ответил Варахасий. — И они тут же раскололись. Все-таки не закоренелые преступники, а так, скверно воспитанные болваны... Может быть, тебя еще что-нибудь интересует?

— Прости, пожалуйста, — спохватился Алексей Т. — Продолжай.

— Ну-с, вот, — продолжал Варахасий. — Дело это дали мне, я тогда еще работал в том районе...

Дело представлялось ясным, как стеклышко. Показания свидетелей и смертельно перепуганных дружков обвиняемого полностью совпадали с показаниями самого обвиняемого, размазывавшего огромным кулаком сопли и слезы по перекошенной от горя и ужаса небритой морде. Неосторожное убийство, статья 106 УК РСФСР, до трех лет лагерей или до двух лет исправработ. Оставалось выполнить некоторые формальности.

Поскольку убитый жил один, Варахасий, как положено, прежде всего произвел осмотр его квартиры на предмет описи вещей, обстановки и прочего. При осмотре, между прочим, обнаружилось кое-что, убитому явно не принадлежащее: в прихожей — женские туфельки и тапочки тридцать четвертого размера; в ванной — кокетливый женский халатик на крючке, духи, лосьоны и разная женская дребедень на подзеркальной полке; в спальне — пара женских ночных сорочек. Но самое важное — в одном из запертых на ключ ящиков письменного стола, погребенный под пластами удостоверений, дипломов, свидетельств, орденских книжек и прочих важных документов, оказался вот этот самый дневник в наглухо заклеенном конверте из плотной бумаги. Там же, у стола, Варахасий бегло проглядел, а затем дважды внимательно прочел содержимое этой припахивающей плесенью тетрадки, снова уложил ее в конверт и сунул к себе в портфель.

Он опечатал квартиру и вернулся к себе в районную прокуратуру. На столе у него уже лежало заключение медэкспертизы. Варахасий прочел и охнул. Ясное, как стеклышко, дело замутилось. Упав от сильного толчка в лицо, Никита Сергеевич Воронцов действительно ударился затылком о край тротуара и проломил себе череп, и это действительно могло послужить причиной мгновенной смерти, если бы не одно обстоятельство. А именно: даже толчок в лицо (в правую скулу, великовозрастный болван был левшой), не говоря уже об ударе головой о бетонную закраину, имел место по крайней мере через пять-шесть секунд после наступления клинической смерти Воронцова. Великовозрастный болван ударил уже мертвого.

— Как же так? — пораженно проговорил Алексей Т. — Если я правильно тебя понял, Воронцов же стоял...

— Ну и что же, что стоял? Умер, но не успел упасть. Такое ли еще бывает! Не в этом дело...

— А отчего он умер?

— Не помню, — нетерпеливо сказал Варахасий. — В заключении было сказано, но я уже забыл... Что-то вроде острой сердечной спазмы. Не в этом дело, я тебе говорю.

— Да-да, прости. Продолжай, пожалуйста.

— Продолжаю. Ты представляешь себе мое положение?

— Очень даже представляю. Одно дело — если человека сбили с ног, он упал и убился. И совсем другое дело — если ударили мертвеца. Тоже, конечно, некрасиво, но есть ли это преступление? Так?

Варахасий хохотнул.

— Приблизительно, — сказал он. — Короче говоря, мне предстояла неинтереснейшая и зануднейшая писанина. За нее я и взялся, не теряя ни секунды драгоценного времени. И вот, когда я дошел до кругленького такого периода... м-м... «Сопоставляя показания свидетелей и заключение медэкспертизы, можно достаточно уверенно утверждать, что клиническая смерть наступила в 23 часа 15 минут...»

— Постой-постой! — вскричал Алексей Т. и схватил со стола тетрадь. — Когда, ты говоришь, это произошло?

— Восьмого июня прошлого года, одна тысяча девятьсот семьдесят седьмого года, — ответил, ухмыляясь, Варахасий.

Алексей Т. отыскал в тетради нужную страницу и прочел вслух спертым голосом:

— «Я умру восьмого июня тысяча девятьсот семьдесят седьмого года в двадцать три часа пятнадцать минут по московскому времени».

— Вот и я тогда точно так же схватился за эту самую тетрадь, — произнес Варахасий. — Небезынтересно, правда?

— Еще бы! Ну а дальше что?

— Дальше... Что ж, я — служака хороший, у меня от начальника секретов нет. Показал я эту тетрадочку на пробу прокурору. Все было, как я и ожидал: «Подделка, умалишенный, случайное совпадение, не морочь мне голову, что, у тебя дел других нет?» И я решил попытаться размотать эту загадку на свой страх и риск. В частном, так сказать, порядке, но с сугубым использованием служебного положения.

— Правильно! — восторженно выдохнул Алексей Т.

— Правильно или неправильно — не знаю. Но было, было у меня такое ощущение, словно бы открывается дельце это в такую бездну, куда еще ни один человеческий глаз не заглядывал. А начал я, сам понимаешь, с биографии покойного.

БИОГРАФИЯ НИКИТЫ СЕРГЕЕВИЧА ВОРОНЦОВА

Никита Сергеевич Воронцов родился в Москве в тысяча девятьсот двадцать третьем году. Родители его умерли, когда ему было три года, и он остался на руках у старшей сестры (по первому браку отца) Серафимы, которой исполнилось тогда двадцать лет, работницы завода «Серп и молот» (бывший завод Гужона). И добрая, видно, девушка была эта Серафима: хотя трехлетний пацан здорово осложнял ее жизнь, она его не сбыла в приют, а отдала в ясли, а потом, когда подрос, в очаг при заводе.

Год спустя Серафима вышла замуж за Федора Кривоносова, работавшего в одном с нею цехе, а еще три года спустя у них родилась дочка Светлана. Судя по всему, Никита племянницу любил, и с Федором у него тоже были отличные отношения.

Семейство занимало две комнаты в огромном кирпичном доме на Андроньевской, в коммунальной квартире невероятных по нашему времени размеров. Там до сих пор еще проживают двое стариков, которые помнят и Серафиму с Федором, и Никиту, и Светлану, однако выяснить у них о Никите что-либо определенное не удалось: слишком все перемешалось в их бедной памяти за прошедшие бурные годы.

В сороковом году Никита окончил десятилетку, но хотя учился прекрасно и едва только не натянул на «золотой аттестат», учиться дальше не пожелал, а поступил он на славный завод «Серп и молот», под начало к Феде, который к тому времени сделался уже мастером.

Тут и война разразилась.

Никита сразу же пошел добровольцем. Воевал он, видимо, прекрасно, себя не жалел: два ранения, контузия, орден Славы, три Красные Звезды, две медали «За отвагу». Кончил войну в Мукдене...

(— Где-где? — переспросил Алексей Т.
— Ну, в Шэньяне, — объяснил Варахасий Щ.
— Где это?
— Да в Китае же! В Маньчжурии!
— А-а-а... Да-да, конечно. Прости...)

В середине сорок шестого года Никита демобилизовался и вернулся на родную Андроньевскую. Дела там были плохи. Федор был убит. Серафима держала у себя какого-то хмыря-майора из военной комендатуры и изрядно попивала. Светлана связалась с шайкой то ли воров, то ли бандитов.

Никита, не тратя времени даром, первым делом снова поступил на завод в свой старый цех, быстро там освоился, затем осмотрелся в семье и молча ринулся в бой. Сначала он жестоко избил хмыря-майора, помыкавшего Серафимой, как служанкой. Могли быть изрядные неприятности, но майор был семейным и партийным и дело замял. Вскоре он, сославшись на распоряжение начальства, вернулся на казарменное положение, а потом и вовсе слинял начисто. И горько же, должно быть, попрекала Никиту несчастная Серафима!

Впрочем, может быть, и не так уж горько, потому что Никита вплотную занялся племянницей. И удалось ему управиться с племянницей, отлучить ее от опасных дружков и всякими правдами и неправдами устроить на завод учетчицей — школу-то она бросила еще в сорок четвертом, едва-едва вытянув семилетку.

Но все это подробности, может быть, пока и излишние.

В сорок седьмом году Никита поступил на вечерний в Московский институт стали, в пятьдесят втором закончил и был назначен в свой цех сменным инженером.

В пятьдесят пятом году умерла от инфаркта Серафима. Через год Светлана вышла замуж и завербовалась на Север. Никита Воронцов остался один. Здесь уместно будет сказать, что он как был, так и остался до конца дней своих холостяком. Судя по нéкоторым данным, не по вине женщин.

А еще через год он перевелся с «Серпа и молота» в один из номерных институтов. В семьдесят втором году он получил квартиру на проспекте Грановского и покинул старое гнездо на Андроньевской.

Поздно вечером 8 июня 1977 года он умер. В возрасте пятидесяти четырех лет.

— И все? — несколько разочарованно спросил Алексей Т.

— Все, если не считать подробностей, — ответил Варахасий. — Хочешь взглянуть на него?

— Хочу, конечно...

Варахасий вынул из красной папки и протянул приятелю фотографию. Это была стандартная фотокарточка шесть на девять. Обыкновенное, ничем, пожалуй, не примечательное лицо пожилого мужчины. Залысый лоб, редеющие волосы, зачесанные аккуратно назад. Несколько запавшие глаза, полуприкрытые набрякшими веками. Резкие складки по сторонам сухого, плотно сжатого рта. Гладко выбрит. Что еще? Уши слегка оттопырены. Серый пиджак поверх черного глухого свитера. Положительно, обыкновенный человек...

— Жаль, глаз почти не видно, — произнес Алексей Т., возвращая фотографию.

— Ага, — откликнулся Варахасий. — Вот-вот. Именно что жаль...

— А что?

— Как выразилась одна дама, глаза у Никиты Сергеевича были страшные, мудрые и тоскливые. И другие люди, кто его знал, утверждают в один голос, что взгляд у него был странный... Правда, хоть и в один голос, но в разных выражениях.

— Так, — сказал Алексей Т. — Понятно. А теперь валяй все подробности.

Уже рассвело, небо стало пронзительно-синим, и на верхние этажи дома напротив пали розовые отсветы восходящего солнца.

ПОДРОБНОСТИ О НИКИТЕ ВОРОНЦОВЕ

ак я тебе уже доложил, — сказал Варахасий Щ., — я решил попытаться разгадать эту загадку и принялся за дело по всем правилам нашего искусства. Я побывал в военкомате, на заводе «Серп и молот», в номерном этом институте, изучил его биографию, можно сказать, доскональнейшим образом, и представь себе, не оказалось в ней решительно ничего, что бы пролило хоть какой-то свет на странности в дневнике. То есть он действительно выступил со своей частью на фронт в конце августа сорок первого, действительно воевал к западу от Москвы, а через три года переправлялся через Друть... и пять лет назад вместе с неким Вольским получил авторское свидетельство на какую-то там бездымную технологию... Но к разгадке это меня не приблизило ни на шаг.

Что ж, бывает. Приспело время заняться ближайшим окружением нашего героя, друзьями, родственниками, знакомыми и так далее. Выяснением подробностей его частной и даже интимной жизни. Как честный человек, признаю, что, строго говоря, я не имел на это права, но мертвым не больно, а остановиться я уже не мог. Чуял, чуял я, что за загадочкой этой кроется что-то грандиозное, чуть ли не глобальное... Впрочем, сам увидишь и будешь судить.

Я опросил около двадцати человек. Большинство из них ничего интересного не сообщили. Хороший был мужик, компанейский парень, специалист отличный, такой милый, добрый мужчина... все в таком духе. Умел и любил выпить; анекдоты рассказывал — обхохочешься; нередко перед начальством держал мазу за обиженных; такого-то чуть ли не из-под суда вытащил; такому-то чуть ли не из самого ВЦСПС путевку в спецсанаторий для ребенка выбил... ничего не боялся... ничего для себя не требовал... хорошему своему приятелю публичную оплеуху влепил за хамство старухе технологу... Ну, кое-кого потаскивал, не без этого... Словом, ангел, и именно во плоти. Вышел я, кстати, и на некоего Бобкова, в прошлом инструктора-самбиста, а ныне пьяницу с оскорбленно-брезгливой физиономией. Никита Сергеевич занимался у него в середине пятидесятых и был у него лучшим учеником. Как Бобков выразился, «с ним, с Никитой, хоть бы и навоз есть, все прямо изо рта выхватывал, такой был парень».

И лишь пять человек дали мне поистине ценные сведения — впрочем, увы, только усугубившие загадку. Если, конечно, по-прежнему относиться к ней с точки зрения здравого прокурорского смысла.

(Варахасий извлек из своей красной папки несколько листков бумаги, скрепленных могучей канцелярской скрепкой.)

Вера Фоминична Самохина, в девичестве Корнеева, 46 лет, химик-технолог, сослуживица Воронцова по номерному институту, познакомилась с ним в пятьдесят восьмом году.

Валентина Мирленовна Самохина, дочь Веры Самохиной, 24 года, работник Патентной библиотеки, познакомилась с Воронцовым в семьдесят четвертом году и стала его любовницей.

Светлана Федоровна Паникеева, в девичестве Кривоносова, 47 лет, домашняя хозяйка, племянница Воронцова.

Микаэл Грикорович Хачатрян, 54 года, капитан 1-го ранга в отставке, школьный друг Воронцова.

И наконец, Константин Пантелеевич Шерстобитов, 55 лет, рабочий Мытищинского машиностроительного завода, фронтовой друг Воронцова, познакомился с ним в сорок втором году в запасном полку.

Ну-с, так вот. Все беседы я вел под магнитофон и после, конечно, за ненадобностью стирал, но записи бесед с этой пятеркой сохранил, даже сделал извлечения из них, — то, что показалось мне наиболее интересным. Крутить записи подряд займет слишком много времени, так что давай я прочитаю тебе извлечения, а где нужно — прокомментирую. Согласен?

(Алексей Т. торопливо закивал, показывая, что да, он согласен, налил в стопки водку, опрокинул свою и запил остывшим чаем, после чего произнес севшим голосом:

— Давай читай...)

— Ладненько, — произнес Варахасий, тоже опрокинул свою и тоже запил остывшим чаем. — Будем читать. Начнем с Веры Фоминичны Самохиной. Меня прямо-таки вытолкнула на нее та запись в дневнике, помнишь? «Верочка Корнеева, она же Воронцова, она же Нэкотян»... Читаю:

— «Познакомились мы на какой-то вечеринке. Не помню уже сейчас, то ли чей-то день рождения был, то ли праздник какой-то... Шутка сказать, четверть века прошло! Зато как сейчас помню, что он сидел за столом почти напротив и смотрел на меня не отрываясь. Это я краем глаза видела, что он смотрит не отрываясь, а как на него взгляну, он уже и глаза успел опустить... Ну, мне было тогда двадцать шесть, что ли, мужики меня вниманием не обходили, но все равно было лестно... Потом, когда стол отодвинули и стали танцевать, он меня пригласил, и вот тут я впервые взглянула ему прямо в глаза. Меня словно током ударило... Нет-нет, не подумайте, ничего такого женско-мужского. У него глаза были какие-то такие... страшные, мудрые будто и тоскливые, что ли... То есть глаза-то у него были обыкновенные, серо-зеленые, но так он глядел... Я сразу решила: нет, это рыцарь не моего романа. Вообще-то он был весел, говорил интересно, острил довольно удачно, а кое-кто прямо на шею ему вешался... Впрочем, в глаза мы больше друг другу не заглядывали.

— Ваш муж тоже был на этой вечеринке?

— Н-нет... Нет-нет, он с Валькой остался, она тогда совсем малышка была, годика три... или четыре... Так вот что самое странное тогда случилось. Я устала, да и опьянела сильно, и присела отдохнуть на диван. И сейчас же ко мне подсел Воронцов. Сел рядом, как сейчас помню, руки на коленях сложил и негромко говорит мне, на меня глядя: „Вы не беспокойтесь, Вера Фоминична, с гландами у вас все обойдется благополучно". Я так глаза и вытаращила. С гландами у меня действительно с самого детства было не в порядке, последние годы я все собиралась оперироваться, да не решалась, но ему-то откуда про это знать? Я его спрашиваю: „Откуда вы знаете про мои гланды?" Вот тут он ко мне наклонился и говорит чуть ли не шепотом: „Я о вас, Вера Фоминична, еще и не то знаю. Например, что есть у вас очаровательная родинка на..." И называет, простите, местечко на теле, которое и родному мужу не часто показываешь. Я обмерла, рот разинула, не знаю, то ли пощечину ему дать, то ли еще что, а он встал и ушел. Совсем ушел с вечеринки...

— Но родинка есть?

— В том-то и дело, что есть... И на том самом месте!

— И с гландами благополучно обошлось?

— Прекрасно обошлось. Хотите верьте, хотите нет, но я как-то сразу бояться перестала и буквально через неделю пошла на операцию. И все вышло как по маслу... Скажите, товарищ следователь, вот вы, я вижу, Воронцовым и после смерти занимаетесь. Вы тоже думаете, что он был вроде как бы колдун или ясновидец?

— А сами вы как думаете, Вера Фоминична? Я ведь его живого в глаза не видел, а вы с ним худо-бедно почти два десятка лет бок о бок в одном учреждении, наверняка общались, разговаривали. У вас какое сложилось впечатление?

— Не знаю даже, что сказать... Сказать правду, мы больше и не общались никогда. Разве что по работе. А так встретимся в коридоре или в буфете — „здравствуйте", „привет", — только и всего. Хотя, конечно... Действительно, два десятка лет прошло, чего только не случилось за это время, многое забылось, а я его на той вечеринке как сейчас вижу.

— И он с тех пор так ни разу с вами и не заговорил?
— Ни разу. Наверное, чувствовал...
— Что?
— Да ведь боялась я его, товарищ следователь! Как чумы боялась. Как дети буку боятся. Когда Валька рассказала мне, что сошлась с ним, я неделю тряслась от горя и страха. Сейчас смешно вспомнить, но рвалась даже заявить в партком, в милицию, еще бог знает куда. Хорошо еще, что муж меня удержал. Здорово бы это получилось: старый злодей совратил бедную девочку, а бедной девочке двадцать третий год миновал...

— Кстати, а как Валя восприняла смерть Воронцова?
— Вы знаете, удивительно спокойно. Ни слова, ни слезинки... Возможно, не так уж и любила.

— Возможно... Скажите, Вера Фоминична, вас никогда не прозывали таким словечком — Нэко-тян?

— Нэко-тян? Нет, впервые слышу. Что это такое?
— Это слово японское. „Кошечка" значит.
— Кошечка... Меня мама в детстве звала Кошечка...»

. . . .

— Вот все по Самохиной, — сказал Варахасий. — Впечатляет?

— Впечатляет, — проговорил Алексей Т. — Интересно, где это была у нее родинка?

— Пошляк, — с отвращением сказал Варахасий.
— Извини. Я пошутил. Читай дальше.
Варахасий пошелестел бумагами.

— А дальше у нас пойдет дочка Самохиной, — сказал он. — Валентина Мирленовна. Очаровательная особа, доложу я тебе. Ну-с, с нею я беседовал с первой, она сама вышла на меня — с просьбой вернуть ее вещи, оставшиеся на квартире у Воронцова. Тут мы и побеседовали. Читаю:

— «Как мы с ним познакомились? Очень просто и вообще-то довольно случайно. В октябре... нет, в ноябре прошлого года начальство приказало мне срочно отрецензировать справочник по австрийской системе патентования. А я по-немецки ни в зуб ногой, в институте учила английский, но это было первое мне серьезное задание на работе, да и самолюбие играло. Ну, обложилась словарями, поползла по тексту, день корплю, другой, и все на первой странице... Нет, думаю, ничего у меня так не выйдет. Стала думать, что делать. Перебрала всех друзей и знакомых — как назло, никого с немецким. Кто с английским, кто с испанским, один даже с эсперанто, а с немецким ни одного. Тогда решила я подключить родителей: может быть, у них есть кто-нибудь. Вышла к ним, а у мамы — помнится, была суббота — гости, две пары из ее института. Так и так, говорю, товарищи, помогайте бедному ребенку, срочно нужен знаток немецкого языка. Да ничего проще, кричат, у нас Воронцов отлично немецкий знает, Никита Сергеевич... И тут же дядя Сева достает записную книжку и дает мне его домашний телефон. Мама было на дыбы, не смей, дескать, беспокоить человека, но они ее заговорили, что Воронцов — мужик добрый, что ему ничего не стоит и прочее. Ну а я — в прихожую, к телефону. Позвонила, назвалась, сказала, по какому делу вторгаюсь в его домашний покой. Он помолчал несколько секунд и очень спокойно, негромко так сказал: „С удовольствием помогу вам, Валя. Я свободен, можете приехать хоть сейчас..." — и продиктовал адрес. И я тут же к нему поехала.

— И помог он вам?

— Не помог — сам все сделал. Когда я два дня спустя после работы к нему поехала, как мы условились, рецензия была готова — напечатана в двух экземплярах, все честь по чести. Я его благодарить, а он головой покачал и сказал: „Не надо, Валя, это я в своих интересах, чтобы нам с вами сегодня не работать, а шампанское пить..." И глаза у него были в тот момент необыкновенные — грустные и какие-то сияющие, я таких ни у кого еще не видела. Наверное, в тот момент я в него и влюбилась. Что ж, я — человек решительный. Прямо при нем сняла трубку и позвонила домой, что буду ночевать у подруги.

— Любовь с первого взгляда, так сказать...

— Это что, ирония?»

(Варахасий прервал чтение.

— Я уже доложил тебе, — сказал он, — что эта девица оказалась очаровательной особой. И говорила она со мной охотно, словно только и ждала случая выговориться. А когда я сострил насчет любви с первого взгляда, лицо ее исказило бешенство. То есть это я говорю — исказило, на самом деле оно осталось прекрасным.)

— «Это что — ирония?

— Какая уж тут ирония, Валентина Мирленовна, избави Бог...

— Вы его не знали... Да и никто его не знал, даже самые близкие приятели. Одна только я знала, потому, наверное, что он был первым в моей жизни мужчиной. Я его любила без памяти. Хотя с самого того вечера знала, чувствовала, что не надолго мне это счастье...

— Он вам сказал, что скоро умрет?

— Ерунда! Не мог он мне этого сказать. Он был здоров, он был совершенно здоров и невыразимо нежен... Мать никогда не была со мной так нежна, как он. Только однажды...

— Что?

— Незадолго до... Ну, недели за две до смерти он вдруг сказал мне ни с того ни с сего, ночью, я уже задремала... Громко и отчетливо сказал: „Скоро нам расставаться", а я спросила сквозь дремоту: „Почему?" И он ответил: „Потому что тебе дальше, а мне обратно, Нэко-тян..."

— Простите... как он вас назвал?

— Нэко-тян. Он меня так называл иногда. Когда-то он был в Маньчжурии и влюбился там в одну японочку, и она научила его так ее называть. Ласкательное прозвище. Нэко-тян. Мне очень нравилось, когда он так меня называл...»

. . . .

— Теперь у нас пойдет мужчина, — сказал Варахасий. — Константин Пантелеевич Шерстобитов, бывший однополчанин Воронцова. Рассказал он много любопытного, и много чего я из его рассказов выписал, но всего читать не стану, а зачитаю только небольшой отрывочек. Слушай.

— «...Вот там-то, за Друтью, меня и накрыло. Друть мы с ходу перескочили, а как на обрыв выперлись — трах-бах, и ничего не помню. Очнулся уже в санбате. Полноги как не бывало, мозжит — сил нет, лью слезы, а что поделаешь? Ладно. И вот за час, как меня в тыл отправлять, является Никитка. Живой-здоровый, весь в пыли, рот до ушей, левая рука на перевязи, тоже его зацепило, но легонько, остался в строю. Как уж он ко мне прорвался — не знаю, не скажу. Ну, торопливо перекинулись о том о сем, оказывается, комбата у нас опять убило, поцеловались на прощание, а затем сует он мне в руку сложенную бумажку и говорит мне: ты, говорит, как я тебе написал здесь, так и сделай, да не забудь, говорит, а то после Победы сам тебя найду и, несмотря что ты теперь инвалид, рыло на сторону сворочу по старой дружбе. И убежал. Ну, развернул я бумажку, читаю. Сейчас уже не помню в точности, как там было написано, лет-то много прошло, но смысл был вот какой. Чтобы осенью в сорок седьмом году, когда буду жениться на Любаше из Медведкова, чтобы непременно позвал на свадьбу. Во как.

— И что вы тогда подумали, Константин Пантелеевич?

— Что подумал... Я тогда ни о какой Любаше ни из какого Медведкова слыхом не слыхал. Первое, что я тогда подумал, — что Никита таким способом просто подбелить меня хочет: ничего, дескать, жизнь продолжается, ты и без ноги мужик хоть куда, не тушуйся, после войны встретимся... Но потом вспомнил всякие с ним случаи, ну, что я вам уже рассказал, и знаете, товарищ следователь, скрывать не стану, повеселел. А потом, пока по госпиталям валялся, все это, признаться, как-то подзабылось. И записку ту я где-то затерял, и помучиться порядком пришлось, мне ведь еще две операции делали... Словом, вспомнил я об этом только через четыре года, летом сорок седьмого.

— Расскажите, пожалуйста.

— Расскажу. Это интересно получилось. Я уже работал на Мытищинском. Раз задержался я в мастерских допоздна, халтурку одну работал, а дело в конце августа было, вечера уже темные, да еще дожди все время шли. Ну, ковыляю я себе домой, а темнотища, а грязища, а вся улица — ухаб на ухабе! И тротуар деревянный, с войны нечиненый. И загремел я в какую-то ямину. И культей своей прямо тычком в землю. Света Божьего не взвидел. Сижу, подняться не могу, только постанываю. И вдруг нежный такой надо мной голосок: „Вы что, гражданин, расшиблись?" Смотрю — рядом у калитки платьице белеется. „Расшибся, — говорю, — девушка, да и как не расшибиться, когда вы у своего дома волчьих ям нарыли, а у меня всего одна нога!" Короче, помогла она мне подняться, завела в свою комнатушку, усадила на кушетку, захлопотала. И между прочим говорит: улица, говорит, здесь и верно нехорошая, только, говорит, это дом не мой, я здесь только комнату снимаю, а живу, говорит, я в Медведкове. А звать, спрашиваю, как? Люба меня зовут. Во! У меня в голове словно молния ахнула — разом все припомнил.

— И женились?

— Конечно, женился. Куда деваться? Да и то сказать: тридцать лет живем душа в душу, двух сыновей вырастили.

— Воронцова на свадьбу позвали?

— Еще бы! Разыскал через адресный стол, он где-то на Большой Андроньевской тогда жил, я потом у него был раза два... Сидел, сидел он у меня на свадьбе... Тут только вот какая штука получилась. Накануне как нам в загс идти, я рассказал сдуру Любаше все эту историю...

— Почему же — сдуру?

— Получилось, что сдуру. На свадьбе Люба все к нему присматривалась и вроде как бы поеживалась, что ли.. Он, правда, ничего, наверное, такого не заметил. Веселый был, расцеловал нас, выпивал хорошо, закусывал, „горько" кричал... Только спустя какое-то время зашел у нас с Любой о нем разговор, и она мне говорит: если, говорит, ты меня любишь, держись от него подальше. Я страшно удивился. Почему? — говорю. У него, говорит, глаз нехороший, зловещий. Я ее на смех поднял, застыдил, рассердился даже, однако она — ни в какую. Твердит одно: если, дескать, меня любишь... Ну, что с ней поделаешь? Тайком от нее встретился я с Никиткой несколько раз, да так и разошлись наши дорожки...»

. . . .

Алексей Т. снова взял дневник и отыскал запись: «Костя Шерстобитов (ранен на Друти, июнь 44; женился на Любаше из Медведкова, осень 47)».

— Заурядный случай ясновидения, — саркастически пробормотал он и снова положил дневник на стол. — Читай дальше.

— Дальше, — сказал Варахасий, — у нас с твоего позволения пойдет еще один мужчина. Капитан 1-го ранга в отставке Микаэл Грикорович Хачатрян, друг детства Воронцова. Читаю:

— «Значит, умер Никита... Ай, как люди вокруг мрут! Вот и мама у меня умерла недавно. Правда, ей под восемьдесят уже было... Жаль Никиту, очень жаль. Из мужской части мы с ним в нашем классе всего двое, пожалуй, в живых оставались, остальных всех война съела... Так вам о нем в школьные годы? Гм... А позвольте полюбопытствовать, зачем это вам?

— Меня, собственно, интересует, не замечались ли вами в характере, повадках, высказываниях школьника Никиты Воронцова какие-либо странности, несообразности... ненормальности даже?

— Гм... Пожалуй, Никита действительно был в какой-то мере странный парнишка. Гм... Мы с ним большие приятели, что называется, водой не разольешь, но, говоря откровенно, я его иногда побаивался. Держался он как-то слишком по-взрослому, слишком навытяжку, если вы понимаете, что я хочу сказать, слишком сдержанно. А если уж расходился, то это у него получалось просто даже страшно.

— Боюсь, я не совсем улавливаю...

— Поясню на паре примеров. Гм... Вот была у нас в школе такая шпанистая компания, человек десять хулиганов под предводительством некоего Гришки-Мурзы. Не знаю, чем мы с Никитой им не понравились, но принялись они нас бить. Где ни встретят, там бьют. Завтраки отнимали, карманные деньги, шапки срывали и закидывали куда-нибудь... Сами знаете, как это у подростков бывает. Первобытная жестокость. Гм... Мы с Никитой года два это терпели, а то и три. Не ябедничали, конечно, да и бесполезно было ябедничать. И вот однажды встречают они нас на дороге из школы и принимаются за дело. Обычно мы как? Кое-как прикрываемся, стараемся проскочить поскорее и во все лопатки удрать. И вдруг Никита разворачивается и выдает самому Гришке-Мурзе прямой в переносицу. Мне даже хруст послышался, клянусь Богом. Это было совершенно неожиданно, и они оцепенели. А Никита уже одного бьет ногой в пах, другого хватает за волосы и с треском ударяет мордой о подставленное колено, третьего еще как-то. Гм... Они опомнились и набросились на него всем скопом, обо мне забыли, а я совершенно, знаете ли, ополоумел, в глазах темно, и ору нечленораздельно на всю улицу. Они здорово тогда избили Никиту, но и сами потерпели урон... К счастью, сбежались прохожие. Гм... Да. И вот после этого дня Никита стал сам подстерегать их поодиночке и избивать. Я иногда присутствовал. Это было ужасно. Это было... Это было невероятно жестоко, умело и, я бы сказал, по-деловому. То есть он дрался не так, как обыкновенно дерутся мальчишки, — не стремился оскорбить ударами, унизить, просто показать свое превосходство. Гм... Он как бы работал. Начал он прямо с Мурзы. Напал на него в школьной уборной и всю перемену деловито и страшно его обрабатывал. Все эти мальчишеские правила — „до первой крови", „под дых не бить", „ножку не подставлять", „лежачего не трогать" — все это он игнорировал. Уже через минуту несчастный Мурза валялся на кафельном полу и хрипел, а Никита трудился над ним и кулаками, и башмаками, и по-всякому. Мы оцепенели от ужаса, никто не решался вмешаться, даже старшеклассники. Клянусь Богом, такую ледяную жестокость я видел потом только в кино, в гангстерских фильмах!»

(Тут Варахасий опять прервал чтение.

— Поразительно, — произнес он, усмехаясь, — как цепко держится мальчишка даже в пожилых мужиках! Полковник в отставке, на шестом десятке, а раздухарился так, что мне вчуже страшно стало. Глаза выкатил, руками размахивает, вскочил, ногами показывает, как наш Никита пинками этого Мурзу угощал... Долго он в таком роде повествовал, мы на этом останавливаться не будем, тут и так все ясно, а перейдем к следующему пункту. Продолжаю.)

— «Понятно, Микаэл Грикорович. Ну, а другой пример?

— Какой — другой?

— Вы обещали пояснить на паре примеров. Один вы привели. А второй?

— Гм... Второй пример... Только я вас прошу понять, что тут у меня скорее впечатления, своими, так сказать, глазами я почти ничего не видел. Гм... Одним словом, с какого-то времени я стал замечать, что Никита необычайно смело ведет себя с девочками. Вы знаете, как обычно подростки в четырнадцать-пятнадцать лет: и хочется, и колется... подсмотреть там, похихикать, а самого то в жар, то в холод, и вообще по большей части одни лишь мечтания бесплодные. Так вот, Никита вдруг обнаглел до крайней степени. И я почти уверен, что случилось у него что-то с одной нашей одноклассницей...

— Понятно. Микаэл Грикорович, вот вы сказали — „с какого-то времени". А поточнее не припомните?

— Помню. И скажу вам совершенно точно. У Никиты случился приступ мозгового расстройства. Вообще-то он был парень здоровый, не болезненный, а тут вдруг слег, потерял память, в сильном жару несколько дней пролежал. Голову он застудил, что ли... или ударился... Не помню уже сейчас. И все эти, как мы их с вами называем, странности начались у него вскоре после этой болезни.

— И когда это случилось?

— Помню совершенно точно. В седьмом классе, в зимние каникулы. Я это помню потому, что во время этих каникул мы с ним начали увлекаться химией. Я-то в восьмом классе к ней поохладел и ударился в электротехнику, а Никита так химиком и остался...

— Кто такая Галина Родионовна?

— Галина Родионовна? Гм... Не помню что-то...

— Это тоже может быть из ваших школьных лет.

— А! Галина Родионовна! Да-да-да, как же! Учительница была у нас такая, англичанка, пришла к нам прямо из института. Между прочим, Никита английский знал просто в совершенстве...»

. . . .

Алексей Т. бросил на стол дневник и сказал устало:

— Кто там у тебя еще остался?

— Осталась у нас последняя фигура, — отозвался Варахасий Щ. — Светлана Федоровна Паникеева, в девичестве Кривоносова, племянница нашего Воронцова и его единственная наследница.

— И было там что наследовать?

— Как же! Библиотека после него осталась неплохая, мебель... из одежды кое-что... Если ты помнишь, в свое время она вышла замуж и уехала с мужем на Север, а в начале шестидесятых они вернулись, обремененные огромными деньгами и целым выводком детишек. Ну-с, она оказалась незатейливая, простоватая, хотя, доложу тебе, в свои сорок семь годочков еще очень и очень... Ладно, это, конечно, в сторону, а зачитаю я тебе сейчас свою одну маленькую выдержку, самую интересную, как мне представляется.

— Валяй. Слушаю.

— «А что ему дано было будущее знать, так я это еще девчонкой поняла. Он меня любил, Никита, жалел очень и играл, бывало, со мной, и книжки читал мне, и пел, когда я болела... Я часто в детстве болела. И вот песни он мне пел иной раз такие, каких тогда ни от кого услышать было нельзя, а услышала я их снова уже взрослой и много позже войны. „Эх, дороги, — он пел, — пыль да туман", „Черного кота", „Вы слышите, грохочут сапоги"... И про войну он досконально знал, что она будет, и когда, и какая будет. Вот, помню, поет он мне свою любимую, я ее тоже очень любила, хотя и мало понимала, конечно... Поет это он: „Ах, война, что ж ты сделала, подлая..." И тут папа входит к нам. А Никита ни при ком не любил петь, только мне, но не остановился, до конца спел. Папа дослушал и говорит: „О чем ты поешь, Никитка?" Он отвечает: „О войне, Федя, о войне пою". — „О какой такой войне?" — „А о той, что в будущем году начнется, и многие на ней голову сложат". — „Эх, типун тебе на язык", — папа говорит. А я гляжу, Никита на него глядит, и в глазах слезы...»

. . . .

Алексей Т. досмотрел, как складываются в папку скрепленные скрепкой листки и общая тетрадь в заплесневелой клеенчатой обложке, и перевел взгляд на окно. За окном царило яркое солнечное утро.

— Ну, как это тебе? — спросил Варахасий Щ., завязывая белые тесемки.
— А тебе? — спросил Алексей. — Размотал задачку?
— Есть у меня, есть кое-какие мысли, скрывать не стану...

Алексей Т. скривился насмешливо:
— Ясновидящий? Путешественник по времени?
— Не-ет, ясновидящий — это, брат, что... Это банальщина. Вот путешественник — это уже ближе к делу.
— Не с чего, так с бубен.
— А давай подискутируем, — предложил Варахасий Щ. — Если ты не устал, конечно.
— Давай, — согласился Алексей Т. — Только сначала прикончим эту благодать.

И он потянулся за бутылкой, в которой оставалось еще стопки на две, а то и на все три.

ДИСКУССИЯ

сли тщательно сопоставить все данные (рассуждал Варахасий Щ.), то рисуется парадоксальная картина, а именно: Никита Сергеевич Воронцов прожил неопределенное множество жизней. В романтической литературе известны персонажи, прожившие несколько жизней, — достаточно вспомнить хотя бы джек-лондоновского Скитальца, который в своей смирительной рубахе носился из эпохи в эпоху, как страдающий поносом из сортира в сортир. Красиво, спору нет. Случай же с Никитой Воронцовым совсем иного рода. Про него точнее будет сказать, что не множество жизней он прожил, а прожил он одну и ту же жизнь множество раз. И судя по всему, было это достаточно тяжко, тоскливо и утомительно. Недаром, недаром поется в старинной песенке (слова народные): «Лучше сорок раз по разу, чем за раз все сорок раз»...

Да, Никита Воронцов действительно был путешественником по времени, только не по своей воле и в весьма ограниченных пределах. И выглядело это следующим образом. Воронцов благополучно доживает до вечера 8 июня семьдесят седьмого года. В 23 часа 15 минут по московскому времени некая сила останавливает его сердце, а сознание мгновенно переносит на сорок лет назад, в ночь на 7 января тридцать седьмого года, где оно внедряется в мозг Воронцова-подростка, причем внедряется со всем опытом, со всей информацией, накопленными за прожитые сорок лет, напрочь вытесняя, между прочим, все, что знал и помнил Воронцов-подросток до этой ночи. Далее, Воронцов снова благополучно доживает до вечера 8 июня семьдесят седьмого года, и снова та же самая неведомая сила убивает его тело и переносит его сознание, обогащенное, кстати, опытом и информацией новых сорока лет... и так далее, и так далее.

И так повторялось с ним неопределенное, может быть, и неисчислимое множество раз. Возможно, тысячу и одну жизнь прожил Никита Воронцов. Возможно, в последних своих жизнях он уже давно забыл, когда это произошло с ним впервые. А возможно, впервые это никогда и не происходило... (Только не надо недоуменно разводить руки и закатывать глаза: наука как форма человеческого воображения умеет, конечно, много гитик, но натура умеет этих гитик в неисчислимое множество раз больше.)

Следует принять во внимание, что в подробностях все эти его жизни совпадать, конечно, не могли. Слишком много случайностей возникает в каждой жизни, слишком много ситуаций выбора и вариантов ситуаций в микросоциумах. Скажем, в одной жизни Воронцов мог жениться на Вере, в другой — на Клеопатре, в третьей — на Розе, а в четвертой он мог вообще от этого дела воздержаться и дать себе отдых от семейных тягот. Допускается даже, что когда-то его одолела тоска и он повесился еще до войны, а когда-то его разорвало на куски вражеским снарядом, а когда-то он погиб в авиационной катастрофе задолго до своего срока. Но когда бы и при каких бы обстоятельствах ни прерывалась его жизнь, он неизменно возвращался в ночь на 7-е января тридцать седьмого года и заново начинал очередное сорокалетие.

Нет смысла задаваться вопросом (продолжал Варахасий Щ., подняв толстый указательный палец), как и почему все это происходило и почему именно с Воронцовым. Наука эти высоты еще не превзошла и превзойдет, надо думать, не в ближайшие дни. Ибо речь здесь идет о природе времени, а время — это такая материя, в которой любой из нас не менее компетентен, чем самый великий академик. Возможно, гипотеза, предложенная им, Варахасием Щ., и не соответствует действительному положению дел в мироздании, но пусть кто-нибудь попробует ее опровергнуть! В частности, совершенно не имеет смысла закатывать пустые глаза, шевелить губами и загибать пальцы. Пустое это дело — пытаться представить себе, как соотносились бесчисленные реальности Никиты Воронцова с нашей единственной реальностью. Мы имеем здесь дело, вне всякого сомнения, с высшими, нам еще неведомыми проявлениями диалектики природы, человеческий мозг к ним пока не приспособлен, особенно мозг довольно рядового литератора, так что нечего тут напрягаться, а то, не дай бог, пупок развяжется. Надлежит просто принять как данность: Никите Воронцову выпало много раз проходить мостами, «по яким нам бильше не ступаты...».

Тут Алексей Т. прервал приятеля. Он осведомился, случайно ли именно сегодня его угостили этой прекрасной песней.

Варахасий Щ. заверил, что это вышло совершенно случайно.

Тогда Алексей Т. запахнул халат, встал и заговорил. Он сказал, что не станет притворяться, будто странные подробности жизни Никиты Воронцова не произвели на него впечатления. Не собирается он отрицать и того обстоятельства, что гипотеза Варахасия Щ. поражает смелостью и необычностью. Будучи всего лишь довольно рядовым литератором, он, Алексей Т., готов тем не менее дать гарантию, что эта гипотеза вознесет следователя городской прокуратуры Варахасия Щ. на самую вершину научного Олимпа и усадит его там в аккурат между Эм Ломоносовым и А Эйнштейном.

С другой стороны (продолжал Алексей Т.), тщательное сопоставление всех данных позволяет выработать и гипотезу совершенно иного толка. Варахасий Щ. не станет притворяться, будто странные подробности жизни Никиты Воронцова нельзя сочинить для поражения приятелей и особенно студенточек-юристочек. Не будет Варахасий отрицать и того обстоятельства, что современным криминалистам ничего не стоит изготовить заплесневелую тетрадочку и исписать в ней несколько страничек выцветшими чернилами. И как довольно рядовой, но все же литератор, он, Алексей Т., готов дать гарантию, что эта затея вознесет следователя городской прокуратуры Варахасия Щ. на какой-нибудь отрог литературного Олимпа и усадит его там в аккурат между Бэ Мюнхгаузеном и Кэ Прутковым.

Сказавши это, Алексей Т. сел, закинув ногу на ногу, и посмотрел на приятеля с наивозможнейшей снисходительностью.

Варахасий Щ. несколько раз задумчиво кивнул. Затем он сморщился и почесал за ухом. И затем он заговорил.

— Изложено недурно и убедительно, — произнес он. — Наличествует здоровая ирония. Неплох и слог. Особенно мне понравилось местечко между Мюнхгаузеном и Прутковым. А?

— Ну, это я преувеличил, — поспешно сказал Алексей. — В пылу полемики, так сказать. Они, конечно, до такой зауми не опускались.

— Зауми? — удивился Варахасий. — Видать, не знаешь ты, что такое настоящая заумь. Но вам бы все попроще бы. Как это ваш брат расписывает: «Васятка сунул ногу в отцовский сапог и загромыхал на двор. Аришка выпорхнула из отхожего места с визгом: „Го-го-го! Трактора ишшо гранулировать почву под озимые стартовали, а вы все чикаетеся!"»

— Ломоносов! — огрызнулся Алексей Т.

— От такого слышу, — хладнокровно парировал Варахасий Щ. — Фэ Абрамов.

Приятели помолчали. Потом Алексей Т. сердито буркнул:

— Дай сюда дневник.

Он перебросил две-три страницы и углубился в чтение. Варахасий прибрал со стола и принялся мыть посуду.

— Чайник поставить? — спросил он.

Алексей не ответил.

— Чайник, говорю, поставить? — гаркнул Варахасий.

Тогда Алексей захлопнул дневник, бросил его на стол и крепко потер ладонями лицо.

— Сядь и послушай, — сказал он коротко.

Варахасий вернулся к столу, и Алексей, глядя поверх его головы припухшими от бессонной ночи глазами, начал:

«ИНТЕРВЬЮ, ДАННОЕ СКИТАЛЬЦЕМ ПО ВРЕМЕНИ Н. ВОРОНЦОВЫМ ПИСАТЕЛЮ И ЖУРНАЛИСТУ АЛЕКСЕЮ Т.

— Скажите, что вы испытываете при воскрешении?

— Боль. А потом несколько дней тоску и ужас.

— Почему же тоску и ужас?

— Потому что всякий раз впереди война, вселенское злодейство, вселенские глупости, и через все это мне неминуемо предстоит пройти.

— Неминуемо? Всякий раз?

— Да. Это обстоятельства капитальные, они составляют непременный фон каждой жизни.

— А вы никогда не пытались их предотвращать? Кого-либо предупреждать, писать письма, выступать где-нибудь?

— Было когда-то. Очень давно, тысячу лет назад, должно быть. Помню уже довольно смутно. Нет, ничего не получалось. Приходилось даже кончать самоубийством. Один раз сгнил в концлагере. Три раза меня расстреляли, а однажды убили прямо на улице железными прутьями, минут десять убивали, было очень мучительно. „Ведь ясновидцев — впрочем, как и очевидцев, — во все века сжигали люди на кострах..." А я был в одном лице и ясновидец, и очевидец. Нет, что один человек ничего не может, это я всегда знал, но иногда просто не выдерживал.

— Понятно. Это об обстоятельствах, как вы выражаетесь, капитальных. Но в обычных, житейских... Я бы, например, если бы знал заранее, своего отца спас. Просто в тот день не выпустил бы его из дому, запер бы в квартире.

— Бесполезно. Житейские обстоятельства обычно в каждой жизни складываются по-разному. У вас с отцом что случилось?

— Попал под грузовик.

— Ну, а в другой жизни этот грузовик с вашим отцом не встретился бы. Либо минутой раньше проехал, либо позже, а то и вообще еще за месяц до того разбился бы и пошел в металлолом. Я в прошлой жизни на Верочке Корнеевой женился, а в этой встретился с нею, когда она уже замуж вышла и дочку родила.

— Но родинка у нее...

— А родинка, видимо, возникает из обстоятельств тоже капитального плана, разве что не политических.

— Простите, мы отвлеклись. Значит, в личном плане никого ни о чем нельзя предупредить, удержать от гибельного, предотвратить несчастье?

— Бесполезно. Судите сами. Я предупреждаю Федю, мужа своей сестры Серафимы, что его убьют под Харьковом. Что же ему делать, дезертировать? Проситься на другой фронт? Пустить себе пулю в лоб назло предсказанию? Я уже не говорю о том, что его убивают под Харьковом только в последних пяти моих жизнях, а за двести лет до этого он регулярно умирал совсем другой смертью.

— Это, наверное, тяжкое бремя — бессильное знание.

— Правда. Порой я ощущаю его как невыносимое. Бывает, очень хочется умереть по-настоящему, как другие...

— Но ведь есть и радости в вашем положении!

— Да, конечно, и могу заверить, что никто из вас не радуется своим радостям так, как я своим.

— Если можно, расскажите подробно.

— Не буду я подробно. Все равно вы не поймете.

— Вино, любовь, путешествия?

— Это наслаждения, а не радости. Наслаждения у нас с вами одни и те же. Радости разные.

— Скажите, это не случайно, что вы перед смертью не уничтожили свой дневник?

— Нет. И не случайно, как я обставил свою смерть.

— Вы хотите сказать...

— Мой дневник должен был попасть в руки не к моей преподобной курице-племяннице, а к следователю городской прокуратуры Варахасию Щ.

— Благодарю вас. До встречи в нашей следующей жизни».

. . . .

— Как это тебе? — произнес Алексей Т. самодовольно.

— Чрезвычайно неровный слог, — отозвался Варахасий Щ. — Тотчас видно, что не человек писал. Начнет так, как следует, а кончит собачиною. Впрочем, все же се глас не мальчика, но мужа. Если бы ты почаще...

Бог знает, какой совет собирался дать Варахасий своему приятелю, но тут затренькал дверной звонок. Варахасий вышел в прихожую и вернулся, разворачивая телеграмму.

— «Доехали устроились благополучно, — прочитал он вслух, — целуем любимого мужа папочку Саша Глаша Даша».

Варахасий сладко зевнул и потянулся.

— Вот и прекрасно, — сказал он. — Пошли спать. Постелю тебе в кабинете, не возражаешь? Славно, однако, что сегодня не работать. И междусобойчик получился на славу, как ты находишь?

— На славу, — согласился Алексей.

Он тоже сладко зевнул и вдруг захлопнул рот, стукнув зубами. Он весь сотрясся.

— Знаешь, — произнес он хриплым шепотом, — по мне так лучше к чертям в ад, чем обратно...

Варахасий промолчал. Может быть, он не расслышал.

РЕПЕТИЦИЯ ОРКЕСТРА

Многие слышали, что такое свобода, но кто возьмется дать ее определение?

В реальности (все равно, текущей, выделенной, выдуманной) свобода начинается с принятия решений и этой процедурой исчерпывается. В самом широком смысле — свобода есть возможность выбрать собственный Путь.

Эта возможность обязательно ограничена (например, «осознанной необходимостью» оставаться живым). Такого типа ограничения, назовем их для простоты физиологическими, зачеркивают *одно измерение* пространства личной свободы. Еще одно измерение поглощается тем обстоятельством, что человек — животное биологически эгоистическое — *обречен* на существование в коллективе, и потому должен соблюдать некие мало меняющиеся от социума к социуму «правила общежития».

Назовем общество, в котором личная свобода не подвергается никаким иным ограничениям, *идеальным*. Не в смысле — «очень хорошим», а в том значении, в котором физика использует понятие «идеальный газ».

«Идеальное общество» можно представить — это означает, что где-то в обобщенной Вселенной оно существует. Может быть, — в Абсолютном Прошлом («до грехопадения») или в Абсолютном Будущем («после Второго Пришествия»).

Интересно, что противоположный вариант: общество, в котором личной свободы нет вообще, даже представить не удается. Абсолютный общественный порядок «кристалла, вышедшего из рук небесного ювелира», недостижим, как недостижим абсолютный нуль.

С этой точки зрения неточна формальная антиутопия Оруэлла: ее краеугольный камень есть именно полное, «идеальное», лишение человека свободы. («Мыслепреступление не приводит к смерти. Мыслепреступление есть смерть».) Но осознание возможности выбирать свой Путь — внутреннее состояние человека, и оно не может быть изменено внешней силой. Ошибка именно здесь: у Оруэлла невозможен не только внешний, но и внутренний протест.

Правда, «быть свободным» и «ощущать себя свободным» — не одно и то же. Назовем общество, все члены которого считают себя несвободными (то есть *не видят* пространства Путей и не могут совершить выбор), *инфернальным*. В построении миров, относящихся к этому классу, человечество преуспело.

Не следует все же думать, что сотворить такое общество просто. Речь идет о конструировании искусственной сингулярности: чтобы человек не увидел ни одного Пути, информационное пространство вокруг него должно быть искривлено и недоступно для света. (Света разума, или чувства, или хотя бы мещанского «здравого смысла».)

Искривление физического пространства создается материей. Искажение информационного пространства порождается людьми, причем люди эти должны быть специальным образом *кем-то* организованы.

Для этого необходим определенный технологический уровень. Конечно, и книга, и газета способны управлять поведением человека (потому отдельные короткоживущие и локальные социумы инфернального типа существовали и в доиндустриальную эпоху), но работать только с людьми, воспринимающими печатное слово, хлопотно и дорого.

Иное дело — радио. Информация, доступная всем и везде. И неизбежно простая (потому и доступная, что простая). Организующая. «Коммунизм есть советская власть плюс радиофикация всей страны». Не «белый шум», но — «белое излучение».

Изобретение радио открыло дорогу великим идеологическим империям. В соответствии с принципами диалектики попытки построить «идеальное общество» неизменно вели к сотворению ада на земле.

Италия, Германия и Россия. И *по-другому* — Соединенные Штаты Америки. Ад оказался довольно разнообразным.

В этом томе собраны рукописи, вынесенные из ада.

Данте знал, что сущность инферно исчерпывается первоначальной формулой. «Оставь надежду». В аду можно что-то делать, куда-то двигаться, даже принимать какие-то решения и из чего-то выбирать, но этот выбор *не имеет значения*.

«...Всякий раз впереди война, вселенское злодейство, вселенские глупости, и через всё это мне неминуемо предстоит пройти».

Вторая Мировая Война занимает в истории человечества важное место (хотя, конечно, не такое важное, как Первая), но уже к концу шестидесятых она была основательно подзабыта везде, кроме России. Здесь она так и осталась Войной (с большой буквы), Судным днем и состоявшимся Армагеддоном.

> «Не тебе решать, что враг, что друг,
> Ты ничтожней мгновения, Человек,
> Это просто Время замкнуло круг,
> Чтоб *собрать, притянуть и спаять навек*». (Райан)

Время замыкает круг для Никиты Воронцова, заставляя его вновь и вновь проживать *одну и ту же* жизнь. И возможность вернуться в юность, сохранив навыки и опыт взрослого человека, возможность, за которую не жалко заложить дьяволу душу, становится для Воронцова нечеловечески страшным наказанием. Социальная неэвклидовость там — в конце тридцатых, начале сороковых — велика настолько, что Кольцо событий не разорвать даже информацией из будущего.

Или это только так кажется?

Апокалиптическое восприятие Войны связано с одним важным социальным экспериментом, неведомо из каких соображений поставленным в Советском Союзе. Ленинский, а затем сталинский социализм привнес в мир *абсолютную смерть*.

Человек верующий (в Бога, в Дьявола, в Перевоплощение) умирает лишь относительно. Смерть его *неокончательна* и потому не страшна. Однако последовательный материалист умирает абсолютно. Он знает, что «там» нет «ни тьмы, ни жаровен, ни чертей». «Там» нет ничего. И никакого «там» тоже нет.

Да, конечно, и до социалистического эксперимента были материалисты. Но для тех материализм был философией, к которой они приходили самостоятельно и свободно. Философствование подразумевает определенную гибкость ума и некоторый жизненный опыт — а потому неизбежно включает в себя относительность восприятия — всего сущего, и смерти тоже.

Ленин использовал материализм как заменитель религии. И миллионы людей верили и верят в Абсолютную смерть. Без загробного суда, воздаяния, без смысла и какого-либо продолжения. Концепция впечатляюще красива и уже потому способна подчинить себе человека, закрыв для него очередное измерение пространства свободы. Тем более, если внушать ее с детства. Никто ведь не бывает философом — в 16—18 лет.

Первое социалистическое поколение было уничтожено в Ту Войну почти полностью.

Если мученика, отдающего жизнь за веру, мы считаем героем и объявляем святым, то как же назвать этих парней и девчонок, которые жертвовали не частью (земным существованием ради небесной благодати), но всем — телом, и душой, и любовью, и самой Вечностью?

Говорилось: если Бога нет, всё дозволено. Оказалось, не всё. В конце концов, доля дураков и подонков среди обитателей материалистического ада оказалась такой же, что и в любой другой, сколь угодно благополучной (и верующей) стране, а доля *добровольных* доносчиков — даже меньше.

И поныне мы не в состоянии разобраться во всех результатах этого дьявольского эксперимента. Ясно, по крайней мере, что человек все-таки может нормально жить и достойно умирать, веря в абсолютность смерти. И что такое трудно определимое понятие, как «порядочность», закодировано в личности глубже уровня социальных, философских, религиозных и других детерминант.

Оруэлл был прав, когда указывал, что тоталитарным режимам, функционирующим в информационной сингулярности, нужна не война, а «как бы война». Та Война была слишком реальной. Столкновение с реальностью разбило шварцшильдовскую метрику социализма. Попытки снова поднять уровень кривизны предпринимались, в общем, без всякого энтузиазма. Начинался следующий Круг. В предыдущем смерть была абсолютной и бессмысленной, но жизнь еще могла заключать в себе какой-то смысл. Предназначение. «Вещь, которая определена Богом к какому-либо действию, не может сама себя сделать не определенной к нему».

Теперь смысла лишалась и жизнь.

«...Так вот: до пятьдесят восьмого все они были, оказывается, — злобные и опасные дураки („Великая Цель оправдывает любые средства, или Как прекрасно быть жестоким"). От пятьдесят восьмого до шестьдесят восьмого превращались они в дураков подобревших, смягчившихся, совестливых („Позорно пачкать Великую Идею кровью и грязью, или На пути к Великой Цели мы прозрели, мы прозрели"). А после шестьдесят восьмого дурь у них развеялась, наконец, и пропала, но зато и Великая Цель — тоже. Теперь позади у них громоздились штабеля невинно убиенных, вокруг — загаженные и вонючие руины великих идей, а впереди не стало вообще ничего».

К шестидесятым годам искривление информационного пространства в СССР упало до приемлемого уровня, в целом сравнимого с западным. По сути советское государство перестало быть тоталитарным. Вполне обыденный, хотя голодный и потому злой Големчик. Примитивный до ужаса и предсказуемый.

Это место уже не было адом, но населяли его беглецы из ада, и монстры, и «бесы, невозбранно разгуливающие среди людей». Свобода, которую никто не мог и не хотел использовать, поскольку был приучен хотеть не за себя, а только за других. Свобода все-таки понятие чисто внутреннее, личное. Ее очень трудно отнять, и еще труднее подарить другому. В результате бывшие обитатели ада иногда с удовольствием, а чаще — устало и по привычке мучили друг друга, зачем-то сваливая вину на государство, которое в подавляющем большинстве случаев было здесь очевидно ни при чем. Лучшие из них хотели «вырвать сердце спрута» и боялись, что для этого нужно чудо.

Им чудилось, что их призвали на новую войну. В Той Войне бессмысленно, бесполезно и безнадежно погибали за советское государство. В Этой дрались против него. Но так же бессмысленно, бесполезно и безнадежно. «Одна дорога и цель одна».

Для Никиты Воронцова замыкается время. Чудо. Save\Load — магия, самая сильная магия в компьютерной игре, увы, не встречающаяся в жизни. И оказавшаяся бесполезной.

У Кима Волошина и Стаса Красногорова — магия более изученная и даже воспетая поэтами. Возможность убить человека на расстоянии. Без усилий, риска, технических средств. Вне всякой зависимости от того, кто этот человек и как он защищен на физическом уровне.

Они выбирают разные дороги. Ким превращается в печального колдуна, убийцу, осознающего себя убийцей, человека с опустошенной душой. Станислав становится почти Президентом и во всяком случае Хозяином, оставаясь все тем же глубоко порядочным и ранимым человеком. Прикрытый не то адским своим талантом, не то Роком, не то Предназначением, не то Виконтом, он пытается создать новое общественное явление: власть порядочных и умных людей. И терпит поражение, как и всякий, кто решает задачу, не разобравшись толком в ее условиях.

Внешняя порядочность («порядочность для других») — это работа имиджмейкера: легко создается и ни малейшей ценности не представляет. Внутренняя порядочность, доминанта личности Станислава, есть потребность всегда и в любых обстоятельствах следовать своим собственным свободно выбранным принципам. Она действительно совершенно не желательна у человека, наделенного властью. Дело здесь вовсе не в том, что она невыгодна с точки зрения конкурентной борьбы. Просто самым внутренне порядочным политиком XX столетия был Адольф Гитлер. Он никогда не нарушал своих принципов, потому и погубил что-то около 50 миллионов людей. А самым непорядочным — Франклин Рузвельт, который прекрасно рассуждал о добре и зле, но в практической деятельности учитывал отнюдь не эти абстрактные категории, а конкретные интересы страны. Так что, может, оно и к лучшему, что Стасу не удалось... Политика — это, как известно, искусство возможного.

Оказалось, что не помогают ни магия, ни чудо, ни ненависть, ни доброта. Это приводит нас к выводу, что у данного спрута просто нет сердца.

«Шестидесятники» в своем воображении наделили свойствами личности то, что личностью не является. Нельзя ненавидеть Систему, потому что это то же самое, что ненавидеть горный обвал, извержение вулкана или закон всемирного тяготения. Нельзя воевать с Системой — это более бессмысленно, нежели воевать с дрейфом континентов. Нельзя продаться Системе: во-первых, она не подозревает о твоем существовании, а во-вторых, не знает слова «покупать». Голем мучил и убивал людей, шил им «политические дела», сажал в лагеря, отправлял «за бугор» и встречал их оттуда «под цинком» не потому, что являлся воплощением ада, и не потому, что был порождением ада и наследником владыки его. Голем был обычным кибернетическим устройством, нуждающимся не в ненависти (или любви), а в наладке и элементарном программировании. Он и сейчас в нем нуждается. По традиции.

(Нельзя не согласиться с Эдиком Амперяном из «Ордена святого понедельника» Николая Ютанова: «Голем есть воплощенная система достижения поставленной цели». И все. Цели и, что гораздо более важно — граничные условия для Големов, программируют люди. В меру своего разумения.)

У «шестидесятников» не было Врага. Их никто не призывал на войну. Если они в чем-то и виноваты перед собой, страной, или своими детьми, то лишь в том, что слишком часто воспринимали жизнь как борьбу. Александр Городницкий говорит осуждающе: «Мое конформистское поколение», между тем упрека заслуживает, пожалуй, скорее нонконформизм шестидесятых: «Если хвалят тебя, и тебе они рады, значит что-то и где-то ты сделал не так».

Не было ни Этой войны, ни поражения, и история не прекращала течение свое в 1968, или в 1973, или даже в 2001 году. Была лишь первая репетиция концерта «для одного Голема и очень многих хороших людей».

> «И Томплинсон взглянул вперед и увидал сквозь бред
> Звезды, замученной в аду, молочно белый свет».

Тексты, включенные в эту книгу, схожи. Даже не определенной общностью героев и судеб (в конце концов, Стас Красногоров есть просто интеллигентный вариант Кима Волошина), но, скорее, одинаковой своей безысходностью и *бесцельностью*. В прямом смысле.

(Как у Сергея Снегова:

«— Этот форт называется „Необходимый-3".

— Без него нельзя обойтись?

— Нет, просто его нельзя обойти...»)

Так вот, «Дьявол среди людей», «Поиск предназначения», «Подробности жизни Никиты Воронцова» не подразумевают никакой цели. Эти «старые карты ада» просто существуют. Как существует и сам ад. Они не «выражают протест», не пытаются «предотвратить», не тщатся «научить». Нельзя научить жить в аду. Информация о такой жизни *никогда, никем и ни при каких обстоятельствах* не может быть использована. «Сроду писатели не врачевали никаких язв, — возразил Изя. — Больная совесть просто болит, и все...»

«Всякое произведение искусства совершенно бесполезно», — добавил бы Оскар Уайльд.

Сергей Переслегин

СОДЕРЖАНИЕ

С. Ярославцев
ДЬЯВОЛ СРЕДИ ЛЮДЕЙ 5

С. Витицкий
ПОИСК ПРЕДНАЗНАЧЕНИЯ,
ИЛИ ДВАДЦАТЬ СЕДЬМАЯ ТЕОРЕМА ЭТИКИ . . 119
Часть первая. Счастливый мальчик 123
Часть вторая. Счастливый мальчик, прощай! 197
Часть чретья. Записки прагматика 306
Часть четвертая. Босс, хозяин, президент 399

С. Ярославцев
ПОДРОБНОСТИ ЖИЗНИ НИКИТЫ ВОРОНЦОВА . . 519

Сергей Переслегин
Репетиция оркестра 565

ЛУЧШИЕ КНИГИ
ДЛЯ ВСЕХ И КАЖДОГО

* Любителям "крутого" детектива — собрания сочинений
Фридриха Незнанского, Эдуарда Тополя, Александры Марининой, Владимира Шитова, Виктора Пронина
и суперсериалы **Андрея Воронина** "Комбат" и "Слепой".

* Поклонникам любовного романа — произведения "королев" жанра:
Дж. Макнот, Д. Линдсей, Б. Смолл, Дж. Коллинз, С. Браун, Б. Картленд — в книгах серий "Шарм", "Очарование", "Страсть", "Интрига".

* Полные собрания бестселлеров
Стивена Кинга и Сидни Шелдона.

* Почитателям фантастики — серии
"Век Дракона", "Звездный лабиринт", "Заклятые миры", "Координаты чудес", а также самое полное собрание произведений **братьев Стругацких.**

* Популярнейшие многотомные детские энциклопедии:
"Всё обо всём", "Я познаю мир", "Всё обо всех".

* Замечательные детские книги из серий
"Лучшие сказки мира", "Сказка-сказочка", "Мои любимые сказки".

* Школьникам и студентам — книги из серий
"Справочник школьника", "Школа классики", "Справочник абитуриента", "250 "золотых" сочинений", "Все произведения школьной программы".

Богатый выбор учебников, словарей, справочников по решению задач, пособий для подготовки к экзаменам.
А также разнообразная энциклопедическая и прикладная литература на любой вкус.
Все эти и многие другие издания вы можете приобрести по почте, заказав

БЕСПЛАТНЫЙ КАТАЛОГ
по адресу: **107140, Москва, а/я 140. "Книги по почте".**

Москвичей и гостей столицы приглашаем посетить московские фирменные магазины издательства "АСТ" по адресам:
Каретный ряд, д. 5/10. Тел. 299-6584.
Арбат, д. 12. Тел. 291-6101.
Татарская, д. 14. Тел. 235-3406.

Литературно-художественное издание

Витицкий С., Ярославцев С.

Дьявол среди людей
Поиск предназначения, или Двадцать седьмая теорема этики
Подробности жизни Никиты Воронцова

Ответственный редактор Н.Ю.Ютанов
Редактор Л.И.Филиппов
Художественные редакторы А.Е.Нечаев, О.Н.Адаскина
Технический редактор А.Р.Вальский
Корректоры В.И.Важенко, О.П.Васильева

Подписано в печать с готовых диапозитивов 01.12.97. Формат 84×108 $^1/_{32}$. Печать высокая с ФПФ. Бумага типографская. Усл. печ. л. 30,24. Тираж 15 000 экз. Заказ 29.

ООО "Издательство АСТ"
366720, РИ, г.Назрань, ул.Фабричная, 3
Лицензия ПИМ № 01372 от 16.04.96.
Наши электронные адреса:
WWW.AST.RU
E-mail: AST@POSTMAN.RU

Издательство "Terra Fantastica" издательского дома "Корвус". Лицензия ЛР № 040390. 190068, г. Санкт-Петербург, Вознесенский пр., д.36.
Интернет: http://www.tf.ru

При участии ООО «Харвест». Лицензия ЛВ № 32 от 27.08.97. 220013, Минск, ул. Я. Коласа, 35-305.

Производственное полиграфическое предприятие им. Я. Коласа. 220005, Минск, ул. Красная, 23.

Качество печати соответствует качеству предоставленных издательством диапозитивов.

Витицкий С., Ярославцев С.
В54 Дьявол среди людей; Поиск предназначения, или Двадцать седьмая теорема этики; Подробности жизни Никиты Воронцова: Фантастические романы / Сост. Н.Ютанов; Послесл. С.Переслегина; Илл. Я.Ашмариной. — М.: ООО "Издательство АСТ-ЛТД"; Спб.: Terra Fantastica, 1997. — 576 с.: ил. — (Миры братьев Стругацких).

ISBN 5-15-000796-Х (АСТ).
ISBN 5-7921-0210-4 (TF).

Две истории о Человеке, Которого Нельзя Обижать. Которого Опасно Обижать. В одном случае Дьявол прожил среди людей тихо и незаметно, в другом - пройдя ураган XX века, становится Президентом России начала Третьего Тысячелетия...

А С.Ярославцев и С.Витицкий, собравшись под одной обложкой, представляют последний, итоговый роман братьев Стругацких.